José Maria Eça de Queirós nació el 25 de noviembre de 1845 en Póvoa de Varzim (Portugal). Cursó estudios en la facultad de derecho de la Universidad de Coimbra, donde entró en contacto con las corrientes romántica y positivista. Es entonces cuando conoce a Antero de Quental, escritor de la denominada Generación del 70, que será un personaje clave en su carrera literaria. Durante la época universitaria escribe crónicas periodísticas y ensayos. Entre 1869 y 1870 realiza un largo viaje por Oriente, en el que recoge abundante material para sus escritos. A su regreso, y después de una estancia en Leiria, donde desempeña un cargo burocrático, se traslada a vivir a Lisboa y en 1872 ingresa en el cuerpo diplomático, prestando servicios en Cuba, Macao, Estados Unidos, Canadá y, por último, Inglaterra. Figura principal de la literatura portuguesa, sobresale por la ironía y naturalidad de sus escritos. Entre su abundante producción literaria destacan *El crimen del padre Amaro* (1875), *El primo Basilio* (1878), *La reliquia* (1887), *Los Maia* (1888) y *La ciudad y las sierras*, de publicación póstuma. En 1888 fue destinado a París como cónsul, ciudad en la que moriría el 17 de agosto de 1900.

José Luís Peixoto (Galveias, Portugal, 1974) es uno de los autores más destacados de la literatura portuguesa contemporánea. Su obra narrativa y poética figura en decenas de antologías, ha sido traducida a más de veinte idiomas y es estudiada en diversas universidades de ámbito nacional e internacional.

Damián Álvarez Villalaín (Vigo, 1958) es licenciado en historia del arte por la Universidad de Santiago de Compostela. Su trayectoria profesional se ha centrado en el periodismo, la edición y las artes escénicas.

EÇA DE QUEIRÓS

El crimen del padre Amaro

Introducción de
JOSÉ LUÍS PEIXOTO

Traducción de
DAMIÁN ÁLVAREZ VILLALAÍN

PENGUIN CLÁSICOS

Título original: *O Crime do Padre Amaro*

Primera edición en Penguin Clásicos: febrero de 2017
Primera reimpresión: enero de 2018

PENGUIN, el logo de Penguin y la imagen comercial asociada son marcas registradas
de Penguin Books Limited y se utilizan bajo licencia.

© 2002, 2017, Penguin Random House Grupo Editorial, S. A. U.
Travessera de Gràcia, 47-49. 08021 Barcelona
© 2017, José Luís Peixoto, por la introducción
© Damián Álvarez Villalaín, por la traducción
© 2017, Antonio Sáez Delgado, por la traducción de la introducción

Printed in Spain – Impreso en España

ISBN: 978-84-9105-320-0
Depósito legal: B-329-2017

Compuesto en M. I. Maquetación, S. L.
Impreso en Liberdúplex, S. L.
Sant Llorenç d'Hortons (Barcelona)

PG 5 3 2 0 0

Penguin
Random House
Grupo Editorial

Índice

Monóculo

El 12 de julio de 1871, en un salón del Casino Lisbonense, Eça de Queirós pronunció una conferencia titulada *La nueva literatura o el realismo como nueva expresión del arte*. Tanto tiempo después podemos imaginar al público, los bigotes, las chisteras, los asentimientos de aprobación o los susurros de desacuerdo; podemos imaginar el sonido de la voz de Eça. Hasta podemos imaginar el texto original de esa conferencia que no ha llegado hasta nuestros días, que se perdió. Sin embargo, los ecos de aquellas palabras en los periódicos de la época son claros, nos permiten saber que Eça rechazó con vehemencia el romanticismo, cuya influencia era omnipresente, y defendió con la misma fuerza aquello que llamó «realismo».

António Salgado Júnior reconstruyó de forma verosímil los fragmentos de esa conferencia y, según ese trabajo, Eça habría afirmado que el realismo «es una base filosófica para todas las concepciones del espíritu: una ley, un prontuario, una guía del pensamiento humano en la eterna región de lo bello, lo bueno y lo justo. Así visto, el realismo deja de ser, como algunos podrían suponer equivocadamente, un simple modo de contar: minucioso, trivial, fotográfico. Eso no es realismo: es su adulteración. Es darnos la forma por la esencia, el proceso por la doctrina. El realismo es otra cosa: es la negación del arte por el arte; es la proscripción de lo convencional, de lo enfático y de la sensiblería. [...] Es el análisis con la mirada en la verdad absoluta. Por otro lado, el realismo es una reacción contra el romanticismo: el romanticismo era la apoteosis del sentimiento, el realismo es la anatomía del carácter. Es la crítica del hombre. Es el arte que nos pinta ante nuestros propios ojos para que nos conozcamos mejor, para que sepamos si somos de verdad o de mentira, para condenar lo malo que hay en nuestra sociedad».

Conocidas como las «Conferencias del Casino», las organizaba el poeta Antero de Quental y se citan con frecuencia como el manifiesto de una generación literaria enfrentada estética y políticamente al *statu quo* de la época. Con esa misma carga programática, la participación de Eça revela de forma especial las ideas que sirven de base a la obra que empezaba a construir. La reforma propuesta tenía varias dimensiones, quería influir en diversos niveles de la vida y el pensamiento del país. En este contexto, la literatura renuncia a la predilección romántica por el individuo y se afirma como una vía de investigación social.

A raíz de todo lo anterior aparece en 1875 la primera versión de *El crimen del padre Amaro*, en forma de folletín, publicada en *A Revista Ocidental*. La elaboración de la trama tiene una clara intención colectiva al retratar un Portugal hipócrita, mezquino. Si bien es cierto que podemos hacer una lectura a la luz de las circunstancias específicas de la época, no lo es menos que hoy, casi ciento cincuenta años después, continúan siendo pertinentes las interpretaciones que sugiere. No obstante, esa primera versión tenía características bastante diferentes de las dos posteriores. Le faltaba sutileza en el tratamiento del tema, lo que suscitó las críticas de Camilo Castelo Branco, el otro gran novelista portugués del siglo XIX. Esa diferencia entre versiones se aprecia en la extensión misma del texto: la versión de 1875 tiene poco más de ciento cuarenta páginas; la segunda, publicada en 1876, tiene el doble; la tercera, de 1880, más del doble que la segunda.

Si tenemos en cuenta el prefacio que hizo para la segunda versión, Eça empezó a escribir la novela cuando se incorporó a la administración pública en 1870, a los veinticinco años de edad, con el puesto de administrador municipio de Leiria, ciudad donde se desarrolla la trama. Pero siguió trabajando en ella tras acceder a la carrera diplomática en 1873, destinado en La Habana. También lo acompañó en sus destinos ingleses: Newcastle y Bristol, donde vivió entre 1874 y 1878.

Antes de la primera edición de *El crimen del padre Amaro*, Eça de Queirós ya había escrito las colaboraciones de prensa que se compilaron de forma póstuma bajo el título de *Prosas bárbaras*; también había compuesto ya los textos que, años más tarde, se publicarían en el libro *El misterio de la carretera de Sintra*, escrito a medias con Ramalho Ortigão y que constituye la primera obra del subgénero policíaco de la literatura portuguesa. Aun así, *El crimen del padre Amaro* es su primer libro publicado, su estreno. Además de su importancia en el contexto de la literatura portuguesa, tiene también la particularidad de limpiar en las ediciones posteriores las huellas del romanticismo que aún quedaban en sus textos iniciales. Al utilizar el subtítulo *Escenas de la vida devota*, define el principio del realismo portugués y, de todas las páginas que se escribieron en la línea, son muchos, yo incluido, quienes la consideran una de las obras más extraordinarias de ese movimiento. No me parece una exageración afirmar que ciertamente se cuenta entre las obras noveles más impresionantes de todo el siglo XIX.

Zola es una de las influencias notorias en la literatura de Eça de Queirós, en general y en este caso particular. En 1881 el autor francés empezó a publicar *Los Rougon-Macquart*, título genérico de las veinte novelas que escribió entre 1871 y 1893; el subtítulo de esa serie es *Historia natural y social de una familia bajo el Segundo Imperio*. Machado de Assis, el gran novelista brasileño contemporáneo de Eça, llegó a acusarlo de que *El crimen del padre Amaro* era una pobre imitación de *El pecado del padre Mouré*, de Zola, el quinto título de la mencionada serie, publicado también en 1875. Más allá de la semejanza de los títulos, en el prefacio a la tercera versión de la novela es el propio Eça quien señala las diferencias fundamentales entre las dos obras, refiriéndose a esa acusación como «obtusidad córnea o mala fe cínica». De hecho, lo que Eça bebe de Zola es, sobre todo, la idea de una escritura literaria como especie de ciencia social y humana: aquello que Zola llamó «naturalismo» y que Eça llamó «realismo».

Si bien es cierto que ambas obras tienen como protagonista a un miembro del clero que mantiene una relación con una mujer, rompiendo sus votos, en el caso de Zola se trata de un texto cercano a la parábola, cuya acción tiene lugar en un espacio idílico, mientras que en el caso de Eça es una censura directa a un Portugal provinciano, regido por una moral fingida, donde la Iglesia católica condensa y difunde esas características negativas.

En la lógica creada por la novela, son los condicionantes de la Iglesia y del sacerdocio los que, en vez de atenuarla, agravan la decadencia moral de Amaro. Estamos en un mundo en el que la idea del pecado está siempre presente, nortea todas las opciones, aunque esa lógica esté fuertemente distorsionada en favor de los intereses de la época. «Somos hombres», le dice Amaro al canónigo. Y, de hecho, a partir de un determinado momento trasciende la falta de respeto por los votos y lo vemos jurar en vano, mentir, maldecir la religión y hasta desear la muerte de niños y fetos, ser connivente con la crueldad insensible de la «tejedora de ángeles».

Sin embargo, aunque estamos ante una novela que se levanta ostensivamente contra la Iglesia católica, la reacción de esta fue el silencio. Los pocos centenares de ejemplares que, con un préstamo de su padre, pudo imprimir Eça difícilmente pudieron llegar a un público vasto. Las clases sociales bajas eran mayoritariamente analfabetas, mientras que las clases altas tampoco tenían suficiente formación ni espíritu crítico para una lectura de aquella densidad. El impacto que tuvo el libro en la sociedad no fue suficiente para intimidar a una institución de semejante envergadura y relevancia. En la novela hay momentos en que la Iglesia católica aparece representada con la inequívoca máscara de protectora de la seriedad, sinónimo absoluto del orden. El peso de esa entidad, casi un Estado dentro del Estado, no se vio perturbado. Además, el diplomático estaba lejos, en Inglaterra, y no participaba en las intrigas nacionales cotidianas; era una voz remota. Y pese a todo ello, en los años siguientes Eça de Queirós se erigiría en el primer escritor portugués con proyección internacional y vería algunas de sus obras traducidas a diferentes idiomas. Pero el éxito le acabaría llegando con otros títulos y, en ese contexto, la Iglesia católica de la época no estaba atenta hasta el punto de sentirse amenazada.

Basándonos en sutilezas bastante evidentes, debemos decir que los aspectos morales y religiosos son proporcionales a una dimensión política, de poder. Es el caso, por ejemplo, del episodio en el que, atrapado por una red de influencias, João Eduardo es detenido debido al torpe puñetazo que le da al padre Amaro en el hombro. La Iglesia católica se presenta así como una fuerza subterránea, una autoridad implacable de la que no se puede escapar. Ese poder, dirigido no solo por el clero corrupto sino también por la burguesía hipócrita, es en las páginas de *El crimen del padre Amaro* un veneno que llena de inquina a la sociedad portuguesa y que, en cierta forma, la representa en su totalidad. Eça deja poco espacio para la inocencia de las víctimas. Prácticamente todos los personajes son sarcásticos, de una ironía violenta, perversos en su mezquindad y futilidad.

El provincianismo de esta Leiria estereotipada aparece como una característica negativa, de atraso. Para Eça, el provincianismo significa siempre y únicamente aislamiento de aquello que es progresista y se encuentra lejos, en las grandes ciudades o en el extranjero. De ahí la lógica de que la escena final se desarrolle en el Chiado, el centro tanto de Lisboa y como de aquel mundo, exactamente lo contrario de lo que Leiria representa en la novela: la periferia lejana. Es por fin en el lugar que importa, en el centro, donde Amaro no encuentra dificultades para obviar todo lo sucedido en un espacio y un tiempo que en Leiria parece irreal e inexistente.

Esa sensación de profunda injusticia completa la novela de tesis que *El crimen del padre Amaro* consigue ser. Más allá de todas estas cuestiones, y a pesar de ellas, Eça logra evitar la medianía que casi siempre contamina la literatura militante. El trabajo de Eça es de una gran belleza, inteligencia y perspicacia lingüística. No cabe ninguna duda de que hoy puede leerse con el mismo placer, con el mismo deleite estético y humano que proporcionaba a finales del siglo XIX, cuando llegó por primera vez a manos de sus lectores.

El crimen del padre Amaro

I

Era domingo de Pascua cuando se supo en Leiria que el párroco de la catedral, José Miguéis, había muerto de madrugada de una apoplejía. El párroco era un hombre sanguíneo y cebado, que pasaba entre el clero diocesano por «el comilón de los comilones». Se contaban historias singulares sobre su voracidad. Carlos el de la botica –que lo detestaba– solía decir siempre que lo veía salir después de la siesta, con la cara enrojecida, harto:

–Ahí va la boa a rumiar. ¡Un día revienta!

Reventó, en efecto, después de una cena de pescado, a la misma hora en que, enfrente, en casa del doctor Godinho, que cumplía años, se polqueaba con estruendo. Nadie lo lamentó y fue poca gente a su entierro. En general no era estimado. Era un aldeano; tenía los modales y las muñecas de un cavador, la voz ronca, pelos en las orejas, el hablar muy rudo.

Las devotas nunca lo habían querido: eructaba en el confesionario y, como había vivido siempre en parroquias aldeanas o de la sierra, no entendía ciertas sensibilidades exacerbadas por la devoción: por eso había perdido, desde el principio, a casi todas las confesadas, que se pasaron al pulido padre Gusmão, ¡tan rico en labia!

Y, cuando las beatas que le eran fieles iban a hablarle de escrúpulos, de visiones, José Miguéis las escandalizaba, gruñendo:

–¡Pero qué historias, santita! Pídale a Dios sentido común. ¡Más juicio en la mollera!

Lo irritaban sobre todo las exageraciones en los ayunos:

–¡Coma y beba! –solía gritar–, ¡coma y beba, criatura!

Era miguelista y los partidos liberales, sus opiniones, sus periódicos, le producían una ira irracional.

–¡Mano dura, mano dura! –exclamaba, agitando su enorme quitasol rojo.

En los últimos años había adquirido hábitos sedentarios y vivía aislado con una criada vieja y un perro, Joli. Su único amigo era el chantre Valadares, que gobernaba entonces el obispado, pues el señor obispo, don Joaquín, penaba desde hacía dos años su reumatismo en una quinta del Alto Miño. El párroco sentía un gran respeto por el chantre, hombre enjuto, de gran nariz, muy corto de vista, admirador de Ovidio, que hablaba siempre poniendo la boca pequeñita y con alusiones mitológicas.

El chantre lo estimaba. Le llamaba «fray Hércules».

–«Hércules» por la fuerza –explicaba sonriente–, «fray» por la gula.

En su entierro, él mismo le hisopó la tumba; y como tenía por costumbre ofrecerle todos los días rapé de su caja de oro, les dijo a los otros canónigos, en voz baja, al dejar caer sobre el féretro, según el ritual, el primer puñado de tierra:

–¡Es la última pulgarada que le doy!

Todo el cabildo rió mucho la gracia del señor gobernador del obispado; el canónigo Campos la contó por la noche, tomando el té en casa del diputado Novais; fue celebrada con risas gozosas, todos exaltaron las virtudes del chantre y se afirmó con respeto «que Su Excelencia tenía mucha picardía».

Días después del entierro apareció, errando por la plaza, el perro del párroco, Joli. La criada había sido internada con fiebres tercianas en el hospital; la casa había sido cerrada; el perro, abandonado, gemía su hambre por los portales. Era un chucho pequeño, extremadamente gordo, que guardaba vagas semejanzas con el párroco. Habituado a las sotanas, ávido de un dueño, tan pronto veía a un cura empezaba a seguirlo con gemidos serviles. Pero nadie quería al infeliz Joli; lo ahuyentaban con las puntas de los quitasoles; el perro, rechazado como un pretendiente, aullaba toda la noche por las calles. Una mañana apareció muerto junto a la Misericordia; el carro del estiércol se lo llevó y, como nadie volvió a ver al perro en la plaza, el párroco José Miguéis fue definitivamente olvidado.

Dos meses más tarde se supo en Leiria que había sido nombrado otro párroco. Se decía que era un hombre muy joven, recién salido del seminario. Se llamaba Amaro Vieira. Se atribuía su elección a influencias políticas y el periódico de Leiria, *A Voz do Distrito*, que estaba en la oposición, habló con amargura, citando el Gólgota, del «favoritismo de la corte» y de la «reacción clerical». Algunos curas se habían escandalizado por el artículo; se conversó sobre ello, agriamente, en presencia del señor chantre.

–No, no, favor claro que hay; y el hombre tiene padrinos, claro que los tiene –decía el chantre–. A mí me ha escrito Brito Correia para confirmármelo. –Brito Correia era entonces ministro de Justicia–. Hasta me dice en la carta que el párroco es un hermoso mocetón. De manera que –añadió sonriendo con satisfacción– después de «fray Hércules» vamos a tener tal vez a «fray Apolo».

En Leiria sólo había una persona que conocía al nuevo párroco: era el canónigo Dias, que había sido, en los primeros años del seminario, su profesor de moral. En aquel tiempo, decía el canónigo, el párroco era un muchacho menudo, apocado, lleno de granos...

–¡Me parece que lo estoy viendo, con la sotana muy gastada y cara de tener lombrices!... ¡Por lo demás, buen chico! Y despabiladote...

El canónigo Dias era muy conocido en Leiria. Últimamente había engordado, el vientre sobrante le llenaba la sotana; y su cabecita agrisada, las ojeras carnosas, el labio espeso hacían recordar viejas anécdotas de frailes lascivos y glotones. El tío Patricio, «el Viejo», un comerciante de la plaza, muy liberal, que cuando pasaba junto a los curas gruñía como un viejo perro guardián, decía algunas veces al verlo atravesar la plaza, pesado, rumiando la digestión, apoyado en el paraguas:

–¡Menudo tunante! ¡Si parece Dom João VI!

El canónigo vivía solo con una hermana mayor, la señora doña Josefa Dias, y una criada a la que todos conocían en Leiria, siempre en la calle, envuelta en un chal teñido de negro y arrastrando pesadamente sus zapatillas de orillo. El canónigo Dias pasaba por ser rico: tenía propiedades arrendadas junto a Leiria, comía pavo y era famoso su vino Duque de 1815. Pero el hecho destacado en su vida –el hecho comentado y murmurado– era su antigua amistad con la señora Augusta Caminha, a quien todos llamaban Sanjoaneira por ser natural de São João da Foz. La Sanjoaneira vivía en la Rua da Misericórdia y admitía huéspedes. Tenía una hija, Amelinha, una muchachita de veintitrés años, hermosa, sana, muy deseada.

El canónigo Dias se había mostrado muy contento con el nombramiento de Amaro Vieira. En la botica de Carlos, en la plaza, en la sacristía de la catedral, elogió sus buenos estudios en el seminario, su moderación en las costumbres, su obediencia. Elogiaba incluso su voz: «¡Un timbre que es un regalo!».

–¡Es el indicado para poner un poco de sentimiento en los sermones de Semana Santa!

Le auguraba con énfasis un destino feliz, una canonjía seguramente, ¡tal vez la gloria de un obispado!

Y un día, por fin, enseñó con satisfacción al coadjutor de la catedral, criatura servil y callada, una carta que había recibido de Amaro Vieira desde Lisboa.

Era una tarde de agosto y paseaban los dos por las orillas del Puente Nuevo. Estaba entonces en construcción la carretera de Figueira: el viejo pasadizo de madera sobre la ribera del Lis había sido destruido, se pasaba ya por el Puente Nuevo, muy alabado, con sus dos amplias arcadas de piedra, fuertes y rechonchas. Más adelante las obras estaban paradas por pleitos de expropiación; se veía aún el embarrado camino de la parroquia de Os Marrazes, que la carretera nueva debía desbastar e incorporar; montones de cascajo cubrían el suelo; y los gruesos cilindros de piedra que comprimen y embellecen el pavimento yacían enterrados en la tierra negra y húmeda de lluvias.

Alrededor del puente el paisaje es amplio y tranquilo. Por la parte de donde viene el río hay colinas bajas de formas redondeadas, cubiertas por el ramaje verdinegro de los pinos jóvenes; abajo, en la espesura de las arboledas, están las casas que proporcionan a aquellos lugares melancólicos un aspecto más vivo y humano, con sus alegres paredes encaladas luciendo al sol, con los humos de las chimeneas que por la tarde se azulan en los aires siempre claros y limpios. Hacia el lado del mar, por donde el río se arrastra en las tierras bajas entre dos hileras de sauces pálidos, se extiende hasta los primeros arenales la tierra de Leiria, amplia, fecunda, con aspecto de aguas abundantes, llena de luz. Desde el puente poco se ve de la ciudad; apenas una esquina de los sillares pesados y jesuíticos de la catedral, un trozo del muro del cementerio cubierto de parietarias y las puntas agudas y negras de los cipreses; el resto está oculto por el duro monte erizado de vegetaciones rebeldes en el que destacan las ruinas del castillo, completamente envueltas al caer la tarde en los amplios vuelos circulares de las lechuzas, desmanteladas y con un gran aire histórico.

Junto al puente, una rampa desciende hacia la alameda, que se extiende un poco por la orilla del río. Es un lugar recoleto, cubierto por árboles antiguos. Le llaman la Alameda Vieja. Allí, caminando despacio, hablando en voz baja, el canónigo consultaba al coadjutor sobre la carta de Amaro Vieira y sobre «una idea que se le había ocurrido, que le parecía magistral, ¡magistral!». Amaro le pedía que le consiguiese con urgencia una casa de alquiler barata, bien situada y, a ser posible, amueblada; pedía sobre todo habitaciones en una casa de huéspedes respetable. «Ya ve, mi querido profesor», decía Amaro, «que es esto lo que verdaderamente me convendría; yo no quiero lujos, claro está: una habitación y una salita serían suficiente. Lo que es necesario es que la casa sea respetable, tranquila, céntrica, que la patrona tenga buen carácter y que no pida el oro y el moro; dejo todo esto a su prudencia y capacidad y crea que todos estos favores no caerán en terreno yermo. Sobre todo, que la patrona sea persona de buen trato y de buena lengua.»

–Mi idea, amigo Mendes, es ésta: ¡meterlo en casa de la Sanjoaneira! –concluyó el canónigo con gran contento–. Es buena idea, ¡eh!

–¡Una idea soberbia! –le apoyó el coadjutor con su voz servil.

–Ella dispone de la habitación de abajo, la salita de al lado y del otro cuarto, que puede servir como escritorio. Tiene buen mobiliario, buenas ropas de cama…

–Magníficas ropas –dijo el coadjutor con respeto.

El canónigo continuó:

–Es un bonito negocio para la Sanjoaneira: por las habitaciones, la ropa de cama, la comida, la criada, puede muy bien pedir sus seis tostones diarios. Y, además, con el párroco siempre en casa.

–Tengo mis dudas por Ameliazinha –consideró tímidamente el coadjutor–. Sí, puede repararse en ello. Una chica joven… Dice que el señor párroco es todavía joven… Su Señoría sabe lo que son las lenguas del mundo.

El canónigo se detuvo:

–¡Historias! ¿Entonces no vive el padre Joaquín bajo el mismo techo con la ahijada de su madre? ¿Y el canónigo Pedroso no vive con una cuñada y con una hermana de la cuñada que es una chica de diecinueve años? ¡Estaría bueno!

–Yo decía… –atenuó el coadjutor.

–No, no veo nada malo. La Sanjoaneira alquila sus habitaciones, es como si fuese una hospedería. ¿Acaso no estuvo allí el secretario general durante unos meses?

–Pero un eclesiástico… –insinuó el coadjutor.

–¡Más garantías, señor Mendes, más garantías! –exclamó el canónigo. Y parándose, en actitud confidencial–: Y además a mí me conviene, Mendes. ¡A mí me conviene, amigo mío!

Hubo un pequeño silencio. El coadjutor dijo, bajando la voz:

–Sí, Su Señoría se porta muy bien con la Sanjoaneira.

–Hago lo que puedo, mi caro amigo, hago lo que puedo –dijo el canónigo. Y con tono tierno, risueñamente paternal–: porque ella se lo merece, se lo merece. ¡Buena a más no poder, amigo mío! –Se detuvo, abriendo mucho los ojos–: Fíjese que el día en que no le aparezco a las nueve en punto de la mañana, se pone enferma. «¡Oh, criatura!», le digo yo, «se atormenta usted sin razón.» Pero entonces me sale con lo del cólico que tuve el año pasado. ¡Adelgazó, señor Mendes! Y además no hay detalle que se le pase. Ahora, por la matanza del cerdo, lo mejor del animal es para el «padre santo», ¿sabe?, es como me llama ella.

Hablaba con los ojos brillantes, con apasionada satisfacción.

–¡Ah, Mendes! –añadió–. ¡Es una mujer maravillosa!

–Y una hermosa mujer –dijo el coadjutor respetuosamente.

–¡Y además eso! –exclamó el canónigo parándose otra vez–. ¡Y además eso! ¡Qué bien conservada! ¡Tenga en cuenta que ya no es una niña! Pero ni un pelo blanco, ¡ni uno, ni uno solo! ¡Y qué color de piel! –Y en voz más baja, con sonrisa golosa–: ¡Y esto de aquí, Mendes, y esto de aquí! –Indicaba la parte del cuello bajo el mentón, acariciándola despacio con su mano gordezuela–: ¡Es una perfección! Y además mujer limpia, ¡de muchísima limpieza! ¡Y qué detallitos! ¡No hay día que no me mande su presente! ¡Que si el tarrito de mermelada, que si el platito de arroz con leche, que si la estupenda morcilla de Arouca! Ayer me mandó una tarta de manzana. ¡Tendría usted que haber visto aquello! ¡La manzana parecía crema! Hasta mi hermana Josefa lo dijo: «¡Está tan rica que parece cocinada en agua bendita!». –Y poniendo la palma de la mano sobre el pecho–: ¡Son cosas que le tocan a uno aquí dentro, Mendes! No, no es hablar por hablar, como ella no hay otra.

El coadjutor escuchaba con la taciturnidad de la envidia.

–Yo ya sé –dijo el canónigo parando otra vez y desgranando lentamente las palabras–, yo ya sé que por ahí murmuran, murmuran… ¡Pues es una grandísima calumnia! Lo único cierto es que le tengo muchísimo cariño a esa gente. Ya se lo tenía cuando vivía el marido. Usted lo sabe bien, Mendes.

El coadjutor hizo un gesto afirmativo.

–¡La Sanjoaneira es una mujer decente! ¡Es una mujer decente, Mendes! –exclamaba el canónigo golpeando fuertemente el suelo con la puntera de su quitasol.

–Las lenguas del mundo son venenosas, señor canónigo –dijo el coadjutor con voz llorosa. Y, tras un silencio, añadió en voz baja–: ¡Pero todo eso debe de salirle caro a Su Señoría!

–¡Pues ahí está, amigo mío! Imagínese que desde que se fue el secretario general la pobre mujer ha tenido la casa vacía: ¡yo he tenido que poner para la olla, Mendes!

–Pero ella tiene un capitalito –consideró el coadjutor.

–¡Un pedacito de tierra, señor mío, un pedacito de tierra! ¡Y hay que pagar impuestos, salarios! Por eso digo que el párroco es una mina. Con los seis tostones que él le dé, con lo que yo ayude, con alguna cosa que ella saque de la venta de las hortalizas de la finca, ya se arregla. ¡Y para mí es un alivio, Mendes!

–¡Es un alivio, señor canónigo! –repitió el coadjutor.

Quedaron en silencio. La tarde descendía muy limpia; en lo alto el cielo tenía un color azul pálido; el aire estaba inmóvil. Por aquel tiempo el río iba muy vacío; fragmentos de arenal brillaban en las partes secas; y el agua baja se arrastraba con una agitación blanda, toda arrugada por el roce con las piedras.

Dos vacas guardadas por una chiquilla aparecieron entonces por el camino embarrado que desde el otro lado del río, frente a la alameda, discurre junto a un zarzal; entraron despacio en el río y, extendiendo el pescuezo pelado por el yugo, bebían levemente, sin ruido; a veces levantaban la cabeza bondadosa, miraban en torno con la pasiva tranquilidad de los seres hartos, e hilos de agua, babados, brillantes, les colgaban de las comisuras del morro. Con el declinar del sol, el agua perdía su claridad espejada, se extendían las sombras de los arcos del puente. Sobre las colinas crecía un crepúsculo difuminado y las nubes color sangre y naranja que anuncian el calor componían, hacia el mar, un decorado magnífico.

–¡Bonita tarde! –dijo el coadjutor.

El canónigo bostezó y haciendo una cruz sobre el bostezo:

–Vamos acercándonos a las Avemarías, ¿eh?

Cuando, al poco tiempo, subían las escaleras de la catedral, el canónigo se detuvo y se volvió hacia el coadjutor:

–Pues ya está decidido, amigo Mendes, meto a Amaro en casa de la Sanjoaneira. Es una suerte para todos.

–¡Una gran suerte! –dijo respetuosamente el coadjutor–. ¡Una gran suerte!

Y entraron en la iglesia, persignándose.

II

Una semana después se supo que el nuevo párroco llegaría en la diligencia de Chão de Maçãs, que trae el correo de la tarde; y desde las seis el canónigo Dias y el coadjutor paseaban por el Largo do Chafariz, a la espera de Amaro.

Era hacia finales de agosto. En la larga alameda adoquinada que transcurre junto al río, entre las dos hileras de viejos chopos, se entreveían vestidos claros de señoras que paseaban. Por la parte del Arco, en la zona de casuchas pobres, las viejas cosían en las puertas; niños sucios retozaban en el suelo, mostrando sus enormes vientres desnudos; y las gallinas que los rodeaban picaban vorazmente las inmundicias olvidadas. Alrededor de la sonora fuente en la que los cántaros se arrastraban sobre la piedra, reñían las criadas y galanteaban los soldados de uniforme sucio y enormes botas combadas, agitando varitas de junco; con su panzudo cántaro de barro equilibrado en la cabeza sobre un rodete, las muchachitas se alejaban en parejas, meneando las caderas; y dos oficiales ociosos, con el uniforme desabrochado en el estómago, conversaban, aguardando «a ver quién venía». La diligencia tardaba. Cuando llegó el crepúsculo, una lucecita brilló en la hornacina del santo, encima del Arco; y enfrente se iban iluminando una a una, con una luz lúgubre, las ventanas del hospital.

Ya había anochecido cuando la diligencia, con sus luces encendidas, entró en el puente al trote desmadejado de sus flacos caballos blancos y fue a detenerse junto a la fuente, debajo de la fonda del Cruz; el dependiente del tío Patricio salió enseguida corriendo hacia la plaza con el paquete de los *Diarios Populares*; el tío Baptista, el patrón, con la cachimba negra a un lado de la boca, aflojaba las correas, maldiciendo tranquilamente; y un hombre que venía en el asiento acolchado, junto al cochero, con sombrero alto y holgado manteo eclesiástico, descendió con cautela, agarrándose a los respaldos de hierro de los asientos, golpeó el suelo con los pies para desentumecerlos y miró alrededor.

–¡Eh, Amaro! –gritó el canónigo, que se había aproximado–. ¡Oh, bribón!

–¡Profesor! –dijo el otro con alegría. Y se abrazaron, mientras el coadjutor, encogido, permanecía con el bonete entre las manos.

Poco después las gentes que estaban en las tiendas vieron cruzar la plaza, entre la lenta corpulencia del canónigo Dias y la figura delgada del coadjutor, a un hombre un poco curvado, con un manteo de cura. Se supo que era el nuevo párroco y pronto se dijo en la botica que era «un hombre de buena figura». El João Bicha, delante, llevaba un baúl y una talega de lona; y, como a aquella hora ya estaba borracho, iba rezongando el «Bendito».

Eran casi las nueve y ya era completamente de noche. Las casas en torno a la plaza estaban ya adormecidas: de las tiendas situadas bajo la arcada salía la luz triste de los candiles de petróleo, y en su interior se percibían figuras somnolientas empeñadas en seguir charlando en el mostrador. Las calles que daban a la plaza, tortuosas, tenebrosas, con una iluminación moribunda, parecían deshabitadas. Y en el silencio la campana de la catedral tocaba lentamente a ánimas.

El canónigo Dias explicaba cachazudamente al párroco «lo que le había conseguido». No le había buscado casa: habría que comprar muchos muebles, encontrar una criada, ¡gastos innumerables! Le había parecido mejor conseguirle habitación en una casa de huéspedes respetable, muy confortable. Y en esas condiciones –y allí estaba el amigo coadjutor, que podía decirlo– no había otra como la de la Sanjoaneira. Era una casa muy aireada, limpia, la cocina no daba olores; allí habían estado el secretario general y el inspector de enseñanza. Y la Sanjoaneira –el amigo Mendes la conocía bien– era una mujer temerosa de Dios, de cuentas claras, muy económica y muy servicial...

–¡Estará usted allí como en su propia casa! Con su cocido, su plato fuerte, su café...

–Vamos a ver, profesor: ¿precio? –dijo el párroco.

–Seis tostones. ¡Una ganga! Con su habitación, su salita...

–Una buena salita –comentó el coadjutor respetuosamente.

–¿Y queda lejos de la catedral? –preguntó Amaro.

–A dos pasos. Se puede ir a decir misa en zapatillas. En la casa vive una jovencita –continuó con su voz pausada el canónigo Dias–. Es hija de la Sanjoaneira. Una chiquilla de veintidós años. Bonita. Con su puntita de genio, pero con buen fondo... Aquí tiene usted su calle.

Era estrecha, de casas bajas y pobres, aplastada por las altas paredes de la vieja iglesia de la Misericórdia, con un farolillo lúgubre al fondo.

–¡Y aquí tiene usted su palacio! –dijo el canónigo, golpeando la aldaba de una puerta estrecha.

En el primer piso sobresalían dos balcones de hierro, de aspecto antiguo, con unas plantas de romero que se redondeaban contra las esquinas, metidas en macetas de madera; las ventanas de arriba, pequeñitas, tenían antepecho; y la pared, por sus irregularidades, recordaba una lata abollada.

La Sanjoaneira esperaba en lo alto de la escalera; una criada, esquelética y pecosa, alumbraba con un candil de petróleo; y la figura de la Sanjoaneira se destacaba claramente en la luz, sobre la pared encalada. Era gorda, alta, muy blanca, de aspecto pachorrudo. La piel se le arrugaba ya en torno a sus ojos negros; los pelos disparados, con mechones rojizos, empezaban a escasear en las sienes y en el inicio de la frente, pero se percibían unos brazos rechonchos, un cuello abundante y ropas limpias.

–¡Aquí tiene usted a su huésped! –dijo el canónigo subiendo.

–¡Es un gran honor recibirlo, señor párroco! ¡Un gran honor! ¡Debe de venir muy cansado! ¡Por fuerza! Por aquí, tenga la bondad. Cuidado con el escaloncito.

Lo condujo a una sala pequeña, pintada de amarillo, con un amplio canapé de mimbre arrimado a la pared y enfrente, abierta, una mesa forrada de bayeta verde.

–Ésta es su sala, señor párroco –dijo la Sanjoaneira–. Para recibir, para descansar… Aquí –añadió, abriendo una puerta– está su dormitorio. Tiene su cómoda, su armario… –Abrió los cajones, elogió la cama comprobando la elasticidad de los colchones–. Una campanilla para llamar siempre que quiera… Las llavecitas de la cómoda están aquí… Si prefiere la almohadita más alta… Tiene sólo una manta, pero si quiere…

–Está bien, está todo muy bien, señora –dijo el párroco con su voz baja y suave.

–¡Usted pida lo que necesite! Lo que haya, con la mejor voluntad…

–¡Oh, criatura de Dios! –interrumpió el canónigo jovialmente–. ¡Lo que quiere él ahora es cenar!

–También tiene la cenita preparada. Desde las seis está el caldo haciéndose. –Y salió para apresurar a la criada, diciendo desde el fondo de la escalera–: ¡Venga, Ruça, muévete, muévete!…

El canónigo se sentó pesadamente en el canapé, y sorbiendo su pulgarada de rapé:

–Hay que conformarse, querido. Es lo que he podido conseguir.

–Yo estoy bien en cualquier parte, profesor –dijo el párroco, calzándose sus chinelas de orillo–. ¡Acuérdese del seminario!… ¡Y en Feirão! Me llovía en la cama.

En aquel momento, hacia la plaza, se oyó sonar un toque de corneta.

–¿Qué es eso? –preguntó Amaro, yendo a la ventana.

–Las nueve y media, el toque de retreta.

Amaro abrió el ventanal. Al final de la calle agonizaba un farol. La noche estaba muy negra. Y se extendía sobre la ciudad un silencio cóncavo, abovedado.

Después de la corneta, un redoble lento de tambores se alejó por la zona del cuartel; bajo la ventana pasó corriendo un soldado demorado en alguna callejuela del castillo; y de los muros de la Misericórdia salía incesantemente el agudo ulular de las lechuzas.

–Es triste esto –dijo Amaro.

Pero la Sanjoaneira gritó desde arriba.

–¡Puede subir, señor canónigo! ¡Está el caldo en la mesa!

–Ya va. Venga Amaro, ¡que debe de estar usted cayéndose de hambre! –dijo el canónigo levantándose con gran esfuerzo. –Y cogiendo un momento al párroco por la manga de la chaqueta–: ¡Va a ver usted lo que es un caldo de gallina hecho aquí por la señora! ¡De chuparse los dedos!...

En medio del comedor, forrado de papel oscuro, resplandecía la mesa con su mantel blanco, su loza, los vasos brillando a la luz intensa de un candil de *abat-jour* verde. De la sopera ascendía el aromático vapor del caldo y en la gran fuente una gallina gorda, ahogada en un arroz jugoso y blanco, acompañada por trozos de buen chorizo, presentaba una suculenta apariencia de plato señorial. En el aparador acristalado, un poco en la penumbra, se apreciaban porcelanas de colores claros; en un rincón, junto a la ventana, estaba el piano, cubierto por una colcha de satén descolorido. En la cocina freían; y percibiendo el olor a fresco que llegaba de una cesta de ropa limpia, el párroco se frotó las manos, encantado.

–Póngase aquí, señor párroco, póngase aquí –dijo la Sanjoaneira–. De ahí le puede venir frío. –Fue a cerrar las contraventanas; le acercó una cajita con arena para las colillas de los cigarros–. Y el señor canónigo toma una tacita de compota, ¿verdad?

–Bueno, venga, por acompañar –dijo alegremente el canónigo, sentándose y desdoblando la servilleta.

Entretanto, la Sanjoaneira se movía por la habitación admirando al párroco, quien con la cabeza inclinada sobre el plato tomaba su caldo en silencio, soplándole a la cuchara. Era bien parecido, tenía un pelo muy negro, levemente ondulado. El rostro era ovalado, la piel trigueña y fina, los ojos negros y grandes, con largas pestañas.

El canónigo, que no lo veía desde los días del seminario, lo encontraba más fuerte, más viril.

–Usted era un poco raquítico...

–Fue el aire de la sierra –decía el párroco–, ¡me ha sentado bien!

Habló entonces de su triste experiencia en Feirão, en la Beira Alta, durante el áspero invierno, solo, entre pastores. El canónigo le servía vino, escanciándolo, haciéndolo espumar.

–¡Pues beba, hombre, beba! De esto no probaba usted en el seminario.

Hablaron del seminario.

–¿Qué habrá sido del Rabicho, el despensero? –dijo el canónigo.

–¿Y del Carocho, que robaba las patatas?

Rieron; y bebiendo, con la alegría de los recuerdos, rememoraban las historias de aquel tiempo, el catarro del rector y el profesor de gregoriano, a quien un día le habían caído del bolsillo las poesías obscenas de Bocage.

–¡Cómo pasa el tiempo, cómo pasa el tiempo! –decían.

La Sanjoaneira puso sobre la mesa un plato hondo con manzanas asadas.

–¡Bravo! ¡No, yo a esto también me apunto! –exclamó el canónigo–. ¡La rica manzana asada! ¡Nunca se me escapa! Gran ama de casa, amigo mío, magnífica ama de casa nuestra Sanjoaneira. ¡Gran ama de casa!

Ella reía y enseñaba sus dos dientes delanteros, grandes y empastados.

Fue a buscar una botella de vino de oporto; puso en el plato del canónigo, con devota afectación, una manzana deshecha, espolvoreada con azúcar; y dándole palmaditas en la espalda con su mano papuda y blanda:

–¡Este hombre es un santo, señor párroco, un santo! ¡Ay, cuántos favores le debo!

–No le haga caso, no le haga caso –decía el canónigo. Se le extendía por el rostro una satisfacción arrobada–. ¡Buen licor! –añadió, saboreando su copa de oporto–. ¡Buen licor!

–Fíjese que tiene ya los años de Amélia, señor canónigo.

–¿Y dónde está ella, la pequeña?

–Fue a O Morenal con doña Maria. Después iban a casa de las Gansoso a pasar la noche.

–Esta señora, aquí donde la ve, es una terrateniente –explicó el canónigo hablando de O Morenal–. ¡Tiene un condado! –Reía con bonhomía y sus ojos brillantes recorrían tiernamente la corpulencia de la Sanjoaneira.

–Oh, señor párroco, no le haga caso, es un trocito de tierra... –dijo ella. Pero al ver a la criada apoyada en la pared, sacudida por un acceso de tos–: ¡Pero mujer, vete a toser allá dentro! ¡Faltaría más!

La muchacha salió, tapándose la boca con el delantal.

–La pobre parece enferma –observó el párroco.

¡Muy achacosa, mucho!... La pobre de Cristo era su ahijada, huérfana, y estaba casi tísica. La había recogido por compasión...

–Y también porque la criada que tenía antes tuvo que irse al hospital, la muy desvergonzada... ¡Se amigó con un soldado!...

El padre Amaro bajó los ojos despacio y mientras mordisqueaba unas miguitas de pan preguntó si el verano estaba siendo de muchas enfermedades.

–Diarreas, por culpa de la fruta verde –murmuró el canónigo–. Se hartan de sandías y, después, cántaros de agua... Y vienen las fiebres...

Hablaron entonces de las enfermedades, del aire de Leiria.

–Yo ahora ando más fuerte –decía el padre Amaro–. Bendito sea Dios, ¡tengo salud, tengo salud!

–¡Ay, Nuestro Señor se la conserve, no sabe usted el bien que es! –exclamó la Sanjoaneira. Y empezó a contar la gran desgracia que tenía en casa, una hermana medio idiota que llevaba diez años paralizada. Iba a cumplir los sesenta. Durante el invierno había cogido un catarro y desde entonces, pobrecita, decaía, decaía...–. Hace un momento, al anochecer, tuvo un ataque de tos. Pensé que se nos iba. Ahora reposa...

Siguió hablando de «aquella desgracia», después habló de su Amélia, de las Gansoso, del anterior chantre, de lo caro que estaba todo, sentada, con el gato sobre las piernas, haciendo bolitas de pan con dos dedos, monótonamente. Al canónigo, lleno, se le cerraban los párpados; todo en la sala parecía ir adormeciéndose poco a poco; la luz del candil agonizaba.

–Bueno, señores –dijo por fin el canónigo moviéndose–, ¡ya son horas!

El padre Amaro se levantó y dio las gracias con los ojos bajos.

–¿Quiere una lamparita, señor párroco? –preguntó amablemente la Sanjoaneira.

–No, señora. No uso. Buenas noches.

Y bajó despacio, limpiándose los dientes con un palillo.

La Sanjoaneira alumbraba con el candil en el rellano. Pero en los primeros peldaños el párroco se detuvo, y volviéndose afectuosamente:

–Es verdad, señora, mañana es sábado, día de ayuno...

–No, no –intervino el canónigo, que se envolvía en su capa de alpaca, bostezando–, usted mañana come conmigo. Vengo yo por aquí y vamos a ver al chantre, a la catedral y por ahí... Y sepa que tengo *lulas*. Un milagro, porque aquí nunca hay pescado.

La Sanjoaneira se apresuró a tranquilizar al párroco:

–Ay, señor párroco, no hace falta recordar los ayunos. ¡Tengo el mayor de los cuidados!

–Yo lo decía –explicó el párroco– porque, desgraciadamente, hoy en día nadie cumple...

–Tiene usted mucha razón –atajó ella–. Pero yo... ¡ya lo creo! ¡La salvación de mi alma por encima de todo!

Abajo la campanilla sonó con fuerza.

–Debe de ser la pequeña –dijo la Sanjoaneira–. ¡Ruça, abre!

La puerta se abrió, se oyeron voces, risitas.

–¿Eres tú, Amélia?

Una voz dijo «¡adiós, adiós!». Y subiendo casi a la carrera, recogiéndose un poco el vestido por delante, apareció una bella jovencita, fuerte, alta, bien hecha, con un pañuelo blanco en la cabeza y un ramo de romero en la mano.

–Sube, hija. Está aquí el señor párroco. Llegó ahora por la noche, ¡sube!

Amélia se había parado, un poco azorada, mirando hacia los escalones de arriba, donde permanecía el párroco apoyado en el pasamanos. Jadeaba tras la carrera; venía colorada; sus ojos negros y vivos resplandecían; y emanaba de ella una sensación de frescura y de prados hollados.

El párroco bajó pegado al pasamanos para dejarla pasar y, con la cabeza baja, murmuró un «buenas noches». El canónigo, que descendía pesadamente detrás de él, se plantó en medio de la escalera, delante de Amélia:

–Pero ¿qué horas son éstas, tunanta?

Ella soltó una risita y se encogió de hombros.

–¡Ande, vaya a encomendarse a Dios, vaya! –dijo, dándole un suave cachetito en la mejilla con su mano gorda y peluda.

Ella subió corriendo, mientras el canónigo, tras recoger el quitasol en la salita, salía diciéndole a la criada que alumbraba la escalera con el candil:

–Está bien, ya veo, no cojas frío, nenita. ¡Entonces a las ocho, Amaro! ¡Esté levantando! ¡Vete, nenita, adiós! Pídele a la Virgen de la Piedad que te sane esa catarrera.

El párroco cerró la puerta del dormitorio. La ropa de la cama, entreabierta, blanca, despedía un buen olor a lino lavado. Sobre la cabecera colgaba un grabado antiguo de un Cristo crucificado. Amaro abrió su breviario, se arrodilló a los pies de la cama, se persignó; pero estaba fatigado, le sobrevenían grandes bostezos; y entonces, arriba, a través del techo, entre las oraciones rituales que leía maquinalmente, comenzó a oír el tic-tic de los botines de Amélia y el sonido de las faldas almidonadas que sacudía al desnudarse.

III

Amaro Vieira había nacido en Lisboa en casa de la señora marquesa de Alegros. Su padre era criado del marqués; la madre era doncella personal, casi una amiga de la señora marquesa. Amaro todavía conservaba un libro, *O Menino das Selvas*, con toscas estampas coloreadas, en cuya primera página en blanco se leía: «A mi muy querida criada Joana Vieira y verdadera amiga que siempre ha sido. Marquesa de Alegros». Poseía también un daguerrotipo de su madre: era una mujer fuerte, cejijunta, la boca grande y sensualmente entreabierta, y un color ardiente. El padre de Amaro había muerto de apoplejía; y la madre, que siempre había estado tan sana, sucumbió un año después por una tisis de laringe. Amaro acababa de cumplir seis años. Tenía una hermana mayor que vivía desde pequeña con la abuela, en Coimbra, y un tío, próspero tendero del barrio de A Estrela. Pero la señora marquesa le había cogido cariño a Amaro; lo mantuvo en su casa, tácitamente adoptado; y con grandes cuidados empezó a vigilar su educación.

La marquesa de Alegros había enviudado a los cuarenta y tres años y pasaba la mayor parte del año retirada en su quinta de Carcavelos. Era una persona pasiva, de bondad indolente, con capilla en casa y un respeto devoto por los curas de San Luis, siempre preocupada por los intereses de la Iglesia. Sus dos hijas, educadas en el temor de Dios y en las preocupaciones de la moda, eran beatas y chic, hablaban con igual fervor de la humildad cristiana que del último figurín de Bruselas. Un periodista de la época había dicho de ellas: «Todos los días piensan en la *toilette* con la que entrarán en el paraíso».

En el aislamiento de Carcavelos, en aquella quinta de alamedas aristocráticas en las que chillaban los pavos reales, las dos señoritas se aburrían. La religión, la caridad eran enton- ces ocupaciones ávidamente aprovechadas: cosían vestidos para los pobres de la parroquia, bordaban paramentos para los altares de la iglesia. Desde mayo hasta octubre estaban en- teramente absorbidas por la tarea de «salvar su alma»; leían libros beatos y dulces; como no tenían São Carlos, las visitas, la Aline, recibían curas y cotilleaban sobre las virtudes de los santos. Dios era su lujo de verano.

La señora marquesa había decidido muy pronto hacer in- gresar a Amaro en la vida eclesiástica. Su figura pálida y fla- cucha pedía aquel destino recogido: era ya aficionado a las cosas de capilla y su mayor placer era anidar junto a las mu- jeres, entre el calor de sus faldas, oyéndolas hablar de san- tas. La señora marquesa no quiso mandarlo al colegio por- que desconfiaba de la impiedad de los tiempos y de las amistades inmorales. El capellán de la casa le enseñaba el la- tín y la hija mayor, doña Luisa, que tenía nariz de caballete y leía a Chateaubriand, le daba lecciones de francés y de geo- grafía.

Amaro era, como decían los criados, «un mosquita muer- ta». Nunca jugaba, nunca corría al aire libre. Si algunas tardes acompañaba a la marquesa por las alamedas de la finca, cuan- do paseaba ella del brazo del padre Liset o del respetuoso pro- curador Freitas, él caminaba a su lado, como un monito, muy encogido, retorciendo con las manos húmedas el forro de los bolsillos, vagamente temeroso de la espesura del arbolado y del movimiento de las hierbas altas.

Se hizo muy miedoso. Dormía con la lamparita encendida, al lado de una vieja ama. Las criadas, además, lo afeminaban; lo encontraban guapito, lo colocaban entre ellas, lo besu- queaban, le hacían cosquillas; y él rodaba entre sus faldas, en contacto con sus cuerpos, con grititos de satisfacción. A ve- ces, cuando la señora marquesa salía, lo vestían de mujer, en- tre grandes risas; él se dejaba hacer, semidesnudo, con sus gestos lánguidos, los ojos entrecerrados y coloretes rojos en las mejillas. Aparte de eso, las criadas lo utilizaban unas contra otras en sus intrigas: Amaro era el correveidile de sus quejas. Se volvió muy liante, muy mentiroso.

A los once años ayudaba en misa y los sábados limpiaba la capilla. Era su día preferido; se cerraba por dentro, colocaba los santos sobre una mesa, bajo la luz, besándolos con ternuras devotas y placer goloso; y durante toda la mañana, muy atareado, canturreando el «Santísimo», limpiaba de bichos los vestidos de las Vírgenes y lavaba con yeso y gres las aureolas de los mártires.

Entretanto, crecía; y su aspecto seguía siendo el mismo, menudo y pálido; nunca reía a carcajadas, andaba siempre con las manos en los bolsillos. Estaba continuamente metido en las habitaciones de las criadas, curioseando en sus cajones; revolvía entre las faldas sucias, olía los algodones postizos. Era extremadamente perezoso y por las mañanas costaba arrancarlo de una somnolencia enfermiza que lo dejaba como derretido, todo envuelto entre las mantas y abrazado a la almohada. Ya andaba un poco encorvado y los criados le llamaban «el curita».

Un domingo de carnaval por la mañana, después de misa, cuando se dirigía a la terraza, la señora marquesa cayó muerta de repente por una apoplejía. Dejaba en su testamento un legado para que Amaro, el hijo de su criada Joana, entrase a los quince años en el seminario y se ordenase. El padre Liset quedaba encargado de llevar a cabo esta disposición piadosa. Amaro tenía entonces trece años.

Las hijas de la señora marquesa dejaron inmediatamente Carcavelos y se fueron a Lisboa, a casa de doña Bárbara de Noronha, su tía paterna. Amaro fue enviado a casa de su tío, en A Estrela. El tendero era un hombre obeso, casado con la hija de un funcionario pobre que lo había aceptado para poder salir del hogar paterno, donde la mesa era escasa; ella tenía que hacer las camas y nunca iba al teatro. Pero odiaba a su marido, sus manos velludas, la tienda, el barrio y su apellido de señora Gonçalves. El marido, en cambio, la adoraba como si fuese la alegría de su vida, su lujo; la cargaba de joyas y le llamaba «mi duquesa».

Amaro no encontró allí el elemento femenino y cariñoso que tan cálidamente lo arropaba en Carcavelos. Su tía casi no se fijaba en él; se pasaba los días leyendo novelas, las reseñas teatrales de los periódicos, vestida de seda, cubierta de polvos de arroz, peinada con tirabuzones, esperando la hora en que el Cardoso, galán de A Trindade, estirando los puños de la camisa, pasaba bajo su ventana. Entonces el tendero se apropió de Amaro como de una herramienta imprevista y lo puso en el mostrador. Lo obligaba a levantarse a las cinco de la mañana; y el muchacho temblaba en su chaqueta de paño azul, mojando deprisa el pan en la taza de café, sentado en una esquina de la mesa de la cocina. Lo detestaban; su tía le llamaba «el cebolla» y su tío «el burro». Les dolía hasta el raquítico pedazo de carne de vaca que le daban en la comida. Amaro adelgazaba, y lloraba cada noche.

Ya sabía que a los quince años debería entrar en el seminario. Su tío se lo recordaba todos los días:

–¡No creas que te vas a quedar aquí holgazaneando toda la vida, burro! En cuanto cumplas los quince años, al seminario. ¡No tengo obligación de cargar contigo! Yo no alimento animales que no rindan.

Y el muchacho ansiaba el seminario como una liberación.

Nadie le había preguntado nunca por sus tendencias o por su vocación. Le imponían una sobrepelliz; su naturaleza pasiva, fácilmente dominable, la aceptaba igual que aceptaría un uniforme. Por lo demás, no le desagradaba «ser cura». Desde su abandono de los rezos perpetuos de Carcavelos conservaba su miedo al infierno, pero había perdido el fervor por los santos; recordaba, no obstante, a los curas que había visto en casa de la señora marquesa, gentes blancas y bien tratadas que comían al lado de las señoras y tomaban rapé en cajas de oro; y le atraía esa profesión en la que se cantan bonitas misas, se comen dulces delicados, se habla en voz baja con las mujeres, viviendo entre ellas, cuchicheando, sintiendo su calor penetrante, y se reciben regalos en bandejas de plata. Recordaba al padre Liset con un anillo de rubí en el dedo meñique; a monseñor Savedra con sus bellos anteojos de oro, bebiendo a pequeños tragos su copa de madeira. Las hijas de la señora marquesa les bordaban pantuflas. Un día había visto a un obispo que había sido cura en Bahía, había viajado, había estado en Roma, era muy jovial; y en la sala, con sus manos ungidas y olorosas a agua de colonia apoyadas en la empuñadura de oro del bastón, completamente rodeado de señoras arrobadas y rebosantes de risa beata, cantaba para entretenerlas con su hermosa voz:

Mulatinha da Baía,
nascida no Capujá...

Un año antes de entrar en el seminario, su tío lo envió a un maestro para que perfeccionase el latín y lo dispensó de estar en el mostrador. Por primera vez en su existencia Amaro tuvo libertad. Iba solo a la escuela, paseaba por las calles. Vio la ciudad, los juegos de los niños, se asomó a las puertas de los cafés, leyó las carteleras de los teatros. Sobre todo, empezó a fijarse mucho en las mujeres y, viendo todo aquello, le sobrevenían grandes melancolías. Su hora triste era el anochecer, cuando volvía de la escuela, o los domingos después de haber ido a pasear con el tendero al Jardim da Estrela. Su habitación estaba arriba, en el desván, con una ventanita abierta sobre los tejados. Se asomaba allí a mirar y veía parte de la ciudad baja que poco a poco se iba llenando de puntos de luz de gas; le parecía percibir que llegaba de allí un rumor indefinido: era la vida que no conocía y que juzgaba maravillosa, los cafés abrasados de luz y las mujeres arrastrando sus frufrús de seda por los peristilos de los teatros; se perdía en imaginaciones difusas y, de pronto, en el fondo negro de la noche se le aparecían fragmentos de formas femeninas, una pierna con botines de sarga y una media muy blanca, o un brazo rollizo remangado hasta el hombro... Pero abajo, en la cocina, la criada empezaba a lavar la loza, cantando: era una mocita gorda, llena de pecas; y le entraban entonces ganas de bajar, de rozarse contra ella o de quedarse en un rincón viéndola escaldar los platos; se acordaba de otras mujeres que había visto en las calles de mala nota, con las faldas engomadas y ruidosas, paseando con el cabello suelto, con los botines sucios; y desde lo más hondo de su ser le subía un deseo inconcreto, como las ganas de abrazar a alguien, de no sentirse solo. Se juzgaba desdichado, pensaba en matarse. Pero su tío le gritaba desde abajo:

—¿Estás estudiando, badulaque?

Y poco después, inclinado sobre Tito Livio, cabeceando de sueño, sintiéndose un desgraciado, refregando una rodilla contra otra, torturaba el diccionario.

Por aquella época empezaba a sentir cierto desapego hacia la vida de cura «porque no podría casarse». Ya las compañías escolares habían introducido en su naturaleza femenil curiosidades, morbos. Fumaba cigarrillos a escondidas; adelgazaba y estaba más pálido.

Entró en el seminario. Los largos pasillos de piedra un poco húmedos, las luces tristes, las habitaciones estrechas y enrejadas, las sotanas negras, el silencio reglamentado, el sonido de las campanillas le causaron durante los primeros días una tristeza lúgubre, amedrentada. Pero pronto hizo amistades; gustó su cara bonita. Comenzaron a tutearlo, a admitirlo durante las horas de recreo o en los paseos del domingo, en las conversaciones en las que se contaban anécdotas de los profesores, se calumniaba al rector y se lamentaban perpetuamente las melancolías de la clausura. Porque casi todos hablaban con nostalgia de las existencias libres que habían dejado atrás: los de la aldea no podían olvidar las eras bañadas por el sol, las esfoyazas llenas de canciones y de abrazos, las yuntas de bueyes de regreso a casa mientras una niebla ligera ascendía desde los prados; los que venían de villas pequeñas echaban de menos las calles sinuosas y tranquilas en las que cortejaban a las vecinas, los alegres días de mercado, la gran aventura de hacer novillos. No les bastaba el enlosado patio de recreo, con sus árboles raquíticos, los altos muros somnolientos, el monótono juego de pelota: se ahogaban en la estrechez de los pasillos, en la sala de san Ignacio, donde se hacían las meditaciones de la mañana y se estudiaban de noche las lecciones; y todos envidiaban los destinos libres, aun los más humildes: el mulero que veían pasar por la carretera acariciando a sus machos, el boyero que cantaba al compás del áspero chirriar de las ruedas, y hasta los mendigos errantes, apoyados en su cayado, con sus alforjas oscuras.

Desde la ventana de un pasillo se veía un recodo de la carretera: hacia el crepúsculo solía pasar una diligencia levantando polvo, entre los estallidos del látigo, al trote de tres yeguas, cargada de maletas; pasajeros alegres, con las rodillas bien abrigadas, espiraban el humo de los cigarrillos; ¡cuántas miradas los seguían! ¡Cuántos deseos viajaban con ellos hacia los alegres pueblos y hacia las ciudades, a través de la frescura de las mañanas o bajo la claridad de las estrellas!

Y en el refectorio, ante el escaso caldo de hortalizas, cuando el director, con voz grave, comenzaba a leer monótonamente las cartas de algún misionero de la China o las pastorales del señor obispo, ¡qué añoranza de las comidas familiares, de los buenos trozos de pescado! ¡El tiempo de la matanza! ¡Los chicharrones calientes crepitando en el plato! ¡Las olorosas mollejas!

Amaro no dejaba atrás cosas queridas: venía de la brutalidad de su tío, del rostro hastiado de su tía cubierto de polvos de arroz; pero sin darse cuenta también empezó a tener nostalgia de sus paseos dominicales, de la luz de gas y de los regresos de la escuela con los libros atados por una correa, cuando se paraba ante los escaparates de las tiendas ¡para contemplar con la cara pegada al cristal la desnudez de los maniquíes!

No obstante, poco a poco, con su naturaleza amorfa, fue entrando como una oveja indolente en la disciplina del seminario. Forraba regularmente sus manuales; cumplía con prudente exactitud en los servicios eclesiásticos; y callado, encogido, inclinándose mucho ante los profesores, llegó a obtener buenas notas.

Nunca había podido comprender a los que parecían gozar dichosos del seminario y torturaban sus rodillas meditando cabizbajos los textos de la *Imitación* o de san Ignacio; en la capilla, con los ojos en blanco, palidecían de éxtasis; incluso el recreo o los paseos se los pasaban leyendo algún librito de *Louvores a Maria*; y cumplían encantados las más pequeñas normas, incluso la de subir sólo un escalón de cada vez, como recomienda san Buenaventura. A ésos el seminario les proporcionaba un gozo anticipado del cielo: a él sólo le ofrecía las humillaciones de una prisión y el tedio de una escuela.

Tampoco entendía a los ambiciosos: los que querían ser caudatarios de un obispo y, en las soberbias salas de los palacios episcopales, levantar los reposteros de damasco viejo; los que, una vez ordenados, deseaban vivir en las ciudades, servir en una iglesia aristocrática y cantar con voz sonora ante las damas ricas, apiñadas en un rumor de sedas sobre la alfombra del altar mayor. Otros incluso soñaban destinos fuera de la Iglesia: ambicionaban ser militares y arrastrar por las calles empedradas el tintineo de un sable; o la harta vida campesina y, desde el alba, con un sombrero de alas anchas y en una buena montura, trotar por los caminos, dar órdenes por las extensas eras abarrotadas de haces, apearse en las puertas de las tabernas. Y, a no ser algunos devotos, todos, aspirantes al sacerdocio o a destinos seculares, querían dejar la estrechez del seminario para comer bien, ganar dinero y conocer mujeres.

Amaro no deseaba nada.

—Yo no sé —decía melancólicamente.

Entretanto, escuchando por simpatía a aquellos para quienes el seminario era «una condena a galeras», salía muy perturbado de aquellas conversaciones llenas de impaciente ambición de vida libre. A veces hablaban de escaparse. Hacían planes, calculando la altura de las ventanas, las peripecias de la noche negra por los caminos: se imaginaban bebiendo en las barras de las tabernas, salas de billar, calientes alcobas femeninas. Amaro se ponía muy nervioso: durante la noche se revolvía insomne en su catre y, en el fondo de sus imaginaciones y sueños, ardía, como una brasa silenciosa, el deseo de mujer.

En su celda había una imagen de la Virgen coronada de estrellas, de pie sobre la esfera terrestre, la mirada errante en la luz inmortal, pisoteando a la serpiente. Amaro se volvía hacia ella como hacia un refugio, le rezaba la Salve; pero, al contemplar la litografía, olvidaba la santidad de la Virgen, sólo veía ante sí a una hermosa muchacha rubia; la amaba, suspiraba, al desnudarse la miraba de reojo lúbricamente; y su curiosidad hasta se atrevía a levantar los castos pliegues de la túnica azul de la imagen y suponer formas, redondeces, la carne blanca... Creía entonces ver los ojos del tentador brillando en la oscuridad del cuarto; rociaba la cama con agua bendita; pero los domingos en el confesionario no se atrevía a revelar estos delirios.

¡Cuántas veces en los sermones había oído al profesor de moral, con su voz robusta, hablar del pecado, compararlo con la serpiente y, con palabras untuosas y gestos retorcidos, dejando caer lentamente la pompa meliflua de sus frases, aconsejar a los seminaristas que, imitando a la Virgen, pisoteasen a la *serpiente ominosa*! Y después era el profesor de teología mística el que, aspirando su rapé, hablaba del deber de «¡vencer a la naturaleza!». Y citando a san Juan de Damasco y a san Crisólogo, a san Cipriano y a san Jerónimo, explicaba los anatemas de los santos contra la mujer, a quien llamaba, conforme a las expresiones de la Iglesia, serpiente, dardo, hija de la mentira, puerta del infierno, cabeza de pecado, escorpión...

–Y como dice nuestro padre san Jerónimo –y se sonaba estruendosamente–, ¡camino de iniquidades, *iniquitas via*!

¡Hasta en los manuales encontraba la obsesión por la mujer! ¿Qué criatura era aquella que, a lo largo y a lo ancho de la teología, era unas veces elevada al altar como reina de la gracia, y otras veces maldecida con apóstrofes bárbaros? ¿Qué poder era el suyo que la legión de los santos ora se arracima junto a ella, en extática pasión, otorgándole por aclamación el gran reino de los cielos, ora huye ante su presencia como del enemigo universal, entre sollozos de terror y gritos de odio y, escondiéndose en las tebaidas y en los claustros para no verla, muere allí del mal de haberla amado? Sentía, sin definirlas, estas perturbaciones que renacían y lo desmoralizaban continuamente; y ya antes de haber hecho sus votos, desfallecía con el deseo de quebrantarlos.

Y a su alrededor notaba las mismas rebeliones de la naturaleza: los estudios, los ayunos, las penitencias podían domar el cuerpo, producir en él hábitos maquinales, pero por dentro se movían silenciosamente los deseos, como serpientes tranquilas en su nido. Los que más sufrían eran los sanguíneos, tan dolorosamente constreñidos por la regla como sus gruesas muñecas plebeyas por los puños de la camisa. Así, cuando estaban solos, el temperamento irrumpía: se peleaban, medían sus fuerzas, provocaban tumultos. En los linfáticos la naturaleza reprimida producía grandes melancolías, silencios indolentes: se vengaban entonces en el amor por los pequeños vicios: jugar con una vieja baraja, leer una novela, conseguir un paquete de cigarrillos tras demoradas intrigas… ¡Son tantos los encantos del pecado!

Amaro casi envidiaba a los estudiosos: al menos ellos estaban contentos, estudiaban sin descanso, garabateaban notas en el silencio de la espaciosa biblioteca, eran respetados, usaban gafas, tomaban rapé. Él mismo tenía a veces ambiciones súbitas de ciencia; pero ante los vastos infolios le sobrevenía un tedio insuperable. Era, no obstante, devoto: rezaba, tenía una fe ilimitada en ciertos santos, un angustioso temor de Dios. ¡Pero odiaba la clausura del seminario! La capilla, los sauces llorones del patio, las comidas monótonas en el enorme refectorio enlosado, los olores de los pasillos, todo aquello le causaba una tristeza irritada: le parecía que sería bueno, puro, creyente, si estuviese en la libertad de una calle o en la paz de una casa de campo, fuera de aquellas negras paredes. Adelgazaba, sufría continuos sudores; y el último año, después de los pesados servicios de Semana Santa, cuando empezaban los calores, ingresó en la enfermería con una fiebre nerviosa.

Finalmente se ordenó por las témporas de san Mateo; y poco tiempo después recibió, todavía en el seminario, esta carta del señor padre Liset:

Mi querido hijo y nuevo colega:

Ahora que se ha ordenado creo en conciencia que debo darle cuenta del estado de sus asuntos, pues quiero cumplir hasta el final el mandato con que cargó mis débiles hombros nuestra llorada marquesa, concediéndome el honor de administrar el legado que le dejó. Porque, aunque los bienes mundanos poco deban importar a un alma consagrada al sacerdocio, son siempre las buenas cuentas las que hacen los buenos amigos. Sabrá pues, querido hijo, que el legado de la querida marquesa –hacia quien debe guardar en su alma gratitud eterna– está completamente exhausto. Aprovecho esta ocasión para decirle que después de la muerte de su tío, su tía, una vez liquidado el negocio, se adentró en un camino que el respeto me impide calificar: cayó bajo el imperio de las pasiones, se unió ilegítimamente, vio sus bienes perdidos a la par que su pureza y hoy regenta una casa de huéspedes en la Rua dos Calafates número 53. Si toco estas impurezas, cuyo conocimiento resulta tan impropio para un joven sacerdote, es porque quiero darle cabal noticia de su respetable familia. Su hermana, como sin duda ya sabe, hizo una boda rica en Coimbra, y aunque en el matrimonio no es el oro lo que debemos apreciar, es sin embargo importante para futuras circunstancias que usted, querido hijo, esté al corriente de este hecho. Sobre lo que me escribió nuestro querido rector respecto a enviarlo a usted a la parroquia de Feirão, en A Gralheira, voy a hablar con algunas personas importantes que tienen la enorme bondad de atender a un pobre sacerdote que sólo pide a Dios misericordia. Con todo, espero conseguirlo. Persevere, querido hijo mío, en los caminos de la verdad, de la que me consta que su buena alma está repleta, y piense que en este santo ministerio nuestro se encuentra la felicidad cuando llegamos a comprender cuántos son los bálsamos que extiende sobre el pecho y cuántos los consuelos que produce el servicio a Dios. Adiós, querido hijo y nuevo colega. Sepa que mis pensamientos estarán siempre con el pupilo de nuestra llorada marquesa, quien, con toda seguridad, desde el cielo al que la elevaron sus virtudes, suplica a la Virgen a la que tanto sirvió y amó la felicidad de su amado pupilo.

Liset

P. S. El apellido del marido de su hermana es Trigoso. *Liset*.

Dos meses después Amaro fue nombrado párroco de Feirão, en A Gralheira, sierra de la Beira Alta. Estuvo allí desde octubre hasta el final de las nieves.

Feirão es una parroquia pobre de pastores y casi deshabitada en esa estación. Amaro pasó el tiempo muy ocioso, rumiando su aburrimiento junto al fuego, oyendo al invierno bramar fuera, en la sierra. Por primavera quedaron vacantes en los distritos de Santarem y de Leiria parroquias populosas, con buenas congruas. Entonces Amaro le escribió a su hermana hablándole de su pobreza en Feirão; ella le envió, aconsejándole economía, doce monedas para que fuese a Lisboa a solicitar destino. Amaro partió inmediatamente. Los aires limpios y vivos de la sierra habían fortalecido su sangre; volvía robusto, recio, simpático, con buen color en la piel trigueña.

Cuando llegó a Lisboa se dirigió a la Rua dos Calafates número 53, a casa de su tía: la encontró vieja, con una peluca enorme llena de lazos rojos, completamente cubierta de polvo de arroz. Se había hecho devota y abrió a Amaro sus delgados brazos con alegría piadosa.

–¡Cómo estás, bonito! ¡Quién te ha visto y quién te ve! ¡Ay, Jesús! ¡Qué cambio!

Admiraba su sotana, su tonsura; y contándole sus desgracias, entre exclamaciones sobre la salvación de su alma y la carestía de la vida, fue conduciéndolo hasta el tercer piso, a una habitación que daba al patio de luces.

–Aquí estarás como un abad –le dijo–. ¡Y baratito!… ¡Ay! Ya me gustaría tenerte gratis, pero… ¡He sido muy desgraciada, Joãozinho!.. ¡Ay, perdona! ¡Amaro! Estoy siempre con ese Joãozinho en la cabeza…

Al día siguiente Amaro buscó al padre Liset en San Luis. Se había ido a Francia. Se acordó entonces de la hija pequeña de la señora marquesa de Alegros, doña Joana, que estaba casada con el conde de Ribamar, consejero de Estado, influyente, regenerador fiel desde el 51 y dos veces ministro del reino.

Y aconsejado por su tía, después de haber tramitado su solicitud, se fue una mañana a casa de la señora condesa de Ribamar, en Buenos Aires. Un cupé esperaba a la puerta.

–La señora condesa va a salir –le dijo un criado de corbata blanca y chaqueta de alpaca, amparado en la sombra del vestíbulo, con un cigarro en la boca.

En ese momento una señora vestida de blanco asomaba por una puerta de batientes forrada de bayeta verde, sobre un escalón de piedra, al fondo del patio empedrado. Era alta, delgada, rubia, con pequeños rizos sobre la frente, gafas de oro sobre una nariz comprimida y aguda y en el mentón un pequeño atisbo de pelos blancos.

–¿Ya no me conoce, señora condesa? –dijo Amaro con el sombrero en la mano, avanzando inclinado–. Soy Amaro.

–¿Amaro? –dijo ella, como si le extrañase el nombre–. ¡Ah, Jesús, pero mira quién es! ¡Si está hecho un hombre! ¡Quién lo diría!

Amaro sonreía.

–¡Cómo iba yo a esperar que!… –continuó ella, admirada–. ¿Y ahora está en Lisboa?

Amaro le habló de su destino en Feirão, de la pobreza de la parroquia…

–Así que he venido a pedir otro destino, señora condesa.

Ella lo escuchaba con las manos apoyadas en un largo quitasol de seda clara y Amaro sentía que venía de ella un perfume de polvo de arroz y una frescura de algodones.

–Pues no se preocupe –dijo ella–, quede tranquilo. Mi marido se ocupará de su caso. Yo me encargo de eso. Ande, venga por aquí. –Y con un dedo sobre los labios–: Espere, mañana me voy a Sintra. El domingo no. Lo mejor es dentro de quince días. De aquí a quince días por la mañana, seguro. –Y riendo con sus grandes dientes frescos–: Me parece que lo estoy viendo, traduciendo a Chateaubriand con mi hermana Luisa. ¡Cómo pasa el tiempo!

–¿Está bien su señora hermana? –preguntó Amaro.

–Sí, bien. Está en una quinta en Santarém.

Le ofreció su mano enguantada en *peau de suède* con un apretón decidido que hizo tintinear sus pulseras de oro y entró en el cupé, delgada y ligera, con un movimiento que resaltó la blancura de sus faldas.

Amaro inició entonces su espera. Era en julio, en plena canícula. Por la mañana decía misa en São Domingos y el resto del día, en zapatillas y chaqueta de punto, arrastraba su ociosidad por la casa adelante. A veces iba al comedor a charlar con su tía; las ventanas estaban cerradas, en la penumbra susurraban las moscas su monótono zumbido; su tía, en un rincón del viejo canapé de mimbre, hacía croché con los anteojos encabalgados en la punta de la nariz; Amaro, bostezando, hojeaba un viejo número de *Panorama*.

Al anochecer salía a dar un par de vueltas por O Rossio. Se ahogaba en el aire pesado e inmóvil. Por todas partes se pregonaba monótonamente: «¡Agua fresca!». En los bancos, bajo los árboles, dormitaban vagabundos con las ropas remendadas; alrededor de la plaza rodaban sin cesar, lentamente, coches de alquiler vacíos; resplandecían las luces de los cafés; y las multitudes en calma, sin rumbo, bostezando, paseaban su pereza por las aceras.

Después Amaro volvía a casa y, en su habitación, con la ventana abierta al calor de la noche, tumbado sobre la cama, en mangas de camisa, descalzo, fumaba cigarros, rumiaba sus esperanzas. Lo asaltaba la alegría al recordar, a cada instante, las palabras de la condesa: «Quede tranquilo. Mi marido se ocupará de su caso». Y ya se veía párroco en un bonito pueblo, en una casa con una huerta llena de coles y de lechugas frescas, tranquilo e importante, recibiendo fuentes de dulces de las devotas ricas.

En aquella época vivía en un estado de ánimo muy sosegado. Los furores que en el seminario le causaba la continencia se habían calmado con los favores obtenidos en Feirão de una gorda pastora, cuya imagen tocando a misa los domingos, colgada de la cuerda de la campana, girando en sus faldas de lana marrón y con la cara enrojecida, a punto de reventar, gustaba mucho a Amaro. Ahora, sereno, tributaba puntualmente al cielo las oraciones que ordena el ritual, tenía la carne contenta y callada y buscaba establecerse satisfactoriamente.

Transcurridos quince días fue a casa de la señora condesa.

–No está –le dijo un palafrenero.

Volvió al día siguiente, ya inquieto. Los batientes verdes estaban abiertos; y Amaro subió despacio, pisando con timidez la gran alfombra roja sujeta con varillas metálicas. Desde la alta claraboya descendía una luz suave; al final de la escalera, en el rellano, sentado en una banqueta de tafilete escarlata, un criado apoyado en la pared blanca y pulida, con la cabeza colgando y el labio caído, dormía. Hacía mucho calor; aquel solemne silencio aristocrático amedrentaba a Amaro; estuvo un momento dudando, con su quitasol pendiente del dedo meñique; tosió levemente para despertar al criado, que le parecía terrible con sus hermosas patillas negras, su magnífico collar de oro; ya iba a bajar cuando oyó tras un repostero una estentórea risa masculina. Sacudió con el pañuelo el polvo blanquecino de los zapatos, se estiró los puños y entró muy colorado en una amplia sala forrada de damasco amarillo; a través de los ventanales abiertos entraba una gran luz y se veían arboledas de jardín. En el centro de la sala tres hombres conversaban de pie. Amaro avanzó, balbució:

–No sé si molesto…

Un hombre alto, de bigote cano y anteojos de oro se volvió sorprendido, con el cigarro a un lado de la boca y las manos en los bolsillos. Era el señor conde.

–Soy Amaro…

–¡Ah! –dijo el conde–. ¡El señor padre Amaro! ¡Lo conozco muy bien! Tenga la bondad… Mi mujer me ha puesto al tanto. Tenga la bondad… –Y dirigiéndose a un hombre bajo y rechoncho, casi calvo, con pantalones blancos muy cortos–: Es la persona de la que le he hablado. –Se volvió hacia Amaro–: Es el señor ministro.

Amaro se inclinó servilmente.

–El señor padre Amaro –dijo el conde de Ribamar– se crió de pequeño en casa de mi suegra. Nació allí, creo…

–Sí, señor conde –dijo Amaro, que se mantenía alejado, con el quitasol en la mano.

–Mi suegra, que era muy religiosa y una auténtica dama, ¡de eso ya no hay ahora!, lo hizo cura. Hubo hasta una herencia, creo… En fin, aquí lo tenemos, párroco… ¿Dónde, señor padre Amaro?

–Feirão, Excelencia.

–¿Feirão? –dijo el ministro, extrañando aquel nombre.

–En la sierra de A Gralheira –informó con prontitud el individuo que tenía a su lado.

Era un hombre delgado, embutido en un abrigo azul, de piel muy blanca, con soberbias patillas negras y un admirable y lustroso cabello engomado que le descendía hasta la nuca separado por una perfecta raya.

–En fin –resumió el conde–, ¡un horror! En la montaña, en una parroquia pobre, sin distracciones, con un clima terrible…

–Yo ya he hecho la solicitud, Excelencia –apuntó Amaro tímidamente.

–Bien, bien –afirmó el ministro–. Se arreglará.

Y mordisqueaba su cigarro.

–Es de justicia –dijo el conde–. Más aún, ¡es una necesidad! Los hombres jóvenes y activos tienen que estar en las parroquias difíciles, en las ciudades... ¡Está claro! Pero no, fíjese, allá en Alcobaça, al lado de mi quinta, está un viejo, un gotoso, un cura antiguo, ¡un imbécil! Así se pierde la fe.

–Es verdad –dijo el ministro–, pero esas colocaciones en las buenas parroquias deben ser, naturalmente, recompensas a los buenos servicios. Es necesario el estímulo...

–Perfectamente –replicó el conde–; pero servicios religiosos, servicios a la Iglesia, no servicios a los gobiernos.

El hombre de las soberbias patillas negras hizo un gesto de objeción.

–¿No cree? –le preguntó el conde.

–Respeto mucho la opinión de Su Excelencia, pero si me lo permite... Sí, a mi modo de ver los párrocos en la ciudad nos son de gran utilidad en los trances electorales. ¡De gran utilidad!

–Pues sí. Pero...

–Fíjese, Excelencia –continuó, ávido de palabra–. Fíjese usted en Tomar. ¿Por qué perdimos? Por la actitud del párroco. Nada más.

El conde intervino:

–Disculpe, pero no debe ser así; la religión, el clero no son agentes electorales.

–Perdón... –quería interrumpir el otro.

El conde lo detuvo con un gesto firme; y grave, pausadamente, con palabras rebosantes de la autoridad de un vasto entendimiento:

–La religión –dijo– puede, debe incluso ayudar a la estabilidad de los gobiernos, actuando, por decirlo así, como freno...

–Eso, eso –murmuró arrastradamente el ministro, escupiendo briznas de tabaco masticado.

–Pero descender a las intrigas –continuó el conde despacio–, a los embrollos... Perdóneme, mi querido amigo, pero eso no es cristiano.

–Pues yo lo soy, señor conde –exclamó el hombre de las patillas soberbias–. ¡Cristiano a machamartillo! Pero también soy liberal. Y entiendo que el gobierno representativo... Sí, digo yo... con las garantías más sólidas...

–Mire –interrumpió el conde–, ¿sabe adónde conduce eso? Al desprestigio del clero y al desprestigio de la política.

–Pero ¿son o no son las mayorías un principio *sagrado*? –gritaba, enrojecido, el de las patillas, recalcando el adjetivo.

–Son un principio *respetable*.

–¡Vaya, vaya, Excelencia! ¡Vaya!

El padre Amaro escuchaba, inmóvil.

–Mi mujer debe de querer verlo –le dijo entonces el conde. Y yendo hacia un repostero que levantó:

–Entre. ¡Es el señor padre Amaro, Joana!

Era una sala forrada de papel blanco satinado, con muebles tapizados en cachemira clara. En los huecos de las ventanas, entre los amplios pliegues de las cortinas de claro paño adamascado, recogidas casi a ras del suelo por cintas de seda, el follaje fino de unas plantas delgadas, sin flor, surgía de unos jarrones blancos. Una penumbra fresca daba a todas aquellas blancuras un tono delicado de nube. Sobre el respaldo de una silla, un encumbrado papagayo, apoyado en una sola pata negra, rascaba parsimoniosamente, con movimientos ganchudos, su cabeza verde. Amaro, aturullado, se inclinó hacia una esquina del sofá donde vio los cabellos rubios y ondulados de la señora condesa, que le cubrían vaporosamente la frente, y los relucientes aros de oro de sus anteojos. Un muchacho gordo, de rostro rechoncho, sentado frente a ella en una silla baja, con los codos sobre las rodillas abiertas, se ocupaba en balancear, como si fuese un péndulo, un *pince-nez* de tortuga. La condesa tenía en el regazo una perrita y con su mano seca y fina, llena de venas, le colocaba y le recolocaba el pelo, blanco como algodón.

–¿Cómo está, señor Amaro? –La perra gruñó–. Quieta, Jóia. ¿Sabe que ya he hablado de su asunto? Quieta, Jóia... El ministro está ahí.

–Sí, señora –dijo Amaro, de pie.

–Siéntese aquí, señor padre Amaro.

Amaro se sentó en el borde de un *fauteuil*, con su quitasol en la mano, y reparó entonces en una señora alta que estaba de pie junto al piano hablando con un joven rubio.

—¿Qué ha hecho estos días, señor Amaro? —dijo la condesa—. Dígame una cosa, ¿y su hermana?

—Está en Coimbra. Se casó.

—¡Ah! ¡Se casó! —dijo la condesa, haciendo girar sus anillos. Hubo un silencio. Amaro, con los ojos bajos, pasaba con gesto confuso y vacilante los dedos por los labios.

—¿El señor padre Liset está fuera? —preguntó.

—Está en Nantes. Tiene una hermana que está muriéndose —dijo la condesa—. Está igual que siempre: muy amable, muy dulce. ¡Es un alma tan virtuosa!…

—Yo prefiero al padre Félix —dijo el muchacho gordo, estirando las piernas.

—¡No diga eso, primo! ¡Jesús, clama al cielo! ¡El padre Liset, tan venerable!… Y además tiene otra manera de decir las cosas, con esa bondad… Se ve que es un corazón delicado.

—Pues sí, pero el padre Félix…

—¡Ay, no diga eso! Es cierto que el padre Félix es una persona muy virtuosa, pero el padre Liset tiene una religión más… —y con un gesto delicado buscaba la palabra—, más fina, más distinguida… En fin, se trata con otra gente y sonriendo hacia Amaro—: ¿No cree?

Amaro no conocía al padre Félix, no se acordaba del padre Liset.

—Ya es mayor el señor padre Liset —observó al azar.

—¿Usted cree? —dijo la condesa—. ¡Pero qué bien conservado! ¡Y qué vivacidad, qué entusiasmo!… ¡Ay, es otra cosa! —Y volviéndose hacia la señora que estaba junto al piano—: ¿No crees, Teresa?

—Ya voy —respondió Teresa, completamente metida en sus pensamientos.

Amaro se fijó entonces en ella. Le pareció una reina, o una diosa, con su alta y fuerte complexión. Un magnífico perfil de hombros y senos; los cabellos negros un poco ondulados destacaban sobre la palidez del rostro aquilino, semejante al perfil dominador de María Antonieta; su vestido oscuro, de mangas cortas y escote cuadrado, rompía, junto a los pliegues de la cola, muy larga, totalmente adornada por encajes negros, el tono monótono y albo de la sala; el cuello, los brazos estaban cubiertos por una gasa negra que transparentaba la blancura de la carne; y se percibía en sus formas la firmeza de los mármoles antiguos y el calor de una sangre sana.

Hablaba en voz baja, sonriendo, en una lengua áspera que Amaro no comprendía, cerrando y abriendo su abanico negro… y el muchacho rubio, guapo, la escuchaba retorciéndose la punta de un bigote fino, con un cuadrado de cristal embuchado en el ojo.

–¿Había mucha devoción en su parroquia, señor Amaro? –preguntaba entretanto la condesa.

–Mucha, gente muy buena.

–Es en las aldeas donde se encuentra aún alguna fe –consideró ella en tono piadoso. Se quejó de la obligación de vivir en la ciudad, en el cautiverio del lujo: ¡le gustaría estar siempre en su quinta de Carcavelos, rezar en la pequeña y vieja capilla, conversar con las buenas almas de la aldea! Y su voz se ponía tierna.

El muchacho rechoncho se reía:

–¡Pero, prima! –decía–, ¡pero prima!

No, lo que era a él, si lo obligasen a oír misa en una capillita de aldea… ¡hasta creía que perdería la fe! No entendía, por ejemplo, la religión sin música… ¡¿Era posible una celebración religiosa sin una buena voz de contralto!?

–Siempre es más bonito –dijo Amaro.

–Está claro que sí. ¡Es otra cosa! ¡Tiene *cachet*! ¿Te acuerdas, prima, de aquel tenor?… ¿Cómo se llamaba? ¡Vidalti! ¿Te acuerdas de Vidalti, el Jueves Santo en Os Inglesinhos? ¿El *Tantum Ergo*?

–Me gustaba más en el *Baile de Máscaras* –dijo la condesa.

–¡Ni idea, prima, no tengo ni idea!

Mientras tanto, el muchacho rubio se había acercado a estrechar la mano a la señora condesa, hablándole en voz baja, muy risueño; Amaro admiraba la nobleza de su complexión, la dulzura de su mirada azul; reparó en que le había caído un guante y se lo recogió servilmente. Cuando salió, Teresa, después de haberse aproximado despacio a la ventana y tras mirar la calle, fue a sentarse en una *causeuse* con un abandono que ponía de relieve la magnífica escultura de su cuerpo. Y volviéndose perezosamente hacia el muchacho rechoncho:

–¿Nos vamos, João?

Entonces la condesa le dijo:

–¿Sabes que el señor padre Amaro se crió conmigo en Benfica?

Amaro enrojeció: sentía que Teresa ponía sobre él sus bellos ojos, de un negro húmedo como el satén oscuro cubierto de agua.

–¿Está en la provincia ahora? –preguntó ella, bostezando un poco.

–Sí, señora, he llegado hace unos días.

–¿En la aldea? –continuó ella, abriendo y cerrando indolentemente su abanico.

Amaro veía las piedras preciosas que resplandecían en sus dedos delgados; acariciando la punta del quitasol, dijo:

–En la sierra, señora.

–Imagínate –intervino la condesa–, ¡es horrible! Nieva siempre, dice que la iglesia no tiene tejado, son todos pastores. ¡Una desgracia! He hablado con el ministro a ver si lo trasladamos. Pídele tú también…

–¿Qué? –dijo Teresa.

La condesa le contó que Amaro había solicitado una parroquia mejor. Mencionó a su madre, el cariño que le tenía a Amaro.

–Se moría por él… Le llamaba de una manera… ¿No recuerda?

–No sé, señora.

–¡Fray Maleitas!... ¡Tiene gracia! Como el señor Amaro andaba tan paliducho, siempre metido en la capilla...

Pero Teresa, dirigiéndose a la condesa:

–¿Sabes a quién se parece este señor?

La condesa se fijó en él, el muchacho rechoncho se colocó el monóculo.

–¿No se parece a aquel pianista del año pasado? –continuó Teresa–. No recuerdo ahora el nombre...

–Ya sé, Jalette –dijo la condesa–. Bastante. En el pelo no.

–¡Claro, el otro no tenía tonsura!

Amaro se puso colorado. Teresa se levantó arrastrando su soberbia cola, se sentó al piano.

–¿Sabe música? –preguntó, volviéndose hacia Amaro.

–La enseñan en el seminario, señora.

Ella en un momento recorrió con la mano el teclado de sonoridades profundas y tocó la frase del *Rigoletto* parecida al *Minueto* de Mozart, lo que dice Francisco I al despedirse de la señora de Crezy en la fiesta del primer acto, cuyo ritmo desolado tiene la lánguida tristeza de amores que se acaban y de brazos que se desenlazan en despedidas supremas.

Amaro estaba embelesado. Aquella sala magnífica, con sus blancuras de nube, el piano apasionado, el cuello de Teresa, que veía bajo la negra transparencia de la gasa, sus trenzas de diosa, las serenas arboledas del jardín señorial, le sugerían vagamente la idea de una existencia superior, de novela, transcurrida sobre alfombras preciosas, en cupés acolchados, con arias de ópera, melancolías de buen gusto y amores de placer extraño. Hundido en la blandura de la *causeuse*, escuchando el llanto aristocrático de la música, recordaba el comedor de su tía y su olor a sofrito: y era como el mendigo que prueba una crema fina y, sorprendido, demora su placer pensando que va a volver a la dureza de los mendrugos resecos y al polvo de los caminos.

Mientras, Teresa, cambiando bruscamente de melodía, cantó la antigua aria inglesa de Haydn que tan sutilmente habla de las melancolías de la separación:

The village seems dead and asleep
when Lubin is away!...

–¡Bravo, bravo! –exclamó el ministro de Justicia apareciendo por la puerta, aplaudiendo con suavidad–. ¡Muy bien! ¡Muy bien! ¡Delicioso!

–Tengo que pedirle una cosa, señor Correia –dijo Teresa, levantándose.

El ministro acudió con prontitud galante.

–¿Qué es, señora? ¿Qué es?

El conde y el individuo de las patillas magníficas entraban, todavía discutiendo.

–Joana y yo tenemos que pedirle una cosa –dijo Teresa.

–¡Yo ya se lo he pedido! ¡Dos veces! –intervino la condesa.

–Pero, señoras –dijo el ministro, sentándose confortablemente, con las piernas muy estiradas, el rostro satisfecho–: ¿De qué se trata? ¿Es algo importante? ¡Dios mío! Prometo, prometo solemnemente...

–Bien –dijo Teresa dándole un golpecito en el brazo con el abanico–. Entonces, ¿cuál es la mejor parroquia vacante?

–¡Ah! –dijo el ministro, comprendiendo y mirando a Amaro, que hundió la cabeza entre los hombros, ruborizado.

El hombre de las patillas, que estaba de pie haciendo saltar con circunspección la tapa de su reloj, se adelantó, muy informado.

–De las vacantes, señora, Leiria, capital de distrito y sede episcopal.

–¿Leiria? –dijo Teresa–. Ya sé, ¿es donde hay unas ruinas?

–Un castillo, señora, edificado por Dom Dinis.

–¡Leiria es excelente!

–¡Pero perdón, perdón! –dijo el ministro–. Leiria, sede del obispado, una ciudad... El señor padre Amaro es un eclesiástico joven...

–¡Vaya, señor Correia! –exclamó Teresa–. ¿Y usted no es joven? El ministro sonrió, inclinándose.

–Di tú algo –le dijo la condesa a su marido, que rascaba con ternura la cabeza del papagayo.

–Me parece inútil, ¡el pobre Correia está vencido! ¡La prima Teresa le ha dicho que es joven!

–Pero perdonen –protestó el ministro–. No creo que sea un halago fuera de lugar; tampoco soy tan viejo…

–¡Oh, infeliz! –gritó el conde–. ¡Acuérdate de que ya conspirabas en mil ochocientos veinte!

–¡Era mi padre, calumniador, era mi padre!

Todos rieron.

–Señor Correia –dijo Teresa–, está decidido. ¡El señor padre Amaro se va a Leiria!

–Bueno, bueno, me rindo –dijo el ministro con un gesto resignado–. ¡Pero es una imposición!

–*Thank you* –dijo Teresa, ofreciéndole su mano.

–Pero, señora, estoy sorprendido –dijo el ministro, mirándola fijamente.

–Hoy estoy contenta –dijo ella.

Miró un momento hacia el suelo, distraída, dando pataditas a su vestido de seda, se levantó, se sentó al piano bruscamente y recomenzó la dulce aria inglesa:

> The village seems dead and asleep
> when Lubin is away!…

Mientras tanto, el conde se había aproximado a Amaro, que se puso en pie.

–Está hecho –le dijo–. Correia se entiende bien con el obispo. En una semana está nombrado. Puede irse tranquilo.

Amaro hizo una cortesía y, servil, fue a decirle al ministro, que estaba junto al piano:

–Señor ministro, le agradezco…

–A la señora condesa, a la señora condesa –dijo el ministro, sonriente.

–Señora, le agradezco… –fue a decirle a la condesa, todo inclinado.

—¡Ay, agradézcaselo a Teresa! Parece que quiere ganar indulgencias.

—Señora… —fue a decirle a Teresa.

—Recuérdeme en sus oraciones, señor padre Amaro —dijo ella.

Y continuó con su voz quejumbrosa, cantando al piano ¡las tristezas de la aldea cuando Lubin está ausente!

A la semana siguiente Amaro recibió su nombramiento. Pero no había olvidado aquella mañana en casa de la señora condesa de Ribamar: el ministro con sus pantalones muy cortos, hundido en el sillón, prometiéndole su nombramiento; la luz clara y serena del jardín entrevisto; el muchacho alto y rubio que decía *yes*… Le volvía continuamente al cerebro aquella aria triste del *Rigoletto*; ¡y lo perseguía la blancura de los brazos de Teresa bajo la gasa negra! Los veía inconscientemente enlazarse despacio en torno al cuello airoso del muchacho rubio. Entonces lo detestaba a él y a la lengua bárbara que hablaba y a la tierra herética de donde venía: y le latía la sangre en las sienes ante la idea de que un día podría confesar a aquella mujer divina y sentir el roce de su vestido de seda negra contra su sotana de alpaca vieja, en la oscura intimidad del confesionario.

Un día, al amanecer, tras unos grandes abrazos de su tía, partió hacia Santa Apolónia con un gallego que le llevaba el baúl. Amanecía. La ciudad estaba silenciosa, se iban apagando las farolas. De vez en cuando pasaba algún carro que hacía vibrar la calzada; las calles le parecían interminables; empezaban a llegar campesinos montados en sus burros, con las piernas oscilantes cubiertas por altas botas embarradas; en una y otra calle voces agudas anunciaban ya los periódicos; y los mozos de los teatros corrían con el caldero de engrudo, pegando los carteles por las esquinas.

Cuando llegó a Santa Apolónia la claridad del sol anaranjaba el aire tras los montes de Outra Banda; el río se extendía, inmóvil, surcado por franjas sin brillo del color del acero; y ya navegaba alguna vela de falúa, lenta y blanca.

IV

Al día siguiente, en la ciudad se hablaba de la llegada del nuevo párroco y ya todos sabían que había traído un baúl de hojalata, que era delgado y alto y que llamaba «profesor» al canónigo Dias.

Las amigas de la Sanjoaneira —las íntimas, doña Maria da Assunção, las Gansoso— fueron enseguida a su casa, por la mañana, «para ponerse al tanto»... Amaro había salido a las nueve con el canónigo. La Sanjoaneira, radiante, importante, las recibió en lo alto de la escalera, remangada, en plena faena matinal; e inmediatamente, muy animada, les contó la llegada del párroco, sus buenos modales, lo que había dicho...

—Pero bajad, quiero que veáis.

Les enseñó la habitación del cura, el baúl de hojalata, una estantería que le había puesto para los libros.

—Está muy bien, está todo muy bien —decían las viejas, recorriendo la habitación despacio, con el mismo respeto que si estuviesen en una iglesia.

—¡Qué buen abrigo! —observó doña Joaquina Gansoso, palpando el paño de los amplios faldones que caían desde lo alto del perchero—. ¡Es una prenda magnífica!

—¡Y qué buena ropa interior! —dijo la Sanjoaneira levantando la tapa del baúl.

El grupo de ancianas se inclinó con admiración.

—A mí lo que me gusta es que sea un chico joven —dijo doña Maria da Assunção piadosamente.

—También a mí —dijo con autoridad doña Joaquina Gansoso—. Eso de que esté la gente confesándose y viendo el rapé pingando de la nariz, como pasaba con el Raposo..., ¡por favor! ¡Hasta se pierde la devoción! ¡Y el bruto del José Miguéis! No, antes de eso que Dios me mate con gente joven.

La Sanjoaneira les mostraba las demás maravillas del párroco: un crucifijo todavía envuelto en un periódico viejo, el álbum de retratos, en el que la primera estampa era una fotografía del Papa bendiciendo a la cristiandad. Quedaron extasiadas.

–Más no se puede pedir –decían–, ¡más no se puede pedir!

Al despedirse, entre muchos besos a la Sanjoaneira, la felicitaron porque, hospedando al párroco, había adquirido una autoridad casi eclesiástica.

–Venid esta noche –dijo ella desde lo alto de la escalera.

–¡Seguro!... –gritó doña Maria da Assunção, ya en la puerta de la calle, cruzando su manteleta–. ¡Seguro!... ¡Así lo vemos bien!

A mediodía llegó el Libaninho, el beato más activo de Leiria; y subiendo los escalones a la carrera, ya gritaba con su voz fina:

–¡Sanjoaneira!

–Sube, Libaninho, sube –dijo ella, que cosía junto a la ventana.

–Así que ya ha llegado el señor párroco, ¿eh? –preguntó el Libaninho asomando a la puerta del comedor su cara gordita de color limón, la calva reluciente; y acercándose a ella, con pasito corto y meneo de caderas–: Entonces ¿qué tal, qué tal? ¿Tiene buena pinta?

La Sanjoaneira reinició la glorificación de Amaro: su juventud, su aspecto piadoso, la blancura de sus dientes…

–¡Pobrecillo, pobrecillo! –decía el Libaninho rebosante de ternura devota. Pero no podía pararse, ¡se iba a la oficina!–. ¡Adiós, queridita, adiós! –Y toqueteaba con su mano gordezuela el hombro de la Sanjoaneira–. ¡Cada vez estás más gordita! ¡Mira que ayer recé la salve que me pediste, ingrata!

Había entrado la criada.

–¡Adiós, Ruça! Estás muy flaquita: encomiéndate a la Virgen. –Y avistando a Amélia por la puerta entreabierta de la habitación–: ¡Ay, Melinha, que estás hecha una flor! Bien sé yo quién se salvaba por tu gracia.

Y deprisa, contoneándose, con una tosecita aguda, bajó a saltitos la escalera, gimoteando:

–¡Adiós! ¡Adiós, pequeñas!

–¿Vienes esta noche, Libaninho?

–Ay, no puedo, hija, no puedo –y su vocecita era casi un lloriqueo–. Date cuenta de que mañana es Santa Bárbara: ¡tiene derecho a seis padrenuestros!

Amaro había ido a visitar al chantre con el canónigo Dias y le había entregado una carta de recomendación del señor conde de Ribamar.

–Traté mucho al señor conde de Ribamar –dijo el chantre–. En el cuarenta y seis, en Oporto. ¡Somos viejos amigos! Era yo cura de San Ildefonso: ¡ya hace años de eso!

Y reclinándose en el viejo sillón de damasco habló de aquella época con satisfacción; contó anécdotas de la Junta, recordó a las figuras de entonces, imitó sus voces –era una de las especialidades de Su Excelencia–, los tics, las manías, sobre todo de Manuel Passos, a quien describía paseando por la Praça Nova, con su holgado chaquetón pardo y el sombrero de ala ancha diciendo:

–¡Ánimo, patriotas! ¡Xavier resiste!

Los señores eclesiásticos del cabildo rieron divertidos. Hubo una gran cordialidad. Amaro salió muy halagado.

Después cenó en casa del canónigo Dias y los dos salieron a pasear por la carretera de Os Marrazes. Una luz dulce y suave se extendía por los campos; las colinas, el azul del aire tenían un aspecto sosegado, de encantadora tranquilidad; de los casales salían humos blanquecinos y se escuchaban los cencerros melancólicos del ganado que regresaba. Amaro se detuvo junto al puente y dijo, mirando a su alrededor el paisaje suave:

–Pues sí, señor, ¡me parece que voy a estar bien aquí!

–Va a estar estupendamente –aseguró el canónigo sorbiendo su rapé.

Eran las ocho cuando volvieron a casa de la Sanjoaneira.

Las viejas amigas estaban ya en el comedor. Junto a la lámpara de petróleo, Amélia cosía. Doña Maria da Assunção se había puesto el vestido de seda negra, como los domingos: su peluca, de un color rubio rojizo, estaba cubierta por un perifollo de encaje negro; los anillos relucían en sus manos descarnadas, enguantadas en mitones, gravemente posadas en el regazo; desde el broche que cerraba el cuello hasta la cintura le colgaba un grueso collar de oro con pasadores labrados. Se mantenía recta y ceremoniosa, con la cabeza un poco ladeada, los anteojos dorados firmes sobre la nariz caballuna; tenía en el mentón un gran lunar peludo; y cuando se hablaba de devociones o de milagros, sesgaba el cuello y ofrecía una sonrisa muda que descubría sus enormes dientes verdosos, clavados en las encías como cuñas. Era viuda y rica, y padecía de catarro crónico.

—Aquí tiene al nuevo señor párroco, doña Maria —le dijo la Sanjoaneira.

Se levantó, hizo un movimiento de caderas a modo de reverencia, emocionada.

—Éstas son las señoras Gansoso, ya habrá oído hablar... —le dijo la Sanjoaneira al párroco.

Amaro las cumplimentó con timidez. Eran dos hermanas. Pasaban por tener algún dinero, pero solían recibir huéspedes. La mayor, doña Joaquina Gansoso, era una figura seca, con una frente enorme, alargada, dos ojillos vivos, la nariz respingona, la boca muy exprimida. Envuelta en su chal, derecha, de brazos cruzados, hablaba continuamente con voz dominante y aguda, repleta de opiniones. Hablaba mal de los hombres y se entregaba por completo a la Iglesia.

Su hermana, doña Ana, era extremadamente sorda. No hablaba nunca y, con los dedos cruzados sobre el regazo, la mirada baja, hacía girar con parsimonia los dos pulgares. Robusta, con su eterno vestido negro a rayas amarillas, una piel de armiño enrollada al cuello, dormitaba toda la noche y sólo de vez en cuando recordaba su presencia con unos suspiros agudos: se decía que albergaba una pasión funesta por el cobrador del correo. Todos la compadecían y era admirada su habilidad para recortar papeles para cajas de dulces.

También estaba doña Josefa, la hermana del canónigo Dias. Tenía el mote de «Castaña Pilonga». Era una criaturita desmirriada, de perfiles curvos, piel arrugada y del color de la cidra, voz sibilante; vivía en un perpetuo estado de irritación, los pequeños ojos siempre contrariados, con espasmos nerviosos producidos por la tirria, saturada de hiel. Era temida. El maligno doctor Godinho le llamaba «la estación central» de las intrigas de Leiria.

–¿Y ha paseado mucho, señor párroco? –preguntó.

–Hemos ido casi hasta el final de la carretera de Os Marrazes –dijo el canónigo, sentándose pesadamente detrás de la Sanjoaneira.

–¿No le ha parecido bonito, señor párroco? –intervino doña Joaquina Gansoso.

–Muy bonito.

Hablaron de los hermosos paisajes de Leiria, de las buenas vistas: a doña Josefa le gustaba mucho el paseo junto al río; hasta había oído decir que ni en Lisboa había cosa igual.

Doña Joaquina Gansoso prefería la iglesia de la Encarnação, en la parte alta.

–Es muy bonito desde allí.

Amélia dijo sonriendo:

–Pues a mí me gusta aquel trocito junto al puente, debajo de los sauces llorones. –Y partiendo con los dientes el hilo de la costura–: ¡Es tan triste!

Entonces Amaro la miró por primera vez. Llevaba un vestido azul muy ajustado a su bonito pecho; el cuello blanco y liso surgía de una gorguerita doblada hacia fuera; entre sus labios rojos y frescos brillaba el esmalte de los dientes; y al párroco le pareció que un levísimo bozo le ponía en las esquinas de la boca una sombra sutil y dulce.

Hubo un corto silencio; al canónigo Dias, de labio caído, empezaban a cerrársele los párpados.

–¿Qué habrá sido del señor padre Brito? –preguntó doña Joaquina Gansoso.

–Tal vez esté con la jaqueca, ¡pobre de Cristo! –recordó piadosamente doña Maria da Assunção.

Un muchacho que estaba junto al aparador dijo entonces:

–Lo he visto yo hoy, montado a caballo. Iba hacia A Barrosa.

–¡Hombre! –dijo con acidez la hermana del canónigo, doña Josefa Dias–. ¡Qué milagro que se haya fijado usted!

–¿Por qué, señora? –dijo él levantándose y acercándose al grupo de las viejas.

Era alto, iba completamente vestido de negro: en su rostro de piel blanca, armonioso, un poco fatigado, destacaba sobremanera un bigote pequeño, muy negro, caído hacia los lados, que solía mordisquear con sus dientes.

–¡Aún lo pregunta! –exclamó doña Josefa Dias–. ¡Usted, que ni se quita el sombrero cuando lo ve!

–¿Yo?

–Me lo ha dicho él –afirmó ella con voz cortante. Y añadió–: ¡Ay, señor párroco, ya puede usted llamar al señor João Eduardo al buen camino! –Y emitió una risita maligna.

–Pues a mí me parece que no ando en el mal camino –dijo él riendo, con las manos en los bolsillos.

Y a cada momento sus ojos se volvían hacia Amélia.

–¡Qué gracia! –exclamó doña Joaquina Gansoso–. ¡Mire, con lo que dijo usted hoy por la tarde en casa sobre la Santa de Arregaça, no va a ganar el cielo!

–¡Y ahora ésa! –gritó la hermana del canónigo, volviéndose con brusquedad hacia João Eduardo–. Entonces, ¿qué tiene usted que decir de la santa? ¿Acaso piensa que es una impostora?

–¡Ay, Jesús! –dijo doña Maria da Assunção, cruzando las manos y mirando a João Eduardo con terror piadoso–. Pero ¿cómo iba a decir eso? ¡Por Dios!

–No, el señor João Eduardo no sería capaz de decir una cosa así –afirmó gravemente el canónigo, que había despertado, desdoblando su pañuelo rojo.

Entonces Amaro preguntó:

—¿Quién es la santa de Arregaça?

—¡Bueno! Pero ¿no ha oído hablar de ella, señor párroco? —exclamó sorprendida doña Maria da Assunção.

—Seguro que ha oído —aseguraba doña Josefa con autoridad—. ¡Dicen que los periódicos de Lisboa vienen llenos de eso!

—En efecto, es algo extraordinario —ponderó con tono profundo el canónigo.

La Sanjoaneira dejó por un momento el calcetín, y sacándose las gafas:

—Ay, no se imagina, señor párroco, ¡es el milagro de los milagros!

—¡Ya lo creo, ya lo creo! —dijeron.

Hubo un recogimiento piadoso.

—¿Entonces…? —preguntó Amaro con mucha curiosidad.

—Escuche, señor párroco —comenzó doña Joaquina Gansoso, enderezándose en el chal, hablando con gravedad—, la santa es una mujer que vive en una parroquia, cerca de aquí, que está en cama desde hace veinte años…

—Veinticinco —corrigió en voz baja doña Maria da Assunção, tocándole con el abanico en el brazo.

—¿Veinticinco? Pues fíjate, yo al señor chantre le oí decir veinte.

—Veinticinco, veinticinco —confirmó la Sanjoaneira.

Y el canónigo la apoyó, afirmando gravemente con la cabeza.

—¡Está tullidita de todo, señor párroco! —exclamó la hermana del canónigo, ávida de hablar—. ¡Parece una almita de Dios! ¡Los bracitos son como esto! —Y mostraba el dedo meñique—. ¡Para oírla hay que ponerle la oreja al lado de la boca!

—¡Si es que se alimenta de la gracia de Dios! —dijo lastimeramente doña Maria da Assunção—. ¡Pobrecita! Que sólo de pensarlo…

Hubo entre las viejas un silencio conmovido. João Eduardo, quien, de pie detrás de las viejas, con las manos en los bolsillos, sonreía mordisqueándose el bigote, dijo entonces:

–Mire, señor párroco, la cosa es lo que dicen los médicos: que es una enfermedad nerviosa.

Aquella irreverencia escandalizó a las devotas ancianas; doña Maria da Assunção se persignó inmediatamente, «por si acaso».

–¡Por el amor de Dios! –gritó doña Josefa Dias–. ¡Diga eso delante de quien quiera, pero no de mí! ¡Es una afrenta!

–Hasta puede caer un rayo –decía mirando a un lado y a otro doña Maria da Assunção, muy asustada.

–Mire, se lo voy a decir –exclamó doña Josefa Dias–, es usted un hombre sin religión y sin respeto por las cosas santas. – Y volviéndose hacia Amélia, muy ácida–: ¡Yo, desde luego, no le daba una hija!

Amélia se ruborizó; y João Eduardo, también colorado, se inclinó sarcásticamente:

–Yo digo lo que dicen los médicos. Y, por lo demás, le aseguro que no tengo pretensiones de casarme con nadie de su familia. ¡Ni siquiera con usted, doña Josefa!

El canónigo soltó una sonora risotada.

–¡Venga! ¡Fuera de mi vista! –gritó ella, furiosa.

–Pero entonces, ¿qué hace la santa? –preguntó el padre Amaro, para poner paz.

–Todo, señor párroco –dijo doña Joaquina Gansoso–: está siempre en la cama, sabe rezos para todo; persona por la que ella pida, tiene segura la gracia de Dios; la gente que tiene fe en ella se cura de cualquier enfermedad. Y después, cuando comulga, empieza a elevarse y queda con todo el cuerpo en el aire, con los ojos abiertos mirando al cielo, que hasta llega a dar miedo.

Pero en ese momento una voz dijo desde la puerta de la sala:

–¡Viva la vida social! ¡Esto hoy está de primera!

Era un muchacho muy alto, pálido, con las mejillas hendidas, melena rizada, bigote a lo Don Quijote; cuando reía se le ponía en la boca una sombra porque le faltaban casi todos los dientes delanteros; y por sus ojos hundidos, por sus grandes ojeras, erraba un sentimentalismo melifluo. Traía una guitarra en la mano.

–¿Y cómo va todo? –le preguntaron.

–Mal –contestó con voz triste, sentándose–. Estoy siempre con los dolores de pecho, la tosecita…

–Entonces, ¿no le va bien con el aceite de hígado de bacalao?

–¡Qué va! –dijo desconsoladamente.

–Un viaje a Madeira, ¡eso es lo que necesitaba, eso es lo que necesitaba! –dijo doña Joaquina Gansoso con autoridad.

Él rió, con súbita jovialidad.

–¡Un viaje a Madeira! ¡No está mal! ¡Doña Joaquina Gansoso las gasta simpáticas! Un pobre amanuense de oficina que gana dieciocho vintems al día, con mujer y cuatro hijos… ¡A Madeira!

–¿Y ella, Joanita, cómo está?

–¡Pobrecita, va tirando! ¡Tiene salud, gracias a Dios! Está gorda, siempre con buen apetito. Los niños, los dos mayores están enfermos; ¡y encima también la criada está ahora en cama! ¡Es cosa del diablo! ¡Paciencia, paciencia! –Y se encogía de hombros. Pero volviéndose hacia la Sanjoaneira, dándole una palmadita en la rodilla–: ¿Y qué tal va nuestra madre abadesa?

Todos rieron, y doña Joaquina Gansoso informó al párroco de que aquel muchacho, Artur Couceiro, era muy simpático y tenía una hermosa voz. La mejor de la ciudad para los aires populares.

La Ruça había entrado con el té; la Sanjoaneira, de pie, llenando las tazas, decía:

–¡Acercaos, chicas, acercaos, que éste es del bueno! Es de la tienda del Sousa…

Y Artur ofrecía azúcar con su gracejo rancio:

–¡Si está acidito, es cosa de echarle sal!

Las viejas bebían a pequeños sorbos, escogían cuidadosamente las tostadas; se oía el ruido de las mandíbulas masticando; y por causa de la mantequilla derretida y de las gotas de té, extendían todas prudentemente los pañuelos sobre el regazo.

–¿Quiere un pastelito, señor párroco? –dijo Amélia, ofreciéndole el plato–. Son de la Encarnação. Muy fresquitos.

–Gracias.

–Coja aquél. Es tocinillo de cielo.

–¡Ah! Si es del cielo... –dijo él muy risueño.

Y la miró mientras cogía el dulce con la punta de los dedos.

Artur solía cantar después del té. Sobre el piano una vela iluminaba el cuaderno de música; y Amélia, cuando la Ruça se llevó la bandeja, se sentó, recorrió con los dedos el teclado amarillento.

–Entonces, ¿qué va a ser hoy? –preguntó Artur.

Las peticiones se cruzaron: *¡O Guerrilheiro! ¡O Noivado do Sepulcro! ¡O Descrido! ¡O Nunca Mais!*

El canónigo Dias dijo desde su rincón, con pachorra:

–¡Venga, Couceiro! ¡Toque esa de «Tio Cosme, meu breijeiro»!

Las mujeres reprobaron:

–¡Por favor, señor canónigo! ¡Qué ocurrencia!

Y doña Joaquina Gansoso concluyó:

–Nada; algo sentimental para que el señor párroco se haga una idea.

–¡Eso, eso! –dijeron–. ¡Algo sentimental, Artur, algo sentimental!

Artur carraspeó, ensalibó sus labios y, dando repentinamente a su rostro una expresión dolorosa, alzó su voz para cantar lúgubremente: «Adeus, meu anjo! eu vou partir sem ti!».

Era una canción de los tiempos románticos del 51, el *Adeus!* Cantaba una despedida sublime, en un bosque, una pálida tarde de otoño; después, el hombre solitario y maldito, inspirador de un amor fatal, deambula desmelenado por la orilla del mar; había una sepultura olvidada en un valle lejano, ¡pálidas vírgenes acudían a llorar a la luz de la luna llena!

–¡Muy bonito, muy bonito! –murmuraban.

Artur cantaba enternecido, la mirada errante; pero en los intervalos, durante el acompañamiento, sonreía a su alrededor y en su boca llena de sombra se veían los restos de los dientes podridos. El padre Amaro, fumando junto a la ventana, contemplaba a Amélia, transportado por aquella melodía sentimental y mórbida: una línea luminosa contorneaba su fino perfil al contraluz; sobresalía armoniosamente la curva de su pecho; y él seguía el movimiento de sus párpados de largas pestañas, que subían y bajaban dulcemente del teclado a la partitura. João Eduardo, a su lado, le pasaba las hojas.

Pero Artur, con una mano en el pecho y la otra levantada en el aire, soltó la última estrofa con gesto desolado y vehemente:

> E um dia, enfim, deste viver fatal
> repousarei na escuridão da campa!

—¡Bravo, bravo! —exclamaron.

Y el canónigo Dias comentó en voz baja al párroco:

—¡Ah! Para las cosas sentimentales no hay otro igual. —Y con un bostezo enorme—: Pues sí, hombre, llevo toda la noche con las *lulas* discutiendo aquí dentro.

Pero había llegado la hora de la partida de lotería. Cada uno escogía sus cartones habituales; y doña Josefa Dias, con sus ojos de avara brillando, sacudía ya vivamente la gruesa saqueta con los números.

—Aquí tiene un sitio, señor párroco —dijo Amélia.

Era a su lado. Él vaciló; pero le habían hecho sitio y fue a sentarse, un poco azorado, retocándose nervioso el alzacuello.

Enseguida se hizo un gran silencio; y, con voz adormilada, el canónigo empezó a sacar los números. Doña Ana Gansoso dormitaba en su rincón, roncando suavemente.

A la luz del *abat-jour*, las cabezas se mantenían en la penumbra; y la luz cruda, cayendo sobre el tapete oscuro que cubría la mesa, resaltaba los cartones ennegrecidos por el uso y las manos secas de las viejas, en posiciones ganchudas, rascando las marcas de las tazas del té. Sobre el piano abierto se consumía la vela con una llama alta y recta.

El canónigo farfullaba los números, acompañándolos con los rancios chascarrillos tradicionales: uno, ¡cabeza de cerdo!... tres, ¡figura de entremés!

–A ver si sale el veintiuno –decía una voz.

–Ya tengo tres –murmuraba otra, satisfecha.

Y la hermana del canónigo, ansiosa:

–¡Sacúdelos bien, Plácido, venga!

–Y sáqueme ese cuarenta y siete, aunque sea por caridad –decía Artur Couceiro con la cabeza entre los puños.

El canónigo, finalmente, completó su cartón. Y Amélia, mirando hacia la sala:

–¿Y usted no juega, João Eduardo? –preguntó–. ¿Dónde está?

João Eduardo salió de la sombra de la ventana, tras la cortina.

–Tome este cartón, ande, juegue.

–Y ya que está de pie, recaude el dinero de las entradas –dijo la Sanjoaneira–. ¡Sea usted la banca!

João Eduardo rodeó la mesa con un platito de porcelana. Al final faltaban diez reis.

–¡Yo ya he puesto, yo ya he puesto! –exclamaban todos, nerviosos.

Era la hermana del canónigo quien no había tocado su pecunio encastillado. João Eduardo, inclinándose, le dijo:

–Me parece que doña Josefa no ha puesto.

–¡¿Yo?! –gritó ella, furiosa–. ¡Ésas tenemos! ¡Si he sido la primera en poner! ¡Jesús! ¡Dos monedas de cinco reis, para más señas! ¡Cómo está este hombre!

–¡Ah, claro! –dijo él entonces–. ¡He sido yo, me he olvidado! Ahora pongo –y rezongó–: ¡Beata y ladrona!

Y, mientras, la hermana del canónigo le decía en voz baja a doña Maria da Assunção:

–¡Quería ver si se escabullía, el pájaro! ¡Qué falta de temor de Dios!

–El único que no lo está pasando bien es el señor párroco –observó alguien.

Amaro sonrió. Estaba distraído y fatigado: a veces hasta se olvidaba de marcar y Amélia le decía, dándole con el codo:

–No ha marcado, señor párroco.

Habían apostado ya dos ternos: ganó ella; después les faltó a los dos para completar el cartón el número treinta y seis.

En la mesa se dieron cuenta.

–A ver si ahora completan los dos juntos –dijo doña Maria da Assunção, envolviéndolos en una mirada dulzona.

Pero el treinta y seis no salía; había más cuartetos en los otros cartones; Amélia temía que completase cartón doña Joaquina Gansoso, que se movía mucho en su silla, pidiendo el cuarenta y ocho. Amaro reía, involuntariamente interesado.

El canónigo sacaba los números con una lentitud maliciosa.

–¡Venga, venga! ¡Rápido, señor canónigo! –le decían.

Amélia, inclinada hacia delante, con los ojos encendidos, murmuró:

–¡Daría cualquier cosa por que saliese el treinta y seis!

–¿Sí? Ahí lo tiene… ¡treinta y seis! –dijo el canónigo.

–¡Lotería! –gritó ella triunfante; y cogiendo el cartón del párroco y el suyo, los enseñaba para que lo comprobasen, orgullosa, muy colorada.

–Pues que Dios los bendiga –dijo el canónigo, jovial, vertiendo ante ellos el platillo lleno de monedas de diez reis.

–¡Parece un milagro! –consideró piadosamente doña Maria da Assunção.

Pero habían dado las once; y al acabar la última partida las viejas comenzaron a despedirse. Amélia se sentó al piano, tocando distraídamente una polca. João Eduardo se acercó a ella, y bajando la voz:

–Enhorabuena por haber completado con el señor párroco. ¡Qué entusiasmo! –Y viendo que ella le iba a responder–: ¡Buenas noches! –dijo abruptamente, envolviéndose en su chal-manta con despecho.

La Ruça alumbraba. Las viejas, en la escalera, embutidas en sus prendas de abrigo, iban gimoteando «adiositos». El señor Artur arpegiaba con la guitarra, canturreando el *Descrido*.

Amaro se fue a su habitación, comenzó a rezar por su breviario; pero se distraía, le venían a la cabeza las figuras de las viejas, los dientes podridos de Artur, el perfil de Amélia, sobre todo. Sentado al borde de la cama, con el breviario abierto, los ojos fijos en la luz, veía su peinado, sus manos pequeñas con los dedos un poco trigueños y con pinchacitos de la aguja de coser, su gracioso bocillo...

Notaba la cabeza pesada por la cena con el canónigo y la monotonía de la lotería y además tenía mucha sed por las *lulas* y el vino de Oporto. Deseaba beber, pero no tenía agua en la habitación. Recordó entonces que en el comedor había un cántaro de Estremoz con agua fresca, muy rica, del manantial de O Morenal. Se puso las zapatillas, cogió el candelabro, subió despacito. Había luz en la sala, el repostero estaba echado: lo levantó y retrocedió con un «¡Ah!». Había visto a Amélia en enaguas, desatándose la cinta del corsé: estaba junto a la luz, y las mangas cortas, el escote de la camisa dejaban ver sus brazos blancos, su seno delicioso. Ella dio un gritito, corrió hacia su habitación.

Amaro permaneció inmóvil, con un sudor en la raíz de los cabellos. ¡Podría sospechar un atrevimiento por su parte! ¡Sin duda iba a dirigirle palabras indignadas a través del repostero de su habitación, que todavía oscilaba agitado!

Pero la voz de Amélia, serena, preguntó desde dentro:

—¿Qué quería, señor párroco?

—Venía a buscar agua... —balbució.

—¡Esa Ruça! ¡Qué descuidada! Disculpe, señor párroco, disculpe. Mire, ahí está el cántaro, junto a la mesa. ¿Lo encuentra?

—¡Lo he encontrado, lo he encontrado!

Bajó despacio, con el vaso lleno: la mano le temblaba, el agua le resbalaba por los dedos. Se acostó sin rezar. De madrugada, Amélia percibió abajo pasos nerviosos: era Amaro, que, con el abrigo sobre los hombros y en zapatillas, fumaba, paseando excitado por la habitación.

Ella, arriba, tampoco dormía. Sobre la cómoda, en un platito, la lamparilla se extinguía con un mal olor de pavesa de
aceite; se veían las blancuras de las faldas caídas en el suelo; y
los ojos del gato, que no dormía, brillaban en la oscuridad de
la habitación con una claridad fosforescente y verde.

En la casa vecina un niño no paraba de llorar. Amélia oía a
la madre, acunándolo, cantándole bajito:

> Dorme, dorme, meu menino
> que a tua mãe foi a fonte!

Era la pobre Catarina, la planchadora, a quien el teniente
Sousa había abandonado con un hijo en la cuna y encinta de
otro ¡para ir a casarse a Estremoz! Era tan guapa, tan rubia…
¡y ahora estaba consumida, chupada!

> Dorme, dorme, meu menino
> que a tua mãe foi a fonte!

¡Cómo se acordaba de aquella canción! Cuando tenía siete
años su madre se la cantaba, en las largas noches de invierno,
al hermanito muerto.

¡Lo recordaba muy bien! Vivían entonces en otra casa, junto
a la carretera de Lisboa; a través de la ventana de su habitación
se veía un limonero y en su ramaje brillante su madre ponía los
pañales de Joãozinho a secarse al sol. No había conocido a
su padre. Había sido militar, murió joven; y su madre aún suspiraba al hablar de su hermosa estampa vestido con el uniforme de caballería. A los ocho años la enviaron a la maestra.
¡Cómo se acordaba! La maestra era una viejecita rolliza y blan-

ca que había sido cocinera de las monjas de Santa Joana de Aveiro: con sus anteojos redondos, al lado de la ventana, empujando la aguja, se moría por contar historias del convento: los berrinches de la escribana, hurgándose continuamente en los dientes agujereados; la madre tornera, perezosa y pacata, con su acento miñoto; la profesora de gregoriano, admiradora de Bocage y que se decía descendiente de los Távoras; y la leyenda de la monja que había muerto de amor y cuya alma todavía recorría algunas noches los pasillos, emitiendo gemidos doloridos y clamando: «¡Augusto, Augusto!».

Amélia escuchaba encantada aquellas historias. En aquella época le gustaban tanto los ritos eclesiales y la convivencia con los santos que deseaba ser «una monjita muy bonita, con una toca muy blanca». Su madre era muy visitada por los curas. El chantre Carvalhosa, un hombre mayor y robusto al que el asma hacía jadear al subir la escalera y que tenía una voz gangosa, venía todos los días como amigo de la casa. Amélia le llamaba «padrino». Cuando ella volvía por las tardes de la maestra, lo encontraba siempre en la sala conversando con su madre, con la sotana desabotonada, dejando ver su largo chaleco de terciopelo negro con florecitas bordadas en amarillo. El señor chantre le preguntaba por las clases y le hacía repetir la tabla.

De noche había tertulias: venían el padre Valente, el canónigo Cruz y un viejecito calvo, con perfil de pájaro y anteojos azules, que había sido fraile franciscano y a quien llamaban fray André. Venían las amigas de su madre, con sus medias puestas, y un tal Couceiro, capitán de cazadores, que tenía los dedos negros del tabaco y que traía siempre su viola. Pero a las nueve le ordenaban que se acostase; por la rendija de la puerta ella veía la luz, escuchaba las voces; después se hacía un silencio y el capitán, punteando con la guitarra, cantaba el *Lundum da Figueira*.

Así fue creciendo, entre curas. Pero algunos le eran antipáticos: sobre todo el padre Valente, ¡tan gordo, tan sudoroso, con sus manos gordas y blandas, de uñas pequeñas! Le gustaba sentarla en sus rodillas, retorcerle la oreja despacito, ¡y ella percibía su aliento impregnado de cebolla y tabaco! Su amiguito era el canónigo Cruz, delgado, con todo el pelo blanco, el alzacuello siempre limpio, las hebillas brillantes; entraba despacito, cumplimentando con la mano en el pecho y una voz suave y seseante. Ya entonces se sabía el catecismo y la doctrina. En la escuela, en casa, por cualquier bagatela, le hablaban siempre de los castigos del cielo: de tal modo que Dios se le figuraba como un ser que sólo sabe dar el sufrimiento y la muerte y al que es necesario ablandar rezando y ayunando, oyendo novenas, mimando a los curas. Por eso, si alguna vez al acostarse olvidaba alguna salve, hacía penitencia al día siguiente, porque temía que Dios le enviase unas fiebres o la hiciese caer por la escalera.

Pero su mejor momento fue cuando empezó a recibir lecciones de música. Su madre tenía en un rincón del comedor un viejo piano cubierto por un paño verde, tan desafinado que se usaba como aparador. Amélia solía canturrear por la casa; su voz fina y fresca gustaba al señor chantre, y las amigas le decían a su madre:

–Tienes ahí un piano, ¿por qué no haces que la chiquilla aprenda? ¡Siempre es un adorno! ¡Y mira que le puede ser muy útil!

El chantre conocía a un buen maestro, organista de la catedral de Évora, extremadamente desdichado: una hija única, muy hermosa, se le había escapado a Lisboa con un alférez; y pasados dos años, el Silvestre de la Plaza, que iba mucho a la capital, la había visto andando por la Rua do Norte, de *garibaldi* rojo y con albayalde en un ojo, acompañada por un marinero inglés. El anciano se sumió entonces en una gran melancolía, en una gran miseria; y por compasión le habían dado un empleo en el archivo diocesano. Era una figura triste de novela picaresca. Delgadísimo, alto como un pino, dejaba crecer hasta los hombros sus cabellos blancos y finos; los ojos, cansados, le lagrimeaban continuamente; pero su sonrisa resignada y bondadosa enternecía; y parecía muy pobre con su abrigo color vino que le llegaba sólo hasta la cintura y que tenía el cuello de astracán. Le llamaban «tío Cegonha» por su empinada delgadez y su aspecto solitario. Un día Amélia le había llamado «tío Cegonha»; pero inmediatamente se mordió el labio, avergonzada.

El viejo sonrió:

—¡Llámeme así, mi querida señorita, llámeme así! ¿Tío Cegonha? ¿Y qué tiene de particular? Claro que soy cigüeña. ¡Y tan cigüeña!

Era invierno. Las grandes lluvias y los vientos del suroeste no cesaban; la áspera estación oprimía a los pobres. Aquel año se veían familias hambrientas que iban al cabildo a pedir pan. El tío Cegonha iba siempre a mediodía a dar su lección; su paraguas azul dejaba un reguero en la escalera; tiritaba; y al sentarse escondía, con vergüenza de viejo, las botas empapadas con las suelas abiertas. Se quejaba sobre todo del frío en las manos, que le impedía herir con precisión el teclado y no le dejaba escribir en el archivo.

—Se me entumecen los dedos —decía tristemente.

Pero cuando la Sanjoaneira le pagó el primer mes de lecciones, el anciano apareció muy contento, con unos gruesos guantes de lana.

—Ah, tío Cegonha, ¡qué calentito viene! —le dijo Amélia.

—Es por su dinero, mi querida señorita. Ahora estoy ahorrando para unos calcetines de lana. ¡Dios la bendiga, señorita, Dios la bendiga!

Y los ojos se le llenaron de lágrimas. Amélia se había convertido en «su querida amiguita». Ya le hacía confidencias: le hablaba de sus necesidades, de la añoranza de su hija, de sus días de gloria en la catedral de Évora, cuando delante del señor arzobispo, muy vistoso con su sobrepelliz color escarlata, acompañaba el *Lausperene*.

Amélia no se olvidó de los calcetines de lana del tío Cegonha. Y le pidió al chantre que le diese unos.

—¡Vaya! ¿Para quién? ¿Para ti? —dijo él con su risa vigorosa.

—Para mí, sí señor.

–No le haga caso, señor chantre –dijo la Sanjoaneira–. ¡Vaya idea!

–¡Sí, hágame caso! Démelos, ¿sí?

Le rodeó el cuello con los brazos, lo miró con sus ojitos dulces.

–¡Ah, seductora! –decía el chantre riendo–: ¡Qué empeño! ¡Tiene que ser cosa del demonio!... Pues hala, ahí tienes. –Y le dio dos monedas para unos calcetines de lana.

Al día siguiente se los dejó envueltos en un papel en el que se leía en grandes letras: «Para mi querido amigo tío Cegonha, de su discípula».

Más tarde, una mañana, lo vio más pálido, más chupado.

–Tío Cegonha –dijo de pronto–, ¿cuánto le pagan en el archivo?

El viejo sonrió:

–¿Y cuánto me van a pagar, mi querida señorita? Una insignificancia. Cuatro vintems al día. Pero el señor Nieto me hace algunos favores

–¿Y le llegan cuatro vintems?

–Pero ¿cómo me van a llegar?

Se oyeron los pasos de su madre; y Amélia, retomando gravemente la actitud de alumna, comenzó a solfear en voz alta, con aspecto concentrado.

Y desde ese día tanto pidió, tanto exclamó, que consiguió que los días de lección su madre le diese de desayunar y de comer al tío Cegonha.

Así se afirmó entre el viejo y ella una gran intimidad. Y el pobre tío Cegonha, saliendo de su frío aislamiento, se acogió a aquella amistad inesperada como a un refugio caliente. Encontraba en ella el elemento femenino que tanto aman los viejos, con las caricias, las voces suaves, las delicadezas de enfermera; tenía en ella a la única admiradora de su música; y la veía siempre atenta a las historias de su tiempo, a los recuerdos de la vieja catedral de Évora que él tanto quería y que le hacía exclamar cuando hablaban de procesiones o de celebraciones eclesiásticas:

–¡Para eso, nada como Évora! ¡En Évora sí que sí!

Amélia se aplicaba mucho con el piano: era la cosa buena y delicada de su vida; ya tocaba contradanzas y viejas arias de compositores antiguos. A doña Maria da Assunção le extrañaba que el maestro no le enseñase *El Trovador*.

–¡Qué cosa más bonita! –decía.

Pero el tío Cegonha sólo conocía la música clásica, arias ingenuas y dulces de Lully, motivos de minuetos, motetes floridos y piadosos de los dulces tiempos frailunos.

Una mañana el tío Cegonha encontró a Amélia muy pálida y triste. Desde la víspera se quejaba de «malestar». Era un día nublado, muy frío. El viejo quería irse.

–No, no, tío Cegonha –dijo ella–, toque algo para entretenerme.

Él se quitó el abrigo, se sentó, tocó una melodía sencilla pero extremadamente melancólica.

–¡Qué bonito, qué bonito! –decía Amélia de pie junto al piano.

Y cuando el viejo tecleó las últimas notas:

–¿Qué es? –preguntó ella.

El tío Cegonha le contó que era el comienzo de una *meditación* hecha por un fraile amigo suyo.

–El pobre –dijo– ¡tuvo un buen calvario!

Entonces Amélia quiso conocer aquella historia; y sentándose en el taburete del piano, arrebujándose en su chal:

–¡Cuente, tío Cegonha, cuente!

Se trataba de un hombre que, de joven, había sentido una gran pasión por una monja; ella había muerto en el convento por aquel amor desdichado; y él, abatido por el dolor y la nostalgia, se había hecho fraile franciscano…

–Parece que lo estoy viendo…

–¿Era guapo?

–¡Que si era guapo! Un muchacho en la flor de la vida, rico… Un día fue hasta el órgano, a hablar conmigo: «Mira lo que he hecho», me dijo. Era una partitura. Abría en re menor. Se puso a tocar, a tocar… ¡Ay, mi niña querida, qué música! ¡Pero no recuerdo el resto!

Y el viejo, emocionado, repitió al piano las notas dolientes de la *meditación* en re menor.

Amélia pensó todo el día en aquella historia. De noche le sobrevino una fiebre alta, con sueños turbios en los que dominaba la figura del fraile franciscano, en la penumbra del órgano de la catedral de Évora. Veía brillar sus ojos profundos en su rostro abatido; y en la lejanía, la monja pálida, vestida con sus hábitos blancos, agarrada a las rejas negras del monasterio, ¡estremecida por un llanto de amor! Después, en el espacioso claustro, frailes franciscanos caminaban en procesión hacia el coro: él marchaba el último de todos, encorvado, con el capuchón cubriéndole el rostro, arrastrando las sandalias, al tiempo que una gran campana, en la atmósfera neblinosa, tocaba a difuntos. El sueño, entonces, se transformaba: había un inmenso cielo negro en el que dos almas abrazadas y amantes, con hábitos de convento y en un rumor inefable de besos insaciables, giraban, llevadas por un viento místico; pero se desvanecían como nubes, y en la insondable oscuridad veía ella aparecer un gran corazón en carne viva, completamente atravesado de espadas... y las gotas de sangre que de él manaban cubrían el cielo con una lluvia roja.

Al día siguiente le bajó la fiebre. El doctor Gouveia tranquilizó a la Sanjoaneira con unas pocas palabras:

–Nada de sustos, mi querida señora. Es natural. Son los quince años de la chiquilla. Mañana le vendrán los vértigos y las náuseas... Después, se acabó. Ya es una mujer.

La Sanjoaneira comprendió.

–Esta chiquilla tiene la sangre viva, ¡va a ser de pasiones fuertes! –añadió el viejo médico, sonriendo y aspirando su pulgarada de rapé.

Por aquella época, una mañana, tras desayunar sopas de ajo, el señor chantre cayó muerto de repente por una aplopejía. ¡Qué consternación inesperada para la Sanjoaneira! Durante dos días, desmelenada, en enaguas, lloró y gimió por las habitaciones. Doña Maria da Assunção, las señoras Gansoso fueron a calmar, a suavizar su dolor; y doña Josefa Dias resumió las conclusiones de todas, diciendo:

—¡Tranquila, hija, que no ha de faltar quien te ampare!

Empezaba entonces septiembre; doña Maria da Assunção, que tenía una casa en la playa de A Vieira, propuso que la Sanjoaneira y Amélia fuesen a pasar allí la temporada de baños para que ella liberase su dolor en un lugar diferente, en aquellos aires benéficos.

—Es una caridad que me haces —le había dicho la Sanjoaneira—. Me viene continuamente a la cabeza que si era allí donde dejaba el paraguas, que si era allí donde se sentaba para verme coser…

—Bueno, bueno, olvídate de eso. Come y bebe, toma tus baños y lo pasado, pasado está. Date cuenta de que él ya tenía sus buenos sesenta años.

—¡Ah, querida! Con el trato se le coge cariño a la gente.

Amélia tenía entonces quince años, pero ya era alta y de bonitas formas. ¡Fue una delicia para ella la temporada en A Vieira! Nunca había visto el mar; y no se cansaba de estar sentada en la arena, fascinada por el vasto mar azul, muy calmo, lleno de sol; a veces cruzaba el horizonte la delgada humareda de un barco; la monótona y susurrante cadencia de las olas la adormecía; y alrededor el arenal centelleaba, perdiéndose de vista bajo el azul turquesa.

¡Qué bien lo recordaba! ¡Por la mañana, se levantaba enseguida! Era la hora del baño: las casetas de lona se alineaban a lo largo de la playa; las señoras, sentadas en sillitas de madera, bajo las sombrillas abiertas, conversaban mirando al mar; los hombres, con zapatos blancos, tumbados en esteras, chupaban sus cigarros, trazaban dibujos en la arena; mientras tanto, el poeta Carlos Alcoforado, muy fatal, muy observado, paseaba por la orilla solo, taciturno, seguido de su terranova. Ella entonces salía de la caseta con su vestido de franela azul, la toalla bajo el brazo, tiritando de miedo y de frío: se había persignado a escondidas y temblando mucho, cogida de la mano del bañero, resbalando en la arena, entraba en el agua, rompiendo con dificultad la marejada verdosa que hervía alrededor. La ola llegaba espumando, ella se sumergía y se quedaba saltando, sofocada y nerviosa, escupiendo el agua salada. Pero cuando salía del mar, ¡qué contenta estaba! Jadeando, con la toalla sobre la cabeza, se arrastraba hasta la caseta pudiendo apenas con el peso del vestido empapado, risueña, llena de energía; y alrededor, voces amigas preguntaban:

–¿Qué tal, qué tal? Más fresquita, ¿eh?

Después, por la tarde, paseaba a la orilla del mar, recogiendo conchitas; veía la recogida de las redes, en las que bullían miles de sardinas vivas; ¡y qué amplias perspectivas de ocasos magníficamente dorados sobre la inmensidad del mar triste que se oscurece y gime!

Doña Maria da Assunção había recibido a su llegada la visita de un joven, hijo del señor Brito de Alcobaça, pariente suyo. Se llamaba Agostinho, iba a cursar quinto año de derecho en la universidad. Era un muchacho delgado, de bigote castaño, perilla, cabello crecido peinado hacia atrás y monóculo: recitaba versos, sabía tocar la guitarra, contaba anécdotas de novatos, gastaba bromas y en A Vieira era famoso entre los hombres porque «sabía conversar con las señoras».

–¡El Agostinho, menudo tunante! –decían–. Cucamona a ésta, cucamona a aquélla. ¡No hay otro como él para la vida social!

Desde los primeros días Amélia se dio cuenta de que los ojos del señor Agostinho Brito se fijaban constantemente en ella, galanteándola. Amélia se ponía muy colorada, sentía cómo el pecho se le dilataba bajo el vestido; y lo admiraba, lo encontraba muy «delicado». Un día, en casa de doña Maria da Assunção habían pedido a Agostinho que recitase.

–¡Oh, señoras, éste no es el lugar apropiado! –exclamó él, jovial.

–¡Venga!, no se haga de rogar –dijeron, insistiendo.

–Bueno, bueno, no vamos a enfadarnos por eso.

–La *Judía*, Brito –le sugirió el recaudador de Alcobaça.

–¡Qué *Judía*! –dijo él–. Recitaré, pero recitaré la *Morena*.
–Y miró hacia Amélia–. Es una poesía que compuse ayer.

–¡Muy bien, muy bien!

–Y aquí está el acompañamiento –dijo un sargento del sexto de cazadores cogiendo la guitarra.

Se hizo un silencio: el señor Agostinho se echó el pelo hacia atrás, aseguró el monóculo, apoyó las dos manos en el respaldo de una silla, y mirando a Amélia:

–¡Para la «Morena» de Leiria! –dijo:

> Nasceste nos verdes campos
> onde Leiria é famosa,
> tens a frescura da rosa,
> e o teu nome sabe a mel…

–Disculpen –exclamó el recaudador–. Doña Juliana no se encuentra bien.

Era la hija del notario de Alcobaça; se había puesto muy pálida y, lentamente, se desmayaba en su silla, con los brazos colgándole, el mentón sobre el pecho. La rociaron con agua, la llevaron a la habitación de Amélia; cuando le desabrocharon el vestido y le hicieron respirar vinagre, se incorporó sobre el codo, miró alrededor, comenzaron a temblarle los labios y rompió a llorar. Fuera, un grupo de hombres comentaba:

–Ha sido el calor –decían.

–El calor que ella tiene bien sé yo cuál es –rezongó el sargento de cazadores.

El señor Agostinho se atusaba el bigote, contrariado. Algunas señoras habían ido a acompañar a su casa a doña Juliana. Doña Maria da Assunção y la Sanjoaneira, metidas en sus chales, también se iban. Soplaba el viento, un criado portaba un farolillo y todos caminaban por la arena, callados.

–Todo esto te viene muy bien –le dijo en voz baja, rezagándose un poco, doña Maria da Assunção a la Sanjoaneira.

–¿A mí?

–A ti. ¿O no te has dado cuenta? Juliana, en Alcobaça, era la novia de Agostinho. Pero el chico aquí bebe los vientos por Amélia. Juliana se dio cuenta, lo oyó recitar esos versos, mirar hacia ella… ¡zas!

–¡Ésas tenemos! –dijo la Sanjoaneira.

–Tú déjalo correr. Agostinho tiene un par de miles de cruzados que le dejan las tías. ¡Es un partidazo!

Al día siguiente, a la hora del baño, la Sanjoaneira se vestía en su barraca y Amélia, sentada en la arena, esperaba, mirando al mar embobada.

–¡Hola! ¿Solita? –dijo una voz a su espalda.

Era Agostinho. Amélia, callada, empezó a hacer dibujos en la arena con la sombrilla. Agostinho suspiró, alisó con el pie otra parcela de arena, escribió AMÉLIA. Ella, muy ruborizada, quiso borrarlo con la mano.

–¡Vaya! –dijo él–. Es el nombre de la «Morena», ya ve. *¡Su nombre sabe a miel!*…

Ella sonrió:

–Ande, que ayer hizo que se desmayase la pobre Juliana –dijo.

–¡Vaya! ¡Y a mí qué me importa! ¡Estoy harto de ese estafermo! ¿Qué quiere? Yo soy así. De la misma manera que digo que ella no me importa, también digo que existe una persona por la que lo daría todo… Yo sé…

–¿Por quién? ¿Por doña Bernarda?

Era una vieja hedionda, viuda de un coronel.

–Sí –dijo él riendo–. Es de doña Bernarda precisamente de quien ando yo enamorado.

–¡Ah! ¡Está usted enamorado! –dijo ella despacio, con la mirada baja, haciendo rayas en la arena.

–Dígame una cosa, ¿está usted tomándome el pelo? –exclamó Agostinho, cogiendo una sillita, sentándose a su lado.

Amélia se levantó.

–¿No quiere que me siente a su lado? –preguntó él, ofendido.

–Es que estoy cansada de estar sentada.

Permanecieron callados durante un momento.

–¿Ya se ha bañado? –dijo ella.

–Ya.

–¿Estaba fría?

–Sí.

Las palabras de Agostinho eran ahora muy secas.

–¿Se ha enfadado? –dijo ella dulcemente, poniéndole con suavidad la mano sobre el hombro.

Agostinho levantó la mirada y al ver su bonito rostro trigueño, tan risueño, exclamó con vehemencia:

–¡Estoy loco por usted!

–¡Chist!… –dijo ella.

La madre de Amélia, levantando el toldillo de la caseta, salía, muy acalorada, con un pañuelo atado alrededor de la cabeza.

–Más fresquita, ¿eh? –le preguntó entonces Agostinho, sacándose su sombrero de paja.

–¿Estaba por aquí?

–He venido a echar un vistazo. Y ahora viene bien un desayunito, ¿no?

–Si invita… –dijo la Sanjoaneira.

Agostinho, muy galante, ofreció su brazo a la mamá.

Y desde aquel momento seguía siempre a Amélia, por la mañana en el baño, por la tarde a la orilla del mar; le cogía conchas; y le había hecho otros versos, *El sueño*. Una estrofa era violenta:

> Senti-te contra o meu peito
> tremar, palpitar, ceder…

Ella los repetía en un murmullo, de noche, con gran emoción, suspirando, abrazándose a la almohada.

Octubre acababa, las vacaciones habían terminado. Una noche, el alegre grupo de doña Maria da Assunção y sus amigas había salido a dar un paseo a la luz de la luna. Pero a la vuelta se levantó viento, pesadas nubes empastaron el cielo, cayeron unas gotas de agua. Estaban junto a un pequeño pinar y las señoras, entre grititos, quisieron resguardarse. Agostinho, con Amélia del brazo, riendo, fue penetrando en la espesura, lejos de las demás; y entonces, bajo el monótono y doliente susurro de las ramas, le dijo en voz baja, apretando los dientes:

–¡Estoy loco por ti, querida!

–¡Me lo voy a creer! –murmuró ella.

Pero Agostinho, adoptando de pronto un tono serio:

–¿Sabes? Tal vez tenga que irme mañana.

–¿Se va?

–Tal vez; aún no lo sé. Pasado mañana es la matrícula.

–Se va… –suspiró Amélia.

Entonces él le cogió la mano, se la apretó con fuerza.

–¡Escríbeme! –le dijo.

–¿Y usted? ¿Me escribirá a mí? –dijo ella.

Agostinho la asió por los hombros y le machacó la boca con besos voraces.

–¡Déjeme, déjeme! –dijo ella sofocada.

De repente emitió un gemido dulce como un arrullo de ave, y se abandonaba cuando la voz aguda de doña Joaquina Gansoso gritó:

–¡Ya escampa! ¡Andando, andando!

Y Amélia, desprendiéndose, aturullada, corrió a refugiarse bajo el paraguas de su madre.

Al día siguiente, en efecto, Agostinho partió.

Habían llegado las primeras lluvias y, al poco tiempo, también Amélia, su madre, doña Maria da Assunção volvieron a Leiria.

Pasó el invierno.

Y un día en casa de la Sanjoaneira, doña Maria da Assunção anunció que Agostinho Brito, según le escribían desde Alcobaça, iba a contraer matrimonio con la hija de Vimeiro.

–¡Caramba! –exclamó doña Joaquina Gansoso–. ¡Pesca nada menos que sus buenos treinta contos! ¡Mira el pollo!

Y delante de todos, Amélia se echó a llorar.

Amaba a Agostinho; y no podía olvidar aquellos besos nocturnos en el pinar cercado. ¡Creyó que nunca más recuperaría la alegría! Acordándose todavía de aquel joven de la historia del tío Cegonha, que por amor se había encerrado en la soledad de un convento, empezó a pensar en hacerse monja: se entregó a una fuerte devoción, manifestación exagerada de las tendencias que desde pequeñita había creado en su naturaleza sensible la convivencia con los curas; leía todo el día libros de oraciones; llenó las paredes de su habitación con litografías coloreadas de santos; pasaba largas horas en la iglesia, acumulando salves a la Virgen de la Encarnación. Oía misa todos los días, quiso comulgar todas las semanas. Y las amigas de su madre la consideraban «un modelo, un ejemplo para incrédulos».

Fue en esa época cuando el canónigo Dias y su hermana, doña Josefa Dias, comenzaron a frecuentar la casa de la Sanjoaneira. En poco tiempo el canónigo se convirtió en «el amigo de la familia». Después del desayuno era segura su presencia, con su perrita, como antaño el chantre con su paraguas.

—Le tengo amistad, me hace mucho bien —decía la Sanjoaneira—. Pero el señor chantre, ¡no hay día que no me acuerde de él!

La hermana del canónigo había organizado con la Sanjoaneira la Asociación de Siervas de la Virgen de la Piedad. Doña Maria da Assunção, las Gansoso se afiliaron; y la casa de la Sanjoaneira se convirtió en un centro eclesiástico. Fue el mejor momento de la vida de la Sanjoaneira; «la catedral», como decía con tedio Carlos el de la botica, «está ahora en la Rua da Misericórdia». Varios canónigos, el nuevo chantre, iban todos los viernes. Había imágenes de santos en el comedor y en la cocina. Las criadas, por precaución, eran examinadas de doctrina antes de ser aceptadas. Durante mucho tiempo se hicieron allí las reputaciones. Si se decía de un hombre «no es temeroso de Dios», tenían el deber de desacreditarlo santamente. Los nombramientos de campaneros, enterradores, ayudantes de sacristía, se arreglaban allí mediante intrigas sutiles y palabras piadosas. Habían adoptado un vestuario entre el negro y el rojo; toda la casa olía a cera y a incienso; y la Sanjoaneira incluso llegó a monopolizar el comercio de hostias.

Así pasaron años. Poco a poco, sin embargo, el grupo devoto se dispersó: la ligazón entre el canónigo Dias y la Sanjoaneira, muy comentada, alejó a los curas del cabildo; el nuevo chantre también había muerto de apoplejía, como era tradicional en aquella diócesis, fatal para los chantres; y las partidas de lotería de los viernes ya no eran divertidas. Amélia había cambiado mucho, había crecido; se había convertido en una hermosa joven de veintidós años, de mirada aterciopelada, labios muy frescos... y consideraba su pasión por Agostinho como «una bobada de niña». Su devoción subsistía, pero transformada: lo que amaba ahora en la religión y en la Iglesia era el aparato, la liturgia..., las bellas misas cantadas con órgano, las capas recamadas de oro brillando entre los candelabros, el altar mayor lleno del esplendor de las flores olorosas, el roce de las cadenillas de los incensarios de plata, los unísonos que estallan con brío cuando el coro canta los aleluyas. La catedral era su Ópera: Dios era su lujo. Le gustaba vestirse para las misas de los domingos, perfumarse con agua de colonia, instalarse sobre la alfombra del altar mayor, sonriéndole al padre Brito o al canónigo Saldanha. Pero algunos días, como decía su madre, «se apagaba»: volvían entonces los abatimientos de otrora, que la hacían palidecer y le ponían dos arrugas de vieja en las comisuras de los labios; en esas ocasiones pasaba horas sumida en una vaga añoranza, alelada y mórbida, en la que sólo la consolaba cantar por la casa el *Santissimo* o las notas lúgubres del toque de Agonía. Con la alegría le volvía el gusto por el culto alegre, y lamentaba entonces que la catedral fuese una amplia estructura de piedra de un estilo frío y jesuítico: desearía una iglesia pequeñita, con muchos dorados, alfombrada, empapelada, iluminada con gas; y curas guapos oficiando en un altar decorado como una *étagère*.

Había cumplido veintitrés años cuando conoció a João Eduardo, el día de la procesión de Corpus Christi, en casa del notario Nunes Ferral, de quien era escribiente. Amélia, su madre, doña Josefa Dias habían ido a ver la procesión desde el hermoso balcón del notario, revestido con colgaduras de damasco amarillo. João Eduardo estaba allí, modesto, serio, completamente vestido de negro. Hacía mucho tiempo que Amélia lo conocía; pero aquella tarde, reparando en la blancura de su piel y en la gravedad con que se arrodillaba, le pareció «muy buen muchacho».

De noche, después del té, el gordinflón Nunes, de chaleco blanco, fue por la sala exclamando, entusiasmado, con su voz de grillo: «¡A emparejarse, a emparejarse!», mientras su hija mayor tocaba al piano con brío estridente una mazurca francesa.

João Eduardo se acercó a Amélia.

–¡Ay, yo no bailo! –dijo ella con sequedad.

João Eduardo tampoco bailó, fue a apoyarse sobre una pared en penumbra, con la mano en la abertura del chaleco, los ojos fijos en Amélia. Ella se daba cuenta, desviaba el rostro, pero estaba contenta; y cuando João Eduardo, viendo una silla vacía, fue a sentarse a su lado, Amélia enseguida le hizo sitio recogiendo sus volantes de seda, complacida. El escribiente, turbado, retorcía su bigote con mano trémula. Finalmente Amélia, volviéndose hacia él:

–¿Así que usted tampoco baila?

–¿Y usted, doña Amélia? –dijo él en voz baja.

Ella se echó hacia atrás, y palmeando los pliegues del vestido:

–¡Ay! Yo ya soy vieja para estas diversiones, soy una persona seria.

–¿Nunca se ríe? –preguntó él, poniendo en la voz una intención fina.

–Me río a veces, cuando tengo de qué –dijo ella mirándolo de soslayo.

–De mí, por ejemplo.

–¿De usted? ¡Vaya! ¿Está de broma? ¿Por qué me iba yo a reír de usted? ¡Estaría bueno! ¿Qué tiene usted que haga reír? –Y agitaba su abanico de seda negra.

Él calló, buscando las ideas, las delicadezas.

–Entonces, ¿de verdad, de verdad no baila?

–Ya le he dicho que no. ¡Ay, qué preguntón es!

–Es porque me intereso por usted.

–¡Ande, déjese de eso! –dijo ella, con un indolente gesto de negativa.

–¡Palabra!

Pero doña Josefa Dias, que los vigilaba, se aproximó con la frente muy arrugada y João Eduardo se levantó, intimidado.

Al salir, cuando Amélia se ponía en el pasillo sus prendas de abrigo, João Eduardo fue a decirle, sombrero en mano:

–¡Abríguese bien, no coja frío!

–¿Sigue interesándose por mí, entonces? –dijo ella, ajustando alrededor del cuello las puntas de su manta de lana.

–Todo lo que puedo, créame.

Dos semanas después llegó a Leiria una compañía ambulante de zarzuela. Se hablaba mucho de la contralto, la Gamacho. Doña Maria da Assunção tenía un palco, llevó a la Sanjoaneira y a Amélia, quien dos noches antes había estado cosiendo, con un apresuramiento emocionado, un vestido de gasa todo adornado con lazos de seda azul. En la platea –mientras la Gamacho, rebozada en polvo de arroz bajo su mantilla valenciana, agitando con gracia decrépita el abanico de lentejuelas, gorjeaba malagueñas estridentes– João Eduardo no se hartó de contemplar, de desear a Amélia. A la salida fue a cumplimentarla, a ofrecerle su brazo hasta la Rua da Misericórdia: la Sanjoaneira, doña Maria da Assunção iban detrás con el notario Nunes.

–¿Le ha gustado la Gamacho, señor João Eduardo?

–A decir verdad, ni siquiera me he fijado en ella.

–¿Qué ha hecho entonces?

–Mirarla a usted –respondió él resueltamente.

Ella se detuvo y dijo con la voz un poco alterada:

–¿Dónde está mamá?

–¡Deje en paz a su madre!

Y entonces João Eduardo, hablándole muy cerca de su rostro, le declaró «su gran pasión». Le cogió la mano, repetía muy perturbado:

–¡Me gusta usted tanto, me gusta usted tanto!

A Amélia la había puesto nerviosa la música del teatro; la noche caliente de verano, con su inmenso esplendor estrellado, la ponía muy lánguida. Abandonó su mano, suspirando bajito.

–Le gusto, ¿verdad? –preguntó él.

–Sí –respondió, y apretó con pasión los dedos de João Eduardo.

Pero, como pensó ella, «había sido sólo un arrebato». Porque días después, cuando conoció más a João Eduardo, cuando pudo hablar libremente con él, reconoció que «no tenía ninguna inclinación hacia el chico». Lo apreciaba, lo encontraba simpático, buen mozo; podría ser un buen marido; pero en su interior sentía su corazón adormecido.

El escribiente, sin embargo, comenzó a ir a la Rua da Misericórdia casi todas las noches. La Sanjoaneira lo estimaba por su «decisión» y su honradez. Pero Amélia se mostraba «fría»: lo esperaba por la mañana, asomada a la ventana, cuando él iba a la notaría; le ponía ojos dulces por la noche, pero sólo por no entristecerlo, para mantener en su existencia desocupada un asuntillo amoroso.

Un día João Eduardo le habló a la madre de matrimonio:

–Si Amélia quisiese, por mí… –dijo la Sanjoaneira.

Y Amélia, consultada, respondió ambiguamente:

–Más tarde, de momento no me parece, ya veremos.

Al final se acordó tácitamente esperar hasta que él obtuviera la plaza de escribano del Gobierno Civil, magnánimamente prometida por el doctor Godinho, ¡el temido doctor Godinho!

Así había vivido Amélia hasta la llegada de Amaro: y durante la noche le llegaban fragmentariamente estos recuerdos, como jirones de nubes que el viento va haciendo y deshaciendo. Se durmió tarde, despertó cuando el sol ya estaba alto; y se desperezaba cuando oyó a la Ruça decir en el comedor:

–Es el señor párroco que va a salir con el señor canónigo; van a la catedral.

Amélia saltó de la cama, corrió en camisón hasta la ventana, levantó una puntita de la cortina de hilo, miró. La mañana resplandecía: y el padre Amaro, en medio de la calle, charlando con el canónigo, se sonaba con su pañuelo blanco, muy garboso en su sotana de paño fino.

VI

Ya desde los primeros días, envuelto suavemente en comodidades, Amaro se sintió feliz. La Sanjoaneira, muy maternal, cuidaba mucho su ropa interior, le preparaba sabrosas
comidas y ¡la habitación del señor párroco brillaba como los
chorros del oro! Amélia tenía con él una familiaridad picante
de pariente bonita: «habían simpatizado el uno con el otro»,
como había dicho, muy contenta, doña Maria da Assunção.
Así iban pasando los días para Amaro, fáciles, con buena
mesa, colchones mullidos y la compañía afectuosa de las mujeres. La estación discurría tan hermosa que hasta los tilos habían florecido en el jardín del palacio episcopal: «¡Es casi un
milagro!», se comentó. El señor chantre, contemplándolos
todas las mañanas desde su habitación, en *robe de chambre*,
citaba versos de las *Églogas*. Y después de las largas pesadumbres de la casa de su tío en A Estrela, de las tristezas del
seminario y del crudo invierno en A Gralheira, aquella vida
en Leiria era para Amaro como un hogar seco y abrigado
donde el alegre fuego crepita y la aromática sopa humea tras
una noche de viaje por la sierra bajo truenos y aguaceros.

Iba temprano a decir misa a la catedral, bien envuelto en su
abrigo, con guantes de cachemira, calcetines de lana bajo las
botas de caña alta roja. Las mañanas estaban frías: y a aquella hora sólo algunas devotas con el manto oscuro sobre la cabeza rezaban aquí y allí, junto a un altar barnizado de blanco.

Entraba en la sacristía, se vestía deprisa, golpeando los pies
contra el enlosado, mientras el sacristán, indolente, relataba
«las novedades del día».

Después, con el cáliz en la mano, la mirada baja, entraba
en la iglesia; y tras hacer una rápida genuflexión ante el Santísimo Sacramento, subía despacio al altar, en el que dos velas

de cera agonizaban con una claridad pálida en la vasta luz de la mañana, unía sus manos, murmuraba, inclinado:

–*Introibo ad altare Dei.*

–*Ad Deum qui laetificat juventutem meam* –mascullaba, en un latín silabeado, el sacristán.

Amaro ya no celebraba la misa como en sus primeros tiempos, con una devoción enternecida. «Ahora estoy habituado», decía. Y como no cenaba, y a aquella hora, en ayunas, con la frescura cortante del aire, ya notaba apetito, chapurreaba deprisa, monótonamente, las santas lecturas de la Epístola y los Evangelios. A sus espaldas, el sacristán, de brazos cruzados, pasaba lentamente la mano por su espesa barba bien rasurada, mirando de reojo a Casimira França, mujer del carpintero de la catedral, muy devota, a la que acechaba desde Pascua. Amplias franjas de luz solar descendían desde las ventanas laterales. Un vago olor a junquillos secos endulzaba el aire.

Amaro, después de recitar rápidamente el ofertorio, limpiaba el cáliz con el purificador; el sacristán, un poco doblado de riñones, iba a buscar las vinajeras, se las presentaba, inclinado, y Amaro percibía el olor del aceite rancio que le rebrillaba en el cabello. En aquel momento de la misa, por un antiguo hábito de emoción mística, Amaro sentía un auténtico recogimiento: con los brazos abiertos se volvía hacia la iglesia, clamaba con amplitud la exhortación universal a la oración: *Orate, frates!* Y las viejas apoyadas en los pilares de piedra, de aspecto idiota, con la boca abierta, apretaban más las manos contra el pecho del que colgaban grandes rosarios negros. Entonces el sacristán se arrodillaba tras él, sosteniéndole levemente la capa con una de sus manos, levantando con la otra la campanilla. Amaro consagraba el vino, alzaba la hostia –*Hoc est enim corpus meum!*–, elevando mucho los brazos hacia el Cristo lleno de llagas amoratadas sobre su cruz de ébano; la campanilla sonaba lentamente; las manos golpeaban cóncavas sobre los pechos; y en el silencio se escuchaba el rodar de los carros de bueyes, su traqueteo, de vuelta del mercado, sobre el paseo empedrado de la catedral.

–*Ite missa est* –decía finalmente Amaro.

–*Deo gratias!* –respondía el sacristán, suspirando profundamente, con el alivio de la obligación cumplida.

Y cuando, tras haber besado el altar, bajaba Amaro desde lo alto de los escalones para impartir la bendición, estaba ya pensando en las delicias del desayuno y en las buenas tostadas en el claro comedor de la Sanjoaneira. A aquella hora ya Amélia lo esperaba con el cabello caído sobre el peinador, llevando sobre la piel fresca un rico aroma a jabón de almendras.

Normalmente al mediodía Amaro subía al comedor, donde Amélia y su madre cosían. «Me aburría abajo, vengo un poquito a la tertulia», decía. La Sanjoaneira, sentada en una silla baja al lado de la ventana, con el gato acurrucado sobre el vuelo del vestido de merino, cosía con sus lentes sobre la punta de la nariz. Amélia, junto a la mesa, trabajaba con el cesto de la costura al lado: la cabeza inclinada sobre la labor dejaba ver su raya fina, nítida, un poco ahogada por la abundancia del cabello; sus grandes pendientes de oro, en forma de gotas de cera, oscilaban, hacían temblar y crecer sobre la delgadez del cuello una débil sombra; las leves ojeras de color bistre se difuminaban delicadamente sobre su piel de un trigueño tierno vivificado por una sangre vigorosa; ¡y su pecho lleno respiraba pausadamente! Algunas veces, clavando la aguja sobre la tela, se desperezaba despacito, sonreía cansada. Entonces Amaro bromeaba:

–¡Ah, perezosa, perezosa! ¡Miren qué mujer de su casa!

Ella se reía; conversaban. La Sanjoaneira sabía las cosas interesantes del día: que el comandante había despedido a la criada; o que había quien le ofrecía diez monedas por su cerdo a Carlos el del Correo. De vez en cuando la Ruça iba al armario a buscar un plato o una cuchara: entonces se hablaba del precio de las cosas, de lo que había para comer. La Sanjoaneira se sacaba las gafas, cruzaba la pierna y, balanceando el pie calzado con una chinela de orillo, se ponía a recitar los platos:

–Hoy tenemos garbanzos. No sé si le gustarán, señor párroco; es por variar.

Pero a Amaro le gustaba todo; y en algunas comidas incluso descubría afinidades de gusto con Amélia.

Después, animándose, le revolvía en el cesto de la costura. Un día había encontrado una carta; le preguntó por el galanteador; ella respondió, pinchando vivamente el pespunte:

–¡Ay! A mí no me quiere nadie, señor párroco.

–No es tan así… –intervino él. Pero se detuvo, muy colorado, simulando toser.

Amélia a veces se comportaba de modo muy familiar; un día hasta le pidió que le sostuviese una madejita de seda que iba a devanar.

–¡No le haga caso, señor párroco! –exclamó la Sanjoaneira– ¡Qué disparate! ¡Eso es por darle confianzas…!

Pero Amaro se ofreció, riendo, muy contento: él estaba allí para lo que quisiesen, ¡hasta para devanar! ¡A mandar, a mandar! Y las dos mujeres reían con una risa cálida, encantadas de aquella manera de ser del señor párroco, «¡que hasta tocaba el corazón!». A veces Amélia dejaba la costura y ponía el gato en su regazo; Amaro se acercaba, pasaba la mano por el espinazo de *Maltés*, que se curvaba emitiendo un ronroneo feliz.

–¿Te gusta? –le decía ella al gato, un poco colorada, con la mirada muy tierna.

Y la voz de Amaro murmuraba, turbada:

–¡Gatito michino, gatito michino!

Después la Sanjoaneira se levantaba para darle el remedio a la idiota o para ir a charlar a la cocina. Se quedaban solos; no hablaban, pero sus ojos mantenían un largo diálogo mudo que los iba penetrando de la misma adormecida languidez. Entonces Amélia canturreaba en voz baja el *Adeus* o el *Descrente*; Amaro encendía un cigarro y escuchaba, balanceando la pierna.

–¡Qué bonito es eso! –decía.

Amélia cantaba con más convicción, cosiendo deprisa; y cada poco tiempo, irguiendo el busto, miraba el hilvanado o el pespunte, pasándole por encima, para fijarlo, su uña pálida y larga.

A Amaro le parecían admirables aquellas uñas, porque todo lo que era *ella* o venía de *ella* le parecía perfecto: le gustaba el color de sus vestidos, su andar, su forma de pasar los dedos por el pelo, y hasta miraba con ternura la ropa interior que ella ponía a secar en la ventana de su habitación, sujeta a una caña. Nunca había vivido en tanta intimidad con una mujer. Cuando veía entreabierta la puerta de su habitación, deslizaba hacia dentro miradas golosas, como quien atisba las perspectivas de un paraíso: un refajo colgado, una media extendida, una liga que había quedado sobre el baúl, eran como revelaciones de su desnudez que le hacían apretar los dientes y palidecer. Y no se hartaba de verla hablar, reír, caminar con las faldas muy almidonadas rozando los marcos de las puertas estrechas. A su lado, sin fuerzas, muy débil, se olvidaba de que era un cura; el sacerdocio, Dios, la catedral, el pecado quedaban abajo, lejos. Los veía muy difusos desde lo alto de su embeleso, como desde un monte se ven desaparecer las casas entre la niebla de los valles; y sólo pensaba entonces en la dulzura infinita de darle un beso en la blancura de su cuello, o en mordisquearle una orejita.

A veces se rebelaba contra estos desfallecimientos, pateaba:

–¡Diablos, hay que tener juicio, hay que ser hombre!

Bajaba, hojeaba su breviario; pero la voz de Amélia se oía arriba, el tic-tic de sus botines sonaba sobre el entarimado… ¡Adiós! La devoción caía como una vela a la que falta el viento; los buenos propósitos huían y volvían en aluvión las tentaciones a apoderarse de su cerebro, estremeciéndolo, arrullándolo, rozándose las unas con las otras como una bandada de palomas que regresan al palomar. Quedaba completamente agotado, sufría. Y añoraba entonces su libertad perdida: cómo le gustaría no verla, estar lejos de Leiria, en una aldea solitaria, entre gente pacífica, con una criada vieja rebosante de refranes y economías, y pasear por su huerta cuando las lechugas verdean y los gallos cacarean al sol. Pero Amélia, arriba, lo llamaba. Y el encantamiento comenzaba de nuevo.

La hora de comer, sobre todo, era su hora peligrosa y feliz, la mejor del día. La Sanjoaneira trinchaba, mientras Amaro conversaba escupiendo los huesos de las aceitunas en la palma de la mano y poniéndolos en fila sobre el mantel. La Ruça, cada día más héctica, servía mal, tosiendo continuamente: algunas veces Amélia se levantaba para ir a buscar un cuchillo o un plato al aparador. Entonces Amaro, deferente, quería ser él quien se levantase.

—¡Déjese estar, déjese estar, señor párroco! —decía ella.

Y le ponía la mano en el hombro, y sus ojos se encontraban.

Con las piernas estiradas y la servilleta sobre el estómago, Amaro se sentía cuidado, disfrutaba mucho en el buen calor de la sala; después del segundo vaso de Bairrada se volvía expansivo, hacía chistes; incluso algunas veces, con un brillo tierno en la mirada, tocaba fugitivamente el pie de Amélia por debajo de la mesa; o adoptando un tono sentimental, decía «que mucho le pesaba no tener una hermanita así».

A Amélia le gustaba mojar la miga del pan en la salsa del guiso; su madre le decía siempre:

—Me repugna que hagas eso delante del señor párroco.

Y él, entonces, riendo:

—Pues mire, a mí también me gusta. ¡Qué simpatía! ¡Qué magnetismo!

Y ambos mojaban el pan y reían muy alto, sin motivo. Pero la tarde declinaba, la Ruça traía la lamparilla. El brillo de los vasos y las lozas alegraba a Amaro, lo enternecía más; llamaba «mamá» a la Sanjoaneira; Amélia sonreía con la mirada baja, mordiendo con la punta de los dientes cáscaras de mandarina. Al poco rato llegaba el café; y el padre Amaro se quedaba mucho tiempo partiendo nueces con el mango del cuchillo, y quebrando la ceniza del cigarro en el borde del platillo.

A aquella hora aparecía siempre el canónigo Dias: lo oían subir pesadamente, diciendo desde la escalera:

–¡Permiso para dos!

Eran él y la perra, Trigueira.

–¡Muy buenas noches nos dé Dios! –decía, asomando por la puerta.

–¿Hace una gotita de café, señor canónigo? –preguntaba la Sanjoaneira.

Él se sentaba, exhalando un profundo «¡Uf, venga esa gotita de café!», y palmeaba el hombro del párroco mirando a la Sanjoaneira:

–Entonces, ¿qué tal va su niño?

Reían; llegaban las historias del día; el canónigo solía traer en el bolsillo el *Diario Popular*; Amélia se interesaba ante todo por el folletín, la Sanjoaneira por las correspondencias amorosas en los anuncios.

–¡Pero fíjense qué poca vergüenza!… –decía, deleitándose.

Entonces Amaro hablaba de Lisboa, de escándalos que le había contado su tía, de los aristócratas que había conocido «en casa del señor conde de Ribamar». Amélia, fascinada, lo escuchaba con los codos sobre la mesa, royendo lentamente la punta de un palillo.

Después de cenar hacían una visita a la tullida. La lamparilla agonizaba en la cabecera de la cama; y la pobre vieja, con una lúgubre cofia de punto negro que volvía más lívida su carita arrugada como una manzana reineta, abultando casi imperceptiblemente bajo la ropa de cama, fijaba en todos, con temor, sus ojillos cóncavos y llorosos.

–¡Es el señor párroco, tía Gertrudes! –le gritaba Amélia al oído–. Viene a ver cómo está.

La vieja hacía un esfuerzo, y con una voz gimiente:

–¡Ah! ¡Es el chico!

–Es el chico, sí –decían riendo.

Y la vieja se quedaba murmurando, asombrada:

–¡Es el chico, es el chico!

–¡Pobre de Cristo! –decía Amaro–. ¡Pobre de Cristo! ¡Dios le dé una buena muerte!

Y volvían al comedor, donde el canónigo Dias, enterrado

en el viejo butacón de tela verde, con las manos cruzadas sobre el vientre, decía:

—¡Toca un poquito de música, pequeña!

Amélia se sentaba al piano.

—A ver, hija, toca el *Adeus* —le recomendaba la Sanjoaneira, empezando con su calcetín.

Y Amélia, hiriendo el teclado:

> Ai! adeus! acabaram-se os dias
> que ditoso vivi ao teu lado...

Su voz se arrastraba con melancolía; y Amaro, espirando el humo de su cigarro, se sentía penetrado por un sentimentalismo agradable.

Cuando bajaba a su habitación, de noche, siempre lo hacía excitado. Se ponía entonces a leer los *Cánticos a Jesús*, traducción del francés publicada por la Sociedade de Escravas de Jesus. Es una obrita beata, escrita con un lirismo equívoco, casi obsceno, que da a la oración el lenguaje de la lujuria: Jesús es invocado, reclamado con la ansiedad balbuciente de una concuspicencia alucinada: «¡Oh! ¡Ven, amado de mi corazón, cuerpo adorable, mi alma impaciente te desea! ¡Te amo con pasión y desespero! ¡Abrásame! ¡Quémame! ¡Ven! ¡Aplástame! ¡Poséeme!». Y un amor divino, ora grotesco por la intención, ora obsceno por su materialidad, gime, ruge, declama de esa manera en cien páginas inflamadas donde las palabras «gozo, delicia, delirio, éxtasis» regresan a cada momento, con una persistencia histérica. Y después de los monólogos frenéticos que exhalan un aliento de celo místico vienen bobadas de sacristía, insignificantes explicaciones beatas resolviendo casos difíciles de ayunos, ¡y oraciones para los dolores del parto! Un obispo aprobó aquel librito bien impreso; las educandas lo leen en el convento. Es beato y excitante; tiene las elocuencias del erotismo, todas las cursilerías de la devoción; se encuaderna en tafilete y se entrega a las confesadas: ¡es la cantárida canónica!

Amaro leía hasta tarde, un poco turbado por aquellos períodos sonoros, rebosantes de deseo, y a veces, en el silencio, oía crujir encima el lecho de Amélia: el libro se le caía de las manos, apoyaba la cabeza en el respaldo de la butaca, cerraba los ojos y le parecía verla en camisa, ante el tocador, deshaciéndose las trenzas; o desabrochándose las ligas, inclinada, y el escote de su camisa entreabierta dejaba ver dos pechos muy blancos. Se levantaba, apretando los dientes, con una decisión brutal de poseerla.

Empezó entonces a recomendarle la lectura de los *Cánticos a Jesús.*

–Ya verá, es muy bonito, ¡de mucha devoción! –le dijo una noche, dejándole el librito en la cesta de la costura.

Al día siguiente en el desayuno, Amélia estaba pálida, las ojeras le llegaban hasta la mitad de la cara. Se quejó de insomnio, de palpitaciones.

–¿Y qué? ¿Le gustaron los *Cánticos*?

–Mucho. ¡Qué bonitas oraciones! –respondió.

Durante todo ese día no miró a Amaro. Parecía triste y a veces, sin motivo, el rostro se le abrasaba en sangre.

Los peores momentos para Amaro eran los lunes y los miércoles, cuando João Eduardo iba a pasar las noches «en familia». El párroco no salía de su habitación hasta las nueve; y cuando subía para el té, se desesperaba al ver al escribiente envuelto en su manta, sentado al lado de Amélia.

–¡Ay, cuánto han estado hablando estos dos, señor párroco! –le decía la Sanjoaneira.

Amaro sonreía, lívido, partiendo despacio su tostada, con los ojos clavados en su taza. Amélia, en presencia de João Eduardo, no tenía con el párroco la misma familiaridad alegre, apenas levantaba los ojos de su labor; el escribiente, callado, chupaba su cigarro: y había grandes silencios en los que se oía el ulular del viento que corría por la calle.

–¡Mire que quien ande ahora por las aguas del mar! –decía la Sanjoaneira, trabajando despacio en su calcetín.

—¡Uf!... –añadía João Eduardo.

Sus palabras, sus modales, irritaban al padre Amaro: lo detestaba por su escasa devoción, por su hermoso bigote negro. Y ante él se sentía más apocado en su timidez de cura.

—Toca algo, hija –decía la Sanjoaneira.

—¡Estoy tan cansada! –respondía Amélia, recostándose en el respaldo de la silla, con un suspirito fatigado.

Entonces la Sanjoaneira, a quien no le gustaba ver a la gente «pasmada», proponía una brisca de tres; y el padre Amaro, cogiendo su candil de latón, bajaba a su habitación, muy infeliz.

Esas noches casi detestaba a Amélia; la encontraba vulgar. La intimidad del escribiente en la casa le parecía escandalosa: decidía incluso hablar con la Sanjoaneira, decirle «que aquel galanteo de puertas adentro no podía ser del agrado de Dios». Después, más razonable, resolvía olvidarla, pensaba incluso en irse de la casa, de la parroquia. Se imaginaba entonces a Amélia con su corona de flores de naranjo y a João Eduardo, muy colorado, vestido de frac, volviendo de la catedral, casados... Veía el lecho nupcial con sus sábanas de encaje... Y todas las pruebas, las certezas del amor de ella por «el idiota del escribiente» se le clavaban en el pecho como puñales...

—¡Pues que se casen y que se los lleve el diablo!...

En aquellos momentos la odiaba. Cerraba violentamente la puerta con llave, como para impedir que entrase en la habitación el rumor de su voz o el frufrú de sus faldas. Pero al poco tiempo, como todas las noches, escuchaba con el corazón palpitante, inmóvil y ansioso, los ruidos que ella hacía al desnudarse, todavía charlando con su madre.

Un día Amaro fue a comer a casa de doña Maria da Assunção; después había ido a pasear por la carretera de Os Marrazes y, a la vuelta, hacia el final de la tarde, al entrar en casa encontró la puerta de la calle abierta; sobre el felpudo, en el descansillo, estaban las chinelas de orillo de la Ruça.

–¡Tonta de chica! –pensó Amaro–. Ha ido a la fuente y se ha olvidado de cerrar la puerta.

Recordó que Amélia había ido a pasar la tarde con doña Joaquina Gansoso, en una finca al lado de A Piedade, y que la Sanjoaneira había hablado de ir a ver a la hermana del canónigo. Cerró despacio la puerta, subió a la cocina a encender su candil; como las calles estaban mojadas por la lluvia de la mañana, aún llevaba puestas botas de goma; sus pasos no hacían ruido en el suelo; al pasar ante el comedor oyó en la habitación de la Sanjoaneira, a través del repostero de tela, una tos gruesa; sorprendido, descorrió con cuidado una esquina del repostero y observó por la rendija de la puerta entreabierta. ¡Oh, Dios de Misericordia! La Sanjoaneira, en ropa interior, se abrochaba el corsé; ¡y sentado al borde de la cama, en mangas de camisa, el canónigo Dias resoplaba con fuerza!

Amaro bajó, agarrado al pasamanos, cerró la puerta con mucho cuidado y caminó sin rumbo por los alrededores de la catedral. El cielo se había nublado, caían pequeñas gotas de lluvia.

–¡Y esto! ¡Y esto! –decía, perplejo.

¡Nunca había sospechado un escándalo semejante! ¡La Sanjoaneira, la pachorruda Sanjoaneira! ¡El canónigo, su profesor de moral! ¡Y eso que era un viejo, sin los impulsos de la sangre joven, ya en el sosiego que tendrían que haberle proporcionado la edad, la nutrición, las dignidades eclesiásticas! ¡Qué haría entonces un hombre joven y fuerte que siente vociferar y arder en el fondo de sus venas una vida abundante!… Era, pues, verdad lo que se cuchicheaba en el seminario, lo que le decía el viejo padre Sequeira, cincuenta años párroco en A Gralheira: «¡Todos son del mismo barro!». Todos son del mismo barro: medran en dignidades, entran en los cabildos, rigen los seminarios, dirigen las conciencias envueltos en Dios como en una absolución permanente y, entretanto, ¡mantienen en una callejuela a una mujer pacata y gorda en cuya casa descansan de las actitudes devotas y de las austeridades del oficio, fumando cigarros de estanco y palpando unos brazos rechonchos!

Se le ocurrían entonces otras reflexiones: ¿qué gente era aquélla, la Sanjoaneira y su hija, que vivían así, mantenidas por la lubricidad tardía de un canónigo viejo? La Sanjoaneira había sido sin duda hermosa, bien hecha, deseable, ¡en otro tiempo! ¿Por cuántos brazos habría pasado hasta llegar, en el declinar de la edad, a aquellos amores seniles y mal pagados? Las dos mujercitas, qué diablo, ¡no eran honestas! Recibían huéspedes, vivían del concubinato. Amélia iba sola a la iglesia, a la compra, a la finca; y con aquellos ojos tan negros, ¡tal vez hubiese tenido ya un amante! Resumía, hilaba algunos recuerdos: un día en que ella había estado enseñándole en la ventana de la cocina una maceta de geranios, se habían quedado solos y ella, muy ruborizada, le había puesto la mano sobre el hombro y sus ojos brillaban e imploraban; en otra ocasión, ¡ella había rozado su pecho contra su brazo! La noche había caído, con una lluvia fina. Amaro no la notaba, caminando deprisa, ocupado por una sola idea deliciosa que lo hacía estremecer: ¡ser el amante de la hija, igual que el canónigo era el amante de la madre! Imaginaba ya una buena vida escandalosa y regalada; mientras arriba la gorda Sanjoaneira besuqueaba a su canónigo lleno de dificultades respiratorias, Amélia bajaría a su habitación, pasito a pasito, recogiendo su ropa interior, con un chal sobre los hombros desnudos... ¡Con qué frenesí la esperaría! Y ya no sentía por ella el mismo amor sentimental, casi doloroso: ahora la idea tan licenciosa de los dos curas y las dos concubinas, todos compinchados, producía en aquel hombre atado por los votos un placer depravado. Iba por la calle andando a pequeños saltitos. ¡Qué bicoca de casa!

La lluvia caía, gruesa. Cuando entró, ya había luz en el comedor. Subió.

—¡Uy, qué frío viene! —le dijo Amélia, sintiendo, al estrecharle la mano, la humedad de la niebla.

Sentada a la mesa, zurcía con un chal sobre los hombros; João Eduardo, a su lado, jugaba a la brisca con la Sanjoaneira.

Amaro se sentó, un poco nervioso: sin saber por qué, la presencia del escribiente le había devuelto de repente el duro golpe de una realidad antipática: y todas las esperanzas que le habían estado bailando una zarabanda en la imaginación se empequeñecían una a una, se marchitaban, viendo allí a Amélia al lado de su novio, inclinada sobre su honesta labor, con su vestido oscuro bien abrochado, junto al candil familiar.

Y todo alrededor le parecía como más recatado, las paredes con su papel de ramajes verdes, el armario lleno de reluciente loza de Vista Alegre, el gracioso y barrigudo cántaro de agua, el viejo piano apenas firme sobre sus tres pies torneados; el palillero tan querido por todos –un cupido gordezuelo con un paraguas abierto erizado de palillos– y aquella tranquila brisca jugada entre las bromas inocentes de siempre. ¡Todo tan decente!

Se fijaba entonces en las gruesas anillas del pescuezo de la Sanjoaneira, como para descubrir en ellas las marcas de los besuqueos del canónigo: «¡Ah, tú, no hay duda, eres una barragana de clérigo! ¡Pero Amélia! ¡Con aquellas largas pestañas caídas, los labios tan frescos!...». Seguramente ignoraba los libertinajes de su madre; o, si los conocía, ¡estaba firmemente decidida a establecerse sólidamente en la seguridad de un amor legal! Y Amaro, desde la penumbra, la examinaba detenidamente como si quisiese verificar en la placidez de su rostro la virginidad de su pasado.

–Cansadito, ¿eh, señor párroco? –dijo la Sanjoaneira. Y dirigiéndose a João Eduardo–: Triunfo, haga el favor, dónde tiene la cabeza.

El escribiente, enamorado, se distraía.

–Le toca a usted –le decía la Sanjoaneira a cada momento. Se olvidaba de coger cartas.

–¡Ay, chiquillo, chiquillo! –le decía ella con su voz tranquilota–. ¡Le voy a tirar de las orejas!

Amélia seguía cosiendo con la cabeza baja: llevaba puesta una chaqueta negra con botones de vidrio que le disimulaba la forma del pecho.

Y Amaro se irritaba por aquellos ojos fijos en la costura, ¡por aquella chaqueta amplia que escondía la belleza que más apetecía en ella! ¡Y nada que esperar! ¡Nada de ella le pertenecería, ni la luz de aquellas pupilas, ni la blancura de aquellos pechos! ¡Quería casarse y lo guardaba todo para el otro, el idiota, que sonreía estúpidamente, baza tras baza! Lo odió entonces con un odio mezclado de envidia a su bigote negro y a su derecho a amar...

–¿Está enfadado, señor párroco? –le preguntó Amélia, viéndolo removerse con brusquedad en la silla.

–No –dijo él con sequedad.

–¡Ah! –dijo ella con un leve suspiro, volviendo rápidamente al pespunte.

El escribiente, barajando las cartas, había empezado a hablar de una casa que quería alquilar; la conversación derivó hacia los arreglos domésticos.

–¡Tráeme luz! –gritó Amaro a la Ruça.

Bajó a su habitación, muy irritado. Puso la vela sobre la cómoda; el espejo estaba enfrente y apareció su imagen; se sintió feo, ridículo, con su cara rapada, el alzacuello tieso como la collera de un presidiario, y detrás la tonsura asquerosa. Se comparó instintivamente con el otro, que tenía su bigote, su pelo completo, ¡su libertad! «¿Por qué tengo que atormentarme?», pensó. El otro era un marido; podía darle su nombre, una casa, la maternidad; él sólo podría ofrecerle sensaciones culpables, después ¡los terrores del pecado! Ella tal vez simpatizaba con él, a pesar de ser cura; pero, sobre todo, por encima de todo, quería casarse; ¡nada más natural! Se veía pobre, guapa, sola: codiciaba una situación legítima y duradera, el respeto de las vecinas, la consideración de los tenderos, ¡todos los beneficios de la honra!

Entonces la odió a ella y a su vestido abrochado y a su honestidad. ¡La muy estúpida, que no se daba cuenta de que junto a ella, bajo una negra sotana, una pasión devota la observaba, la seguía, temblaba y se moría de impaciencia! Deseó que ella fuese como la madre. O peor, totalmente libre, con vestidos insinuantes, una peluca impúdica, cruzando las piernas y mirando a los hombres, una hembra fácil como una puerta abierta...

«¡Vaya! ¡Estoy deseando que la chica fuese una desvergonzada!», pensó, volviendo en sí, un poco azorado. «Está claro: no podemos pensar en mujeres decentes, ¡tenemos que buscar prostitutas! ¡Bonito dogma!»

Se ahogaba. Abrió la ventana. El cielo estaba tenebroso; había parado de llover; sólo el canto de las lechuzas en A Misericórdia rompía el silencio.

Se estremeció ante aquella oscuridad, ante aquella mudez de villa adormecida. Y sintió elevarse otra vez, desde las profundidades de su ser, el amor que había sentido al principio por ella, muy puro, de un sentimentalismo devoto: veía su hermosa cabeza, de una belleza transfigurada y luminosa, destacando en la negrura espesa del aire; y toda su alma fue hacia ella en un desfallecimiento de adoración, como en el culto a María y en la Salutación Angélica; le pidió perdón ansiosamente por haberla ofendido; le dijo en voz alta: «¡Eres una santa! ¡Perdón!». Fue un momento muy dulce, de renuncia carnal... Y casi sorprendido por aquellas delicadezas de sensibilidad que descubría de pronto en sí mismo, se puso a pensar con añoranza que, si fuese un hombre libre, ¡sería un marido tan bueno! Amoroso, delicado, detallista, ¡siempre de rodillas, siempre adorador! ¡Cómo amaría a su hijo, muy pequeñito, cuando le tirase de las barbas! Ante la idea de aquellas felicidades inaccesibles, los ojos se le inundaron de lágrimas. Maldijo, desesperado, «¡a la urraca de la marquesa, que lo había hecho cura!». ¡Y al obispo que lo había ordenado!

–¡Me han arruinado! ¡Me han arruinado! –decía, un poco desquiciado.

Oyó entonces los pasos de João Eduardo, que bajaba, y el rumor de las faldas de Amélia. Corrió a espiar por la cerradura, clavando los dientes en el labio, celoso. La puerta se cerró, Amélia subió canturreando en voz baja. Pero la sensación de amor místico que lo había penetrado durante un momento, ante la visión de la noche, ya había pasado; y se acostó, con un deseo furioso de ella y de sus besos.

VII

Días después, el padre Amaro y el canónigo Dias fueron a cenar con el abad de A Cortegaça. Era un anciano jovial, muy
caritativo, que llevaba treinta años viviendo en aquella parroquia y que pasaba por ser el mejor cocinero de la diócesis.
Todo el clero de los alrededores conocía su famosa *cabidela*
de caza. El abad cumplía años, había otros convidados, el padre Natário y el padre Brito: el padre Natário era una criatura biliosa, seca, con dos ojos hundidos, muy malignos, la piel
picada de viruelas y extremadamente irritable. Le llamaban
«el Hurón». Era sabihondo y discutidor; tenía fama de ser
gran latinista y de tener una lógica de hierro; y se decía de él:
«¡Es una lengua de víbora!». Vivía con dos sobrinas huérfanas, se declaraba loco por ellas, alababa continuamente su
virtud y solía llamarlas «las dos rosas de mi jardín». El padre
Brito era el cura más estúpido y más fuerte de la diócesis; tenía
el aspecto, los modales, la vigorosa vida de un robusto beirense que maneja bien el cayado, que se bebe un almud de vino,
que sostiene alegremente la esteva del arado, que sirve para
albañil en las reparaciones de un cobertizo y que en las siestas
calientes de junio arroja brutalmente a las muchachas sobre
las hacinas de maíz. El señor chantre, siempre acertado en sus
comparaciones mitológicas, le llamaba «el león de Nemea».

Su cabeza era enorme, con un cabello lanudo que le caía
hasta el entrecejo; la piel curtida tenía un tono azulado por el
esfuerzo con la navaja de afeitar; y en sus carcajadas bestiales
enseñaba unos dientecitos muy pequeños y muy blancos por
el uso de la borona.

Cuando iban a sentarse a la mesa, llegó el Libaninho muy
apresurado, contoneándose mucho, con la calva sudada, exclamando en tono agudo:

–¡Ay, hijos! Disculpadme, me he retrasado un poquito. Pasé por la iglesia de Nossa Senhora da Ermida, estaba el padre Natário diciendo una misa de intención. ¡Ay, hijos! Me la he tragado entera, ¡hasta vengo reconfortado!

La Gertrudes, la vieja y fuerte ama del abad, entró entonces con la gran sopera de caldo de gallina; y el Libaninho, dando saltitos a su alrededor, empezó con sus chistecitos:

–¡Ay, Gertrudes, bien sé yo a quién hacías tú feliz!

La vieja aldeana reía con su espesa risa bondadosa, que le agitaba la masa del seno.

–¡Miren qué apaño me aparece ahora por la tarde!…

–¡Ay, hija! Las mujeres, como las peras, gustan maduras y con siete curvas. ¡Entonces sí que están de rechupete!

Los curas rieron a carcajadas y alegremente se acomodaron a la mesa.

Toda la comida había sido cocinada por el abad; al acabar la sopa comenzaron las exclamaciones:

–¡Sí, señor, excelente! ¡Como esto, ni en el cielo! ¡Riquísima!

El buen abad estaba rojo de satisfacción. Era, como decía el señor chantre, «¡un artista divino!». Había leído todos los «Cozinheiros completos», sabía innumerables recetas; era inventivo y, como él mismo aseguraba, dándose golpecitos en el cráneo, «¡le había salido mucha exquisitez de aquel caletre!». Vivía tan absorbido por su arte que, en los sermones dominicales, llegaba a dar a los fieles arrodillados para recibir la palabra de Dios consejos sobre el bacalao guisado o sobre los condimentos del *sarrabulho*. Y allí vivía feliz, con su vieja Gertrudes, también de muy buen paladar, con su huerta de magníficas legumbres, teniendo una sola ambición en la vida: ¡llevar un día a cenar al obispo!

–¡Oh, señor párroco! –le decía a Amaro–, ¡por favor, un poquito más de *cabidela*, haga el favor! Esos trocitos de pan, ¡mójelos en la salsa! ¡Eso! ¡Eso! ¿Qué tal, eh? –Y con aire modesto–: No es por presumir, ¡pero hoy la *cabidela* me ha salido bien!

Estaba, en efecto, como decía el canónigo Dias, ¡para tentar a san Antonio en el desierto! Todos se habían sacado las capas y, con las sotanas, los alzacuellos aflojados, comían despacio, hablando poco. Como al día siguiente era la fiesta de la Senhora da Alegria, las campanas de la capilla, al lado, repicaban; y el buen sol del mediodía daba tonalidades muy alegres a la loza, a las ventrudas jarras azules llenas de vino de Bairrada, a los platitos con pimientos rojos, a los frescos cuencos de aceitunas negras, mientras el buen abad, la mirada satisfecha, mordiéndose el labio, iba cortando con cuidado grandes tajadas blancas de la pechuga del capón relleno.

Las ventanas se abrían a la huerta. Se veían dos grandes pies de camelios rojos creciendo junto al antepecho y, más allá de las copas de los manzanos, un trozo muy vivo de cielo azul turquesa. Una noria rechinaba a lo lejos, las lavanderas tundían la ropa. Sobre la cómoda, entre infolios, en su peana, un Cristo perfilaba tristemente contra la pared su cuerpo cerúleo, cubierto de llagas rojas: y flanqueándolo, simpáticos santos en fanales de cristal hacían recordar leyendas más dulces de una religión amable: el buen gigante san Cristóbal atravesando el río con el divino pequeñín, que sonríe y hace saltar al mundo en su manita, como si fuese una pelotita; el dulce pastor san Juan cubierto con una piel de oveja y guardando sus rebaños, no con un cayado, sino con una cruz; el buen portero san Pedro, ¡sosteniendo en su mano de barro las dos santas llaves que abren las puertas del cielo! En las paredes, en litografías de colorido cruel, el patriarca san José se apoyaba en su cayado, en el que florecen lirios blancos; el caballo encabritado del bravo san Jorge pisaba el vientre de un sorprendido dragón; y el buen san Antonio, a la orilla de un riachuelo, sonreía mientras le hablaba a un tiburón. El tilín-tilín de los vasos y el ruido de los cubiertos daban una alegría inhabitual a la vieja sala de techo de roble ahumado. Y el Libaninho devoraba, diciendo pillerías:

—Gertruditas, flor del cañaveral, pásame las judías. ¡No me mires así, pícara, que me descompone!

—¡Qué diablo de hombre! —decía la vieja—. ¡Mira tú por dónde le ha dado! ¡Si me hubiese hablado así hace treinta años, perdido!

—¡Ay, hija! —exclamaba él contorsionando los ojos—. ¡No me digas eso, que siento que me sube una cosa por el espinazo!

Los curas se atragantaban con la risa. Ya habían vaciado dos jarras de vino; y el padre Brito se había desabrochado la sotana, dejando ver su gruesa camiseta de lana de A Covilha, en la que la marca de fábrica, bordada en hilo azul, era una cruz sobre un corazón.

Un pobre se acercó hasta la puerta bisbiseando Padrenuestros quejumbrosamente; y mientras Gertrudes le metía en la alforja la mitad de una borona, los curas hablaron de los grupos de mendigos que recorrían las parroquias.

—¡Mucha pobreza por aquí, mucha pobreza! —decía el buen abad—. ¡Dias, tome este pedacito de ala!

—Mucha pobreza, pero también mucha pereza —observó con dureza el padre Natário. Él sabía que en muchas haciendas hacían falta jornaleros, y se veían hombrones, fuertes como pinos, lloriqueando Padrenuestros por las puertas—. ¡Pandilla de haraganes! —concluyó.

—¡No diga eso, padre Natário, no diga eso! —dijo el abad—. Créame que hay pobreza de verdad. Por aquí hay familias, hombre, mujer y cinco hijos, que duermen en el suelo como cerdos y no comen otra cosa que hierbas.

—¿Y qué diablo querías que comiesen? —exclamó el canónigo Dias chupándose los dedos después de haber descarnado el ala del capón—. ¿Querías que comiesen pavo? ¡A cada uno lo que le corresponde!

El buen abad, arrellanándose, se puso la servilleta sobre el estómago y dijo con ternura:

—La pobreza agrada a Dios Nuestro Señor.

—¡Ay, hijos! —intervino el Libaninho con un tono lloroso—. ¡Si sólo hubiese pobrecitos, esto sería el reinito de los cielos!

El padre Amaro consideró con gravedad:

–Es bueno que haya quien tenga recursos para donaciones pías, edificaciones de capillas...

–La propiedad debería estar en manos de la Iglesia –interrumpió Natário con autoridad.

El canónigo Dias eructó con estruendo y añadió:

–Para esplendor del culto y propagación de la fe.

–Pero la gran causa de la miseria –decía Natário con voz pedante– es la gran inmoralidad.

–¡Ah, de eso no hablemos! –exclamó el abad con disgusto–. En este momento, sólo aquí en la parroquia, ¡hay más de doce muchachitas solteras embarazadas! Pues, señores, si les llamo la atención, si las reprendo, ¡se ponen a hipar de risa!

–Allá en mi zona –dijo el padre Brito–, cuando fue la recogida de la aceituna, como hacen falta brazos, vinieron a trabajar los *maltas*. ¡Pues ya verás! ¡Qué desafuero! –Contó la historia de los *maltas*, trabajadores errantes, hombres y mujeres, que andan ofreciendo sus brazos por las haciendas, viven en la promiscuidad y mueren en la miseria–. ¡Había que andar siempre con el bastón encima de ellos!

–¡Ay! –dijo el Libaninho mirando hacia los lados, cogiéndose la cabeza con las manos–. ¡Ay, el pecado que hay por el mundo! ¡Hasta se me ponen los pelos de punta!

¡Pero la parroquia de Santa Catarina era la peor! Las mujeres casadas habían perdido todo el pudor.

–Peores que cabras –decía el padre Natário, aflojando la hebilla del chaleco.

Y el padre Brito comentó un caso de la parroquia de Amor: mocitas de dieciséis y dieciocho años que solían reunirse en un pajar –el pajar del Silvério– y pasaban allí la noche ¡con una cuadrilla de hombres!

Entonces el padre Natário, que ya tenía los ojos brillantes, la lengua suelta, dijo, repantigándose en la silla y espaciando las palabras:

–Yo no sé lo que pasa en tu parroquia, Brito; pero sé alguna cosa, que el ejemplo viene de arriba. A mí me han dicho que tú y la mujer del pedáneo...

–¡Es mentira! –exclamó Brito, poniéndose muy colorado.

–¡Oh, Brito! ¡Oh, Brito! –dijeron a su alrededor, reprendiéndolo con bondad.

–¡Es mentira! –gritó él.

–Y aquí entre nosotros, queridos míos –dijo el canónigo Dias bajando la voz, con los ojillos encendidos de malicia confidencial–, ¡os digo que es una mujer de buenas carnes!

–¡Es mentira! –clamó Brito. Y de golpe–: Quien anda difundiendo eso es el mayorazgo de A Cumeada, porque el pedáneo no votó por él en las elecciones... ¡Pero tan cierto como que estoy aquí, que le voy a romper los huesos! –Tenía los ojos inyectados, amenazaba con el puño–: ¡Le voy a romper los huesos!

–El caso no es para tanto, hombre –consideró Natário.

–¡Le voy a romper los huesos! ¡No le dejo uno entero!

–¡Ay, cálmate, leoncito! –le dijo el Libaninho con ternura–. ¡No vayas a perderte, hijito!

Pero recordando la influencia del mayorazgo de A Cumeada, que en aquellos momentos estaba en la oposición y que llevaba doscientos votos a las urnas, los curas hablaron de las elecciones y de sus episodios. Todos allí, salvo el padre Amaro, sabían, como dijo Natário, «cocinar un diputadito». Llegaron las anécdotas; cada uno celebró sus hazañas. El padre Natário, en la última elección, ¡había conseguido ochenta votos!

–¡Cáspita! –dijeron.

–¿Os imagináis cómo? ¡Con un milagro!

–¿¡Con un milagro!? –repitieron sorprendidos.

–Sí, señores. Se había entendido con un predicador y la víspera de la elección se recibieron en la parroquia cartas venidas del cielo y firmadas por la Virgen María pidiendo, con promesas de salvación y amenazas del infierno, votos para el candidato del gobierno. De rechupete, ¿eh?

–¡De bandera! –dijeron todos.

Sólo Amaro parecía sorprendido.

–¡Hombre! –dijo el abad con ingenuidad–, eso es lo que necesitaba yo aquí. Yo aún ahora tengo que andar por ahí fatigándome de puerta en puerta. –Y sonriendo bondadosamente–: ¡Con lo que se consigue aún alguna cosita es con la bajada de la congrua!

–Y con la confesión –dijo el padre Natário–. La cosa entonces va a través de las mujeres, ¡pero va segura! De la confesión se saca mucho partido.

El padre Amaro, que había estado callado, dijo gravemente:

–Pero, en fin, la confesión es un acto muy serio, y que se utilice así, para unas elecciones…

El padre Natário, que tenía dos rosetones rojos en las mejillas y los gestos excitados, soltó una frase imprudente:

–Pero ¿usted se toma la confesión en serio?

Hubo una gran sorpresa.

–¿¡Que si me tomo la confesión en serio!? –gritó el padre Amaro, haciendo retroceder la silla, con los ojos muy abiertos.

–¡Pero hombre! –exclamaron–. ¡Venga, Natário! ¡Venga, chiquillo!

El padre Natário, alterado, quería explicarse, quitar hierro al asunto:

–¡Escuchad, criaturas de Dios! ¡No quiero decir que la confesión sea una broma! ¡Por favor! Yo no soy masón. Lo que quiero decir es que es un medio de persuasión, de saber qué pasa, de dirigir el rebaño hacia aquí o hacia allí… Y cuando es para el servicio de Dios, es un arma. Eso es lo que es: ¡la absolución es un arma!

–¡Un arma! –exclamaron.

El abad protestaba, diciendo:

–¡Oh, Natário, querido! ¡Eso no!

El Libaninho se había santiguado; y decía que «estaba tan aterrorizado que hasta le temblaban las piernas».

Natário se enfadó:

–Entonces, ¿acaso queréis decirme –gritó– que cualquiera de nosotros, por el hecho de ser cura, porque el obispo le haya impuesto tres veces las manos y porque le haya dicho el *acci-pe*, tiene la representación directa de Dios, que es Dios mismo para poder absolver?

–¡Sin duda! –exclamaron–. ¡Sin duda!

Y el canónigo Dias dijo, revolviendo con el tenedor un montoncito de judías:

–*Quorum remiseris peccata, remittuntur eis*. Es la fórmula. La fórmula lo es todo, amigo…

–La confesión es la esencia misma del sacerdocio –soltó el padre Amaro con gesto escolar, fulminando a Natário–. ¡Lea a san Ignacio! ¡Lea a santo Tomás!

–¡A por él! –gritaba el Libaninho, saltando en la silla, apoyando a Amaro–. ¡A por él, amigo párroco! ¡Láncese al cuello del impío!

–¡Pero, señores! –gritó Natário, furioso por la contradicción–. Lo que yo quiero es que me respondan a esto. –Y volviéndose hacia Amaro–: Usted, por ejemplo, que acaba de desayunar, que se ha comido su pan tostado, se ha tomado su café, se ha fumado su cigarro y después va a sentarse al confesionario, preocupado a veces por asuntos familiares, o por problemas de dinero, o con dolor de cabeza, o con dolor de barriga, ¿se cree usted que está allí como un Dios para absolver?

El argumento sorprendió.

El canónigo Dias, dejando el cubierto sobre la mesa, levantó los brazos y con una solemnidad cómica exclamó:

–*Hereticus est!* ¡Es un hereje!

–*Hereticus est!* También yo lo digo –murmuró el padre Amaro.

Pero Gertrudes entró en ese momento con la gran fuente de arroz con leche.

–No hablemos de esas cosas, no hablemos de esas cosas –dijo entonces prudentemente el abad–. Vamos con el arrocito. Gertrudes, ¡trae para aquí la botellita de oporto!

Natário, inclinado sobre la mesa, aún le arrojaba argumentos a Amaro:

–Absolver es ejercer la gracia. La gracia sólo es atributo de Dios: en ningún autor se encuentra que la gracia sea transmisible. Así que…

–Pongo dos objeciones… –gritó Amaro, dedo en ristre, en actitud polémica.

–¡Pero hijos! ¡Pero hijos! –intervino, afligido, el buen abad–. ¡Dejen la sabatina! ¡Que ni les va a saber el arrocito!

Sirvió el vino de oporto para calmarlos, llenando los vasos despacio, con las precauciones de rigor:

–¡Mil ochocientos quince! –decía–. Esto no se bebe todos los días.

Para saborearlo, después de hacerlo brillar a la luz en la transparencia de los vasos, se arrellanaron en los viejos sillones de cuero; ¡comenzaron los brindis! El primero fue por el abad, que musitaba: «Muy honrado… muy honrado…». Tenía los ojos húmedos de satisfacción.

–¡Por Su Santidad Pío IX! –gritó el Libaninho levantando su cáliz–. ¡Por el mártir!

Todos bebieron emocionados. El Libaninho entonó con voz de falsete el himno de Pío IX; el abad, prudente, lo mandó callar a causa del hortelano que podaba el boj en el jardín.

La sobremesa fue larga, muy paladeada. Natário se había puesto tierno, hablando de sus sobrinas, «sus dos rosas», y citaba a Virgilio, mojando las castañas en vino. Amaro, completamente repantigado en su silla, con las manos en los bolsillos, miraba maquinalmente hacia los árboles del jardín, pensando vagamente en Amélia, en sus formas; incluso suspiró deseándola, mientras el padre Brito, excitado, quería convencer a los republicanos a garrotazos.

–¡Viva el garrote del padre Brito! –gritó entusiasmado el Libaninho.

Pero Natário había empezado a discutir con el canónigo sobre historia eclesiástica; y muy polemizador, volvió a sus argumentos vagos sobre la doctrina de la gracia: afirmaba que un asesino, un parricida podría ser canonizado, ¡si se hubiese manifestado el estado de gracia! Divagaba, con frases de escuela que hacían que se le trabase la lengua. Citó santos que habían escandalizado; otros que por su profesión tenían que haber conocido, practicado, amado el vicio. Exclamó, con las manos en la cintura:

–¡San Ignacio fue militar!

–¿Militar? –chilló el Libaninho. Y levantándose, corriendo hacia Natário, echándole un brazo al cuello, con ternura pueril y vinosa–: ¿Militar? ¿Y qué era? ¿Qué era mi adorado san Ignacio?

Natário lo rechazó:

–Déjame, hombre. Era sargento de cazadores.

Hubo una enorme risotada.

El Libaninho había quedado extasiado.

–¡Sargento de cazadores! –decía, levantando las manos con brío beato–. ¡Mi querido san Ignacio! ¡Bendito y alabado sea por toda la eternidad!

Y entonces el abad propuso que fuesen a tomar café bajo la parra.

Eran las tres. Al incorporarse, todos se tambaleaban un poco, eructando formidablemente entre grandes carcajadas; sólo Amaro tenía la cabeza lúcida, las piernas firmes; y se sentía muy tierno.

–Pues ahora, colegas –dijo el abad, sorbiendo la última gota de café–, lo que viene al pelo es un paseo hasta la hacienda.

–Para hacer la digestión –rezongó el canónigo, poniéndose en pie con dificultad–. ¡Vamos a la hacienda del abad!

Fueron por el atajo de A Barrosa, un estrecho camino de carros. El día estaba muy azul, con un sol templado. La vereda seguía entre muros erizados de zarzas; más allá se extendían los campos llanos cubiertos de rastrojos; entre trecho y trecho sobresalían con gran nitidez los olivares, con su follaje fino; hacia el horizonte se curvaban colinas cubiertas por el ramaje verdinegro de los pinos; había un gran silencio; sólo a veces, a lo lejos, gemía un carro en algún camino. Y en medio de aquella serenidad del paisaje y de la luz, iban los padres caminando despacio, trastabilleando un poco, con la mirada encendida, el estómago harto, bromeando y sintiendo que la vida era buena.

El canónigo Dias y el abad, cogidos del brazo, caminaban balanceándose.

Brito, al lado de Amaro, juraba que le bebería la sangre al mayorazgo de A Cumeada.

—Prudencia, colega Brito, prudencia —decía Amaro, chupando el cigarro.

Y Brito, con andares de carretero, mascullaba:

—Voy a comerle los hígados.

El Libaninho, detrás, solo, canturreaba en falsete:

> Passarinho trigueiro,
> salta cá fora...

Delante de todos iba el padre Natário: llevaba la capa sobre el brazo, arrastrándola por el suelo; la sotana desabotonada por detrás dejaba ver el forro inmundo del chaleco; y sus piernas descarnadas, con las medias negras de lana llenas de remiendos, zigzagueaban y lo lanzaban contra el zarzal.

Y mientras, Brito, entre grandes efluvios de vino, bufaba:

—¡Yo sólo quedaría contento cogiendo un garrote y moliéndolo todo a palos! ¡Todo!

¡Y hacía un gesto inmenso que abarcaba al mundo!

> Tem as asas quebradas
> não pode agora...

plañía detrás el Libaninho. Pero de pronto se detuvieron delante, Natário gritaba con voz enfurecida:

—¡Burro! ¿Es que no ve? ¡Bestia!

Era en un recodo del atajo. Había tropezado con un viejo que llevaba una oveja; estuvo a punto de caerse; y lo amenazaba con el puño cerrado, lleno de rabia vinosa.

—Tenga Su Señoría la bondad de perdonarme —decía humildemente el hombre.

–¡Bestia! –gritaba Natário con los ojos llameantes–. ¡Voy a partirlo en dos!

El hombre tartamudeaba, se había sacado el sombrero y dejaba ver sus cabellos blancos; parecía un antiguo criado de labor envejecido en el trabajo; tal vez era abuelo. E inclinado, rojo de vergüenza, ¡se encogía contra los setos para dejar pasar en el estrecho camino de carros a los señores curas, joviales y excitados por el vinazo!

Amaro no quiso acompañarlos hasta la hacienda. Al final de la aldea, en el crucero, tomó el camino de Sobros y torció hacia Leiria.

–Mire que hasta la ciudad hay una legua –le decía el abad–. Voy a ordenar que le aparejen la yegua, colega.

–Déjese de historias, abad, ¡tengo buenas piernas! –Y, terciando alegremente la capa, se marchó canturreando el *Adeus*.

Al llegar a A Cortegaça, el atajo de Sobros discurre junto al muro de una finca cubierto de musgo y erizado en lo alto de brillantes culos de botella. Cuando Amaro llegó cerca del portón por donde entraban los carruajes, bajo y pintado de rojo, encontró en medio del camino, quieta, una gran vaca pinta; Amaro, divertido, la espoleó con el paraguas; la vaca trotó, meneando la papada, y Amaro, al volverse, vio en el portón a Amélia, que lo saludaba muy risueña:

–¿Así que espantándome el ganado, señor párroco?

–¡La señorita! ¿Qué milagro es éste?

Ella se puso colorada:

–Vine a la quinta con doña Maria da Assunção. He venido a echarle una ojeada a la finca.

Al lado de Amélia una chiquilla acamaba berzas en una cesta.

–¿Así que ésta es la quinta de doña Maria?

Y Amaro cruzó el portón.

Una ancha calle de viejos alcornoques, que proporcionaban una sombra dulce, se extendía hasta la casa, que se entreveía al fondo, blanqueando al sol.

–Sí. Nuestra finca queda al otro lado, pero se entra también por aquí. ¡Venga, Joana, apura!

La chiquilla se colocó la cesta en la cabeza, dio las buenas tardes, se metió por el camino de Sobros, con mucho contoneo de caderas.

–¡Sí, señor! ¡Sí, señor! Parece una buena propiedad –consideraba el párroco.

–¡Venga a ver nuestra finca! –dijo Amélia–. Es un pedacito de tierra, pero para hacerse una idea… Se va por aquí mismo… Mire, vamos allí abajo a visitar a doña Maria, ¿quiere?

–Muy bien. Vamos junto a doña Maria –dijo Amaro.

Subieron por el paseo de los alcornoques, callados. El suelo estaba lleno de hojas secas y, entre los troncos espaciados, muchas hojas de hortensias pendían abatidas, estropeadas por las lluvias; al fondo se alzaba pesadamente la casa baja, vieja, de una sola planta. A lo largo de la fachada grandes calabazas maduraban al sol, y alrededor del tejado, ennegrecido por el invierno, revoloteaban las palomas. En la parte trasera, el naranjal componía una masa de ramajes verde oscuro; una noria chirriaba monótonamente.

Pasó un chiquillo con un cubo de levadura.

–¿Adónde ha ido la señora, João? –le preguntó Amélia.

–Al olivar –contestó el muchacho con su vocecita arrastrada.

El olivar estaba lejos, al fondo de la quinta: todavía había grandes barrizales, no se podía ir hasta allí sin zuecos.

–Nos vamos a ensuciar –dijo Amélia–. Dejemos allí a doña Maria, ¿eh? Vamos a ver la quinta… Por aquí, señor párroco…

Estaban frente a un viejo muro en el que crecían clemátides. Amélia abrió una puerta verde; y bajaron por tres escalones de piedra descoyuntados a un sendero cubierto por una amplia parra. Junto al muro crecían rosas; al otro lado, entre los pilares de piedra que sostenían el emparrado y los troncos torcidos de las cepas, se divisaba, exhausto de luz dorada, un gran campo de hierba; a lo lejos, los techos del corral, aplanados y cubiertos de paja, destacaban en la sombra, y salía de allí una humareda ligera y blanca que se perdía en el aire muy azul.

Amélia se paraba a cada momento, le daba explicaciones sobre la quinta: allí iba a sembrarse cebada; más allá había que ver las cebollas, qué bonitas estaban...

–¡Ah! ¡Doña Maria da Assunção tiene esto muy bien cuidado!

Amaro la oía hablar, con la cabeza baja, mirándola de reojo; en aquel silencio de los campos su voz le parecía más rica, más dulce; el aire libre daba un color más picante a sus mejillas; sus ojos brillaban. Se recogió el vestido para pasar un charco; y la blancura de su media, que él entrevió, lo perturbó como si fuese un inicio de desnudez.

Cuando llegaron al final del emparrado cruzaron un campo atravesado por una acequia. Amélia se rió mucho del párroco, que tenía miedo de los sapos. Entonces él exageró sus temores. «Oiga, señorita Amélia, ¿habrá víboras?» Y la rozaba, al apartarse de las hierbas altas.

–¿Ve aquel muro? Pues al otro lado está nuestra finca. Se entra por la cancela, ¿ve? ¡Pero está muy cansado! Me parece que no es usted un gran andarín... ¡Ay, un sapo!

Amaro dio un saltito, le tocó el hombro. Ella lo empujó dulcemente, y con una risa cálida:

–¡Miedoso! ¡Miedoso!

Estaba muy contenta, muy animada. Hablaba de «su finca» con cierta vanidad, orgullosa de entender de la labranza, de ser propietaria.

–Parece que la cancela está cerrada –dijo Amaro.

–¿Sí? –dijo ella.

Se recogió las faldas, corrió un poco. ¡Estaba cerrada! ¡Qué pena! Y sacudía impaciente las estrechas rejas, entre las dos fuertes jambas de madera clavadas en la espesura del zarzal.

–¡El casero, que se ha llevado la llave!

Se inclinó, gritó hacia la parte de la era, arrastrando mucho la voz:

–¡António! ¡António!

Nadie respondió.

–Está en el otro extremo de la finca –dijo ella–. ¡Qué fastidio! Si usted quisiese, por ahí delante se puede pasar. Hay una abertura en el muro, le llaman «el salto de la cabra». Se puede saltar al otro lado. –Y caminando junto a las zarzas, chapoteando en el barro, toda alegre–: ¡Cuando era pequeña nunca entraba por la cancela! Saltaba siempre por allí. ¡Y qué caídas, cuando el suelo estaba resbaladizo por la lluvia! ¡Era un auténtico demonio, aquí donde me ve! No se lo diga a nadie, ¿eh, señor párroco? ¡Ay! ¡Me estoy haciendo vieja! –Y volviéndose hacia él, con una risita que hacía resplandecer el esmalte de los dientes–: ¿No es verdad? ¿A que me estoy haciendo vieja?

Él sonreía. Le costaba hablar. El sol, dándole en la espalda, después del vino del abad, lo entumecía. Y su figura, sus hombros, sus roces le causaban un deseo continuo e intenso.

–Aquí está el «salto de la cabra» –dijo Amélia, parándose.

Era una abertura estrecha en el muro: la tierra del otro lado, más baja, estaba embarrada. Desde allí se veía la finca de la Sanjoaneira: el terreno llano se extendía hasta un olivar, con la hierba fina muy estrellada de pequeñas margaritas blancas; una vaca negra, con grandes manchas, pastaba; y más allá se veían casas de techos puntiagudos sobre los que volaban bandadas de gorriones.

–¿Y ahora? –preguntó Amaro.

–Ahora, a saltar –dijo ella riendo.

–¡Ahí voy! –exclamó él.

Cruzó la capa, saltó; pero resbaló en las hierbas húmedas. E inmediatamente Amélia, asomándose, riéndose mucho, haciendo grandes gestos con las manos:

–Y ahora adiós, señor párroco, me voy a visitar a doña Maria. Ahí se queda, preso en la finca. ¡Hacia arriba no puede saltar, por la cancela no puede pasar! El señor párroco está preso...

–¡Oiga, señorita Amélia! ¡Oiga, señorita Amélia!

Ella canturreaba, burlándose:

Fico sozinha à varanda,
que o meu bem está na prisão!

Aquellas maneritas excitaban al cura. Y con los brazos en alto, la voz cálida:

—¡Salte, salte!

Ella puso una voz mimosa:

—¡Ay, tengo miedito! Tengo miedito...

—¡Salte, señorita!

—¡Ahí voy! —gritó ella de pronto.

Saltó, fue a caerle sobre el pecho dando un gritito. Amaro resbaló, se reafirmó; y sintiendo entre sus brazos el cuerpo de ella la abrazó brutalmente y le besó el cuello con furia.

Amélia se soltó, quedó ante él, sofocada, con el rostro en una brasa, recomponiendo con manos trémulas el peinado y los pliegues de la manta de lana alrededor del cuello.

Amaro le dijo:

—¡Ameliazinha!

Pero ella, de repente, recogió el vestido, echó a correr a lo largo del muro. Amaro la siguió aturdido, a grandes zancadas. Cuando llegó a la cancela, Amélia hablaba con el casero, que había aparecido con la llave.

Cruzaron el campo bordeando la acequia, después el sendero emparrado. Amélia iba delante hablando con el casero; y detrás Amaro, cabizbajo, muy triste. Al llegar a la casa, Amélia se detuvo, ruborizándose, sin dejar de arreglar la manta alrededor del cuello:

—Oiga, António —dijo—, acompañe al señor párroco hasta el portón. Muy buenas tardes, señor párroco.

Y a través de las tierras húmedas corrió hacia el otro extremo de la quinta, hacia la parte del olivar.

Doña Maria da Assunção todavía estaba allí, sentada sobre una piedra, paliqueando con el tío Patricio; un grupo de mujeres alrededor golpeaba con grandes varas las ramas de los olivos.

–¿Qué haces, tonta? ¿De dónde vienes corriendo, chiquilla? ¡Qué loca!

–Vine corriendo –dijo ella, muy sonrosada, jadeante.

Se sentó junto a la vieja; y permaneció inmóvil, con las manos caídas sobre el regazo, respirando con fuerza, los labios entreabiertos, los ojos fijos en una abstracción. Todo su ser se abismaba en una sola sensación: «¡Le gusto! ¡Le gusto!».

Hacía mucho tiempo que estaba enamorada del padre Amaro. Y a veces, sola en su habitación, se desesperaba pensando que él no percibía en sus ojos la confesión de su amor. Desde los primeros días, apenas lo oía por la mañana pedir el desayuno en voz baja, sentía que una alegría sin motivo penetraba todo su ser, empezaba a canturrear con una ligereza de pájaro. Después lo notaba un poco triste. ¿Por qué? No conocía su pasado; y acordándose del fraile de Évora, imaginaba que se había hecho cura por un disgusto amoroso. Entonces lo idealizó: le suponía una naturaleza muy tierna, le parecía que de su figura airosa y pálida se desprendía una fascinación. Deseó que fuese su confesor: ¡qué bonito sería estar arrodillada a sus pies, en el confesionario, ver de cerca sus ojos negros, escuchar su voz suave hablando del paraíso! Le gustaba mucho la frescura de su boca; ¡palidecía ante la idea de poder abrazarlo, vestido con su larga sotana negra! Cuando Amaro salía, iba a su habitación, besaba su almohadita, guardaba los pequeños cabellos que se le habían quedado en el peine. Le ardía el rostro cuando lo oía tocar la campanilla.

Si Amaro comía fuera con el canónigo Dias, estaba todo el día impertinente, reñía con la Ruça, a veces incluso hablaba mal de él, «que era un cazurro, que era tan joven que ni respeto inspiraba». Cuando él hablaba de alguna nueva confesada, enmudecía, con unos celos pueriles. Su antigua devoción renacía, llena de un fervor sentimental: sentía un vago amor físico por la Iglesia; desearía abrazar, con pequeños besitos demorados, el altar, el órgano, el misal, los santos, el cielo, porque no los distinguía bien de Amaro y le parecían partes de su persona. Leía su misal pensando en él como en su

Dios particular... Y Amaro no sabía, cuando paseaba nervioso por su habitación, que ella lo escuchaba desde arriba, regulando por sus pisadas los latidos de su corazón, abrazándose a la almohada, desfallecida de deseo, ¡besando el aire en el que imaginaba los labios del párroco!

Caía la tarde cuando doña Maria y Amélia volvieron a la ciudad. Amélia, delante, callada, fustigaba a su burrita, mientras doña Maria da Assunção iba hablando con el mozo de la quinta, que guiaba la reata. Al pasar junto a la catedral, oyeron tocar a Avemarías. Y Amélia, rezando, no podía apartar sus ojos de las piedras de la iglesia, sin duda tan grandiosamente erguidas para que él celebrase allí. Recordaba entonces domingos en los que lo había visto bendiciendo, mientras las campanas repicaban, desde los peldaños del altar mayor: y todos se inclinaban, incluso la mujer del mayorazgo Carreiro, incluso la señora baronesa de Via-Clara y la mujer del gobernador civil, ¡tan orgullosa, con su nariz de caballete! Se curvaban bajo sus dedos levantados, ¡y seguro que también les parecían bonitos sus ojos negros! ¡Y era él quien la había estrechado entre sus brazos junto al muro! Sentía aún en el cuello la presión cálida de sus labios: una pasión se extendió como una llama por todo su ser: soltó las riendas de la burrita, se apretó el pecho con las manos y, cerrando los ojos, vertiendo toda su alma en una devoción:

–¡Oh, Virgen de los Dolores, madrina mía, haz que le guste!

En el atrio empedrado paseaban los canónigos, conversando. La botica de enfrente ya tenía luz, los frascos brillaban; y tras la balanza, la figura del boticario Carlos, con su visera minuciosamente bordada, se movía majestuosamente.

VIII

El padre Amaro había regresado a casa aterrorizado.

–¿Y ahora? ¿Y ahora? –decía, apoyado en el quicio de la ventana, con el corazón encogido.

¡Tenía que salir inmediatamente de casa de la Sanjoaneira! No podía continuar allí, con la misma familiaridad, después de haber tenido «aquel atrevimiento con la pequeña».

Ciertamente, ella no había parecido muy indignada, apenas aturdida; se había contenido, tal vez, por el respeto eclesiástico, por la delicadeza para con el huésped, por la atención hacia el amigo del canónigo. Pero podía contárselo a la madre, al escribiente... ¡Qué escándalo! Y veía ya al señor chantre, cruzando las piernas y mirándolo fijamente –su actitud de reprensión–, diciéndole con solemnidad: «Son esos desórdenes los que deshonran el sacerdocio. ¡No se comportaría de otro modo un sátiro en el monte Olimpo!». ¡Podrían desterrarlo otra vez a alguna parroquia de la sierra!... ¿Qué diría la señora condesa de Ribamar?

Y después, si insistiese en verla en la intimidad, en tener constantemente presentes aquellos ojos negros, la sonrisa cálida que le hacía un hoyuelito en el mentón, la curva de aquel pecho..., su pasión, creciendo sordamente, continuamente excitada, reprimida en su interior, iba a volverlo loco, ¡podía hacer alguna burrada!

Decidió entonces ir a hablar con el canónigo Dias: su naturaleza débil siempre necesitaba recibir fuerzas de una razón, de una experiencia ajena. Solía consultar habitualmente al canónigo, a quien, por costumbre de la disciplina eclesiástica, juzgaba más inteligente por ser su superior en la jerarquía; y no había perdido desde el seminario su dependencia de discípulo. Además, si quisiese hacerse con una casa y una criada para vivir solo, necesitaba el auxilio del canónigo, que conocía Leiria como si la hubiese edificado.

Lo encontró en el comedor. La lamparilla de aceite moría con una llama rojiza. Los tizones del brasero, cubiertos por una capa de ceniza pulverizada, parecían reavivarse vagamente. Y el canónigo, sentado en una butaca, con el abrigo sobre los hombros, los pies envueltos en una manta, amodorrado al calor de la lumbre, con el breviario sobre las rodillas, dormitaba. En los pliegues de la manta, Trigueira, tumbada, dormitaba como él.

Al oír los pasos de Amaro, el canónigo abrió los ojos muy despacio, murmuró:

—¡Vaya, me estaba quedando dormido!

—Es temprano —dijo el padre Amaro—. Aún no es hora de recogerse. ¿Qué pereza es ésa?

—¡Ah! Es usted —dijo el canónigo en medio de un enorme bostezo—. Llegué tarde de casa del abad, tomé una gota de té, me vino la modorra… ¿Y usted? ¿Qué ha hecho?

—Pasaba por aquí.

—Pues qué excelente comida nos dio el abad. ¡La *cabidela* estaba inmejorable! Yo me cargué un poco de más —dijo el canónigo tamborileando con los dedos en la tapa del breviario.

Amaro, sentado a su lado, removía las brasas lentamente:

—¿Sabe, profesor? —dijo de pronto. Iba a añadir: «¡Me ha pasado una cosa!», pero se contuvo, murmuró—: Estoy raro hoy; últimamente he andado algo descompuesto…

—Es cierto, está usted pálido —dijo el canónigo, observándolo—. ¡Púrguese, hombre!

Amaro permaneció callado un momento, mirando al fuego.

—¿Sabe? Estoy con la idea de cambiarme de casa.

El canónigo levantó la cabeza, abrió los ojitos somnolientos:

—¡Cambiarse de casa! ¡Ahora ésa! ¿Por qué?

El padre Amaro acercó su silla a la de él, y en voz baja:

–Usted ya me entiende... He estado pensando, es un poco extraño estar en una casa con dos mujeres, con una jovencita...

–¡Historias! ¿Qué me dice? Usted es un huésped... ¡Déjese de eso, hombre! Es como quien está en una pensión.

–No, no, profesor, yo me entiendo...

Y suspiró; deseaba que el canónigo lo interrogase, que le facilitase las confidencias.

–¿Así que hoy se le ha dado por pensar en eso, Amaro?

–Es verdad, hoy he estado pensando en eso. Tengo mis razones.

Iba a decir: «He hecho una locura», pero se acobardó.

El canónigo lo miró:

–¡Vamos, hombre, sea franco!

–Lo soy.

–¿Le parece caro aquello?

–¡No! –dijo el otro con una negativa impaciente.

–Bueno, entonces es otra cosa...

–Sí. ¿Qué quiere que le haga? –Y con un tono pícaro que pensó agradaría al canónigo–: A la gente también le gusta lo bueno...

–Bien, bien –dijo el canónigo riendo–, ya entiendo. Usted, como yo soy amigo de la casa, quiere decirme de buenos modos que aquello está todo hecho un asco.

–¡Qué tontería! –dijo Amaro poniéndose en pie, irritado por tanta torpeza.

–¡Bueno, hombre! –exclamó el canónigo abriendo los brazos–. ¿Quiere usted marcharse de la casa? ¡Por algún motivo será! Ahora, a mí me parece que mejor que allí...

–Es verdad, es verdad –decía Amaro, paseando a grandes zancadas por la sala–. ¡Pero se me ha metido en la cabeza! Mire usted, si me consigue una casita barata con algunos muebles... Usted entiende más de estas cosas...

El canónigo se quedó callado, muy hundido en su butaca, rascándose el mentón pausadamente.

–Una casita barata –murmuró por fin–. Veré, veré..., tal vez.

—Usted ya me entiende —intervino vivamente Amaro, acercándose al canónigo—. La casa de la Sanjoaneira...

Pero chirrió la puerta, entró doña Josefa Dias; y después de comentar la comida del abad, el catarro de la pobre doña Maria da Assunção, la dolencia del hígado que iba minando al simpático canónigo Sanches, Amaro se fue, casi contento ahora por no «haberse desahogado con el profesor».

El canónigo permaneció todavía junto al fuego, pensando. Aquella resolución de Amaro de dejar la casa de la Sanjoaneira era bienvenida: cuando él lo había llevado como huésped a la Rua da Misericórdia, había acordado con la Sanjoaneira la disminución de la mensualidad que desde hacía años le entregaba, regularmente, cada día 30. Pero pronto se arrepintió: la Sanjoaneira, si no tenía huésped, dormía sola en el primer piso. El canónigo podía entonces saborear libremente las ternuras de su viejota. Y Amélia, arriba en su habitación, era ajena a este «arreglito». Cuando llegó el padre Amaro, la Sanjoaneira le cedió la habitación y empezó a dormir en una cama de hierro junto a su hija: y el canónigo entonces se dio cuenta, como decía, desconsolado, de que «aquel cambio lo había estropeado todo». Para disfrutar de las dulzuras de la siesta con su Sanjoaneira era necesario que Amélia comiese fuera, que la Ruça hubiese ido a la fuente y otras combinaciones inoportunas; y él, canónigo del cabildo, en la egoísta vejez, cuando necesitaba miramientos con su salud, se veía obligado a esperar, a acechar, a soportar en sus placeres regulares e higiénicos las dificultades de un colegial enamorado de la señora profesora. Pero si Amaro se fuese, la Sanjoaneira bajaría a su habitación del primer piso; volverían las viejas comodidades, las siestas tranquilas. Sin duda, tendría que volver a dar la mensualidad anterior... ¡Pues la daría!

—¡Qué diablo! Por lo menos está uno a gusto —concluyó.

—¿Qué haces ahí hablando solo, hermano? —preguntó doña Josefa, despertando del sopor en que empezaba a caer, junto al fuego.

–Estaba cavilando sobre cómo voy a castigar la carne en la Cuaresma –dijo el canónigo con una gruesa risotada.

A esa hora la Ruça llamaba al padre Amaro para el té; y él subió despacio, con el corazón encogido, temeroso de encontrar a la Sanjoaneira muy enfurruñada, ya informada del ultraje. Sólo estaba Amélia, que al oír sus pasos en la escalera había cogido rápidamente la costura y que, con la cabeza muy baja, daba grandes puntadas, roja como el pañuelo que repulgaba para el canónigo.

–Muy buenas tardes, señorita Amélia.

–Muy buenas tardes, señor párroco.

Amélia solía recibirlo siempre con un «¡hola!» o un «¡qué tal!» muy afable; aquella sequedad lo aterró; entonces le dijo, muy perturbado:

–Señorita Amélia, le pido que me perdone… Fue un atrevimiento… No sabía lo que hacía… Pero créame… Estoy decidido a irme de aquí. Incluso le he pedido ya al señor canónigo Dias que me consiga casa…

Hablaba mirando hacia abajo. Y no veía cómo Amélia levantaba los ojos hacia él, sorprendida y desconsolada.

En ese momento entró la Sanjoaneira y, al traspasar la puerta, abriendo los brazos:

–¡Vaya! ¡Ya sé, ya sé! Me lo ha dicho el señor padre Natário: ¡una gran comida! ¡Cuente, cuente!

Amaro tuvo que hablar de los platos, de las picardías del Libaninho, de la discusión teológica; después hablaron de la finca, y Amaro bajó sin haberse atrevido a decirle a la Sanjoaneira que iba a dejar la casa, lo que suponía para la pobre mujer una pérdida de seis tostones diarios.

A la mañana siguiente, el canónigo visitó a Amaro temprano, antes de ir al coro. El párroco estaba afeitándose junto a la ventana.

–¡Hola, profesor! ¿Qué hay de nuevo?

–¡Me parece que el asunto puede arreglarse! Y ha sido de casualidad, esta mañana… Hay una casita, allá hacia mi parroquia, que es una maravilla. Era del comandante Nunes, a quien han trasladado para el quinto batallón.

Aquella celeridad desagradó a Amaro; preguntó, afilando la navaja afligido:

–¿Está amueblada?

–Tiene muebles, vajilla, ropa de cama, tiene de todo.

–Entonces...

–Entonces hay que instalarse y empezar a disfrutar. Y, aquí entre nosotros, tiene usted razón, Amaro. Estuve pensando en el asunto... Es mejor que viva usted solo. Así que vístase y vayamos a ver la casita.

Amaro, en silencio, rasuraba su rostro, desesperado.

La casa, de un piso, muy vieja, con la madera carcomida, estaba en la Rua das Sousas: el mobiliario, como dijo el canónigo, «podía considerarse veterano»; algunas litografías descoloridas colgaban lúgubremente de grandes clavos negros; y el inmundo comandante Nunes había dejado los cristales rotos, el suelo lleno de esgarros, las paredes rascadas por fósforos y hasta dos calcetines casi negros sobre el poyo de una ventana.

Amaro aceptó la casa. Y aquella misma mañana el canónigo le consiguió una criada, la señora Maria Vicência, persona muy devota, alta y flaca como un pino, antigua cocinera del doctor Godinho. Y –como observó el canónigo Dias– ¡era la mismísima hermana de la célebre Dionísia! La Dionísia había sido en otro tiempo la Dama de las Camelias, la Ninon de Lanclos, la Manon de Leiria: había disfrutado del honor de ser concubina de dos gobernadores civiles y del terrible mayorazgo de A Sertejeira; y las pasiones frenéticas que inspiró habían sido para casi todas las madres de familia de Leiria motivo de lágrimas y de soponcios. Ahora planchaba ropa ajena, se encargaba de empeñar objetos, entendía mucho de partos, protegía «el delicioso adulterito», según la singular expresión del viejo don Luis da Barrosa, apodado «el Infame», proporcionaba campesinitas a los señores empleados públicos, sabía toda la historia amorosa del distrito. Y se veía a la Dionísia siempre en la calle, con su chal ajedrezado cruzado, el pesado pecho temblando dentro de un corsé sucio, el andar discreto y las antiguas sonrisas, pese a que le faltaban ya los dos dientes delanteros.

Aquella misma tarde el canónigo comunicó a la Sanjoaneira la resolución de Amaro. ¡Fue una gran sorpresa para la buena señora! Se quejó con amargura de la ingratitud del señor párroco.

El canónigo tosió gravemente y dijo:

–Escuche, señora. Fui yo quien le consiguió la casa. Le digo por qué: esta solución de la habitación de arriba, etcétera, me está destrozando la salud. –Dio otras razones de prudencia higiénica, y añadió, pasándole tiernamente los dedos por el cuello–: Es perder para ganar, ¡no se aflija! Yo daré para la compra, como antes; y como este año la cosecha ha sido buena, pondré media pieza más para los perifollos de la pequeña. Venga ahora un besito, Augustinha, picarona. Y fíjese, hoy me quedo aquí a comerle la sopa.

Mientras tanto, Amaro, abajo, embalaba su ropa. Pero a cada momento se detenía, emitía un ¡ay! triste, se quedaba mirando la habitación, la cama mullida, la mesa con su tapete blanco, la amplia butaca forrada de cretona en la que leía el breviario oyendo a Amélia cantar arriba.

«¡Nunca más!», pensaba. «¡Nunca más!»

¡Adiós a las buenas mañanas pasadas junto a ella, viéndola coser! ¡Adiós a las alegres sobremesas que se prolongaban a la luz del candil! ¡Adiós a los tés alrededor del brasero, cuando el viento ululaba fuera y cantaban las frías goteras! ¡Todo había terminado!

La Sanjoaneira y el canónigo aparecieron en la puerta de la habitación. El canónigo resplandecía; y la Sanjoaneira dijo, muy apenada:

–¡Ya sé, ya sé, ingrato!

–Es cierto, señora –dijo Amaro, encogiéndose de hombros tristemente–. Pero hay motivos… Lo siento…

–Mire, señor párroco –dijo la Sanjoaneira–, no se ofenda

por lo que voy a decirle, pero yo lo quería como a un hijo...
–Y se llevó el pañuelo a los ojos.

–Tonterías –exclamó el canónigo–. Entonces ¿no va él a poder venir por aquí, como un amigo, las noches de tertulia, a tomar su café?... ¡No se va al Brasil, señora!

–Pues sí, pues sí –decía la pobre señora, desconsolada–, ¡pero no es igual que tenerlo en casa!

En fin, ella sabía bien que la gente está mucho mejor en su propia casa... Le hizo entonces extensas recomendaciones sobre el lavado de la ropa, que enviase a buscar lo que quisiese, vajilla, sábanas...

–¡Y mire bien por ahí, que no se le olvide nada, señor párroco!

–Muchas gracias, señora, muchas gracias...

Y mientras seguía colocando su ropa, se exasperaba por la decisión tomada. ¡La pequeña, evidentemente, no había abierto el pico! ¿Por qué se iba entonces de aquella casa tan barata, tan confortable, tan amistosa? Y odiaba al canónigo por su celo y su precipitación.

La comida fue triste. Amélia, sin duda para justificar su palidez, se quejaba de dolor de cabeza. En el momento del café, el canónigo quiso su «ración de música»; y Amélia, de forma automática o intencionadamente, entonó la canción querida:

> Ai! adeus! acabaram-se os dias
> que ditoso vivi ao teu lado!
> Soa a hora, o momento fadado,
> e forçoso deixar-te e partir!

Entonces, al oír aquella llorosa melodía que realzaba las tristezas de la separación, Amaro se sintió tan perturbado que tuvo que levantarse súbitamente, ir a apoyar el rostro en la ventana, esconder las dos lágrimas que irreprimiblemente le saltaron de los párpados. Los dedos de Amélia también se aturullaron en el teclado.

Hasta la propia Sanjoaneira dijo:

–¡Ay, hija, toca otra cosa, anda!

Pero el canónigo, poniéndose en pie pesadamente:

–Bueno, señores, ya van siendo horas. Vamos allá, Amaro. Iré con usted hasta la Rua das Sousas...

Entonces Amaro quiso despedirse de la idiota; pero, tras un fuerte acceso de tos, la vieja dormía, muy débil.

–Déjenla tranquila –dijo Amaro. Y estrechando la mano de la Sanjoaneira–: Muchas gracias por todo, señora, créame...

Se calló, con un nudo en la garganta.

La Sanjoaneira se había llevado a los ojos la punta de su delantal blanco.

–¡Pero, señora! –dijo el canónigo riendo–. Ya se lo he dicho hace un momento, ¡el hombre no se va a las Indias!

–El trato engendra cariño... –lloriqueó la Sanjoaneira.

Amaro intentó bromear. Amélia, muy pálida, se mordisqueaba el labio.

Finalmente Amaro bajó; y João Ruço, que a su llegada a Leiria le había llevado el baúl a la Rua da Misericórdia, muy borracho, canturreando el *Bendito*, se lo llevaba ahora a la Rua das Sousas, igualmente borracho pero tarareando el *Rei-Chegou*.

Cuando Amaro se vio solo de noche en aquella casa tristona, sintió una melancolía tan punzante y un tan negro hastío de la vida que, ayudado por su naturaleza lasa, tuvo ganas de acurrucarse en un rincón y dejarse morir allí.

Se paraba en medio de la habitación, miraba alrededor: la cama era de hierro, pequeña, con un colchón duro y una colcha roja; el espejo de azogue gastado estaba encima de la mesa; como no había lavabo, la palangana y la jarra, con un pedacito de jabón, estaban sobre el poyo de la ventana; todo allí olía a moho; y fuera, sobre la calle negra, caía sin cesar una lluvia triste. ¡Qué existencia! ¡Y sería así para siempre!...

Se rebeló entonces contra Amélia: la acusó, con el puño cerrado, de la pérdida de sus comodidades, de la falta de muebles, del gasto suplementario, ¡de la soledad que lo helaba! Si fuese una mujer con corazón tendría que haber ido a su habitación y decirle: «Señor padre Amaro, ¿por qué se va? ¡Yo no estoy enfadada!». Porque, a fin de cuentas, ¿quién había excitado su deseo? ¡Ella, con sus carantoñas tiernas, sus miraditas acarameladas! Pero no, había permitido que hiciese las maletas y bajase las escaleras sin una palabra amiga, ¡poniéndose a tocar con estrépito el vals del Beso!

Juró entonces no volver a casa de la Sanjoaneira. Y, a grandes zancadas por la habitación, pensaba qué debería hacer para humillar a Amélia. ¿Qué? ¡Despreciarla como a una perra! Ganar influencia en la sociedad devota de Leiria, hacerse muy amigo del señor chantre; apartar de la Rua da Misericórdia al canónigo y a las Gansoso; intrigar con las señoras de los buenos círculos para que se apartasen de ella, con frialdad, en el altar mayor, durante la misa del domingo; dar a entender que la madre era una prostituta… ¡Hundirla! ¡Cubrirla de lodo! Y en la catedral, a la salida de misa, disfrutar viéndola pasar encogida en su manteleta negra, rechazada por todos, mientras él, en la puerta, a propósito, conversaría con la mujer del señor gobernador civil y galantearía con la baronesa de Via-Clara… Después, en Cuaresma, echaría un gran sermón y ella oiría decir, en la arcada, en las tiendas: «¡Qué gran hombre, el padre Amaro!». Se volvería ambicioso, intrigaría y, protegido por la señora condesa de Ribamar, ascendería en la jerarquía eclesiástica: ¿y qué pensaría ella cuando lo viese un día obispo de Leiria, pálido e interesante en su mitra toda dorada, avanzando, seguido por los turiferarios, por la nave de la catedral, entre un pueblo arrodillado y penitente, bajo las graves notas del órgano? ¿Y quién sería ella entonces? ¡Una criatura flaca, marchita, envuelta en un chal barato! ¿Y el señor João Eduardo, el actual elegido, el esposo? ¡Sería un pobre amanuense mal pagado, con una levita raída, los dedos quemados por el cigarro, curvado sobre su papel de barba, insignificante, adulando en voz alta y envidiando por lo bajo! ¡Y él, obispo, en la vasta escalinata jerárquica que sube hasta el cielo, estaría ya muy por encima de los hombres, en la zona de luz que irradia el rostro de Dios Padre! ¡Y sería par del reino, y los curas de su diócesis temblarían al verle fruncir el ceño!

Al lado, en la iglesia, dieron lentamente las diez.

«¿Qué estaría haciendo ella ahora?», pensaba. Seguramente cosía en el comedor: estaba el escribiente; jugaban a la brisca, reían, ¡tal vez ella lo rozaba con el pie, en la oscuridad, por debajo de la mesa! Recordó su pie, el trocito de media que había visto cuando ella saltaba los charcos en la finca, y aquella curiosidad inflamada ascendía por la curva de la pierna hasta el seno, recorriendo bellezas que intuía… ¡Cómo le gustaba la maldita! ¡Y era imposible obtenerla! Y cualquier hombre feo y estúpido podía ir a la Rua da Misericórdia, pedírsela a la madre, ir a la catedral a decirle: «Señor párroco, cáseme con esta mujer», ¡y besar, con la protección de la Iglesia y del Estado, aquellos brazos y aquel pecho! Él no. ¡Él era cura! ¡Todo por culpa de aquella urraca del infierno, la marquesa de Alegros!…

Entonces odiaba todo el mundo secular, porque había perdido sus privilegios para siempre; y ya que el sacerdocio lo excluía de la participación en los placeres humanos y sociales, se refugiaba como compensación en la idea de la superioridad espiritual que le daba sobre los hombres. Aquel miserable escribiente podía desposar y poseer a la muchacha, pero ¿qué era él en comparación con un párroco a quien Dios había confiado el poder supremo de distribuir el cielo y el infierno?… Y se complacía en este sentimiento, llenando su espíritu de orgullo sacerdotal. Pero rápidamente le venía la desconsoladora idea de que aquel dominio sólo era válido en la región abstracta de las almas; nunca podría manifestarlo, a través de acciones triunfantes, en plena sociedad. Era un dios dentro de la catedral, pero apenas salía a la calle no era más que un oscuro plebeyo. Un mundo irreligioso había reducido toda la acción sacerdotal a una mezquina influencia sobre almas de beatas… Y era esto lo que lamentaba, aquel menoscabo social de la Iglesia, aquella mutilación del poder eclesiástico, limitado a lo espiritual, sin derecho sobre el cuerpo, la vida y la riqueza de los hombres... Lo que añoraba era la autoridad de los tiempos en que la Iglesia era la nación y el párroco el amo temporal del rebaño. ¿Qué le importaba, en su caso, el derecho místico a abrir o cerrar las puertas del cielo? ¡Lo que quería era el antiguo derecho a abrir o cerrar la puerta de las mazmorras! Necesitaba que los escribientes y las Amélias temblasen ante la sombra de su sotana...

Desearía ser un sacerdote de la antigua Iglesia, gozar de las ventajas que da la denuncia y de los terrores que inspira el verdugo, y allí, en aquel pueblo sometido a la jurisdicción de su catedral, hacer temblar ante la idea de castigos y torturas a aquellos que aspirasen a hacer realidad felicidades que a él le estaban prohibidas; y pensando en João Eduardo y en Amélia, ¡lamentaba no poder encender las hogueras de la Inquisición! Así, aquel inofensivo joven, bajo la excitación iracunda de una pasión contrariada, se pasaba horas imaginando grandiosas ambiciones de tiranía eclesiástica: porque cualquier cura, hasta el más estúpido, pasa por un momento en que se ve penetrado por el espíritu de la Iglesia, bien en sus lances de renunciación mística, bien en sus ambiciones de dominio universal; cualquier subdiácono se cree durante una hora capaz de ser santo o de ser papa; no hay seminarista que no haya aspirado con delectación, durante un instante, a la cueva del desierto en que san Jerónimo, mirando el cielo estrellado, sentía la gracia descendiéndole por el pecho como un abundante río de leche; y el abad panzudo que al caer la tarde, en la galería, hurga con un palillo en el diente cariado y saborea su café con aspecto paternal, cobija en su interior los difusos restos de un Torquemada.

La vida de Amaro se volvió monótona. Marzo transcurría muy lluvioso, muy frío; y después del servicio en la catedral Amaro entraba en casa, se quitaba las botas embarradas, se ponía las zapatillas, se aburría. A las tres comía; y nunca levantaba la tapa agrietada de la sopera sin acordarse, con una nostalgia punzante, de la comidita en la Rua da Misericórdia, cuando Amélia, con el cuello de su vestido muy blanco, le pasaba la sopa de garbanzos, sonriente, muy cariñosa. Aquí lo servía la Vicência, tiesa y enorme, con aquel cuerpo de soldado con faldas, siempre constipada; y de vez en cuando, desviando la cabeza, se sonaba ruidosamente en el mandil. Era muy sucia: los cuchillos tenían la punta humedecida del agua grasienta de fregar. Amaro, disgustado e indiferente, no se quejaba; comía mal, deprisa; mandaba que le trajese el café y se quedaba horas y horas sentado a la mesa, quebrando la ceniza del cigarro en el borde del platillo, perdido en un tedio mudo, notando los pies y las rodillas fríos por el viento que entraba a través de las rendijas de la desamparada sala.

A veces el coadjutor, que nunca lo había visitado en la Rua da Misericórdia, aparecía al acabar de comer; se sentaba lejos de la mesa y permanecía callado, con su paraguas entre las rodillas. Después, creyendo agradar al párroco, repetía invariablemente:

—Su Señoría está mejor aquí, en su propia casa.

—Claro —rezongaba Amaro.

Al principio, para consolar su despecho, hablaba ligeramente mal de la Sanjoaneira, provocando, animando al coadjutor —que era de Leiria— a que le contase los escándalos de la Rua da Misericórdia. El coadjutor, por servilismo, dejaba caer sonrisas mudas repasadas de perfidia.

—Allí hay vicio, ¿eh? —le decía el párroco.

El otro se encogía de hombros, poniendo las manos muy abiertas a la altura de las orejas, con una expresión maliciosa; pero no decía nada, receloso de que sus palabras, repetidas, escandalizasen al señor canónigo. Permanecían entonces taciturnos, intercambiando de cuando en cuando frases insustanciales; un bautizo que iba a haber; lo que había dicho el canónigo Campos; un frontal del altar que había que limpiar. Aquella conversación hastiaba a Amaro; se sentía muy poco sacerdote, muy distante del mundillo eclesiástico: no le interesaban las intriguitas del cabildo, los favoritismos tan comentados del señor chantre, los robos en A Misericórdia, las desavenencias entre el cabildo y el Gobierno Civil; y se encontraba siempre ajeno, mal informado de los dimes y diretes eclesiásticos, pueriles como un capricho, sinuosos como una confesión, con que tan mujerilmente se deleitan los curas.

–¿Hay viento del sur? –preguntaba, por fin, bostezando.

–Sí –respondía el coadjutor.

Se encendía la luz; el coadjutor se levantaba, sacudía el paraguas y salía echando una mirada de reojo a la Vicência.

Aquélla era la peor hora, de noche, cuando se quedaba solo. Intentaba leer, pero los libros lo aburrían: deshabituado de la lectura no entendía «el sentido». Miraba por la ventana: la noche estaba tenebrosa, el empedrado brillaba tenuemente. ¿Cuándo terminaría aquella vida? Prendía el cigarro y recomenzaba sus paseos desde el lavamanos hasta la ventana, con las manos a la espalda. A veces se acostaba sin rezar; y no tenía remordimientos: pensaba que haber renunciado a Amélia era ya una penitencia, no necesitaba cansarse leyendo oraciones en un libro; ya había celebrado «su sacrificio». ¡Se sentía libre de deudas con el cielo!

Y seguía viviendo solo; el canónigo nunca iba a la Rua das Sousas, «porque», decía, «era una casa que sólo entrar en ella se le revolvía el estómago». Y Amaro, cada día más resentido, no había vuelto a casa de la Sanjoaneira. Se había escandalizado mucho de que ella no le hubiese mandado recado para que fuese a las partidas de los viernes; atribuía «el desastre» a la hostilidad de Amélia; y, para no verla, hasta había cambiado con el padre Silvério la misa del mediodía, a la que ella solía ir, y decía la de las nueve, ¡enfurecido sobremanera por aquel nuevo sacrificio!

Todas las noches Amélia, al oír tocar la campanilla, sentía una palpitación tan fuerte en su corazón que por un momento se quedaba como sin respiración. Después, los botines de João Eduardo rechinaban en la escalera, o reconocía las pisadas fofas de los chanclos de las Gansoso; se recostaba entonces en el respaldo de la silla, cerrando los ojos, como fatigada por una decepción repetida. Esperaba al padre Amaro; y algunas veces, alrededor de las diez, cuando ya no era posible que él llegase, su melancolía era tan profunda que la garganta se le entumecía en un sollozo, tenía que dejar la costura, decir:

—Voy a acostarme, ¡tengo un dolor de cabeza que no aguanto!

Se arrojaba de bruces en la cama, murmuraba en una agonía:

—¡Oh, Virgen de los Dolores, madrina mía! ¿Por qué no viene, por qué no viene?

Durante los primeros días después de su marcha, ¡toda la casa le pareció deshabitada y sombría! Cuando vio en su habitación los cajones sin su ropa, la cómoda sin sus libros, se echó a llorar. Besó la almohadita sobre la que él dormía, ¡se llevó al pecho, en un delirio, la última toalla con la que había secado sus manos! Tenía su rostro siempre presente, aparecía siempre en sus sueños. Y con la separación su amor ardía más fuerte y más alto, como una hoguera que se aísla.

Una tarde que había ido a visitar al hospital a una prima enfermera, vio al llegar al puente gente parada, pasando divertida ante una joven con peluca ladeada y *garibaldi* rojo que, puño en alto, ya ronca, vociferaba contra un soldado: el mocetón, un beirense de cara redonda y estúpida recubierta de pelusa rubia, le daba la espalda, encogiéndose de hombros, con las manos muy metidas en los bolsillos, diciendo:

—No le he hecho nada, no le he hecho nada...

El señor Vasquez, que tenía una tienda de paños en la arcada, se había parado a ver, enfadado por aquella «falta de orden público».

—¿Algún barullo? —le preguntó Amélia.

—¡Hola, señorita Amélia! No, una broma del soldado. Le tiró un ratón muerto a la cara y la mujer está montando este escándalo. ¡Cosas de borrachos!

Pero la joven del *garibaldi* rojo se había girado y Amélia, aterrorizada, reconoció a Joaninha Gomes, su amiga de los días de la escuela, ¡la que había sido amante del padre Abílio! El cura, suspendido, la había abandonado; ella se fue a Pombal, después a Oporto; de miseria en miseria había regresado a Leiria y allí vivía en alguna callejuela cercana al cuartel, tuberculosa, ¡gastada por todo un regimiento! Qué ejemplo, santo Dios, qué ejemplo…

¡Y también a ella le gustaba un cura! ¡También ella, como otrora Joaninha, lloraba sobre su labor cuando el padre Amaro no venía! ¿Adónde la conducía aquella pasión? ¡A la suerte de Joaninha! ¡A ser «la amiga del párroco»! Y ya se imaginaba señalada con el dedo, en la calle y en la arcada, después abandonada por él, con un hijo en las entrañas, ¡sin un pedazo de pan!… Y como una ráfaga de viento que limpia en un instante un cielo nublado, el terror agudo que le había causado el encuentro con Joaninha barrió de su espíritu las nieblas amorosas y mórbidas en las que se iba perdiendo. Decidió aprovechar la separación, olvidar a Amaro; decidió incluso apresurar su boda con João Eduardo para refugiarse en un deber superior; durante algunos días se obligó a interesarse por él; hasta empezó a bordarle unas chinelas…

Pero poco a poco la «idea mala» que, atacada, se había encogido y fingido muerta, comenzó a desenroscarse lentamente, a crecer, a invadirla. De día, de noche, cosiendo y rezando, la idea del padre Amaro, sus ojos, su voz se le aparecían, tenaces tentaciones, con un encanto creciente. ¿Qué estaría haciendo? ¿Por qué no venía? ¿Le gustaba otra? Tenía celos indefinidos, pero corrosivos, que la quemaban. Y aquella pasión iba envolviéndola como una atmósfera de la que no podía salir, que la seguía si ella huía ¡y que la hacía vivir! Sus honestas resoluciones se marchitaban, morían como débiles florecillas ante aquel fuego que la recorría. Si alguna vez volvía el recuerdo de Joaninha, lo rechazaba irritada; ¡y acogía con alborozo todas las insensatas razones que se le ocurrían para amar al padre Amaro! Albergaba ahora una sola idea: rodearle el cuello con sus brazos y besarlo, ¡oh, besarlo!… Después, si era necesario, ¡morir!

Empezó entonces a impacientarse con el amor de João Eduardo. Lo encontraba «aburrido».

«¡Qué pesadez!», pensaba cuando escuchaba sus pasos en la escalera, de noche.

No soportaba sus ojos siempre vueltos hacia ella, su levita negra, sus monótonas conversaciones sobre el Gobierno Civil.

¡E idealizaba a Amaro! Sus noches estaban agitadas por sueños lúbricos; de día vivía en una inquietud celosa, con melancolías lúgubres que la convertían, como decía su madre, «en una mona, ¡que hasta da rabia!».

Se le agriaba el carácter.

–¡Pero bueno, niña! ¿A ti qué te pasa? –exclamaba la madre.

–No me encuentro bien. ¡Debo de estar enfermando!

En efecto, andaba pálida, había perdido el apetito. Y por fin una mañana se quedó en cama, con fiebre. La madre, asustada, llamó al doctor Gouveia. El viejo médico, después de ver a Amélia, entró en el comedor sorbiendo contento su pulgarada de rapé.

–¿Qué tiene, señor doctor? –le dijo la Sanjoaneira.

–Cáseme a esta chica, Sanjoaneira, cáseme a esta chica. Se lo he dicho tantas veces… ¡criatura!

–Pero, señor doctor…

–Pero cásela de una vez, Sanjoaneira, ¡cásela de una vez! –repetía él escaleras abajo, arrastrando un poco la pierna derecha, encogida por un pertinaz reumatismo.

Finalmente Amélia se puso mejor, con gran alegría de João Eduardo, que mientras ella había estado enferma había vivido afligido, lamentando no poder ser su enfermero y derramando alguna vez en la notaría una lágrima triste sobre los papeles con membrete del severo Nunes Ferral.

El domingo siguiente, en misa de nueve en la catedral, Amaro, al subir al altar, entre las devotas que le abrían paso, vio de reojo a Amélia con su madre, con su vestido de seda negra de grandes volantes. Cerró un instante los ojos; y apenas podía sostener el cáliz en sus manos trémulas.

Cuando, después de farfullar el Evangelio, Amaro hizo una cruz sobre el misal, se persignó y se volvió hacia la iglesia diciendo *Dominus vobiscum*, la mujer de Carlos el de la botica, le dijo en voz baja a Amélia que «el señor párroco estaba tan pálido que debía de dolerle algo». Amélia no respondió, inclinada sobre su libro, con la sangre concentrada en las mejillas. Y durante la misa, sentada sobre los talones, absorta, la cara bañada en un éxtasis arrobado, gozó de su presencia, de sus manos delgadas alzando la hostia, de su cabeza bien hecha inclinándose en la adoración ritual; un dulzor le recorría la piel cuando su voz, apresurada, elevaba el tono al decir algún latín; y cuando Amaro, con la mano izquierda en el pecho y la derecha extendida, dirigió a la iglesia el *Benedicat vos*, ella, con los ojos muy abiertos, dirigió toda su alma hacia el altar, como si él fuese el propio Dios ante cuya bendición se curvaban las cabezas a lo largo de la catedral, hasta el fondo, donde los paisanos con sus cayados pasmaban contemplando los dorados del sagrario.

Al salir de misa había empezado a llover; y Amélia y su madre, con otras señoras, esperaban en la puerta a que escampase.

–¡Hola! ¡¿Ustedes por aquí?! –dijo de pronto Amaro, acercándose, muy blanco.

–Estamos esperando a que deje de llover, señor párroco –dijo la Sanjoaneira, volviéndose. E inmediatamente, muy represora–: ¿Y por qué no ha aparecido, señor párroco? ¡También! ¿Qué le hemos hecho nosotras? ¡Caramba! Hasta da que pensar...

–Muy ocupado, muy ocupado... –balbució el párroco.

–Pero un minutito por la noche. De verdad, nos tiene disgustadas... Y todo el mundo se ha dado cuenta. No, señor párroco, ¡lo suyo es ingratitud!

Amaro dijo, ruborizándose:

–Pues se acabó. Esta noche vuelvo y estamos en paz...

Amélia, muy colorada, intentaba ocultar su turbación mirando hacia todos los puntos del cielo nublado, como asustada del temporal.

Entonces Amaro le ofreció su paraguas. Y mientras la Sanjoaneira lo abría, Amélia, recogiendo con cuidado su vestido de seda, le dijo al párroco:

—Hasta la noche, ¿sí? —Y en voz más baja, mirando alrededor con miedo—: ¡Vaya! ¡He estado tan triste! ¡He estado como enferma! ¡Venga, se lo pido yo!

De vuelta a casa, Amaro tuvo que contenerse para no echarse a correr en sotana por las calles. Entró en su habitación, se sentó a los pies de la cama y allí se quedó, rebosante de felicidad, como un gorrión bien comido en un rayo de sol muy caliente: recordaba el rostro de Amélia, la redondez de sus hombros, la belleza de los encuentros, las palabras que le había dicho: «¡He estado como enferma!». La certeza de que «le gustaba a la chiquilla» le invadió entonces el alma con la violencia de una ráfaga y se quedó en cada rincón de su ser susurrando un murmullo melodioso de felicidades saltarinas. Y paseaba por la habitación con zancadas de medio metro, abriendo los brazos, deseando la posesión inmediata de su cuerpo; sentía un orgullo prodigioso; se colocaba delante del espejo y henchía el pecho, ¡como si el mundo fuese un pedestal expresamente hecho para acogerlo sólo a él! Apenas pudo comer. ¡Con qué impaciencia deseaba la noche! La tarde se había aclarado; a cada momento sacaba su reloj de plata, miraba por la ventana, irritado, la claridad del día que se arrastraba despacio en el horizonte. Lustró él mismo sus zapatos, se abrillantó el cabello. Y antes de salir rezó cuidadosamente su breviario, porque ante aquel amorío le había sobrevenido un miedo supersticioso de que Dios o los santos, escandalizados, fuesen a molestarlo; y no quería, por descuidos en la devoción, «darles motivos de queja».

Al llegar a la calle de Amélia el corazón le latía con tanta fuerza que tuvo que detenerse, sofocado; le pareció melodioso el canto de las lechuzas en la vieja Misericórdia, que no oía desde hacía muchas semanas.

¡Qué admiración cuando entró en el comedor!

—¡Dichosos los ojos! ¡Ya creíamos que se había muerto! ¡Qué milagro!…

Estaban doña Maria da Assunção, las Gansoso. Apartaron las sillas con entusiasmo para dejarle sitio, para contemplarlo.

–Entonces, ¿qué es de su vida, qué es de su vida? ¡Está más delgado!

El Libaninho, en medio de la sala, imitaba cohetes volando en el aire. El señor Artur Conceiro le improvisó un fadito a la viola:

> Ora já cá temos o senhor párroco
> nos chás da São Joaneira.
> Isto já parece outra coisa,
> volta a bela cavaqueira!

Hubo aplausos. Y la Sanjoaneira, en una pura risa:

–¡Ay, qué ingrato ha sido!

–¿Un ingrato, dice la señora? –rezongó el canónigo–. ¡Un necio, diría yo!

Amélia no hablaba, las mejillas abrasadas, los ojos húmedos, embobados, fijos en el padre Amaro, a quien habían cedido la butaca del canónigo, en la que se arrellanaba, hinchado de gozo, haciendo reír a las señoras por la gracia con que contaba los descuidos de la Vicência.

João Eduardo, aislado en una esquina, hojeaba un viejo álbum.

IX

Así recomenzó la intimidad de Amaro en la Rua da Misericórdia. Comía temprano, después leía su breviario; y tan pronto daban las siete en la iglesia, se envolvía en su abrigo y rodeaba la plaza, pasando por delante de la botica, donde paliqueaban los habituales con las manos fofas apoyadas en los mangos de los paraguas. Apenas avistaba la ventana iluminada del comedor, todos sus deseos se ponían en pie; pero al escuchar el toque agudo de la campanilla sentía a veces un miedo difuso de encontrar a la madre ya desconfiada o a Amélia más fría… Incluso, por superstición, entraba siempre con el pie derecho.

Ya estaban allí las Gansoso y doña Josefa Dias; y el canónigo, que ahora comía muchas veces con la Sanjoaneira y que a aquella hora, arrellanado en la butaca, terminaba su siesta, le decía bostezando:

—¡Viva, ya está aquí el niño bonito!

Amaro se sentaba al lado de Amélia, que cosía sentada a la mesa; la mirada intensa que se intercambiaban todos los días era como el mutuo juramento mudo de que su amor había crecido desde la víspera; y algunas veces, por debajo de la mesa, llegaban a rozarse las rodillas con pasión. Empezaba entonces «la tertulia». Eran siempre los mismos intereses menudos, las peleítas de la Misericórdia, lo que había dicho el señor chantre, el canónigo Campos, que había despedido a la criada, lo que se rumoreaba de la mujer del Novais…

—¡Más amor al prójimo! —refunfuñaba el canónigo, removiéndose en la butaca.

Y con un eructo breve volvía a cerrar los párpados.

Entonces las botas de João Eduardo rechinaban en la escalera, y Amélia abría inmediatamente la mesita para la partida de malilla: los contrincantes eran la Gansoso, doña Josefa, el párroco; y como Amaro jugaba mal, Amélia, que era una *maestra*, se sentaba detrás de él para «orientarlo». Después de las primeras bazas había discusiones. Entonces Amaro volvía el rostro hacia Amélia, tan cerca que sus alientos se mezclaban.

—¿Ésta? —le preguntaba, indicando la carta con mirada lánguida.

—¡No, no! Espere, déjeme ver —decía ella, sonrosada.

Su brazo rozaba el hombro del párroco: Amaro percibía el olor a agua de colonia, que ella usaba en exceso.

Enfrente, junto a Joaquina Gansoso, João Eduardo, mordisqueándose el bigote, la contemplaba con pasión; Amélia, para desembarazarse de aquellos dos ojos taciturnos fijos en ella, había acabado por decirle «que hasta era indecente delante del párroco, que era muy ceremonioso, estar así, acechándola toda la noche».

Y a veces, entre risas, le decía:

—Oiga, João Eduardo, vaya a charlar con mamá, si no se nos va a quedar dormida.

Y João Eduardo iba a sentarse al lado de la Sanjoaneira, quien, con las antiparras sobre la punta de la nariz, remendaba somnolienta su calcetín.

Después del té, Amélia se sentaba al piano. Producía entusiasmo entonces en Leiria una vieja canción mexicana, la *Chiquita*. A Amaro le parecía exquisita; y sonreía con placer, mostrando sus dientes muy blancos, apenas Amélia empezaba con mucha languidez tropical:

> Cuando salí de La Habana
> ¡valga-me Dios!...

Pero Amaro amaba sobre todo la otra estrofa, cuando Amélia, con los dedos flojos sobre el teclado, el busto echado hacia atrás, moviendo sus ojos con ternura, con dulces movimientos de cabeza, decía, toda voluptuosa, silabeando el español:

Si a tu ventana llega
una paloma,
¡trata-la con cariño
que es mi persona!

Y qué graciosa la encontraba, qué criolla, cuando gorjeaba:

¡Ay chiquita que sí,
ay chiquita que no-o-o-o!

Pero las viejas lo reclamaban para continuar con la malilla, y él iba a sentarse, tarareando las últimas notas, con el cigarro entre los labios, con los ojos húmedos de felicidad.

Los viernes se celebraba la gran partida. Doña Maria da Assunção aparecía siempre con su hermoso vestido de seda negra; y como era rica y tenía parentela hidalga, le otorgaban con deferencia el mejor sitio a la mesa, que ella ocupaba meneando pretenciosamente las caderas, produciendo frufrús de sedas. Antes del té, la Sanjoaneira la llevaba siempre a su habitación, donde guardaba para ella una botella de mosto añejo; y allí las dos amigas parloteaban mucho tiempo, sentadas en sillas bajas. Después Artur Couceiro, cada día más chupado y más tísico, cantaba el fado nuevo que había compuesto, al que llamaba el «Fado de la Confesión»; eran cuartetas hechas para agradar a aquella piadosa reunión de faldas y sotanas:

Na capelinha do amor,
no fundo da sacristia.
Ao senhor padre Cupido
confessei-me noutro dia…

Venía después la confesión de pecaditos dulces, un acto de contricción amorosa, una penitencia tierna:

Seis beijinhos de manhá,
de tarde um abraço só.
E para acalmar doces chamas
jejuar a pão-de-ló.

Aquella composición galante y devota había sido muy celebrada entre la sociedad eclesiástica de Leiria. El señor chantre había pedido una copia y preguntado, refiriéndose al poeta:

—¿Quién es el hábil Anacreonte?

E informado de que era el escribano municipal, le habló de él con tanto interés a la esposa del gobernador civil, que Artur obtuvo la gratificación de ocho mil reales que imploraba desde hacía años.

A aquellas reuniones no faltaba nunca el Libaninho. Su última picardía era robarle besos a doña Maria da Assunção; la vieja se escandalizaba con mucho vocerío y, abanicándose furiosamente, le lanzaba de reojo miradas golosas. Después el Libaninho desaparecía un momento y regresaba vestido con una falda de Amélia, una cofia de la Sanjoaneira, fingiendo un fuego lúbrico por João Eduardo, quien, entre las chillonas risotadas de las viejas, retrocedía, muy ruborizado. A veces venían Brito y Natário: se formaba entonces una gran partida de lotería. Amaro y Amélia se sentaban siempre juntos; y toda la noche, con las rodillas pegadas, los dos sonrojados, permanecían vagamente aturdidos por el mismo deseo intenso.

Amaro siempre salía de casa de la Sanjoaneira más enamorado de Amélia. Caminaba despacio por la calle, recreando con placer la sensación deliciosa que le causaba aquel amor: ciertas miradas de ella, el jadeo anhelante de su pecho, los contactos lascivos de manos y rodillas. Al llegar a casa se desnudaba deprisa, porque le gustaba pensar en ella a oscuras, bien abrigado entre las mantas; y recorría con la imaginación, una por una, las sucesivas pruebas de amor que ella le había dado, como quien va oliendo una flor tras otra, hasta que quedaba como embriagado de orgullo: ¡era la muchacha más bonita de la ciudad! ¡Y lo había elegido a él, al cura, al eterno excluido de los sueños femeninos, al ser melancólico y neutro que ronda como un sospechoso por las fronteras del sentimiento! Su pasión se mezclaba entonces con la gratitud, y con los párpados cerrados murmuraba:

–¡Qué buena es, pobrecita, qué buena!

Pero en su pasión había también momentos de grandes impaciencias. Había noches en las que, después de estar durante tres horas recibiendo sus miradas, absorbiendo la voluptuosidad que se desprendía de todos sus movimientos, se encontraba tan cargado de deseo que necesitaba contenerse «para no hacer un disparate allí mismo, en la sala, junto a la madre». Pero después, en casa, solo, se retorcía las manos con desesperación: la quería allí, de inmediato, entregándose a su deseo. Entonces hacía planes: ¡le escribiría, conseguiría una casita discreta en la que amarse, planearían un paseo discreto hasta alguna quinta! Pero todos aquellos medios le parecían imperfectos y peligrosos cuando recordaba la mirada maliciosa de la hermana del canónigo y a las Gansoso, ¡tan remilgadas! Y ante aquellas dificultades que se erguían como las murallas interminables de una ciudadela, volvían las antiguas lamentaciones: ¡no ser libre! ¡No poder entrar limpiamente en aquella casa, pedírsela a su madre, poseerla sin pecado, tranquilamente! ¿Por qué lo habían hecho cura? ¡Había sido «la vieja urraca» de la marquesa de Alegros! ¡Él no había desterrado la virilidad de su pecho por propia voluntad! ¡Lo habían empujado al sacerdocio como a un buey hacia el corral!

Paseando excitado por la habitación llevaba aún más lejos sus acusaciones, contra el celibato y contra la Iglesia: ¿por qué prohibía ella a sus sacerdotes, hombres que vivían entre hombres, la satisfacción más natural, no vedada siquiera a los animales? ¿Se imaginaban que porque un obispo anciano le diga «serás casto» a un hombre joven y fuerte, su sangre va a enfriarse de repente? ¿Y que una palabra en latín –*accedo*–

pronunciada en un temblor por el seminarista asustado sería suficiente para contener eternamente la rebelión formidable de su cuerpo? ¿Y quién inventó eso? ¡Un concilio de obispos decrépitos, llegados del fondo de sus claustros, de la paz de sus escuelas, arrugados como pergaminos, inútiles como eunucos! ¿Qué sabían ellos de la naturaleza y de sus tentaciones? ¡Que viniesen allí, que pasasen dos o tres horas al lado de Ameliazinha, y ya verían como empezaba a revolvérseles el deseo bajo su máscara de santidad! ¡Todo puede eludirse y evitarse, salvo el amor! Y si el amor es fatal, ¿por qué prohíben entonces que el cura lo sienta, que lo realice con pureza y dignidad? ¡Tal vez era mejor que fuese a buscarlo a las callejuelas indecentes! ¡Porque la carne es débil!

¡La carne! Pensaba entonces en los tres enemigos del alma: mundo, demonio y carne. Y comparecían en su imaginación como tres figuras vivas: una mujer muy hermosa; una figura negra con ojos de fuego y patas de cabra; y el mundo, una cosa vaga y maravillosa (riquezas, caballos, palacetes)… ¡de la que le parecía una encarnación suficiente el señor conde de Ribamar! Pero ¿qué mal le habían hecho ellos a su alma? Al demonio no lo había visto nunca; la mujer hermosa lo amaba y era el único consuelo de su existencia; y del mundo, del señor conde, sólo había recibido protección, benevolencia, cariñosos apretones de manos… ¿Y cómo podría evitar las influencias de la carne y del mundo? ¡A no ser que huyese, como los santos de otrora, a los arenales del desierto o junto a las fieras! Pero ¿no le decían sus profesores en el seminario que él pertenecía a una iglesia militante? El ascetismo era culpable, en cuanto deserción de un servicio santo… ¡No entendía, no entendía!

Intentaba entonces justificar su amor con ejemplos de los libros sagrados. ¡La Biblia estaba llena de bodas! Reinas enamoradas avanzan con sus vestidos recamados de piedras preciosas; el novio sale a su encuentro, con la cabeza cubierta por un turbante de lino puro, arrastrando por las pezuñas un cordero blanco; los levitas golpean discos de plata, gritan el nombre de Dios; se abren las puertas de hierro de la ciudad para dejar paso a la caravana que lleva a los recién desposados; y los cofres de madera de sándalo que contienen los tesoros de la dote chirrían, amarrados con cuerdas de púrpura sobre el lomo de los camellos. ¡Los mártires en el circo se casan con un beso, bajo el aliento de los leones y las aclamaciones de la plebe! El propio Jesús no había vivido siempre en su santidad inhumana: era frío y abstracto en las calles de Jerusalén, en los mercados del barrio de David; pero tenía su lugar para la ternura y la relajación en Betania, bajo los sicomoros del jardín de Lázaro; allí, mientras sus amigos los enjutos nazarenos beben leche y conspiran apartados, él mira de frente los techos dorados del templo, los soldados·romanos que lanzan el disco junto a la Puerta de Oro, las parejas enamoradas que pasean bajo las arboledas de Getsemaní… ¡y pone su mano sobre los cabellos rubios de Marta, que lo ama e hila a sus pies!

Su amor era, por lo tanto, una infracción canónica, no un pecado del alma; podía desagradar al señor chantre, no a Dios: sería legítimo en un sacerdocio con normas más humanas. Se le ocurría hacerse protestante: pero ¿dónde?, ¿cómo? Le parecía más extraordinario e imposible que transportar la vieja catedral hasta la cima del monte del castillo.

Así que se encogía de hombros, burlándose de toda aquella confusa argumentación interior. «¡Filosofías tontas!» Estaba loco por la muchacha, la certeza era ésa. Quería su amor, quería sus besos, quería su alma… Y el señor obispo, si no fuese un viejo, haría lo mismo, ¡y el Papa haría lo mismo!

A veces daban las tres de la madrugada y todavía paseaba por la habitación, hablando solo.

¡Cuántas veces João Eduardo, paseando de madrugada por la Rua das Sousas, había visto en la ventana del párroco una luz mortecina! Porque últimamente João Eduardo, como todos los que tienen un disgusto amoroso, había adoptado la costumbre triste de pasear hasta muy tarde por las calles.

El escribiente, ya desde el primer momento, se había dado cuenta de la simpatía de Amélia por el párroco. Pero, conociendo su educación y las costumbres devotas de la casa, atribuía aquellas atenciones casi humildes hacia Amaro al respeto beato por su sotana de cura, por sus privilegios de confesor.

Sin embargo, instintivamente, comenzó a detestar a Amaro. Siempre había sido enemigo de los curas; los juzgaba «un peligro para la civilización y para la libertad»; los suponía intrigantes, de costumbres lujuriosas y siempre conspirando para restablecer «las tinieblas de la Edad Media»; odiaba la confesión, a la que creía un arma terrible contra la paz del hogar; y profesaba una religión vaga, hostil al culto, a los rezos, a los ayunos, llena de admiración por el Jesús poético, revolucionario, amigo de los pobres, y «por el sublime espíritu de Dios que colma el universo entero». Sólo oía misa desde que amaba a Amélia, para agradar a la Sanjoaneira.

Y, sobre todo, habría querido adelantar la boda para sacar a Amélia de aquel mundillo de beatas y curas, recelando tener después una mujer temerosa del infierno que se pasase las horas rezando estaciones en la catedral y que se confesase con los curas «que arrancan a las confesadas sus secretos de alcoba». Le molestó que Amaro volviese a frecuentar la Rua da Misericórdia. «¡Ya tenemos otra vez aquí al bribón!», pensó. ¡Pero qué disgusto cuando reparó en que Amélia trataba ahora al párroco con una familiaridad más cariñosa, que su presencia le causaba una visible y particular animación «y que había una especie de enamoramiento»! ¡Qué colorada se ponía apenas entraba él! ¡Cómo lo escuchaba, con qué admiración babeante! ¡Cómo se las arreglaba para sentarse siempre a su lado en las partidas de lotería!

Una mañana, muy inquieto, fue a la Rua da Misericórdia y, mientras la Sanjoaneira trasegaba en la cocina, le dijo de golpe a Amélia:

—¿Sabe, señorita Amélia? Está dándome un gran disgusto con esa manera de tratar al señor padre Amaro.

Ella lo miró, con los ojos llenos de asombro:

–¿Qué manera? ¡Ahora me viene con ésas! Entonces, ¿cómo quiere que lo trate? Es un amigo de la casa, ha estado aquí como huésped...

–Ya, ya...

–¡Ah! Pero esté usted tranquilo. Si eso le molesta, muy bien. No vuelvo a acercarme a él.

João Eduardo, tranquilizado, razonó que «no había nada». Aquellas maneras eran excesos del beaterio. ¡Entusiasmo por la curería!

Entonces Amélia decidió disimular lo que llevaba en el corazón: siempre había considerado al escribiente un poco tonto. Y si él lo había notado, ¡qué no harían las Gansoso, tan perspicaces, y la hermana del canónigo, curtida en malicia! Por eso, a partir de aquel momento, en cuanto oía a Amaro en la escalera, adoptaba una actitud distraída, muy artificial: pero, ¡ay!, apenas él le hablaba con su voz suave o volvía hacia ella aquellos ojos negros que le causaban un estremecimiento nervioso, su actitud fría desaparecía como una delgada capa de nieve que se derrite bajo un sol muy fuerte, y todo su ser era una expresión continua de pasión. A veces, absorta en su embeleso, olvidaba que João Eduardo estaba allí; y se quedaba muy sorprendida cuando oía en un rincón de la sala su voz melancólica.

Por lo demás, notaba que las amigas de su madre envolvían su «inclinación» hacia el párroco con una aprobación muda y afable. Él era, como decía el canónigo, el niño bonito: y de los gestitos y las miradas de las viejas emanaba tal admiración hacia él, que se creaba una atmósfera favorable al crecimiento de la pasión de Amélia. Algunas veces doña Maria da Assunção le decía al oído:

–¡Míralo! Es que inspira fervor. Es la flor del clero. ¡No hay otro igual!

¡Y todas tenían a João Eduardo por «un inútil»! Así que Amélia ya no disimulaba su indiferencia: las chinelas que le estaba bordando hacía mucho que habían desaparecido de la cesta de la costura, y ya no se asomaba a la ventana para verlo pasar camino de la notaría.

La certeza se había establecido en el alma de João Eduardo, en aquella alma que, como él mismo decía, se había vuelto más negra que la noche.

«Le gusta el cura», concluyó. Y al dolor de su felicidad destruida se unía la pena por el honor de la amenazada.

Una tarde, al verla salir de la catedral, la esperó delante de la botica, y muy decidido:

–Quiero hablar con usted, señorita Amélia... Esto no puede seguir así... Yo no puedo... ¡Usted está enamorada del párroco!

Ella se mordió los labios, lívida:

–¡Está usted insultándome! –Y quiso seguir su camino, indignada.

Él la agarró por la manga de la chaquetilla:

–Oiga, señorita Amélia. Yo no quiero insultarla, pero es que no sabe cómo estoy..., se me parte el corazón. –Y enmudeció, emocionado.

–No tiene razón... No tiene razón –balbució ella.

–¡Júreme entonces que no tiene nada con el cura!

–¡Por mi salvación!... *¡No hay nada!*... Pero también le digo que si vuelve a hablarme así o a insultarme, se lo cuento todo a mamá y ya puede usted despedirse de volver por nuestra casa.

–Oh, señorita Amélia...

–No podemos seguir hablando aquí... Ya está allí doña Micaela espiando...

Era una vieja que había levantado el visillo de una ventana baja y acechaba con ojillos relucientes y golosos, con su cara reseca ávidamente pegada al cristal. Se separaron, y la vieja, decepcionada, dejó caer la cortina.

Aquella noche, Amélia, mientras las señoras discutían a voz en grito sobre los misioneros que predicaban aquellos días en A Barrosa, le dijo a Amaro en voz baja, cosiendo con viveza:

–Debemos tener cuidado... No me mire tanto, ni se ponga tan cerca de mí... Ya hay quien se ha dado cuenta.

Amaro retrocedió en su silla hasta colocarse junto a doña Maria da Assunção; y a pesar de la recomendación de Amélia, sus ojos no se despegaban de ella, en una interrogación muda y ansiosa, temeroso de que las sospechas de la madre o la maldad de las viejas «estuviesen armando escándalo». Después del té, en medio del rumor de las sillas que se acomodaban para la partida de lotería, le preguntó rápidamente:

–¿Quién se ha dado cuenta?

–Nadie. Soy yo, que tengo miedo. Es preciso disimular.

Desde aquel momento cesaron las miraditas dulces, las sillas pegaditas, los secretos; y experimentaban un placer picante afectando frialdad en los modales y teniendo la certeza vanidosa de la pasión que los inflamaba. Para Amélia era delicioso –mientras el padre Amaro, distante, enredaba con las señoras– adorar su figura, su voz, sus bromas, al tiempo que su mirada se aplicaba castamente en las chinelas de João Eduardo, cuyo bordado, muy astutamente, había reiniciado.

Pero el escribiente todavía vivía inquieto: se amargaba al encontrar al párroco allí instalado todas las noches, con el rostro próspero, las piernas cruzadas, disfrutando de la veneración de las viejas. «Si, Ameliazinha ahora se porta bien, y me es fiel, me es fiel...»: pero él sabía que el párroco la deseaba, la «acosaba»; y a pesar del juramento *por su salvación*, de la seguridad de que *no había nada*, temía que ella fuese lentamente penetrada por aquella admiración necia de las viejas, para quienes el señor párroco era «un ángel»: sólo estaría satisfecho arrancando a Amélia –una vez empleado en el Gobierno Civil– de aquella casa beata; pero esa satisfacción tardaba en llegar. Y cada noche salía de la Rua da Misericórdia más enamorado, con la vida destrozada por los celos, odiando a los curas, sin coraje para desistir. Entonces se echaba a andar por las calles hasta muy tarde; algunas veces todavía regresaba para ver las ventanas cerradas de la casa; después iba hasta la alameda, a la orilla del río, pero el frío susurro de los árboles sobre el agua negra lo entristecía más; se acercaba entonces al billar, miraba durante unos instantes las carambolas de los jugadores, al marcador, muy despeinado, que bostezaba apoyado al *reste*. El olor a petróleo malo lo sofocaba. Salía; y se dirigía, despacio, a la redacción de la *Voz do Distrito*.

X

El redactor de la *Voz do Distrito*, Agostinho Pinheiro, era pariente suyo. Solían llamarle «el Raquítico» por tener una gran joroba en el hombro y una figurilla encorvada de tuberculoso. Era extremadamente sucio; y su carita de mujer, pálida, de ojos depravados, revelaba antiguos vicios muy sórdidos. Había hecho –se decía en Leiria– toda clase de canalladas. Y había oído exclamar tantas veces: «Si no fuese usted un raquítico, le rompería los huesos» que, viendo en su joroba una protección suficiente, había acabado por hacerse con un descaro sereno. Era de Lisboa, lo que lo hacía más sospechoso para los burgueses serios: se atribuía su voz ronca y acre a que «le faltaba la campanilla»; y sus dedos quemados terminaban en unas uñas muy largas, porque tocaba la guitarra.

La *Voz do Distrito* había sido creada por unos hombres a los que llamaban en Leiria el Grupo de la Maia, particularmente hostil al señor gobernador civil. El doctor Godinho, que era el jefe y el candidato del «grupo», había encontrado en Agostinho, como solía decir, «el hombre necesario»: lo que el «grupo» necesitaba era un bellaco con ortografía, sin escrúpulos, que redactase con lenguaje sonoro los insultos, las calumnias, las alusiones que ellos llevaban a la redacción sin forma, en notas. Agostinho era un estilista de las vilezas. Le daban quince mil reales por mes y vivienda en la redacción: un tercer piso destartalado en una bocacalle cercana a la plaza.

Agostinho hacía el artículo de fondo, las noticias locales, la «Correspondencia» de Lisboa; y el bachiller Prudéncio escribía el folletín literario con el título de «Palestras Leirienses»: era un joven muy honrado a quien el señor Agostinho le parecía repulsivo; pero tenía tal gula de publicidad que se sometía a sentarse con él todos los sábados, fraternalmente, en el mismo banco, para revisar las pruebas de su prosa, tan florida de imágenes que en la ciudad se murmuraba al leerla: «¡Qué opulencia! ¡Jesús, qué opulencia!».

También João Eduardo reconocía que Agostinho era «un bribonzuelo»; de día no se atrevería a pasear con él por la calle; pero le gustaba ir a la redacción de madrugada, fumar cigarrillos, oír a Agostinho hablar de Lisboa, del tiempo que había vivido allí empleado en la redacción de dos periódicos, en el teatro de la Rua dos Condes, en una casa de empeños y en otros establecimientos. ¡Estas visitas eran secretas!

A aquella hora de la noche, la sala de tipografía del primer piso estaba cerrada: el periódico salía los sábados; y João Eduardo encontró arriba a Agostinho, sentado en el banco, con una vieja chaquetilla de cuero cuyos corchetes de plata habían sido empeñados, concentrado, inclinado sobre largas tiras de papel, iluminado por un lúgubre candil de petróleo: estaba componiendo el periódico, y la sala oscura a su alrededor tenía el aspecto de una caverna. João Eduardo se arrellanaba en el canapé de mimbre o, yendo a buscar a un rincón la vieja guitarra de Agostinho, punteaba *el fado corrido*. El periodista, entretanto, con la cabeza apoyada en el puño, producía laboriosamente: «la cosa no le salía garbosa», y como ni el *fadinho* lo inspiraba, se levantaba, iba hasta un armario a engullir una copita de ginebra que removía entre sus mandíbulas estañadas, se desperezaba ostentosamente, encendía el cigarro y, aprovechando el acompañamiento, canturreaba roncamente:

Ora foi o fado tirano
que me levou á má vida,

Y la guitarra: dir-lin, din, din, dir-lin, din, don.

Na vida do negro fado.
Ai! Que me traz assim perdida…

Esto le traía siempre recuerdos de Lisboa, porque terminaba diciendo con odio:

—¡Qué pocilga de tierra ésta!

¡No podía consolarse de vivir en Leiria, de no poder beber su cuartillo en la taberna del tío João, en A Mouraria, con la Ana Alfaiata o con el Bigodinho, oyendo al João das Biscas, con el cigarro ladeado en la boca, el ojo vidrioso medio cerrado por el humo del tabaco, haciendo llorar a su guitarra al cantar la muerte de Sofia!

Después, para reconfortarse con la certidumbre de su talento, le leía a João Eduardo sus artículos, en voz muy alta. Y João se interesaba porque aquellas «producciones», que últimamente eran siempre «andanadas contra el clero», se correspondían con sus preocupaciones.

Por aquel entonces, en virtud de la célebre polémica de la beneficencia, el doctor Godinho se había vuelto muy hostil al cabildo y «a la curería». Siempre había detestado a los curas; padecía una grave enfermedad del hígado, y como la Iglesia le hacía pensar en el cementerio, odiaba la sotana, que se le figuraba un anticipo de la mortaja. Y Agostinho, que guardaba un profundo depósito de hiel listo para ser vertido, instigado por el doctor Godinho, exageraba sus diatribas: pero su debilidad por lo literario le hacía cubrir el vituperio con tan espesas capas de retórica que, como decía el canónigo Dias, «¡aquello era ladrar, no morder!».

Una de esas noches João Eduardo encontró a Agostinho muy entusiasmado con un artículo que había escrito por la tarde y que «le había salido lleno de puyas a lo Victor Hugo».

—¡Ya verás! ¡Una cosa sensacional!

Era, como siempre, una declamación contra el clero y el elogio del doctor Godinho. Después de celebrar las virtudes del doctor, «ese tan respetable cabeza de familia», y su elocuencia ante los tribunales «que había salvado a tantos desventurados de la guadaña de la ley», el artículo, adoptando un tono grave, apostrofaba a Cristo: «Quién te iba a decir a ti», bramaba Agostinho, «¡oh, inmortal Crucificado!, quién te iba a decir, cuando en la cima del Gólgota expirabas exangüe, quién te iba a decir que un día, en tu nombre, a tu amparo, sería expulsado de una institución de caridad el doctor Godinho, el alma más pura, el talento más robusto…». Y las virtudes del doctor Godinho volvían, a paso de procesión, solemnes y sublimes, arrastrando colas de adjetivos nobles.

Después, abandonando por un momento la contemplación del doctor Godinho, Agostinho se dirigía directamente a Roma: «¿Y en pleno siglo diecinueve venís a arrojar al rostro de la liberal Leiria los dictámenes del *Syllabus*? Muy bien. ¿Queréis guerra? ¡La tendréis!».

–¿Qué tal João? –decía–. ¡Qué duro! ¡Qué filosófico! –Y retomando la lectura–: «¿Queréis guerra? ¡La tendréis! Levantaremos muy alto nuestro estandarte, que no es el de la demagogia, ¡entendedlo bien!, y enarbolándolo con brazo firme en el más alto baluarte de las libertades públicas, gritaremos al rostro de Leiria, al rostro de Europa: ¡Hijos del siglo diecinueve! ¡A las armas! ¡A las armas por el progreso!». ¿Qué? ¡Está como para enterrarlos!

João Eduardo, tras un momento de silencio, dijo, armonizando sus expresiones con la prosa sonora de Agostinho:

–¡El clero quiere arrastrarnos a los funestos tiempos del oscurantismo!

Una frase tan literaria sorprendió al periodista: miró a João Eduardo, dijo:

–¿Por qué no escribes algo tú también?

El escribiente respondió, sonriendo:

–Yo te escribiría una diatriba contra los curas, Agostinho… Y les tocaría en las miserias. ¡Los conozco bien!

Agostinho lo animó a que escribiese la «diatriba»:

–¡Estupendo, chico!

El doctor Godinho le había recomendado todavía la víspera: «¡Duro con todo lo que huela a cura! ¡Si hay escándalo, se cuenta! ¡Si no lo hay, se inventa!».

Y Agostinho añadió, con benevolencia:

–Y no te preocupes por el estilo, que ya te lo adorno yo.

–Ya veré, ya veré –murmuró João Eduardo.

Pero, desde entonces, Agostinho le preguntaba siempre:

–¿Y el artículo, hombre? Tráeme el artículo.

Estaba ávido porque, sabedor de que João Eduardo vivía en la intimidad de «la ollita canónica de la Sanjoaneira», lo suponía en el secreto de especiales infamias.

João Eduardo, sin embargo, dudaba. ¿Y si se llegase a saber...?

–¡Qué va! –le decía Agostinho–. La cosa se publica como mía. Un artículo de la redacción. ¿Quién diablos se va a enterar?

Sucedió que la noche siguiente João Eduardo sorprendió al padre Amaro deslizando disimuladamente un secretito al oído de Amélia. Y al día siguiente apareció por la tarde en la redacción con la palidez de una noche en vela, llevando cinco largas tiras de papel escritas en una letra menuda, de notaría. Era el artículo y se titulaba: «Los modernos fariseos». Después de algunas consideraciones, llenas de flores, sobre Jesús y el Gólgota, el artículo de João Eduardo era, bajo alusiones tan diáfanas como telarañas, un vengativo ataque contra el canónigo Dias, el padre Brito, el padre Amaro y el padre Natário... Todos recibían su *ración*, como exclamó, lleno de júbilo, Agostinho.

–¿Y cuándo sale? –preguntó João Eduardo.

Agostinho se refregó las manos, reflexionó, dijo:

–¡Es que es duro, demonio! ¡Es como si estuviesen escritos los nombres propios! Pero tú tranquilo, que yo lo arreglaré.

Con mucha cautela fue a enseñarle el artículo al doctor Godinho, a quien le pareció «una catilinaria atroz». Entre el doctor Godinho y la Iglesia había apenas un berrinche: él reconocía, en general, la necesidad de la religión entre las masas; su esposa, la bella doña Cándida, tenía además inclinaciones devotas y empezaba a decir que aquella guerra del periódico al clero le producía grandes remordimientos; y el doctor Godinho no quería provocar odios innecesarios entre los curas, previendo que su amor por la paz doméstica, los intereses del orden y su deber de cristiano lo forzarían muy pronto a una reconciliación, «muy en contra de mi parecer, pero...».

Por eso le dijo a Agostinho, secamente:

–Esto no puede salir como artículo de la redacción, debe aparecer como un comunicado. Cumpla estas órdenes.

Y Agostinho le anunció al escribiente que la cosa se publicaba como un «comunicado», firmado: «Un liberal». João Eduardo terminaba su artículo exclamando: «¡Alerta, madres de familia!». Agostinho sugirió que este final *alerta* podía dar lugar a la réplica jocosa «¡Alerta está!». Y después de muchas vueltas se decidieron por este cierre: «¡Cuidado, sotanas negras!».

El domingo siguiente apareció el comunicado, firmado por «Un liberal».

Durante toda la mañana de ese domingo, el padre Amaro, de vuelta de la catedral, había estado ocupado en la laboriosa composición de una carta para Amélia. Impaciente, como él decía, «con aquellas relaciones que ni andaban ni desandaban, que eran miradas y apretones de manos y que de ahí no pasaban», le había entregado una noche, mientras jugaban a la lotería, un billetito en el que había escrito con buena letra, en tinta azul: «Deseo verla a solas, porque tengo mucho de qué hablarle. ¿Dónde podemos hacerlo sin inconvenientes? Dios proteja nuestro afecto». Ella no había respondido. Y Amaro, despechado, descontento también por no haberla visto aquella mañana en misa de nueve, resolvió «aclararlo todo con una carta de sentimiento», y preparaba las frases sentidas que deberían removerle el corazón, paseando por la casa, tapizando el suelo de colillas, inclinándose a cada poco sobre el *Diccionario de sinónimos*.

Ameliazinha de mi corazón –escribía–. No puedo dar con las razones de fuerza mayor que no le permitieron responder al billetito que le entregué en casa de su señora madre; pues ello fue por la mucha necesidad que tenía de hablarle a solas, y mis intenciones eran puras y en la inocencia de esta alma que tanto la quiere y que no medita el pecado.

Tiene que haber comprendido que le profeso un ferviente afecto, y por su parte me parece (si no me engañan esos ojos que son los faros de mi vida, y como la estrella del navegante), que también tú, Ameliazinha mía, tienes inclinaciones hacia quien tanto te adora; incluso el otro día, cuando el Libaninho hizo línea en los seis primeros números y todos montaron aquella algarabía, tú apretaste mi mano bajo la mesa con tanta ternura ¡que hasta me pareció que el cielo se abría y que escuchaba a los ángeles entonar el Hosanna! ¿Por qué no has respondido, entonces? Si crees que nuestro afecto puede desagradar a nuestros ángeles de la guarda, entonces te diré que mayor pecado cometes teniéndome en esta incertidumbre y tortura, que hasta al celebrar la misa estoy siempre con el pensamiento en ti y ni siquiera puedo transportar mi alma al divino sacrificio. Si yo viese que este mutuo afecto es obra del tentador, yo mismo te diría «¡Oh, mi hija bien amada, sacrifiquémonos por Jesús, para pagarle parte de la sangre que Él derramó por nosotros!». Pero he interrogado a mi alma y veo en ella la blancura de los lirios. Y tu amor también es puro como tu alma, que un día ha de unirse a la mía, entre los coros celestiales, en la bienaventuranza. Si supieses cómo te quiero, querida Ameliazinha, ¡que a veces hasta creo que podría comerte a trocitos! Responde, pues, y dime si no te parece que podríamos acordar vernos en O Morenal, por la tarde. Me muero por expresarte todo el fuego que me abrasa y por hablarte de cosas importantes y por sentir en mi mano tu mano, que deseo me guíe por el camino del amor hasta los éxtasis de una felicidad celestial. Adiós, ángel hechicero, recibe la ofrenda del corazón de tu amante y padre espiritual.

Amaro

Después de comer copió esta carta con tinta azul y, con ella bien doblada en el bolsillo de la sotana, se fue a la Rua da Misericórdia. Al subir la escalera, oyó arriba la voz chillona de Natário, discutiendo.

–¿Quién anda por aquí? –le preguntó a la Ruça, que alumbraba, encogida en su chal.

–Las señoras todas. Está el señor padre Brito.

–¡Vaya! ¡Bonita reunión!

Subió los peldaños de dos en dos, y desde la puerta de la sala, con su abrigo todavía sobre los hombros, saludando con el sombrero en alto:

–Muy buenas noches a todos, empezando por las señoras.

Inmediatamente Natário se le plantó delante y exclamó:

–Entonces, ¿qué le parece?

–¿Qué? –preguntó Amaro. Y reparando en el silencio, en los ojos clavados en él–: ¿Qué pasa? ¿Alguna novedad?

–¡¿Pero no lo ha leído, señor párroco?! –exclamaron–. ¡¿No ha leído el *Distrito*?!

Era un periódico en el que no había puesto los ojos, dijo. Entonces las señoras, indignadas, estallaron:

–¡Ay! ¡Es un desafuero!

–¡Ay! ¡Es un escándalo, señor párroco!

Natário, con la manos enterradas en las faltriqueras, contemplaba al párroco con una sonrisita sarcástica, y rezongaba entre dientes:

–¡No lo ha leído! ¡No lo ha leído! Entonces, ¿qué ha hecho?

Amaro, ya aterrorizado, reparaba en la palidez de Amélia, en sus ojos muy enrojecidos. Y por fin el canónigo, levantándose pesadamente:

–Amigo párroco, nos mandan una andanada…

–¿Y eso? –exclamó Amaro.

–¡Tentetieso!

Acordaron que el señor canónigo, que había llevado el periódico, debía leerlo en voz alta.

–Lea, Dias, lea –intervino Natário–. Lea, ¡para que saboreemos!

La Sanjoaneira dio más luz al candil: el canónigo Dias se acomodó a la mesa, desdobló el periódico, se puso los lentes cuidadosamente y, con el pañuelo del rape sobre las rodillas, comenzó con su voz parsimoniosa la lectura del «Comunicado».

El principio no tenía interés: eran frases afectadas en las que el «liberal» censuraba a los fariseos por la crucifixión de Jesús: «¿Por qué lo matasteis?», exclamaba. «¡Responded!» y los fariseos respondían: «Lo matamos porque él era la libertad, la emancipación, la aurora de una nueva era», etc. Después el «liberal» dibujaba, a grandes rasgos, la noche del Calvario: «Vedlo ahí clavado en la cruz, traspasado por las lanzas, su túnica jugada a los dados, la plebe sin freno», etc. Y, dirigiéndose de nuevo a los infelices fariseos, el «liberal» los increpaba con ironía: «¡Contemplad vuestra hermosa obra!». Después, mediante una hábil graduación, el «liberal» descendía desde Jerusalén hasta Leiria: «Pero ¿creen los lectores que los fariseos han muerto? ¡Qué engañados están! ¡Viven! Nosotros los conocemos; Leiria está llena de ellos y vamos a presentárselos a los lectores...».

–Ahora empieza –dijo el canónigo mirando a todos a su alrededor, por encima de los anteojos.

En efecto, «empezaba»; se exponía de un modo brutal una galería de fotografías eclesiásticas: la primera era la del padre Brito: «Vedlo», exclamaba el «liberal», «gordo como un toro, montado en su yegua zaina...».

–¡Hasta el color de la yegua! –murmuró con indignación piadosa doña Maria da Assunção.

–«... Estúpido como un melón, sin siquiera saber latín...»

El padre Amaro, asombrado, decía: «¡Oh, oh!». Y el padre Brito, enrojecido, se removía en su silla, refregando lentamente las rodillas.

–«...Especie de mamporrero» –continuaba el canónigo, que leía aquellas frases crueles con una tranquilidad dulce–, «desabrido en el trato, aunque no le disgusta entregarse a la ternura, y que, según dicen los bien informados, ha escogido como Dulcinea a la propia y legítima esposa de su pedáneo...»

El padre Brito no se contuvo:

–¡Yo lo rajo de parte a parte! –exclamó poniéndose en pie y volviendo a caer pesadamente en su silla.

–¡Escuche, hombre! –dijo Natário.

–¡Cómo que escuche! ¡Lo que voy a hacer es rajarlo! ¡Pero si no sabía quien era «el liberal»!

–¡Qué «liberal» ni que ocho cuartos! A quien voy a rajar es al doctor Godinho. El doctor Godinho es el dueño del periódico. ¡Pues al doctor Godinho lo rajo!

Su voz tenía tonos roncos y se golpeaba furioso el muslo, con fuertes manotazos.

¡Le recordaron el deber cristiano de perdonar las ofensas! La Sanjoaneira citó con unción la bofetada que Cristo soportó. Debía imitar a Cristo.

–¡Qué Cristo ni qué niño muerto! –gritó Brito, apopléjico.

Aquella impiedad los dejó a todos aterrorizados.

–¡Por favor, padre Brito, por favor! –exclamó la hermana del canónigo, reculando en su silla.

El Libaninho, con las manos en la cabeza, abatido por el desastre, murmuraba:

–¡Virgen de los Dolores, que hasta puede caer un rayo!

Y, viendo indignada incluso a Amélia, el padre Amaro dijo gravemente:

–Brito, la verdad es que se ha excedido usted.

–¡Si es que me están provocando!

–Nadie lo ha provocado –dijo severamente Amaro. Y en un tono pedagógico–: Tan sólo le recordaré, como es mi deber, que en estos casos, cuando se dice la peor de las blasfemias, el reverendo padre Scomelli recomienda confesión general y dos días de retiro a pan y agua.

El padre Brito farfullaba.

–Bueno, bueno –resumió Natário–. Brito ha cometido una gran falta, pero sabrá pedir perdón a Dios ¡y la misericordia de Dios es infinita!

Hubo una pausa conmovida en la que se escuchó a doña Maria da Assunção murmurar «que se le había helado la sangre»; y el canónigo, que durante la catástrofe había dejado los anteojos encima de la mesa, los retomó y continuó serenamente la lectura:

—«...¿Conocéis a otro con cara de hurón?...».

Miradas de reojo se concentraron en el padre Natário.

—«...Desconfiad de él: si pudiese traicionaros no lo dudaría; si pudiese perjudicaros se alegraría: sus intrigas traen al cabildo en confusión porque es la víbora más dañina de la diócesis, pero así y todo muy dado a la jardinería, porque cultiva con primor *dos rosas de su jardín*.»

—¡Vaya, hombre! —exclamó Amaro.

—Para que vea —dijo Natário, lívido, poniéndose en pie—. ¿Qué le parece? Usted sabe que yo, cuando hablo de mis sobrinas, suelo decir «las dos rosas de mi jardín». Es una broma. Pues señores, ¡hasta de eso se aprovecha! —Y con una sonrisa de hiel—: ¡Pero mañana voy a saber quién es! ¡Fíjense bien! ¡Voy a saber quién es!

—Desprécielo, señor padre Natário, desprécielo —dijo la Sanjoaneira, pacificadora.

—Gracias, señora —respondió Natário inclinándose con una ironía rencorosa—, ¡gracias! ¡Me doy por enterado!

Pero la voz imperturbable del canónigo había retomado la lectura. Venía ahora su retrato, trazado con odio:

—«...Canónigo gordo y glotón, antiguo matón de don Miguel, que fue expulsado de la parroquia de Ourém, otrora profesor de moral en un seminario y hoy maestro de inmoralidad en Leiria...».

—¡Eso es infame! —exclamó Amaro, exaltado.

El canónigo dejó el periódico sobre la mesa, y con voz pachorrenta:

—¿Usted cree que a mí me importa esto? —dijo—. ¡Estaría bueno! ¡Tengo comida y bebida, gracias a Dios! ¡Y el que quiera zumbar, que zumbe!

—¡Pero hermano —interrumpió su hermana—, la gente siempre tiene su poquitito de coraje!

—¡Venga, mujer! —replicó el canónigo Dias con acidez de rabia concentrada—. ¡Venga, mujer! ¡Nadie le ha pedido su opinión!

–¡Ni necesito que me la pidan! –gritó ella, engallándose–. Sé darla muy bien cuando quiero y como quiero. ¡Si tú no tienes vergüenza, la tengo yo!

–¡Bueno! ¡Bueno!... –dijeron alrededor, calmándola.

–¡Menos lengua, hermana, menos lengua! –le dijo el canónigo cerrando sus anteojos–. ¡No vaya a ser que se le caigan los dientes postizos!

–¡Maleducado!

Iba a decir algo más, pero se sofocó; y comenzó a soltar ayes.

Tuvieron miedo de que le diese el flato: la Sanjoaneira y doña Joaquina Gansoso la llevaron a la habitación, abajo, consolándola con palabras suaves:

–¡Estás loca! ¡Pero hija! ¡Mira que escándalo! ¡Nuestra Señora te ampare!

Amélia mandaba a buscar agua de azahar.

–Déjela –rezongó el canónigo–. ¡Déjela! Eso se le pasa. ¡Son ardores!

Amélia cruzó una mirada triste con el padre Amaro y bajó a la habitación con doña Maria da Assunção y la Gansoso sorda, que iba también «a sosegar a doña Josefa, ¡pobrecita!». Los curas estaban ahora solos; y el canónigo, volviéndose hacia Amaro:

–Escuche ahora usted, que es su turno –dijo, retomando el periódico.

–¡Verá que ración! –dijo Natário.

El canónigo carraspeó, acercó más el candil y declamó:

–«...Pero el peligro son ciertos curas jóvenes y bonitos, párrocos por influencias de condes de la capital, que viven en la intimidad de las familias de bien donde hay doncellas inexpertas, y que se aprovechan de la influencia de su sagrado ministerio para arrojar al alma de la inocente la semilla de llamas pecaminosas».

–¡Qué poca vergüenza! –musitó Amaro, lívido.

–«...Di, sacerdote de Cristo, ¿adónde quieres arrastrar a la impoluta virgen? ¿Quieres arrastrarla a los lodazales del vicio? ¿Qué vienes a hacer aquí, al seno de esta respetable familia? ¿Por qué rondas alrededor de tu presa como el milano alrededor de la inocente paloma? ¡Atrás, sacrílego! Murmuras a su oído seductoras frases para desviarla del camino honrado; condenas a la desgracia y a la viudez a algún honrado joven que querría ofrecerle su mano trabajadora; y le vas preparando un horrendo futuro de lágrimas. ¿Y todo para qué? ¡Para saciar los groseros impulsos de tu criminal lascivia!...»

–¡Qué infame! –masculló con los dientes apretados el padre Amaro.

–«... ¡Pero ten cuidado, presbítero perverso!» –Y la voz del canónigo adquiría tonos cavernosos al soltar aquellos apóstrofes–. «Ya el arcángel levanta la espada de la justicia. Y sobre ti y sobre tus cómplices ya la opinión de la ilustrada Leiria fija su mirada imparcial. Y aquí estamos nosotros, nosotros, hijos del trabajo, para marcaros la frente con el estigma de la infamia. ¡Temblad, sectarios del *Syllabus*! ¡Cuidado, sotanas negras!»

–¡Toma ya! –dijo el canónigo, sudoroso, doblando la *Voz do Distrito*.

El padre Amaro tenía los ojos nublados por dos lágrimas de rabia: se pasó despacio el pañuelo por la frente, resopló, dijo con los labios temblorosos:

–¡Amigos, no sé qué decir! Por el Dios que me está escuchando, que ésta es la calumnia de las calumnias.

–Una calumnia infame –murmuraron.

–Creo que lo mejor –continuó Amaro– es que nos dirijamos a la autoridad.

–Es lo que yo decía –intervino Natário–, hay que hablar con el secretario general...

–¡Un garrote es lo que hace falta! –rugió el padre Brito–. ¡Autoridad! ¡Lo que hay que hacer es rajarlo! ¡Yo le bebería la sangre!...

El canónigo, que reflexionaba acariciándose el mentón, dijo entonces:

—Es usted, Natário, quien debe ir a ver al secretario general. Usted tiene lengua, lógica...

—Si los colegas lo desean —dijo Natário inclinándose—, voy. ¡Y le voy a cantar las cuarenta a la autoridad!

Amaro permanecía junto a la mesa, con la cabeza entre las manos, hundido. Y el Libaninho murmuraba:

—Ay, queridos, conmigo no va nada, pero sólo de oír toda esa porquería hasta se me doblan las piernas. Ay, hijos, qué disgusto...

Pero oyeron la voz de la señora Joaquina Gansoso subiendo por la escalera; y el canónigo, inmediatamente, con voz prudente:

—Colegas, delante de las señoras lo mejor es no hablar más de esto. Con lo que hay, llega.

Poco después, apenas entró Amélia, Amaro se levantó, dijo que tenía un fuerte dolor de cabeza y se despidió de las señoras.

—¿Y sin tomar el té? —preguntó la Sanjoaneira.

—Sí, señora —dijo él, poniéndose el abrigo—, no me encuentro bien. Buenas noches... Y usted, Natário, aparezca mañana a la una por la catedral.

Estrechó la mano de Amélia, que se la abandonó entre los dedos pasivos y blandos, y salió con los hombros curvados.

La Sanjoaneira, desconsolada, observó:

—El señor párroco iba muy pálido.

El canónigo se levantó, y en tono impaciente e irritado:

—Si iba pálido, ya mañana estará colorado. Y ahora quiero decir una cosa: ¡esa porquería del periódico es la mayor de las calumnias! No sé quién lo ha escrito ni para qué lo ha escrito. Pero son estupideces e infamias. Es un necio y un canalla, quienquiera que sea. Lo que tenemos que hacer ya lo sabemos, y como ya se parloteó bastante sobre el caso, ordene la señora que traigan el té. Y lo hecho, hecho está, no se hable más del asunto.

Los rostros, alrededor, continuaban contristados. Y entonces el canónigo añadió:

–¡Ah! Y quiero decir otra cosa: como no se ha muerto nadie no hay necesidad de estar aquí con esa cara de pésame. ¡Y tú, pequeña, siéntate al instrumento y tócame esa *Chiquita*!

El secretario general, el señor Gouveia Ledesma, antiguo periodista y, en años más expansivos, autor del libro sentimental *Devaneos de un soñador*, estaba en aquel momento a cargo del distrito, en ausencia del gobernador civil.

Era un joven bachiller que pasaba por tener talento. Había hecho papeles de galán en el teatro universitario, en Coimbra, con muchos aplausos, y en aquella época había cogido la costumbre de pasear de tarde por A Sofia con el aire fatal con el que sobre el escenario se tiraba de los pelos o se llevaba el pañuelo a los ojos en los lances de amor. Después, en Lisboa, había arruinado un pequeño patrimonio con el amor de Lolas y Cármenes, cenas en el Mata, mucho pantalón en Xafredo y perniciosas compañías literarias: a los treinta años estaba pobre, saturado de mercurio y era autor de veinte folletines románticos en *Civilização*: pero se había vuelto tan popular que era conocido en los burdeles y en los cafés por un apodo cariñoso: era el «Bibi». Juzgando entonces que conocía a fondo la existencia, se dejó crecer las patillas, empezó a citar a Bastiat, frecuentó los salones y entró en la carrera administrativa: ahora llamaba a la república, que tanto había exaltado en Coimbra, una *absurda quimera*; y Bibi era un pilar de las instituciones.

Detestaba Leiria, donde pasaba por espiritual; y les decía a las señoras, en las *soirées* del diputado Novais, «que estaba cansado de la vida». Se rumoreaba que la esposa del bueno de Novais estaba loca por él: y era cierto que Bibi había escrito a un amigo de la capital: «en cuanto a conquistas, poco por ahora; sólo tengo en el bote a la Novaisita».

Se había levantado tarde; y aquella mañana, sentado en *robe de chambre* a la mesa del desayuno, partía sus huevos cocidos leyendo con nostalgia en el periódico la narración apasionada de un pateo en São Carlos, cuando el criado, un gallego traído de Lisboa, fue a decirle que «estaba allí un cura».

—¿Un cura? ¡Que pase! —Y murmuró para su satisfacción personal—: El Estado no debe hacer esperar a la Iglesia.

Se levantó y extendió sus dos manos hacia el padre Natário, que entraba muy puesto, vestido con su amplia sotana de alpaca.

—¡Una silla, Trindade! ¿Quiere una taza de té, señor cura? ¡Soberbia mañana! ¿Eh? Estaba precisamente pensando en usted, quiero decir, estaba pensando en el clero, en general... Acabo de leer sobre las peregrinaciones que se están haciendo a Nuestra Señora de Lourdes... ¡Gran ejemplo! Miles de personas de los mejores círculos... Es realmente consolador ver renacer la fe... Aún ayer lo decía yo en casa de Novais: «Al final, la fe es el móvil fundamental de la sociedad». Tome una taza de té... ¡Ah! ¡Es un gran bálsamo!

—No, gracias, ya he desayunado.

—¡Pero no! ¡Cuando digo un gran bálsamo me refiero a la fe, no al té! ¡Jo, ja! Tiene gracia, ¿no?

Y prolongó sus risitas con complacencia. Quería agradar a Natário por el supuesto, que repetía mucho, con una sonrisa astuta, que «quien esté metido en política debe tener a su favor a la curería».

—Y además —añadió—, como decía yo ayer en casa de Novais, ¡qué ventaja para las poblaciones! Lourdes, por ejemplo, era una aldeita; y con la afluencia de los devotos está hecha una ciudad... Grandes hoteles, bulevares, buenas tiendas... Es, por decirlo así, el progreso económico discurriendo paralelo al renacimiento religioso.

Y, satisfecho, se retocó el cuello de la camisa con gesto grave.

—Pues yo venía a hablar con Su Excelencia respecto de un comunicado en la *Voz do Distrito*.

—¡Ah! —interrumpió el secretario general—, ¡perfectamente, lo he leído! Un excelente libelo... Pero, literariamente, como estilo y como imágenes, ¡qué miseria!

–¿Y qué piensa hacer usted, señor secretario general?

El señor Gouveia Ledesma se apoyó en el respaldo de la silla.

–¿¡Yo!? –preguntó asombrado.

Natário dijo, destilando las palabras:

–La autoridad tiene el deber de proteger la religión del Estado e, implícitamente, a sus sacerdotes… Téngalo presente Su Excelencia, yo no vengo aquí en nombre del clero… –Y añadió, con la mano sobre el pecho–: Soy apenas un pobre cura sin influencia… Vengo, como particular, a preguntarle al señor secretario general si se puede permitir que figuras respetables de la Iglesia diocesana sean difamadas de ese modo…

–Es verdaderamente lamentable que un periódico…

Natário interrumpió, enderezando el torso con indignación:

–Periódico que ya debería estar suspendido, ¡señor secretario general!

–¿¡Suspendido!? Por favor, señor cura. ¡Ciertamente no querrá Su Señoría que volvamos a la época de los corregidores mayores! ¡Suspender el periódico! ¡Pero si la libertad de prensa es un principio sagrado! Ni las leyes de prensa lo permiten… Incluso una querella del ministerio público porque un periódico diga dos o tres bribonadas sobre el cabildo, ¡imposible! ¡Tendríamos que querellarnos contra toda la prensa de Portugal, con excepción de A *Nação* y *O Bem Público*! ¿Adónde irían a parar la libertad de pensamiento, treinta años de progreso, la propia idea gubernamental? ¡Pero nosotros no somos los Cabrais, mi querido señor! ¡Nosotros queremos luz, muchísima luz! ¡Lo que nosotros queremos es precisamente luz!

Natário tosió parsimoniosamente, dijo:

–Perfectamente. Pero entonces, cuando en tiempo de elecciones venga la autoridad a pedir nuestra ayuda, nosotros, viendo que no encontramos en ella protección, diremos sencillamente: *Non possumus!*

–¿Y cree usted que por apego a un puñado de votos proporcionados por los señores abades vamos nosotros a traicionar a la civilización?

Y el viejo Bibi, adoptando una pose grandiosa, soltó esta frase:

–Somos hijos de la libertad, ¡no renegaremos de nuestra madre!

–Pero el doctor Godinho, que es el alma del periódico, es de la oposición –observó entonces Natário–; proteger su periódico equivale a proteger sus maniobras...

El secretario general sonrió:

–Mi querido señor cura, Su Señoría no está en el secreto de la política. Entre el doctor Godinho y el Gobierno Civil no hay enemistad, hay apenas un enfado... El doctor Godinho es inteligente... Va dándose cuenta de que el Grupo da Maia no produce nada... El doctor Godinho aprecia la política del gobierno y el gobierno aprecia al doctor Godinho. –Y viéndose envuelto en un secreto de Estado, añadió–: Cosas de la alta política, mi querido señor.

Natário se puso en pie:

–De modo que...

–*Impossibilis est* –dijo el secretario–. Por lo demás, créame, señor cura, que como particular me rebelo contra el «Comunicado»; pero como autoridad debo respetar la expresión del pensamiento... Pero, créame, y puede decírselo a todo el clero diocesano, la Iglesia católica no tiene un hijo más fervoroso que yo, Gouveia Ledesma... Deseo, sin embargo, una religión liberal, en armonía con el progreso, con la ciencia... Ésas han sido siempre mis ideas; las he pregonado bien alto, en la prensa, en la universidad y en el gremio... Así, por ejemplo, no creo que haya mayor poesía que la poesía del cristianismo. Y admiro a Pío IX ¡una gran personalidad! ¡Sólo lamento que no enarbole la bandera de la civilización! –Y el viejo Bibi, contento de su frase, la repetía–: Sí, lamento que no enarbole la bandera de la civilización... ¡El *Syllabus* es imposible en este siglo de electricidad, señor cura! Y la verdad es que no podemos querellarnos contra un periódico porque diga dos o tres barbaridades sobre el sacerdocio, ni nos conviene, por altas razones políticas, escandalizar al doctor Godinho. Eso es lo que pienso.

–Señor secretario general –dijo Natário inclinándose.

–Servidor de Su Señoría. Siento que no tome una taza de té... ¿Y cómo anda nuestro chantre?

–Estos últimos días, según creo, ha vuelto a tener mareos.

–Lo siento. ¡Un hombre inteligente también! Gran latinista... ¡Tenga cuidado con el escalón!

Natário corrió a la catedral con paso nervioso y refunfuñando de ira en voz alta.

Amaro paseaba despacio por el atrio, con las manos a la espalda; tenía las ojeras muy pronunciadas y el rostro envejecido.

–¿Qué? –dijo, yendo rápidamente al encuentro de Natário.

–¡Nada!

Amaro se mordió el labio, y mientras Natário le contaba, excitado, la conversación con el secretario general y «cómo le había argumentado y cómo el hombre cotorreaba y cotorreaba», la cara del párroco se cubría de una sombra decepcionada y arrancaba rabiosamente, con la punta del quitasol, la yerba que crecía en las junturas de las losas del atrio.

–¡Un mamarracho! –concluyó el padre Natário haciendo un gran gesto–. Por la vía de la autoridad no se consigue nada. Es inútil... ¡Pero la cuestión ahora es entre «el liberal» y yo, padre Amaro! ¡Voy a averiguar quién es, padre Amaro! Y voy a machacarlo, padre Amaro, ¡voy a machacarlo!...

Mientras tanto, desde el domingo, João Eduardo triunfaba; el artículo había sido un escándalo: se habían vendido ochenta ejemplares del periódico y Agostinho le había asegurado que en la farmacia de la plaza se opinaba «que el liberal conocía a la curería a fondo y que tenía cabeza».

–Eres un genio, chico –le dijo Agostinho–. ¡Tienes que traerme otro, tienes que traerme otro!

João Eduardo gozaba enormemente «con aquella agitación que recorría la ciudad».

Releía el artículo con delectación paternal; si no temiese escandalizar a la Sanjoaneira iría por las tiendas diciendo en voz bien alta: «¡Fui yo, fui yo quien lo escribió!». Y ya pensaba en otro, más terrible, que debería titularse: «El diablo hecho eremita», o «El sacerdocio de Leiria ante el siglo XIX».

El doctor Godinho se lo había encontrado en la plaza y se había parado, condescendientemente, para decirle:

–La cosa ha armado barullo. ¡Es usted el demonio! Fui yo quien le dijo a Agostinho que publicase la cosa como un comunicado. Ya me entiende… No me conviene enemistarme demasiado con el clero… Y además mi señora tiene sus escrúpulos… En fin, es mujer y es conveniente que las mujeres sean religiosas… Pero en mi fuero interno, lo saboreé… Sobre todo la pulla al Brito. El muy bellaco me hizo una guerra de mil demonios en las últimas elecciones… ¡Ah! Y otra cosa, su asunto se arregla. Para el mes que viene tiene usted un empleo en el Gobierno Civil.

–Oh, señor doctor, Excelencia…

–No me venga con historias, ¡usted se lo merece!

João Eduardo se fue a la notaría, temblando de alegría. El señor Nunes Ferral había salido; el escribiente, lentamente, sacó punta a una pluma, comenzó a copiar un poder y, de pronto, cogió su sombrero y corrió hacia la Rua da Misericórdia.

La Sanjoaneira cosía sola en la ventana. Amélia había ido a O Morenal. Y João Eduardo, entrando:

–¿Sabe, doña Augusta? Acabo de estar con el doctor Godinho. Dice que el mes que viene tengo mi empleo…

La Sanjoaneira se sacó los anteojos, dejó caer las manos en el regazo:

–¿Qué me dice?

–Es verdad, es verdad… –Y el escribiente se frotaba las palmas de las manos con alegres risitas nerviosas–. ¡Qué suerte! –exclamó–. Así que ahora, si Ameliazinha estuviese de acuerdo…

–¡Ay, João Eduardo! –dijo la Sanjoaneira con un gran suspiro–, ¡me saca un peso del corazón! Qué mal he estado… Fíjese, ¡ni siquiera he dormido!

João Eduardo presintió que iba a hablarle del «Comunicado». Fue a dejar el sombrero sobre una silla; y volviendo a la ventana, con las manos en los bolsillos:

–Pero bueno, ¿por qué, por qué?

–¡Esa canallada en el *Distrito*! ¿Qué me dice? ¡Esa calumnia! ¡Ay! ¡Hasta he envejecido!

João Eduardo había escrito el artículo bajo el dominio de los celos, sólo para «enterrar» al padre Amaro; no había previsto el disgusto de las dos mujeres; y ahora, al ver a la Sanjoaneira con dos lágrimas en el blanco de los ojos, se sentía casi *arrepentido*. Dijo ambiguamente:

–Lo he leído, es el demonio… –Pero, aprovechando el dolor de la Sanjoaneira para servir a su pasión, añadió sentándose, acercando su silla a la de ella–: Yo nunca he querido hablarle de esto, doña Augusta, pero… mire que Ameliazinha trataba al párroco con mucha confianza… Y por las Gansoso, por el Libaninho, incluso sin querer, la cosa se iba sabiendo, se iba murmurando… Yo ya sé que ella, pobrecita, no veía nada malo, pero… Doña Augusta, usted sabe lo que es Leiria. ¡Qué lenguas, eh!

La Sanjoaneira, entonces, declaró que iba a hablarle como a un hijo: el artículo la había apenado sobre todo por él, por João Eduardo. Porque, en fin, también él podía darle crédito, deshacer la boda, ¡y qué disgusto! Y ella podía asegurarle, como mujer de bien, como madre, que no había entre la pequeña y el señor párroco ¡nada, nada, nada! ¡Era sólo que la chiquilla tenía aquel carácter comunicativo! Y el párroco era hombre de palabras bonitas, siempre tan delicado… Ella siempre lo había dicho, siempre sostuvo que el señor padre Amaro tenía unas maneras que llegaban al corazón…

–Sin duda –dijo João Eduardo mordisqueándose el bigote, la cabeza baja.

Entonces la Sanjoaneira posó su mano suavemente sobre la rodilla del escribiente, y mirándolo fijamente:

–Y mire, no sé si está mal que se lo diga yo, pero la chiquilla lo quiere de verdad, João Eduardo.

El corazón del escribiente latió conmovido.

–¡Y yo! –dijo–. Usted, doña Augusta, sabe la pasión que tengo por ella... ¡Y qué me importa a mí el artículo!

La Sanjoaneira se limpió los ojos con el delantal blanco. ¡Ay! ¡Era una alegría para ella! Ella siempre lo había dicho: como muchacho de bien, ¡no había otro igual en la ciudad de Leiria!

–Usted ya lo sabe, ¡lo quiero como a un hijo!

El escribiente se enterneció:

–Pues vamos al grano y tapemos las bocas de la gente... –Y poniéndose en pie, con una solemnidad simpática–: ¡Señora doña Augusta! Tengo el honor de pedirle la mano...

Ella se rió. Y, en su alegría, João Eduardo la besó en la frente, filialmente.

–Háblele esta noche a Ameliazinha –le dijo al salir–. Yo vendré mañana y felicidad no ha de faltar...

–¡Alabado sea Dios! –añadió la Sanjoaneira volviendo a su costura, con un gran suspiro de alivio.

Cuando aquella tarde Amélia volvió de O Morenal, la Sanjoaneira, que estaba poniendo la mesa, le dijo:

–Ha estado por aquí João Eduardo...

–¡Ah!...

–Me ha estado contando, el pobre...

Amélia, callada, doblaba su manta de lana.

–Se ha quejado... –continuó la madre.

–¿De qué? –preguntó ella, muy colorada

–¡Cómo de qué! Que si se ha comentado mucho en la ciudad el artículo del *Distrito*; que la gente se preguntaba a quién aludía el periódico con lo de las «doncellas inexpertas» y que la respuesta era: «¿A quién va a ser? ¡Amélia, la de la Sanjoaneira, la de la Rua da Misericórdia!». El pobre João dice que ha estado tan disgustado... No se atrevía siquiera a hablar contigo, por delicadeza... En fin...

–Pero ¿qué puedo hacer yo, madre? –exclamó Amélia con los ojos súbitamente llenos de lágrimas ante aquellas palabras que caían sobre sus tormentos como gotas de vinagre sobre heridas.

–Yo esto te lo digo para tu gobierno. Haz lo que quieras, hija. ¡Ya sé que son calumnias! Pero ya sabes lo que son las lenguas murmuradoras... Lo que te puedo decir es que el chico no se cree lo del periódico. ¡Que a mí era lo que me importaba!... ¡Ya lo creo! Me ha quitado el sueño... Pero no, dice que no le importa el artículo, que te quiere igual y que está loco por casarse contigo... Y si fuese yo, lo que haría para taparle la boca a toda esa gente era casarme ya. Ya sé que tú no te mueres por él, ya lo sé. Que no te importe. Eso viene después. João es un buen chico, va a tener el empleo...

–¡¿El empleo?!

–Pues sí, también me ha dicho eso. Ha estado con el doctor Godinho, dice que allá hacia fin de mes está empleado... En fin, haz lo que creas conveniente... Pero mira que yo estoy vieja, hija, ¡que puedo faltarte en cualquier momento!...

Amélia no respondió. Miraba enfrente, sobre los tejados, el vuelo de los gorriones, en aquel momento menos desasosegado que sus pensamientos.

Desde el domingo vivía aturdida. Sabía perfectamente que la «doncella inexperta» a la que aludía el «Comunicado» era ella, Amélia, y la atormentaba la vejación de ver publicado su amor de aquella manera en el periódico. Además, pensaba, mordiéndose el labio con rabia muda, con los ojos ahogados por las lágrimas, ¡aquello lo estropeaba todo! En la plaza, en la arcada se diría entre risitas maliciosas: «Así que la Ameliazita de la Sanjoaneira anda liada con el párroco, ¿eh?». Seguramente el señor chantre, tan severo en «cosas de mujeres», reprendería al padre Amaro... ¡Y por unas cuantas miradas, por unos cuantos apretones de manos, allí quedaba su reputación destrozada, destrozado su amor!

El lunes, al ir a O Morenal le había parecido oír a sus espaldas risitas burlonas; en el gesto que le hizo desde la puerta de la botica el respetuoso Carlos creyó ver una sequedad reprensora; a la vuelta se había encontrado con Marques, el de la ferretería, que no se sacó el sombrero, y al entrar en casa se sentía desacreditada, olvidando que el bueno de Marques era tan corto de vista que en la tienda usaba dos pares de anteojos superpuestos.

«¿Qué voy a hacer? ¿Qué voy a hacer?», murmuraba a veces con las manos en la cabeza. Su mente de devota apenas le ofrecía soluciones devotas: recogerse, hacerle una promesa a Nuestra Señora de los Dolores «para que la sacase de aquel apuro», ir a confesarse con el padre Silvério... Y acababa yendo a sentarse resignadamente junto a su madre, con la costura, considerando, muy enternecida, ¡que ya desde pequeña había sido siempre muy desdichada!

Su madre no había hablado con ella claramente sobre el «Comunicado», sólo había tenido palabras ambiguas:

—Es una canallada... Sólo merece desprecio... Cuando la gente tiene la conciencia tranquila, lo demás son historias.

Pero Amélia veía bien su disgusto en el rostro envejecido, en los silencios tristes, en los suspiros repentinos cuando repasaba las medias junto a la ventana con los anteojos en la punta de la nariz; y entonces se convencía aún más de que había «grandes habladurías en la ciudad», de que su madre, la pobre, estaba informada por las Gansoso y por doña Josefa Dias, cuya boca producía chismorreos más naturalmente que saliva. ¡Qué vergüenza, Jesús!

Y entonces su amor por el párroco, que hasta aquel momento, en aquella reunión de faldas y sotanas de la Rua da Misericórdia se le había figurado natural, juzgándolo ahora reprobado por las personas a las que desde niña se había acostumbrado a respetar –los Guedes, los Marques, los Vaz–, se le aparecía ya monstruoso; del mismo modo que los colores de un retrato pintado a la luz del candil, y que a la luz del candil parecen adecuados, adquieren tonalidades equívocas y deformantes cuando les cae encima la luz del sol. Y casi agradecía que el padre Amaro no hubiese vuelto por la Rua da Misericórdia.

Mientras tanto, ¡con qué ansiedad esperaba todas las noches su toque de campanilla! Pero él no venía; y aquella au-

sencia, que su razón estimaba prudente, causaba en su corazón la misma pena que una traición. La noche del miércoles
no se contuvo y dijo, ruborizándose sobre la costura:

–¿Qué habrá sido del señor párroco?

El canónigo, que parecía dormitar en su poltrona, tosió
ruidosamente, se removió, refunfuñó:

–Tiene más cosas que hacer... ¡Es inútil que esperen por él
tan pronto!

Y Amélia, que se puso blanca como la cal, tuvo inmediatamente la certeza de que el párroco, aterrorizado por el escándalo del periódico, aconsejado por los padres timoratos, ce-
losos «del buen nombre del clero», intentaba librarse de ella.
Pero, cautelosa, escondió su desesperación ante las amigas de
su madre; incluso se sentó al piano y tocó mazurcas tan es-
truendosas que el canónigo, volviendo a removerse en su poltrona, gruñó:

–¡Menos barullo y más sentimiento, chiquilla!

Pasó una noche angustiada y sin llorar. Su pasión por el
párroco ardía, irritada; y lo detestaba por su cobardía. Apenas pinchado por una alusión en un periódico se había puesto a temblar en su sotana, lleno de pavor, sin atreverse siquiera a visitarla, sin pensar que también ella veía su reputación
menoscabada, ¡sin corresponder a su amor! ¡Y había sido él
quien la había tentado con sus palabritas dulces, con sus
carantoñas! ¡Infame!... Deseaba violentamente estrecharlo
contra su pecho. Y abofetearlo. Tuvo la idea insensata de ir al
día siguiente a la Rua das Sousas, arrojarse en sus brazos, instalarse en su habitación, organizar un escándalo que lo obli-
gase a huir de la diócesis... ¡Por qué no! Eran jóvenes, eran
fuertes, podrían vivir lejos, en otra ciudad... Y su fantasía comenzó a regodearse histéricamente en las perspectivas deliciosas de esa existencia, en la que se imaginaba besándolo
continuamente. En su intensa excitación, aquel plan le parecía muy práctico, muy fácil: huirían hacia el Algarve; allí él se
dejaría crecer el pelo –¡cuánto más guapo estaría entonces!–
y nadie sabría que era un cura; podría enseñar latín, ella cose-

ría por encargo; y vivirían en una casita en la que lo que más apetecía era la cama, con dos almohaditas muy juntas... ¡Y la única dificultad que veía en este plan perfecto era hacer salir de casa, sin que su madre se enterase, el baúl con su ropa! Pero cuando volvía a la realidad, aquellas decisiones mórbidas se desvanecían como sombras a la luz clara del día; todo aquello le parecía entonces tan impracticable y él tan alejado de ella como si entre la Rua da Misericórdia y la Rua das Sousas se alzasen inaccesibles todas las montañas de la tierra. ¡Ay, el señor párroco la había abandonado, sin duda! ¡No quería perder los beneficios de su parroquia ni la estima de sus superiores! ¡Pobre de ella! Se consideró entonces para siempre desdichada y sin interés por la vida. Guardó, todavía muy intenso, el deseo de vengarse del padre Amaro.

Fue entonces cuando reparó por primera vez en que João Eduardo no había aparecido por la Rua da Misericórdia desde la publicación del «Comunicado». «También me da la espalda», pensó con amargura. ¡Pero qué le importaba! En medio del dolor que le causaba el abandono del padre Amaro, la pérdida del amor del escribiente, cursi y pesado, que no le daba ni utilidad ni placer, era una contrariedad insignificante: había llegado a ella una desdicha que le arrebataba bruscamente todos los afectos, el que le llenaba el alma y el que apenas le acariciaba la vanidad; y la irritaba, sí, no sentir ya el amor del escribiente pegado a sus faldas, dócil como un perro..., pero todas sus lágrimas eran para el señor párroco, «¡que ya no quería saber nada de ella!». Sólo lamentaba la deserción de João Eduardo porque así perdía un medio siempre disponible para hacer rabiar al padre Amaro...

Por eso aquella tarde, junto a la ventana, callada, viendo volar a los gorriones sobre el tejado de enfrente, después de saber que João Eduardo, con el empleo seguro, había ido por fin a hablar con su madre, pensaba satisfecha en la desesperación del párroco al ver publicadas en la catedral las amonestaciones de su boda. Además, las palabras muy prácticas de la

Sanjoaneira le trabajaban silenciosamente el alma: el empleo en el Gobierno Civil rentaba veinticinco mil reales mensuales; casándose recuperaba inmediatamente su respetabilidad de señora; y si su madre muriese, con la paga del marido y las rentas de O Morenal, podría vivir con decencia, ir incluso a tomar los baños en verano... Y ya se veía en A Vieira, muy cumplimentada por los caballeros, conociendo tal vez a la mujer del gobernador civil.

–¿Qué le parece, mamá? –preguntó bruscamente.

Estaba decidida por las ventajas que atisbaba; pero, dada su naturaleza lasa, deseaba ser persuadida y obligada.

–Yo iría a lo seguro, hija –fue la respuesta de la Sanjoaneira.

–Es siempre lo mejor –murmuró Amélia entrando en su habitación.

Y se sentó muy triste a los pies de la cama, porque la melancolía que le producía el crepúsculo hacía aún más punzante la nostalgia «de sus buenos momentos con el señor párroco».

Aquella noche llovió mucho, las dos mujeres estuvieron solas.

La Sanjoaneira, calmadas ya sus inquietudes, estaba muy somnolienta, cabeceaba a cada momento con la media caída sobre el regazo. Amélia entonces dejaba la labor y con los codos sobre la mesa, haciendo girar el *abat-jour* verde del candil, pensaba en su boda: João Eduardo, el pobre, era un buen muchacho; daba el tipo de marido tan apreciado entre la pequeña burguesía: no era feo y tenía un empleo. Ciertamente la petición de su mano, a pesar de las infamias del periódico, no le parecía, como había dicho su madre, «un rasgo de generosidad»; pero su dedicación la halagaba, después del abandono tan cobarde de Amaro, y hacía dos años que le gustaba al pobre João... Empezó entonces a pensar trabajosamente en todo lo que le agradaba de él: su aspecto serio, sus dientes tan blancos, su ropa limpia.

Fuera, el viento soplaba con fuerza y la lluvia, fustigando fríamente los ventanales, le traía deseos de comodidades, un buen fuego, el marido a su lado, el pequeñuelo durmiendo en la cuna..., porque sería un niño, se llamaría Carlos y tendría los ojos negros del padre Amaro. ¡El padre Amaro!... Una vez casada, sin duda, volvería a encontrar al señor padre Amaro... Y entonces una idea traspasó todo su ser, la hizo ponerse en pie bruscamente, buscar por instinto la oscuridad de la ventana para ocultar el rubor de su rostro. ¡Oh! ¡Eso no, eso no! ¡Sería horrible!... Pero la idea se había apoderado de ella implacablemente, como un brazo muy fuerte que la sofocaba y le causaba una agonía deliciosa. Y entonces el antiguo amor, que el despecho y la necesidad habían comprimido en el fondo de su alma, rompió, la inundó: murmuró repetidamente, con pasión, retorciéndose las manos, el nombre de Amaro; deseó ávidamente sus besos... ¡oh!, ¡lo adoraba! ¡Y todo había terminado, todo había terminado! Y tenía que casarse, ¡pobre de ella!... Entonces, sobre la ventana, con el rostro contra la oscuridad de la noche, sollozó en silencio.

Tomando el té, la Sanjoaneira le dijo de repente:

—Pues de hacerse la cosa, hija, debería ser ya... Habría que empezar el ajuar y, si fuese posible, casarte a finales de mes.

Ella no respondió, pero su imaginación se alborozó con aquellas palabras. ¡Casada dentro de un mes, ella! Aunque João Eduardo le fuese indiferente, la idea de aquel muchacho, joven y enamorado, que iría a vivir con ella, a dormir con ella, perturbó todo su ser.

Y cuando su madre se disponía a bajar a su habitación, le dijo:

—¿Qué le parece, madre? Me cuesta entrar en explicaciones con João Eduardo, decirle que sí... Lo mejor sería escribirle...

—Estoy de acuerdo, hija, escríbele... La Ruça le llevará la carta por la mañana... Una carta bonita y que le guste.

Amélia permaneció en el comedor hasta tarde, escribiendo el borrador de la carta. Decía:

Señor João Eduardo:

Mamá me ha puesto al tanto de la conversación que tuvo con usted. Y si su afecto es verdadero, como creo y me ha dado muchas pruebas, yo estoy a favor de lo decidido con muy buena voluntad, pues ya conoce mis sentimientos. Y respecto de ajuar y papeles, se hablará mañana, ya que lo esperamos para el té. Mamá está muy contenta y yo deseo que todo sea para nuestra felicidad, como espero lo será, con la ayuda de Dios. Saludos de mamá y de la que mucho lo quiere

Amélia Caminha

Apenas cerró la carta, las hojas de papel en blanco extendidas ante ella le dieron ganas de escribirle al padre Amaro. ¿Pero qué? ¿Confesarle su amor, con la misma pluma, mojada en la misma tinta con la que aceptaba por marido *al otro*?... Acusarlo por su cobardía, mostrar su disgusto..., ¡eso sería humillarse! Y, pese a no encontrar el motivo para escribirle, su mano iba trazando con gozo las primeras palabras: «Mi adorado Amaro...». Se detuvo, considerando que no tenía por quien mandar la carta. ¡Ay! ¡Tenían que separarse así, en silencio, para siempre!... «Separarse, ¿por qué?», pensó. Después de casada podría ver fácilmente al padre Amaro. Y la misma idea regresaba de repente, pero ahora bajo una forma tan honesta que no le repugnaba: en efecto, el señor padre Amaro podría ser su confesor; era, de toda la cristiandad, la persona que mejor guiaría su alma, su voluntad, su conciencia; habría así entre ellos un intercambio delicioso y continuo de confidencias, de dulces reproches; todos los sábados iría al confesionario para recibir, en la luz de sus ojos y en el sonido de sus palabras, una provisión de felicidad; y eso sería casto, muy picante, y para mayor gloria de Dios.

Se sintió casi contenta, con la impresión, no muy definida, de una existencia en la que la carne estaría legítimamente satisfecha y su alma gozaría de los encantos de una devoción amorosa. Todo encajaba bien, por fin... Y al poco tiempo, dormía serenamente, soñando que estaba en *su* casa, con *su* marido y que jugaba a la malilla con las viejas amigas, entre el contento de toda la catedral, sentada en las rodillas del señor párroco.

Al día siguiente la Ruça le llevó la carta a João Eduardo y durante toda la mañana las dos mujeres, cosiendo junto a la ventana, estuvieron hablando de la boda. Amélia no quería separarse de su madre y, como la casa tenía habitaciones suficientes, los novios vivirían en el primer piso y la Sanjoaneira dormiría en la habitación de arriba; seguramente el señor canónigo ayudaría para el ajuar; podían ir a pasar la luna de miel a la hacienda de doña Maria y, ante aquellas felices perspectivas, Amélia se ponía muy colorada bajo la mirada de su madre, quien, con los anteojos sobre la punta de la nariz, la contemplaba embelesada.

Cuando tocaron a Ave Marías, la Sanjoaneira se encerró en su habitación para rezar su corona y dejó a Amélia sola «para que se entendiese con el muchacho». Al poco tiempo, en efecto, João Eduardo tocó la campanilla. Venía muy nervioso, de guantes negros, empapado en agua de colonia. Cuando llegó a la puerta del comedor no había luz y la bonita silueta de Amélia, de pie, se recortaba a la claridad del ventanal. Él dejó su manta en una esquina, como hacía siempre, y acercándose a ella, que había permanecido inmóvil, le dijo, frotándose mucho las manos:

–Recibí su cartita, señorita Amélia…

–La he enviado por la Ruça por la mañana temprano para cogerlo en casa –dijo ella inmediatamente, con las mejillas ardiendo.

–Iba para la notaría, estaba ya en la escalera… Debían de ser las nueve…

–Debían de ser… –dijo ella.

Se callaron, muy turbados. Entonces él cogió delicadamente sus muñecas, y en voz baja:

–Entonces, ¿quiere?

–Quiero –murmuró Amélia.

–Y lo más deprisa posible, ¿eh?

–Pues sí…

Él suspiró, muy feliz.

–Vamos a llevarnos muy bien, vamos a llevarnos muy bien

–decía. Y sus manos, con presiones tiernas, se iban apoderando de sus brazos, desde las muñecas a los codos.

–Mamá dice que podemos vivir juntos –dijo ella, esforzándose por hablar con tranquilidad.

–Está claro, y yo voy a mandar hacer sábanas –interrumpió él, muy alterado.

Entonces, súbitamente, la estrechó contra sí, la besó en los labios; ella emitió un gemidito, se abandonó entre sus brazos, muy floja, muy lánguida.

–¡Oh, querida! –murmuraba el escribiente.

Pero se oyeron en la escalera los zapatos de la madre y Amélia fue con viveza hacia el aparador para encender el candil.

La Sanjoaneira se detuvo en la puerta; y para dar su primera aprobación maternal, dijo, bonachona:

–¿Así que estáis aquí a oscuras, hijos?

Fue el canónigo Dias quien comunicó al padre Amaro la boda de Amélia, una mañana en la catedral. Le habló «a propósito del enlace», y añadió:

–Lo apruebo, porque se hace con el consentimiento de la chiquilla y es un descanso para la pobre vieja...

–Claro, claro... –murmuró Amaro, que se había puesto muy pálido.

El canónigo carraspeó ruidosamente y agregó:

–Y usted ahora aparezca por allí, ya está todo en orden... La canallada del periódico, eso ya pertenece a la historia... ¡Lo pasado, pasado está!

–Claro, claro... –murmuró Amaro.

Cruzó bruscamente su capa, salió de la iglesia.

Iba indignado; y se contenía para no maldecir en voz alta por las calles. En la esquina del callejón de As Sousas casi chocó con Natário, quien lo cogió por la manga para soplarle al oído:

–¡Aún no sé nada!

–¿De qué?

–Del «liberal», del «Comunicado». Pero trabajo, ¡trabajo!

Amaro, que rabiaba por desahogarse, dijo:

–¿No ha oído la noticia? La boda de Amélia... ¿Qué le parece?

–Me lo ha dicho el animal del Libaninho. Dice que el muchacho consiguió el empleo... Ha sido el doctor Godinho... ¡Es otro que tal!... Mire qué cuadrilla: el doctor Godinho desde el periódico a golpes con el Gobierno Civil y el Gobierno Civil dándoles tajada a los protegidos del doctor Godinho... ¡A ver quién los entiende! ¡Éste es un país de pícaros!

–¡Dicen que hay una gran alegría en casa de la Sanjoaneira! –dijo el párroco con una acidez negra.

–¡Que se diviertan! Yo no tengo tiempo para ir por allí... No tengo tiempo para nada... Sólo para averiguar quién es el «liberal» y abrirlo en canal. No puedo soportar a esa gente que recibe el mamporrazo, se rasca y baja las orejas. ¡Yo no! ¡Yo las guardo! –Y con una contracción de rencor que le curvó los dedos en garra y le encogió el pecho delgado, dijo con los dientes apretados–: Yo cuando odio, ¡odio mucho! –Se quedó un momento callado, gozando del sabor de su hiel–. Si va usted por la Rua da Misericórdia, felicite de mi parte a esa gente... –y añadió, con los ojitos fijos en Amaro–: ¡El majadero del escribiente se lleva a la jovencita más bonita de la ciudad! ¡Va a ponerse las botas!

–¡Hasta la vista! –exclamó de pronto Amaro, huyendo furioso.

Después del terrible domingo en que apareció el «Comunicado», el padre Amaro, al principio, de manera muy egoísta, se había preocupado de las consecuencias –«consecuencias fatales, ¡Santo Dios!»– que le podía traer el escándalo. ¡Vaya! ¡Si se corriese por la ciudad que era él el cura bonito al que «el liberal» apostrofaba! Vivió dos días atemorizado, ¡temblando de ver al padre Saldanha, con su cara aniñada y su voz meliflua, diciéndole «que Su Excelencia el señor chantre reclama su presencia»! Pasaba el tiempo preparando explicaciones, respuestas hábiles, halagos a Su Excelencia. Pero cuando vio que, a pesar de la violencia del artículo, Su Excelencia parecía dispuesto «a hacer la vista gorda», se ocupó entonces, más tranquilo, de los intereses de su amor tan violentamente perturbado. El miedo lo hacía astuto; y decidió no volver durante algún tiempo por la Rua da Misericórdia.

«Dejemos pasar el chaparrón», pensó.

Quince días, tres semanas después, cuando el artículo estuviese olvidado, aparecería de nuevo por casa de la Sanjoaneira; le haría ver a la muchacha que la seguía adorando, pero evitaría la antigua familiaridad, las charlitas en voz baja, el sentarse juntitos en las partidas de lotería; después, por medio de doña Maria da Assunção, por doña Josefa Dias, conseguiría que Amélia dejase al padre Silvério y que se confesase con él: entonces podrían entenderse en el secreto del confesionario. Acordarían una conducta discreta: encuentros cautelosos aquí y allí, cartitas por la criada. Y aquel amor así llevado, con prudencia, ¡no correría el riesgo de aparecer cualquier mañana anunciado en el periódico! Y se regocijaba ya por la habilidad de este arreglo cuando le llegaba el gran disgusto: ¡la chica se casaba!

Después de las primeras iras, desahogadas con patadas en el suelo y con blasfemias por las que pedía enseguida perdón a Nuestro Señor Jesucristo, intentó serenarse, aplicar la razón a las cosas. ¿Adónde lo llevaba aquella pasión? Al escándalo. Y de esta forma, casada ella, cada uno entraba en su destino legítimo y sensato, ella en su familia, él en su parroquia. Después, cuando se encontrasen, un cumplido amable; y él podría pasear por la ciudad con la cabeza bien alta, sin miedo de los corrillos de la arcada, de las insinuaciones de la gaceta, de los rigores de Su Excelencia ¡y de los aguijonazos de su conciencia! Y su vida sería feliz… ¡No, por Dios! ¡Su vida no podría ser feliz sin ella! Eliminado de su existencia aquel estímulo de las visitas a la Rua da Misericórdia, los apretoncitos de manos, la esperanza de delicias mejores, ¿qué le quedaba? ¡Vegetar, como cualquiera de los hongos que había en las esquinas húmedas de la catedral! ¡Y ella, ella que lo había atontado con sus ojitos y sus carantoñas, le daba la espalda tan pronto aparecía otro, bueno para marido, con veinticinco mil reales al mes! Todos aquellos suspiros, aquellos cambios de color... ¡una tomadura de pelo! ¡Se había burlado del señor párroco!

¡Cómo la odiaba! Menos que al otro, sin embargo. Al otro, que triunfaba porque era un hombre, porque tenía su libertad, su cabello completo, su bigote, un brazo libre para ofrecérselo en la calle. Su imaginación se complacía entonces rencorosamente en visiones de la felicidad del escribiente: lo veía trayéndola de la iglesia, triunfante; lo veía besándola en el cuello y en el pecho... Y estas imágenes le hacían dar patadas furiosas en el suelo que asustaban a Vicência en la cocina.

Después procuraba tranquilizarse, recuperar el control de sus facultades, aplicarlas todas a hallar una venganza, ¡una buena venganza! Y volvía así a la antigua rabia por no vivir en la época de la Inquisición, y con una denuncia por irreligiosidad o por hechicería mandarlos a los dos a cualquier cárcel. ¡Ah! ¡En aquellos tiempos un cura sí que disfrutaba! Pero ahora, con los señores liberales, tenía que ver a aquel miserable escribiente de seis vintems diarios apoderársele de la muchacha. ¡Y él, sacerdote instruido, que podía ser obispo, que podía ser Papa, tenía que bajar los hombros y rumiar su despecho en soledad! ¡Ah! Si las maldiciones divinas tenían algún valor..., ¡malditos fuesen! Quería verlos llenos de hijos, sin pan en la panera, con la última manta empeñada, resecos por el hambre, injuriándose... ¡y él riéndose, él regodeándose!...

El lunes no se contuvo y fue a la Rua da Misericórdia. La Sanjoaneira estaba abajo, en la salita, con el canónigo Dias. Y apenas vio a Amaro:

−¡Oh, señor párroco, dichosos los ojos! ¡Estaba hablando de usted! Ya nos extrañaba no verlo, ahora que hay alegría en la casa.

–Ya sé, ya sé –murmuró Amaro, pálido.

–Alguna vez tenía que ser –dijo el canónigo jovialmente–. Dios los haga felices y les dé pocos hijos, que la carne está muy cara.

Al escuchar arriba el piano, Amaro sonrió.

Era Amélia, que tocaba como otras veces el *Vals de los dos mundos*; João Eduardo, muy pegado a ella, le pasaba las hojas de la partitura.

–¿Quién ha entrado, Ruça? –gritó ella, oyendo los pasos de la criada en la escalera.

–El señor padre Amaro.

Un chorro de sangre le abrasó el rostro. Y el corazón le latió tan fuerte que sus dedos quedaron por un momento inmóviles sobre el teclado.

–No hacía falta aquí el señor padre Amaro –murmuró João Eduardo entre dientes.

Amélia se mordió el labio. Odió al escribiente: de pronto le repugnaron su voz, sus modales, su presencia de pie junto a ella. Se deleitó pensando cómo después de casada –ya que tenía que casarse– ¡se confesaría con el padre Amaro y no dejaría de amarlo! No sentía remordimientos en aquel momento; y casi deseaba que el escribiente viese en su rostro la pasión que la perturbaba.

–¡Por favor, hombre! –le dijo–. Échese un poco más hacia allá, que ni me deja los brazos libres para tocar.

Terminó abruptamente el *Vals de los dos mundos* y comenzó a cantar el *Adeus*:

> Ai! Adeus, acabaram-se os dias
> que ditoso vivi ao teu lado...

Su voz se elevaba con una modulación ardiente, dirigiendo el canto a través del entarimado, hacia abajo, hacia el corazón del párroco.

Y el párroco, con su bastón entre las rodillas, sentado en el canapé, devoraba cada nota de su voz mientras la Sanjoaneira parloteaba, contándole las piezas de algodón que había comprado para las sábanas, los arreglos que iba a hacer en la habitación de los novios y las ventajas de vivir juntos...

–Va a ser una maravilla –interrumpió el canónigo levantándose muy despacio–. Vamos arriba, que no está bien que estén los novios solos...

–Ay, en eso –dijo la Sanjoaneira riendo– me fío de él, que es un hombre muy formal.

Amaro temblaba al subir la escalera y, apenas entró en la sala, el rostro de Amélia, iluminado por las luces del piano, le produjo un deslumbramiento, como si las vísperas del casamiento la hubiesen embellecido y la separación la hubiese vuelto más apetitosa. Estrechó gravemente su mano y la del escribiente, dijo en voz baja, sin mirarlos:

–Mi enhorabuena... Mi enhorabuena...

Les dio la espalda y fue a conversar con el canónigo, que se había hundido en su butaca, quejándose de aburrimiento y reclamando el té.

Amélia había quedado como abstraída, recorriendo inconscientemente el teclado con los dedos. Aquel gesto del padre Amaro confirmaba su idea: ¡quería deshacerse de ella a toda costa, el muy ingrato! ¡Hacía «como si no hubiese pasado nada», el muy villano! En su cobardía de cura, aterrorizado por el señor chantre, por el periódico, por la arcada, por todo, ¡la expulsaba de su imaginación, de su corazón, de su vida, como se expulsa a un insecto venenoso!... Entonces, para hacerlo rabiar, empezó a cuchichear cariñosamente con el escribiente; se rozaba contra su hombro, rendida, con risitas y secretitos; intentaron, con jovial alborozo, tocar una pieza a cuatro manos; después ella lo pellizcó, él soltó un gritito exagerado. Y la Sanjoaneira los contemplaba arrobada, mientras el canónigo dormitaba y el padre Amaro, abandonado en una esquina como otrora el escribiente, hojeaba un viejo álbum.

Pero un brusco repique de la campanilla los sobresaltó a todos: pasos rápidos atravesaron la escalera, pararon abajo, en la salita, y la Ruça apareció diciendo «que era el señor padre Natário, que no quería subir y que deseaba decirle una cosa al señor canónigo».

–Malas horas para embajadas –rezongó el canónigo, arrancándose con esfuerzo del fondo confortable de la butaca.

Amélia cerró el piano y la Sanjoaneira, dejando la media, fue de puntillas a escuchar al rellano de la escalera. Fuera, el viento soplaba con fuerza y por las esquinas de la plaza se iba alejando el toque de retreta.

Finalmente la voz del canónigo llamó desde abajo, desde la puerta de la salita:

–¿Amaro?

–¿Profesor?

–Venga aquí, hombre. Y dígale a la señora que también puede venir.

La Sanjoaneira bajó, muy asustada. Amaro imaginó que el padre Natário ¡por fin había descubierto al «liberal»!

La salita parecía muy fría con la débil luz de la vela sobre la mesa. Y en la pared, en un viejo lienzo muy oscuro –recientemente regalado por el canónigo a la Sanjoaneira–, destacaba un rostro lívido de monje y el frontal de una calavera.

El canónigo Dias se había acomodado en un rincón del canapé, sorbiendo reflexivamente su pulgarada de rapé. Y Natário, que caminaba por la sala, exclamó:

–¡Buenas noches, señora! ¡Hola, Amaro! ¡Traigo novedades!… No he querido subir porque he supuesto que estaría el escribiente y éstas son cosas nuestras. Estaba empezando a decirle al colega Dias… Ha estado en mi casa el padre Saldanha. ¡Pintan bastos!

El padre Saldanha era el confidente del señor chantre. Y el padre Amaro, ya inquieto, preguntó:

–¿Algo que nos afecte?

Natário empezó con solemnidad, levantando el brazo:

–*Primo*: el colega Brito, trasladado de la parroquia de Amor para cerca de Alcobaça, en la sierra, en el Infierno…

–¿Qué me dice? –exclamó la Sanjoaneira.

–¡Obras del «liberal», señora mía! A nuestro digno chantre le ha llevado su tiempo meditar el «Comunicado» del *Distrito*. ¡Pero por fin se ha decidido! ¡Allá va el pobre Brito, descalificado!

–Es por lo que se decía de la esposa del pedáneo –murmuró la buena mujer.

–¡Cómo! –interrumpió severamente el canónigo–. ¿Cómo, señora, cómo? ¡Ésta no es una casa de murmuración!… Siga con su información, colega Natário.

–*Secundo* –continuó Natário–: es lo que iba a decirle al colega Dias… El señor chantre, en vista del «Comunicado» y de otros ataques de la prensa, está decidido a «reformar las costumbres del clero diocesano», palabras del padre Saldanha… Que le desagradan sumamente los conciliábulos de eclesiásticos y mujeres… Que quiere saber qué es eso de sacerdotes bonitos tentando a jóvenes bonitas. En fin, palabras textuales de Su Excelencia, «¡está decidido a limpiar los establos de Augias!»… Lo que en buen portugués quiere decir, señora mía, que se va a armar un buen tiberio.

Hubo una pausa consternada. Y Natário, plantado en medio de la salita con las manos metidas en los bolsillos, exclamó:

–¿Qué les parece esta última hora, eh?

El canónigo se levantó con pachorra:

–Mire, colega –dijo–, entre los muertos y los heridos alguno habrá que escape… Y usted, señora, no se quede ahí con esa cara de Mater Dolorosa y mande servir el té, que es lo importante.

–Yo le he dicho al padre Saldanha que… –comenzó a perorar Natário.

Pero el canónigo lo interrumpió con brusquedad:

–¡El padre Saldanha es un engreído!… Vamos a tomarnos las tostaditas y allí arriba, delante de los novios, chitón.

El té fue silencioso. El canónigo, a cada bocado de tostada, respiraba jadeante, fruncía mucho el ceño; la Sanjoaneira, después de hablar de doña Maria da Assunção, que estaba acatarrada, se quedó toda triste, con la frente sobre el puño. Natário, a grandes zancadas, provocaba una ventolera en la sala con las alas de su capote.

–¿Y cuándo es esa boda? –exclamó, parándose de pronto ante Amélia y el escribiente, que tomaban el té sobre el piano.

–Un día de éstos –respondió ella sonriendo.

Amaro entonces se levantó despacio, y sacando su reloj:

–Son horas de que me vaya acercando a la Rua das Sousas, señores –dijo, con una voz desalentada.

Pero la Sanjoaneira no consintió. ¡Caramba, estaban todos enfurruñados, como si estuviesen de pésame! Que jugasen una partida de lotería para distraerse…

Pero el canónigo, saliendo de su modorra, dijo con severidad:

–Está usted muy confundida, señora, nadie está enfurruñado. No hay razones sino para estar alegres. ¿No es verdad, señor novio?

João Eduardo se removió con inquietud, sonrió:

–Por mi parte, señor canónigo, no tengo motivos sino para estar feliz.

–Pues está claro –dijo el canónigo–. Y ahora, buenas noches les dé Dios a todos, que yo voy a jugar a la lotería entre las sábanas. Y Amaro también.

Amaro estrechó silenciosamente la mano de Amélia y los tres curas bajaron callados. En la salita la vela ardía todavía con una débil llama. El canónigo entró a buscar su paraguas; y entonces, llamando a los demás, cerrando despacito la puerta, les dijo en voz baja:

–Colegas, hace un momento no he querido asustar a la pobre señora, pero estas cosas del chantre, estas habladurías… ¡Es el demonio!

–Hay que andar con cuidadito, amigos –aconsejó Natário, ahogando la voz.

–Es serio, es serio –murmuró lúgubremente el padre Amaro.

Estaban de pie en medio de la salita. Fuera, el viento ululaba: la luz agitada de la vela iluminaba y ensombrecía alternativamente el cuadro con el frontal de calavera, y arriba, Amélia canturreaba la *Chiquita.*

Amaro recordaba otras noches felices en las que, triunfante y sin cautelas, hacía reír a las señoras. Y Amélia, gorjeando «Ai chiquita que sí», le dedicaba miradas rendidas…

–Yo –dijo el canónigo–, ustedes ya lo saben, tengo para comer y para beber, no me importa… ¡Pero es necesario conservar el honor del estamento!

–Y no hay duda –agregó Natário– de que si hay otro artículo y más habladurías cae el rayo con seguridad.

–Miren al pobre Brito –murmuró Amaro–, ¡desprestigiado, a la sierra!

Arriba debió de ocurrir algo gracioso, porque se oyeron las risotadas del escribiente.

Amaro rezongó con rencor:

–¡Menuda fiesta, ahí arriba!…

Salieron. Al abrir la puerta una ráfaga de viento golpeó la cara de Natário con una lluvia fina.

–¡Mira tú qué noche! –exclamó furioso.

Sólo el canónigo llevaba paraguas; y abriéndolo despacio, dijo:

–Pues amigos, no hay más que verlo, estamos en paños menores…

De la ventana de arriba, iluminada, salían los sonidos del piano acompañando la *Chiquita.* El canónigo resoplaba, sosteniendo con fuerza el paraguas contra el viento; a su lado, Natário, lleno de hiel, apretaba los dientes encogido en su capote; Amaro caminaba con la cabeza baja, con un abatimiento de derrota; y mientras los tres curas, así refugiados bajo el paraguas del canónigo, marchaban por la calle chapoteando en los charcos, aquella lluvia penetrante y sonora los fustigaba desde atrás con ironía.

XI

Pocos días después, los habituales de la botica de la plaza vieron asombrados al padre Natário y al doctor Godinho conversando en armonía a la puerta de la ferretería del Guedes. El recaudador –que era escuchado con atención en asuntos de política exterior– los observó atentamente a través de la puerta acristalada de la botica, y declaró con voz profunda «¡que no se sorprendería más si viese a Víctor Manuel y a Pío IX paseando cogidos del brazo!».

Al cirujano del ayuntamiento, sin embargo, no le extrañaba aquel «comercio de amistad». En su opinión, el último artículo de la *Voz do Distrito*, evidentemente escrito por el doctor Godinho –¡era su estilo incisivo, lleno de lógica, rebosante de erudición!–, demostraba que la gente de A Maia quería ir aproximándose a la gente de A Misericórdia. El doctor Godinho –en expresión del cirujano municipal– le hacía guiños al Gobierno Civil y al clero diocesano: la última frase del artículo era significativa: «¡No seremos nosotros quienes regatearemos al clero los medios para ejercer holgadamente su divina misión!».

La verdad era –como observó un individuo obeso, el amigo Pimenta– que, si bien no había aún paz, ya había negociaciones, porque el día anterior había visto con aquellos ojos que se iba a comer la tierra al padre Natário saliendo por la mañana, muy temprano, de la redacción de la *Voz do Distrito*.

–¡Oh, amigo Pimenta, eso es una trola!

El amigo Pimenta se puso en pie con majestad, se subió los pantalones de un tirón y se disponía a indignarse cuando el recaudador intervino:

–No, no, el amigo Pimenta tiene razón. La verdad es que el otro día vi al tunante de Agostinho haciéndole grandes reverencias al padre Natário. Y que el Natário se trae una intriga entre manos, ¡eso es seguro! A mí me gusta observar a las personas... Pues señores, el Natário, que nunca aparecía por aquí, por la arcada, ahora lo veo siempre ahí, asomando la nariz por las tiendas... Además, la gran enemistad con el padre Silvério... Ya verán cómo se encuentran hoy ahí, en la plaza, a la hora de las Ave Marías... Y el asunto es con la gente del doctor Godinho... El padre Silvério es el confesor de la mujer de Godinho. ¡Unas cosas casan con otras!

Se comentaba mucho, en efecto, la nueva amistad del padre Natário con el padre Silvério. Cinco años atrás se había producido en la sacristía de la catedral, entre los dos eclesiásticos, una disputa escandalosa: Natário incluso había avanzado hacia el padre Silvério con el paraguas en ristre, pero el buen canónigo Sarmento, bañado en lágrimas, lo retuvo por la sotana, gritando: «¡Oh, colega, que es la perdición de la religión!». Desde entonces Natário y Silvério no se hablaban, con gran disgusto de Silvério, un bonachón de obesidad hidrópica que, según decían sus confesadas, «era todo afecto e indulgencia». Pero Natário, enjuto y pequeño, era tenaz en el rencor. Cuando el señor chantre Valadares empezó a gobernar el obispado, los llamó y, después de recordarles con elocuencia la necesidad «de conservar la paz en la Iglesia», de rememorarles el ejemplo conmovedor de Cástor y Pólux, empujó a Natário con grave suavidad a los brazos del padre Silvério, quien lo tuvo durante un momento sepultado entre la vastedad de su pecho y su estómago, murmurando muy emocionado:

—¡Todos somos hermanos, todos somos hermanos!

Pero Natário, cuya naturaleza dura y grosera nunca perdía, como el cartón, las dobleces que adquiría, mantuvo hacia el padre Silvério una actitud resentida; en la catedral o en la calle, al pasar a su lado, apenas rezongaba haciendo un gesto brusco con el cuello: «Señor padre Silvério, ¡a su disposición!».

Hacía dos semanas, sin embargo, una tarde de lluvia, Natário había visitado inesperadamente al padre Silvério con el pretexto de que «lo había pillado el chaparrón y venía a guarecerse un momento».

—Y también —añadió— para pedirle su receta para el dolor de oídos, ¡que una de mis sobrinas, la pobre, está como loca, colega!

El buen Silvério, olvidando que todavía aquella mañana había visto a las dos sobrinas de Natário sanas y alegres como dos gorriones, se apresuró a escribir la receta, feliz por poder dar utilidad a sus queridos estudios de medicina casera; y murmuraba, sonriente:

—Mire qué alegría, colega, ¡verlo otra vez aquí, en esta casa que es la suya!

La reconciliación fue tan pública que el cuñado del señor barón de Via-Clara, bachiller de grandes dotes poéticas, le dedicó una de aquellas sátiras que él titulaba «Aguijones», que circulaban manuscritas de casa en casa, muy degustadas y muy temidas; y había titulado la composición, teniendo en cuenta las figuras de los dos sacerdotes: «¡Famosa reconciliación del Macaco y la Ballena!». Ciertamente, era ahora habitual ver la pequeña figura de Natário gesticulando y dando saltitos junto al bulto enorme y pachorrudo del padre Silvério.

Una mañana, los empleados del ayuntamiento —que estaba entonces en el Largo de la Catedral— se lo pasaron muy bien observando desde el balcón a los dos curas, que paseaban por el empedrado bajo el templado sol de mayo. El señor alcalde —que se pasaba las horas de oficina seduciendo con un binóculo, desde detrás del ventanal de su despacho, a la esposa del sastre Teles— de repente había empezado a reírse a carcajadas junto a la ventana. El escribano Borges corrió rápidamente al balcón, con la pluma en la mano, a ver de qué se reía Su Señoría y, muy divertido, bufando, llamó deprisa a Artur Couceiro, que estaba copiando una canción de la «Grinalda» para tocar con la guitarra; el amanuense Pires, severo y digno, se aproximó ladeando hacia la oreja su birretina de seda, temeroso de las corrientes de aire; y juntos, la mirada gozosa, observaban a los dos curas, que se habían detenido en la esquina de la iglesia. Natário parecía excitado; sin duda intentaba persuadir, convencer al padre Silvério; y en puntillas, plantado ante él, movía frenéticamente sus manos muy delgadas. Después, de pronto, lo cogió del brazo, lo arrastró a lo largo del atrio empedrado: al llegar al final se paró, reculó, hizo un gesto amplio y desolado, como confirmando su posible perdición, la de la catedral contigua, la de la ciudad, la del universo en torno; el buen Silvério, con los ojos muy abiertos, parecía aterrorizado. Y reiniciaron el paseo. Pero Natário se exaltaba; daba bruscos reculones, lanzaba estocadas con su largo dedo al vasto estómago de Silvério, pateaba furioso las losas pulidas; y de repente, con los brazos caídos, se mostraba abatido. Entonces el buen Silvério, con la palma de la mano sobre el pecho, habló un poco; inmediatamente, la cara biliosa de Natário se iluminó; dio unos saltitos, propinó en el hombro del colega palmaditas de mucho júbilo y los dos sacerdotes entraron en la catedral, juntos y riendo por lo bajo.

–¡Qué bufones! –dijo el escribano Borges, que detestaba las sotanas.

–Es todo por lo del periódico –dijo Artur Couceiro yendo a retomar su trabajo lírico–. Natário no estará tranquilo mientras no sepa quién escribió el «Comunicado»; lo dijo en casa de la Sanjoaneira... Y a través del Silvério va por buen camino, que es el confesor de la mujer de Godinho.

–¡Chusma! –murmuró Borges con repugnancia.

Y continuó tranquilamente con el oficio que componía, remitiendo para Alcobaça a un preso que, al fondo de la salita, entre dos soldados, esperaba sentado en un banco, postrado y embrutecido, con cara de hambre y las manos esposadas.

Pocos días después hubo en la catedral el funeral de cuerpo presente por el rico propietario Morais, muerto de un aneurisma y a quien su esposa, sin duda en penitencia por los disgustos que le había dado por su afición desordenada a los tenientes de infantería, estaba haciendo, como se comentó, «exequias de familia real». Amaro se había desvestido y, en la sacristía, a la luz de un viejo candil de latón, escribía asientos atrasados, cuando la puerta de roble rechinó y la voz alterada de Natário dijo:

–¡Eh, Amaro! ¿Está usted ahí?

–¿Qué hay?

El padre Natário cerró la puerta, y lanzando los brazos al aire:

–Gran novedad, ¡es el escribiente!

–¿Qué escribiente?

–¡João Eduardo! ¡Es él! ¡Es el «liberal»! ¡Fue él quien escribió el «Comunicado»!

–¿Qué me dice usted? –dijo Amaro, atónito.

–¡Tengo pruebas, amigo mío! He visto el original, escrito de su puño y letra. ¡Lo que se dice *ver*! ¡Cinco tiras de papel!

Amaro, con los ojos entrecerrados, miraba a Natário:

–¡Costó! –exclamó Natário–. ¡Costó, pero todo se sabe! ¡Cinco tiras de papel! ¡Y quiere escribir otro! ¡El señor João Eduardo! ¡Nuestro buen amigo el señor João Eduardo!

–¿Está usted seguro de eso?

–¡Que si estoy seguro!… ¡Estoy diciéndole que lo he visto!

–¿Y cómo lo ha sabido, Natário?

Natário se encogió; y con la cabeza metida entre los hombros, arrastrando las palabras:

–Ah, colega, eso ya… Los *cómos* y los *porqués*… Usted ya me entiende… *Sigillus magnus!* –Y con una voz chillona de triunfo, a grandes zancadas por la sacristía–: ¡Pero esto aún no es nada! El señor Eduardo que nosotros veíamos allí, en casa de la Sanjoaneira, tan buen chico, es un bribón añejo. Es amigo íntimo de Agostinho, el bandido de la *Voz do Distrito*. Está metido en la redacción hasta altas horas de la noche… Orgías, vino peleón, mujeres… Y se jacta de ser ateo… Hace seis años que no se confiesa… Nos llama *la canalla canónica*… Es republicano… Una fiera, mi querido amigo, ¡una fiera!

Escuchando a Natário, Amaro apilaba papeles nerviosamente, con las manos temblorosas, en la gaveta del escritorio.

–¿Y ahora?… –preguntó.

–¿Ahora? –exclamó Natário–. ¡Ahora hay que aplastarlo!

Amaro cerró la gaveta y, muy nervioso, pasándose el pañuelo por los labios secos:

–¡Una cosa así, una cosa así! Y la pobre chiquilla, qué desgracia… Casarse ahora con un hombre así… ¡Un perdido!

Los dos curas entonces se miraron fijamente. En el silencio, el viejo reloj de la sacristía ponía su triste tictac. Natário sacó del bolsillo de los pantalones la caja de rapé y, con la mirada todavía fija en Amaro, la pulgarada en los dedos, dijo sonriendo fríamente:

–Deshacerle la bodita, ¿eh?

–¿Usted cree? –preguntó ávidamente Amaro.

–Querido colega, es una cuestión de conciencia… ¡Para mí es una cuestión de deber! No se puede permitir que la pobre chica se case con un golfo, un masón, un ateo…

–¡En efecto, en efecto! –murmuraba Amaro.

–Viene al pelo, ¿eh? –dijo Natário y sorbió con gozo su pulgarada.

Pero entró el sacristán; eran horas de cerrar la iglesia, venía a preguntar si tardaban Sus Señorías.

–Un momento, señor Domingos.

Y mientras el sacristán pasaba los pesados cerrojos de la puerta interior del patio, los dos curas, muy próximos, hablaban en voz baja.

–Usted vaya a hablar con la Sanjoaneira –decía Natário–. No, escuche, es mejor que se lo diga Dias; Dias es quien debe hablar con la Sanjoaneira. Vamos a lo seguro. ¡Usted hable con la pequeña y dígale sencillamente que lo ponga fuera de casa! – Y al oído de Amaro–: ¡Dígale a la chiquilla que él vive en intimidad con una desvergonzada!

–¡Hombre! –dijo Amaro retrocediendo–, ¡no sé si eso es verdad!

–Debe de serlo. Es capaz de todo. Y además es una manera de convencer a la pequeña...

Y fueron saliendo todos de la iglesia detrás del sacristán, que hacía tintinear su manojo de llaves, mientras carraspeaba ruidosamente.

En las capillas colgaban lienzos de paño negro galoneados de plata; en el medio, entre cuatro robustos velones de llama gruesa, estaba la capilla ardiente, con el amplio manto de terciopelo que cubría el ataúd de Morais cayendo en pliegues escalonados; a la cabecera tenía una gran corona de siemprevivas; y a los pies, su hábito de caballero de Cristo colgaba de un gran lazo de cinta escarlata.

El padre Natário se detuvo, y cogiendo del brazo a Amaro, con satisfacción:

–Y además, mi querido amigo, le tengo otra preparada al caballero...

–¿Qué?

–¡Cortarle los víveres!

–¿Cortarle los víveres?

–El granuja estaba a punto de ser empleado en el Gobierno Civil, de primer amanuense, ¿no? ¡Pues le voy a estropear el arreglito!... Y Nunes Ferral, que es de los míos, hombre de buenas ideas, lo va a echar de la notaría... ¡Y que escriba entonces «Comunicados»!

Amaro sintió horror ante aquella intriga rencorosa:

–Dios me perdone, Natário, pero eso es arruinar al muchacho.

–Mientras no lo vea por esas calles pidiendo un trozo de pan, ¡no lo suelto, padre Amaro, no lo suelto!

–¡Pero Natário! ¡Oh, colega! Eso es poco caritativo... Eso no es de cristianos... Mire que aquí lo está oyendo Dios...

–No se preocupe por eso, mi querido amigo... A Dios se le sirve así, no bisbiseando padrenuestros. ¡No hay caridad para los impíos! La Inquisición los atacaba con el fuego, no me parece mal atacarlos con el hambre. A quien sirve una causa santa todo le está permitido... ¡Que no se metiese conmigo!

Iban a salir, pero Natário echó una ojeada al ataúd del muerto, y señalándolo con el paraguas:

–¿Quién está allí?

–Morais –dijo Amaro.

–¿El gordo picado de viruelas?

–Sí.

–Menudo animal. –Y tras un silencio–: Fueron los funerales de Morais… Ni me he enterado, aquí ocupado en mi campaña… Y la viuda queda rica. Es generosa, es regaladora… La confiesa Silvério, ¿no? ¡Tiene las mejores bicocas de Leiria, ese elefante!

Salieron. La botica de Carlos estaba cerrada, el cielo muy oscuro.

En el Largo, Natário se detuvo.

–Resumiendo: Dias habla con la Sanjoaneira y usted habla con la pequeña. Yo, por mi parte, me entenderé con la gente del Gobierno Civil y con Nunes Ferral. ¡Encárguense ustedes de la boda, que yo me encargo del empleo! –Y golpeando jovialmente el hombro del párroco–: ¡Es lo que podríamos llamar atacar por el corazón y por el estómago! Y adiós, que las pequeñas me esperan para la cena. ¡Pobrecita, Rosa ha estado con un catarro…! Es debilucha esa chiquilla, me preocupa mucho… Si es que cuando la veo mustia hasta pierdo el sueño. ¿Qué quiere usted? Cuando se tiene buen corazón… Hasta mañana, Amaro.

–Hasta mañana, Natário.

Y cuando daban las nueve en la catedral, los dos curas se separaron.

Amaro entró en casa aún temblando un poco, pero muy decidido, muy feliz: ¡tenía un deber delicioso que cumplir! Y decía en voz alta, recorriendo la casa con pasos majestuosos, para imbuirse bien de aquella gran responsabilidad:

–¡Es mi deber! ¡Es mi deber!

Como cristiano, como párroco, como amigo de la Sanjoaneira, *su deber* era buscar a Amélia y con sencillez, sin pasión interesada, decirle que había sido João Eduardo, su novio, el autor del «Comunicado».

¡Había sido él! Había difamado a los íntimos de la casa, sacerdotes sabios y de posición; la había desacreditado a ella; se pasa las noches en depravación en la pocilga de Agostinho; insulta al clero rastreramente; presume de irreligiosidad; ¡hace seis años que no se confiesa! Como dice el colega Natário, ¡es una fiera! ¡Pobre chiquilla! ¡No, no podía casarse con un hombre que le impediría la *vida de perfección*, que se mofaría de sus buenas creencias! No la dejaría rezar, ni ayunar, ni buscar en el confesor la dirección edificante y, como decía el santo padre Crisóstomo, «¡maduraría su alma para el infierno!». Él no era su padre ni su tutor; pero era párroco, era pastor; y si no la sustraía a aquel destino herético mediante sus graves consejos y la influencia de la madre y las amigas, sería como el que guarda el rebaño en una finca e inicuamente le abre la cancela al lobo. ¡No, Ameliazinha no se casaría con *el ateo*!

Su corazón latía con fuerza bajo la efusión de aquella esperanza. ¡No, el otro no la poseería! Cuando fuese a apoderarse legalmente de aquel talle, de aquellos pechos, de aquellos ojos, de aquella Ameliazinha, él, párroco, estaría allí para decir bien alto: «¡Atrás, canalla! ¡Esta criatura pertenece a Dios!».

¡Y se encargaría entonces de encaminar a la pequeña hacia la salvación! El «Comunicado» ya estaría olvidado, el señor chantre tranquilo; a los pocos días podría volver sin temor a la Rua da Misericórdia, recomenzar las deliciosas veladas…, apoderarse de nuevo de aquella alma, educarla para el paraíso…

Y aquello, ¡Jesús!, no era una intriga para quitársela al novio: sus motivos –y lo decía en voz alta, para convencerse mejor– eran muy rectos, muy puros. Aquélla era una tarea santa para arrancarla del infierno: no la quería para él, ¡la quería para Dios!… *Casualmente*, sí, sus intereses de amante coincidían con sus intereses de sacerdote. Pero si ella fuese bizca y fea y loca, él iría igualmente a la Rua da Misericórdia, en misión divina, para desenmascarar al señor João Eduardo por difamador y ateo.

Y sosegado por esta argumentación, se acostó en calma.

Pero toda la noche soñó con Amélia. Había huido con ella y la llevaba por una carretera que conducía al cielo. El diablo lo perseguía; él lo veía, con las facciones de João Eduardo, resoplando y rasgando con los cuernos los delicados senos de las nubes. Y él escondía a Amélia bajo su capote de cura y, ocultos, ¡la devoraba a besos! Pero la carretera del cielo no tenía fin. «¿Dónde está la puerta del paraíso?», preguntaba a ángeles de cabelleras de oro que pasaban, con un dulce rumor de alas, llevando almas en sus brazos. Y todos le contestaban: «¡En la Rua da Misericórdia, en la Rua da Misericórdia, número nueve!». Amaro se sentía perdido; un vasto éter del color de la leche, traslúcido y suave como un plumón de ave, lo envolvía. ¡Buscaba en vano el letrero de una posada! A veces pasaba a su lado, rozándolo, un globo brillante del que salía el rumor de una creación; o un escuadrón de arcángeles, con corazas de diamante, sosteniendo en lo alto espadas de fuego, galopaba con ritmo señorial…

Amélia tenía hambre, tenía frío. «¡Paciencia, paciencia, amor mío!», le decía él. Caminando, se encontraron con una figura blanca que tenía en la mano una paloma verde. «¿Dónde está Dios, nuestro padre?», le preguntó Amaro, con Amélia acurrucada en su pecho. La figura dijo: «Yo fui un confesor y soy un santo; los siglos pasan e invariablemente, sempiternamente, ¡sostengo en la mano esta paloma y me inunda un éxtasis idéntico! Ningún color modifica esta luz para siempre blanca; ninguna sensación sacude mi ser para siempre inmaculado; e inmóvil en la bienaventuranza, siento que la monotonía del cielo me pesa como una plancha de bronce. ¡Oh! ¡Ojalá pudiera yo caminar a grandes pasos por las diferentes imperfecciones de la tierra, o bracear bajo distintas variedades de dolor en las llamas del purgatorio!».

Amaro murmuró: «¡Qué bien hacemos nosotros pecando!». Pero Amélia, fatigada, desfallecía. «¡Durmamos, amor mío!» Y, acostados, veían estrellas fluctuando en el polvo cósmico igual que la cizaña salta vivamente en la criba. Entonces las nubes empezaron a rodearlos, en forma de pliegues de cortina, exhalando un perfume de *sachets*: Amaro puso su mano sobre el pecho de Amélia; un éxtasis muy dulce los hechizaba; se abrazaron, sus labios se unían húmedos y calientes: «¡Oh, Ameliazinha!», murmuraba él. «¡Te amo, Amaro, te amo!», suspiraba ella. Pero de repente las nubes se separaron como los cortinajes de un lecho; y Amaro vio ante sí al diablo, que los había alcanzado y que, con las garras apoyadas en la cintura, entreabría la boca en una carcajada muda. Con él estaba otro personaje: era viejo como la materia; en los anillos de sus cabellos vegetaban bosques; su pupila tenía la inmensidad azul de un océano; y por sus dedos abiertos, con los que se mesaba la barba interminable, caminaban como por senderos, hileras de razas humanas. «Aquí están los dos sujetos», le decía el diablo retorciendo la cola. Y Amaro veía a legiones de santos y de santas aglomerándose tras él. Reconoció a san Sebastián, con sus saetas clavadas; a santa Cecilia, llevando su órgano en la mano; por entre ellos oía balar a los rebaños de san Juan; y en el medio se alzaba el buen gigante san Cristóbal, apoyado en su pino. ¡Acechaban, cuchicheaban! Amaro no podía separarse de Amélia, que lloraba muy bajito; sus cuerpos estaban sobrenaturalmente pegados; y Amaro, afligido, veía que las faldas de ella, levantadas, dejaban al descubierto sus rodillas blancas. «Aquí están los dos sujetos», le decía el diablo al personaje viejo, «y repare mi estimado amigo, porque aquí somos todos observadores, ¡que la pequeña tiene unas bonitas piernas!» Santos vetustos se pusieron de puntillas ávidamente, estirando pescuezos en los que se veían cicatrices de martirios; y las once mil vírgenes levantaron el vuelo como palomas despavoridas. Entonces el personaje, frotándose las manos, en las que se desgranaban universos, dijo con gravedad: «¡Me doy por enterado, mi querido amigo, me doy por enterado! Así que, señor párroco, se va usted a la Rua da Misericórdia, arruina la felicidad del señor João Eduardo, todo un caballero, arranca a Ameliazinha de su mamá y viene a saciar concupiscencias reprimidas a un rinconcito de la eternidad... Yo estoy viejo y está ronca esta voz que otrora discurseaba tan sabiamente por los valles. Pero ¿cree que me asusta el señor conde de Ribamar, su protector, a pesar de ser un pilar de la Iglesia y una columna del orden? Faraón era un gran rey... ¡y yo lo ahogué, a él, a sus principitos, a sus tesoros, a sus carros de guerra y a sus manadas de esclavos! ¡Uno es así! Y si los señores eclesiásticos continúan escandalizando Leiria, piensen que aún sé quemar una ciudad como si fuese un papel inservible ¡y que aún me queda agua para diluvios!». Y volviéndose hacia dos ángeles armados de espadas y lanzas, el personaje bramó: «¡Prendan unos grilletes en los pies del cura y llévenlo al abismo número siete!». Y el diablo chillaba: «¡Ahí están las consecuencias, señor padre Amaro!». Él se sintió arrebatado del seno de Amélia por unas manos de brasa; e iba a luchar, gritar contra el juez que lo juzgaba... cuando un sol prodigioso que nacía por oriente cayó sobre el rostro del personaje y Amaro, con un grito, ¡reconoció al Padre Eterno!

Despertó bañado en sudor. Un rayo de sol entraba por la ventana.

Aquella noche João Eduardo, que iba desde la plaza a casa de la Sanjoaneira, se asustó al ver aparecer en el otro extremo de la calle, por la parte de la catedral, el Santísimo en procesión.

¡Y se dirigía a casa de las señoras! Entre las viejas con las cabezas cubiertas con mantos, los velones hacían destacar túnicas de paño escarlata; bajo el palio brillaban los dorados de la estola del párroco; delante, sonaba una campanilla, en las ventanas se encendían luces. Y en la noche oscura de la catedral, las campanas repicaban sin cesar.

João Eduardo corrió asustado y enseguida se enteró de que se trataba de la extremaunción de la paralítica.

Habían puesto en la escalera una lámpara de petróleo encima de una silla. Los monaguillos arrimaron a la pared de la calle las varas del palio y el párroco entró. João Eduardo, muy nervioso, también subió; iba pensando que la muerte de la paralítica, el luto, retardarían su boda; lo contrariaba la presencia del párroco y la influencia que adquiría en aquel momento; y casi fue antipático cuando le preguntó a la Ruça en la salita:

–¿Qué ha pasado?

–La pobre de Cristo que esta tarde empezó a agonizar, vino el señor doctor, dijo que se estaba acabando y la señora ha mandado venir los sacramentos.

João Eduardo consideró que sería fino asistir *a la ceremonia*.

La habitación de la vieja estaba al lado de la cocina y tenía en aquel momento una solemnidad lúgubre.

Sobre una mesa cubierta por un mantel con volantes había un plato con cinco bolitas de algodón entre dos velas de cera. La cabeza de la paralítica, completamente blanca, su cara del color de la cera, apenas se distinguían del lino de la almohada; tenía los ojos estúpidamente abiertos, y apretaba sin parar, con un gesto lento, el embozo de la sábana bordada. La Sanjoaneira y Amélia rezaban arrodilladas junto a la cama: doña Maria da Assunção –que había entrado de casualidad, al volver de su finca– se había quedado en la puerta de la habitación, asustada, encogida sobre sus talones, bisbiseando salves. João Eduardo, sin ruido, dobló la rodilla a su lado.

El padre Amaro, inclinado sobre la paralítica, la exhortaba, hablándole casi al oído, a que se abandonase a la misericordia divina; pero al ver que ella no lo entendía, se arrodilló, recitó rápidamente el *Misereatur*, y en el silencio, su voz, elevándose en las sílabas latinas más agudas, producía una sensación de entierro que conmovía y hacía llorar a las dos mujeres. Después se incorporó, mojó un dedo en los santos óleos; murmurando las expresiones penitentes del ritual le humedeció los ojos, el pecho, la boca, las manos que desde hacía diez años sólo se movían para acercar la escupidera, y las plantas de los pies, que desde hacía diez años sólo se aplicaban a buscar el calor de la botija. Y después de quemar las bolitas de algodón humedecidas en aceite, se arrodilló, se quedó quieto, con los ojos fijos en el breviario.

João Eduardo volvió de puntillas a la sala, se sentó en la banqueta del piano; ahora, probablemente, durante cuatro o cinco semanas Amélia no volvería a tocar… Y una melancolía lo languideció al ver en el dulce progreso de su amor aquella brusca interrupción de la muerte y sus ceremoniales. Doña Maria entró entonces, muy trastornada por aquella escena, seguida por Amélia, que tenía los ojos muy enrojecidos.

–¡Ah! ¡Menos mal que aún está aquí, João Eduardo! –dijo entonces la vieja–. Quiero que me haga un favor, que me acompañe a casa… Estoy temblando… Me ha cogido desprevenida y, que Dios me perdone, no soporto ver gente moribunda… Y ella, pobrecilla, se va como un pajarito… Y pecados no tiene… Mire, vamos por la plaza, que queda más cerca. Y disculpe… Hija, perdona, pero no puedo quedarme… Es que me venía el dolor… ¡Ay, qué disgusto!… Aunque para ella hasta es mejor… Fíjate, que me siento desfallecer.

Hasta fue necesario que Amélia la llevase abajo, a la habitación de la Sanjoaneira, para reconfortarla caritativamente con una copita de mosto.

–Ameliazinha –dijo entonces João Eduardo–, si me necesitan para cualquier cosa…

–No, gracias. Le da a veces, pobrecita…

–No te olvides, hija –aconsejó, mientras bajaba, doña Maria da Assunção–, ponle dos velas benditas a la cabecera… Alivia mucho la agonía… Y si tuviese muchas convulsiones, ponle otras dos apagadas, en cruz… Buenas noches… ¡Ay, que ni me siento!

En la puerta, apenas vio el palio, los hombres con los velones, se apoderó del brazo de João Eduardo, se pegó mucho a él, aterrorizada… y un poco también por el acceso de ternura que siempre le producía el mosto.

Amaro había prometido volver más tarde para «acompañarlas, como amigo, en aquel trance». Y el canónigo (que había llegado cuando el cortejo con el palio doblaba la esquina por la parte de la catedral), informado de esta delicadeza del señor párroco, declaró inmediatamente que, en vista de que el colega Amaro iba a quedarse velando, él se iba a darle descanso al cuerpo porque, bien lo sabía Dios, aquellas conmociones le arrasaban la salud.

—Y la señora no querrá que yo coja una y me vea en las mismas dificultades...

—¡Por Dios, señor canónigo! —exclamó la Sanjoaneira—, ¡no diga esas cosas!... —Y empezó a lloriquear, muy impresionada.

—Pues entonces, buenas noches —dijo el canónigo— y nada de afligirse. Mire, la pobre criatura alegrías no tenía, y como no tiene pecados, tampoco le importa hallarse en presencia de Dios. Bien considerado, señora, ¡es una suerte! Y adiós, que no me estoy encontrando bien...

Tampoco la Sanjoaneira se encontraba bien. La impresión, poco después de comer, le había dado dolor de cabeza. Y cuando Amaro regresó, a las once, Amélia, que había ido a abrir la puerta, le dijo, subiendo al comedor:

—Tiene usted que perdonar... A mi madre le ha entrado dolor de cabeza, pobre... Estaba que ni veía... Se ha acostado, se ha puesto agua sedativa y se ha quedado dormida...

—¡Ah! ¡Déjenla dormir!

Entraron en la habitación de la paralítica. Tenía la cabeza vuelta hacia la pared; de sus labios salía un gemido muy débil y continuo.

Sobre la mesa, ahora, una gruesa vela bendita, con la mecha negra, despedía una luz triste; y en el rincón, transida de miedo, la Ruça, siguiendo las recomendaciones de la Sanjoaneira, rezaba la corona.

—El señor doctor —dijo Amélia en voz baja— dice que muere sin sentir nada... Dice que gemirá, gemirá y, de repente, se irá como un pajarito.

–Que sea la voluntad de Dios –murmuró gravemente el padre Amaro.

Volvieron al comedor. Toda la casa estaba en silencio; fuera, el viento soplaba con fuerza. Hacía muchas semanas que no se encontraban así, solos. Muy apurado, Amaro se acercó a la ventana; Amélia se arrimó al aparador.

–Vamos a tener una noche de agua –dijo el párroco.

–Y hace frío –dijo ella encogiéndose en el chal–. Ando muerta de miedo...

–¿Nunca ha visto morir a nadie?

–Nunca.

Callaron. Él, inmóvil junto a la ventana. Ella, apoyada en el aparador, con los ojos bajos.

–Pues hace frío –dijo Amaro con voz alterada por la turbación que le causaba su presencia a aquella hora de la noche.

–En la cocina están las brasas encendidas –dijo Amélia–. Es mejor que vayamos allí.

–Es mejor.

Fueron. Amélia llevó la lámpara de latón; y Amaro, al ir a remover con las tenazas las brasas rojas, dijo:

–Cuánto tiempo hace que no entro aquí en la cocina... ¿Aún tiene los tiestos con los ramitos por fuera de la ventana?

–Aún, y un clavel...

Se sentaron en sillitas bajas, junto a la lumbre. Amélia, inclinada hacia el fuego, notaba los ojos del padre Amaro devorándola en silencio. Él iba a hablarle, ¡seguro! Las manos le temblaban; no se atrevía a moverse ni a levantar los párpados, temerosa de estallar en lágrimas; pero se moría por oír sus palabras, amargas o dulces...

Llegaron por fin, muy solemnes.

–Señorita Amélia –dijo–, yo no esperaba poder hablar con usted a solas en estas circunstancias. Pero las cosas han salido así... ¡Es la voluntad del Señor! Y además, como su trato ha cambiado tanto...

Ella se volvió bruscamente, toda encarnada, la boquita trémula.

–¡Usted bien sabe por qué! –exclamó casi llorando.

–Lo sé. Si no fuese por aquel infame «Comunicado» y las calumnias... nada hubiese pasado y nuestra amistad sería la misma y todo iría bien... Es precisamente de eso de lo que quiero hablarle. –Aproximó su silla a la de ella y muy suave, muy tranquilo–: ¿Recuerda ese artículo en el que se insultaba a todos los amigos de la casa? ¿En el que yo era arrastrado por la calle de la amargura? ¿En el que usted misma, su honra, era ofendida?... Se acuerda, ¿verdad? ¿Sabe quién lo escribió?

–¿Quién? –preguntó Amélia, muy sorprendida.

–El señor João Eduardo –dijo el párroco con mucha tranquilidad, cruzando los brazos ante ella.

–¡No puede ser!

Se había puesto en pie. Amaro le tiró suavemente de las faldas para hacer que se sentase; y su voz continuó, paciente y suave:

–Escuche. Siéntese. Fue él quien lo escribió. Ayer lo supe todo. Natário ha visto el original escrito con su letra. Fue él quien lo descubrió. Por medios dignos, eso sí..., y porque era la voluntad de Dios que la verdad apareciese. Ahora escuche. Usted no conoce bien a ese hombre.

Entonces, bajando la voz, le contó lo que sabía de João Eduardo a través de Natário; sus trasnoches con Agostinho, sus injurias contra los curas, su irreligiosidad...

–¡Pregúntele si se ha confesado en los últimos seis años y pídale los certificados de confesión!

Ella murmuraba, con las manos caídas sobre el regazo:

–Jesús, Jesús...

–Yo he creído que, como íntimo de la casa, como párroco, como cristiano, como amigo suyo, señorita Amélia..., porque créame que la quiero..., en fin, ¡he creído que era mi deber avisarla! Si yo fuese su hermano le diría simplemente: «Amélia, ¡ese hombre fuera de casa!». No lo soy, desgraciadamente. Pero vengo, con el alma entregada, a decirle: «El hombre con el que quiere casarse sorprendió su buena fe y la de su madre; viene aquí, sí señor, con apariencias de buen chico y en el fondo es…». –Se levantó, como herido por una indignación irreprimible–: Señorita Amélia, ¡es el hombre que escribió ese «Comunicado»! ¡El que ha hecho que manden a Brito a la sierra de Alcobaça! ¡El que me llamó a mí *seductor*! ¡El que llamó libertino al canónigo Dias! *¡Libertino!* El que arrojó veneno en las relaciones de su madre y el canónigo! ¡El que la acusó a usted, hablando en plata, de dejarse seducir! Diga, ¿quiere casarse con ese hombre?

Ella no contestó. Tenía los ojos clavados en el fuego, dos lágrimas mudas sobre las mejillas.

Amaro dio unos pasos irritados por la cocina; y volviendo junto a ella, con voz meliflua y gestos muy amistosos:

–Pero supongamos que no haya sido él el autor del «Comunicado», que no haya insultado en letra de imprenta a su madre, al señor canónigo, a sus amigos: ¡queda todavía su impiedad! ¡Mire qué destino el suyo si se casa con él! Tendría que condescender con las opiniones de su marido, abandonar sus devociones, romper con las amistades de su madre, no poner los pies en la iglesia, escandalizar a toda la sociedad honrada, ¡o bien tendría que oponerse a él y su casa sería un infierno! ¡Por cualquier cosa una discusión! Por ayunar los viernes, por ir a la exposición del Santísimo, por cumplir los domingos… Si quisiera confesarse, ¡qué riñas! ¡Un horror! ¡Y someterse a oírlo escarnecer los misterios de la fe! Aún me acuerdo, la primera noche que pasé aquí, ¡con qué desacato habló de la santa da Arregaça!… Y me acuerdo de una noche en que el padre Natário hablaba de los sufrimientos de nuestro santo padre Pío IX que sería encarcelado si los liberales entrasen en Roma… ¡Qué risitas sarcásticas, cómo decía que eran exageraciones!… ¡Como si no fuese perfectamente cierto que por la voluntad de los liberales veríamos al jefe de la Iglesia, al vicario de Cristo, dormir en un calabozo encima de unas cuantas pajas! ¡Son sus opiniones, las que él pregona por todas partes! El padre Natário dice que él y Agostinho estaban en el café que está junto al atrio diciendo que el bautismo era un abuso, porque cada uno debía escoger la religión que quisiese ¡y no ser obligado, desde pequeño, a ser cristiano! ¿Eh, qué le parece? Se lo digo como amigo... Por el bien de su alma, ¡antes querría verla muerta que unida a ese hombre! Si se casa con él, ¡perderá para siempre la gracia de Dios!

Amélia se llevó las manos a las sienes y, dejándose caer sobre el respaldo de la silla, murmuró, muy desgraciada:

—¡Oh, Dios mío, Dios mío!

Entonces Amaro se sentó a su lado, casi tocándole el vestido con la rodilla, poniendo en la voz una bondad paternal:

—Y además, hija mía, ¿cree usted que un hombre así puede tener buen corazón, apreciar su virtud, quererla como un esposo cristiano? Quien no tiene religión no tiene moral. Quien no cree no ama, dice uno de nuestros santos padres. Después de que se le pasase el fogonazo de la pasión, empezaría a ser duro con usted, malhumorado, volvería a frecuentar a Agostinho y a las mujeres de la vida, y tal vez la maltrataría... ¡Y qué temor constante para usted! Quien no respeta la religión no tiene escrúpulos: miente, roba, calumnia... Vea el «Comunicado». Venir aquí a estrechar la mano del señor canónigo ¡e ir después al periódico a llamarle libertino! ¡Qué remordimientos no tendría usted más tarde, a la hora de la muerte! Todo está muy bien mientras se tiene salud y se es joven; pero cuando llegue su última hora, cuando se encuentre, como aquella pobre criatura que está allí, en los últimos estertores, ¡qué terror no sentiría al tener que aparecer ante Jesucristo después de haber vivido en pecado al lado de ese hombre! ¡Quién sabe si él no prohibiría que le diesen la extremaunción! ¡Morir sin sacramentos, morir como un animal!...

—¡Por el amor de Dios! ¡Por el amor de Dios, señor párroco! —exclamó Amélia, estallando en un llanto nervioso.

—No llore —dijo él tomando suavemente su mano entre las suyas, temblorosas—. Ábrase conmigo... Venga, tranquilícese, todo tiene remedio. No hay amonestaciones publicadas... Dígale que no quiere casarse, que lo sabe todo, que lo odia...
—Acariciaba, apretaba suavemente la mano de Amélia. Y, de súbito, con un ardor brusco—: Usted no le quiere, ¿verdad?

Ella respondió en voz muy baja, con la cabeza caída sobre el pecho:

—No.

—¡Entonces, ya está! —dijo él excitado—. Y dígame, ¿le gusta otro?

Ella guardó silencio, con el pecho jadeante, los ojos dilatados fijos en el fuego.

—¿Le gusta otro? ¡Dígamelo, dígamelo!

Le pasó el brazo por el hombro, atrayéndola dulcemente. Ella tenía las manos abandonadas sobre el regazo; sin moverse, volvió despacio hacia él los ojos resplandecientes bajo una niebla de lágrimas; y entreabrió lentamente los labios, pálida, completamente desfallecida. Él acercó su boca temblando... y se quedaron quietos, pegados en un solo beso, muy largo, muy profundo, los dientes contra los dientes.

—¡Señora! ¡Señora! —gritó dentro, de repente, aterrorizada, la voz de la Ruça.

Amaro se puso en pie de un salto, corrió hacia el cuarto de la paralítica. Amélia temblaba tanto que necesitó apoyarse en la puerta de la cocina durante un instante, con las piernas dobladas, la mano sobre el corazón. Se recuperó, bajó a despertar a su madre.

Cuando entraron en la habitación de la idiota, Amaro, arrodillado, casi con el rostro encima del lecho, rezaba. Las dos mujeres se arrojaron al suelo, una respiración acelerada sacudía el pecho, los costillares de la vieja; y a medida que el jadeo se volvía más ronco, el párroco aceleraba sus oraciones. De repente, el sonido agonizante cesó. Se incorporaron; la vieja estaba inmóvil, con los globos de los ojos salidos y empañados. Había expirado.

El padre Amaro llevó entonces a las mujeres a la sala. Y allí, la Sanjoaneira, curada de su jaqueca por la impresión, se desahogó entre accesos de llanto, recordando el tiempo en que la pobre hermana era joven, ¡y qué bonita era!, ¡y qué buena boda había estado a punto de hacer con el mayorazgo de A Vigareira!

–¡Y qué carácter más bueno, señor párroco! ¡Una santa! Y cuando nació Amélia, que yo estuve tan mal, ¡no se apartó de mi lado, noche y día!… Y alegre, no había otra igual… ¡Ay, Dios de mi alma, Dios de mi alma!

Amélia, apoyada sobre el cristal de la ventana ensombrecida, miraba aturdida la noche negra.

Sonó entonces la campanilla. Bajó Amaro, con una vela.

Era João Eduardo, que al ver al párroco en la casa a aquella hora se quedó petrificado junto a la puerta abierta; por fin balbució:

–Venía a saber si había alguna novedad…

–La pobre mujer acaba de morir.

–¡Ah!

Los dos hombres se miraron fijamente durante un instante.

–Si me necesitan para alguna cosa… –dijo João Eduardo.

–No, gracias. Las señoras van a acostarse.

João Eduardo se puso pálido de rabia ante aquellos modales de dueño de la casa. Estuvo dudando todavía un momento, pero al ver al párroco abrigar la luz con la mano contra el viento de la calle:

–Bien, buenas noches –dijo.

–Buenas noches.

El padre Amaro subió. Y después de dejar a las dos mujeres en la habitación de la Sanjoaneira (porque, llenas de miedo, querían dormir juntas), volvió a la habitación de la muerta, puso la vela sobre la mesa, se acomodó en una silla y comenzó a leer el breviario.

Más tarde, cuando toda la casa estaba en silencio, el párroco, notándose entorpecido por el sueño, fue al comedor; se reconfortó con una copa de vino de oporto que encontró en el aparador; y saboreaba plácidamente el cigarro cuando oyó en la calle pasos de botas fuertes que iban y venían bajo las ventanas. Como la noche estaba oscura no pudo distinguir al «paseante». Era João Eduardo, que rondaba la casa, furioso.

XII

Al día siguiente, temprano, doña Josefa Dias, que acababa de llegar de misa, se quedó muy sorprendida al oír a la criada que fregaba las escaleras decirle en voz baja:

–¡Está aquí el padre Amaro, doña Josefa!

Últimamente el párroco iba muy pocas veces a casa del canónigo; y rápidamente doña Josefa gritó, halagada y ya curiosa:

–¡Que suba aquí, no hace falta ceremonia! Es como de la familia. ¡Que suba!

Estaba en el comedor, colocando en una fuente cuadraditos de mermelada, con un vestido de *barege* negro abierto en el costado y arqueado alrededor de los tobillos por un miriñaque de un solo aro; llevaba puestos esa mañana anteojos azules; se dirigió de inmediato al rellano, arrastrando sus espantosas chinelas de orillo y componiendo por debajo del pañuelo negro apretado sobre la cabeza un aspecto agradable para recibir al señor párroco.

–¡Dichosos los ojos! –exclamó–. Yo acabo de llegar, ya con la primera misita ganada. Hoy he ido a la capilla de Nuestra Señora del Rosario... La dijo el padre Vicente. ¡Ay! ¡Y qué bien me ha hecho, señor párroco! Siéntese. Ahí no, que le viene aire de la puerta... Y así que la pobre paralítica se ha ido... Cuente, señor párroco...

El párroco tuvo que describir la agonía de la paralítica, el dolor de la Sanjoaneira; cómo, después de muerta, la cara de la vieja parecía rejuvenecer; lo que las mujeres habían decidido en relación con la mortaja...

–Aquí entre nosotros, doña Josefa, es un gran alivio para la Sanjoaneira... –Y de pronto, sentado en el borde de la silla, poniendo las manos sobre las rodillas–: ¿Y qué me dice de lo del señor João Eduardo? ¿Ya está enterada? ¡Fue él quien escribió el artículo!

La vieja exclamó, llevándose las manos a la cabeza:

–¡Ay! ¡Ni me hable, señor párroco! ¡Ni me hable de eso, que hasta me pongo enferma!

–Ah. ¿Ya lo sabía?

–¡Claro que lo sé, señor párroco! El padre Natário, le debo ese favor, estuvo aquí ayer y me lo contó todo. ¡Ay, qué sinvergüenza! ¡Ay, qué alma perdida!

–Y sabe que es el amigo íntimo de Agostinho, que se emborrachan en la redacción hasta la madrugada, que va al billar del Terreiro a burlarse de la religión...

–¡Ay, señor párroco, por Dios, ni me hable, ni me hable! Que ayer, cuando estuvo aquí el padre Natário, hasta tuve remordimientos por oír tanto pecado... Le debo ese favor al padre Natário, tan pronto como se enteró vino a contármelo... Es muy delicado... Y fíjese, señor párroco, que a mí ese hombre siempre me dio mala espina... ¡Nunca lo dije, nunca lo dije! Porque, eso no, esta boquita no se pone nunca en vidas ajenas... Pero tenía aquí dentro un presentimiento. Él iba a misa, cumplía con el ayuno; pero yo tenía aquí dentro la sospecha de que todo era para engañar a la Sanjoaneira y a la pequeña. ¡Ahora ya se ve! ¡A mí nunca me cayó en gracia! ¡Nunca, señor párroco! –Y, de repente, con los ojitos brillantes de alegría perversa–: Y ahora, claro, ¿se deshace la boda?

El padre Amaro se recostó en la silla, y muy pausadamente:

–Señora, sería un escándalo que una joven de buenos principios fuese a casarse con un masón que no se confiesa desde hace seis años.

–¡Ya lo creo, señor párroco! ¡Antes verla muerta! Hay que contarle todo a la chiquilla.

El padre Amaro acercó rápidamente su silla hasta donde estaba ella:

–Pues precisamente para eso he venido a buscarla, señora. Yo ya hablé ayer con la pequeña... Pero, comprenda, en medio del disgusto, con la pobre mujer muriendo al lado, no pude insistir mucho. En fin, le dije lo que había, la aconsejé con buenos modos, le expliqué que iba a perder su alma, llevar una vida desgraciada, etcétera. Hice lo que pude, señora, como amigo y como párroco. Y como era mi deber, aunque me costó, verdaderamente me costó, le recordé que, como cristiana y como mujer, estaba obligada a romper con el escribiente.

–¿Y ella?

El padre Amaro hizo un gesto descontento:

–No dijo ni que sí ni que no. Empezó a poner morritos, a lloriquear. Es cierto que estaba muy alterada por la muerte que tenía en casa. Que la chiquilla no se muere por él, eso está claro; pero quiere casarse, tiene miedo de que la madre muera, verse sola... En fin, ¡ya sabe cómo son las chicas jóvenes! Mis palabras le hicieron efecto, quedó muy indignada, etcétera. Pero, en fin, yo he pensado que lo mejor es que hable usted con ella. Usted es amiga de la casa, es su madrina, la conoce desde niña... Estoy seguro de que en su testamento piensa dejarle algún buen recuerdo... Todo esto son apreciaciones.

–¡Ay, déjelo de mi cuenta, señor párroco! –exclamó la vieja–. ¡Se las voy a decir todas juntas!

–La chica lo que necesita es alguien que la guíe. Aquí, entre nosotros, ¡necesita un confesor! Ella se confiesa con el padre Silvério; pero, sin querer hablar mal de nadie, el padre Silvério, el pobre, poco vale. Mucha caridad, mucha virtud; pero lo que se dice *mano* no tiene. Para él la confesión es la absolución. Pregunta la doctrina, después hace el examen por los mandamientos de la ley de Dios... ¡Ya ve usted!... ¡Está claro que la chiquilla no roba, ni mata, ni desea a la mujer de su prójimo! La confesión así no le aprovecha; lo que ella necesita es un confesor firme, que le diga... *¡por allí!*, y sin rechistar. La chiquilla es un espíritu débil; como la mayor parte de las mujeres, no sabe orientarse sola; por eso necesita un confesor que la guíe con mano de hierro, al que obedezca, al que le cuente todo, al que le tenga miedo... Un confesor como es debido.

—Usted, señor párroco, sí que le iría bien…

Amaro sonrió modestamente:

—No digo que no. La aconsejaría bien, soy amigo de la madre, creo que ella es una buena muchacha y digna de la gracia de Dios. Y yo, siempre que hablo con ella, todos los consejos que puedo, en todo, se los doy… Pero usted ya comprende, hay cosas de las que no se puede estar hablando en la sala, con la gente alrededor… Sólo se está bien en el confesionario. Y lo que me faltan son ocasiones de hablarle a solas. Pero, en fin, yo no puedo ir y decirle: «¡A partir de ahora, la señorita se va a confesar conmigo!». Yo en eso soy muy escrupuloso…

—¡Pero se lo digo yo, señor párroco! ¡Ah, se lo digo yo!

—¡Pues eso sí que sería un gran favor! ¡Sería un bien que le haría a aquella alma! Porque si la chica me entrega la dirección de su espíritu, entonces podemos decir que se acabaron las dificultades y que la tenemos en el camino de la gracia… ¿Y cuándo va a hablarle, doña Josefa?

Doña Josefa, como juzgaba pecado «posponer las cosas», estaba decidida a hablar con ella esa misma noche.

—No me parece, doña Josefa. Hoy es noche de pésames… El escribiente, naturalmente, está allí…

—¡Pero bueno, señor párroco! Entonces ¿yo y las otras amigas vamos a tener que pasar la noche bajo el mismo techo que el hereje?

—Tiene que ser así. El muchacho, de momento, es considerado como de la familia… Además, doña Josefa, usted, doña Maria y las Gansositas son personas de la mayor virtud…, pero nosotros no debemos estar orgullosos de nuestra virtud. Nos arriesgamos a perder todos los frutos. Y es un acto de humildad, que agrada mucho a Dios, que nos mezclemos algunas veces con los malos. Es como cuando un gran señor tiene que estar al lado de un cavador… Es como si dijésemos: «Yo te supero en virtud, pero en comparación con la que debería tener para entrar en la gloria, ¡quién sabe si no soy tan pecador como tú!…». Y esta humillación del alma es la mejor ofrenda que podemos hacer a Jesús.

Doña Josefa lo escuchaba embelesada; y con gran admiración:

—¡Ay, señor párroco, hasta da virtud escucharlo!

Amaro se inclinó:

—A veces Dios, en su bondad, me inspira palabras justas... Pero, señora, no quiero aburrirla más. Quedamos en eso. Usted habla mañana con la pequeña; y si, como es de suponer, ella consiente en escuchar mis consejos, me la trae a la catedral el sábado a las ocho. ¡Y háblele con firmeza, doña Josefa!

—¡Déjemela a mí, señor párroco!... Entonces ¿no quiere probar mi mermelada?

—La probaré —dijo Amaro cogiendo un cuadradito en el que clavó los dientes con dignidad.

—Es de los membrillos de doña Maria. Me ha salido mejor que la de las Gansositas...

—Pues adiós, doña Josefa... Ah, es verdad, ¿qué dice nuestro canónigo de este caso del escribiente?

—¿Mi hermano?...

En ese momento la campanilla repicó furiosamente abajo.

—Debe de ser él —dijo entonces doña Josefa—. ¡Y viene enfadado!

Venía de la hacienda, furioso, en efecto, con el casero, el pedáneo, el gobierno y la perversidad humana. Le habían robado un poco de cebollino; y, ahogado en cólera, se consolaba repitiendo con fruición el nombre del enemigo.

—¡Caramba, hermano, que hasta le queda feo! —exclamó doña Josefa, escrupulosa.

—¡Mire, hermana, dejemos esos melindres para la Cuaresma! ¡Digo «mil demonios» y repito «mil demonios»! Pero ya le he dicho al casero que cuando oiga gente en la finca, ¡que cargue la espingarda y que abra fuego!

—Hay una falta de respeto por la propiedad... —dijo Amaro.

—¡Hay una falta de respeto por todo! —exclamó el canónigo—. ¡Un cebollino que daba salud sólo verlo! Pues señores, ¡allá va! Esto es lo que yo llamo un sacrilegio... ¡Un insolente sacrilegio! —añadió con convicción; porque el robo de su cebollino, el cebollino de un canónigo, le parecía un acto de impiedad tan negro como el robo de los cálices de la catedral.

—Falta de temor de Dios, falta de religión —observó doña Josefa.

—¡Qué falta de religión! —replicó el canónigo exasperado—. ¡Lo que faltan son policías, eso es lo que falta! —Y volviéndose hacia Amaro—: Hoy es el entierro de la vieja, ¿no? ¡Encima eso! Venga, hermana, lléveme allí dentro un alzacuellos limpio y los zapatos de hebilla.

El padre Amaro, entonces, volviendo a su preocupación:

—Estábamos aquí hablando del caso de João Eduardo: ¡el «Comunicado»!

—¡Otra canallada igual! —dijo el canónigo—. ¡Fíjense en esa también! ¡Qué gentuza anda por el mundo, qué gentuza! —Y se quedó con los brazos cruzados, los ojos muy abiertos, como si contemplase una legión de monstruos sueltos por el universo lanzándose con impudicia contra las reputaciones, los principios de la Iglesia, el honor de las familias y el cebollino del clero.

Al salir, el padre Amaro recordó una vez más sus instrucciones a doña Josefa, que lo había acompañado al rellano:

—Así que hoy, noche de pésames, no se hace nada. Mañana habla con la muchacha y allá por el fin de semana me la lleva a la catedral. Bien. Y convenza a la chiquilla, doña Josefa, ¡trate de salvar esa alma! Mire que Dios tiene los ojos puestos en usted. Háblele con firmeza, ¡háblele con firmeza!... Y nuestro canónigo que se entienda con la Sanjoaneira.

—Puede irse tranquilo, señor párroco. Soy su madrina y, quiera o no quiera, la pondré en el camino de la salvación.

—Amén —dijo el padre Amaro.

Aquella noche, en efecto, doña Josefa «no hizo nada». Había pésames en la Rua da Misericórdia. Estaban abajo, en la salita, lúgubremente iluminada por una sola vela con un *abat-jour* verde oscuro. La Sanjoaneira y Amélia, de luto, ocupaban tristemente el centro del canapé; y alrededor, en las hileras de sillas arrimadas a la pared, las amigas, vestidas de intenso negro, se mantenían fúnebremente inmóviles, con los rostros afligidos, en un entumecimiento mudo. A veces bisbiseaban dos voces, o surgía un suspiro desde un rincón en la sombra. Después Libaninho, o Artur Couceiro, iba de puntillas a despabilar la mecha de la vela; doña Maria da Assunção expectoraba su catarro con un sonido lloroso y en el silencio se oían ruidos de zuecos sobre el empedrado de las calles, o los cuartos de hora en el reloj de A Misericórdia.

Cada cierto tiempo entraba la Ruça, toda de negro, con la bandejita de dulces y tazas de té; se levantaba entonces el *abat-jour*; y las viejas, que ya iban cerrando los párpados, al notar más claridad en la sala se llevaban los pañuelos a los ojos y, acompañándose de ayes, se servían bollitos de A Encarnação.

Allí estaba João Eduardo, en una esquina, ignorado, al lado de la Gansoso sorda, que dormía con la boca abierta; toda la noche su mirada había buscado en vano la de Amélia, que no se movía, el rostro sobre el pecho, las manos en el regazo, doblando y desdoblando su pañuelito de Cambray. El padre Amaro y el canónigo Dias habían llegado a las nueve. El párroco, con pasos solemnes, fue a decirle a la Sanjoaneira:

–Señora mía, el golpe es grande. Pero consolémonos pensando que su buena hermana está en este momento gozando de la compañía de Jesucristo.

Hubo alrededor un murmullo de sollozos; y como no quedaban sillas, los dos eclesiásticos se sentaron en las dos esquinas del canapé, con la Sanjoaneira y Amélia en el medio, llorando. Eran así reconocidos como personas de la familia; doña Maria da Assunção le dijo en voz baja a doña Joaquina Gansoso:

–¡Ay, hasta da gusto verlos así a los cuatro!

Y hasta las diez continuó la noche de pésames, lúgubre y somnolienta, apenas perturbada por la tos incesante de João Eduardo, que estaba constipado y que (en opinión de doña Josefa Dias, que se lo dijo después a todos) «tosía sólo para hacer burla y para reírse del respeto a los muertos».

Dos días más tarde, a las ocho de la mañana, doña Josefa Dias y Amélia entraron en la catedral después de haberse parado a hablar en el atrio con Amparo, la mujer del boticario, que tenía una hija con sarampión y que, pese a no ser cosa de cuidado, «había ido por si acaso a hacer una promesa».

El día estaba nublado, la iglesia tenía una luz parda. Amélia, pálida bajo su velo de encaje, se detuvo enfrente del altar de Nuestra Señora de los Dolores, se dejó caer de rodillas y permaneció inmóvil, con el rostro sobre el misal. Doña Josefa Dias, con pasos fofos, tras haberse arrodillado ante la capilla del Santísimo y ante el altar mayor, empujó despacito la puerta de la sacristía: allí, el padre Amaro paseaba con los hombros curvados y las manos a la espalda.

–Entonces, ¿qué? –preguntó, levantando hacia doña Josefa su cara muy afeitada en la que brillaban inquietos los ojos.

–Está ahí –dijo la vieja en voz baja, con expresión de triunfo–. ¡Yo misma he ido a buscarla! ¡Ay, señor párroco, háblele con firmeza, no se las ahorre! ¡Ahora se la traigo!

–¡Gracias, gracias, doña Josefa! –dijo el cura, estrechándole con fuerza las dos manos–. Dios se lo ha de tener en cuenta.

Miró alrededor, nervioso; se palpó para asegurarse de llevar el pañuelo, la cartera con los papeles; y cerrando con cuidado la puerta de la sacristía bajó a la iglesia. Amélia estaba todavía arrodillada, componiendo un bulto negro e inmóvil contra el pilar blanco.

–¡Pst! –le hizo doña Josefa.

Ella se levantó lentamente, muy colorada, arreglando con manos temblorosas los pliegues del velo alrededor del cuello.

–Aquí se la dejo, señor párroco –dijo la vieja–. Voy junto a Amparo, la de la botica, y después vengo por ella… Anda, hija, anda, ¡Dios te ilumine esa alma!

Y salió, haciendo reverencias a todos los altares.

Carlos el de la botica –inquilino del canónigo y algo moroso en el pago del alquiler– se descubrió con mucho aparato apenas doña Josefa apareció en la puerta, y la llevó luego arriba, a la sala con visillos donde Amparo cosía junto a la ventana.

—Ay, no se entretenga, señor Carlos —le decía la vieja—. No deje sus quehaceres. He dejado a mi ahijada en la catedral y vengo aquí a descansar un poquito.

—Entonces, con su permiso... ¿Y cómo anda nuestro canónigo?

—No le han vuelto los dolores. Pero ha tenido mareos.

—Comienzos de primavera —dijo Carlos, que había recuperado su actitud majestuosa, de pie en medio de la sala, con los dedos en las aberturas del chaleco—. Tampoco yo me he encontrado bien... Nosotros, las personas sanguíneas, sufrimos siempre de esto que podríamos denominar el renacimiento de la savia... Hay un exceso de humores en la sangre que, al no ser eliminados por los canales adecuados, van, por así decirlo, abriéndose camino por aquí y por allí, por el cuerpo, en forma de furúnculo, de grano, nacido a veces en lugares ciertamente incómodos y, aunque en sí mismos insignificantes, acompañados siempre, por así decirlo, por un cortejo... Perdón, oigo llamar al practicante... Con su permiso... Mis respetos al señor canónigo. ¡Que use la magnesia de James!

Doña Josefa quiso ver a la niña con sarampión. Pero no pasó de la puerta de la habitación, aconsejando a la pequeña, que abría mucho sus ojos febriles, medio ahogada por la ropa de cama, «que no se olvidase de sus oracioncitas de la mañana y de la noche». Recomendó a Amparo algunos remedios que eran milagrosos para el sarampión; pero si la promesa había sido hecha con fe, la niña podía considerarse curada... ¡Ay, todos los días le daba gracias a Dios por no haberse casado! Que los hijos sólo daban trabajo y fatigas; y con las molestias que traían y el tiempo que ocupaban, hasta eran motivo para que una mujer descuidase sus prácticas y metiese el alma en el infierno.

—Tiene razón, doña Josefa —dijo Amparo—, es un buen castigo... ¡Y yo con cinco! A veces me ponen tan loca que me siento aquí, en esta sillita, y me pongo a llorar yo sola...

Regresaron a la ventana y se divirtieron mucho espiando al alcalde del municipio, quien, desde detrás del ventanal de su despacho, enamoraba con el binóculo a la mujer del sastre Teles. ¡Ay, era un escándalo! ¡Nunca había habido en Leiria autoridades así! Lo del secretario general con la Novais era un desafuero... ¿Qué se podía esperar de hombres sin religión, educados en Lisboa, que, según doña Josefa, estaba predestinada a perecer como Gomorra, por el fuego caído del cielo? Amparo cosía con la cabeza baja, tal vez avergonzada, ante aquella piadosa indignación, de los culpables deseos que la corroían por ver el paseo público y oír a los cantantes en São Carlos.

Pero inmediatamente doña Josefa empezó a hablar del escribiente. Amparo no sabía nada; y la vieja tuvo la satisfacción de contarle prolijamente, pasito a pasito, la historia del «Comunicado», el disgusto en la Rua da Misericórdia y la campaña de Natário para descubrir al «liberal». Se extendió principalmente sobre el carácter de João Eduardo, su impiedad, sus orgías... Y, considerando un deber de cristiana aniquilar al ateo, incluso dio a entender que algunos robos cometidos recientemente en Leiria eran «obra de João Eduardo».

Amparo se confesó «pasmada». Entonces la boda con Ameliazinha...

—Eso pertenece a la historia —declaró con júbilo doña Josefa Dias—. ¡Va a echarlo de casa! Y el hombre debe considerarse afortunado por no ir a parar al banquillo de los acusados... A mí me lo debe, y a la prudencia de mi hermano y del señor padre Amaro. ¡Porque motivos había para encerrarlo en la cárcel!

—Pero a la pequeña le gustaba, según parece.

Doña Josefa se indignó. ¡Amélia era una joven juiciosa, muy virtuosa! Apenas se enteró de las barbaridades, ¡fue la primera en decir que no y que no! ¡Ay! Lo detestaba... Y doña Josefa, bajando la voz y en tono confidencial, contó «que se sabía que él vivía con una desgraciada por la zona del cuartel».

–Me lo ha dicho el señor padre Natário –afirmó–. Y de la boca de ese hombre nunca sale otra cosa que no sea la pura verdad... Fue muy amable conmigo, le debo ese favor. Tan pronto se enteró, vino a casa a decírmelo, a pedirme consejo... En fin, muy atento.

Pero Carlos apareció de nuevo. Tenía en aquel momento la botica sin gente (¡no le habían dejado respirar durante toda la mañana!) y venía a hacer compañía a las señoras.

–¿Y usted, señor Carlos, ya está enterado –exclamó doña Josefa– del caso del «Comunicado» y de João Eduardo?

El boticario abrió mucho sus ojos redondos. ¿Qué relación había entre un artículo tan indigno y ese mancebo que le parecía honesto?

–¿¡Honesto!? –graznó doña Josefa Dias–. ¡Fue él quien lo escribió, señor Carlos!

Y al ver a Carlos mordiéndose el labio con asombro, doña Josefa, entusiasmada, repitió la historia de «la canallada».

–¿Qué le parece, señor Carlos, qué le parece?

El boticario dio su opinión con voz pausada, sobrecargada por la autoridad de un vasto entendimiento:

–En este caso digo, y todas las personas de bien lo dirán conmigo, que es una vergüenza para Leiria. Yo ya lo dije cuando leí el «Comunicado»: la religión es la base de la sociedad y minarla es, por así decirlo, querer demoler el edificio... Es una desgracia que haya en la ciudad sectarios de estos del materialismo y de la república, que, como es sabido, quieren destruir todo lo que existe; proclaman que los hombres y las mujeres deben unirse con la misma promiscuidad que los perros y las perras... Disculpen que me exprese así, pero la ciencia es la ciencia. Quieren tener el derecho de entrar en mi casa, llevarse mi plata y el sudor de mi frente; no admiten que haya autoridades y, si los dejasen, serían capaces de escupir en la sagrada hostia...

Doña Josefa se encogió con un gritito, estremecida.

–¡Y osa esta secta hablar de libertad! Yo también soy liberal... Lo digo francamente, no soy fanático... No por el he-

cho de que un hombre sea sacerdote lo juzgo un santo, no...
Por ejemplo, siempre aborrecí al párroco Migueis... ¡Era una
boa! Discúlpeme, señora, pero era una boa. Se lo dije a la
cara, porque la ley del embudo, eso ya se ha acabado... Derra-
mamos nuestra sangre en las trincheras de Oporto justamente para que no hubiese ley del embudo... Se lo dije a la cara:
«¡Señor, es usted una boa!». Pero, en fin, cuando un hombre
viste una sotana debe ser respetado... Y el «Comunicado»,
repito, es una vergüenza para Leiria... Y también le digo que
con esos ateos, con esos republicanos, ¡no debe haber consideración!... Yo soy un hombre pacífico, aquí Amparozinho
me conoce bien; pues bien, si tuviese que escribir una receta
para un republicano declarado, no tendría duda, en lugar de
darle uno de esos compuestos benéficos que son el orgullo
de nuestra ciencia, le mandaría una dosis de ácido prúsico... No, no diré que le recetaría ácido prúsico..., pero si estuviese en un tribunal, ¡haría que le cayese encima todo el
peso de la ley!

Y osciló durante un instante sobre la punta de sus zapatillas, lanzando una amplia mirada a su alrededor, como si esperase los aplausos de una junta de distrito o de un pleno municipal.

Pero en la catedral dieron despacio las once; y doña Josefa
se envolvió deprisa en su manteleta para ir a buscar a la pequeña, pobrecita, que debía de estar harta de esperar.

Carlos la acompañó, descubriéndose, y diciéndole, como
si se tratase de un regalo que enviaba a su amo:

–Repítale a nuestro canónigo cuáles son mis opiniones...
Que en ese asunto del «Comunicado» y de los ataques al clero, estoy de alma y corazón con Sus Señorías... Servidor
suyo, señora. Va a empeorar el tiempo.

Cuando doña Josefa entró en la iglesia, Amélia estaba aún
en el confesionario. La vieja tosió, se arrodilló y, con las manos sobre el rostro, se abismó en una devoción a la Virgen del
Rosario. La iglesia quedó inmóvil y en silencio. Después doña
Josefa, volviéndose hacia el confesionario, espió por entre los

dedos; Amélia se mantenía inmóvil, con el velo tapándole el rostro, el vuelo del vestido negro extendido a su alrededor; y doña Josefa regresó a sus rezos. Una lluvia fina fustigaba ahora los vidrios de una ventana a su lado. Por fin se oyó en el confesionario un rechinar de madera, un frufrú de sayas sobre las baldosas. Y doña Josefa, al volverse, vio a Amélia de pie delante de ella con la cara enrojecida y la mirada muy brillante.

–¿Lleva mucho tiempo esperando, madrina?

–Un poquito. Ya estás lista, ¿no?

Se levantó, se persignó y las dos mujeres salieron de la catedral. Seguía cayendo una lluvia fina; pero Artur Couceiro, que pasaba llevando unos expedientes al Gobierno Civil, fue con ellas hasta la Rua da Misericórdia, cobijándolas bajo su paraguas.

XIII

Al caer la noche, João Eduardo iba a salir de su casa para ir a la Rua da Misericórdia, llevando bajo el brazo un rollo de muestras de papel pintado para que Amélia escogiese, cuando se encontró en la puerta con la Ruça, a punto de tocar la campanilla.

–¿Qué hay, Ruça?

–Las señoras han ido a pasar la noche fuera de casa y aquí le traigo esta carta que le manda la señora.

João Eduardo sintió que se le encogía el corazón y siguió con la mirada absorta a la Ruça, que marchaba calle abajo, taconeando con sus zuecos. Se dirigió hacia la farola de enfrente, abrió la carta:

Señor João Eduardo:

Lo decidido en relación con nuestra boda lo fue en el convencimiento de que era usted una persona de bien y que me podría hacer feliz; pero como todo se sabe, y como fue usted el que escribió el artículo del *Distrito*, y calumnió a los amigos de la casa y me insultó a mí, y como sus costumbres no me garantizan la felicidad en la vida de casada, debe desde hoy considerar todo terminado entre nosotros, pues no hay amonestaciones publicadas ni gastos hechos. Espero, igual que mi madre, que sea usted lo bastante delicado y no nos vuelva por casa, ni nos persiga por la calle. Todo lo cual le comunico por orden de mi madre, quedando de usted segura servidora

Amélia Caminha

João Eduardo se quedó mirando estúpidamente la pared de enfrente, golpeada por la luz de la farola, inmóvil como una piedra, con su rollo de papeles pintados bajo el brazo. Maquinalmente, volvió a casa. Las manos le temblaban tanto que casi no podía encender el candil. De pie, junto a la mesa, releyó la carta. Después se quedó allí, fatigando la vista contra la llama de la vela, con una sensación gélida de quietud y de silencio, como si, de repente, sin impacto, toda la vida del universo hubiese enmudecido y cesado. Pensó dónde habrían ido *ellas* a pasar la noche. Recuerdos de veladas felices en la Rua da Misericórdia le cruzaron lentamente por la memoria: Amélia trabajaba, con la cabeza baja, y entre el cabello muy negro y el collar muy blanco, su cuello tenía una palidez que la luz suavizaba... Entonces la idea de que la había perdido para siempre le traspasó el corazón con un frío de puñalada. Se apretó las sienes con las manos, atontado. ¿Qué podía hacer? ¿Qué podía hacer? Resoluciones bruscas relampagueaban por un momento en su espíritu y se desvanecían. ¡Quería escribirle! ¡Llevársela por la fuerza! ¡Marcharse al Brasil! ¡Averiguar quién había descubierto que él era el autor del artículo! Y como esto último era lo más factible a aquella hora, corrió a la redacción de la *Voz do Distrito*.

Agostinho, tumbado en el canapé, con la vela al lado sobre una silla, saboreaba los periódicos de Lisboa. El rostro descompuesto de João Eduardo lo asustó.

–¿Qué pasa?

–¡Pasa que me has perdido, bribón!

Y, sin tomar aliento, acusó furiosamente al jorobado de haberlo traicionado.

Agostinho se había levantado despacio y buscó, sin alterarse, la bolsa del tabaco en el bolsillo de la chaqueta.

–Hombre –dijo–, déjate de aspavientos... Yo te doy mi palabra de honor de que no le he dicho a nadie lo del «Comunicado». Es verdad que nadie me lo ha preguntado...

–Pero ¿quién ha sido, entonces? –gritó el escribiente.

Agostinho enterró la cabeza entre los hombros.

–Lo que yo sé es que los curas andaban locos por saber quién había sido. Natário estuvo ahí una mañana, por causa de la noticia de una viuda que recurre a la caridad pública, pero del «Comunicado» no se habló ni una palabra... El doctor Godinho lo sabía, ¡entiéndete con él! Pero, entonces, ¿te han hecho alguna jugada?

–¡Me han matado! –dijo João Eduardo lúgubremente.

Se quedó un momento mirando fijamente al suelo, hundido, y salió dando un portazo. Paseó por la plaza; anduvo sin rumbo por las calles; después, atraído por la oscuridad, fue a la carretera de Os Marrazes. Se asfixiaba, sentía una palpitación intolerable y sorda latiéndole por dentro contra las sienes; aunque el viento soplaba con fuerza en los campos, le parecía continuar inmerso en un silencio universal; por momentos la conciencia de su desgracia le rasgaba súbitamente el corazón y entonces creía ver todo el paisaje oscilando y el firme de la carretera se le figuraba blando como un barrizal. Volvió por la catedral cuando daban las once; y se encontró en la Rua da Misericórdia, con la mirada clavada en la ventana del comedor, donde aún había luz; la ventana de la habitación de Amélia se iluminó también; con seguridad, ella se disponía a acostarse... Le sobrevino un deseo furioso de su belleza, de su cuerpo, de sus labios. Huyó hacia su casa; una fatiga insufrible lo postró sobre la cama; después, una nostalgia indefinida, profunda, lo fue ablandando y lloró durante mucho tiempo, enterneciéndose aún más con el sonido de sus propios sollozos... hasta que se quedó dormido, boca abajo, convertido en una masa inerte.

Al día siguiente, temprano, Amélia se dirigía desde la Rua da Misericórdia hacia la plaza cuando, junto al arco, João Eduardo le salió al paso.

–Quiero hablar con usted, señorita Amélia.

Ella retrocedió asustada, dijo temblando:

–No tiene nada de qué hablarme.

Pero él se había plantado ante ella, muy decidido, con los ojos rojos como brasas:

–Quiero decirle... Lo del artículo es verdad, lo escribí yo, fue una desgracia. Pero usted me tenía martirizado de celos...

Pero lo que usted dice de malas costumbres es una calumnia. Siempre he sido un hombre de bien…

—¡El padre Amaro sí que lo conoce bien! Haga el favor de dejarme pasar.

Al oír el nombre del párroco, João Eduardo se puso lívido de rabia:

—¡Ah! ¡Es cosa del señor padre Amaro! —dijo con violencia—. ¡Es el sinvergüenza del cura! ¡Pues veremos! Oiga…

—¡Haga el favor de dejarme pasar! —dijo ella irritada, tan alto que un individuo gordo cubierto con una manta se paró a mirar.

João Eduardo retrocedió, quitándose el sombrero; y ella se refugió inmediatamente en la tienda de Fernandes.

Entonces, desesperado, corrió a casa del doctor Godinho. Ya la víspera, entre sollozos, sintiéndose tan abandonado, se había acordado del doctor Godinho. Otrora había sido su escribiente; y como a petición de él había entrado en la notaría de Nunes Ferral y por su influencia iba a ser acomodado en el Gobierno Civil, ¡lo juzgaba una providencia pródiga e inagotable! Además, desde que había escrito el «Comunicado» se consideraba de la redacción de la *Voz do Distrito*, del Grupo da Maia; ahora que era atacado por los curas, estaba claro que debía acudir a acogerse bajo la fuerte protección de su jefe, del doctor Godinho, del enemigo de la reacción, ¡«el Cavour de Leiria»!, como decía, abriendo mucho los ojos, el bachiller Azevedo, el autor de los «Aguijones». Y João Eduardo se dirigió al caserón amarillo junto al Terreiro, donde vivía el doctor, alegre y esperanzado, contento por hallar refugio, como un perro rechazado, entre las piernas de aquel coloso.

El doctor Godinho había bajado ya a su despacho y, repantigado en su poltrona abacial de flecos amarillos, con la mirada en el techo de roble negro, acababa con beatitud el puro del desayuno. Recibió con majestad los buenos días de João Eduardo.

—¿Cómo andamos, amigo?

Las altas estanterías con solemnes infolios, las resmas de autos, el aparatoso cuadro representando al marqués de Pombal, de pie en una terraza sobre el Tajo, expulsando con el dedo a la escuadra inglesa, apocaron, como siempre, a João Eduardo; y con voz aturullada dijo que había ido allí para que Su Excelencia le proporcionase remedio para un problema que tenía.

—¿Peleas, bronca?

—No, señor. Asuntos de familia.

Contó entonces prolijamente su historia desde la publicación del «Comunicado»: leyó, muy conmovido, la carta de Amélia; describió la escena junto al arco... Allí estaba ahora, ¡expulsado de la Rua da Misericórdia por maniobras del señor párroco! Y le parecía, aunque no fuese licenciado por Coimbra, que contra un cura que se introducía en una familia, desasosegaba a una joven sencilla, la metía en intrigas para que rompiese con el novio y se quedaba de puertas adentro, convertido en su amo... ¡tenía que haber leyes!

—Yo no sé, señor doctor, ¡pero tiene que haber leyes!

El doctor Godinho parecía contrariado.

—¡Leyes! —exclamó, cruzando vivamente las piernas—. ¿Qué leyes quiere usted que haya? ¿Quiere ponerle una querella al párroco?... ¿Por qué? ¿Le ha pegado? ¿Le ha robado el reloj? ¿Lo ha insultado en la prensa? No. ¿Entonces?

—Pero, señor doctor, ¡me ha indispuesto con las señoras! ¡Yo nunca he sido hombre de malas costumbres, señor doctor! ¡Me ha calumniado!

—¿Tiene testigos?

—No, señor.

—¿Entonces?

Y el doctor Godinho, apoyando los codos sobre la mesa, declaró, como abogado, que no tenía nada que hacer. Los tribunales no se ocupaban de esos asuntos, de esos dramas morales, por así decirlo, que ocurrían en las alcobas de las casas... Como hombre, como particular, como Alípio de Vasconcelos Godinho, tampoco podía intervenir, porque no conocía al señor padre Amaro ni a aquellas señoras de la Rua da Misericórdia... Lamentaba lo sucedido ya que, en fin, también él había sido joven, había sentido la poesía de la mocedad y sabía (¡desgraciadamente sabía!) lo que eran aquellos lances del corazón... Y aquello era todo lo que él podía hacer: ¡lamentarlo! Además, ¿para qué le había dado su amor a una beata?

João Eduardo lo interrumpió:

–¡La culpa no es de ella, señor doctor! ¡La culpa es del cura que se dedica a desencaminarla! ¡La culpa es de esa chusma del cabildo!

El doctor Godinho extendió la mano con severidad y aconsejó a João Eduardo ¡que tuviese cuidado con asertos semejantes! Nada probaba que el señor párroco tuviese en aquella casa otra influencia que no fuese la de un hábil director espiritual... Y recomendaba al señor João Eduardo, con la autoridad que le daban los años y su posición en el país, que no difundiese, por despecho, acusaciones que sólo servían para destruir el prestigio del sacerdocio, ¡indispensable en una sociedad bien constituida!... ¡Sin él, todo sería anarquía y orgía!

Y se recostó en la butaca, pensando satisfecho que aquella mañana estaba en posesión del «don de la palabra».

Pero el rostro consternado del escribiente, que no se movía, de pie junto a la mesa, lo impacientaba; y dijo con sequedad, poniendo ante sí una pila de autos:

–En fin, acabemos, ¿qué quiere usted? Ya ve, yo no puedo arreglarle nada.

João Eduardo replicó, en un movimiento de coraje desesperado:

–Yo había imaginado que el señor doctor podría hacer algo por mí... Porque, en fin, yo he sido una víctima... Todo esto viene por haberse sabido que yo escribí el «Comunicado». Y se había acordado que se guardaría el secreto. Agostinho no lo contó, sólo usted lo sabía...

El doctor saltó de indignación en su sillón abacial.

–¿Qué quiere usted insinuar? ¿Quiere darme a entender que he sido yo el que lo ha contado? Yo no he contado... Es decir, sí que lo he contado. Se lo conté a mi mujer, porque en una familia bien constituida no debe haber secretos entre esposo y esposa. Ella me lo preguntó, yo se lo dije... Pero supongamos que he sido yo el que lo ha difundido por ahí. Una de dos: o el «Comunicado» era una calumnia y entonces soy yo el que debe acusarlo de haber ensuciado un periódico honrado con un cúmulo de difamaciones; o bien era verdad y entonces ¿qué hombre es usted, que se avergüenza de las verdades que suelta y que no se atreve a mantener a la luz del día las opiniones que redacta en la oscuridad de la noche?

Dos lágrimas nublaron los ojos de João Eduardo. Entonces, ante aquella expresión vencida, satisfecho por haberlo aplastado con una argumentación tan lógica y tan poderosa, el doctor Godinho se ablandó:

–Bueno, no nos enfademos –dijo–. No se hable más de asuntos de honor... Lo que puede creer es que lamento su disgusto.

Le dio consejos de una solicitud paternal. Que no sucumbiese; había más chicas en Leiria y chicas de buenos principios que no vivían bajo la dirección de la sotana. Que fuese fuerte y se consolase pensando que él, el doctor Godinho –¡él!– también había sufrido de joven disgustos del corazón. Que evitase el dominio de las pasiones, que le sería perjudicial en la carrera pública. Y que si no lo hacía por su propio interés, ¡que lo hiciese al menos en atención a él, al doctor Godinho!

João Eduardo salió del despacho indignado, considerándose traicionado por el doctor.

–Esto me pasa –rezongaba– porque soy un pobre diablo, no doy votos en las elecciones, no voy a las *soirées* de Novais, no soy socio del club. ¡Ah, qué mundo! ¡Si yo tuviese un par de miles de reales!

Le sobrevino entonces un deseo furioso de vengarse de los curas, de los ricos y de la religión que los justifica. Volvió muy decidido al despacho, y entreabriendo la puerta:

–¿Me concede al menos permiso Su Excelencia para desahogarme en el periódico?... Me gustaría contar esta canallada, cascarle a esa golfería...

Esta audacia del escribiente indignó al doctor. Se enderezó con severidad en la poltrona, y cruzando terriblemente los brazos:

–¡Señor João Eduardo, verdaderamente está usted abusando! ¿Pues no viene a pedirme que transforme un periódico de ideas en un periódico de difamaciones? ¡Venga, no se detenga! ¡Pídame que insulte los principios de la religión, que haga mofa del Redentor, que repita las babosadas de Renan, que ataque las leyes fundamentales del Estado, que injurie al rey, que vitupere la institución familiar! ¡Usted está bebido!

–¡Oh, señor doctor!

–¡Usted está bebido! Cuidado, mi querido amigo, cuidado, ¡mire que va por una pendiente! Es por ese camino por donde se llega a perderle el respeto a la autoridad, a la ley, a las cosas santas y al hogar. ¡Es por ese camino por donde se llega al crimen! No hace falta que abra tanto los ojos... ¡Al crimen, se lo digo yo! Tengo la experiencia de veinte años de foro. ¡Pare un poco, hombre! ¡Refrene esas pasiones! ¡Uf! ¿Qué edad tiene usted?

–Veintiséis años.

–Pues no tiene disculpa un hombre de veintiséis años con esas ideas subversivas. Adiós, cierre la puerta. Y escuche. Es inútil que piense en mandar otro «Comunicado» a cualquier otro periódico. No se lo consiento, ¡yo, que lo he protegido siempre! Lo que quiere es dar un escándalo... Es inútil que lo niegue, estoy leyéndolo en sus ojos. ¡Pues no se lo consiento! ¡Es por su bien, para evitarle una mala acción social! –Adoptó una actitud grandiosa en su poltrona, repitió con fuerza–: ¡Una pésima acción social! ¿Adónde nos quieren llevar los señores con sus materialismos, sus ateísmos? ¿Qué tienen ustedes para sustituir la religión de nuestros padres cuando hayan acabado con ella? ¿Qué tienen? ¡Enséñemelo!

La expresión confusa de João Eduardo, que no tenía allí, para enseñar, ninguna religión que sustituyese a la de nuestros padres, hizo triunfar al doctor.

–¡No tienen nada! Tienen lodo, como mucho tienen palabrería. Pero mientras yo viva, por lo menos en Leiria, ¡será respetada la fe y el principio del orden! Pueden poner Europa a sangre y fuego, que en Leiria no levantarán cabeza. En Leiria estoy yo alerta, ¡y juro que he de serles funesto!

João Eduardo recibía con los hombros caídos estas amenazas sin comprenderlas. ¿Cómo podían su «Comunicado» y las intrigas de la Rua da Misericórdia producir aquellas catástrofes sociales y revoluciones religiosas? Tanta severidad lo aniquilaba. Era seguro que iba a perder la amistad del doctor, el empleo en el Gobierno Civil… Intentó ablandarlo:

–Oh, señor doctor, ya ve Su Excelencia…

El doctor lo interrumpió con un gran gesto:

–Yo veo perfectamente. Veo que las pasiones, la venganza lo están llevando por un camino fatal… Lo que espero es que mis consejos lo frenen. Bien, adiós. Cierre la puerta. ¡Cierre la puerta, hombre!

João Eduardo salió abatido. ¿Qué iba a hacer ahora? ¡El doctor Godinho, aquel coloso, lo rechazaba con palabras tremendas! ¡Y qué podía él, pobre escribiente de notaría, contra el padre Amaro, que tenía a su favor al clero, al chantre, al cabildo, a los obispos, al Papa, clase solidaria y compacta que se le aparecía como una pavorosa ciudadela de bronce elevándose hasta el cielo! Eran ellos los que habían causado la decisión de Amélia, su carta, la dureza de sus palabras. Era una intriga de párrocos, canónigos y beatas. Si él pudiese arrancarla de aquella influencia, muy pronto volvería a ser su Ameliazinha, ¡la que le bordaba zapatillas y la que iba toda colorada a verlo pasar bajo la ventana! Las sospechas de otrora se habían desvanecido en aquellas veladas felices, ya acordada la boda, cuando ella, cosiendo junto al candil, hablaba del mobiliario que había que comprar y del gobierno de su casita. Ella lo amaba, ciertamente… ¡Pero claro! Le habían dicho que él era el autor del «Comunicado», que era hereje, que tenía costumbres depravadas; el párroco, con su voz pedante, la había amenazado con el infierno; el canónigo, furioso y todopoderoso en la Rua da Misericórdia porque daba para la comida, le había hablado con dureza... Y la pobre niña, asustada, dominada, con aquella bandada tenebrosa de curas y de beatas cuchicheándole al oído, ¡pobrecilla, había cedido! Tal vez estaba persuadida de buena fe de que él era una fiera. Y acaso en aquel mismo momento, mientras él vagaba por las calles, rechazado y desgraciado, el padre Amaro, en la salita de la Rua da Misericórdia, hundido en el sillón, señor de la casa y dueño de la muchacha, con las piernas cruzadas, conversaba en voz alta. ¡Canalla! ¡Y que no hubiese leyes que lo vengasen! ¡Y no poder siquiera «dar un escándalo», ahora que la *Voz do Distrito* se le volvía inaccesible!

Lo acometían entonces deseos furiosos de derribar al párroco a puñetazos, con la fuerza del padre Brito. Pero lo que le daría más satisfacción serían unos tremendos artículos en un periódico que revelasen las maniobras de la Rua da Misericórdia, que amotinasen a la opinión, que cayesen sobre el cura como catástrofes, ¡que lo forzasen a él, al canónigo y a los demás a desaparecer con el rabo entre las piernas de la casa de la Sanjoaneira! ¡Ah! Estaba seguro de que Ameliazinha, libre de aquellos mangantes, correría de inmediato hacia sus brazos, con lágrimas de reconciliación...

Buscaba de este modo convencerse como fuese de que «la culpa no era de ella»; recordaba los meses de felicidad antes de la llegada del párroco; inventaba explicaciones naturales para aquellos mimitos tiernos que ella dedicaba al padre Amaro y que le habían provocado celos desesperados: era por el deseo, pobrecilla, de serle agradable al huésped, al amigo del señor canónigo, ¡el deseo de retenerlo para provecho de su madre y de su casa! Y además, ¡qué contenta andaba después de que se hubiera acordado la boda! Su indignación contra el «Comunicado», estaba seguro, no era natural en ella, le había sido inducida por el párroco y por las beatas.

Y encontraba un consuelo en aquella idea de que no era rechazado como novio, como marido, sino que era una víctima de las intrigas del avieso padre Amaro, ¡que le envidiaba la novia y que lo odiaba por liberal! Esto le amontonaba en el alma un rencor desmedido contra el cura; andando por la calle, buscaba ansiosamente una venganza, dejando ir su imaginación por aquí y por allí..., pero siempre acababa en la misma idea, ¡el artículo de periódico, la invectiva, la prensa! La certeza de su desprotegida debilidad lo rebelaba. ¡Ah, si tuviese el apoyo de algún «figurón»!

Un campesino, amarillo como una cidra, que caminaba despacio, con el brazo en cabestrillo, lo paró para preguntarle dónde vivía el doctor Gouveia.

–En la primera calle, a la izquierda, el portalón verde junto al farol –dijo João Eduardo.

¡Y una esperanza inmensa le iluminó bruscamente el alma! ¡El doctor Gouveia podía salvarlo! Era su amigo; lo tuteaba desde que lo había curado hacía tres años de una neumonía; aprobaba su boda con Amélia; unas pocas semanas atrás le había preguntado en la plaza: «Entonces, ¿cuándo va a hacer feliz a esa joven?». ¡Y qué respetado, qué temido era en la Rua da Misericórdia! Era el médico de todas las amigas de la casa, quienes, pese a escandalizarse por su irreligiosidad, dependían humildemente de su ciencia para los achaques, los flatos, los jarabes. Además, el doctor Gouveia, enemigo declarado de la «curería», se indignaría con seguridad ante aquella intriga beata; y João Eduardo ya se imaginaba entrando en la Rua da Misericórdia detrás del doctor Gouveia, que reprendía a la Sanjoaneira, humillaba al padre Amaro, convencía a las viejas... ¡y su felicidad recomenzaba, ya inamovible!

–¿Está el señor doctor? –preguntó casi alegre a la criada que en el patio tendía la ropa al sol.

–Está en la consulta, señor Joãozinho, haga el favor de pasar.

En días de mercado afluían continuamente los pacientes llegados del campo. Pero a aquella hora, cuando los vecinos de las parroquias se reúnen en las tabernas, sólo había un viejo, una mujer con un niño en brazos y el hombre del brazo en cabestrillo, esperando en una salita baja con bancos, dos plantas de albahaca en la ventana y un gran grabado con la coronación de la reina Victoria. A pesar del claro sol que entraba desde el patio y del fresco follaje de un tilo que rozaba el alféizar de la ventana, la salita producía tristeza, como si las paredes, los bancos, las propias albahacas estuviesen saturadas de la melancolía de las enfermedades que habían pasado por allí. João Eduardo entró y se sentó en un rincón.

Ya había pasado el mediodía y la mujer estaba quejándose de tener que esperar tanto: era de una parroquia lejana, había dejado a su hermana en el mercado, ¡y hacía una hora que el señor doctor estaba con dos señoras! A cada momento el niño se enfadaba, ella lo mecía en sus brazos, después callaban; el viejo se remangaba la calza, contemplaba con satisfacción una llaga en la canilla envuelta en trapos; y el otro hombre daba bostezos desconsolados que hacían más lúgubre su larga cara amarilla. Aquella demora enervaba, ablandaba al escribiente; sentía que perdía poco a poco el ánimo de ocupar al doctor Gouveia; preparaba laboriosamente su historia, que ahora le parecía muy insuficiente para interesarle. Le sobrevenía entonces un desaliento que los rostros insípidos de los enfermos volvían aún más intenso. ¡Verdaderamente era una cosa bien triste esta vida, sólo llena de miserias, de sentimientos traicionados, de dolores, de enfermedades! Se ponía en pie; y con las manos a la espalda se acercaba a ver desconsoladamente la coronación de la reina Victoria.

De vez en cuando la mujer entreabría la puerta para ver si las dos señoras seguían allí. Allí seguían; y a través de la puerta forrada de bayeta verde que cerraba el gabinete del doctor, se escuchaban sus voces calmosas.

–¡Caer aquí es un día perdido! –murmuraba el viejo.

También él había dejado la montura a la puerta del Fumaça, y la chica en la plaza... ¡Y lo que tendría que esperar después en la botica! ¡Con tres leguas todavía por delante para volver a la parroquia!... Estar enfermo está bien, ¡pero para el que es rico y tiene tiempo!

La idea de la enfermedad, de la soledad que traía consigo, hacía que a João Eduardo le pareciese aún más amarga la pérdida de Amélia. Si se pusiese malo tendría que irse al hospital. El malvado del cura lo había despojado de todo: mujer, felicidad, consuelos de familia, ¡las dulces compañías de la vida!

Por fin oyeron en el pasillo a las dos señoras que salían. La mujer con el niño cogió su cesto y dejó la sala precipitadamente. Y el viejo, apoderándose del banco y situándose al lado de la puerta, dijo con satisfacción:

—¡Ahora le toca al patrón!

—¿Tiene usted mucho que consultar? —le preguntó João Eduardo.

—No, señor, es sólo que me dé la receta.

E inmediatamente contó la historia de su llaga: una viga que le había caído encima; no le había hecho caso; después la herida se había ensañado; y ahora allí estaba, tullido y curtido de dolores.

—¿Y lo suyo, es cosa de cuidado? —preguntó él.

—Yo no estoy enfermo —dijo el escribiente—. Es por un asunto con el señor doctor.

Los dos hombres lo miraron con envidia.

Por fin le llegó el turno al viejo, después al hombre amarillo con el brazo en cabestrillo. João Eduardo, solo, paseaba nervioso por la salita. Ahora le parecía muy difícil ir así, sin ceremonia, a pedirle protección al doctor. ¿Con qué derecho?... Se le ocurrió quejarse primero de dolores en el pecho o de molestias en el estómago y después, incidentalmente, contarle sus infortunios...

Pero la puerta se abrió. El doctor estaba ante él, con su larga barba gris cayéndole sobre la levita de terciopelo negro, el amplio sombrero de ala ancha sobre la cabeza, los guantes de hilo de Escocia.

—¡Vaya, eres tú, muchacho! ¿Hay novedades en la Rua da Misericórdia?

João Eduardo se puso colorado.

—No, señor. Señor doctor, quería hablarle en privado.

Lo siguió al gabinete, el famoso gabinete del doctor Gouveia que, con su caos de libros, su aspecto polvoriento, una panoplia de flechas selváticas y dos cigüeñas embalsamadas, tenía en la ciudad la reputación de «una celda de alquimista».

El doctor sacó su reloj.

—Las dos menos cuarto. Sé breve.

La cara del escribiente expresó la dificultad de condensar una narración tan complicada.

—Está bien —dijo el doctor—, explícate como puedas. No hay nada más difícil que ser claro y breve; hay que tener talento. ¿Qué pasa?

Entonces, João Eduardo tartamudeó su historia, insistiendo sobre todo en la perfidia del cura, exagerando la inocencia de Amélia…

El doctor lo escuchaba, mesándose la barba.

—Ya me doy cuenta. Tú y el cura —dijo— queréis a la muchacha. Como él es el más despierto y el más decidido, se la ha llevado. Es ley natural: el más fuerte despoja, elimina al más débil; la hembra y la presa le pertenecen.

Aquello le pareció a João Eduardo un chiste. Dijo, con la voz alterada:

—Usted se lo toma a broma, señor doctor, ¡pero a mí se me rompe el corazón!

—Hombre —intervino con bondad el doctor—, estoy filosofando, no estoy bromeando… Pero, en fin, ¿qué quieres que haga yo?

¡Era lo mismo que le había dicho, con más pompa, el doctor Godinho!

—Yo tengo la seguridad de que si usted le hablase…

El doctor sonrió:

—Yo puedo recetarle a la chica este o aquel jarabe, pero no puedo imponerle este o aquel hombre. ¿Quieres que vaya a

decirle: «La señorita debe preferir al señor João Eduardo»?
¿Quieres que vaya a decirle al cura, un tunante al que no he visto nunca: «Haga usted el favor de no seducir a esta señorita»?

–Pero me han calumniado, señor doctor, me han presentado como un hombre de malas costumbres, como un depravado...

–No, no te han calumniado. Desde el punto de vista del cura y de esas señoras que juegan por la noche a la lotería en la Rua da Misericórdia, tú eres un depravado; un cristiano que vitupera en los periódicos a abades, canónigos, curas, personajes tan importantes para comunicarse con Dios y para salvar el alma, es un depravado. ¡No te han calumniado, amigo!

–Pero, señor doctor...

–Escucha. Y la muchacha, rompiendo contigo y obedeciendo las instrucciones del señor cura fulano o mengano, se comporta como una buena católica. Es lo que te estoy diciendo. Toda la vida del buen católico, sus pensamientos, sus ideas, sus sentimientos, sus palabras, el empleo de sus días y de sus noches, sus relaciones de familia y de vecindad, los platos de sus comidas, su vestuario y sus diversiones..., todo esto está regulado por la autoridad eclesiástica, abad, obispo o canónigo, aprobado o censurado por el confesor, recomendado y ordenado por el director espiritual. La buena católica, como tu pequeña, no es dueña de sí misma; no tiene razón, ni voluntad, ni albedrío, ni sentir propio; su cura piensa, quiere, decide, siente por ella. Su único trabajo en este mundo, que es al mismo tiempo su único derecho y su único deber, es aceptar esa dirección; aceptarla sin discutirla; obedecerla, vaya por donde vaya; si esa dirección se opone a sus ideas, debe pensar que sus ideas son falsas; si hiere sus inclinaciones, debe pensar que sus inclinaciones son culpables. De esta manera, si el cura le dijo a la pequeña que no debía casarse, ni siquiera hablar contigo, la criatura prueba, obedeciéndolo, que es una buena católica, una devota consecuente y que sigue en la vida, lógicamente, la regla moral que ha escogido. Así son las cosas, y perdona por el discurso.

João Eduardo escuchaba con respeto, con asombro, estas frases, a las que el rostro plácido, la bella barba gris del doctor daban una autoridad superior. Le parecía ahora casi imposible recuperar a Amélia, si ella pertenecía de aquel modo, tan absolutamente, en alma y cuerpo, al cura que la confesaba. Pero, en fin, ¿por qué se le consideraba a él un marido dañino?

—Yo lo entendería —dijo— si fuese un hombre de malas costumbres, señor doctor. Pero yo me porto bien. No hago otra cosa que trabajar. No frecuento tabernas ni juergas. No bebo, no juego. Paso mis noches en la Rua da Misericórdia, o en casa haciendo trabajo de la notaría...

—Amigo mío, tú puedes tener socialmente todas las virtudes; pero, según la religión de nuestros padres, todas las virtudes que no son católicas son inútiles y perniciosas. Ser trabajador, casto, honrado, justo, veraz, son grandes virtudes; pero para los curas y para la Iglesia no cuentan. Si tú eres un modelo de bondad, pero no vas a misa, no ayunas, no te confiesas, no te descubres ante el señor cura... eres simplemente un sinvergüenza. Otros personajes más importantes que tú, cuya alma fue perfecta y cuya regla de vida fue impecable, han sido considerados auténticos canallas porque no habían sido bautizados antes de ser perfectos. Seguramente habrás oído hablar de Sócrates, de otro llamado Platón, de Catón, etcétera. Fueron individuos famosos por sus virtudes. Pues un tal Bossuet, que es el gran modelo de la doctrina, dijo que de las virtudes de estos hombres estaba lleno el infierno... Esto prueba que la moral católica es diferente de la moral natural y de la moral social... Pero son cosas que tú entiendes mal... ¿Quieres un ejemplo? Yo soy, según la doctrina católica, uno de los mayores desvergonzados que se pasean por las calles de la ciudad; y mi vecino Peixoto, que mató a su mujer a golpes y que está acabando por el mismo procedimiento con su hijita de diez años, es considerado entre el clero un hombre excelente, porque cumple sus deberes de devoto y toca el figle en las misas cantadas. En fin, amigo, estas cosas son así. Y parece que están bien, porque hay miles de personas respetables que las consideran buenas, el Estado las mantiene, incluso gasta un dineral para mantenerlas, hasta nos obliga a respetarlas... y yo, que estoy aquí hablando, pago todos los años un impuesto para que las cosas sigan siendo así. Naturalmente, tú pagas menos...

–Pago siete vintems, señor doctor.

–Pero, en fin, vas a las celebraciones, oyes la música, el sermón, desquitas tus siete vintems. Yo pierdo mi tributo; me consuelo apenas con la idea de que va a ayudar a mantener el esplendor de la Iglesia... de la Iglesia que en vida me considera un bandido y que para después de muerto me tiene preparado un infierno de primera clase. En fin, me parece que ya hemos charlado bastante... ¿Quieres algo más?

João Eduardo estaba abatido. Escuchando al doctor le parecía, más que nunca, que si un hombre de palabras tan sabias, de tantas ideas, se interesase por él, toda la intriga sería fácilmente deshecha y su felicidad, su lugar en la Rua da Misericórdia recuperados para siempre.

–Entonces, ¿no puede usted hacer nada por mí? –dijo muy desconsolado.

–Tal vez pueda curarte de otra neumonía. ¿Tienes otra neumonía que curar? ¿No? Entonces...

João Eduardo suspiró:

–¡Soy una víctima, señor doctor!

–Haces mal. No debe haber víctimas, salvo para impedir que haya tiranos –dijo el doctor poniéndose su gran sombrero de ala ancha.

–Porque en el fondo –exclamó aún João Eduardo, que se agarraba al doctor con la avidez de un náufrago–, en el fondo lo que el asqueroso del párroco quiere, con todos sus pretextos, ¡es a la chica! Si ella fuese un callo, ¡qué le iba a importar al sinvergüenza que yo fuese o no un impío! ¡Lo que él quiere es a la chica!

El doctor se encogió de hombros.

–Pobre, es natural –dijo ya con la mano en el pestillo de la puerta–. ¿Qué quieres? Él, como hombre, tiene para las mujeres pasión y órganos; como confesor, la importancia de un dios. Es evidente que utilizará esa importancia para satisfacer esas pasiones, y que recubrirá esa satisfacción natural con las apariencias y los pretextos de un servicio divino... Es lógico.

João Eduardo entonces, viéndolo abrir la puerta y desvanecerse la esperanza que lo había llevado allí, dijo, furioso, cruzando el aire con el sombrero:

–¡Curas canallas! ¡Raza que siempre detesté! ¡Querría verla barrida de la faz de la tierra, señor doctor!

–Ésa es otra tontería –dijo el doctor, resignándose a escucharlo todavía y deteniéndose a la puerta de la habitación–. Vamos a ver. ¿Tú crees en Dios? ¿En el Dios del cielo, en el Dios que está allá en lo alto del cielo y que es el principio de toda justicia y de toda verdad?

João Eduardo, sorprendido, dijo:

–Creo, sí señor.

–¿Y en el pecado original?

–También...

–¿En la vida futura, en la redención, etcétera?

–He sido educado en esas creencias...

–Entonces, ¿para qué quieres barrer a los curas de la faz de la tierra? Al contrario, debes pensar que aún son pocos. Eres un liberal racionalista en los límites de la Carta, por lo que veo... ¡Pero si crees en el Dios del cielo, que nos gobierna desde allá arriba, y en el pecado original, y en la vida futura, necesitas de una clase sacerdotal que te explique la doctrina y la moral revelada por Dios, que te ayuden a purificarte de la mancha original y que te preparen para ocupar un lugar en el paraíso! Tú necesitas a los curas. E incluso me parece una terrible falta de lógica que los desacredites en la prensa...

João Eduardo, atónito, balbució:

–Pero usted, señor doctor... Discúlpeme, pero...

–Dime, hombre. ¿Yo qué?

–Usted no necesita a los curas en este mundo.

–Ni en el otro. Yo no necesito a los curas en el mundo, porque no necesito a Dios en el cielo. Con esto quiero decir, amigo mío, que yo tengo mi Dios dentro de mí, esto es, el principio que dirige mis acciones y mis juicios. Vulgo, conciencia… Tal vez no lo comprendas bien… El hecho es que estoy aquí exponiendo doctrinas subversivas… Y la verdad es que ya son las tres…

Y le mostró el reloj de bolsillo.

En la puerta del patio, João Eduardo todavía le dijo:

—Entonces disculpe, señor doctor.

—No hay de qué… ¡Manda de una vez al diablo la Rua da Misericórdia!

João Eduardo lo interrumpió con vehemencia:

—Eso es fácil de decir, señor doctor, ¡pero cuando la pasión lo roe a uno por dentro!…

—¡Ah! —dijo el doctor—. ¡Es una hermosa y gran cosa la pasión! El amor es una de las grandes fuerzas de la civilización. Bien dirigida levanta un mundo y sería suficiente para hacer una revolución moral… —Y cambiando de tono—: Pero escucha. Mira que a veces eso no es pasión, no está en el corazón… El corazón es habitualmente una palabra de la que nos servimos, por decencia, para designar otro órgano. Es precisamente ese órgano el único que está interesado, la mayor parte de las veces, en los asuntos del sentimiento. Y en esos casos, el disgusto no dura. Adiós, ¡ojalá sea eso!

XIV

João Eduardo vagó por la calle, liando un cigarro. Se sentía nervioso, muy cansado por la mala noche que había pasado, por aquella mañana llena de pasos inútiles, por las conversaciones con el doctor Godinho y el doctor Gouveia.

–Se acabó –pensaba–, ¡no puedo hacer nada más! Hay que aguantarse.

Tenía el alma extenuada de tantos esfuerzos de pasión, de esperanza y de ira. Desearía irse a cualquier sitio aislado a tumbarse cuan largo era, lejos de abogados, de mujeres y de curas, y dormir durante meses. Pero como ya eran más de las tres, caminaba rápido hacia la notaría de Nunes. ¡Tal vez hasta tendría que oír un sermón por haber llegado tan tarde! ¡Triste vida la suya!

Había doblado la esquina de O Terreiro cuando, junto al figón del Osório, se encontró con un joven de levita clara orlada por una cinta negra muy larga y con un bigotito tan negro que parecía postizo sobre sus facciones extremadamente pálidas.

–¡Hola! ¿Qué es de tu vida, João Eduardo?

Era un tal Gustavo, tipógrafo de la *Voz do Distrito*, que hacía dos meses se había ido a Lisboa. Según decía Agostinho, era «muchacho de cabeza e instruidote, pero con unas ideas del diablo». Escribía a veces artículos sobre política exterior en los que introducía frases poéticas y rimbombantes, maldiciendo a Napoleón III, al zar y a los opresores del pueblo, llorando la esclavitud de Polonia y la miseria del proletariado. La simpatía entre él y João Eduardo provenía de conversaciones sobre religión en las que ambos exhalaban su odio al clero y su admiración a Jesucristo. La revolución de España lo había entusiasmado tanto que quería hacerse miembro de la Internacional; y el deseo de vivir en un centro obrero, donde hubiese asociaciones, discursos y fraternidad, lo había llevado a Lisboa. Allí había encontrado un buen trabajo y buenos camaradas. Pero como mantenía a su madre, vieja y enferma, y como era más económico que viviesen juntos, había vuelto a Leiria. El *Distrito*, además, ante la perspectiva de elecciones, prosperaba hasta el punto de haberles aumentado el salario a los tres tipógrafos.

—Así que aquí estoy otra vez con el «Raquítico»...

Iba a comer e invitó a João Eduardo a que le hiciese compañía. ¡No se iba a acabar el mundo, qué diablo, porque faltase un día a la notaría!

João Eduardo recordó entonces que no comía desde la víspera. Era tal vez la debilidad lo que lo tenía así, entontecido, tan predispuesto al desánimo... Se decidió, contento de poder estirarse en el banco de la taberna, después de las emociones y fatigas de la mañana, ante un plato lleno, en intimidad con un camarada de odios semejantes a los suyos. Además, los golpes recibidos le provocaban una necesidad, un deseo de comprensión; y dijo con vehemencia:

—¡Hombre, estupendo! ¡Me vienes que ni caído del cielo! Este mundo es una porquería. Si no fuese por algún momento pasado entre amigos, ¡no valdría la pena andar por aquí!

Estas maneras, tan nuevas en João Eduardo, en «el Pacatito», sorprendieron a Gustavo.

—¿Por qué? ¿No van bien las cosas? Broncas con el animal de Nunes, ¿no? —le preguntó.

—No, un poco de *spleen*.

—¡Eso de *spleen* es inglés! ¡Oh, chico, tendrías que ver al Taborda en *Amor Londrino*!... Déjate de *spleen*. ¡La cosa es meter peso dentro cargando bien en el líquido!

Lo cogió del brazo y lo hizo entrar en la taberna.

—¡Viva el tío Osório! ¡Salud y fraternidad!

El dueño del figón, el tío Osório, personaje obeso y satisfecho de la vida, con la camisa arremangada hasta los hombros, los brazos desnudos muy blancos apoyados sobre el mostrador, la cara fofa y astuta, se congratuló al ver a Gustavo de nuevo en Leiria. Lo encontraba más flacucho... Debía de ser de las malas aguas de Lisboa y del mucho campeche en los vinos... ¿Y qué iba a servirles a los caballeros?

Gustavo, plantándose delante de la alacena, con el sombrero hacia la nuca, se apresuró a soltar el chascarrillo que tanto lo había entusiasmado en Lisboa.

–Tío Osório, ¡sírvanos hígado de rey con riñón de cura a la parrilla!

El tío Osório, pronto para la réplica, dijo, rozando levemente con la rodilla el cinc del contador:

–De eso aquí no tenemos, señor Gustavo. Ésas son delicadezas de la capital.

–¡Entonces están ustedes muy atrasados! En Lisboa era mi desayuno de todos los días... Bien, se acabó, pónganos dos platos de hígado frito con patatas... ¡y bien llenitos, eh!

–Serán servidos como amigos.

Se acomodaron en el reservado, entre dos tabiques de pino cerrados por una cortina de algodón. El tío Osório, que apreciaba a Gustavo, «joven instruido y de pocas bromas», fue él mismo a llevarles la botella de vino y las aceitunas; y limpiando los vasos en el delantal sucio:

–Entonces, ¿qué hay de nuevo por la capital, señor Gustavo? ¿Cómo van las cosas por allá?

El tipógrafo compuso inmediatamente un rostro serio; se pasó la mano por los cabellos y dejó caer algunas frases enigmáticas:

–Dudosas, dudosas... Mucho desvergonzado en la política... La clase obrera empieza a agitarse... Falta de unión, por ahora... Se está a la espera de ver cómo transcurren las cosas en España... ¡Va a haberlas bonitas! Todo depende de España.

Pero el tío Osório, que había juntado algunos vintems y comprado una finca, le tenía horror a los tumultos... Lo que se quería en el país era paz... Sobre todo, lo que le desagradaba era que se contase con los españoles... De España, deberían saberlo los caballeros, «¡ni buen viento ni buen casamiento!».

–¡Todos los pueblos son hermanos! –exclamó Gustavo–. Cuando se trata de tirar abajo Borbones y emperadores, camarillas y nobleza, no hay portugueses ni españoles, ¡todos son hermanos! ¡Todo es fraternidad, tío Osório!

–Pues entonces la cosa es beber a su salud, beberle bien, que eso es lo que hace marchar el negocio –dijo el tío Osório tranquilamente, trasladando su obesidad fuera del cubículo.

–¡Elefante! –rezongó el tipógrafo, chasqueado por aquella indiferencia hacia la fraternidad de los pueblos. ¿Qué se podía esperar, por lo demás, de un propietario, de un agente electoral?

Tarareó la *Marsellesa*, llenando los vasos desde lo alto, y quiso saber qué había hecho el amigo João Eduardo… ¿Ya no iba por el *Distrito*? El «Raquítico» le había dicho que no había quien lo sacase de la Rua da Misericórdia…

–¿Y cuándo es esa boda, por fin?

João Eduardo se puso colorado, dijo vagamente:

–Nada decidido… Ha habido dificultades. –Y agregó con una sonrisa desconsolada–: Nos hemos enfadado.

–¡Tonterías! –soltó el tipógrafo con un movimiento de hombros que expresaba un desdén revolucionario por las frivolidades del sentimiento.

–Tonterías… No sé si son tonterías –dijo João Eduardo–. Lo que si sé es que dan disgustos… Destrozan a un hombre, Gustavo.

Se calló, mordiéndose el labio para recalcar la emoción que lo turbaba.

Pero al tipógrafo le parecían ridículas todas esas historias de mujeres. Los tiempos no estaban para amores… El hombre del pueblo, el obrero que se agarraba a unas faldas para no despegarse, era un inútil… ¡Era un vendido! No era en amoríos en lo que había que pensar, sino en darle la libertad al pueblo, en liberar el trabajo de las garras del capital, en acabar con los monopolios, ¡en trabajar para la República!

No se necesitaban lamentos, se necesitaba acción. ¡Se necesitaba la fuerza! Y cargaba furiosamente la *r* de la palabra –¡la fuerrrza!– agitando sus delgadísimas muñecas de tísico sobre el gran plato de hígado frito que había traído el mozo.

João Eduardo, escuchándolo, se acordaba del tiempo en que el tipógrafo, loco por Júlia la panadera, andaba continuamente con los ojos rojos como brasas y atronaba la tipografía con suspiros que metían miedo. A cada «¡ay!», los compañeros, burlándose, soltaban una tosecita de garganta. Incluso un día Gustavo y Medeiros se habían dado de puñetazos en el patio...

–¡Mira quién habla! –dijo por fin–. Eres como los demás... Estas ahí hablando y cuando te llega eres como los demás.

Entonces el tipógrafo –que, desde que en Lisboa había frecuentado un Club Democrático en Alcántara y ayudado a redactar un manifiesto a los hermanos cigarreros en huelga, se consideraba exclusivamente dedicado al servicio del proletariado y de la República –se escandalizó. ¿Él? ¿Él como los demás? ¿Perder su tiempo en faldas?...

–¡Está usted muy equivocado!

Y se recogió en un silencio fastidiado, cortando con furia el hígado frito.

João Eduardo temió haberlo ofendido.

–Bueno, Gustavo, seamos razonables. Un hombre puede tener sus principios, trabajar por su causa, y además casarse, buscar su rinconcito, tener una familia.

–¡Nunca! –exclamó el tipógrafo, exaltado–. ¡El hombre que se casa está perdido! A partir de ahí es sólo ganarse el cocido, no moverse del agujero, no tener un momento para los amigos, pasear de noche a los mocosos cuando berrean por los dientes... ¡Es un inútil! ¡Es un vendido! Las mujeres no entienden nada de política. Tienen miedo de que el hombre se meta en barullos, de que tenga líos con la policía... ¡Un patriota queda atado de pies y manos! ¿Y cuando hay que guardar un secreto? ¡El hombre casado no puede guardar secretos!... Y en eso, a veces, queda una revolución comprometida… ¡Carretera para la familia! ¡Otra de aceitunas, tío Osório!

La panza del tío Osório apareció entre los tabiques:

–Pero ¿qué están ustedes discutiendo, que parece que hubiesen entrado los de A Maia en el consejo de distrito?

Gustavo se recostó contra el respaldo del banco, con la pierna estirada, y lo interpeló en voz alta:

–Nos lo va a decir el tío Osório. Díganos, amigo. ¿Sería usted capaz de cambiar sus opiniones políticas para hacer la voluntad de su patrona?

El tío Osório se acarició la cerviz y dijo con tono astuto:

–Le diré, señor Gustavo. Las mujeres son más listas que nosotros… Y en política, como en los negocios, quien haga lo que ellas dicen va por lo seguro… Yo siempre consulto con la mía, si quiere que le diga la verdad, ya desde hace veinte años, y no me ha ido mal.

Gustavo saltó en el banco:

–¡Usted es un vendido! –gritó.

El tío Osório, acostumbrado a aquella expresión querida del tipógrafo, no se escandalizó; incluso bromeó, con su amor a las buenas réplicas:

–Vendido no sé, pero vendedor para lo que usted quiera… Pues es lo que le digo, señor Gustavo. Usted se casará y después ya nos contará.

–Lo que le contaré, cuando haya una revolución, va a ser entrarle aquí con la espingarda al hombro y montarle un consejo de guerra, ¡capitalista!

–Pues mientras eso no llegue, la cosa es beber, beber en abundancia –dijo el tío Osório retirándose con pachorra.

–¡Hipopótamo! –murmuró el tipógrafo.

Y como adoraba las discusiones, volvió a empezar, sosteniendo que el hombre embelesado por unas sayas no tiene firmeza en sus convicciones políticas…

João Eduardo sonreía tristemente, con una negación muda, pensando que, a pesar de su pasión por Amélia, ¡no se había confesado en los últimos dos años!

–¡Tengo pruebas! –gritaba Gustavo.

Citó a un librepensador amigo suyo que, para mantener la paz doméstica, se sometía a ayunar los viernes y a allanar los domingos el camino de la capilla con el rastrillo bajo el brazo...

–¡Y eso es lo que te va a pasar a ti!... Tú tienes ideas menos malas respecto de la religión, pero aún he de verte de hábito rojo y cirio en la mano en la procesión del Cristo de los Pasos... Filosofía y ateísmo no cuestan nada cuando se charla en el billar, entre amigos... Pero practicarlos en familia, cuando se tiene una mujer bonita y devota, ¡es el demonio! Es lo que te va a pasar, si es que no te está pasando ya: enviarás tus convicciones de liberal al cajón del polvo ¡y terminarás luego haciéndole reverencias al confesor de la casa!

João Eduardo se ponía rojo de indignación. Incluso en los tiempos de su felicidad, cuando tenía a Amélia segura, aquella acusación, que el tipógrafo hacía sólo para discutir, para charlar, lo habría escandalizado. ¡Pero hoy! ¡Precisamente cuando había perdido a Amélia por haber expresado en alto, en un periódico, su horror a los beatos! ¡Hoy, que se hallaba allí, con el corazón roto, robada toda su alegría, precisamente por sus opiniones liberales!...

–¡Tiene gracia que me digas eso a mí! –dijo, con una amargura sombría.

El tipógrafo chanceó:

–Hombre ¡aún no me consta que seas un *mártir de la libertad*!

–Gustavo, no me provoques –dijo el escribiente muy molesto–. Tú no sabes lo que me ha pasado. Si lo supieses no me dirías eso...

Le contó entonces la historia del «Comunicado», callando que lo había escrito en un acceso de celos y presentándolo como una pura afirmación de principios... Y que reparase en esta circunstancia, que se iba a casar con una joven devota, en una casa más frecuentada por curas que la sacristía de la catedral...

–¿Y firmaste? –preguntó Gustavo, asombrado por la revelación.

–El doctor Godinho no quiso –dijo el escribiente ruborizándose un poco.

–Y les largaste una andanada, ¿no?

–A todos, ¡a romper!

El tipógrafo, entusiasmado, gritó:

–¡Otra de tinto!

Llenó los vasos arrobado, hizo un gran brindis a la salud de João Eduardo.

–¡Caramba, quiero ver eso! ¡Quiero mandárselo a la gente de Lisboa! ¿Y qué efecto hizo?

–Un escándalo de primera.

–¿Y los curitas?

–¡Quemados!

–Pero ¿cómo supieron que habías sido tú?

João Eduardo se encogió de hombros. Agostinho no lo había dicho. Desconfiaba de la mujer de Godinho, que lo sabía por el marido y que había ido a contárselo al padre Silvério, su confesor, el padre Silvério de la Rua das Teresas...

–¿Uno gordo que parece hidrópico?

–Sí.

–¡Menuda bestia! –rugió el tipógrafo con rencor.

Observaba ahora a João Eduardo con respeto, aquel João Eduardo que se le revelaba inesperadamente como un paladín del librepensamiento.

–¡Bebe, amigo, bebe! –le decía, llenándole el vaso con cariño, como si aquel esfuerzo heroico de liberalismo necesitase aún, después de tantos días, ánimos excepcionales.

¿Y qué había pasado? ¿Qué había dicho la gente de la Rua da Misericórdia?

Tanto interés emocionó a João Eduardo, y de un golpe hizo su confidencia. Incluso le enseñó la carta de Amélia que, con toda seguridad, pobre, le habían obligado a escribir en medio de un terror infernal, bajo la presión de los curas enfurecidos...

–Y aquí tienes a la víctima, ¡que soy yo, Gustavo!

En efecto, lo era; y el tipógrafo lo consideraba con una admiración creciente. Ya no era «el Pacatito», el escribiente de Nunes, el pelotillero de la Rua da Misericórdia... era una *víctima de las persecuciones religiosas*. Era la primera que veía el tipógrafo; y, aunque no se le aparecía en la actitud tradicional de las estampas de propaganda, amarrado a un poste en una hoguera o huyendo despavorido con su familia ante soldados que se acercaban galopando en la sombra desde el último plano, lo encontraba interesante. Le envidiaba secretamente aquel honor social. ¡Menuda reputación le daría a él entre la chavalada de Alcántara! ¡Qué bicoca ser una víctima de la reacción sin perder el consuelo del hígado frito del tío Osório y las pagas completas los sábados!... Pero, sobre todo, ¡el modo de actuar de los curas lo enfurecía! Para vengarse de un liberal, habían conspirado, ¡le habían quitado la novia! ¡Oh, qué canalla!... Y olvidando sus sarcasmos sobre el matrimonio y la familia, bramó en voz alta contra el clero, que fue siempre el destructor de esa institución social, perfecta, ¡de origen divino!

–¡Esto pide una venganza terrible, chico! ¡Hay que destrozarlos!

¿Una venganza? João Eduardo la deseaba, ¡vorazmente! Pero ¿cuál?

–¿Cuál? ¡Contarlo todo en el *Distrito*, en un artículo tremendo!

João Eduardo le repitió las palabras del doctor Godinho: ¡de allí en adelante el *Distrito* estaba cerrado para los señores librepensadores!

–¡Jumento! –rugió el tipógrafo.

Pero, ¡caramba!, tenía una idea. ¡Publicar un folleto! Un folleto de veinte páginas, lo que se llama en el Brasil una «mofina», pero en un estilo florido –él se encargaba de eso–, ¡que cayese sobre el clero como un alud de verdades mortales!

João Eduardo se entusiasmó. Y ante aquella simpatía activa de Gustavo, viendo en él a un hermano, liberó las últimas confidencias, las más dolorosas. Lo que había en el fondo de la intriga era la pasión del padre Amaro por la chica, era para apoderarse de ella por lo que se deshacía de él... El enemigo, el malvado, el verdugo... ¡era el párroco!

El tipógrafo se llevó las manos a la cabeza: un caso semejante, si bien era para él trivial en las noticias locales que componía, sucedido a un amigo suyo que estaba allí bebiendo con él, a un demócrata, le parecía monstruoso, una cosa parecida a los furores de la vejez de Tiberio, violando en baños perfumados las carnes delicadas de mancebos patricios.

No podía creerlo. João Eduardo acumuló pruebas. Y entonces Gustavo, que había mojado generosamente en tinto las raciones de hígado, levantó los puños cerrados, y con el rostro agarrotado, los dientes apretados, gritó roncamente:

—¡Abajo la religión!

Del otro lado del tabique una voz socarrona graznó en réplica:

—¡Viva Pío Nono!

Gustavo se puso en pie para ir a abofetear al entrometido. Pero João Eduardo lo calmó. Y el tipógrafo, sentándose tranquilamente, chupeteó las últimas gotas del vaso.

Entonces, con los codos sobre la mesa, la botella en el centro, hablaron en voz baja, rostro frente a rostro, en torno al plan del folleto. La cosa era fácil: lo escribirían los dos. João Eduardo lo quería en forma de romance, de enredo negro, dándole al personaje del párroco los vicios y las perversiones de Calígula o de Heliogábalo. El tipógrafo, sin embargo, quería un libro filosófico, de estilo y de principios, ¡que demoliese de una vez para siempre el ultramontanismo! Él mismo se encargaría de imprimir la obra por las tardes, *gratis*, ya se sabe. Pero entonces, bruscamente, surgió una dificultad.

—¿El papel? ¿Cómo conseguimos el papel?

Era un gasto de nueve o diez mil reales; ninguno de los dos los tenía..., ni tampoco un amigo que, por fidelidad a los principios, se los adelantase.

—¡Pídeselos a Nunes a cuenta de tu salario! —apuntó vivamente el tipógrafo.

João Eduardo balanceó con tristeza la cabeza. Estaba precisamente pensando en Nunes y en su indignación de devoto, de miembro de la junta parroquial, de amigo del chantre, apenas leyese el panfleto. ¿Y si supiera que era su escribiente quien lo había compuesto, con las plumas de la notaría, en el papel de barba de la notaría?... Lo veía ya rojo de cólera, alzando sobre la punta de los zapatos blancos su figura gordinflona y gritando con voz de grillo: «¡Fuera de aquí, masón, fuera de aquí!».

–Quedaba yo bien arreglado –dijo João Eduardo muy serio–, ¡ni mujer ni pan!

Esto hizo recordar también a Gustavo la cólera probable del doctor Godinho, dueño de la tipografía. El doctor Godinho, que después de la reconciliación con la gente de la Rua da Misericórdia había retomado públicamente su notoria posición de pilar de la Iglesia y columna de la fe...

–Es el demonio, puede salirnos caro –dijo él.

–¡Es imposible! –dijo el escribiente.

Entonces maldijeron de rabia. ¡Perder una ocasión como aquélla para enseñar las miserias del clero!

El plan del folleto, como una columna caída, que parece más grande, se les figuraba ahora, ya derribado, de una altura y de una importancia colosal. No era ya la demolición local de un párroco perverso, era la ruina, a lo largo y a lo ancho, de todo el clero, de los jesuitas, del poder temporal, de otras cosas funestas... ¡Maldición! ¡Si no fuese por Nunes, si no fuese por Godinho, si no fuese por los nueve mil reales de papel!

Aquel perpetuo obstáculo del pobre, falta de dinero y dependencia del patrón, que hasta para un folleto era un estorbo, los rebeló contra la sociedad.

–Está claro que es necesaria una revolución –afirmó el tipógrafo–. ¡Es necesario destruirlo todo, todo! –Y su amplio gesto sobre la mesa indicaba, en una formidable nivelación social, una demolición de iglesias, palacios, bancos, cuarteles ¡y propiedades de Godinhos!–. ¡Otra de tinto, tío Osório!

Pero el tío Osório no aparecía. Gustavo golpeó en la mesa con toda su fuerza con el mango del cuchillo. Y, finalmente, encolerizado, salió fuera hasta el mostrador «para reventarle la panza a aquel vendido que hacía esperar así a un ciudadano».

Lo encontró descubierto, radiante, conversando con el barón de Via-Clara quien, en vísperas de elecciones, andaba por los figones estrechando las manos de los compadres. Y allí en la taberna parecía magnífico el barón, con su monóculo de oro, los botines de charol sobre el suelo de tierra, tosiqueando con el olor acre del aceite hervido y las emanaciones de la borra del vino.

Gustavo, avistándolo, volvió discretamente al cubículo.

–Está con el barón –dijo con una sordina respetuosa.

Pero viendo a João Eduardo hundido, con la cabeza entre los puños, el tipógrafo lo exhortó a no desfallecer. ¡Qué diablo! En el fondo, se libraba de casarse con una beata…

–¡No poder vengarme de ese asqueroso! –interrumpió João Eduardo, dando un empujón al plato.

–No te aflijas –prometió el tipógrafo con solemnidad–, ¡que la venganza no está lejos!

Le habló entonces en voz baja, confidencialmente, de «las cosas que se preparaban en Lisboa». Le habían asegurado que había un club republicano al que pertenecían incluso figurones, lo que constituía para él una garantía superior de triunfo. Además de eso, la juventud trabajadora se movía… A él mismo –murmuraba casi encima de la cara de João Eduardo, de bruces sobre la mesa– le habían hablado para que se hiciese miembro de una sección de la Internacional que un español iba a organizar en Madrid; nunca había visto al español, que se disfrazaba a causa de la policía; y la cosa había fallado porque el comité no tenía fondos…, pero era cierto que había un hombre, con una cicatriz, que había prometido cien mil reales… El ejército, además, estaba en el asunto: había visto en una reunión a un sujeto barrigudo del que le habían dicho que era comandante y que tenía cara de comandante... Así que, con todos estos elementos, la opinión de Gustavo era que dentro de unos meses gobierno, rey, hidalgos, capitalistas, obispos, todos esos monstruos ¡saltarían por los aires!

–¡Y entonces seremos nosotros los reyecitos, amigo! A Godinho, a Nunes, a toda la banda la encerramos en los calabozos de São Francisco. Yo me cargo a Godinho... A los curas ¡los molemos a palos! ¡Y el pueblo por fin respira!

–¡Pero de aquí a allá! –suspiró João Eduardo, que pensaba con amargura que cuando llegase la revolución ya sería tarde para recuperar a Ameliazinha...

Entonces apareció el tío Osório con la botella.

–¡Por fin, ya era hora, *señor hidalgo*! –dijo el tipógrafo rebosando sarcasmo.

–Uno no pertenece a tal clase, pero es tratado por ella con consideración –replicó enseguida el tío Osório, a quien la satisfacción hacía parecer más panzudo.

–¡Por media docena de votos!

–Dieciocho de la parroquia y esperanzas de diecinueve. ¿Van a tomar algo más los caballeros? ¿Nada más?... Pues es lástima. Entonces, ¡a beber, a beber!

Y corrió la cortina, dejando a los dos amigos frente a la botella llena, aspirando a una revolución que les permitiese a uno recobrar a la señorita Amélia y al otro apalear al patrón Godinho.

Eran casi las cinco cuando por fin salieron del cubículo. El tío Osório, que se interesaba por ellos por ser jóvenes con instrucción, pronto notó, examinándolos desde el rincón del mostrador donde saboreaba su *Popular*, que «iban tocaditos». João Eduardo, sobre todo, con el sombrero embutido y el labio caído: «Hombre de mal vino», pensó el tío Osório, que lo conocía poco. Pero el señor Gustavo, como siempre, después de sus tres litros, resplandecía de júbilo. ¡Gran chico! Era el que pagaba la cuenta; y tambaleándose sobre el mostrador, entrechocando con los brazos en alto sus dos monedas de plata:

—¡Mete más de éstas en la hucha, Osório, tonel!

—La pena es que sólo sean dos, señor Gustavo.

—¡Ah, bandido! ¿Crees que el sudor del pueblo, el dinero del trabajo es para llenar la panza de los filisteos? ¡Pero no te libras! Que el día del ajuste de cuentas quien ha de tener el honor de agujerearte esa barrigota es aquí el Bibi... Y el Bibi soy yo... ¡Yo soy el Bibi! ¿No es verdad, João? ¿Quién es el Bibi?

João Eduardo no lo escuchaba; muy torvo, miraba con desconfianza a un borracho que en la mesa del fondo, delante de su litro vacío, con el mentón en la palma de la mano y la cachimba entre los dientes, se había quedado embobado, maravillado, mirando hacia los dos amigos.

El tipógrafo lo arrastró hacia el mostrador:

—¡Dile aquí al tío Osório quién es el Bibi! ¿Quién es el Bibi?... ¡Mire para éste, tío Osório! ¡Muchacho de talento, y de los buenos! ¡Míremelo! ¡Con dos plumazos acaba con el ultramontanismo! ¡Éste es de los míos! ¡Las cosas entre nosotros son para la vida y para la muerte! ¡Déjate de cuentas, Osório, barrigón, escucha lo que te digo! Éste es de los buenos... Y si volviese aquí y quisiese dos litros a crédito, se los das... Aquí Bibi responde de todo.

—Entonces tenemos —comenzó el tío Osório— raciones para dos, ensalada para dos...

Pero el borracho se había arrancado con esfuerzo de su asiento; con la cachimba entre los dientes, eructando con fuerza, fue a plantarse ante el tipógrafo y, tambaleándose sobre las piernas, le extendió su mano abierta.

Gustavo lo observó desde lo alto, con repugnancia:

—¿Qué quiere usted? Apuesto a que fue usted quien gritó hace un momento «¡Viva Pío Nono!». Vendido... ¡Saque la pata de ahí!

El borracho, rechazado, gruñó; y, tropezando con João Eduardo, le ofreció la mano abierta.

—¡Aparte de ahí, animal! —le dijo el escribiente, desabrido.

—Todo amistad... Todo amistad... —rezongaba el borracho.

Y no se iba, con los cinco dedos muy abiertos, despidiendo un aliento fétido.

João Eduardo, furioso, lo empujó contra el mostrador.

–Las manos quietas ¿eh?–exclamó entonces severamente el tío Osório–. ¡Violencias, no!

–Que no se metiese conmigo –murmuró el escribiente–. Y a usted le digo lo mismo.

–Quien no tiene compostura se va a la calle –dijo muy serio el tío Osório.

–¿Quién se va a la calle, quién se va a la calle? –rugió el escribiente, empinándose, con los puños cerrados–. ¡Repita eso de irse a la calle! ¿Con quién está usted hablando?

El tío Osório no replicaba, apoyado sobre las manos en el mostrador, dejando ver los enormes brazos que hacían que su establecimiento fuese respetado.

Pero Gustavo, con autoridad, se colocó entre los dos y declaró que ¡había que ser caballero! ¡Peleas y malas palabras, no! Se podía bromear y reírse de los amigos, ¡pero como caballeros! ¡Y allí sólo había caballeros!

Arrastró a un rincón al escribiente, que rezongaba muy resentido.

–¡Pero João, pero João! –le decía con grandes gestos–, ¡eso no es de un hombre ilustrado!

¡Qué demonios! ¡Había que tener buenas maneras! Con repentes, con vino pendenciero, ¡no había juerga, ni sociedad, ni fraternidad!

Volvió al tío Osório, hablándole sobre el hombro, excitado:

–¡Yo respondo por él, Osório! ¡Es un caballero! Pero ha tenido disgustos y no está acostumbrado a un litro de más. ¡Es lo que hay! Pero es de los buenos… Disculpe usted, tío Osório. Que yo respondo por él.

Fue a buscar al escribiente, lo persuadió para que estrechase la mano del tío Osório. El tabernero declaró con énfasis que no había querido insultar al caballero. Los *shake-hands* se sucedieron entonces con vehemencia. Para consolidar la reconciliación, el tipógrafo pagó tres aguardientes blancos.

João Eduardo, por majeza, ofreció también una ronda de coñac. Y con los vasos en fila sobre el mostrador intercambiaban buenas palabras, se trataban de caballeros, mientras el borracho, olvidado en su rincón, derrengado encima de la mesa, la cabeza sobre los puños y la nariz sobre la botella, babeaba silenciosamente, con la cachimba clavada en los dientes.

–Esto es lo que a mí me gusta –decía el tipógrafo, a quien el aguardiente había aumentado la ternura–. ¡Armonía! ¡La armonía es mi debilidad! Armonía entre la juventud y entre la humanidad... ¡Lo que a mí me gustaría ver es una gran mesa, y toda la humanidad sentada a un banquete, y un buen fuego encendido, y buen humor, y resolver las cuestiones sociales! ¡Y no está lejos el día en que usted lo vea, tío Osório!... En Lisboa se están preparando las cosas para eso. Y el tío Osório pondrá el vino.... ¿Eh? ¡Qué negocito! ¡Diga que no soy su amigo!

–Gracias, señor Gustavo, gracias...

–Esto aquí entre nosotros, ¿eh? ¡Que somos todos caballeros! ¡Y aquí éste –abrazaba a João Eduardo– es como si fuese mi hermano! ¡Entre nosotros, para la vida y para la muerte! ¡Y hay que mandar la tristeza al diablo, chico! Ahora, a escribir el folleto... El Godinho y el Nunes...

–¡Al Nunes lo rajo! –soltó con fuerza el escribiente que, después de los brindis con caña, parecía más sombrío.

Dos soldados entraron entonces en la taberna... y Gustavo juzgó que era hora de irse a la imprenta. Si no, no iban a separarse en todo el día, ¡no iban a separarse en toda la vida!... Pero ¡el trabajo es deber, el trabajo es virtud!

Salieron, por fin, después de más *shake-hands* con el tío Osório. En la puerta, Gustavo todavía juró al escribiente una lealtad de hermano; lo obligó a aceptar su bolsa de tabaco; y desapareció por la esquina de la calle, el sombrero hacia la nuca, tarareando el *Himno del trabajo*.

João Eduardo, solo, se dirigió hacia la Rua da Misericórdia. Al llegar a la puerta de la Sanjoaneira, apagó con cuidado el cigarro en la suela del zapato y dio un tirón tremendo al cordón de la campanilla.

La Ruça llegó corriendo.

–¿Y Ameliazinha? ¡Quiero hablar con ella!

–Las señoras salieron –dijo la Ruça, sorprendida por el aspecto del señor Joãozinho.

–¡Mientes, borracha! –gritó el escribiente.

La chica, aterrorizada, cerró la puerta de golpe.

João Eduardo fue a apoyarse en la pared de enfrente y se quedó allí, de brazos cruzados, observando la casa: las ventanas estaban cerradas, los visillos corridos; dos pañuelos del rapé del canónigo secaban colgados del balcón. Se acercó otra vez y llamó despacito con la aldaba. Después repicó con furia la campanilla. No apareció nadie; entonces, indignado, se fue hacia la catedral.

Al desembocar en el Largo, delante de la fachada de la iglesia, se detuvo, inspeccionando el entorno con el entrecejo fruncido: pero el Largo parecía desierto; a la puerta de la botica de Carlos un muchachito, sentado en el escalón, sostenía las riendas de un burro cargado de hierba; aquí y allí, las gallinas picoteaban en el suelo vorazmente; el portalón de la iglesia estaba cerrado; y apenas se oía el sonido de unos martillazos en una casa cercana en la que había obras.

Y João Eduardo iba a continuar hacia la zona de la alameda cuando aparecieron en el atrio de la iglesia, por la parte de la sacristía, el padre Silvério y el padre Amaro, conversando tranquilamente. Daba en aquel momento un cuarto en la torre y el padre Silvério se paró para poner en hora su reloj de bolsillo. Después los dos curas miraron maliciosamente hacia la ventana del ayuntamiento, con los ventanales abiertos, donde se veía, en la penumbra, el bulto del señor alcalde con el binóculo clavado en la casa del sastre Teles. Y finalmente bajaron por la escalinata de la catedral, riendo hombro con hombro, divertidos con aquella pasión que escandalizaba a Leiria.

Fue entonces cuando el párroco vio a João Eduardo, que se había plantado en medio del Largo. Se detuvo, decidido a regresar a la catedral para evitar el encuentro; pero vio el portalón cerrado e iba a seguir con los ojos bajos, al lado del buen Silvério, que sacaba tranquilamente su caja de rapé, cuando João Eduardo, arrojándose hacia él, sin una palabra, lanzó con toda su fuerza un puñetazo contra el hombro de Amaro.

El párroco, aturdido, levantó débilmente el paraguas.

–¡Vengan! –gritó entonces el padre Silvério, retrocediendo con los brazos en alto–. ¡Vengan!

Desde la puerta del ayuntamiento salió corriendo un hombre, agarró violentamente al escribiente por el cuello:

–¡Dése preso! –rugía–, ¡dése preso!

–¡Vengan, vengan! –gritaba Silvério, alejado.

En el Largo se abrían rápidamente las ventanas. Amparo, en saya blanca, apareció en el balcón, despavorida; Carlos se había precipitado desde el laboratorio, en zapatillas; y el señor alcalde, asomado al balcón, braceaba con el binóculo en la mano.

Finalmente, el escribano municipal, Domingos, compareció, muy serio, a la cabeza de un grupo de funcionarios en hilera: y con el cabo de policía, se llevó al ayuntamiento al escribiente, que no se resistía, completamente pálido...

Carlos se apresuró a conducir al señor párroco hasta la botica; mandó preparar, con estrépito, flor de naranja y éter; gritó a su mujer para que dispusiese una cama... Quería examinar el hombro de Su Señoría; ¿habría contusión?

–Gracias, no es nada –decía el párroco, muy blanco–. No es nada. Ha sido un arañazo. Me llega con una gota de agua.

Pero Amparo creía mejor una copa de vino de oporto; y corrió arriba a buscársela, tropezando con los niños que se le colgaban de las faldas, dando ayes, explicándole a la criada en la escalera ¡que habían querido matar al señor párroco!

A la puerta de la botica se había reunido gente que miraba pasmada hacia dentro; uno de los carpinteros que trabajaban en las obras afirmaba que «había sido una cuchillada»; y detrás, una vieja se debatía, con el pescuezo estirado, para ver la *sangre*. Finalmente, a petición del párroco, que temía un escándalo, Carlos fue majestuosamente a declarar ¡que no quería un motín en la puerta! El señor párroco estaba mejor. Había sido sólo un puñetazo, un golpe con la mano... Él respondía por Su Señoría.

Y como el burro al lado había empezado a rebuznar, el boticario, volviéndose indignado hacia el muchachito que lo sujetaba por las riendas:

—¿Y a ti no te da vergüenza, en medio de un disgusto de éstos, un disgusto para toda la ciudad, quedarte aquí con ese animal, que no hace otra cosa que ornear? ¡Largo de aquí, insolente, largo de aquí!

Aconsejó entonces a los dos sacerdotes que subiesen a la sala para evitar la «curiosidad del populacho». Y la buena Amparo apareció inmediatamente con dos copitas de oporto, una para el señor párroco, otra para el señor padre Silvério, que se había dejado caer en una esquina del canapé, todavía aterrorizado, extenuado por la emoción.

—Tengo cincuenta y cinco años —dijo, después de haber bebido la última gota de oporto—, ¡y es la primera vez que me veo en un barullo!

El padre Amaro, más sosegado ahora, afectando bravura, se burló del padre Silvério:

—Se ha tomado usted el incidente muy por lo trágico, colega... Y eso de que es la primera vez, vamos... Todo el mundo sabe que el colega tuvo una agarrada con Natário...

—¡Ah, sí —exclamó Silvério—, pero eso era entre sacerdotes, amigo!

Pero Amparo, aún muy temblorosa, llenando otra vez la copa del señor párroco, quiso saber «los detalles, todos los detalles...».

—No hay detalles, señora mía, yo iba aquí con el colega... Íbamos charlando... El hombre se acercó a mí y, como yo estaba desprevenido, me dio un golpe en el hombro.

—Pero ¿por qué? ¿Por qué? —exclamó la buena señora, apretando las manos, asombrada.

Entonces Carlos dio su opinión. Hacía sólo unos días, él había dicho, delante de Amparozinho y de doña Josefa, la hermana del respetable canónigo Dias, que estas ideas de materialismo y ateísmo estaban llevando a la juventud a los más perniciosos excesos... ¡Lo que él no sabía entonces es que estaba profetizando!

–¡Fíjense Sus Señorías en este muchacho! Empieza por olvidar todos los deberes de cristiano (así nos lo dijo doña Josefa), se asocia con bandidos, se burla de los dogmas en los cafetines... Después, sigan Sus Señorías la progresión, no contento con estos extravíos, publica en los periódicos ataques abyectos contra la religión... Y finalmente, poseído por un vértigo de ateísmo, se lanza, delante mismo de la catedral, sobre un sacerdote ejemplar (no es porque Su Señoría esté presente) ¡e intenta asesinarlo! Ahora, pregunto yo, ¿qué hay en el fondo de todo esto? ¡Odio, puro odio a la religión de nuestros padres!

–Desgraciadamente, así es –suspiró el padre Silvério.

Pero Amparo, indiferente a las causas filosóficas del delito, ardía en curiosidad por saber qué estaría pasando en el ayuntamiento, qué diría el escribiente, si lo habrían esposado... Carlos se mostró dispuesto a ir a averiguar.

De hecho, dijo, era su deber, como hombre de ciencia, esclarecer a la justicia sobre las consecuencias que podía haber traído un puñetazo, con toda la fuerza del brazo, en la delicada región de la clavícula, aunque, alabado sea Dios, no había fractura ni hinchazón. Y sobre todo quería revelarle a la autoridad, para que tomase sus medidas, que aquella tentativa de apaleamiento no provenía de la venganza personal. ¿Qué podía haberle hecho el señor párroco de la catedral al escribiente de Nunes? ¡Procedía de una vasta conspiración de ateos y republicanos contra el sacerdocio de Cristo!

–¡De acuerdo, de acuerdo! –dijeron los dos sacerdotes gravemente.

–¡Y es lo que voy a probarle cabalmente al señor alcalde del municipio!

En su celosa precipitación de conservador indignado, salía incluso con las zapatillas y la bata de laboratorio puestas; pero Amparo lo alcanzó en el pasillo:

—¡Pero, hijo! ¡La levita, ponte la levita por lo menos, que el alcalde es muy de protocolos!

Ella misma le ayudó a ponérsela, mientras Carlos, con la imaginación trabajando deprisa —aquella desgraciada imaginación que, como él decía, hasta le daba a veces dolores de cabeza—, iba preparando su deposición, que sería sonada en la ciudad. Hablaría de pie. En la sala del ayuntamiento habría un tinglado judicial: en la mesa, el señor alcalde, grave como la personificación del orden; alrededor, los amanuenses, activos sobre su papel timbrado; y el reo, enfrente, en la actitud tradicional de los criminales políticos, los brazos cruzados sobre el pecho, la frente alta desafiando a la muerte. Entonces él, Carlos, entraría y diría: «¡Señor alcalde, vengo espontáneamente a ponerme al servicio de la vindicta pública!».

—Voy a demostrarles, con una lógica de hierro, que todo es resultado de una conspiración del racionalismo. Puedes estar segura, Amparozinho, ¡es una conspiración del racionalismo! —dijo, apretando con un gemido de esfuerzo las presillas de los botines de caña.

—Y fíjate si habla de la pequeña, de la Sanjoaneira...

—Voy a tomar notas. Pero no se trata de la Sanjoaneira. ¡Esto es un juicio político!

Atravesó el Largo majestuosamente, seguro de que los vecinos, en las puertas, murmuraban: «Ahí va Carlos a deponer...». Iba a deponer, sí, ¡pero no sobre el puñetazo en el hombro de Su Señoría! ¿Qué importaba el puñetazo? Lo grave era lo que había detrás del puñetazo... ¡una conspiración contra el Orden, la Iglesia, la Carta y la Propiedad! Es lo que él le probaría al señor alcalde. «¡Este puñetazo, ilustrísimo señor, es la primera violencia de una gran revolución social!»

Y empujando el batiente de bayeta que daba acceso a la administración del ayuntamiento de Leiria, permaneció un momento con la mano en el pestillo, llenando el vano de la puerta de la pompa de su persona. No, no había el tinglado judicial que él había imaginado. El reo estaba allí, sí, el pobre João Eduardo, pero sentado en el borde del banco, con las orejas rojas, mirando estúpidamente al suelo. Artur Couceiro, perplejo por la presencia de aquel íntimo de las veladas de la Sanjoaneira, allí, en el banco de los detenidos, había clavado la nariz, para no mirarlo, sobre el inmenso libro de expedientes en el que había desdoblado el *Popular* del día anterior. El amanuense Pires, con el entrecejo muy erguido y muy serio, se embebía en la punta de la pluma de ganso que afilaba sobre la uña. El escribano Domingos, ése sí, ¡vibraba de actividad! Su lápiz garabateaba con furia. El proceso estaba seguramente apurándose; era el momento de aportar su idea... Y Carlos, entonces, adelantándose:

—¡Señores! ¿El señor alcalde?

Justamente, la voz de Su Excelencia llamó desde el interior de su despacho:

—¿Señor Domingos?

El escribano se enderezó, empujando los anteojos hacia la frente.

—¡Señor alcalde!

—¿Tiene usted ahí fósforos?

Domingos buscó ansiosamente en los bolsillos, en el cajón, entre los papeles...

—¿Alguno de ustedes tiene fósforos?

Hubo un rebuscar de manos sobre las mesas... No, no había fósforos.

—Oiga, señor Carlos, ¿tiene usted fósforos?

—No tengo, señor Domingos. Lo siento.

El señor alcalde apareció entonces, acomodando sus anteojos de concha de tortuga:

—Nadie tiene fósforos, ¿eh? ¡Es extraordinario que nunca haya aquí fósforos! Una oficina de éstas sin un fósforo... ¿Qué le hacen ustedes a los fósforos? ¡Mande a buscar de una vez media docena de cajas!

Los empleados se miraban consternados por esta ausencia flagrante en el material del servicio administrativo.

Y Carlos, apoderándose de la presencia y la atención de Su Excelencia:

—Señor alcalde, vengo aquí… Aquí vengo solícito y espontáneo, por así decirlo…

—Dígame una cosa, señor Carlos —interrumpió la autoridad—. ¿El párroco y el otro están aún en la botica?

—El señor párroco y el señor padre Silvério se han quedado con mi esposa a fin de reposar de la conmoción que…

—Tenga la bondad de ir a decirles que los necesitamos aquí.

—Estoy a disposición de la ley…

—Que vengan cuanto antes… Son las cinco y media, ¡queremos marcharnos! Fíjense qué lata el asunto éste, ¡todo el día! ¡La oficina se cierra a las tres!

Y Su Excelencia, girando sobre sus tacones, fue a asomarse al balcón de su despacho, a aquel balcón desde el que, diariamente, de once a tres, atusándose el bigote rubio y estirándose la pechera azul, depravaba a la mujer de Teles.

Carlos abría ya el batiente verde cuando un «pst» de Domingos lo detuvo.

—Oiga, amigo Carlos —y en la sonrisita del escribano había una súplica conmovedora—, perdone, ¿eh? Pero… ¿Me trae una cajita de fósforos?

En ese momento aparecía en la puerta el padre Amaro; y detrás, la enorme masa de Silvério.

—Quisiera hablar con el señor alcalde en privado —dijo Amaro.

Todos los empleados se pusieron en pie; João Eduardo también, blanco como la cal de la pared. El párroco, con sus pasos sutiles de eclesiástico, atravesó la oficina seguido del buen Silvério, quien al pasar ante el escribiente describió de soslayo un semicírculo cauteloso, por terror al reo; el señor alcalde había acudido a recibir a Sus Señorías; y la puerta de su despacho se cerró discretamente.

—Tenemos arreglo —murmuró el experimentado Domingos, guiñando el ojo a los colegas.

Carlos se había sentado, descontento. Había ido allí para esclarecer a la autoridad sobre los peligros sociales que amenazaban Leiria, el distrito y la sociedad, para tener su papel en aquel proceso que, según él, era un proceso político... y allí estaba, callado, olvidado, ¡en el mismo banco que el reo! ¡Ni una silla le habían ofrecido! ¡Sería verdaderamente intolerable que las cosas se arreglasen entre el párroco y el alcalde sin que lo consultasen a él! Él, el único que había percibido en aquel puñetazo dado en el hombro del cura ¡no el puño del escribiente, sino la mano del racionalismo! Aquel desdén hacia sus luces le parecía un error funesto de la administración del Estado. ¡Ciertamente el alcalde no tenía la capacidad necesaria para salvar Leiria de los peligros de la revolución! Bien que se decía en la arcada... ¡era un juerguista!

La puerta del despacho se entreabrió y los anteojos del alcalde relucieron.

—Señor Domingos, haga el favor, ¿viene a hablar con nosotros? —dijo Su Excelencia.

El escribano se apresuró, con importancia; y la puerta se cerró de nuevo, confidencialmente. ¡Ah! Aquella puerta, cerrada ante él, dejándolo fuera, indignaba a Carlos. Allí se quedaba, con Pires, con Artur, entre las inteligencias subalternas, ¡él, que le había prometido a Amparozinho hablarle con elevación al alcalde! ¿Y quién era el escuchado, quién era el llamado? Domingos, un conocido animal ¡que escribía satisfacción con una sola c! ¿Qué se podía esperar, por lo demás, de una autoridad que se pasaba las mañanas con los gemelos deshonrando a una familia? ¡Pobre Teles, su vecino, su amigo!... No, ¡realmente debería hablar con Teles!

Pero su indignación creció cuando vio a Artur Couceiro, un empleado de la oficina, en ausencia de su jefe, levantarse de su escritorio, acercarse familiarmente al reo, decirle con melancolía:

—¡Ah, João, qué chiquillada, qué chiquillada!... Pero la cosa se arregla, ¡verás!

João había encogido tristemente los hombros. Hacía media hora que estaba allí, sentado al borde de aquel banco, sin moverse, sin quitar los ojos del suelo, sintiéndose interiormente tan vacío de ideas como si le hubiesen extirpado los sesos. Todo el vino que en la taberna de Osório y en el Largo de la Catedral le encendía en el alma hogueras de cólera, que le atirantaba las muñecas en un deseo de gresca, parecía súbitamente eliminado de su organismo. Se sentía ahora tan inofensivo como cuando en la notaría afilaba cuidadosamente su pluma de ganso. Un gran cansancio lo entumecía; y allí esperaba, sobre el banco, en una inercia de todo su ser, pensando estúpidamente que se iría a vivir a un cuchitril de São Francisco, a dormir en una choza, a comer de la beneficencia... No volvería a pasear por la alameda, no vería más a Amélia... La casita en la que vivía le sería alquilada a otro... ¿Quién se ocuparía de su canario? Pobre animalito, iba a morir de hambre, seguramente... A no ser que Eugénia, la veci-na, lo recogiese...

De repente, Domingos salió del despacho de Su Excelencia, y cerrando vivamente la puerta tras él, en triunfo:

–¿Qué les decía yo? ¡Arreglo! ¡Se ha arreglado todo! –Y a João Eduardo–: ¡Hombre afortunado! ¡Enhorabuena! ¡Enhorabuena!

¡Carlos pensó que aquél era el mayor escándalo administrativo desde el tiempo de los Cabrais! E iba a retirarse asqueado –igual que en el cuadro clásico el Estoico se aparta de una orgía patricia– cuando el señor alcalde abrió la puerta de su despacho. Todos se pusieron en pie.

Su Excelencia dio dos pasos en la oficina, y revestido de gravedad, destilando las palabras, con los anteojos clavados en el reo:

–El señor padre Amaro, que es un sacerdote todo caridad y bondad, ha venido a exponerme... En fin, ha venido a suplicarme que no diese más curso a este asunto... Su Señoría, con razón, no quiere ver su nombre arrastrado por los tribunales. Además, como Su Señoría ha dicho muy bien, la religión, de la que él es... de la que él es, puedo decirlo, el honor y el modelo, le impone el perdón de la ofensa… Su Excelencia reconoce que el ataque fue brutal, mas frustrado… Además, parece que el señor estaba bebido…

Todos los ojos se fijaron en João Eduardo, que se puso colorado. En ese momento aquello le pareció peor que la prisión.

–En suma –continuó el alcalde–, por altas consideraciones que he sopesado debidamente, asumo la responsabilidad de soltarlo. Mire ahora cómo se porta. La autoridad no lo pierde de vista… Bien, ¡puede ir con Dios!

Y Su Excelencia se retiró a su despacho. João Eduardo se quedó inmóvil, como tonto.

–Puedo irme, ¿eh? –balbuceó.

–¡A la China, a donde quieras! *Liberus, libera, liberum!* –exclamó Domingos que, odiando interiormente a los curas, se alegraba de aquel final.

João Eduardo miró durante un instante a su alrededor, a los empleados, al enfurruñado Carlos; dos lágrimas le bailaban en los párpados; de repente, cogió el sombrero y se marchó.

–¡Nos ahorramos un buen trabajito! –resumió Domingos, frotándose vivamente las manos.

Inmediatamente la papelería fue arrumbada, aquí y allá, deprisa. ¡Es que era tarde! Pires guardaba sus manguitos de alpaca y su almohadilla de aire. Artur enrolló sus partituras. Y en la ventana, demudado, todavía esperando, Carlos observaba sombríamente el Largo.

Finalmente, los dos curas salieron acompañados hasta la puerta por el señor alcalde, quien, terminados los deberes públicos, reaparecía hombre de sociedad. Entonces, ¿por qué no había ido el amigo Silvério por casa de la baronesa de Via-Clara? Habían jugado unas bazas soberbias. Peixoto se había llevado dos codillos. ¡Había dicho unas blasfemias que metían miedo!… Servidor de Sus Excelencias. Apreciaba mucho que todo se hubiese armonizado. Cuidado con el escalón… A las órdenes de Sus Excelencias…

Sin embargo, de vuelta a su despacho, se dignó parar ante la mesa de Domingos, y recobrando cierta solemnidad:

–La cosa se ha llevado bien. Es un poco irregular, ¡pero sensato! Ya hay suficiente con los ataques que hay contra el clero en los periódicos… Podría armarse un escándalo. El chico era capaz de decir que habían sido celos del cura, que quería importunar a la muchacha, etcétera. Es más prudente ahogar la cosa… Cuanto más que, según el párroco me ha demostrado, toda la influencia que él ha ejercido en la Rua da Misericórdia, o donde diablo sea, ha sido para liberar a la muchacha de casarse con ese amigo que, como se ve, ¡es un borracho y una fiera!

Carlos se corroía. ¡Todas aquellas explicaciones le eran dadas a Domingos! A él, ¡nada! ¡Allí quedaba, olvidado en la ventana!

¡Pero no! Su Excelencia, desde su despacho, lo llamó misteriosamente con el dedo.

¡Por fin! Se apresuró, radiante, súbitamente reconciliado con la autoridad.

–Estaba a punto de pasar por la botica –le dijo el alcalde en voz baja y sin transición, dándole un papel doblado– para que me mandase esto a casa hoy. Es una receta del doctor Gouveia… Pero ya que está usted aquí…

–Yo había venido para ponerme a disposición de la vindicta…

–¡Eso está terminado! –interrumpió vivamente Su Excelencia–. No se olvide, mándeme eso antes de las seis. Es para tomar ya esta noche. Adiós. ¡No se olvide!

–No faltaré –dijo secamente Carlos.

Al entrar en la botica, su cólera llameaba. ¡O él no se llamaba Carlos, o mandaría una carta tremenda al *Popular*!… Pero Amparo, que había estado vigilando su regreso desde el balcón, corrió, lanzándole preguntas:

–¿Entonces? ¿Qué ha pasado? ¿El chico se ha ido a la calle? ¿Qué ha dicho? ¿Cómo ha sido?

Carlos la miraba fijamente, con las pupilas ardiendo.

–¡No fue culpa mía, pero triunfó el materialismo! ¡Ellos lo pagarán!

–¿Y tú? ¿Qué les has dicho?

Entonces Carlos, al ver los ojos de Amparo y los del practicante abiertos para devorar la repetición de su deposición y viéndose en la necesidad de salvar su dignidad de esposo y su superioridad de patrón, dijo lacónicamente:

–¡He dado mi opinión con firmeza!

–¿Y él qué ha dicho, el alcalde?

Entonces Carlos, acordándose, leyó la receta que había estrujado en su mano. ¡La indignación lo hizo enmudecer al ver que aquél era todo el resultado de su gran entrevista con la autoridad!

–¿Qué es? –preguntó ávidamente Amparo.

¿Que qué era? Y en su furia, desdeñando el secreto profesional y el buen nombre de la autoridad, Carlos exclamó:

–¡Es un frasco de jarabe de Gibert para el señor alcalde! Ahí tiene la receta, señor Augusto.

Amparo, que, con alguna práctica de farmacia, conocía los beneficios del mercurio, se puso tan colorada como las resplandecientes cintas que le adornaban el postizo.

Durante toda esa tarde se habló con excitación por la ciudad del «intento de asesinato del que había estado a punto de ser víctima el señor párroco». Algunas personas censuraban al alcalde por no haber procedido: los caballeros de la oposición, sobre todo, que vieron en la debilidad de aquel funcionario una prueba incontestable de que el gobierno, con sus despilfarros y sus corrupciones, ¡llevaba el país a un abismo!

Pero el padre Amaro era admirado como un santo. ¡Qué piedad! ¡Qué mansedumbre! El señor chantre lo mandó llamar al anochecer, lo recibió paternalmente con un «¡viva mi cordero pascual!». Y tras escuchar la historia del insulto, la generosa intervención:

–Hijo –exclamó–, ¡eso es aliar la juventud de Telémaco con la prudencia de Mentor! Padre Amaro, ¡era usted digno de ser sacerdote de Minerva en la ciudad de Salento!

Cuando Amaro entró de noche en casa de la Sanjoaneira, ¡fue como si apareciese un santo escapado de las fieras del Circo o de la plebe de Diocleciano!

Amélia, sin ocultar su exaltación, le estrechó ambas manos, mucho tiempo, toda trémula, con los ojos húmedos. Le ofrecieron, como en los grandes días, la poltrona verde del canónigo. Doña Maria da Assunção incluso quiso que se le pusiese una almohada para que apoyase el hombro dolorido. Después tuvo que contar pormenorizadamente toda la escena, desde el momento en que, conversando con el colega Silvério (que se había portado muy bien), había avistado al escribiente en medio del Largo, con el bastón alzado y pinta de matamoros...

Aquellos detalles indignaban a las señoras. El escribiente les parecía peor que Longinos y que Pilatos. ¡Qué malvado! ¡El señor párroco debía haberlo pisado! ¡Ah, era propio de un santo haber perdonado!

–Hice lo que me inspiró el corazón –dijo él bajando los ojos–. Recordé las palabras de Nuestro Señor Jesucristo: él ordena ofrecer la mejilla izquierda después de haber sido abofeteado en la mejilla derecha...

El canónigo, al oír esto, esgarró con fuerza y observó:

–Mire lo que le digo. A mí, si me dan un bofetón en la mejilla derecha... En fin, son órdenes de Nuestro Señor Jesucristo, ofrezco la mejilla izquierda. ¡Son órdenes de arriba!... Pero después de haber cumplido ese deber de sacerdote, oh, señoras, ¡deslomo al bribón!

–¿Y le dolió mucho, señor párroco? –preguntó desde la esquina una vocecita agonizante y desconocida.

¡Acontecimiento extraordinario! ¡Era doña Ana Gansoso, que había hablado después de diez largos años de taciturnidad somnolienta! Aquella modorra que nada había podido sacudir, ni fiestas ni lutos, ¡tenía por fin, bajo un impulso de simpatía por el señor párroco, una vibración humana! Todas las señoras le sonrieron, agradecidas; y Amaro, lisonjeado, respondió con bondad:

–Casi nada, doña Ana, casi nada, señora mía… ¡Él dio fuerte! Pero yo soy de buena carnadura.

–¡Ay, qué monstruo! –exclamó doña Josefa Dias, furiosa ante la idea del puño del escribiente descargado sobre aquel hombro santo–. ¡Qué monstruo! ¡Me gustaría verlo con grilletes, trabajando en la carretera! ¡Yo sí que lo conocía! A mí nunca me engañó… ¡Siempre me tuvo cara de asesino!

–Estaba embriagado, hombres con vino… –arriesgó tímidamente la Sanjoaneira.

Fue un clamor. ¡Ay, que no lo disculpase! ¡Hasta parecía sacrilegio! ¡Era una fiera, era una fiera!

Y la exultación fue grande cuando apareció Artur Couceiro y, nada más cruzar la puerta, contó la novedad, la última: Nunes había mandado llamar a João Eduardo y le había dicho, palabras textuales: «Yo, a bandidos y malhechores, no los quiero en mi notaría. ¡A la calle!».

La Sanjoaneira, entonces, se conmovió:

–Pobre chico, se queda sin tener qué comer…

–¡Que beba! ¡Que beba! –gritó doña Maria da Assunção.

Todos rieron. Sólo Amélia, inclinada sobre su labor, palideció, aterrada ante aquella idea de que João Eduardo tal vez pasase hambre…

–¡Pues miren ustedes, no veo que sea un caso para reírse! –dijo la Sanjoaneira–. Hasta es cosa que me va a sacar el sueño… Pensar que el muchacho quiera un pedazo de pan y no lo tenga… ¡Hombre, no! ¡Eso no! Y disculpe el señor padre Amaro…

¡Pero Amaro tampoco deseaba que el muchacho cayese en la miseria! ¡No era él hombre rencoroso! Y si el escribiente fuese a llamar a su puerta por necesidad, dos o tres monedas –no era rico, no podía más– pero tres o cuatro monedas se las daba… Se las daba de corazón.

Tanta santidad fanatizó a las viejas. ¡Qué ángel! Lo miraban, embelesadas, con las manos vagamente orantes. Su presencia, como la de un san Vicente de Paula, exhalando caridad, daba a la sala una suavidad de capilla, y doña Maria da Assunção suspiró de gozo devoto.

Pero apareció Natário, radiante. Repartió grandes apretones de mano, irrumpió triunfal:

–¿Ya están enterados, entonces? El granuja, el asesino, expulsado de todas partes, ¡como un perro! Nunes lo ha echado de la notaría. El doctor Godinho me acaba de decir que en el Gobierno Civil ya no pone los pies. ¡Enterrado, destruido! ¡Es un alivio para la gente decente!

–¡Y todo gracias al señor padre Natário! –exclamó doña Josefa Dias.

Todos lo reconocían. Había sido él, con su habilidad, su labia, quien había descubierto la perfidia de João Eduardo, quien había salvado a Ameliazinha, a Leiria, a la sociedad.

–Y en todo lo que pretenda, el bergante me encontrará enfrente. ¡Mientras siga en Leiria, no lo suelto! ¿Qué les dije yo, señoras mías?... «¡Yo lo aplasto!» Pues ahí lo tienen, ¡aplastado! –Su rostro bilioso resplandecía. Se tumbó en el sillón, relajadamente, en el reposo merecido de una victoria difícil. Y volviéndose hacia Amélia–: ¡Y ahora, lo pasado pasado está! ¡Se ha librado de una fiera, es lo único que puedo decirle!

Entonces las alabanzas –que ya le habían repetido prolijamente desde que ella había roto con la fiera– se reiniciaron, más vivas:

–¡Es la cosa más acertada que has hecho en toda tu vida!

–¡Es la gracia de Dios, que te ha tocado!

–¡Estás en gracia, hija!

–Al final, resulta que es santa Amélia –dijo el canónigo, levantándose, harto de aquellas glorificaciones–. Me parece que ya hemos hablado bastante del granuja... Ordene ahora la señora que traigan el té, ¿eh?

Amélia permanecía callada, cosiendo deprisa: alzaba a veces, rápidamente, una mirada desasosegada hacia Amaro; pensaba en João Eduardo, en las amenazas de Natário; e imaginaba al escribiente con las mejillas consumidas por el hambre, fugitivo, ¡durmiendo en los portales de las casas!... Y mientras las señoras se acomodaban, charlando, a la mesa del té, pudo decirle en voz baja a Amaro:

—No puedo estar tranquila con la idea de que João Eduardo sufra necesidades... Yo ya sé que es un malvado, pero... Es como una espina aquí dentro. Me quita toda la alegría.

El padre Amaro le dijo entonces, con mucha bondad, mostrándose superior a la injuria, con un alto espíritu de caridad cristiana:

—Mi querida hija, son tonterías... El hombre no va a morirse de hambre. Nadie se muere de hambre en Portugal. Es joven, tiene salud, no está loco, se arreglará... No piense en eso... Es palabrería del padre Natário... El chico, naturalmente, se va de Leiria, no volvemos a oír hablar de él... Y en cualquier sitio se ganará la vida... Yo, por mi parte, le he perdonado, y Dios ha de tener eso en cuenta.

Estas palabras tan generosas, dichas en voz baja, con una mirada llena de amor, la tranquilizaron por completo. La clemencia, la caridad del señor párroco le parecieron mejores que todo lo que había oído o leído de santos y monjes piadosos.

Después del té, durante la partida de lotería, permaneció junto a él. Una alegría plena y suave la penetraba deliciosamente. Todo lo que hasta aquel momento la había importunado y asustado, João Eduardo, la boda, las obligaciones, había desaparecido por fin de su vida: el muchacho se marcharía lejos, se emplearía..., y allí quedaba el señor párroco, ¡todo para ella, tan enamorado! A veces, por debajo de la mesa, sus rodillas se tocaban, temblando; en un momento en el que todos proferían un alarido indignado contra Artur Couceiro, que por tercera vez cantaba lotería y blandía el cartón triunfante, fueron las manos las que se encontraron, las que se acariciaron; un leve suspiro simultáneo, perdido entre el vocerío de las viejas, hinchó sus pechos; y hasta el final de la noche estuvieron marcando sus cartones, muy callados, con las mejillas encendidas, bajo la presión brutal del mismo deseo.

Mientras las señoras se agasajaban, Amélia se aproximó al piano para hacer una escala y Amaro pudo murmurarle al oído:

–¡Oh, querida, cuánto te quiero! Y que no podamos estar solos...

Ella iba a contestar, pero la voz de Natário, que se ponía el abrigo junto al aparador, exclamó, muy severa:

–¿Entonces ustedes dejan andar por aquí un libro como éste?

Todos se volvieron, sorprendidos por aquella indignación, a mirar el ancho volumen encuadernado que Natário señalaba con la punta del paraguas, como un objeto abominable. Doña Maria da Assunção se aproximó enseguida, con los ojos brillantes, imaginando que sería alguna de esas novelas, tan famosas, en las que pasan cosas inmorales. Y Amélia, acercándose también, dijo, admirada por tal reprobación:

–Pero si es el *Panorama*... Es un tomo del *Panorama*...

–Que es el *Panorama* ya lo veo yo –dijo Natário con sequedad–. Pero también veo esto –abrió el tomo por la primera página en blanco y leyó en voz alta–: «Este volumen me pertenece a mí, João Eduardo Barbosa, y me sirve de recreo en mis ocios». No comprenden, ¿verdad? Pues es muy simple... Parece increíble que las señoras no sepan que ese hombre, desde que puso las manos sobre un sacerdote, está *ipso facto* excomulgado, ¡y excomulgados los objetos que le pertenecen!

Todas las mujeres, instintivamente, se alejaron del aparador donde yacía abierto el *Panorama* fatal, agrupándose, con un estremecimiento de miedo, ante aquella idea de la excomunión, que se les representaba como un alud de catástrofes, un diluvio de rayos salidos de las manos del Dios Vengador; y allí quedaron mudas, en un semicírculo aterrorizado alrededor de Natário, quien, con el abrigote sobre los hombros y los brazos cruzados, gozaba del efecto de su revelación.

Entonces la Sanjoaneira, en su asombro, se arriesgó a preguntar:

–Señor padre Natário, ¿está usted hablando en serio?

Natário se indignó:

–¿Si estoy hablando en serio? ¡Ésa sí que es buena! ¿Iba yo a bromear sobre un caso de excomunión, señora? ¡Pregúntele al señor canónigo si estoy de broma!

Todos los ojos se volvieron hacia el canónigo, aquella inagotable fuente de saber eclesiástico.

Entonces él, adoptando el aire pedagógico que le volvía de sus antiguos hábitos del seminario siempre que se hablaba de doctrina, declaró que el colega Natário tenía razón. Quien golpea a un sacerdote, sabiendo que es un sacerdote, está *ipso facto* excomulgado. Es doctrina firme. Es lo que se llama la excomunión latente; no necesita la declaración del pontífice o del obispo, ni el ceremonial, para ser válida y para que todos los fieles consideren al ofensor como excomulgado. Por lo tanto, deben tratarlo como tal... Evitarlo a él y lo que a él pertenece... Y este asunto de poner manos sacrílegas sobre un sacerdote era tan especial, continuaba el canónigo en tono profundo, que la bula del papa Martín V, limitando los casos de excomunión tácita, la conserva todavía para el que maltrata a un sacerdote... Citó aún más bulas, las Constituciones de Inocencio IX y de Alejandro VII, la Constitución Apostólica, otras legislaciones temibles; chapurreó latines, aterrorizó a las señoras.

–Ésta es la doctrina –concluyó–, pero a mí me parece mejor no hacer grandes aspavientos...

Rápidamente saltó doña Josefa Dias:

–Pero nosotras no podemos arriesgar nuestra alma encontrándonos por aquí, encima de las mesas, cosas excomulgadas.

–¡Hay que destruirlo! –exclamó doña Maria da Assunção–. ¡Hay que quemarlo, hay que quemarlo!

Doña Joaquina Gansoso se había llevado a Amélia hacia el hueco de la ventana, preguntándole si tenía otros objetos pertenecientes al hombre. Amélia, aturdida, confesó que tenía en alguna parte, no sabía dónde, un pañuelo, un guante desparejado y una pitillera de pajilla.

–¡Al fuego, al fuego! –gritaba la Gansoso, excitada.

La sala vibraba ahora con el vocerío de las mujeres, arrebatadas por una furia santa. Doña Josefa Dias, doña Maria da Assunção hablaban con arrobo del *fuego*, llenándose la

boca con la palabra, en una delicia inquisitorial de exterminio devoto. Amélia y la Gansoso, en la habitación, rebus-
caban por los cajones, entre la ropa blanca, las cintas y las
braguitas, a la caza de los «objetos excomulgados». Y la Sanjoaneira asistía, atónita y asustada, a aquella algazara de
auto de fe que atravesaba bruscamente su sala pacata, refugiada junto al canónigo, quien, después de haber murmurado
algunas palabras sobre «la Inquisición en casas particula-
res», se había enterrado cómodamente en su sillón.

–Es para que se den cuenta de que no se le pierde impu-
nemente el respeto a la sotana –le decía Natário a Amaro en
voz baja.

El párroco asintió, con un movimiento mudo de cabeza,
contento de aquellas iras beatas que eran como la afirmación
ruidosa del amor que le tenían las señoras.

Pero doña Josefa se impacientaba. Había cogido ya el *Panorama* con las puntas del chal, para evitar el contagio, y gritaba hacia dentro, hacia la habitación, donde continuaba por
los cajones una búsqueda enloquecida:

–¿Ya ha aparecido?

–¡Aquí está, aquí está!

Era la Gansoso, que entraba triunfante con la pitillera, el
guante viejo y el pañuelo de algodón.

Y las mujeres, en tropel, se abalanzaron a la cocina. La
propia Sanjoaneira las siguió, como buena ama de casa, para
fiscalizar la hoguera.

Entonces los tres curas, solos, se miraron. Y se rieron.

–Las mujeres tienen el diablo en el cuerpo –dijo el canónigo filosóficamente.

–No, señor profesor, no señor –intervino Natário, poniéndose serio–. Yo me río porque la cosa, así vista, parece ri-
dícula. Pero el sentimiento es bueno. Prueba la verdadera
devoción al sacerdocio, el horror a la impiedad... En fin, el
sentimiento es excelente.

–El sentimiento es bueno –confirmó Amaro, también serio.

El canónigo se levantó.

—Y es que si pillasen al hombre eran capaces de quemarlo... No se lo digo de broma, que mi hermana tiene hígados para eso... Es un Torquemada con faldas...

—Tiene razón, tiene razón –afirmó Natário.

—¡Yo no me resisto a ir a ver la ejecución! –exclamó el canónigo– ¡Quiero verlo con mis propios ojos!

Y los tres curas fueron hasta la puerta de la cocina. Allí estaban las mujeres, de pie ante el lar, golpeadas por la luz violenta de la hoguera que hacía destacar extrañamente las prendas de abrigo con las que ya se habían cubierto. La Ruça, de rodillas, soplaba extenuada. Habían cortado con el cuchillo de cocina la encuadernación del *Panorama* y las hojas retorcidas y negras, con un chisporrotear de tamujos, volaban por la chimenea en limpias lenguas de fuego. Sólo el guante de cabritilla no se consumía. Inútilmente lo ponían con las tenazas en la llama viva; se ennegrecía, reducido a un carozo arrugado, pero no ardía. Y su resistencia aterraba a las señoras.

—¡Es que es el de la mano derecha, con la que cometió el desacato! –decía furiosa doña Maria da Assunção.

—¡Búfele, mujer, búfele! –aconsejaba desde la puerta el canónigo, muy divertido.

—¡Hermano, haga el favor de no burlarse de las cosas serias! –gritó doña Josefa.

—Pero, hermana, ¿quiere usted saber mejor que un sacerdote cómo se quema a un impío? ¡No está mal la pretensión! ¡Hay que bufarle, hay que bufarle!

Entonces, confiadas en la ciencia del señor canónigo, la Gansoso y doña Maria da Assunção, acuclilladas, soplaron también. Las otras miraban, con una sonrisa muda, la mirada brillante y cruel, gozando de aquel exterminio grato a Nuestro Señor. El fuego estallaba, empujando con una fuerza gallarda, en la gloria de su antigua función de purificador de los pecados. Y por fin, sobre los troncos en brasa, nada quedó del *Panorama*, del pañuelo, ni del guante del impío.

A esa hora, João Eduardo, el impío, en su habitación, sentado a los pies de la cama, sollozaba, con la cara bañada en lágrimas, pensando en Amélia, en la buena gente de la Rua da Misericórdia, en la ciudad a la que se iría, en la ropa que empeñaría, y preguntándose en vano a sí mismo por qué lo trataban así, a él que era tan trabajador, que no quería mal a nadie y que la adoraba tanto a ella.

XV

El domingo siguiente había misa cantada en la catedral y la Sanjoaneira y Amélia atravesaron la plaza para buscar a doña Maria da Assunção, que en días de mercado y de «populacho» nunca salía sola, recelosa de que le robasen las joyas o le insultasen la castidad.

Aquella mañana la afluencia de gentes de las parroquias llenaba la plaza: los hombres, en grupos, obstruían la calle, muy serios, muy afeitados, con la chaqueta al hombro; las mujeres, en parejas, con grandes tesoros de cadenas y corazones de oro sobre los pechos oprimidos; en las tiendas, los dependientes se movían atropelladamente tras los mostradores abarrotados de lencería y de telas estampadas; en las rebosantes tabernas se parloteaba en voz alta; en el mercado, entre los sacos de harina, las pilas de loza, los cestos de pan de maíz, no cesaba el regateo; se apiñaban multitudes en torno a los tenderetes en los que brillaban espejitos redondos y se desparramaban los rosarios; las viejas pregonaban sus mercancías desde sus puestos, montados con cuatro palitroques; y los pobres, habituales de la ciudad, lloriqueaban Padrenuestros por las esquinas.

Las señoras iban a misa, todas vestidas con sedas, los semblantes circunspectos; y la arcada estaba llena de caballeros, tiesos en sus trajes de cachemira nueva, fumando caro, disfrutando el domingo.

Amélia fue muy observada: el hijo del recaudador, un atrevido, llegó a decir en voz alta desde un grupo: «¡Ay, que me lleva el corazón!». Y las dos señoras, apresurándose, doblaban hacia la Rua do Correio cuando se les apareció el Libaninho, de guantes negros y clavel en el pecho. No las había visto desde «el desacato del Largo de la Catedral» y rompió inmediatamente en exclamaciones. ¡Ay, hijas, qué disgusto! ¡El malvado del escribiente! Él había tenido tanto que hacer que hasta esa mañana no había podido ir a expresarle su pesar al señor párroco; el santito lo había recibido muy bien, estaba vistiéndose; él quiso verle el brazo y felizmente, alabado sea Dios, ni una marca... Y si ellas viesen, qué carne tan delicada, qué piel tan blanca... ¡una piel de arcángel!

–Pero ¿queréis que os cuente, hijas? Lo he encontrado muy afligido.

Las dos señoras se asustaron. ¿Por qué, Libaninho?

La criada, la Vicência, que se quejaba desde hacía unos días, se había ido de madrugada al hospital, con mucha fiebre...

–Y allí está el pobre santo sin criada, ¡sin nada! ¡Ya ven! Por hoy bien, que va a comer con nuestro canónigo (también he estado allí, ¡ay, qué santo!). Pero ¿y mañana? ¿Y despúes? Tiene en casa a la hermana de la Vicência, a la Dionísia... Pero, hijas, ¡la Dionísia! Es lo que yo le he dicho: la Dionísia puede ser una santa, ¡pero qué reputación...! Es que no la hay peor en Leiria... Una perdida que no pone los pies en la iglesia... ¡Estoy seguro de que hasta el señor chantre lo reprobaría!

Las dos señoras coincidieron entonces en que la Dionísia –mujer que no cumplía los preceptos, que había actuado en teatros de aficionados–, no convenía al señor párroco.

–Mira, Sanjoaneira –dijo Libaninho–, ¿sabes lo que le convenía? Yo ya se lo he dicho, ya se lo he propuesto. Que se acomode otra vez en tu casa. Que es donde está bien, con gente que lo mima, que le cuida la ropa, que le sabe los gustos, ¡y donde todo es virtud! Él no dice ni que no ni que sí. Pero se le puede leer en la cara que está que se muere por eso... Deberías hablar tú con él, Sanjoaneirinha.

Amélia se puso tan escarlata como su pañuelo de seda de la India. Y la Sanjoaneira dijo ambiguamente:

–Hablarle, no... Yo soy muy delicada para esas cosas... Ya comprendes...

–¡Sería como tener un santo en casa, hija! –dijo con vehemencia Libaninho–. ¡Acuérdate de eso! Y sería un bien para todos... Estoy seguro de que hasta Nuestro Señor se iba a alegrar... Y ahora adiós, pequeñas, huyo. No os entretengáis, que está la misa a punto de empezar.

Las dos señoras siguieron calladas hasta la casa de doña Maria da Assunção. Ninguna quería ser la primera en arriesgar una palabra sobre aquella posibilidad tan inesperada, tan seria, de que el señor párroco volviese a la Rua da Misericórdia. Sólo cuando llegaron, mientras tiraba de la campanilla, la Sanjoaneira dijo:

—Ay, la verdad es que el señor párroco no puede tener a la Dionísia en su casa...

—¡Por Dios, es horroroso!

Fue también ésa la expresión de doña Maria da Assunção cuando le contaron, arriba, la enfermedad de la Vicência y la instalación de la Dionísia: ¡era horroroso!

—Yo no la conozco —dijo la excelente señora—. Y hasta tengo ganas de conocerla. ¡Me han dicho que es de los pies a la cabeza una costra de pecado!

La Sanjoaneira habló entonces de «la propuesta del Libaninho». Doña Maria da Assunção declaró de inmediato, calurosamente, que era una inspiración de Nuestro Señor. ¡Si el señor párroco nunca debería haber salido de la Rua da Misericórdia! Hasta parecía que, nada más haberse ido, Dios había retirado su gracia de la casa... No hubo otra cosa que disgustos: el «Comunicado», el dolor de estómago del canónigo, la muerte de la paralítica, aquella boda desgraciada —que había estado en un tris, ¡que horror!—, el escándalo del Largo de la Catedral... ¡La casa parecía embrujada!... ¡Y hasta era pecado dejar vivir al santito en aquel desorden, con la sucia de la Vicência, que no sabía ni repasar unos calcetines!

—En ningún sitio puede estar mejor que en tu casa... Allí dentro tiene todo lo que necesita... Y para ti es un honor, es estar en gracia. Mira, hija, si no viviese sola, siempre lo digo, ¡lo hospedaba yo! Aquí sí que iba a estar bien... Qué salita para él, ¿eh?

Y sus ojos reían, contemplando las preciosidades que la rodeaban.

En efecto, la sala era toda ella un inmenso almacén de santería, una chamarilería devota: sobre las dos cómodas de ébano con cerraduras de cobre se apiñaban, en vitrinas, en peanas, las Vírgenes vestidas de seda azul, los Niños Jesús ondulantes con la barriguita gorda y la mano en actitud de bendecir, los san Antonios con su hábito, los san Sebastianes bien asaeteados, los san Josés barbudos. Había santos exóticos que eran su orgullo, que le fabricaban en Alcobaça: san Pascual Bailón, san Didácio, san Crisolo, san Gorislano. Después estaban los escapularios, los rosarios de metal y de huesos de aceituna, cuentas de colores, cintas amarillas de antiguas albas, corazones de vidrio escarlata, cojines con las iniciales *J. M.* artísticamente entrelazadas, ramos benditos, palmas de mártires, paquetitos de incienso. Las paredes desaparecían forradas por estampas de Vírgenes de todas las devociones, equilibradas sobre el orbe, arrodilladas a los pies de la cruz, traspasadas por espadas. Corazones de los que goteaba sangre, corazones de los que salían llamas, corazones en los que dardeaban rayos: oraciones enmarcadas para las fiestas particularmente amadas, las bodas de Nuestra Señora, la invención de la Santa Cruz, los estigmas de san Francisco y, sobre todo, el parto de la Santa Virgen, la más devota, que coincide con las cuatro témporas. Encima de las mesas, lamparitas encendidas para colocárselas sin demora a los santos especiales, cuando la buena señora tenía su ciática, o cuando el catarro se ensañaba, o cuando le venían los gases. Ella misma, ella sola, ordenaba, sacaba el polvo, abrillantaba a toda aquella santa población celeste, aquel arsenal beato que era apenas suficiente para la salvación de su alma y el alivio de sus achaques. La posición de los santos era su gran desvelo: la cambiaba constantemente, porque a veces, por ejemplo, le parecía que a san Eleuterio no le gustaba estar junto a san Justino y entonces lo colgaba en otro lado, en compañía más simpática al santo. Y los distinguía –según los preceptos del ritual que el confesor le explicaba–, otorgándoles una devoción graduada, no teniendo por un san José de segunda clase el respeto que sentía por un san José de primera clase. Aquella riqueza era la envidia de sus amigas, la edificación de los curiosos, y hacía decir al Libaninho, siempre que iba a visitarla, abarcando la sala con una mirada lánguida: «¡Ay, hija, es el reinito de los cielos!».

–¿No es verdad –continuaba radiante la excelente señora– que estaría bien aquí, el santito del párroco? ¡Es como tener el cielo al alcance de la mano!

Las dos señoras asintieron. Ella podía tener su casa arreglada con devoción, ella que era rica…

–No lo niego, tengo aquí metiditos algunos cientos de miles de reales. Sin contar lo que está en el relicario…

¡Ah, el famoso relicario de madera de sándalo forrado de satén! Guardaba allí una astillita de la Vera Cruz, un fragmento de espina de la Corona, un harapito del pañal del Niño Jesús. Y entre las devotas se murmuraba con acrimonia que cosas tan preciosas, de origen divino, deberían estar en el sagrario de la catedral. Doña Maria da Assunção, temiendo que el señor chantre supiese de aquel tesoro seráfico, sólo se lo enseñaba a las íntimas, con mucho misterio. Y el santo sacerdote que se lo había conseguido le había hecho jurar sobre el Evangelio que no revelaría su procedencia «para evitar habladurías».

La Sanjoaneira, como siempre, admiró sobre todo el pedacito de pañal.

–¡Qué reliquia, qué reliquia! –murmuraba.

Y doña Maria da Assunção, en voz muy baja:

–No hay nada mejor. Me costó treinta mil reales… ¡Pero habría dado sesenta, habría dado cien, lo habría dado todo! –Y completamente transportada ante el trapito valiosísimo–: ¡El pañalito! –decía casi llorando–. Mi Niño querido, su pañalito…

Le dio un beso muy sonoro y guardó el relicario en la cómoda.

Pero se acercaba el mediodía y las tres señoras se dieron prisa para coger un buen sitio en el altar mayor de la catedral.

Ya en el Largo encontraron a doña Josefa Dias, que se precipitaba hacia la iglesia, ávida de misa, con la manteleta caída sobre el hombro y una pluma del sombrero medio suelta. ¡Llevaba toda la mañana enfurecida con la criada! Había tenido que hacer ella todos los preparativos para la comida... Ay, tenía miedo de que ni siquiera la misa la confortase, de lo nerviosa que estaba...

—Es que tenemos hoy en casa al señor párroco... Ya sabéis que la criada se puso enferma... Ah, me olvidaba, mi hermano quiere que vengas tú también a comer, Amélia. Dice que es para que haya dos damas y dos caballeros...

Amélia rió con alegría.

—Y tú vienes después a buscarla, Sanjoaneira, al anochecer... ¡Vaya, me he vestido tan deprisa que hasta parece que se me cae el refajo!

Cuando las cuatro señoras entraron, la iglesia estaba ya llena. Era una misa cantada en honor del Santísimo. Y, a pesar de contrariar el rigor del ritual, por una costumbre diocesana —que el buen Silvério, muy estricto en la liturgia, no dejaba nunca de reprobar— había, en presencia de la Eucaristía, música de rabel, violoncelo y flauta. El altar, muy adornado, con las reliquias expuestas, destacaba por su blancura festiva: el dosel, el frontal, las cubiertas de los misales eran blancos, con relieves de oro pálido; de los jarrones ascendían ramos piramidales de flores y hojas blancas; los velludillos decorativos, dispuestos como un telón abierto, ponían a ambos lados del tabernáculo la blancura de dos vastas alas desplegadas, recordando a la Paloma Espiritual; y los veinte velones elevaban sus llamas amarillas hasta el sagrario abierto, que mostraba en lo alto, engastada en un fulgor de oros vivos, la hostia redonda y baza. Por toda la iglesia abarrotada corría un susurro lento; aquí y allá un catarro que expectoraba, un niño que lloriqueaba; el aire se condensaba por la reunión de los hálitos y por el olor a incienso; y del coro, donde se movían las figuras de los músicos por detrás de los violoncelos y los atriles, venía a cada momento un afinar doliente de rabel, o un pío de flautín. Apenas se habían acomodado las cuatro amigas junto al altar mayor, cuando los dos acólitos, estirado como un pino uno, gordinflón y sucio el otro, entraron desde la sacristía sosteniendo en las manos, altos y rectos, los dos velones consagrados; detrás, el Pimenta, estrábico, con una sobrepelliz demasiado grande para él, marcando pomposo el paso con sus zapatones, traía el incensario de plata; después, sucesivamente, durante el rumor del arrodillarse en la nave y del hojear de los oracionales, aparecieron los dos diáconos; y por fin, vestido de blanco, con los ojos bajos y las manos orantes, con aquel recogimiento humilde que pide el ritual y que expresa la mansedumbre de Jesús camino del Calvario, entró el padre Amaro, todavía rojo por la discusión furiosa que había tenido en la sacristía, antes de vestirse, por causa del lavado de las albas.

Y el coro inmediatamente atacó el *Introito*.

Amélia pasó la misa embebida, arrobada con el párroco, que era, como decía el canónigo, «un gran artista para las misas cantadas»; todo el cabildo, todas las señoras lo reconocían. ¡Qué dignidad, qué caballerosidad en las salutaciones ceremoniosas a los diáconos! ¡Qué bien se postraba ante el altar, aniquilado y esclavizado, sintiéndose ceniza, sintiéndose polvo delante de Dios, que asiste de cerca, rodeado por su corte y su familia celestial! Pero, sobre todo, era admirable en las bendiciones; pasaba despacio las manos sobre el altar como para guardar, recoger la gracia que allí caía del Cristo presente, y la esparcía después con generoso ademán de caridad por toda la nave, por encima de la extensión de cabezas cubiertas con pañoletas blancas, hasta el fondo, donde los campesinos, muy apretujados, con el cayado en la mano, pasmaban ante el esplendor del sagrario. Era entonces cuando Amélia lo amaba más, pensando que ella apretaba con pasión aquellas manos bendecidoras por debajo de la mesa de la lotería:

aquella voz, con la que él le llamaba «querida», recitaba ahora las oraciones deliciosas y le parecía mejor que el gemir de los rabeles y la estremecía más que los graves del órgano. Imaginaba con orgullo que las demás mujeres también lo admiraban; sólo tenía celos, unos celos de devota que percibe los encantos del cielo, cuando él se paraba ante el altar, en la actitud extática que ordena el ritual, tan inmóvil como si su alma se hubiese remontado lejos, hacia las alturas, hacia lo eterno y lo insensible. Lo prefería, por sentirlo más humano y accesible, cuando, durante el Kirie o la lectura de la Epístola, se sentaba junto a los diáconos, en el banco de damasco rojo, y pugnaba por atraer una mirada suya; pero el señor párroco permanecía entonces cabizbajo, guardando modesta compostura.

Amélia, apoyada en sus tacones, el rostro bañado en una sonrisa, admiraba su perfil, su cabeza bien hecha, sus vestimentas doradas, y recordaba la primera vez que lo había visto, bajando la escalera de la Rua da Misericórdia, con su cigarro en la mano. ¡Qué novela vivía desde aquella noche! Recordaba O Morenal, el salto de la valla, la escena de la muerte de la paralítica, aquel beso junto al fuego... Ay, ¿cómo acabaría todo aquello? Quería entonces rezar, hojeaba el libro, pero le venía a la cabeza lo que había dicho el Libaninho por la mañana: «El señor párroco tiene una piel blanquita como la de un arcángel...». Seguro que la tenía muy delicada, muy tierna... La quemaba un deseo intenso. Imaginaba que era una tentadora visita del demonio y, para repelerla, concentraba su mirada en el sagrario y en el trono que el padre Amaro, rodeado por los diáconos, incensaba en semicírculo simbolizando la eternidad de las alabanzas, mientras el coro vociferaba el *Ofertorio*... Después, él mismo fue incensado, orante, de pie, en el segundo peldaño del altar; el estrábico Pimenta hacía rechinar ostentosamente las cadenas de plata del turíbulo; un perfume de incienso se esparcía, como una anunciación celeste; se nublaba el sagrario bajo los remolinos de humo blanco; y el párroco aparecía ante Amélia transfigurado, casi divinizado… ¡Oh, cómo lo adoraba entonces!

La iglesia temblaba al clamor del órgano en toda su plenitud; las bocas abiertas de los cantores solfeaban con toda su fuerza; encima, sobresaliendo entre los mástiles de los violoncelos, el maestro de capilla, en el fuego de la ejecución, agitaba desesperadamente su batuta, hecha con un pergamino enrollado de canto gregoriano.

Amélia salió de la iglesia muy fatigada, muy pálida.

Durante la comida, en casa del canónigo, doña Josefa la censuró repetidamente por «no decir ni palabra».

No hablaba, pero bajo la mesa su piececito no paraba de rozar, pisar el del padre Amaro. Había oscurecido temprano y encendieron las velas; el canónigo abrió una botella, no de su famoso Duque de 1815, sino de 1847, para acompañar la fuente de hojuelas que ocupaba el centro de la mesa con las iniciales del párroco dibujadas con canela; era, como explicó el canónigo, «una galantería de mi hermana al invitado». Entonces Amaro brindó con el 1847 «a la salud de la digna dueña de esta casa». Ella resplandecía, horrible en su vestido de *barege* verde. Lo que sentía era que la comida estuviese tan mala… Aquella Gertrudes estaba haciéndose una abandonada. ¡Había dejado que se quemase el pato con macarrones!

—¡Oh, señora, estaba delicioso! –protestó el párroco.

—Es muy benévolo el señor párroco. Menos mal que pude sacarlo a tiempo… Pero ¿no toma una hojuelita más, señor párroco?

—Nada más, señora, ya he tomado muchas.

—Entonces, para hacer la digestión tómese otro vasito del cuarenta y siete –dijo el canónigo.

Él mismo bebió pausadamente un buen trago, emitió un «¡ah!» de satisfacción, y repantigándose:

—¡Buen vino! ¡Así se puede vivir!

Estaba ya colorado y parecía más obeso con su grueso chaquetón de franela y la servilleta atada al pescuezo.

–Buen vino –repitió–, de éste no probó usted hoy con las hostias...

–¡Por Dios, hermano! –exclamó doña Josefa con la boca llena de hojuelas, muy escandalizada por la irreverencia.

El canónigo se encogió de hombros con desprecio.

–¡Dios es para la misa! ¡Qué manía de meterse siempre en cosas que no entiende! Pues a ver si se entera usted de que la calidad del vino es cosa de gran importancia para la misa. Es necesario que el vino sea bueno.

–Contribuye a la dignidad del santo sacrificio –dijo el párroco muy serio, acariciando con su rodilla la de Amélia.

–Y no es sólo por eso –dijo el canónigo adoptando su tono pedagógico–. El vino, cuando no es bueno y tiene impurezas, deja un poso en las hostias; y, si el sacristán no es cuidadoso y no las limpia, las hostias cogen un olor pésimo. ¿Y sabe qué pasa, hermana? Pasa que el sacerdote, cuando va a beber la sangre de Nuestro Señor Jesucristo, al no estar prevenido, le hace una mueca. ¡Entérese la señora!

Y sorbió ruidosamente la copa. Pero estaba hablador esa noche y, después de eructar con parsimonia, interpeló de nuevo a doña Josefa, asombrada de tanta ciencia.

–Y dígame usted entonces, ya que es tan doctora. ¿El vino, en el divino sacrificio, debe ser blanco o tinto?

A doña Josefa le parecía que debía de ser tinto, para que se pareciese más a la sangre de Nuestro Señor.

–Corrija, señorita –mugió el canónigo con el dedo en ristre dirigido a Amélia.

Ella rehusó, con una risita. Como no era sacristán, no sabía...

–¡Corrija, señor párroco!

Amaro bromeó. Si no era tinto, entonces tenía que ser blanco...

–¿Y por qué?

Amaro había oído decir que era la costumbre de Roma.

–¿Y por qué? –continuaba el canónigo, pedante y ronco. No sabía.

–Porque Nuestro Señor Jesucristo, cuando consagró por primera vez, lo hizo con vino blanco. Y la razón es muy simple: porque en la Judea de aquel tiempo, como es sabido, no se producía vino tinto… Sírvame la señora más hojuelas, haga el favor.

Entonces, a propósito del vino y de la limpieza de las hostias, el padre Amaro se quejó de Bento, el sacristán. Por la mañana, antes de vestirse para la misa –precisamente cuando el señor canónigo había entrado en la sacristía– acababa de echarle un rapapolvo por culpa de las albas. En primer lugar, se las daba a lavar a una tal Antónia que vivía amancebada con un carpintero, con gran escándalo, y que era indigna de tocar las vestiduras santas. Esto en primer lugar. Después, la mujer las devolvía tan sucias que era una profanación usarlas en el divino sacrificio…

–Ay, mándemelas a mí, señor párroco, mándemelas a mí –intervino doña Josefa–. Se las doy a mi lavandera, que es persona de mucha virtud y trae la ropa limpísima. ¡Ay, hasta sería un honor para mí! Yo misma las plancharía y hasta se podría bendecir la plancha.

Pero el canónigo –que aquella noche estaba ciertamente locuaz– la interrumpió y, volviéndose hacia el padre Amaro, mirándolo fijamente:

–A propósito de mi entrada en la sacristía, llevo todo el día queriéndole decir, amigo y colega, que hoy ha cometido un error de principiante.

Amaro pareció inquieto.

–¿Qué error, padre?

–Después de vestirse –continuó el canónigo pausadamente–, ya con los diáconos al lado, al hacer la inclinación ante la imagen de la sacristía, en vez de hacer la inclinación completa, hizo sólo media inclinación.

–¡Alto ahí, profesor! –exclamó el padre Amaro–. Es el texto de la rúbrica. *Facta reverentia cruci*, hecha la reverencia a la cruz; o sea, la reverencia sencilla, inclinar ligeramente la cabeza…

Y para ejemplificar, hizo una cortesía a doña Josefa, que le sonrió toda, contrayéndose.

–¡Niego! –exclamó formidablemente el canónigo que en su casa, sentado a su mesa, vociferaba sus opiniones–. Y niego con mis autores. ¡Ahí van! –Y le echó encima, como peñascos de autoridad, los nombres venerados de Laboranti, Baldeschi, Merati, Turrino y Pavonio.

Amaro había separado la silla y se había colocado en actitud de controversia, contento de poder «machacar» al canónigo, profesor de teología moral y un coloso en liturgia práctica, delante de Amélia.

–Sustento –exclamó–, sustento con Castaldus...

–Alto, ladrón –bramó el canónigo–. ¡Castaldus es mío!

–¡Castaldus es mío, profesor!

Y se enzarzaron, cada uno reclamando para sí al venerable Castaldus y la autoridad de su facundia. Doña Josefa saltaba de gozo en su silla y, con la cara arrugada por la risa, le susurraba a Amélia:

–¡Ay, qué gustito da verlos! ¡Ay, qué santos!

Amaro continuaba, con ademán elevado:

–Y además de eso, tengo a mi favor el sentido común, profesor. *Primo*, la rúbrica, como he expuesto. *Secundo*, el sacerdote que en la sacristía lleve puesto el bonete en la cabeza no debe hacer la inclinación completa, porque puede caérsele el bonete y tenemos desacato mayor. *Tertio*, llegaríamos a un absurdo, ¡porque entonces la reverencia antes de la misa a la cruz de la sacristía sería mayor que la que se hace al acabar la misa ante la cruz del altar!

–Pero la inclinación ante la cruz del altar... –insistió el canónigo.

–Es media inclinación. Lea la rúbrica: *Caput inclinat*. Lea a Garvantus, lea a Garriffaldi. ¡Y no podría ser de otro modo! ¿Sabe por qué? Porque después de la misa el sacerdote está en el apogeo de su dignidad, pues tiene dentro de sí el cuerpo y la sangre de Nuestro Señor Jesucristo. Así que el punto es mío.

Y, puesto en pie, se frotó vivamente las manos, triunfando.

El canónigo dejó caer la papada sobre los pliegues de la servilleta, como un buey aturdido. Y poco después:

–No deja usted de tener razón… Yo, ha sido por oírlo… Me honra aquí el discípulo –añadió guiñándole el ojo a Amélia–. Pues nada, ¡a beber, a beber! Y después traiga el cafecito bien caliente, hermana Josefa.

Pero un fuerte repique de la campanilla los sobresaltó.

–Es la Sanjoaneira –dijo doña Josefa.

Gertrudes entró con un chal y una manta de lana.

–Aquí está esto, que lo traigo de casa de la señorita Amélia. La señora manda muchos saludos, que no puede venir, que está indispuesta.

–Entonces, ¿con quién voy a ir yo? –dijo Amélia, inquieta.

El canónigo alargó el brazo por encima de la mesa y, dándole una palamadita en la mano:

–En último caso, con este criado suyo. Y esa honrita puede ir tranquila…

–¡Qué cosas tiene, hermano! –gritó la vieja.

–No se preocupe, hermana. Lo que pasa por boca de santo, queda santo.

El párroco aprobó ruidosamente:

–¡Tiene mucha razón el señor canónigo Dias! ¡Lo que pasa por boca de santo, queda santo! ¡A su salud!

–¡A la suya!

Y chocaron sus copas, los ojos maliciosos, reconciliados tras la controversia.

Pero Amélia estaba asustada.

–¡Jesús, qué tendrá mamá! ¿Qué le pasará?

–¿Y qué va a ser? ¡Pereza! –le dijo el párroco riendo.

–No te angusties, hija –dijo doña Josefa–. Te llevo yo, te llevamos todos…

–Va la niña a la silla de la reina –rezongó el canónigo mondando su pera.

Pero de repente soltó el cuchillo, miró alrededor y frotándose el estómago:

–Pues, vaya –dijo–, tampoco yo me encuentro bien.

—¿Qué es? ¿Qué es?

—Un amaguito de dolor. Ya ha pasado, no es nada.

Doña Josefa, asustada, no quería que comiese la pera. Que la última vez que le había dado había sido por culpa de la fruta...

Pero él, obstinado, clavó los dientes en la pera.

—Ya ha pasado, ya ha pasado —refunfuñaba.

—Ha sido por simpatía con la mamá —le dijo el párroco en voz baja a Amélia.

De repente, el canónigo separó la silla y volviéndose de lado:

—¡No estoy bien, no estoy bien! ¡Jesús! ¡Oh! ¡Demonio! ¡Oh, caramba! ¡Ay, ay! ¡Me muero!

Se apelotonaron a su alrededor. Doña Josefa lo llevó del brazo hasta la habitación, mientras le gritaba a la criada que fuese a buscar al médico. Amélia corrió a la cocina a calentar un paño para ponérselo en el estómago. Pero no aparecía ningún paño. La Gertrudes tropezaba con las sillas, despavorida, en busca de su chal para salir.

—¡Vaya sin chal, estúpida! —le gritó Amaro.

La criada salió inmediatamente. Dentro, el canónigo chillaba.

Entonces Amaro, realmente asustado, entró en la habitación. Doña Josefa, de rodillas ante la cómoda, gimoteaba oraciones a una gran litografía de Nuestra Señora de los Dolores; y el pobre profesor, de bruces sobre la cama, roía la almohada.

—Pero, señora —dijo el párroco severamente—, no se trata ahora de rezar. Es necesario hacer algo... ¿Qué se le hace en estos casos?

—Ay, señor párroco, no hay nada que hacer, nada —lloriqueó la vieja—. Es un dolor que viene y va en un momento. ¡No da tiempo a nada! Una tila lo alivia a veces... ¡Pero por desgracia hoy no tengo ni tila! ¡Ay, Jesús!

Amaró corrió a buscar tila a su casa. Y al poco tiempo volvía jadeante con la Dionísia, que venía a ofrecer su ayuda y su experiencia.

Pero el señor canónigo, por ventura, se había sentido repentinamente aliviado.

–Muy agradecida, señor párroco –decía doña Josefa–. ¡Qué buena tila! Ha sido muy caritativo. Ahora se queda dormido. Le pasa siempre después del dolor... Voy junto a él, discúlpenme... Esta vez ha sido peor que las otras... Son estas frutas mald... –retuvo la blasfemia, asustada–. Son estas frutas de Nuestro Señor. Es su divina voluntad... ¿Me disculpan?

Amélia y el párroco se quedaron solos en la sala. Sus miradas brillaron entonces con el deseo de tocarse, de besarse, pero las puertas estaban abiertas; y se oían en la habitación, al lado, las pantuflas de la vieja. El padre Amaro dijo en voz alta:

–¡Pobre profesor! Es un dolor terrible.

–Le da cada tres meses –dijo Amélia–. Mamá ya andaba con el presentimiento. Aún me dijo anteayer: «Es el tiempo del dolor del señor canónigo, ando con un miedo...».

El párroco suspiró, y bajito:

–Yo no tengo quien se preocupe por mis dolores...

Amélia lo miró demoradamente con sus bellos ojos humedecidos de ternura.

–No diga eso...

Sus manos iban a entrelazarse apasionadamente por encima de la mesa; pero apareció doña Josefa, encogida en su chal. El hermano se había dormido. Y ella estaba que no se tenía en pie. ¡Ay, aquellas emociones le acababan la salud! Le había encendido dos velas a san Joaquín y le había hecho una promesa a Nuestra Señora de la Salud. Ya era la segunda aquel año, por causa del dolor del hermano. Y Nuestra Señora nunca le había fallado.

–Nunca le falla a quien le implora con fe, señora –dijo con unción el padre Amaro.

El reloj de pared, en lo alto, dio cavernosamente las ocho. Amélia comentó otra vez lo preocupada que estaba por mamá... Además, se estaba haciendo tan tarde...

–Cuando yo salí, estaba lloviendo –dijo Amaro.

Amélia corrió a la ventana, inquieta. El pavimento, enfrente, brillaba muy mojado bajo el farol. El cielo estaba encapotado.

–¡Jesús, vamos a tener una noche de agua!

Doña Josefa estaba afligida por el contratiempo; Amélia se daba cuenta de que no podía marcharse en aquel momento; la Gertrudes había ido a por el médico; naturalmente no lo encontraba, andaba buscándolo de casa en casa, quién sabe cuándo vendría...

El párroco recordó entonces que la Dionísia (que había venido con él y esperaba en la cocina) podía acompañar a la señora doña Amélia. Eran dos pasos, no había nadie por las calles. Él mismo iría con ellas hasta la esquina de la plaza... Pero tenían que darse prisa, que iba a llover.

Doña Josefa fue a buscar un paraguas para Amélia. Le encareció mucho que le contase a su mamá lo que había ocurrido. Pero que no se preocupase, que el hermano estaba mejor...

–Y mira –le gritó todavía en la escalera, desde arriba–. ¡Dile que se ha hecho todo lo que se ha podido, pero que el dolor no ha dado tiempo a nada!

–Sí, ya se lo diré. Buenas noches.

Cuando abrieron la puerta, caían gruesas gotas de lluvia. Amélia quiso esperar. Pero el párroco, apresurado, la cogió por el brazo:

–¡Si no es nada, si no es nada!

Fueron por la calle desierta, apretados bajo el paraguas, con la Dionísia al lado, muy callada, con la cabeza cubierta por el chal. Todas las ventanas estaban oscuras; en el silencio las goteras cantaban a coro.

–¡Jesús, qué noche! –dijo Amélia–. Se me va a estropear el vestido.

Estaban en la Rua das Sousas.

–Es que ahora llueve a cántaros –dijo Amaro–. Me parece que lo mejor es entrar en el patio de mi casa y esperar un poco...

–¡No, no! –dijo Amélia.

–¡Tonterías! –exclamó él, impaciente–. Se le va a estropear el vestido… Es un momento, es un chaparrón. Por aquella parte, ¿ve?, está escampando. Pasa pronto… Es una locura… Su mamá, si la viese aparecer empapada, se enfadaría, ¡y con razón!

–¡No, no!

Pero Amaro se detuvo, abrió rápidamente la puerta y empujando a Amélia con suavidad:

–Es un instante, pase enseguida, entre…

Y allí quedaron, callados, en el patio oscuro, mirando los regueros de agua que brillaban a la luz del farol de enfrente. Amélia estaba toda atarantada. La negrura del patio y el silencio la asustaban; pero le parecía delicioso estar así en aquella oscuridad, a su lado, ignorada por todos… Insensiblemente atraída, se rozaba contra su hombro; y retrocedía luego, inquieta al oír su respiración tan agitada, al sentirlo tan pegado a sus faldas. Percibía a su espalda, sin verla, la escalera que llevaba a su cuarto; y sentía un deseo inmenso de subir arriba a ver sus muebles, sus arreglos… La presencia de la Dionísia, encogida contra la puerta y muy callada, la molestaba; volvía sus ojos cada momento hacia ella, anhelando que desapareciese, que se sumiese en la negrura del patio o de la noche…

Entonces Amaro empezó a golpear con los pies en el suelo, a frotarse las manos, aterido.

–Aquí vamos a coger una –decía–. La piedra está helada. La verdad es que sería mejor esperar arriba en la sala de estar…

–¡No, no! –dijo ella.

–¡Tonterías! Hasta la mamá se iba a enfadar… Venga, Dionísia, encienda la luz arriba.

La mujerona subió inmediatamente las escaleras.

Entonces él, en voz muy baja, cogiendo a Amélia por el brazo:

–¿Por qué no? ¿Tú qué piensas? Es una tontería. Es mientras no pasa el aguacero. Di…

Ella no respondía, respiraba muy fuerte. Amaro le puso la mano sobre el hombro, sobre el pecho, apretándolo, acariciando la seda. Toda ella se estremeció. Y lo siguió por la escalera, como tonta, con las orejas ardiendo, tropezando a cada peldaño con el vestido.

–Entra ahí, es mi habitación –le dijo él al oído.

Corrió a la cocina. Dionísia encendía la vela.

–Querida Dionísia, date cuenta... He quedado en confesar aquí a la señorita Amélia. Es un caso muy serio... Vuelve de aquí a media hora. Toma. –Le metió en la mano tres monedas.

La Dionísia se descalzó, bajó de puntillas y se guareció en la carbonera.

Él volvió a la habitación con la vela. Allí estaba Amélia, inmóvil, muy pálida. El párroco cerró la puerta y fue hacia ella, callado, con los dientes apretados, resoplando como un toro.

Media hora más tarde la Dionísia tosió en la escalera. Poco después bajó Amélia, muy envuelta en la manta de lana. Cuando abrieron la puerta del patio pasaban por la calle dos borrachos alborotando; Amélia retrocedió rápidamente hacia la oscuridad. Pero Dionísia al poco rato escrutó la calle y viéndola desierta:

–Está el campo libre, señorita...

Amélia se tapó aún más el rostro con la manta y apuraron el paso hasta la Rua da Misericórdia. Ya no llovía, había estrellas, y un frío seco anunciaba el norte y el buen tiempo.

XVI

Al día siguiente Amaro, al ver en el reloj que tenía a la cabecera de la cama que se aproximaba la hora de la misa, saltó alegremente del lecho. Y poniéndose el viejo paletó que le servía de *robe de chambre*, pensaba en aquella otra mañana en Feirão en la que había despertado aterrorizado por haber pecado brutalmente la víspera, por primera vez desde que era cura, con la Joana Vaqueira sobre la paja de la caballeriza de la rectoral. Y no se había atrevido a decir misa con aquel pecado en el alma, que lo oprimía con el peso de una roca. Se había visto contaminado, inmundo, maduro para el infierno, según todos los santos padres y el seráfico Concilio de Trento. Tres veces había llegado a la puerta de la iglesia, tres veces había retrocedido espantado. Tenía la certeza de que, si osaba tocar la Eucaristía con aquellas manos con las que había arrebañado los refajos de la Vaqueira, la capilla se desmoronaría sobre él, o quedaría paralizado viendo alzarse ante el sagrario, con la espada en alto, la figura rutilante de san Miguel Vengador. Había montado el caballo y había trotado durante dos horas por los barrizales de Dom João, para ir a A Gralheira a confesarse con el buen abad Sequeira... ¡Ah! ¡Eran sus tiempos de inocencia, de exageraciones piadosas y de terrores novicios! Ahora, había abierto los ojos a la realidad humana a su alrededor. Abades, canónigos, cardenales y monseñores no pecaban sobre la paja de la caballeriza, no: lo hacían en alcobas cómodas, con la cena al lado. Y las iglesias no se desmoronaban, ¡y san Miguel Vengador no abandonaba por tan poca cosa las comodidades del cielo!

No era eso lo que le inquietaba. Lo que le inquietaba era la Dionísia, a quien oía en la cocina, ordenando y tosiqueando, sin atreverse a pedirle agua para afeitarse. Le desagradaba sentir a aquella comadre introducida, instalada en su secreto. No dudaba ciertamente de su discreción, era su «oficio»; y algunas medias libras mantendrían su fidelidad. Pero repugnaba a su decoro de sacerdote saber que aquella vieja concubina de autoridades civiles y militares, que había corrido su masa de grasa por todas las vergüenzas seculares de la ciudad, conocía sus fragilidades, las concupiscencias que ardían bajo su sotana de párroco. Preferiría que fuese Silvério o Natário el que lo hubiese visto la víspera, tan inflamado: ¡por lo menos, quedaba entre sacerdotes!... Y lo que le molestaba era la idea de estar bajo la observación de aquellos ojitos cínicos, que no se impresionaban ni con la autoridad de las sotanas ni con la respetabilidad de los uniformes, porque sabían que debajo estaba igualmente la misma miseria bestial de la carne...

–Se acabó –pensó–, le doy una libra y la despido.

Unos nudillos llamaron discretamente a la puerta de la habitación.

–Entre –dijo Amaro sentándose deprisa, inclinándose vivamente sobre la mesa, como absorto, abismado en sus papeles.

La Dionísia entró, dejó la jarra de agua sobre el lavamanos, tosió y, hablando sobre las espaldas de Amaro:

–Oiga, señor párroco, mire que esto así no es manera. Ayer vieron salir de aquí a la pequeña. Es muy serio, hijo... ¡Por bien de todos es necesario el secreto!

No, ¡no podía despedirla! La mujer se establecía, a la fuerza, en su intimidad. Incluso aquellas palabras, murmuradas con miedo de las paredes, revelando una prudencia de oficio, le mostraban las ventajas de una complicidad tan experta.

Se volvió en la silla, muy colorado.

–La vieron, ¿eh?

–La vieron. Eran dos borrachos... Pero podían haber sido dos caballeros.

–Es verdad.

–¡Y en su posición, señor párroco, en la posición de la pequeña...! Hay que hacerlo todo por la callada... ¡Ni los muebles de la habitación deben saber nada! En cosas que protejo yo, ¡exijo tanta cautela como si se tratase de la muerte!

Amaro entonces se decidió bruscamente a aceptar la «protección» de la Dionísia.

Rebuscó en una esquina del escritorio, le metió media libra en la mano.

—Sea todo por el amor de Dios, hijo —murmuró ella.

—Bien. Y ahora, Dionísia, ¿a usted qué le parece? —preguntó él recostado en la silla, esperando los consejos de la comadre.

Ella dijo, con mucha naturalidad, sin afectación de misterio o de malicia:

—¡A mí me parece que para ver a la pequeña no hay como la casa del campanero!

—¿La casa del campanero?

Ella le recordó, con mucha serenidad, la excelente ubicación del sitio. Una de las estancias vecinas a la sacristía, como él sabía, daba a un patio donde se había construido un barracón en tiempos de las obras. Pues bien, justo al otro lado estaba el patio trasero de la casa del campanero... La puerta de la cocina del tío Esguelhas se abría al patio; no había más que salir de la sacristía, cruzarlo ¡y el señor párroco estaba en el nido!

—¿Y ella?

—Ella entra por la puerta del campanero, por la puerta de la calle que da al atrio. No pasa un alma, es un yermo. Y si alguien la viese, nada más natural, era la señorita Amélia que iba a darle un recado al campanero... Esto, claro, así por encima, que el plan puede perfeccionarse.

—Sí, comprendo, es un esbozo —dijo Amaro, que paseaba por la habitación reflexionando.

—Yo conozco bien el sitio, señor párroco, y créame lo que le digo: para un señor eclesiástico que tiene su arreglito, ¡no hay nada mejor que la casa del campanero!

Amaro se detuvo ante ella, riendo, familiarizándose.

—Oiga, tía Dionísia, dígamelo con franqueza: no es la primera vez que usted le aconseja a alguien la casa del campanero, ¿eh?

Ella entonces negó, muy tajantemente. ¡Era un hombre al que ni siquiera conocía, el tío Esguelhas! Pero le había venido de noche aquella idea, barruntando en la cama. Por la mañana temprano, había ido a examinar el sitio, se había dado cuenta de que estaba que ni pintado.

Tosiqueó, se fue yendo sin ruido hacia la puerta, y volviéndose, con un último consejo:

–Todo está en que Su Señoría se entienda bien con el campanero.

Era eso lo que preocupaba ahora al padre Amaro.

Entre los sirvientes y los sacristanes de la catedral, el tío Esguelhas pasaba por hombre taciturno. Tenía una pierna amputada y usaba muleta; y algunos sacerdotes que deseaban el empleo para sus protegidos llegaban a decir que aquel defecto lo volvía, según la Regla, impropio para el servicio de la Iglesia. Pero el antiguo párroco José Miguéis, en obediencia al señor obispo, lo mantuvo en la catedral, argumentando que la desastrosa caída que motivara la amputación había ocurrido en la torre, con ocasión de una celebración, colaborando en el culto; ergo estaba claramente indicada la intención de Nuestro Señor de no prescindir del tío Esguelhas. Y cuando Amaro se hizo cargo de la parroquia, el cojo se había valido de la influencia de la Sanjoaneira y de Amélia para conservar, como él decía, «la cuerda de la campana». Era además –y había sido la opinión de la Rua da Misericórdia– una obra de caridad. El tío Esguelhas, viudo, tenía una hija de quince años paralítica de las piernas desde pequeña. «El diablo se ensañó con las piernas de la familia», solía decir el tío Esguelhas. Era ciertamente esta desgracia la que le daba una tristeza taciturna. Se contaba que la muchachita –cuyo nombre era Antónia y a la que el padre llamaba Totó– lo torturaba con berrinches, arrebatos de ira, caprichos abominables. El doctor Gouveia la había declarado *histérica*; pero era seguro, para las personas de buenos principios, que la Totó estaba «poseída por el demonio». Incluso se había planeado exorcizarla; el señor vicario general, sin embargo, siempre temeroso de la prensa, había vacilado en conceder el permiso ritual y sólo le habían hecho, sin resultado, las aspersiones de agua bendita. De hecho no se conocía la naturaleza del «endemoniamiento» de la paralítica. Doña Maria da Assunção había oído decir que consistía en aullar como un lobo; la Gansosinho, en otra versión, aseguraba que la infeliz se desgarraba a sí misma con las uñas… El tío Esguelhas, cuando le preguntaban por la muchachita, respondía secamente:

–Allá está.

Los entretiempos de su servicio en la iglesia los pasaba todos con su hija en su casucha. Sólo cruzaba el Largo para ir a la botica a buscar algún remedio, o a comprar bollos en la confitería de Teresa. Durante todo el día aquella esquina de la catedral, el patio, el barracón, el alto muro aledaño cubierto de parietarias, la casa al fondo con su ventana de frontispicio negro en medio de una pared mugrienta, permanecían en silencio, en una sombra húmeda; y los niños del coro, que a veces se arriesgaban a ir pasito a pasito por el patio para espiar al tío Esguelhas, lo veían invariablemente inclinado sobre el lar, con la cachimba en la mano, escupiendo tristemente a las cenizas.

Acostumbraba a oír todos los días respetuosamente la misa del señor párroco. Y Amaro, aquella mañana, mientras se vestía para la misa, al oír su muleta sobre las piedras del patio, meditaba ya su historia…, porque no podía pedirle al tío Esguelhas el uso de su casucha sin explicarle de alguna manera que la deseaba para un servicio religioso… ¿Y qué servicio, a no ser el de preparar, en secreto y lejos de las oposiciones mundanas, alguna alma tierna para el convento y para la santidad?

Cuando lo vio entrar en la sacristía le dirigió inmediatamente unos «buenos días» amables. ¡Le encontraba una estupenda cara de salud! Tampoco se sorprendía, porque, según todos los santos padres, la frecuentación de las campanas, dada la virtud peculiar que les comunica la consagración, dan una alegría y un bienestar especiales. Contó entonces con sencillez al tío Esguelhas y a los dos sacristanes que, cuando era pequeño, en casa de la señora marquesa de Alegros, su gran deseo era ser algún día campanero...

Se rieron mucho, encantados con la campechanería de Su Señoría.

–No se rían, es verdad. Y no me quedaba mal... En otros tiempos eran clérigos de órdenes menores los que tocaban las campanas. Nuestros santos padres las consideraban uno de los medios más eficaces de piedad. Ya lo dice la glosa, poniendo el verso en boca de la campana:

> Laudo deum, populum voco, congrego clerum,
> defunctum ploro, pestem fugo, festa decoro...

»Lo que quiere decir, como saben: "Alabo a Dios, llamo al pueblo, congrego al clero, lloro a los muertos, ahuyento las pestes, alegro las fiestas".

Citaba la glosa con respeto, ya revestido de amito y alba, en medio de la sacristía; y el tío Esguelhas se enderezaba sobre su muleta ante aquellas palabras que le daban una autoridad y una importancia imprevistas.

El sacristán se había aproximado con la casulla violeta. Pero Amaro no había terminado su glorificación de las campanas; explicó todavía su gran poder para disipar las tempestades –a pesar de lo que dicen algunos sabios presuntuosos–, no sólo porque comunican al aire la unción que reciben de la bendición, sino porque dispersan a los demonios que andan errantes entre los vendavales y las galernas. El santo Concilio de Milán recomienda que se toquen las campanas siempre que haya tormenta.

–En todo caso, tío Esguelhas –añadió sonriendo solícito al campanero–, creo que en esos casos es mejor no arriesgarse. Siempre es estar en lo alto y cerca de la tormenta... Vamos a eso, tío Matias.

Y recibió sobre los hombros la casulla, murmurando con mucha compostura:

–*Domine, quis dixisti jugum meum*... Apriete más los cordones por detrás, tío Matias. *Suave est, et onus meum leve*...

Hizo una reverencia a la imagen y entró en la iglesia, en la actitud de la rúbrica, con los ojos bajos y el cuerpo derecho; mientras tanto, Matias, después de haber saludado también él con un breve movimiento del pie al Cristo de la sacristía, se apresuraba con las vinajeras, carraspeando con fuerza para aclarar la garganta.

Durante toda la misa, al volverse hacia la nave, en el *Ofertorio* y en el *Orate fratres*, el padre Amaro se dirigía siempre –por una benevolencia que el ritual permite– hacia el campanero, como si el Sacrificio fuese por su intención particular; y el tío Esguelhas, con su muleta posada al lado, se sumía entonces en una devoción más respetuosa. Incluso en el *Benedicat*, después de haber comenzado la bendición vuelto hacia el altar para recoger del Dios vivo el depósito de la Misericordia, la terminó girándose despacio hacia el tío Esguelhas, ¡como para darle sólo a él las gracias y dones de Nuestro Señor!

–Y ahora, tío Esguelhas –le dijo en voz baja al entrar en la sacristía–, vaya a esperarme al patio, que tenemos que hablar.

No tardó en reunirse con él, con un rostro serio que impresionó al campanero.

–Cúbrase, cúbrase, tío Esguelhas. Vengo a hablarle de un caso serio... Verdaderamente, a pedirle un favor...

–¡Oh, señor párroco!

No, no era un favor... Porque, cuando se trataba del servicio de Dios, todos tenían el deber de contribuir en la medida de sus fuerzas... Se trataba de una señorita que quería hacerse monja. En fin, para demostrarle la confianza que tenía en él, iba a decirle el nombre...

–¡Es la Ameliazinha de la Sanjoaneira!

–¡¿Qué me dice, señor párroco?!

–¡Una vocación! ¡Se ve la mano de Dios! Es extraordinario.

Le contó entonces una historia difusa que iba forjando laboriosamente, según las sensaciones que creía ver en la cara pasmada del campanero. La muchacha se había desengañado de la vida por las desavenencias que había tenido con el novio. Pero la madre, que estaba vieja, que la necesitaba para el gobierno de la casa, no quería consentir, creía que era una veleidad… Pero no, era vocación… Él lo sabía… Desgraciadamente, cuando había oposición el papel del sacerdote era muy delicado… Todos los días los periódicos impíos –¡y desgraciadamente eran la mayoría!– gritaban contra las influencias del clero… Las autoridades, más impías que los periódicos, ponían obstáculos… Había leyes terribles… Si supiesen que él estaba instruyendo a la joven para que profesase, ¡lo encerraban en la cárcel! ¿Qué quería el tío Esguelhas?… ¡Impiedad, ateísmo de la época! Ahora, él necesitaba mantener con la pequeña muchas y muchas conversaciones: para examinarla, para conocer sus disposiciones, ver bien si ella tiene aptitudes para la soledad, o para la penitencia, o para el servicio a los enfermos, o para la adoración perpetua, o para la enseñanza… En suma, estudiarla por dentro y por fuera.

–Pero ¿dónde? –exclamó, abriendo los brazos, como desolado por un santo deber contrariado–. ¿Dónde? En casa de la madre no puede ser, ya andan desconfiados. En la iglesia imposible, sería lo mismo que en la calle. En mi casa, ya ve, una jovencita…

–Está claro.

–De modo que, tío Esguelhas… Y estoy seguro de que usted me lo agradecerá…, he pensado en su casa…

–Oh, señor párroco –interrumpió el campanero–, yo, la casa, los muebles, ¡está todo a sus órdenes!

–Ya ve, es en interés de esa alma, es una alegría para Nuestro Señor…

–¡Y para mí, señor párroco, y para mí!

Lo que el tío Esguelhas temía era que la casa no fuese decente y no tuviese las comodidades…

–¡Qué importa! –dijo el padre sonriendo, renunciando a todas las comodidades humanas–. Con que haya dos sillas y una mesa para poner el libro de oraciones…

Por lo demás, decía el campanero, como sitio retirado y casa tranquila cumplía los requisitos. Allí quedaban, él y la señorita, como los monjes en el desierto. Los días que viniese el señor párroco, él salía a dar su paseo. En la cocina no podrían acomodarse, porque el cuartito de la pobre Totó estaba al lado… Pero tenían su habitación, encima.

El padre Amaro se golpeó la frente con la mano. ¡No se había acordado de la paralítica!

–¡Eso nos estropea el arreglito, tío Esguelhas! –exclamó.

Pero el campanero lo tranquilizó, vivamente. Estaba ahora muy interesado en aquella conquista de una novia para Nuestro Señor; quería por fuerza que su tejado acogiese la santa preparación del alma de la señorita… ¡Tal vez le atrayese a él la compasión de Dios! Le habló con vehemencia de las ventajas, de las comodidades de la casa. La Totó no molestaba. No se movía de la cama. El señor párroco entraba por la cocina, por la parte de la sacristía, la señorita llegaba por la puerta de la calle: subían, se cerraban en la habitación…

–¿Y ella, la Totó, qué hace? –preguntó el padre Amaro, todavía dudando.

Pobrecita, allí estaba… Tenía manías: ahora hacía muñecas y se apasionaba por ellas hasta tal punto que le subía la fiebre; otros días los pasaba en un silencio que daba miedo, con los ojos clavados en la pared. Pero a veces estaba alegre, hablaba, bromeaba… ¡Una desgracia!

–Debería entretenerse, debería leer –dijo el padre Amaro para mostrar interés.

El campanero suspiró. No sabía leer, la pequeña, nunca había querido aprender. Era lo que él le decía: ¡Si pudieses leer, ya no te pesaba tanto la vida! ¿Pero qué pasaba? Tenía horror a aplicarse… El señor padre Amaro debería tener la caridad de persuadirla, cuando fuese por la casa…

Pero el párroco no lo escuchaba, completamente absorto en una idea que le había iluminado la cara con una sonrisa. Había hallado de pronto la explicación natural para darle a la Sanjoaneira y a las amigas, de las visitas de Amélia a casa del campanero: ¡iba a enseñarle a leer a la paralítica! ¡A educarla! ¡A abrirle el alma a las bellezas de los libros santos, de la historia de los mártires y de la oración!

–Está decidido, tío Esguelhas –exclamó, frotándose las manos con júbilo–. Es en su casa donde se va a hacer de la muchacha una santa. Y sobre esto –y su voz emitió un grave profundo– ¡secreto inviolable!

–¡Oh, señor párroco! –dijo el campanero, casi ofendido.

–¡Cuento con usted! –dijo Amaro.

Fue después a la sacristía a escribir un billete que debería pasarle en secreto a Amélia, en el que le explicaba detalladamente «el arreglito que había hecho para gozar nuevas y divinas felicidades». La avisaba de que el pretexto para que ella fuese todas las semanas a casa del campanero debía ser la educación de la paralítica: él mismo lo propondría aquella noche, en casa de su madre. «Que en esto, decía, hay alguna verdad, pues sería grato a Dios que se iluminase con una buena instrucción religiosa las tinieblas de aquella alma. Y matamos así, querido ángel, dos pájaros de un tiro.»

Después se fue a su casa. ¡Qué relajadamente se sentó a desayunar, plenamente contento de sí mismo, de la vida y de las dulces facilidades que en ella encontraba! Celos, dudas, torturas del deseo, soledad de la carne, todo lo que le había consumido durante meses y meses, en la Rua da Misericórdia y en la Rua das Sousas, había pasado. ¡Estaba por fin duraderamente instalado en la felicidad! Y recordaba, abismado en un gozo mudo, con el tenedor olvidado en la mano, toda aquella media hora de la víspera, placer a placer, volviendo a saborearlos mentalmente uno a uno, saturándose de la deliciosa certeza de la posesión, como el labrador que recorre el trozo de tierra adquirida y envidiada por sus ojos durante muchos años. ¡Ah, no volvería a mirar de reojo, con acritud, a los caballeros que paseaban por la alameda con sus mujeres del brazo! También él ahora tenía una, toda suya, alma y carne, hermosa, que lo adoraba, que usaba buena ropa interior ¡y que llevaba en el pecho un olorcito a agua de colonia! Era cura, es verdad... Pero para eso tenía su gran argumento: el comportamiento del cura, si no produce escándalo entre los fieles, en nada perjudica a la eficacia, la utilidad, la grandeza de la religión. Todos los teólogos enseñan que el orden sacerdotal fue instituido para administrar los sacramentos; lo esencial es que los hombres reciban la santidad interior y sobrenatural que los sacramentos contienen; y con tal de que sean dispensados según las fórmulas consagradas, ¿qué importa que el sacerdote sea santo o pecador? El sacramento comunica la misma virtud. No es por los méritos del sacerdote por lo que ellos operan, sino por los méritos de Jesucristo. El que es bautizado o ungido, lo sea por manos puras o por manos sucias, queda igualmente bien lavado del pecado original, o bien preparado para la vida eterna. Esto se lee en todos los santos padres, lo estableció el seráfico Concilio de Trento. Los fieles nada pierden, en lo tocante a su alma y a su salvación, por la indignidad del párroco. Y si el párroco se arrepiente en la hora postrera, tampoco se le cierran las puertas del cielo. Así que al final todo acaba bien y en paz general... Y el padre Amaro, razonando de este modo, sorbía con placer su café.

Cuando terminó el desayuno, la Dionísia fue a saber, muy risueña, si el párroco había hablado con el tío Esguelhas...

–Hablé por encima –dijo él ambiguamente–. No hay nada decidido... Roma no se construyó en un día.

–¡Ah! –dijo ella.

Y se retiró a la cocina, pensando que el señor párroco mentía como un hereje. Tampoco le importaba... Nunca le habían gustado las componendas con los señores eclesiásticos; pagaban mal y sospechaban siempre...

Y tan pronto oyó que Amaro salía, corrió a la escalera para decirle... que, en fin, ella tenía que mirar por su casa, y cuando el señor párroco hubiese conseguido criada...

–Doña Josefa está arreglándome eso, Dionísia. Espero tener a alguien mañana. Pero usted aparezca... Ahora que somos amigos...

–Cuando el señor párroco quiera no tiene más que darme un grito desde la ventana –dijo ella desde lo alto de la escalera–. Para todo lo que necesite. Sé un poquito de todo, hasta de enfermedades y de partos... Y sobre eso hasta puedo decirle...

Pero el cura no la escuchaba. Había cerrado la puerta de golpe, huyendo, indignado por el brutal ofrecimiento de aquellos saberes impertinentes.

A los pocos días habló en casa de la Sanjoaneira de la hija del campanero.

El día anterior le había dado el billete a Amélia; y aquella noche, mientras en la sala se hablaba en voz alta, se había aproximado al piano, donde Amélia, con los dedos perezosos, hacía escalas, e inclinándose para encender el cigarro en la vela, le había cuchicheado:

–¿Lo has leído?

–¡Perfecto!

Amaro se incorporó al grupo de las señoras, en el que la Gansoso estaba contando una catástrofe sucedida en Inglaterra que había leído en un periódico: una mina de carbón que se había derrumbado, sepultando a ciento veinte trabajadores. Las viejas se estremecían, horrorizadas. La Gansoso entonces, forzando el efecto, acumuló locuazmente los detalles: la gente que estaba fuera se había esforzado por sacar a los infelices de los escombros; escuchaban, débiles, sus gemidos y sus ayes; era en el crepúsculo; había una tormenta de nieve...

–¡Qué desagradable! –musitó el canónigo, arrebujándose en su poltrona, gozando del calor de la sala y de la seguridad de los techos.

Doña Maria da Assunção declaró que todas aquellas minas, aquellas máquinas extranjeras le daban miedo. Había visto una fábrica junto a Alcobaça y le había parecido una imagen del infierno. Estaba segura de que Nuestro Señor no las veía con buenos ojos...

—Es como los ferrocarriles –dijo doña Josefa–. ¡Tengo la seguridad de que han sido inspirados por el demonio! No lo digo de broma. Si no, ¡fíjense en esos ululares, esos fogonazos, ese fragor! ¡Ay, dan escalofríos!

El padre Amaro se chanceó, asegurándole a doña Josefa ¡que eran increíblemente cómodos para viajar rápido! Pero, poniéndose serio, añadió:

—En cualquier caso es incontestable que hay en esas invenciones de la ciencia moderna mucho del demonio. Y es por eso por lo que nuestra Santa Iglesia las bendice, primero con oraciones y después con agua bendita. Deben de saber que es la costumbre. Con agua bendita para hacerles el exorcismo, expulsar al espíritu enemigo; y con oraciones para redimirlas del pecado original, que no sólo existe en el hombre, sino también en las cosas que construye. Por eso se bendicen y se purifican las locomotoras... Para que el demonio no pueda servirse de ellas en beneficio propio.

Doña Maria da Assunção quiso inmediatamente una explicación. ¿De qué manera el enemigo se servía habitualmente de los ferrocarriles?

El padre Amaro, con bondad, la esclareció. El enemigo tenía muchas maneras, pero la habitual era ésta: hacía descarrilar un tren para que muriesen pasajeros y, como esas almas no estaban preparadas por la extremaunción, el demonio allí mismo, ¡zas!, se apoderaba de ellas.

—¡Qué bellaco! –murmuró el canónigo, con una admiración secreta por aquella maña tan hábil del enemigo.

Pero doña Maria da Assunção se abanicó lánguidamente, con el rostro bañado en una sonrisa de beatitud.

—¡Ay, hijas! –decía pausadamente hacia unas y otras–, a nosotras eso sí que no nos pasaba... ¡No nos pillaba desprevenidas!

Era verdad; y todas disfrutaron por un instante de aquella seguridad deliciosa de estar preparadas, ¡de poder engañar la malicia del tentador!

El padre Amaro entonces tosió, como para preparar las

vías, y apoyando las dos manos sobre la mesa, en tono de plática:

–Hace falta mucha vigilancia para mantener alejado al demonio. Aún hoy he estado pensando en eso, fue, de hecho, mi meditación, en relación con un caso muy triste que tengo allí al lado de la catedral... Es la hijita del campanero.

Las señoras habían acercado las sillas, bebiéndole las palabras, con una curiosidad repentinamente excitada, esperando escuchar la historia picante de alguna hazaña de Satanás. Y el párroco continuó, con una voz a la que el silencio en torno daba solemnidad.

–Allí está aquella chiquilla, todo el santo día, ¡doblada en la cama! No sabe leer, no tiene devociones habituales, no tiene la costumbre de la meditación; es, en consecuencia, para emplear la expresión de san Clemente, «un alma sin defensa». ¿Qué ocurre? Que el demonio, que ronda constantemente y no pierde tajada, ¡se siente allí como en su casa! Por eso, como me decía hoy el pobre tío Esguelhas, tiene arrebatos, desesperaciones, rabietas sin motivo... En fin, el pobre hombre tiene la vida destrozada.

–¡Y a dos pasos de la iglesia del Señor! –exclamó doña Maria da Assunção, indignada por aquella impudicia de Satanás, instalándose en un cuerpo, en un lecho separado apenas por la estrechez del patio de los contrafuertes de la catedral.

Amaro la apoyó:

–Doña Maria tiene razón. El escándalo es enorme. ¿Pero entonces? ¡Si la chiquilla no sabe leer! Si no sabe una oración, si no tiene quien la instruya, quien le lleve la palabra de Dios, quien la fortalezca, ¡quien le enseñe el secreto para frustrar al enemigo!...

Se puso en pie animado, dio algunos pasos por la sala, con los hombros curvados, con la pena de un pastor a quien una fuerza desproporcionada arrebata una oveja amada. Y, excitado por sus palabras, sentía, en efecto, que lo invadía una piedad, una compasión verdadera por aquella pobre criatura a quien la falta de consuelos debía de hacer más intensa la agonía de la inmovilidad.

Las señoras se miraban, apenadas por aquel caso triste de abandono de un alma. Sobre todo, por el dolor que ello parecía causar al señor párroco.

A doña Maria da Assunção, que recorría con la imaginación el abundante arsenal de la devoción, se le ocurrió que si le pusiesen a la cabecera algunos santos, como san Vicente, Nuestra Señora de las Siete Llagas..., pero el silencio de las amigas expresó bien la insuficiencia de aquella galería devota.

–Las señoras tal vez me dirán –dijo el padre Amaro volviendo a sentarse– que se trata apenas de la hija del campanero. ¡Pero es un alma! ¡Es un alma como las nuestras!

–Todos tienen derecho a la gracia del Señor –dijo el canónigo gravemente, con un sentimiento de imparcialidad, admitiendo la igualdad de clases si no se trataba de bienes materiales, tan sólo de los alivios del cielo.

–Para Dios no hay pobre ni rico –suspiró la Sanjoaneira–. ¡Mejor el pobre, que de los pobres es el reino de los cielos!

–No, mejor rico –interrumpió el canónigo, extendiendo la mano para detener aquella falsa interpretación de la ley divina–. Que el cielo también es para los ricos. Usted no entiende el precepto. *Beati pauperes*, benditos los pobres, quiere decir que los pobres deben sentirse felices en la pobreza; no desear los bienes de los ricos; no querer más que el trozo de pan que tienen; no aspirar a participar de las riquezas de los otros, bajo pena de no ser benditos. Es por eso, sépalo usted, que esa canalla que predica que los trabajadores y las clases bajas deben vivir mejor de lo que viven va en contra de la expresa voluntad de la Iglesia y de Nuestro Señor, ¡y no merecen otra cosa que un bastonazo, como excomulgados que son! ¡Uf!

Y se repantigó, extenuado por haber hablado tanto. El padre Amaro permanecía callado, con el codo sobre la mesa, acariciándose despacio la cabeza. Iba a lanzar su idea, como venida por una inspiración divina, proponer que fuese Amélia quien llevase una educación devota a la pobre paralítica... Y vacilaba supersticiosamente ante su motivación completamente carnal, únicamente concupiscente. Le parecía ahora, exageradamente, que la hija del campanero vivía hundida en una tiniebla de sufrimiento. Se percataba de toda la caridad que habría en consolarla, entretenerla, hacerle los días menos amargos... Esta acción redimiría verdaderamente muchas culpas, encantaría a Dios, ¡si fuese hecha por un puro espíritu de fraternidad cristiana! Lo asaltaba una compasión sentimental de buen muchacho por aquel miserable cuerpo clavado a una cama, que no veía nunca el sol ni la calle... Y allí estaba, confundido por aquella piedad que lo invadía, sin decidirse, acariciándose la nuca, casi arrepentido de haberle hablado de la Totó a las señoras...

Pero doña Joaquina Gansoso había tenido una idea:

—Oiga, señor padre Amaro, ¿y si se le mandase aquel libro con ilustraciones de las vidas de los santos? Eran ilustraciones que edificaban. A mí me llegaban al alma... ¿No lo tienes tú, Amélia?

—No —dijo ella, sin levantar los ojos de la costura.

Amaro entonces la miró. Casi la había olvidado. Estaba ahora del otro lado de la mesa, repulgando una bayeta. La raya del pelo, muy fina, desaparecía en la abundancia espesa del cabello, donde la luz del candil ponía una sombra brillante; las pestañas parecían más largas, más negras sobre la piel de la cara, de un trigueño cálido, avivado por un matiz rosáceo. El vestido ajustado, que se fruncía en un pliegue sobre el hombro, se elevaba ampliamente al tomar la forma de los pechos, que él veía oscilar al ritmo de una respiración regular... Era aquella la belleza que más deseaba de ella: los imaginaba del color de la nieve, redondos y llenos; la había tenido entre sus brazos, sí, pero vestida, y sus manos ávidas habían encontrado sólo la seda fría... Pero en la casa del campanero serían suyos, sin obstáculos, sin vestidos, a disposición de sus labios. ¡Por Dios! ¡Y nada impedía que al mismo tiempo consolasen el alma de la Totó! No dudó más. Y alzando la voz, en medio del parloteo de las viejas que discutían ahora sobre la desaparición de la *Vida dos santos*:

—No, señoras, no es con libros como se ayuda a la chiquilla... ¿Saben qué idea se me ha ocurrido? ¡Debe ser uno de nosotros, el que menos ocupado esté, el que le lleve la palabra de Dios y eduque aquella alma! —y añadió sonriendo—: Y a decir verdad, la persona más desocupada entre todos nosotros es la señorita Amélia...

¡Fue una sorpresa! Les pareció la propia voluntad de Dios llegada mediante una revelación. Los ojos de las mujeres se encendieron en una excitación devota ante la idea de aquella misión de caridad que partía de ellas, de la Rua da Misericórdia... ¡Se excitaban, disfrutando golosamente, por anticipado, de los elogios del señor chantre y del cabildo! Cada una hacía su recomendación, ansiosas de participar en la santa obra, de compartir las recompensas que el cielo con seguridad prodigaría. Doña Joaquina Gansoso declaró con ardor que envidiaba a Amélia; y le chocó mucho verla echarse a reír de repente.

—¿Crees que no lo haría con la misma entrega? Ya estás con el orgullo de la buena acción... ¡Mira que así no te es de provecho!

Pero Amélia continuaba sumida en una risa nerviosa, echada hacia atrás en la silla, sofocándose al intentar contenerse.

Los ojillos de doña Joaquina llameaban.

—¡Es indecente, es indecente! —gritaba.

La calmaron: Amélia tuvo que jurarle por los Santos Evangelios que se le había ocurrido una idea extravagante, que era nervioso...

—Ay —dijo doña Maria da Assunção—, tiene razón en enorgullecerse. ¡Es un honor para la casa! Sabiéndose...

El párroco interrumpió con severidad:

—¡Pero no debe saberse, doña Maria da Assunção! ¿De qué sirve a los ojos del Señor una buena obra hecha para alardear y vanagloriarse?

Doña Maria inclinó los hombros, humillándose ante la reprensión. Y Amaro, con gravedad:

–Esto no debe salir de aquí. Es algo entre Dios y nosotros. Queremos salvar un alma, consolar a una enferma, y no que nos elogien en los periódicos. ¿No es así, profesor?

El canónigo se incorporó pesadamente:

–Está usted esta noche hablando con la lengua de oro de san Crisóstomo. Me siento edificado. Y no me sorprendería ahora ver aparecer las tostadas.

Fue entonces, mientras la Ruça no traía el té, cuando se decidió que todas las semanas Amélia, una o dos veces, según fuese su devoción, iría en secreto, para que la acción fuese más valiosa a los ojos de Dios, a pasar una hora a la cabecera de la paralítica, a leerle la *Vida dos santos*, a enseñarle oraciones y a insuflarle la virtud.

–En fin –resumió doña Maria da Assunção volviéndose hacia Amélia–, no te digo más que una cosa: ¡lo has conseguido!

La Ruça entró con la bandeja, en medio de las risas provocadas por «la locura de doña María», como dijo Amélia, que se había puesto muy colorada. Y así fue como ella y el padre Amaro pudieron verse libremente, para gloria del Señor y humillación del enemigo.

Se encontraban todas las semanas, una o dos veces, de modo que sus visitas caritativas a la paralítica completasen a final de mes el número simbólico de siete, que se correspondería, en la idea de las devotas, a las «siete lecciones de María». Las vísperas, el padre Amaro avisaba al tío Esguelhas, que dejaba la puerta de la calle sólo arrimada, después de haber barrido toda la casa y preparado la habitación para la plática del señor párroco. Esos días Amélia se levantaba temprano; siempre tenía alguna enagua que planchar, algún lazote que componer; a su madre le extrañaban aquellos emperifollamientos, el derroche de agua de colonia con que se inundaba; pero Amélia explicaba que «era para inspirarle a la Totó ideas de aseo y frescura». Y ya vestida, se sentaba, esperando las once, muy seria, respondiendo distraídamente a la charla de su madre, con un rubor en las mejillas, los ojos fijos en las agujas del reloj: por fin la vieja matraca gemía gravemente las once y ella, después de una miradita al espejo, salía, dándole un sonoro beso a la mamá.

Iba siempre recelosa, intranquila por si la espiaban. Todas las mañanas le pedía a Nuestra Señora del Buen Viaje que la librase de los malos encuentros; y si veía a un pobre le daba invariablemente limosna para halagar los gustos de Nuestro Señor, amigo de los mendigos y los vagabundos. Lo que la asustaba era el Largo de la Catedral, sobre el que Amparo la de la botica, cosiendo tras la ventana, ejercía una vigilancia incesante. Se encogía entonces en su manteleta e, inclinando el quitasol sobre el rostro, entraba finalmente en la catedral, siempre con el pie derecho.

Pero la mudez de la iglesia, desierta y adormecida en una luz hosca, la amedrentaba; le parecía percibir, en la taciturnidad de los santos y de las cruces, una represión a su pecado; imaginaba que los ojos de vidrio de las imágenes, las pupilas pintadas de los óleos se fijaban en ella con una insistencia cruel, notando la ansiedad que causaba en su seno la esperanza del placer. Algunas veces, incluso, traspasada por una superstición, deseando disipar el enfado de los santos, prometía entregarse por completo aquella mañana a la Totó, ocuparse caritativamente sólo de ella y no dejarse tocar ni siquiera el vestido por el señor padre Amaro. Pero si al entrar en casa del campanero no lo encontraba, iba inmediatamente, sin detenerse junto a la cama de la Totó, a apostarse en la ventana de la cocina para vigilar la puerta maciza de la sacristía, cuyas planchas negras de hierro conocía ya una por una.

Finalmente él aparecía. Era a principios de marzo; ya habían llegado las golondrinas; las oían chirriar, en aquel silencio melancólico, revoloteando entre los contrafuertes de la catedral. Aquí y allá, los líquenes cubrían los rincones con una vegetación oscura. Amaro, en ocasiones muy galante, iba a buscar una florecilla. Amélia se impacientaba, repiqueteaba con los dedos en el cristal. Él se apresuraba; se quedaban un momento en la puerta, estrechándose las manos, devorándose con los ojos encendidos; e iban a ver a la Totó. Y a darle los pasteles que el párroco le traía en el bolsillo de la sotana.

La cama de la Totó estaba en la alcoba, al lado de la cocina; su cuerpecito de tísica casi no sobresalía, enterrado en la cavidad del catre, bajo las mantas sucias que ella se entretenía en deshilachar. Aquellos días llevaba puesta una chambra blanca, los cabellos le brillaban, ungidos; porque últimamente, desde las visitas de Amaro, le había sobrevenido «un empeño por parecer alguien», como decía encantado el tío Esguelhas, hasta el punto de no querer separarse de un espejo y de un peine que guardaba debajo de la almohada y de obligar al padre a esconder bajo la cama, entre la ropa sucia, las muñecas que ahora despreciaba. Amélia se sentaba un momento a los pies del catre, preguntándole si había estudiado el abecedario, obligándole a decir el nombre de alguna que otra letra. Después quería que ella repitiese sin equivocarse la oración que le estaba enseñando; mientras, el cura, sin pasar de la puerta, esperaba, con las manos en los bolsillos, hastiado, molesto con los ojos brillantes de la paralítica que no lo dejaban, penetrándolo, recorriéndole el cuerpo con pasmo y con ardor y que parecían más vivos en su rostro trigueño, tan chupado que se le veía el armazón de la mandíbula. No sentía ahora ni compasión ni caridad por la Totó: detestaba aquella demora; encontraba a la chiquilla salvaje y caprichosa. También a Amélia se le hacían pesados aquellos momentos en que, para no escandalizar demasiado a Nuestro Señor, se resignaba a hablarle a la paralítica. La Totó parecía odiarla: le respondía muy malhumorada; otras veces persistía en un silencio rencoroso, vuelta hacia la pared; un día había despedazado el alfabeto; y se encogía, completamente contraída, si Amélia le quería poner bien el chal sobre los hombros o arrebujarle la ropa de la cama.

Por fin, Amaro, impaciente, le hacía una señal a Amélia; entonces ella colocaba ante la Totó el libro con estampas de la *Vida dos santos*.

–Venga, ahora te quedas viendo las figuras… Mira, éste es san Mateo, ésta santa Virginia… Adiós, yo voy arriba con el señor párroco a rezar para que Dios te dé salud y puedas salir a pasear… No estropees el libro, que es pecado.

Y subían por la escalera, mientras la paralítica, alargando el pescuezo ávidamente, los seguía, escuchando el rechinar de los escalones, con los ojos llameantes nublados por lágrimas de rabia. La habitación, arriba, era muy baja, sin revestir, con un techo de vigas negras sobre el que descansaban las tejas. Al lado de la cama colgaba la candela, que había hecho sobre la pared un penacho negro de humo.

Y Amaro se reía siempre de los preparativos del tío Esguelhas: la mesa en el rincón con el Nuevo Testamento, una jarra de agua y dos sillas al lado…

–Esto es para nuestra charla, para que te enseñe los deberes de monja –decía él, burlándose.

–¡Entonces, enséñame! –murmuraba ella con los brazos abiertos frente al cura, con una sonrisa cálida en la que brillaba la blancura de los dientes, ofreciéndose con abandono.

Él la besaba vorazmente en el cuello, en el pelo; a veces le mordía la oreja; ella daba un gritito; y se quedaban entonces muy quietos, a la escucha, con miedo de la paralítica abajo. Después el párroco cerraba las contraventanas y la puerta, muy recia, que tenía que empujar con la rodilla. Amélia se desnudaba despacio; y con las faldas caídas a los pies se quedaba un momento inmóvil, como una forma blanca en la oscuridad del cuarto. Alrededor, el cura, preparándose, respiraba fuerte.

Ella entonces se persignaba deprisa, y al subir a la cama emitía siempre un suspirito triste.

Amélia sólo podía demorarse hasta el mediodía. Por eso el padre Amaro colgaba su reloj de bolsillo en la punta de la candela. Pero cuando no oían las campanadas de la torre, Amélia sabía la hora por el canto de un gallo vecino.

–Tengo que irme, querido –murmuraba toda cansada.

–Deja... Estás siempre con prisa...

Todavía se quedaban un poco más, callados, en una lasitud dulce, muy pegados el uno al otro. A través de las vigas separadas del tejado mal unido, veían aquí y allí rendijas de luz: a veces oían a un gato, con sus pisadas blandas, vagabundeando, haciendo que se moviese alguna teja suelta; o se posaba un pájaro, chirriando, y oían el batir de sus alas.

–Ay, son horas –decía Amélia.

El cura quería detenerla; no se hartaba de besarle la orejita.

–¡Goloso! –murmuraba ella–. ¡Déjame!

Se vestía deprisa en la penumbra de la habitación; después abría la ventana, se abrazaba de nuevo al cuello de Amaro, que había quedado postrado sobre el lecho; y finalmente arrastraba la mesa y las sillas para que la paralítica, abajo, oyese y supiese que había acabado la charla.

Amaro no acababa de besuquearla; entonces ella, para terminar, se le escapaba, abría de par en par las puertas de la habitación; el cura bajaba, cruzaba en dos zancadas la cocina sin mirar a la Totó, y entraba en la sacristía.

Amélia, antes de salir, iba a ver a la paralítica, para saber si le habían gustado las estampas. A veces la encontraba con la cabeza debajo de las mantas, que cogía y apretaba con las manos para esconderse; otras veces, sentada en la cama, examinaba a Amélia con unos ojos en los que se encendía una curiosidad morbosa; acercaba su cara a ella, con las aletas de la nariz dilatadas, como oliéndola; Amélia retrocedía, inquieta, poniéndose colorada; se quejaba entonces de que era tarde, recogía la *Vida dos santos* y salía, maldiciendo a aquella criatura, tan maliciosa en su mudez.

Al cruzar el Largo a aquella hora, veía siempre a Amparo en la ventana. Recientemente incluso había considerado prudente contarle en secreto su obra de caridad con la Totó. Amparo, apenas la divisaba, la llamaba; y asomándose al balcón:

–¿Y cómo va la Totó?

—Tirando.

—¿Ya lee?

—Ya deletrea.

—¿Y la oración de Nuestra Señora?

—Ya la dice.

—¡Ay, qué devoción la tuya, hija!

Amélia bajaba los ojos, modesta. Y Carlos, que también estaba en el secreto, abandonaba el mostrador para ir a la puerta a elogiar a Amélia.

—Viene de su gran obra de caridad, ¿eh? —decía con los ojos muy abiertos, balanceándose en las puntas de las zapatillas.

—He pasado un rato con la pequeña, entreteniéndola...

—¡Grandioso! —murmuraba Carlos—. ¡Un apostolado! Pues anda, santita mía, saludos a mamá.

Se volvía entonces hacia dentro, hacia el practicante:

—Fíjese en eso, señor Augusto... En vez de pasar el tiempo en amoríos, como otras, ¡se convierte en ángel de la guarda! ¡Pasa la flor de los años con una tullida! Dígame usted si la filosofía, el materialismo y esas porquerías son capaces de inspirar acciones de este jaez... ¡Sólo la religión, mi querido amigo! ¡Me gustaría que los Renans y esa sarta de filósofos viesen esto! Y yo, téngalo usted en cuenta, admiro la filosofía, pero cuando, por así decirlo, va de la mano de la religión... Soy un hombre de ciencia y admiro a un Newton, a un Guizot... Pero, y grábese usted estas palabras, si la filosofía se aparta de la religión... Grabe bien estas palabras: dentro de diez años, señor Augusto, ¡está la filosofía enterrada!

Y continuaba deambulando por la farmacia a pasos lentos, las manos a la espalda, meditando sobre el final de la filosofía.

XVII

Aquél fue el período más feliz de la vida de Amaro.

«Ando en gracia de Dios», pensaba a veces de noche, al desnudarse, cuando por un hábito eclesiástico, haciendo el examen de sus días, veía que éstos transcurrían fáciles, tan cómodos, tan regularmente disfrutados. No había habido en los últimos dos meses ni fricciones ni dificultades en el servicio de la parroquia; todo el mundo, como decía el padre Saldanha, andaba de un humor de santo. Doña Josefa Dias le había conseguido muy barata una cocinera excelente que se llamaba Escolástica. En la Rua da Misericórdia tenía su corte admiradora y devota; cada semana, una o dos veces, llegaba aquella hora deliciosa y celestial en casa del tío Esguelhas; y para completar la armonía la estación transcurría tan hermosa que ya en O Morenal se habían empezado a abrir las rosas.

Pero lo que le encantaba era que ni las viejas, ni los padres, ni nadie de la sacristía sospechaba de sus *rendez-vous* con Amélia. Aquellas visitas a la Totó habían pasado a formar parte de las costumbres de la casa; les llamaban «las devociones de la pequeña»; y no le pedían detalles, por el principio beato de que las devociones son un secreto que se tiene con Nuestro Señor. Sólo de vez en cuando alguna de las señoras le preguntaba a Amélia cómo marchaba la enferma; ella aseguraba que estaba muy cambiada, que comenzaba a abrir los ojos a la ley de Dios; entonces, con mucha discreción, pasaban a hablar de otras cosas. Existía apenas el plan vago de ir algún día en romería, más tarde, cuando la Totó supiese bien su catecismo y, por la eficacia de la oración, se hubiese hecho buena, a admirar la obra santa de Amélia y la humillación del enemigo.

La propia Amélia, ante esta confianza tan amplia en su virtud, propuso un día a Amaro, como algo muy hábil, decirles a las amigas que a veces el señor párroco asistía a la práctica piadosa que ella hacía con la Totó...

–Así, si alguien te sorprendiese entrando en casa del tío Esguelhas, no habría sospechas.

–No me parece necesario –dijo él–. Dios está con nosotros, hija, está claro. No intentemos entrometernos en sus planes. Él ve más lejos que nosotros...

Ella estuvo de acuerdo, como con todo lo que salía de sus labios. Desde la primera mañana en casa del tío Esguelhas, se le había abandonado absolutamente, por entero, cuerpo, alma, voluntad y sentimiento: no había en su piel un pelillo, no corría en su cerebro una idea, ni la más mínima, que no perteneciese al señor párroco. Aquella posesión de todo su ser no la había invadido gradualmente; había sido total en el momento en que sus fuertes brazos se habían cerrado sobre ella. Parecía que sus besos le habían sorbido, agotado el alma, que era ahora como una dependencia inerte de su persona. Y no lo ocultaba; gozaba humillándose, ofreciéndose continuamente, sintiéndose totalmente suya, completamente esclava; quería que él pensase por ella y viviese por ella; había descargado en él, con satisfacción, aquel fardo de la responsabilidad que siempre le había pesado en la vida; sus juicios ahora llegaban formados desde el cerebro del párroco, tan naturalmente como si saliese del corazón de él la sangre que le corría por las venas. «El señor párroco quería o el señor párroco decía» era para ella una razón completamente suficiente y poderosa. Vivía con los ojos puestos en él, en una obediencia de animal; sólo tenía que inclinarse cuando él hablaba y cuando llegaba el momento de desabrocharse el vestido.

Amaro gozaba enormemente de esta dominación; ella lo resarcía de todo un pasado de dependencias: la casa de su tío, el seminario, la sala blanca del señor conde de Ribamar... Su existencia de cura era un arqueamiento humilde que le fatigaba el alma; vivía de la obediencia al señor obispo, al cabildo, a los cánones, a la Regla que ni le permitía tener un criterio propio en sus relaciones con el sacristán. Y ahora, por fin, tenía allí a sus pies aquel cuerpo, aquella alma, aquel ser vivo sobre el que reinaba con despotismo. Pasaba los días, por su profesión, alabando, adorando e incensando a Dios. Ahora también él era el Dios de una criatura que lo temía y se le entregaba puntualmente. Por lo menos para ella era bello, superior a los condes y a los duques, tan digno de la mitra como los más sabios. Ella misma, un día, le había dicho, tras haber permanecido un momento pensativa:

–¡Tú podías llegar a Papa!

–De esta materia se hacen –respondió él con seriedad.

Ella lo creía, todavía temerosa de que las altas dignidades lo apartasen de su lado, que se lo llevasen lejos de Leiria. Aquella pasión, en la que estaba embebida y que la colmaba, la había vuelto torpe y obtusa hacia todo lo que no tenía relación con el señor párroco o con su amor. Por lo demás, Amaro no le consentía intereses, curiosidades ajenas a su persona. Hasta le prohibía que leyese novelas y poesías. ¿Para qué se iba a hacer sabihonda? ¿Qué le importaba lo que pasaba en el mundo? Un día que ella había hablado con alguna ilusión de un baile que iban a dar los Via-Clara, se ofendió como si fuese una traición. Le hizo en casa del tío Esguelhas acusaciones tremendas: era una vanidosa, una perdida, ¡una hija de Satanás!...

–¡Pues te mato! ¿Entiendes? ¡Te mato! –había exclamado, cogiéndola por las muñecas, fulminándola con la mirada de fuego.

Lo torturaba el miedo de verla sustraerse a su imperio, de perder aquella adoración muda y absoluta. Pensaba algunas veces que ella, con el tiempo, se cansaría de un hombre que no le satisfacía las vanidades y los gustos de mujer, siempre metido en su sotana negra, con la cara y la coronilla rasuradas. Imaginaba que las corbatas de colores, los bigotes bien retorcidos, un caballo que trota, un uniforme de lanceros ejercen sobre las mujeres una fascinación decisiva. Y si la oía hablar de algún oficial del destacamento, de algún caballero de la ciudad, le sobrevenían unos celos desabridos...

–Te gusta, ¿eh? ¿Es por las ropas, por el bigote?...

–¡Que si me gusta! ¡Pero, hijo, si nunca lo he visto!

¡Pues entonces no tenía nada que hablar de él! ¡Eso era curiosidad, poner el pensamiento en otro! ¡Esas faltas de vigilancia sobre el alma y la voluntad son las que aprovechaba el demonio!

De este modo había llegado a sentir odio por todo el mundo secular, que podría atraerla, sacarla de la sombra de su sotana. Le impedía, con pretextos complicados, toda comunicación con la ciudad. Incluso convenció a la madre para que no la dejase ir sola a la arcada y a las tiendas. Y no cesaba de representarle a los hombres como monstruos de impiedad, cubiertos de una costra de pecados, estúpidos y falsos, ¡destinados al infierno! Le contaba cosas horrorosas de casi todos los jóvenes de Leiria. Ella le preguntaba, asustada pero curiosa:

–¿Cómo lo sabes?

–No puedo decírtelo –respondía con reticencia, dando a entender que le cerraba los labios el secreto de confesión.

Y al mismo tiempo le martilleaba los oídos con la glorificación del sacerdocio. Desplegaba con pompa la erudición de sus viejos compendios, haciéndole el elogio de las atribuciones, de la superioridad del cura. En Egipto, gran nación de la antigüedad, ¡un hombre sólo podía ser rey si era sacerdote! En Persia, en Etiopía, un simple cura tenía el privilegio de destronar a los reyes, ¡de disponer de las coronas! ¿Dónde había una autoridad igual a la suya? Ni siquiera en la corte celestial. El cura era superior a los ángeles y a los serafines... ¡porque a ellos no les había sido concedido, como al cura, el poder maravilloso de perdonar los pecados! La propia Virgen María, ¿tenía un poder mayor que él, que el padre Amaro? No; con todo el respeto debido a la majestad de Nuestra Señora, él podía decir con san Bernardino de Siena: «El sacerdote te excede, ¡oh madre amada!». Porque, si la Virgen había encarnado a Dios en su castísimo seno, lo había hecho sólo una vez, y el cura, en el santo sacrificio de la misa, ¡encarnaba a Dios todos los días! Y esto no era una argucia suya, todos los santos padres lo admitían...

–¿Eh? ¿Qué te parece?

–¡Oh, querido! –musitaba ella, pasmada, desfallecida de voluptuosidad.

Entonces la deslumbraba con citas venerables: san Clemente, que llamó al cura «el Dios de la Tierra»; el elocuente san Crisóstomo, que dijo que «el sacerdote es el embajador que viene a darnos las órdenes de Dios». Y san Ambrosio, que escribió: «Entre la dignidad del rey y la dignidad del sacerdote ¡hay mayor diferencia de la que existe entre el plomo y el oro!».

–Y el oro es aquí el señorito –decía Amaro dándose palmaditas en el pecho–. ¿Qué te parece?

Ella se arrojaba en sus brazos, con besos voraces, como queriendo tocar, poseer en él el «oro de san Ambrosio», el «embajador de Dios», todo lo que en la tierra había de más elevado y noble, ¡el ser que supera en gracia a los arcángeles!

Era este poder divino del cura, esta familiaridad con Dios, tanto o más que la influencia de su voz, lo que la hacían creer en la promesa que él le repetía siempre: que ser amada por un cura atraería sobre ella el interés, la amistad de Dios; que, después de muerta, dos ángeles irían a cogerla de la mano para acompañarla y deshacer todas las dudas que pudiese tener san Pedro, llavero del cielo; y que en su sepultura, como le había ocurrido en Francia a una muchachita amada por un cura, nacerían espontáneamente rosas blancas, como prueba celestial de que la virginidad no se daña entre los abrazos santos de un cura.

Esto le encantaba. Ante aquella idea de su tumba perfumada por rosas blancas, se quedaba toda pensativa, degustando anticipadamente felicidades místicas, con suspiritos de gozo. Aseguraba, poniendo morritos, que quería morirse.

Amaro se burlaba:

–Hablar de muerte con estas carnecitas...

Había engordado, en efecto. Tenía ahora una belleza grande y proporcionada. Había perdido aquella expresión inquieta que le ponía en los labios un deje acre y que le afilaba la nariz. En sus labios había un rojo caliente y húmedo; su mirada reía bajo un fluido sereno; toda su persona tenía una apariencia madura de fecundidad. Se había vuelto perezosa: en casa, suspendía el trabajo a cada momento, se quedaba mirando a lo lejos con una sonrisa muda y fija; y todo parecía quedar adormecido por un instante, la aguja, el pañuelo que cosía, toda su persona... Estaba viendo otra vez la habitación del campanero, el catre, el señor párroco en mangas de camisa.

Pasaba los días esperando que diesen las ocho, la hora a la que él aparecía puntualmente con el canónigo. Pero ahora las veladas se le hacían pesadas. Él le había aconsejado mucha reserva; ella la exageraba, por un exceso de obediencia, hasta el punto de no sentarse nunca a su lado en el té y de ni siquiera ofrecerle pasteles. Entonces odiaba la presencia de las viejas, el vocerío, el aburrimiento de la lotería: todo le parecía intolerable en el mundo, excepto estar a solas con él... Pero después, en casa del campanero, ¡cómo se desquitaba! Aquel rostro excitado, aquellos jadeos de delirio, aquellos oyes agonizantes y después la inmovilidad de la muerte asustaban a veces al cura. Se alzaba sobre su codo, inquieto:

—¿Estás enfadada?

Ella abría los ojos asombrada, como volviendo de muy lejos; y estaba verdaderamente hermosa, cruzando los brazos desnudos sobre el pecho descubierto, diciendo lentamente con la cabeza que no...

XVIII

Una circunstancia inesperada vino a estropear aquellas mañanas de la casa del campanero. Fue la extravagancia de la Totó. Como dijo el padre Amaro, «¡la muchachita les salía un monstruo!».

Mostraba ahora una aversión violenta hacia Amélia. Apenas ella se acercaba a la cama, metía la cabeza debajo de las mantas, contrayéndose con rabia si notaba su mano o su voz. Amélia huía, impresionada por la idea de que el diablo que habitaba en la Totó, al percibir el olor de iglesia que ella traía en las ropas, impregnadas de incienso y salpicadas de agua bendita, se revolcaba de terror dentro del cuerpo de la chiquilla.

Amaro quiso reprender a la Totó, hacerle notar, con palabras tremendas, su ingratitud demoníaca hacia la señorita Amélia, que venía a entretenerla, a enseñarle a hablar con Nuestro Señor… Pero la paralítica rompió en un llanto histérico; después, de repente, se quedó inmóvil, rígida, con los ojos muy abiertos y en blanco, con una espuma blanca en la boca. Pasaron un gran susto; le inundaron la cama de agua; Amaro, por si acaso, recitó los exorcismos… Y Amélia, desde aquel momento, decidió «dejar en paz a la fiera». No volvió a intentar enseñarle el alfabeto u oraciones a santa Ana.

Pero, por remordimiento, siempre la iban a ver un instante cuando llegaban. No pasaban de la puerta de la alcoba, preguntándole en voz alta «cómo iba». Nunca respondía. Y ellos se marchaban enseguida, asustados por aquellos ojos salvajes y brillantes que los devoraban, yendo de uno a otro, recorriéndoles el cuerpo, fijándose con un destello metálico en los vestidos de Amélia y en la sotana del cura, como intentando adivinar lo que había debajo, con una curiosidad ávida que le dilataba locamente las aletas de la nariz y le agrietaba los labios descoloridos. Pero era la mudez, obstinada y rencorosa, lo que más los molestaba. Amaro, que no creía mucho en poseídos y endemoniados, veía allí los síntomas de la «locura furiosa». Los miedos de Amélia aumentaron. ¡Menos mal que las piernas inertes habían clavado a la Totó en el catre! Si no, Jesús, ¡era capaz de entrar en la habitación y morderlos en un arrebato!

Le dijo a Amaro que ni siquiera le sabía bien el placer de la mañana «después de aquel espectáculo»; y decidió entonces, de allí en adelante, subir a la habitación sin hablar con la Totó.

Fue peor. Cuando la veía cruzar desde la puerta de la calle hasta la escalera, la Totó se abalanzaba fuera del lecho, agarrada a los bordes del catre, en un esfuerzo ansioso por seguirla, por verla, con la cara totalmente descompuesta, desesperada por su inmovilidad. Y Amélia, al entrar en la habitación, oía llegar desde abajo una risita ácida, o un «¡Uy!» prolongado y aullado que la helaba...

Andaba aterrorizada: se le había ocurrido la idea de que Dios había instalado allí, al lado de su amor con el párroco, un demonio implacable para escarnecerla y ridiculizarla. Amaro, intentando tranquilizarla, le decía que nuestro santo padre Pío IX, recientemente, había declarado pecado creer en «personas posesas»...

—Entonces ¿por qué hay rezos y exorcismos?

—Eso es de la religión vieja. Ahora va a cambiarse todo eso... En fin, la ciencia es la ciencia...

Ella intuía que Amaro le mentía. Y la Totó estropeaba su felicidad. Finalmente Amaro halló el medio de escapar de «la maldita chiquilla»: consistía en que entrasen los dos por la sacristía: sólo tenían que atravesar la cocina para subir la escalera, y la posición de la cama de la Totó, en la alcoba, no le permitiría verlos cuando ellos pasasen, cautelosamente, un pie delante del otro. Era fácil, además, porque a la hora del *rendez-vous*, entre las once y el mediodía, en los días laborables, la sacristía estaba desierta.

Pero sucedía que, cuando ellos entraban de puntillas y mordiendo la respiración, sus pasos, por más sutiles que fuesen, hacían rechinar los viejos peldaños de la escalera. Y entonces la voz de la Totó salía de la alcoba, una voz ronca y áspera, gritando:

—¡Fuera, perro! ¡Fuera, perro!

A Amaro le entraba un deseo furioso de estrangular a la paralítica. Amélia temblaba, toda pálida.

Y la criatura aullaba desde dentro:

—¡Ahí van los perros, ahí van los perros!

Ellos se refugiaban en la habitación, encerrándose por dentro. Pero aquella voz de una desolación lúgubre, que les parecía venir de los infiernos, todavía les llegaba, los perseguía:

—¡Están montándose los perros! ¡Están montándose los perros!

Amélia caía sobre el catre, casi desmayada de terror. Juraba no volver a aquella casa maldita...

—Pero ¿qué diablos quieres? —le decía el cura, furioso—. ¿Dónde vamos a vernos entonces? ¿Quieres que nos acostemos en los bancos de la sacristía?

—Pero ¿qué le he hecho yo? ¿Qué le he hecho? —exclamaba Amélia, apretándose las manos.

—¡Nada! Está loca... Y el pobre tío Esguelhas, menudo disgusto... En fin, ¿qué quieres que le haga?

Ella no respondía. Pero en su casa, cuando se iba acercando el día del *rendez-vous*, empezaba a temblar ante la idea de aquella voz que le atronaba continuamente en los oídos y que escuchaba en sueños. Y este terror iba despertándola lentamente del adormecimiento en que todo su ser había caído en brazos del párroco. Se interrogaba ahora: ¿no estaría cometiendo un pecado irremisible? Las afirmaciones de Amaro, asegurándole el perdón del Señor, ya no la tranquilizaban. Ella veía perfectamente, cuando la Totó aullaba, que una palidez cubría el rostro del párroco, como si le recorriese el cuerpo el escalofrío de un infierno entrevisto. Y si Dios los disculpaba, ¿por qué dejaba entonces que el demonio les arrojase, a través de la voz de la paralítica, la injuria y el escarnio?

Se arrodillaba entonces a los pies de la cama, dirigía oraciones sin fin a la Virgen de los Dolores, pidiéndole que la iluminase, que le dijese qué era aquella persecución de la Totó y si era su divina intención enviarle de este modo un aviso amedrentador. Pero la Virgen no le contestaba. No la sentía, como antes, bajar del cielo ante sus oraciones, metérsele en el alma aquella tranquilidad suave como una ola de leche que era una visita de la Señora. Se quedaba muy triste, retorciéndose las manos, abandonada por la gracia. Prometía entonces no volver a la casa del campanero; pero cuando llegaba el día, ante la imagen de Amaro, del lecho, de aquellos besos que le llevaban el alma, de aquel fuego que la penetraba, se sentía completamente débil frente a la tentación; se vestía, jurando que era la última vez; y al dar las once salía, con las orejas ardiéndole, el corazón temblando porque iba a oír la voz de la Totó, las entrañas abrasadas por el deseo del hombre que la iba a arrojar encima del catre.

Al entrar en la iglesia no rezaba, por miedo a los santos.

Corría a la sacristía para refugiarse en Amaro, para cobijarse bajo la autoridad sagrada de su sotana. Entonces él, al verla llegar tan pálida y trastornada, bromeaba para tranquilizarla. No, era una tontería, ¡cómo iban a privarse del regalito de aquellas mañanas, sólo porque había una loca en la casa! Además, le había prometido buscar otro sitio para verse; e incluso, con el fin de distraerla, aprovechando la soledad de la sacristía, le enseñaba algunas veces los paramentos sacerdotales, los cálices, las vestimentas, tratando de interesarla por un frontal nuevo o por una sobrepelliz antigua de encaje, demostrándole, por la familiaridad con que tocaba las reliquias, que todavía era el señor párroco y que no había perdido su crédito en el cielo.

Así fue como una mañana quiso que viese una capa de la Virgen, que había llegado unos días antes regalada por una devota rica de Ourém. Amélia la admiró mucho. Era de raso azul, representaba un firmamento con estrellas bordadas y en el centro, ricamente trabajado, llameaba un corazón de oro rodeado por rosas de oro. Amaro la había desdoblado, haciendo que brillasen junto a la ventana los frondosos bordados.

–Una obra magnífica, ¿eh? Cientos de miles de reales... Se la probamos ayer a la imagen... Le queda de maravilla. Un poquito grande, tal vez... –Y mirando a Amélia, comparando su elevada estatura con la figura achaparrada de la imagen de la Virgen–: A ti sí que te quedaría bien. Déjame ver...

Ella retrocedió:

–¡No, por Dios, qué pecado!

–¡Qué tontería! –dijo él avanzando con la capa abierta, enseñándole el forro de raso blanco, de una limpidez de nube matinal–. No está bendita... Es como si viniese de la modista.

–No, no –decía ella débilmente, con los ojos ya brillantes de deseo.

Entonces él se enfadó. ¿Acaso creía saber mejor que él lo que era pecado? ¿Iba la señorita ahora a enseñarle el respeto debido al vestuario de los santos?

–Venga, no seas tonta. Déjame ver.

Se la puso sobre los hombros, le abrochó sobre el pecho el cierre de plata labrada. Y se echó hacia atrás para contemplarla envuelta en el manto, asustada e inmóvil, con una sonrisa cálida de gozo devoto.

–¡Oh, querida, qué hermosa estás!

Ella entonces, moviéndose con una cautela solemne, se acercó al espejo de la sacristía, un espejo antiguo de reflejos verdosos, con un marquito negro de roble labrado y una cruz en la parte de arriba. Se vio un momento, en aquella seda azul celeste que la envolvía por completo, rociada por el brillo agudo de las estrellas, de una magnificencia sideral. Notaba su gran peso. La santidad que el manto había adquirido al contacto con los hombros de la imagen la penetraba de una voluptuosidad beata. Un fluido más dulce que el aire de la tierra la envolvía, haciéndole pasar por el cuerpo la caricia del éter del paraíso. Le parecía ser una santa sobre las andas, o más arriba, en el cielo...

A Amaro le caía la baba:

—¡Oh, queridita, eres más hermosa que la Virgen!

Ella miró vivamente el espejo. Cierto, era hermosa. No tanto como la Virgen... Pero con su rostro trigueño de labios rojos, iluminado por aquel rebrillar de sus ojos negros, si estuviese sobre el altar, con el órgano tocando himnos y una adoración susurrante alrededor, haría palpitar muy fuerte el corazón de los fieles...

Entonces Amaro se acercó a ella por detrás, le rodeó el pecho con sus brazos, la abrazó... y buscando con sus labios los de ella, le dio un beso mudo, muy largo... Los ojos de Amélia se cerraban, la cabeza se le iba hacia atrás, pesada de deseo. Los labios del cura no la soltaban, ávidos, sorbiéndole el alma. Su respiración se aceleraba, le temblaban las rodillas, y con un gemido se desvaneció sobre el hombro del cura, descolorida y muerta de placer.

Pero de repente se enderezó, fijó su vista en Amaro, parpadeando, como si despertase de un largo sueño; una ola de sangre le quemó el rostro.

—¡Oh, Amaro, qué horror, qué pecado!

—¡Qué tontería! —dijo él.

Pero ella se desprendía del manto, muy afligida:

—¡Sácamelo, sácamelo! —gritaba, como si la seda la quemase.

Entonces Amaro se puso muy serio. Ciertamente no se debía jugar con cosas sagradas...

—Pero no está bendita... No hay duda...

Dobló el manto cuidadosamente, lo envolvió en la sábana blanca, lo metió en el cajón, sin una palabra. Amélia lo miraba petrificada, y sólo sus labios pálidos se movían en una oración.

Cuando finalmente él le dijo que eran horas de ir a casa del campanero, retrocedió, como si la estuviese llamando el demonio.

—¡Hoy no! —exclamó, implorando.

Él insistió. Realmente aquello era llevar demasiado lejos la gazmoñería... Ella sabía perfectamente que no era pecado, cuando las cosas no estaban benditas... Había que ser muy pobre de espíritu... ¡Qué demonio, sólo media hora, o un cuarto de hora!

Ella, sin responder, iba acercándose a la puerta.

—¿Entonces no quieres?

Ella se volvió con ojos suplicantes.

—¡Hoy no!

Amaro se encogió de hombros. Y Amélia atravesó rápidamente la iglesia, cabizbaja y con los ojos en las baldosas, como si pasase entre las amenazas cruzadas de los santos indignados.

A la mañana siguiente, la Sanjoaneira, que estaba en el comedor, al oír que subía el señor canónigo resoplando fuerte, fue a recibirlo a la escalera y se encerró con él en la salita.

Quería contarle el disgusto que había tenido aquella madrugada. Amélia se había despertado de repente, ¡gritando que la Virgen le estaba pisando el cuello!, ¡que se ahogaba!, ¡que la Totó la quemaba por detrás! ¡Y que las llamas del infierno subían más alto que la torre de la catedral!... En fin, ¡un horror! Se la había encontrado en camisón, corriendo por la habitación como una loca. Y poco después le había dado un ataque de nervios. Toda la casa estuvo alborotada... Ahora la pobre chiquilla estaba en cama y en toda la mañana apenas había tomado una cucharada de caldo.

—Pesadillas —dijo el canónigo—. ¡Indigestión!

—¡Ay, no, señor canónigo! —exclamó la Sanjoaneira, que parecía muy preocupada, sentada ante él en el borde de una silla—. Es otra cosa: ¡son esas desgraciadas visitas a la hija del campanero!

Y entonces se desahogó, con la efusión verbal de quien abre los diques a un descontento acumulado. Nunca había querido decir nada porque, en fin, reconocía que era una gran obra de caridad. Pero, desde que había empezado aquello, la muchacha parecía trastornada. Últimamente, andaba de todas las maneras. Ahora alegrías sin motivo, ahora unas caras de dar pena hasta a los muebles. De noche, la oía pasear por la casa hasta tarde, abrir las ventanas... A veces hasta le daba miedo verle la mirada tan rara: cuando venía de casa del campanero estaba siempre blanca como la cal, se caía de debilidad. Tenía que tomar siempre un caldo... En fin, se decía que la Totó tenía el demonio en el cuerpo. Y el señor chantre, el otro, el que había muerto, Dios lo tenga en su gloria, solía decir que en este mundo las dos cosas que más se prendían de las mujeres eran la tisis y el demonio en el cuerpo. Por eso, le parecía que no debía permitir que la pequeña fuese a casa del campanero sin estar segura de que aquello ni le dañaba la salud ni le perjudicaba el alma. En fin, quería que una persona juiciosa, con experiencia, fuese a examinar a la Totó...

–En una palabra –dijo el canónigo, que había escuchado con los ojos cerrados aquella verbosidad plañidera–, lo que usted quiere es que yo vaya a ver a la paralítica y que me entere de lo que pasa...

–¡Sería un alivio para mí, queridito!

Aquella palabra, que la Sanjoaneira, en su gravedad de matrona, reservaba para la intimidad de las siestas, enterneció al canónigo. Acarició el grueso pescuezo de su viejota y prometió bondadosamente que iría a estudiar el caso...

–Mañana, que la Totó está sola –dijo entonces la Sanjoaneira.

Pero el canónigo prefería que Amélia estuviese presente. Así podría ver cómo se entendían, si había influencia del espíritu maligno...

–Esto que hago es muy de agradecer... Es por ser para quien es... Que ya me llega con mis achaques para andar ocupándome con los negocios de Satanás.

La Sanjoaneira lo recompensó con un sonoro beso.

–¡Ah, sirenas, sirenas!... –murmuró el canónigo filosóficamente.

En el fondo aquel encargo le desagradaba: era una perturbación de sus hábitos, una mañana entera desperdiciada; seguro que se fatigaría teniendo que ejercitar su sagacidad; además, odiaba el espectáculo de las enfermedades y de todas las circunstancias humanas relacionadas con la muerte. Pero, en fin, fiel a su promesa, a los pocos días, la mañana en que lo habían avisado de que Amélia iría junto a la Totó, se arrastró contrariado hasta la botica de Carlos; y se instaló, con un ojo en el *Popular* y otro en la puerta, a la espera de que la joven cruzase hacia la catedral. El amigo Carlos estaba ausente; el señor Augusto ocupaba sus ocios sentado al escritorio, con la frente sobre el puño, releyendo su Soares de Passos; fuera, el sol ya caliente de finales de abril hacía brillar las losas del Largo; no pasaba nadie; y sólo rompían el silencio los martillazos de las obras del doctor Pereira. Amélia tardaba. Y el canónigo, después de haber considerado largo tiempo, con el *Popular* caído sobre las rodillas, el enorme sacrificio que hacía por su viejota, iba cerrando los párpados, prisionero ya de la modorra en aquel reposo callado del mediodía próximo... cuando entró en la botica un eclesiástico.

–¡Oh, abad Ferrão, usted por la ciudad! –exclamó el canónigo Dias saliendo de su entumecimiento.

–A escape, colega, a escape –dijo el otro, colocando cuidadosamente sobre una silla dos gruesos libros que llevaba, atados por un cordel.

Después se volvió y, respetuosamente, se sacó el sombrero ante el practicante.

Tenía el pelo completamente blanco; debía de pasar ya de los sesenta años; pero era robusto, una alegría bailaba continuamente en sus ojitos vivaces y tenía unos dientes magníficos a los que una salud de granito conservaba aún el esmalte; lo que lo desfiguraba era una nariz enorme.

Preguntó cortésmente si el amigo Dias estaba allí de visita o si, desgraciadamente, su presencia se debía tal vez a una enfermedad.

–No, estoy aquí a la espera... ¡Una embajada de primera categoría, amigo Ferrão!

–¡Ah! –dijo el viejo discretamente.

Y mientras sacaba con cuidado de una cartera abarrotada de papeles la receta para el practicante, dio al canónigo noticias de la parroquia. Era allá en Os Poiais, por donde el canónigo tenía su finca, A Ricoça. El abad Ferrão había pasado de mañana por delante de la casa y había quedado sorprendido al ver que estaban pintándole la fachada. ¿Tenía el amigo Dias la idea de ir a pasar allí el verano?

No, no la tenía. Pero como había hecho obras en el interior y la fachada estaba que daba vergüenza, había mandado darle una mano de ocre. En fin, hacía falta alguna apariencia, sobre todo en una casa que estaba al borde de la carretera, por donde pasaba todos los días el señorito de Os Poiais, un fanfarrón que se imaginaba que era el único que tenía un palacete decente en diez leguas a la redonda… ¡Sólo para fastidiar a aquel ateo! ¿No le parecía, amigo Ferrão?

El abad estaba precisamente lamentando en su fuero interno aquel sentimiento de vanidad en un sacerdote; pero, por caridad cristiana, para no contrariar al colega, se apresuró a decir:

—Está claro, está claro. La limpieza es la alegría de las cosas…

Entonces el canónigo, viendo pasar por el Largo una falda y una manteleta, fue hacia la puerta para confirmar si era Amélia. No era. Y de vuelta, metido de nuevo en su preocupación, viendo que el practicante había entrado en el laboratorio, le dijo al oído a Ferrão:

—¡Una embajada peligrosa! ¡Voy a ver a una endemoniada!

—¡Ah! —dijo el abad, serio ante aquella responsabilidad.

—¿Quiere venir conmigo, abad? Es aquí cerca…

El abad se disculpó educadamente. Había ido a hablar con el señor vicario general, después había ido junto a Silvério para pedirle aquellos dos libros, ahora estaba allí para que le despachasen una receta para un viejo de la parroquia, y tenía que estar de vuelta en Os Poiais cuando diesen las dos.

El canónigo insistió; era un momento, y el caso parecía curioso…

El abad entonces le confesó al querido colega que no le gustaba examinar aquellas cosas. Se aproximaba a ellas siempre con un espíritu rebelde a la creencia, con desconfianzas y sospechas que le disminuían la imparcialidad.

–¡Pero hay milagros! –dijo el canónigo. Aunque tenía sus propias dudas, no le gustaban aquellas reticencias del abad a propósito de un fenómeno sobrenatural en el que él, el canónigo Dias, estaba interesado. Repitió con acritud–: Tengo alguna experiencia y sé que hay milagros.

–Es cierto, es cierto que hay milagros –dijo el abad–. Negar que Dios o la reina de los cielos puedan aparecérsele a una criatura va contra la doctrina de la Iglesia… Negar que el demonio pueda habitar el cuerpo de un hombre sería establecer un error funesto…, le pasó a Job, sin ir más lejos, y a la familia de Sara. Está claro, hay milagros. ¡Pero qué infrecuentes son, canónigo Dias!

Se calló un momento, mirando al canónigo, que en silencio taponaba su nariz con rapé, y continuó en tono más bajo, con la mirada viva y perspicaz:

–Y, además, ¿no ha notado usted que es una cosa que sólo les pasa a las mujeres? Sólo a ellas, cuya malicia es tan grande que ni el propio Salomón se les pudo resistir, cuyo temperamento es tan nervioso, tan contradictorio, que los médicos no las comprenden. ¡Sólo a ellas les ocurren milagros!… ¿Ha oído usted que se le apareciese la Virgen a algún notario respetable? ¿Sabe de algún digno magistrado poseído por el espíritu maligno? No. Esto hace reflexionar… Y yo concluyo que es malicia de ellas, ilusión, imaginación, enfermedad, etcétera. ¿No le parece? Mi norma en estos casos es ver todo eso a distancia y con mucha indiferencia.

Pero el canónigo, que vigilaba la puerta, blandió súbitamente el quitasol, dirigiéndose hacia el Largo:

–¡Pst, pst! ¡Eh!

Era Amélia quien pasaba. Se detuvo, contrariada por aquel encuentro que aún la iba a retrasar más. Y el señor párroco debía de estar ya desesperado…

–Así que –dijo el canónigo en la puerta, abriendo su quitasol –usted, abad, cuando le huele a milagro…

–Enseguida sospecho escándalo.

El canónigo lo contempló durante un momento, con respeto:

–Usted, Ferrão, ¡es capaz de enmendar a Salomón en prudencia!

–¡Oh, colega, oh, colega! –exclamó el abad, ofendido por aquella injusticia hecha a la incomparable sabiduría de Salomón.

–¡Al mismísimo Salomón! –afirmó todavía el canónigo desde la calle.

Había preparado una historia hábil para justificar su visita a la paralítica; pero durante su conversación con el abad se le había olvidado, como todo lo que dejaba un momento en los depósitos de la memoria; y, sin transición, simplemente le dijo a Amélia:

–¡Vamos allá, también quiero ver yo a esa Totó!

Amélia quedó petrificada. ¡Y el señor párroco, naturalmente, estaba allí! Pero su madrina, Nuestra Señora de los Dolores, a quien invocó inmediatamente en aquella congoja, no la dejó abandonada en el apuro. Y el canónigo, que caminaba a su lado, se quedó sorprendido cuando la oyó decir con una risita:

–¡Qué bien, hoy es el día de las visitas a la Totó! El señor párroco me dijo que quizá apareciese también hoy por allí… Hasta puede que ya esté allí.

–¡Ah! ¿También el amigo párroco? Está bien, está bien. ¡Le haremos un examen a la Totó!

Entonces Amélia, satisfecha de su malicia, parloteó sobre la Totó. Ya vería el señor canónigo… Era una criatura incomprensible… Últimamente, no había querido contarlo en casa, pero la Totó le había cogido rabia… Y decía unas cosas, ¡tenía una manera de hablar de perros, de animales, que daba miedo!… Ay, era una misión que ya se le hacía dura… Que la chiquilla no le atendía las lecciones, ni las oraciones, ni los consejos… ¡Era una fiera!

–¡El olor es desagradable! –murmuró el canónigo al entrar.

¡Qué quería! La muchacha era una puerca, no iba a estar arreglada. El padre también era un abandonado...

–Es aquí, señor canónigo –dijo, abriendo la puerta de la alcoba que ahora, obedeciendo las órdenes del párroco, el tío Esguelhas dejaba siempre cerrada.

Encontraron a la Totó medio incorporada sobre la cama, con la cara encendida por la curiosidad ante aquella voz desconocida del canónigo.

–¡Anda, si está aquí la señorita Totó! –dijo él desde la puerta, sin acercarse.

–Venga, saluda al señor canónigo –dijo Amélia, empezando a recomponerle la ropa de la cama, a ordenar la habitación, con una caridad desacostumbrada–. Dile cómo estás... ¡No te hagas la muda!

Pero la Totó permaneció tan muda como la imagen de san Benito que tenía a la cabecera, examinando mucho a aquel sacerdote tan gordo, tan canoso, tan distinto del señor párroco. Y sus ojos, cada día más brillantes a medida que se le hundían las mejillas, iban, como de costumbre, del hombre hacia Amélia, ansiosos de entender por qué lo llevaba allí, a aquel viejo obeso, y si también iba a subir con él a la habitación.

Amélia ahora temblaba. Si el señor párroco entrase, y allí, delante del canónigo, la Totó, llevada por su locura, empezase a gritar ¡llamándoles perros!... Con el pretexto de limpiar un poco fue a la cocina a vigilar el patio. Haría una señal desde la ventana cuando viese a Amaro.

Y el canónigo, solo en la alcoba de la Totó, disponiéndose a iniciar sus observaciones, iba a preguntarle cuántas eran las personas de la Santísima Trinidad, cuando ella, avanzando la cara, le dijo con una voz leve como un soplo:

–¿Y el otro?

El canónigo no comprendió. ¡Que hablase más alto! ¿Qué decía?

–¡El otro, el que viene con ella!

El canónigo se acercó, con la oreja dilatada por la curiosidad.

—¿Qué otro?

—El bonito. El que va con ella a la habitación. El que la pellizca...

Pero entraba Amélia; y la paralítica se calló, descansada, con los ojos cerrados y respirando rítmicamente, como aliviada de golpe de todo su sufrimiento. El canónigo, paralizado por el asombro, permanecía en la misma postura, doblado sobre la cama como para auscultar a la Totó. Finalmente se puso en pie, resoplando como en una calma de agosto, inspiró con lentitud una gran pulgarada; y se quedó con la caja abierta entre los dedos, con los ojos muy rojos clavados en la colcha de la Totó.

—Entonces, señor canónigo, ¿qué le parece mi enferma? —preguntó Amélia.

Él respondió, sin mirarla:

—Sí señor, muy bien... Va bien... Es rarita... Pues hay que seguir, hay que seguir... Adiós...

Salió, farfullando que tenía que hacer. Y volvió inmediatamente a la botica.

—¡Un vaso de agua! —exclamó, cayendo de golpe sobre la silla.

Carlos, que ya estaba de vuelta, se dio prisa, ofreciéndole agua de azahar, preguntando si Su Excelencia se encontraba mal...

—Cansadote —dijo.

Cogió el *Popular* de encima de la mesa y allí se quedó, sin moverse, absorto en las columnas del periódico. Carlos intentó hablar de la política nacional, después de los asuntos de España, después de los peligros revolucionarios que amenazaban a la sociedad, después de las deficiencias de la administración municipal, de la que era ahora un adversario feroz... Inútil. Su Excelencia gruñía apenas monosílabos sombríos. Y Carlos acabó retirándose a un silencio contrariado, comparando, con un desdén interior que le arrugaba de sarcasmo las comisuras de los labios, la obtusidad taciturna de aquel sacerdote con la palabra inspirada de un Lacordaire o de un Malhão. Por eso en Leiria, en todo Portugal, el materialismo levantaba su cabeza de hidra...

Daba la una en la torre cuando el canónigo, que vigilaba el Largo de reojo, al ver pasar a Amélia, dejó el periódico, salió de la botica sin decir una palabra y apuró su paso de obeso hacia la casa del tío Esguelhas. La Totó se estremeció de miedo al ver aparecer de nuevo en la puerta de la alcoba aquella figura gordinflona. Pero el canónigo le sonrió, la llamó Totozinha, le prometió un pinto para pasteles; y hasta se sentó a los pies de la cama con un «¡Ah!» contento, diciendo:

—Ahora vamos a hablar nosotros, amiguita... Ésta es la piernita enferma, ¿eh? ¡Pobrecita! No te preocupes, que te vas a curar... Se lo voy a pedir yo a Dios... Tú déjalo de mi cuenta.

Ella iba de la palidez al rubor, miraba aquí y allí, inquieta, turbada por la presencia de aquel hombre a solas con ella, tan cerca que notaba su aliento fuerte.

—Escucha —dijo él, acercándose aún más a ella, haciendo rechinar el catre con su peso—. Escucha, ¿quién es el otro? ¿Quién es el que viene con Amélia?

Ella respondió inmediatamente, soltando todas las palabras de golpe:

—¡Es el bonito, el delgado, vienen los dos, suben a la habitación, se encierran por dentro, son como perros!

Los ojos del canónigo se salían de sus órbitas.

—Pero ¿quién es él, cómo se llama? ¿Qué te dice tu padre?

—¡Es el otro, es el párroco, el Amaro! —dijo ella impaciente.

—Y van a la habitación, ¿eh? ¿A la de arriba? ¿Y tú qué oyes, qué oyes? ¡Cuéntamelo todo, pequeña, cuéntamelo todo!

La paralítica le contó entonces, con una rabia que ponía tonos sibilantes en su voz de tísica, cómo entraban e iban a verla, y se restregaban el uno contra el otro, y se marchaban a la habitación de arriba, y estaban allí una hora encerrados...

Pero el canónigo, con una curiosidad lúbrica que le ponía una llama en los ojos mortecinos, quería saber los detalles morbosos.

–Y escucha, Totozinha, ¿tú qué oyes? ¿Oyes rechinar la cama?

Ella respondió con la cabeza afirmativamente, muy pálida, con los dientes apretados.

–Y mira, Totozinha, ¿los has visto besarse, abrazarse? Anda, cuéntame, que te doy dos pintos.

Ella no despegaba los labios, y su rostro alterado le parecía salvaje al canónigo.

–Tú le tienes rabia a ella, ¿verdad?

Ella dijo que sí con una feroz afirmación de la cabeza.

–¿Y los has visto pellizcarse?

–¡Son como perros! –soltó ella entre dientes.

Entonces el canónigo se enderezó, bufó otra vez con su gran resoplido de canícula, y se rascó vivamente la tonsura.

–Bueno –dijo, levantándose–. Adiós, pequeña… Cuídate. No te resfríes… –Salió; y al cerrar con fuerza la puerta, exclamó en voz bien alta:

–¡Esto es la infamia de las infamias! ¡Yo lo mato! ¡Yo me pierdo!

Estuvo un momento pensando y salió para la Rua das Sousas, con el quitasol en ristre, espoleando su obesidad, con el rostro apopléjico de ira. Pero en el Largo de la Catedral se detuvo todavía a reflexionar; y girando sobre sus talones, entró en la iglesia. Iba tan arrebatado que, olvidando un hábito de cuarenta años, no hizo la genuflexión ante el Santísimo. Y se abalanzó hacia la sacristía justamente cuando el padre Amaro salía, poniéndose cuidadosamente los guantes negros que ahora usaba siempre para agradar a Ameliazinha.

El aspecto desencajado del canónigo lo sorprendió:

–¿Qué pasa, profesor?

–¿Qué pasa? –exclamó el canónigo de golpe–. ¡Es la golfería de las golferías! ¡Es su infamia! ¡Es su infamia!

Y enmudeció, sofocado de cólera.

Amaro, que se había puesto muy pálido, balbució:

–¿Qué dice, profesor?

El canónigo tomó aliento.

–¡Ni profesor ni nada! ¡Ha descarriado usted a la chica! ¡Eso sí que es una canallada maestra!

El padre Amaro entonces arrugó el ceño, como si no entendiese una gracia.

–¿Qué chica? ¿Está usted de broma?

Incluso sonrió, afectando seguridad; y sus labios blancos temblaban.

–¡Lo he visto, hombre! –gritó el canónigo.

El párroco, súbitamente aterrorizado, retrocedió.

–¿Que me ha visto?

En una visión rápida se imaginó una traición, el canónigo escondido en una esquina en casa del tío Esguelhas...

–¡No lo he visto, pero es como si lo viese! –continuó el canónigo en un tono furibundo–. Lo sé todo. Vengo de allí. Me lo ha dicho la Totó. ¡Se encierran en la habitación horas y horas! ¡Hasta se oye abajo el ruido de la cama! ¡Es una ignominia!

El párroco, viéndose pillado, se lanzó, como un animal acosado y arrinconado, a una resistencia desesperada.

–Dígame una cosa. ¿Qué le importa a usted eso?

El canónigo dio un bote.

–¿Qué me importa? ¿Qué me importa? Pero ¿aún es capaz de hablarme en ese tono? ¡Lo que me importa es que de aquí voy inmediatamente junto al señor vicario general a dar parte de todo!

El padre Amaro, lívido, avanzó hacia él con el puño cerrado.

–¡Ah, sinvergüenza!

–¿Cómo? ¿Cómo? –exclamó el canónigo con el quitasol levantado–. ¿Quiere usted ponerme la mano encima?

El padre Amaro se contuvo; se pasó la mano por la frente sudada, con los ojos cerrados; y al cabo de un momento, hablando con una serenidad forzada:

–Escuche, señor canónigo Dias. Mire que yo lo vi un día en la cama con la Sanjoaneira...

–¡Miente! –mugió el canónigo.

–¡Lo vi, lo vi, lo vi! –afirmó el otro enfurecido–. Una noche al entrar en casa... Estaba usted en camisa, ella se había levantado y estaba abrochándose el corsé. Hasta usted preguntó: «¿Quién está ahí?». Lo vi, como lo estoy viendo ahora. Si dice usted una palabra, yo probaré que vive desde hace diez años amigado con la Sanjoaneira, ¡a la vista de todo el clero! ¡Es lo que hay!

El canónigo, ya extenuado por los excesos de su cólera, quedó ante aquellas palabras como un buey aturdido. Sólo pudo decir, poco después, muy triste:

—¡Qué granuja me ha salido usted!

—¿Granuja, por qué? ¡Dígamelo! ¿Granuja, por qué? Los dos tenemos cosas que ocultar, ésa es la cuestión. Y fíjese que yo no he ido a preguntarle ni a sobornar a la Totó... Fue con mucha naturalidad, entrando en casa. Y no me venga ahora con cosas de moral, que me da la risa. La moral es para la escuela y para el sermón. Aquí en la vida, yo hago esto, usted hace aquello, los demás hacen lo que pueden. El profesor, que ya es mayor, se agarra a la vieja; yo, que soy joven, me arreglo con la pequeña. Es triste, pero ¿qué quiere? Es la naturaleza quien manda. Somos hombres. Y como sacerdotes, por la dignidad de nuestra clase, ¡lo que tenemos que hacer es mirar hacia otro lado!

El canónigo lo escuchaba meneando la cabeza, en una aceptación muda de aquellas verdades. Se había dejado caer en una silla, descansando de tanta cólera inútil; y levantando los ojos hacia Amaro:

—Pero usted, hombre, ¡al comienzo de su carrera!

—Y usted, profesor, ¡al final de su carrera!

Entonces ambos rieron. Inmediatamente cada uno declaró que retiraba las palabras ofensivas que había dicho; y se estrecharon gravemente la mano. Después hablaron.

Al canónigo lo que lo había enfurecido era que fuese con la pequeña de la casa. Si fuese con otra... ¡hasta le parecía bien! ¡Pero la Ameliazinha!... Si la pobre madre llegase a saberlo, se moría del disgusto.

—¡Pero la madre no tiene por qué saberlo! —exclamó Amaro—. ¡Esto queda entre nosotros, profesor! ¡Esto es un secreto a muerte! Ni la madre se entera de nada, ni tampoco le cuento yo a la pequeña lo sucedido hoy entre nosotros. Las cosas quedan como estaban y el mundo sigue girando... Pero usted, profesor, ¡tenga cuidado!... ¡Ni una palabra a la Sanjoaneira!... ¡Que no haya ahora una traición!

El canónigo, con la mano sobre el pecho, dio gravemente su palabra de honor de caballero y de sacerdote de que aquel secreto quedaba para siempre sepultado en su corazón.

Entonces se estrecharon otra vez, afectuosamente, la mano.

Pero en la torre dieron las tres. Era la hora de comer del canónigo.

Y al salir, dando unas palmaditas en la espalda de Amaro, poniendo en la mirada un brillo de entendido:

–¡Ay, bellaco, tiene buen ojo!

–¿Qué quiere usted? Qué diablo... Se empieza de broma...

–¡Hombre! –dijo el canónigo sentenciosamente–. ¡Es lo mejor que nos llevamos de este mundo!

–¡Es verdad, profesor, es verdad! Es lo mejor que nos llevamos de este mundo.

Desde aquel día Amaro disfrutó de una completa serenidad de ánimo. Hasta aquel momento le molestaba a veces pensar que había correspondido con ingratitud a la confianza, las atenciones que le habían prodigado en la Rua da Misericórdia. Pero la tácita aprobación del canónigo le había sacado, como él decía, aquella espina de la conciencia. Porque, en suma, el jefe de familia, el caballero responsable, la cabeza... era el canónigo. La Sanjoaneira era apenas una concubina... Y ahora, algunas veces, en tono de broma, Amaro incluso trataba a Dias de «mi querido suegro».

Otra circunstancia había contribuido a alegrarlo, la Totó había enfermado de repente: el día que siguió a la visita del canónigo, lo había pasado vomitando sangre; el doctor Cardoso, rápidamente avisado, había hablado de tisis galopante, cuestión de semanas, caso concluido...

–Amigo mío –había dicho–, ésta es de esas que zas... zas...

Era su manera de pintar la muerte, que cuando tiene prisa acaba su trabajo con un golpe de hoz aquí y otro allí.

Las mañanas en casa del tío Esguelhas eran ahora tranquilas. Amélia y el párroco ya no entraban de puntillas, tratando de ir a hurtadillas hacia el placer, sin que la Totó se diese cuenta. Cerraban las puertas de golpe, hablaban en voz alta, seguros de que la Totó estaba abatida por la fiebre, bajo las sábanas humedecidas por los sudores incesantes. Pero Amélia, por escrúpulo, no dejaba de rezar todas las noches una salve por la mejoría de la Totó. Incluso algunas veces al desnudarse, en la habitación del campanero, se paraba de repente y poniendo una carita triste:

—¡Ay, hijo! Hasta me parece pecado, nosotros aquí gozando y la pobre chiquilla ahí abajo, luchando con la muerte…

Amaro se encogía de hombros. ¿Qué le iban a hacer ellos, si era la voluntad de Dios?…

Y Amélia, resignándose en todo a la voluntad de Dios, iba dejando caer sus faldas.

Le daban ahora con frecuencia aquellas afectaciones que tanto impacientaban al padre Amaro. Algunos días aparecía muy triste; siempre traía para contar algún sueño lúgubre que la había torturado toda la noche y en el que pretendía descubrir avisos de desgracias…

A veces le preguntaba:

—Si me muriese, ¿te pondrías muy triste?

Amaro se enfurecía. ¡Verdaderamente era una estupidez! Tenían apenas una hora para verse e ¿iban a estropearla con lloriqueos?

—Es que no te lo imaginas —decía ella—, traigo el corazón negro como la noche.

En efecto, las amigas de su madre la notaban rara. A veces pasaba veladas enteras sin abrir los labios, absorta en la costura, clavando desganadamente la aguja; o, si no, muy cansada también para trabajar, se quedaba junto a la mesa haciendo girar lentamente el *abat-jour* verde de la lámpara, con la mirada vacía y el alma muy lejos.

—Pero niña, ¡deja ese *abat-jour* en paz! —le decían nerviosas las señoras.

Ella sonreía, suspiraba fatigada y retomaba muy despacio la falda blanca que repulgaba desde hacía semanas. La madre, viéndola siempre tan pálida, había pensado en llamar al doctor Gouveia.

—No es nada, madre mía, es nervioso, ya pasará...

Lo que demostraba a todos que era nervioso eran los sustos que le sobrevenían, hasta el punto de dar un grito, casi desmayarse, si una puerta se cerraba de repente. Incluso ciertas noches exigía que su madre fuese a dormir a su lado, por el miedo a pesadillas y visiones.

—Es lo que dice siempre el doctor Gouveia —le comentaba la madre al canónigo—, lo que le hace falta a la chica es casarse.

El canónigo carraspeaba con fuerza.

—No le hace falta nada —rezongaba—. Tiene todo lo que necesita. Tiene de sobra, por lo que parece...

En efecto, ésa era la idea del canónigo, que la muchacha —como se decía él a sí mismo— «se estaba muriendo de felicidad». Los días que sabía que había ido a ver a la Totó no se cansaba de estudiarla, espiándola desde el fondo de su sillón con la mirada cargada y lúbrica. Le prodigaba ahora familiaridades paternales. Nunca se encontraban en la escalera sin que la parase, con cosquillitas aquí y allí, cachetitos en la cara muy demorados. En casa, por las mañanas, la llamaba muchas veces; y mientras Amélia hablaba con doña Josefa, el canónigo no cesaba de rondar a su alrededor, arrastrando las zapatillas con un aire de viejo gallo. Y Amélia y su madre mantenían conversaciones sin fin sobre esta amistad del señor canónigo, que a buen seguro iba a dejarle una buena dote.

—¡Ah, bribón, qué buen ojo! —decía siempre el canónigo cuando estaba solo con Amaro, abriendo mucho sus ojos redondos—. ¡Ése es un plato de rey!

Amaro se hinchaba.

—No es mal plato, profesor, no es mal plato.

Éste era uno de los grandes placeres de Amaro: escuchar a los colegas elogiar la belleza de Amélia, a quien llamaban entre el clero «la flor de las devotas». Todos le envidiaban aquella confesada. Por eso le insistía mucho en que se pusiese elegante los domingos para la misa; se había enfadado mucho últimamente al verla casi siempre metida en un vestido de merino oscuro que le daba aspecto de vieja penitente.

Pero Amélia ya no tenía ahora aquella necesidad amorosa de contentar en todo al señor párroco. Había despertado casi por completo de aquel adormecimiento estúpido del alma y del cuerpo en que la había sumido el primer abrazo de Amaro. Se le iba apareciendo claramente la conciencia punzante de su culpa. En aquellas tinieblas de un espíritu beato y esclavo se producía un amanecer de la razón. ¿Qué era ella, al fin y al cabo? La concubina del señor párroco. Y esta idea, descarnadamente expuesta, le parecía terrible. No es que lamentase su virginidad, su honra, su buen nombre perdido. Sacrificaría aún más por él, por los delirios que él le proporcionaba. Pero había una cosa que le daba más miedo que las reprobaciones del mundo: eran las venganzas de Nuestro Señor. Era por la posible pérdida del paraíso por lo que gemía en voz baja; o, con más miedo todavía, por algún castigo de Dios, no por las puniciones trascendentes que encogen el alma más allá de la tumba, sino por los tormentos que vienen en vida, que la herirían en su salud, en su bienestar y en su cuerpo. Eran miedos vagos a enfermedades, a lepras, a parálisis, o a pobrezas, a días de hambre, a todas esas penalidades en que ella suponía pródigo al Dios de su catecismo. Así como, cuando era pequeña, los días que olvidaba pagar a la Virgen su tributo regular de salves temía que ella la hiciese caerse por la escalera o recibir unos azotes de la maestra, se estremecía ahora de miedo ante la idea de que Dios, en castigo por acostarse con un cura, le enviase un mal que la desfigurase o la redujese a pedir limosna por las callejuelas. Estas ideas no la abandonaban desde el día en que, en la sacristía, había pecado de concupiscencia dentro del manto de Nuestra Señora. Estaba segura de que la santa Virgen la odiaba y de que no cesaba de reclamar contra ella; inútilmente procuraba ablandarla con un flujo incesante de oraciones humilladas; percibía claramente a la Virgen, inaccesible y desdeñosa, vuelta de espaldas. Nunca más aquel divino rostro había vuelto a sonreírle; nunca más aquellas manos se habían abierto para recibir con agrado sus oraciones como ramos de reconciliación. Era un silencio seco, una hostilidad helada de divinidad ofendida. Ella sabía el crédito que Nuestra Señora tiene en las asambleas celestiales; desde pequeña se lo habían enseñado; todo lo que ella desea lo obtiene, como una recompensa por sus llantos en el calvario; su Hijo le sonríe a su derecha, el Dios Padre le habla a la izquierda... Y comprendía bien que para ella no había esperanza... y que alguna cosa terrible se preparaba allá arriba, en el paraíso, que le caería un día sobre el cuerpo y sobre el alma, aniquilándola con el estrépito de una catástrofe. ¿Qué sería?

Rompería sus relaciones con Amaro, si se atreviese; pero temía su cólera casi tanto como la de Dios. ¿Qué sería de ella si tuviese en contra a la Virgen y al señor párroco? Además, lo amaba. En sus brazos, todo el terror del cielo, la misma idea del cielo, desaparecía; refugiada allí, en su pecho, no temía las iras divinas; el deseo, la furia de la carne, como un vino de mucha graduación, le proporcionaban un coraje arrebatado; se enroscaba furiosamente a su cuerpo con un brutal desafío al cielo. Los terrores venían después, sola en su habitación. Era esa lucha la que la hacía palidecer, la que le ponía arrugas de envejecimiento en las comisuras de los labios secos y quemados, la que le producía aquel aire triste de fatiga que irritaba al padre Amaro.

—Pero ¿qué tienes, que parece que te hayan exprimido el jugo? —le preguntaba él cuando tras los primeros besos la notaba fría, inerte...

—He pasado mala noche... Es de los nervios.

—¡Malditos nervios! —murmuraba el padre Amaro, impaciente.

Venían después preguntas aisladas que lo desesperaban, ahora repetidas todos los días. ¿Había dicho la misa con fervor? ¿Había leído el breviario? ¿Había hecho la oración mental?

—¿Sabes qué más? —decía él exasperado—. ¡Narices! ¡Ya está! ¿Te crees que soy todavía un seminarista y que tú eres el padre examinador, que verifica si he cumplido la Regla? ¡Pero qué tontería!

—Es que es necesario estar a bien con Dios —murmuraba ella.

En efecto, ahora su preocupación era que Amaro «fuese un buen cura». Contaba, para salvarse y para librarse de la cólera de la Virgen, con la influencia del párroco en la corte de Dios; y temía que la perdiese por negligencia en la devoción y que, disminuido su fervor, disminuyesen también sus méritos a los ojos del Señor. Quería conservarlo santo y predilecto del cielo, para recoger los provechos de su protección mística.

Amaro se refería a estas cosas como «manías de monja vieja». Las detestaba porque le parecían frívolas y porque ocupaban un tiempo precioso en aquellas mañanas en casa del campanero...

—No hemos venido aquí a lloriquear —decía él, muy acremente—. Cierra la puerta, si quieres.

Ella obedecía. Y entonces, con los primeros besos en la penumbra de la ventana cerrada, él reconocía por fin a su Amélia, la Amélia de los primeros días, el delicioso cuerpo que se estremecía entre sus brazos, entre espasmos de pasión.

Y cada día la deseaba más, con un deseo continuo y tiránico que aquellas pocas horas no satisfacían. ¡Ah! Ciertamente, ¡como mujer no había otra igual!... Apostaba que no había otra igual, ¡incluso en Lisboa, incluso entre las hidalgas!... Tenía escrúpulos, sí, pero no era para tomarlos en serio, ¡y tenía que disfrutar mientras fuese joven!

Y disfrutaba. Su vida tenía por todas partes comodidades y dulzuras, como una de esas salas donde todo está acolchado, sin muebles duros ni ángulos, y el cuerpo, donde quiera que se pose, encuentra la mullida elasticidad de una almohada.

Sin duda, lo mejor eran sus mañanas en casa del tío Esguelhas. Pero tenía otros placeres. Comía bien; fumaba caro, con una boquilla de espuma de mar; toda su ropa interior era nueva y de lino; había comprado algún mobiliario; y no tenía, como antes, problemas de dinero, porque doña Maria da Assunção, su mejor confesada, estaba allí con la bolsa preparada. Recientemente le había caído una bicoca: una noche en casa de la Sanjoaneira, la excelente señora, a propósito de una familia de ingleses a la que había visto pasar en un *char à bancs* para visitar Batalha, había expresado la opinión de que los ingleses eran herejes.

–Están bautizados como nosotros –había observado doña Joaquina Gansoso.

–Pues sí, hija, pero es un bautismo de risa. No es nuestro buen bautismo, no les vale.

Entonces el canónigo, que se divertía atormentándola, declaró sentenciosamente que doña Maria había dicho una blasfemia. El santo Concilio de Trento, en su canon IV, sesión VII, había determinado «que aquel que dijere que el bautismo dado a los herejes, en nombre del Padre, del Hijo y del Espíritu Santo, no es el verdadero bautismo, ¡sea excomulgado!». Y doña Maria, según el santo Concilio, ¡estaba desde aquel momento excomulgada!

A la buena señora le dio un soponcio. Al día siguiente fue a arrojarse a los pies de Amaro, quien en penitencia por su injuria, hecha contra el canon IV, sesión VII, del santo Concilio de Trento, le ordenó sufragar trescientas misas por las almas del purgatorio... que doña Maria le estaba pagando a cinco tostones cada una.

De este modo, podía él entrar a veces en casa del tío Esguelhas con un aire de satisfacción misteriosa y un paquetito en la mano. Era algún regalo para Amélia, un pañuelo de seda, una corbatita de colores, un par de guantes. Ella se extasiaba con aquellas pruebas de afecto del señor párroco; y entonces en el cuarto oscuro había un delirio de amor, mientras, abajo, la tisis, encima de la Totó, iba haciendo «zas..., zas...».

XIX

—¿El señor canónigo? Quiero hablar con él. ¡Deprisa!

La criada de los Dias indicó al padre Amaro el despacho y corrió arriba a contarle a doña Josefa que el señor párroco había venido a buscar al señor canónigo, ¡y con una cara tan trastornada que seguro que había ocurrido alguna desgracia!

Amaro abrió abruptamente la puerta del despacho, la cerró de golpe y, sin siquiera dar los buenos días al colega, exclamó:

—¡La chica está preñada!

El canónigo, que estaba escribiendo, cayó como una masa fulminada contra el respaldo de la silla.

—¿Qué me dice?

—¡Preñada!

Y, en el silencio que siguió, el suelo gemía bajo los paseos furiosos del párroco desde la ventana hasta la estantería.

—¿Está usted seguro de eso? —preguntó finalmente el canónigo, con pavor.

—¡Segurísimo! Ella ya hace días que andaba desconfiada. No hacía más que llorar… Pero ahora es seguro… Las mujeres lo saben, no se equivocan. Hay todas las pruebas… ¿Qué voy a hacer, profesor?

—¡Fíjate tú qué contratiempo! —ponderó el canónigo, aturdido.

—¡Imagínese usted el escándalo! La madre, la vecindad… ¿Y si sospechan de mí?… Estoy perdido… Yo no quiero saber nada, ¡me escapo!

El canónigo se acariciaba la cerviz con expresión estúpida, con el labio caído como una trompa. Ya se imaginaba los gritos en casa, la noche del parto, la Sanjoaneira eternamente en llanto; le espantaba la idea de toda su tranquilidad ida para siempre…

–¡Pero diga algo! –le gritó Amaro, desesperado–. ¿Qué opina usted? Mire si tiene alguna idea... ¡Yo no sé, yo estoy idiota, estoy de todo!

–Ahí están las consecuencias, mi querido colega.

–¡Váyase al infierno, hombre! No se trata de moral... Está claro que fue una torpeza... Adiós, ya está hecha.

–Pero entonces, ¿qué quiere usted? –dijo el canónigo–. No querrá que se le dé una droga a la chiquilla, que la destruya...

Amaro se encogió de hombros, impaciente ante aquella idea insensata. El profesor, sin duda, estaba divagando...

–Pero entonces, ¿qué quiere usted? –repetía el canónigo con tono cavernoso, arrancando las palabras desde lo más hondo del tórax.

–¿Qué quiero? ¡Quiero que no haya escándalo! ¿Qué voy a querer?

–¿De cuántos meses está?

–¿De cuántos meses? Está de ahora, está de un mes...

–¡Entonces hay que casarla! –exclamó el canónigo, como explotando–. ¡Entonces hay que casarla con el escribiente!

El padre Amaro dio un brinco.

–¡Diablos, tiene usted razón! ¡Es magistral!

El canónigo confirmó gravemente con la cabeza que era «magistral».

–¡Casarla ya! ¡Mientras haya tiempo! *Pater est quem nuptiae demonstrant*... Quien es el marido, es el padre.

Pero la puerta se abrió y aparecieron los anteojos azules, la toca negra de doña Josefa. No había podido aguantar arriba, en la cocina, presa de un ataque agudo de curiosidad; había bajado de puntillas y había pegado la oreja a la cerradura del despacho; pero el grueso repostero de terciopelo estaba cerrado por dentro, un ruido de leña que se descargaba en la calle ahogaba las voces. La buena señora entonces se decidió a entrar, «a darle los buenos días al señor párroco».

Pero fue inútil. Desde detrás de los cristales ahumados, sus ojitos agudos escudriñaron ansiosamente la carota espesa de su hermano y la cara pálida de Amaro. Los dos sacerdotes se mostraban impenetrables como dos ventanas cerradas. El párroco incluso habló mundanamente del reumatismo del señor chantre, de la noticia que corría sobre la boda del señor secretario general... Después de una pausa se levantó, dijo que ese día tenía para comer una apetitosa oreja... y doña Josefa, corroída, lo vio salir después de haberle dicho, ya desde detrás del repostero, al canónigo:

–Entonces hasta la noche en casa de la Sanjoaneira, ¿eh, profesor?

–Hasta la noche.

Y el canónigo, muy serio, continuó escribiendo. Doña Josefa entonces no se contuvo; y después de arrastrar unos instantes las chinelas alrededor de la mesa de su hermano:

–¿Hay novedad?

–¡Gran novedad, hermana! –le dijo el canónigo, sacudiendo la pluma– ¡Ha muerto el rey Dom João VI!

–¡Malcriado! –rugió ella, girando sobre sus chancletas, cruelmente perseguida por la risita de su hermano.

Fue aquella noche, abajo, en la salita de la Sanjoaneira, mientras Amélia, arriba, con la muerte en el alma, martilleaba el *Vals de los dos mundos*, cuando los dos curas cuchichearon su plan, muy juntos en el canapé, con el cigarro entre los dientes, bajo el tenebroso lienzo en el que la siniestra mano del cenobita se posaba como una garra sobre la calavera. Ante todo había que encontrar a João Eduardo, que había desaparecido de Leiria; la Dionísia, mujer de olfato, batiría todos los rincones de la ciudad para descubrir el cubil donde la fiera se guarecía; después, inmediatamente, porque el tiempo urgía, Amélia le escribiría... Sólo cuatro palabras sencillas: que estaba enterada de que había sido víctima de una intriga; que nunca había dejado de profesarle amistad; que le debía una reparación; y que fuese a verla... Si el chico dudaba, lo que no era probable –aseguraba el canónigo–, se sacaba a relucir la esperanza del empleo en el Gobierno Civil, fácil de obtener a través de Godinho, completamente dominado por su mujer, que era una esclavita del padre Silvério...

–Pero Natário –dijo Amaro–, Natário que detesta al escribiente, ¿qué va a decir de esta revolución?

–¡Hombre! –exclamó el canónigo palmoteándose con fuerza el muslo–. ¡Me había olvidado! ¿No sabe lo que le ha pasado al pobre Natário?

Amaro no lo sabía.

–¡Se ha roto una pierna! ¡Se cayó de la yegua!

–¿Cuándo?

–Esta mañana. Lo he sabido ahora, al anochecer. Yo siempre se lo he dicho: ¡mire que ese animal va a hacerle alguna! ¡Pues sí señor, se la ha hecho! ¡Y buena! Tiene para largo... ¡Y yo que me había olvidado! Ni siquiera las señoras allí arriba saben nada.

Arriba quedaron desoladas cuando se enteraron. Amélia cerró el piano. Todas recordaron a continuación remedios que había que mandarle, hubo un guirigay de ofrecimientos –vendas, hilos, un ungüento de las monjas de Alcobaça, media botellita de un licor de los monjes del desierto que hay junto a Córdoba... También hacía falta asegurar la intervención del cielo; y cada una se apresuró a usar su valimiento con los santos de su confianza: doña Maria da Assunção, que últimamente conversaba con san Eleuterio, ofreció su influencia; doña Josefa Dias se encargaba de interceder ante Nuestra Señora de la Visitación; doña Joaquina Gansoso confiaba en san Joaquín...

–¿Y la señorita? –preguntó el canónigo a Amélia.

–¿Yo?...

Y se puso pálida, toda su alma envuelta en tristeza, pensando que ella, con sus pecados y sus delirios, había perdido la útil amistad de la Virgen de los Dolores. Y no poder contribuir con su influencia en el cielo al restablecimiento de la pierna de Natário fue una de las mayores amarguras, tal vez el castigo más vivo, que había sentido desde que amaba al padre Amaro.

A los pocos días, en casa del campanero, Amaro contó a Amélia el plan del profesor. La preparó, revelándole primero que el canónigo lo sabía todo…

–Lo sabe todo bajo secreto de confesión –añadió para tranquilizarla–. Además, él y tu madre tienen cosas que ocultar… Todo queda en familia. –Despúes le cogió la mano y, mirándola con ternura, como compadeciéndose ya de las lágrimas consternadas que ella iba a llorar–: Y ahora escucha, hija. No te pongas triste por lo que voy a decirte, pero es necesario, es nuestra salvación…

Sin embargo, al oír las primeras palabras sobre su boda con el escribiente, Amélia se indignó con aspavientos.

–¡Nunca, antes prefiero morir!

Pero ¿cómo? ¿Él la ponía en aquella situación y ahora quería apartarse de ella y pasársela a otro? ¿Era acaso un trapo que se usa y se le da a un pobre? Después de haber echado de casa al hombre, ¿tenía que humillarse, llamarlo y echarse en sus brazos?… ¡Ah, no! ¡También ella tenía su orgullo! Los esclavos se cambiaban, se vendían, ¡pero eso era en el Brasil!

Se enterneció entonces. ¡Ah, él ya no la amaba, estaba harto de ella! ¡Ah, qué desgraciada, qué desgraciada era! Se arrojó de bruces en la cama y estalló en un llanto estridente.

–¡Cállate mujer, que te pueden oír en la calle! –decía Amaro exasperado, sacudiéndola por el brazo.

–¡No me importa! ¡Que oigan! ¡A la calle voy a ir yo, a gritar que estoy en este estado, que fue el señor padre Amaro y que ahora me quiere dejar!

Amaro se ponía lívido de rabia, con un deseo furioso de pegarla; y con una voz que temblaba bajo su serenidad:

–Estás desquiciada, hija… Dime, ¿puedo casarme contigo? ¡No! Bien, ¿entonces qué quieres? Si se sabe que estás así, si tienes el hijo en casa, ¡mira qué escándalo!… Tú por lo menos estás perdida, ¡perdida para siempre! Y a mí, si se supiese, ¿qué me pasaría? Perdido también, suspendido, quizá procesado… ¿De qué pretendes que viva? ¿Quieres que me muera de hambre?

Se enterneció también con aquella idea de las privaciones y de las miserias del cura puesto en entredicho... Ah, era ella, era ella la que no lo amaba y la que, después de haber sido él tan cariñoso y tan delicado, quería pagarle con el escándalo y con la desgracia...

–¡No, no! –exclamó Amélia entre sollozos, colgándose de su cuello.

Y permanecieron abrazados, estremecidos por la misma ternura, ella mojando con su llanto el hombro del párroco, él mordiéndose el labio con los ojos enturbiados por las lágrimas.

Se desprendió suavemente, y secándose las lágrimas:

–No, querida, es una desgracia lo que nos ocurre, pero tiene que ser así. Si tú sufres, ¡imagínate yo! Verte casada, viviendo con otro... No hablemos de eso... Pero es la fatalidad, ¡es Dios quien nos la envía!

Ella había quedado aniquilada al borde de la cama, presa aún de grandes sollozos. Había llegado por fin el castigo, la venganza de Nuestra Señora que ella había notado que se preparaba hacía tiempo, como una tormenta complicada, en lo profundo de los cielos. Allí estaba ahora, ¡peor que las llamas del purgatorio! ¡Tenía que separarse de Amaro, a quien creía amar más, e irse a vivir con el otro, con el excomulgado! ¿Cómo podría volver a estar nunca en gracia de Dios después de haber dormido y vivido con un hombre al que los cánones, el Papa, toda la tierra, todo el cielo consideraban maldito?... Y ése debía ser su marido, tal vez el padre de otros hijos... ¡Ah, la venganza de Nuestra Señora era excesiva!

–Amaro, ¿y cómo puedo casarme con él, si está excomulgado?

Entonces Amaro se apresuró a tranquilizarla, prodigando los argumentos. No había que exagerar... El muchacho, realmente, no estaba excomulgado... Natário y el canónigo habían interpretado mal los cánones y las bulas... Pegarle a un sacerdote que no estaba vestido no era motivo de excomunión ipso facto, según ciertos autores... Él, Amaro, era de esa opinión... Además, podía levantársele la excomunión.

—¿Entiendes?... Como dice el santo Concilio de Trento, ya sabes, «nosotros atamos y desatamos». ¿Que el chico fue excomulgado?... Bueno, pues le levantamos la excomunión... Queda tan limpio como antes. No, por eso no te preocupes.

—Pero ¿de qué vamos a vivir, si perdió el empleo?

—No me dejas hablar... Se arregla lo del empleo. Lo arregla el profesor. ¡Está todo planeado, querida!

Ella no contestó, muy rota y muy triste, con dos persistentes lágrimas corriendo por sus mejillas.

—Dime, ¿tu madre no desconfía de nada?

—No, por ahora no se da cuenta —respondió ella con un gran ay.

Se quedaron callados: ella limpiándose las lágrimas, serenándose para salir; él, cabizbajo, con la vista lúgubremente clavada en el suelo de la habitación, pensando en las buenas mañanas de otrora, cuando sólo había allí besos y risitas sofocadas; ahora todo había cambiado, hasta el tiempo, que estaba completamente nublado aquel día de finales de verano, amenazando lluvia.

—¿Se me nota que he estado llorando? —preguntó ella, arreglándose el pelo delante del espejo.

—No. ¿Te vas?

—Mamá me está esperando.

Se dieron un beso triste y ella se fue.

Mientras, la Dionísia rastreaba por la ciudad la pista de João Eduardo. Su actividad se había puesto en marcha sobre todo cuando supo que el canónigo Dias, el ricachón, estaba interesado en la pesquisa. Y todos los días, al anochecer, se introducía cautelosamente en el portal de Amaro para informarlo de las novedades: ya sabía que el escribiente había estado al principio en Alcobaça con un primo farmacéutico; después se había ido a Lisboa; allí, con una carta de recomendación del doctor Gouveia, se había empleado en el despacho de un procurador; pero el procurador, a los pocos días, por una fatalidad, se había muerto de una apoplejía; y desde entonces el rastro de João Eduardo se perdía en la vorágine, en el caos de la capital. Había, eso sí, una persona que debía de conocer su morada y sus pasos: era el tipógrafo, Gustavo. Pero desgraciadamente el tipógrafo, después de una discusión con Agostinho, se había marchado del *Distrito* y había desaparecido. Nadie sabía dónde estaba; por desgracia, la madre del tipógrafo no podía informarla, porque también había muerto.

–¡Oh, señores! –decía el canónigo cuando el padre Amaro le llevaba estos jirones de información–. ¡Oh, señores! ¡Pero es que en esta historia todo el mundo se muere! ¡Esto es una hecatombe!

–Usted se ríe, profesor, pero el asunto es serio. Mire que un hombre en Lisboa es una aguja en un pajar. ¡Es una fatalidad!

Entonces, consternado, viendo pasar los días, le escribió a su tía, pidiéndole que buscase por toda Lisboa, a ver si aparecía por allí «un tal João Eduardo Barbosa…». Recibió una carta de la tía, tres páginas garabateadas, quejándosele del Joãozinho, de su Joãozinho, que hacía de su vida un infierno, emborrachándose con ginebra hasta el punto de que no le paraba en casa ningún huésped. Pero ahora estaba más tranquila: hacía unos días el pobre Joãozinho le había jurado por el alma de su madre que de allí en adelante no bebería nada más que gaseosa. En cuanto al tal João Eduardo, había preguntado entre el vecindario y al señor Palma, del Ministerio de Obras Públicas, que conocía a todo el mundo, pero no había averiguado nada. Había, sí, un tal Joaquim Eduardo que tenía una tienda de quincallería en el barrio… Y si el asunto fuese con él estaría bien, que era un hombre decente…

–¡Bobadas, bobadas! –interrumpió el canónigo, impaciente.

Entonces decidió que escribiría él. Y urgido por el padre Amaro –que no paraba de repetir lo que la Sanjoaneira y él mismo, el canónigo Dias, sufrirían con el escándalo– llegó a autorizar a un amigo suyo de la capital a que realizase los gastos necesarios para contar con la ayuda de la policía. La respuesta tardó, pero finalmente llegó prometedora y magnífica. ¡El sagaz policía Mendes había descubierto a João Eduardo!

Lo único que le faltaba por saber era dónde vivía. Lo había visto en un café; pero en dos o tres días el amigo Mendes prometía informaciones precisas.

Sin embargo, la decepción de los dos sacerdotes fue muy grande cuando, a los pocos días, el amigo del canónigo le escribió que el individuo al que el policía Mendes había tomado por João Eduardo, en un café de la Baixa, basándose en señales incompletas, era un mozo de Santo Tirso que estaba en la capital haciendo oposiciones para delegado... Y había tres libras y diecisiete tostones de gastos.

–¡Diecisiete demonios! –rugió el canónigo, volviéndose furioso hacia Amaro–. ¡A fin de cuentas fue usted el que gozó, el que se refociló, y yo estoy aquí arruinando mi salud con estas andanzas y haciendo desembolsos de esta índole!

Amaro, dependiente del profesor, inclinó los hombros ante la injuria.

Pero no estaba todo perdido, gracias a Dios. ¡La Dionísia seguía husmeando!

Amélia recibía estas noticias con desconsuelo. Después de las primeras lágrimas, la irremediable necesidad había acabado por imponérsele, con mucha fuerza. ¿Qué le quedaba? Dentro de dos o tres meses aquel desgraciado cuerpo suyo de cintura fina y caderas estrechas no podría ocultar su estado. ¿Y qué haría entonces? ¿Huir de casa, irse a Lisboa, como la hija del tío Cegonha, para ser apaleada en el Barrio Alto por los marineros ingleses, o como la Joaninha Gomes, la que fuera amiga del padre Abílio, a recibir en la cara los ratones muertos que le tiraban los soldados? No. Entonces, tenía que casarse...

Después, a los siete meses –¡era tan frecuente!– tendría un niño legitimado por el sacramento, por la ley y por Dios Nuestro Señor... Y su hijo tendría un papá, recibiría una educación, no sería un inclusero...

Desde que el señor párroco le había asegurado, bajo juramento, que el escribiente «no estaba realmente excomulgado», que con algunas oraciones se le levantaría la excomunión, sus escrúpulos devotos se desvanecían como brasas que se apagan. Al fin y al cabo, en todos los errores del escribiente ella sólo podía encontrar la incitación de los celos y del amor: había escrito el «Comunicado» por despecho de enamorado, había golpeado al señor párroco en un arrebato de amor traicionado... ¡Ah! ¡No le perdonaba esa brutalidad! ¡Pero qué castigo había recibido! Sin empleo, sin casa, sin mujer, ¡tan perdido en la miseria anónima de Lisboa que ni la policía daba con él! Y todo por ella. ¡Pobre muchacho! En el fondo no era feo... Hablaban de su impiedad; pero ella lo había visto siempre muy atento en misa, todas las noches le rezaba a san Juan una oración especial que ella le había dado impresa en una tarjeta bordada...

Con el empleo en el Gobierno Civil podrían tener una casita y una criada... ¿Por qué no iba a ser feliz? Él no era chico de cafetines ni de callejeos. Estaba segura de que lo dominaría, le impondría sus gustos y sus devociones. Y sería agradable ir a misa las mañanas de los domingos, bien arreglada, con el marido al lado, saludada por todos, ¡pudiendo pasear a la vista de toda la ciudad a su hijo, muy vistoso, con su gorrito de encaje y su gran colcha de flecos! ¡Quién sabe si entonces, por el cariño que daría al pequeñuelo y por las atenciones de que rodearía a su marido, el cielo y Nuestra Señora no se ablandarían! ¡Ah! ¡Haría cualquier cosa para tener otra vez aquella amiga en el cielo, su querida Virgen, amable y confidente, siempre dispuesta a aliviarle los dolores, a librarla de infortunios, ocupada en prepararle un luminoso rinconcito en el paraíso!

Pensaba en estas cosas horas enteras, mientras cosía; pensaba en estas cosas incluso cuando caminaba hacia la casa del campanero; y después de haber estado un momento con la Totó, muy quieta ahora, extenuada por la fiebre, cuando subía a la habitación la primera pregunta a Amaro era:

—Entonces, ¿hay alguna novedad?

Él arrugaba la frente, musitaba:

—La Dionísia está buscando... ¿Por qué, tienes mucha prisa?

—Claro que tengo mucha prisa —contestaba ella muy seria—, que la vergüenza es para mí.

Él callaba; y había tanto odio como amor en los besos que le daba... ¡a aquella mujer que se resignaba así, con tanta facilidad, a irse a dormir con otro!

Estaba celoso desde que la había visto aceptar aquella boda odiosa. Ahora que ella ya no lloraba, se irritaba por aquella falta de lágrimas; y secretamente lo martirizaba que ella no prefiriese la vergüenza con él a la rehabilitación con el otro. No le molestaría tanto si ella siguiese resistiéndose, clamando entre sollozos; eso sería una prueba convincente de amor en la que su vanidad se bañaría deliciosamente; pero aquella aceptación del escribiente, sin repugnancia y sin gestos de horror, lo indignaba como si fuese una traición. Había llegado a sospechar que a ella, en el fondo, «no le desagradaba el cambio». Al fin y al cabo João Eduardo era un hombre; tenía el vigor de los veintiséis años, los atractivos de un hermoso bigote. Ella tendría en sus brazos el mismo placer que tenía ahora en los suyos... Si el escribiente fuese un viejo consumido por el reumatismo, ella no mostraría la misma resignación. Entonces, por venganza de cura, para «estropearle el arreglito», deseaba que João Eduardo no apareciese; y muchas veces, cuando la Dionísia iba a darle cuenta de sus investigaciones, le decía con una sonrisa mala:

—No se canse. El hombre no aparece. Déjelo... No vale la pena ganarse un dolor de pecho.

Pero la Dionísia tenía el pecho fuerte. Y una noche fue, triunfante, a decirle ¡que estaba en la pista del individuo! Había visto por fin a Gustavo, el tipógrafo, entrando en la taberna del tío Osório. Al día siguiente iba a hablar con él e iba a enterarse de todo...

Fue un momento amargo para Amaro.

Aquella boda que tanto había ansiado en los primeros momentos de terror, le parecía ahora, que era casi segura, la catástrofe de su vida.

¡Perdía a Amélia para siempre!... Aquel hombre a quien él había expulsado, a quien él había suprimido, ¡allí venía, por una de esas peripecias malignas en que se complace la providencia, a llevársele legítimamente la mujer! Y lo encolerizaba la idea de que iba a tenerla en sus brazos, de que ella le daría los mismos besos fogosos que le daba a él, de que balbucearía «¡Oh, João!» del mismo modo que ahora murmuraba «¡Oh, Amaro!». Y no podía evitar la boda: todos la deseaban, ella, el canónigo, ¡hasta la Dionísia, con su celo venal!

¿De qué le servía ser un hombre con sangre en las venas y con las fuertes pasiones de un cuerpo sano? Tenía que decir adiós a la muchacha, verla partir del brazo del *otro*, del marido, irse los dos a casa a jugar con su hijo, ¡un hijo que era suyo! Y él asistiría a la destrucción de su alegría de brazos cruzados, esforzándose por sonreír, volvería a vivir solo, eternamente solo, y a releer el breviario... ¡Ah! ¡Si estuviese en la época en que se eliminaba a un hombre con una denuncia de herejía!... Que el mundo retrocediese doscientos años y entonces iba a enterarse el señor João Eduardo de lo que costaba burlarse de un cura y casarse con la señorita Amélia...

Y esta idea absurda, en el estado de febril exaltación en que se hallaba, se apoderó tan vigorosamente de su imaginación que soñó con ella toda la noche... Un sueño vívido que después contaría muchas veces a las señoras. Era una calle estrecha golpeada por un sol ardiente; bajo las altas puertas ornamentadas se amontonaba el populacho; en los balcones, hidalgos muy emperifollados se retorcían el bigote caballeresco; los ojos brillaban, entre los pliegues de los velos, encendidos por una ira santa. Y por la calzada, la procesión del auto de fe se movía despacio, con un gran ruido, entre el tremendo sonido de todos los campanarios vecinos tocando a difuntos. Delante, los flagelantes, semidesnudos, con el capuchón blanco sobre los rostros, se azotaban, aullando el *Miserere*, con las espaldas empastadas de sangre. Sobre un asno iba João Eduardo, idiotizado por el miedo, con las piernas colgando, la camisa blanca pintarrajeada con diablos del color del fuego, llevando en el pecho un rótulo en el que se podía leer: POR HEREJE; detrás, un pavoroso sirviente del Santo Oficio aguijoneaba brutalmente al asno; y al lado, un cura, alzando muy alto el crucifijo, le gritaba al oído recomendaciones de arrepentimiento. Y él, Amaro, caminaba al lado cantando el *Requiem*, con el breviario abierto en una mano, bendiciendo con la otra a las viejas, a las amigas de la Rua da Misericórdia que se inclinaban para besarle el alba. A veces se daba la vuelta para gozar de aquella lúgubre pompa y veía entonces la larga fila de la cofradía de los nobles; aquí aparecía un personaje panzudo y apopléjico, allí un rostro de místico con un bigote feroz y dos ojos llameantes; cada uno portaba un gran cirio encendido y en la otra mano sostenían un sombrero negro cuya pluma barría el suelo. Los cascos de los arcabuceros resplandecían; una cólera devota contorsionaba las caras hambrientas del populacho; y la comitiva serpenteaba por las calles tortuosas, entre el clamor del gregoriano, los gritos de los fanáticos, el doblar terrible de las campanas, el tintineo de las armas, con un terror que impregnaba toda la ciudad, aproximándose a la plataforma de ladrillo donde ya humeaban los haces de leña.

Y su desengaño fue grande, después de aquella gloria eclesiástica del sueño, cuando la criada lo despertó temprano, llevándole agua caliente para el afeitado.

Aquél era el día en el que se iba a saber dónde estaba el señor João Eduardo, ¡el día en el que se le iba a escribir!... Tenía que encontrarse con Amélia a las once; y fue lo primero que le dijo, con malos modos, cerrando de golpe la puerta de la habitación:

–Ha aparecido el individuo... Por lo menos ha aparecido su amigo íntimo, el tipógrafo, que sabe dónde para esa bestia.

Amélia, que tenía un día de desaliento y miedo, exclamó:

–¡Menos mal que se acaba este tormento!

Amaro soltó una risita empapada en hiel:

–Entonces te gusta, ¿eh?

–Si tú lo dices, con este miedo que traigo...

Amaro hizo un gesto desesperado, de impaciencia. ¡Miedo! ¡No estaba mal la hipocresía! ¿Miedo de qué? Con una madre que babeaba por ella, que le consentía todo... Lo que pasaba era que quería casarse... ¡Quería al otro! No le gustaba aquella diversión de las mañanas, a toda prisa... Quería la cosa cómodamente, en casa. ¿Se imaginaba que lo engañaba, a él, un hombre de treinta años y cuatro de experiencia en el confesionario? Veía bien en su interior... Era como las otras, quería cambiar de hombre.

Ella no respondía, pálida. Y Amaro, furioso por su silencio:

—Callas, está claro... ¿Qué vas a decir? ¡Si es la pura verdad!... Después de mis sacrificios... Después de lo que he sufrido por ti... Aparece el otro ¡y te largas con el otro!

Ella se puso en pie, dando una patada en el suelo, irritada.

—¡Eres tú quien lo ha querido así, Amaro!

—¡Faltaría más! ¡Si crees que me iba a perder por tu culpa! ¡Claro que he querido!... —Y mirándola desde arriba, haciéndole sentir el desprecio de un alma muy honesta—: ¡Pero ni siquiera te da vergüenza mostrar la alegría, la ansiedad de ir con ese hombre!... Eres una desvergonzada, eso es lo que eres.

Ella, sin una palabra, blanca como la cal, cogió la manteleta para salir.

Amaro, fuera de sí, la atenazó violentamente por el brazo.

—¿Adónde vas? Mírame. Eres una desvergonzada... Te lo estoy diciendo. Te mueres de ganas de dormir con el otro...

—¡Pues sí, me muero de ganas! ¡Se acabó!

Amaro, sin control, le dio una bofetada.

—¡No me mates! —gritó ella—. ¡Es tu hijo!

Él quedó ante ella, confuso y trémulo; al oír aquella palabra, aquella idea de su hijo, una piedad, un amor desesperado revolvió todo su ser, y abalanzándose sobre ella, con un abrazo que la ahogaba, como queriendo sepultarla en su pecho, absorberla entera en él, dándole besos furiosos que la lastimaban en la cara y en el pelo:

—Perdona —murmuraba—, ¡perdona, Ameliazinha mía! ¡Perdóname, estoy loco!

Ella sollozaba con un llanto nervioso; y toda la mañana en la habitación del campanero hubo un delirio de amor al que aquel sentimiento de maternidad, uniéndolos como un sacramento, proporcionaba una ternura mayor, un renacimiento incesante del deseo que los lanzaba cada vez más ávidos al uno en los brazos del otro.

Olvidaron el tiempo; y Amélia sólo se decidió a saltar del lecho cuando oyeron en la cocina la muleta del tío Esguelhas.

Mientras ella se arreglaba deprisa delante del trozo de espejo que adornaba la pared, Amaro la contemplaba con melancolía, viéndola pasarse el peine por los cabellos. Por los cabellos que dentro de muy poco ya no volvería a ver peinar; suspiró, dijo enternecido:

—Nuestros buenos días están acabándose. Eres tú la que quieres... Algunas veces recordarás estas buenas mañanas...

—¡No digas eso! —dijo ella con los ojos arrasados en lágrimas.

Y arrojándosele súbitamente al cuello, con la antigua pasión de los tiempos felices, le dijo en un susurro:

—Para ti seré siempre la misma... Incluso después de casada.

Amaro le cogió las manos ansiosamente.

—¿Lo juras?

—Lo juro.

—¿Por la sagrada hostia?

—Lo juro por la sagrada hostia, ¡lo juro por Nuestra Señora!

—¿Siempre que tengas ocasión?

—¡Siempre!

—¡Oh, Ameliazinha, oh, querida, no te cambiaba por una reina!

Ella bajó. El párroco, arreglando la cama, la oía hablar abajo tranquilamente con el tío Esguelhas; y se decía a sí mismo que era una gran muchacha, capaz de engañar al diablo y que iba a traer en un continuo susto al tonto del escribiente.

Aquel «pacto», como lo llamaba el padre Amaro, se volvió entre ellos tan irrevocable que ya discutían tranquilamente sus detalles. Consideraban el matrimonio con el escribiente como una de esas convenciones que la sociedad impone y que sofoca las almas independientes, pero a las que la naturaleza escapa por la menor rendija, como un gas inextinguible. Ante Nuestro Señor el verdadero marido de Amélia era el señor párroco; era el marido del alma, para quien serían guardados los mejores besos, la obediencia íntima, la voluntad; el otro tendría como mucho el «cadáver»... A veces incluso tramaban ya el hábil plan de sus correspondencias secretas, de sus lugares ocultos de *rendez-vous*...

Amélia estaba otra vez, como al principio, en todo el fuego de la pasión. Ante la seguridad de que, en pocas semanas, la boda iba a volverlo «todo blanco como la nieve», sus crisis habían desaparecido, el propio terror a la venganza del cielo se había calmado. Además, la bofetada que le había dado Amaro fue como el bastonazo que despabila a un caballo que remolonea y se queda atrás; su pasión, agitándose y relinchando con brío, la arrastraba nuevamente con el ímpetu de una carrera fogosa.

Amaro se sentía lleno de alegría. Aunque algunas veces la idea de aquel hombre, día y noche con ella, todavía le molestaba... Pero, al fin y al cabo ¡qué compensaciones! Todos los peligros desaparecían como por arte de magia y las sensaciones se engrandecían. Se acababan para él aquellas atroces responsabilidades de la seducción y se quedaba con la mujer, más apetitosa.

Urgía ahora a Dionísia para que terminase de una vez con aquella fastidiosa búsqueda. Pero la buena mujer, sin duda para hacerse pagar mejor por sus múltiples esfuerzos, no podía encontrar al tipógrafo, aquel famoso Gustavo, que poseía, como los enanos de las novelas de caballería, el secreto de la torre maravillosa donde vivía el príncipe encantado.

–¡Oh, señor! –decía el canónigo–, ¡este asunto ya huele mal! ¡Casi dos meses buscando a un idiota!... Hombre, escribientes no faltan. ¡Se consigue otro!

Pero finalmente, una noche en que el canónigo había entrado a descansar en casa del párroco, apareció la Dionísia, y exclamó desde la puerta del comedor, donde los curas tomaban su café:

–¡Por fin!

–¿Qué pasa, Dionísia?

La mujer, sin embargo, no se dio prisa; incluso se sentó, con el permiso de los señores, porque venía exhausta… No, el señor canónigo no podía imaginarse los pasos que se había visto obligada a dar… El maldito tipógrafo le recordaba la historia que le contaban de pequeña, de un ciervo que estaba siempre a la vista y al que los cazadores montados en sus caballos no daban nunca alcance. ¡Una persecución igual!… Pero, finalmente, lo había atrapado… Y herido, por lo que parecía.

–¡Acabe de una vez, mujer! –gritó el canónigo.

–Pues ya está –dijo ella–. ¡Nada!

Los dos sacerdotes la miraron, confundidos.

–¿Nada qué, criatura?

–Nada. ¡El hombre se ha ido al Brasil!

Gustavo había recibido dos cartas de João Eduardo: en la primera, le decía dónde vivía, por la zona de O Poço do Borratém, y le anunciaba su decisión de marcharse al Brasil. En la segunda le decía que había cambiado de casa, sin indicarle la nueva *adresse*, y le participaba que embarcaba para Río en el próximo barco; no decía ni con qué dinero ni con qué esperanzas. Todo era confuso y misterioso. Desde entonces, hacía un mes, el muchacho no había vuelto a escribir, lo que llevaba al tipógrafo a la conclusión de que en aquellos momentos estaría en alta mar… «¡Pero lo vengaremos!», le había dicho a Dionísia.

El canónigo revolvía pausadamente su café, perplejo.

–¿Y ésta qué le parece, profesor? –exclamó Amaro, muy blanco.

–Me parece buena.

–¡El diablo se lleve a las mujeres y el infierno las confunda! –dijo sordamente Amaro.

–Amén –respondió gravemente el canónigo.

XX

¡Qué lágrimas cuando Amélia supo la noticia! Su honra, la paz de su vida, tantas dichas previsibles, todo perdido y hundido en las brumas del mar, ¡camino del Brasil!

Fueron las peores semanas de su vida. Iba junto al párroco, bañada en lágrimas, preguntándole todos los días qué iba a hacer.

Amaro, derrotado, sin ideas, iba a ver al profesor.

—Se hizo todo lo que se pudo —decía el canónigo desolado—. Hay que aguantarse. ¡No haberse metido en ellas!

Y Amaro regresaba a Amélia con consuelos muy tristes:

—Todo se arreglará, ¡hay que tener confianza en Dios!

¡Buen momento para confiar en Dios cuando Él, indignado, la abatía a desgracias! Y aquella indecisión, en un hombre y en un cura que debería tener la fuerza y la habilidad para salvarla, la exasperaba; su cariño por él desaparecía como el agua absorbida por la arena; y quedaba un sentimiento confuso en el que, bajo el deseo persistente, ya se transparentaba el odio.

Espaciaba ahora de semana en semana los encuentros en casa del campanero. Amaro no se quejaba; aquellas buenas mañanas en la habitación del tío Esguelhas se estropeaban por los lamentos continuos; cada beso dejaba un rastro de sollozos; y aquello lo enervaba tanto que sentía deseos de arrojarse también él de bruces sobre el catre a llorar toda su amargura.

En el fondo la acusaba de exagerar sus problemas, de transmitirle un terror desmedido. Otra mujer, con más juicio, no armaría tanto barullo… ¡Pero claro, una beata histérica, toda nervios, toda miedo, toda exaltación!… ¡Ah, no había duda, había sido «una burrada extraordinaria»!

También Amélia pensaba que había sido «una burrada». ¡Y no haber previsto nunca que aquello podía suceder! ¡Vaya! Como mujer, había corrido hacia el amor, toda tonta, segura de que escaparía... y ahora que sentía el hijo en las entrañas, ¡venían las lágrimas y los asombros y las lamentaciones! Su vida era tétrica: de día tenía que disimular delante de su madre, aplicarse a la costura, conversar, aparentar felicidad... Y de noche la imaginación desencadenada la torturaba con una incesante fantasmagoría de castigos, de este y del otro mundo, miserias, abandonos, desprecio de la gente decente y llamas del purgatorio...

Un acontecimiento inesperado vino entonces a distraer aquella angustia que estaba convirtiéndose en un hábito morboso de su espíritu. Una noche apareció la criada del canónigo, sin aliento, diciendo que doña Josefa estaba muriéndose.

El día anterior la excelente señora se había sentido enferma, con una punzada en un costado, pero había insistido en ir a rezarle su corona a la Virgen de la Encarnación; volvió aterida, con un dolor mayor y unas décimas de fiebre; y aquella tarde, cuando llamaron al doctor Gouveia, se le había declarado una neumonía aguda.

La Sanjoaneira se apresuró a instalarse con ella como enfermera. Y entonces, durante semanas, la tranquila casa del canónigo se transformó en un tumulto de amorosas congojas: las amigas, cuando no se hallaban diseminadas por las iglesias haciendo promesas e implorando a los santos de su devoción, estaban allí permanentemente, entrando y saliendo de la habitación de la enferma con andares fantasmales, encendiendo aquí y allá lamparillas a las imágenes, torturando al doctor Gouveia con preguntas necias. De noche, en la sala, con el candil a media luz, se escuchaba por los rincones un cuchichear de voces lúgubres; y a la hora del té, entre tostada y tostada, había suspiros, lágrimas furtivamente secadas...

El canónigo se sentaba en una esquina, aniquilado, derrotado por aquella repentina aparición de la enfermedad y de su escenario melancólico: los frascos de medicinas llenando las

mesas, las entradas solemnes del médico, las caras compungi-
das que van a saber si hay mejoría, el hálito febril esparcido
por toda la casa, el timbre funerario que adquiere el reloj de
pared en ausencia de todo ruido, las toallas sucias que perma-
necen durante días en el sitio en que cayeron, el anochecer de
cada día con su amenaza de tiniebla eterna... Por lo demás, un
sincero pesar lo postraba; hacía cincuenta años que vivía con
su hermana y que recibía sus mimos; el prolongado trato había hecho que le cogiese cariño; y sus manías, sus tocados negros, sus aspavientos por la casa formaban ya parte de su propio ser... Además, ¡quién podía saber si la muerte, al entrarle
en casa, para ahorrar viajes, no se lo llevaría a él también!

Para Amélia aquella época fue un alivio; por lo menos nadie pensaba, nadie se fijaba en ella; ni su cara triste ni los ves-
tigios de sus lágrimas resultaban extraños en aquella situación de peligro para su madrina. Los servicios de enfermera la
ocupaban: como era la más fuerte y la más joven, ahora que
la Sanjoaneira estaba saturada de vigilias, era ella la que pasaba las largas noches al lado de doña Josefa; y no había entonces desvelos que no sufriese para ablandar a Nuestra Señora y al cielo con aquella caridad hacia la enferma, con
vistas a merecer igual piedad cuando le llegase a ella el día de
hallarse postrada en el lecho... Tenía ahora, bajo la sensación
fúnebre que se respiraba en la casa, el presentimiento repetido de que moriría en el parto; a veces, sola, envuelta en su
chal a los pies de la enferma, escuchando su monótono gemir,
se enternecía pensando en su propia muerte, que creía segura, y se le humedecían los ojos de lágrimas, en una difusa nostalgia de sí misma, de su juventud, de sus amores... Se arrodillaba entonces junto a la cómoda, donde una lamparilla
brujuleaba delante de un Cristo, proyectando sobre el papel
claro de la pared una sombra distorsionada que se quebraba
en el techo. Y allí se quedaba, rezando, pidiéndole a Nuestra
Señora que no le negase el paraíso... Pero la vieja se movía
con un ay dolorido; entonces le arrebujaba la ropa, hablándole en voz baja. Iba después a la sala a ver en el reloj si era la

hora del remedio; y se estremecía a veces oyendo llegar desde la habitación contigua un pío de flautín o un ronco sonido de trombón; era el canónigo roncando.

Por fin, una mañana el doctor Gouveia declaró a doña Josefa libre de peligro. Fue una gran alegría para las señoras, segura cada una de ellas de que aquello se debía a la intervención especial del santo de su devoción. Y dos semanas más tarde hubo una fiesta en la casa cuando doña Josefa, por primera vez, apoyándose en los brazos de todas sus amigas, dio dos pasos trémulos en la habitación. ¡Pobre doña Josefa, cómo la había dejado la enfermedad! Aquella vocecita irritada, que lanzaba las palabras como flechas envenenadas, apenas era ahora un sonido agónico cuando, con un angustioso esfuerzo de la voluntad, pedía la escupidera o el jarabe. Aquella mirada siempre alerta, escrutadora y maligna, estaba ahora como refugiada en el fondo de las órbitas, temerosa de la luz, de las sombras y de los contornos de las cosas. Y su cuerpo, tan derecho antes, seco como un sarmiento, al caer ahora en el fondo del sillón, bajo la trapería de los abrigos, parecía también un trapo.

Pero el doctor Gouveia, aunque anunció una convalecencia larga y delicada, le había dicho riendo al canónigo, delante de las amigas —tras haber oído a doña Josefa manifestar su primer deseo, el deseo de acercarse a la ventana—, que con mucho cuidado, tónicos y las oraciones de todas aquellas buenas señoras, su hermana estaba todavía para tener amores...

—Ay, doctor —exclamó doña Maria—, nuestras oraciones no le faltarán...

—Y mis tónicos tampoco le faltarán —dijo el doctor—. Así que lo que queda es alegrarnos.

Aquella jovialidad del doctor suponía para todas la certeza de una salud cercana.

Y a los pocos días, el canónigo, viendo que agosto se acercaba a su fin, habló de alquilar casa en A Vieira, como acostumbraba a hacer un año sí y otro no, para ir a tomar baños de mar. El año pasado no había ido. Éste era el año de la playa...

–Y allí mi hermana, en aquellos aires saludables del litoral, acabará de ganar fuerzas y carnes...

Pero el doctor Gouveia desaprobó la expedición. El aire del mar, muy picante y muy rico, no era conveniente para la debilidad de doña Josefa. Era preferible que fuesen a la finca de A Ricoça, en Os Poiais, un lugar abrigado y muy templado. Fue un disgusto para el pobre canónigo, que se extendió en lamentaciones. ¡Cómo! ¡Enterrarse todo el verano, la mejor época del año, en A Ricoça! ¿Y sus baños, Dios mío, y sus baños?

–Fíjese usted –le decía una noche a Amaro en su escritorio–, mire lo que yo he sufrido... Durante la enfermedad, ¡qué desgobierno, qué desorden en la casa! El té fuera de horas, ¡la comida recalentada! Y los desvelos que pasé, que hasta he adelgazado... Y ahora, cuando pensaba ir a reconstituirme a la playa, pues no señor, váyase a A Ricoça, olvídese de sus baños... ¡Esto es lo que yo llamo sufrir! Y menos mal que no he sido yo el enfermo. Pero soy el que las aguanta... ¡Perder mis baños durante dos años seguidos!...

Amaro, de repente, dio un puñetazo en la mesa y exclamó:

–¡Hombre, se me ha ocurrido una buena idea!

El canónigo lo miró con desconfianza, como si no creyese posible que una inteligencia humana descubriese el remedio para sus males.

–Cuando digo una buena idea, profesor, ¡debería decir una idea sublime!

–Acabe, criatura...

–Escuche. Usted se va para A Vieira, y la Sanjoaneira, está claro, también se va. Naturalmente alquilan casa uno al lado del otro, como me ha dicho ella que hicieron hace dos años...

–Adelante...

–Bien. Ya tenemos a la Sanjoaneira en A Vieira. Ahora, su hermana sale para A Ricoça.

–Pero ¿cómo va a ir sola la criatura?

–¡No! –exclamó Amaro exultante–. ¡Va con Amélia! ¡Amélia va a servirle de enfermera! ¡Van las dos solas! Y allá en A Ricoça, en aquel agujero donde no hay ni un alma, en aquel caserón donde puede vivir una persona sin que nadie se entere, ¡allí es donde Amélia tiene el hijo! ¿Eh, qué le parece?

El canónigo se puso en pie con los ojos redondos de admiración.

–¡Hombre, una idea extraordinaria!

–¡Es que coincide todo! Usted toma sus baños. La Sanjoaneira, lejos, no se entera de lo que pasa. Su hermana disfruta de los aires… Amélia tiene un sitio escondido para la cosa. Nadie va a ir a verla a A Ricoça… Doña Maria también se va a A Vieira. Las Gansoso, ídem. La chica debe dar a luz sobre principios de noviembre… De A Vieira, y eso queda de su cuenta, no vuelve ninguno de los nuestros hasta principios de diciembre… ¡Y cuando nos reunamos de nuevo está la chica limpia y fresca!

–Pues hombre, para ser la primera idea que tiene usted en dos años, ¡es una gran idea!

–Gracias, profesor.

Pero había un problema feo: era irle a doña Josefa, a la rigorista doña Josefa, tan implacable con las flaquezas del sentimiento, a la doña Josefa que pedía para las mujeres frágiles las antiguas penalidades góticas –las letras marcadas en la frente con hierro candente, los azotes en las plazas públicas, los *in pace* tenebrosos–, irle a doña Josefa ¡y pedirle que fuese cómplice de un parto!

–¡Mi hermana va a dar alaridos! –dijo el canónigo.

–Ya veremos, profesor –replicó Amaro repantigándose y balanceando la pierna, muy seguro de su prestigio devoto–. Ya veremos… Yo hablaré con ella… Y cuando le haya contado cuatro cuentos… Cuando le haya dicho que es para ella un caso de conciencia encubrir a la pequeña… Cuando le recuerde que debe hacer alguna buena acción en las vísperas de la muerte para no presentarse a las puertas del paraíso con las manos vacías… ¡Ya veremos!

–Tal vez, tal vez –dijo el canónigo–. La ocasión es buena, porque mi pobre hermana tiene el juicio debilitado y se lleva como un niño.

Amaro se levantó, frotándose animadamente las manos.

–¡Pues hay que poner manos a la obra! ¡Manos a la obra!

–Y es necesario no perder tiempo, porque el escándalo estalla. Mire que esta mañana, en casa, el animal del Libaninho se puso a bromear con la chica, diciéndole que estaba gorda de cintura...

–¡Oh, qué imbécil! –rugió el párroco.

–No, no sería por malicia. Pero que la chica ha engordado es un hecho... Con este lío de la enfermedad nadie ha tenido ojos para ella... Pero ahora pueden fijarse... ¡Es serio, amigo, es serio!

Por eso, a la mañana siguiente, Amaro fue a hacer, según la expresión del canónigo, «el gran abordaje de su hermana».

Antes, sin embargo, en el escritorio, le explicó en voz baja su plan al profesor. Primero iba a decirle a doña Josefa que el canónigo ignoraba totalmente el desastre de Ameliazinha y que él, Amaro, lo sabía no bajo secreto de confesión, pues en ese caso no podría revelarlo, sino por las confidencias íntimas que le habían hecho los dos: Amélia ¡y el hombre casado que la había seducido!... El hombre casado, ¡sí!... Porque había que demostrarle a la vieja que era imposible una reparación legítima...

El canónigo se rascaba la cabeza, descontento:

–Eso no está bien pensado –dijo–. Mi hermana sabe perfectamente que no iban hombres casados por la Rua da Misericórdia.

–¿Y Artur Couceiro? –exclamó Amaro, sin escrúpulos.

El canónigo se echó a reír, con ganas. El pobre Artur, desdentado, cargado de hijos, con sus ojos de carnero triste, ¡acusado de corromper vírgenes!... ¡No, eso era demasiado!

–¡No pega, amigo párroco, no pega! Otro, otro...

Entonces, súbitamente, salió de labios de ambos el mismo nombre: ¡Fernandes, Fernandes el de la tienda de telas! ¡Un hombre guapo, al que Amélia admiraba mucho! Siempre que salía pasaba por su tienda; hacía dos años incluso se habían indignado en la Rua da Misericórdia con la osadía de Fernandes, ¡que había acompañado a Amélia por la carretera que iba de Os Marrazes hasta O Morenal!

No se le decía explícitamente a la hermana, ya se sabe, pero se le daba a entender que había sido Fernandes.

Y Amaro subió rápidamente a la habitación de la vieja, que estaba encima del escritorio. Estuvo allí media hora, una larga, una pesada media hora para el canónigo, que no podía oír más que el rechinar de las suelas de Amaro o la tos cavernosa de la anciana... Y durante su habitual paseo por el escritorio, de la librería a la ventana, con las manos a la espalda y la caja de rapé entre los dedos, iba considerando cuántas molestias, cuántos gastos le acarrearía todavía «aquel divertimento del señor párroco». Tenía que mantener a la muchachita en la finca durante cinco o seis meses... Después el médico, la comadrona, que naturalmente pagaría él... Después algún ajuar para el pequeño... ¿Y qué se iba a hacer con el pequeño?... En la ciudad, el Hospicio había desaparecido; en Ourém, como los recursos de la beneficencia eran escasos y la afluencia de expósitos escandalosa, habían colocado un hombre a la puerta del hospicio para hacer preguntas y poner problemas; había indagaciones sobre la paternidad, restituciones de niños; y la autoridad, astuta, combatía el exceso de abandonos con el miedo a la vergüenza.

En suma, el pobre profesor veía ante sí una gran barrera de dificultades, suficientes para quitarle la tranquilidad y estropearle la digestión... Pero, en el fondo, el excelente canónigo no se enfadaba; siempre había tenido hacia el párroco un afecto de antiguo profesor; hacia Amélia lo inclinaba una debilidad mitad paternal, mitad lúbrica; e incluso sentía ya por «el pequeño» una vaga condescendencia de abuelo.

La puerta se abrió y apareció el párroco, victorioso.

–¡Todo a las mil maravillas, profesor! ¿Qué le decía yo?

–¿Ha aceptado?

–Todo. No ha sido sin dificultad... Al principio se ofendía. Le he hablado del hombre casado... Que la chica estaba perdiendo el juicio, que se quería matar. Que si ella no consentía en encubrir la cosa, sería responsable de una desgracia… Recuerde la señora que está con un pie en la tumba, que Dios puede llamarla de un momento a otro y que, con ese cargo de conciencia, ¡no habrá cura que le dé la absolución!… ¡Mire que muere como un perro!

–En definitiva –dijo el canónigo, dando su aprobación–, le ha hablado con prudencia…

–Le he dicho la verdad. Ahora se trata de hablar con la Sanjoaneira y de llevarla a A Vieira cuanto antes…

–Otra cosa, amigo –interrumpió el canónigo–. ¿Ha pensado usted en el destino que se ha de dar al fruto?

El párroco se pasó la mano por la cabeza, con fastidio.

–Ah, profesor… Ése es otro problema… Me tiene muy preocupado… Naturalmente, habrá que dárselo a criar a alguna mujer, lejos, por Alcobaça o por Pombal… ¡Lo mejor, profesor, sería que la criatura naciese muerta!

–Sería un angelito más –murmuró el canónigo inspirando su pulgarada.

Aquella noche habló con la Sanjoaneira de la marcha para A Vieira, abajo en la salita, mientras ella preparaba platitos del dulce de membrillo que secaban aquellos días para la convalecencia de doña Josefa. Comenzó diciendo que había alquilado la casa del herrero…

–¡Pero si eso es un nicho! –exclamo ella–. ¿Dónde voy a meter a la pequeña?

–Ahí está la cosa. Es que Amélia esta vez no va a A Vieira.

–¿No va?

Entonces el canónigo le explicó que su hermana no podía ir sola a A Ricoça y que había pensado mandar con ella a Amélia… Era una espléndida idea que se le había ocurrido esa misma mañana.

–Yo no puedo ir, tengo que tomar mis baños, usted ya sabe… La pobre de Cristo no puede quedarse allí sola, con una criada. Por lo tanto…

La Sanjoaneira guardó un silencio entristecido.

–Eso es verdad. Pero mire, para hablarle con franqueza, me cuesta mucho dejar a la pequeña… Si pudiese pasar sin los baños, iba yo.

–¡Cómo que iba usted! Usted se viene para A Vieira. No voy a quedarme yo solo allá… ¡Qué ingrata, qué ingrata!… –Y adoptando un tono muy serio–: Vamos a ver. Josefa tiene un pie en la tumba. Ella sabe que lo mío a mí me llega. Le tiene cariño a la pequeña, es su madrina; si va ahora a cuidarla en la enfermedad, a pasar unos meses allí sola con ella, se la mete en el bolsillo. Mire que mi hermana aún vale un par de miles de cruzados. La pequeña puede hacerse con una buena dote. No le digo más…

Y la Sanjoaneira estuvo de acuerdo…, ya que era la voluntad del señor canónigo.

Arriba Amaro estaba contándole rápidamente a Amélia «el gran plan», la escena con la vieja: que ella se había mostrado inmediatamente dispuesta, pobrecita, rebosante de caridad, queriendo incluso contribuir para el ajuar del pequeño…

–Puedes confiar en ella, es una santa… Así que está todo arreglado, querida. Es cosa de estar metida cuatro o cinco meses en A Ricoça.

Era eso lo que hacía lloriquear a Amélia; perder el verano en A Vieira, ¡la diversión de los baños!… ¡Ir a enterrarse un verano entero en aquel siniestro caserón de A Ricoça! La única vez que había ido allí, un día al atardecer, había quedado temblando de miedo. Todo tan oscuro, unos ecos tan cóncavos… Estaba segura de que iba allí a morirse, en aquel destierro.

–¡Qué tontería! –dijo Amaro–. Hay que darle gracias a Dios por haberme inspirado esta idea salvadora. Además tienes a doña Josefa, tienes a Gertrudes, la huerta para pasear… Y yo iré a verte todos los días. Hasta te va a gustar, ya verás.

–En fin, ¿qué le vamos a hacer? Hay que aguantarse. –Y con dos gruesas lágrimas en los párpados, maldecía íntimamente aquella pasión que sólo le producía amarguras y que ahora, cuando toda Leiria se iba para A Vieira, la obligaba a ella a ir a encerrarse en la soledad de A Ricoça, a oír toser a la vieja y a los perros aullar en la finca… ¿Y su mamá, qué diría su mamá?

–¿Qué va a decir? Doña Josefa no puede ir a la quinta sola, ¡sin una enfermera de confianza! No te preocupes. El profesor está ahí abajo trabajándola… Y yo me voy a hablar con ella, que ya llevo demasiado tiempo aquí solo contigo y estos días hay que andarse con cuidadito…

Bajó precisamente cuando el canónigo subía y ambos se encontraron en la escalera.

–¿Qué? –preguntó Amaro al oído al profesor.

–Todo arreglado. ¿Y por ahí arriba?

–Ídem.

Y en la oscuridad de la escalera los dos curas se estrecharon la mano en silencio.

A los pocos días, después de una escena de llantos, Amélia partió con doña Josefa para A Ricoça, en un *char à bancs*.

Habían arreglado con cojines un rinconcito cómodo para la convaleciente. El canónigo la acompañaba, furioso por aquella molestia. Y la Gertrudes iba sobre un cojín, ensombrecida por la montaña que erigían sobre el tope del vehículo los baúles de cuero, las cestas, las cajas de lata, las maletas con ropa, las bolsas de tela, la canastilla del gato y un fardo atado con cuerdas que contenía los cuadros de los santos más queridos por doña Josefa.

El fin de semana siguiente tuvo lugar el viaje de la Sanjoaneira hacia A Vieira, de noche, por el calor. La Rua da Misericórdia estaba atrancada por el carro de bueyes que transportaba la loza, los catres, el utillaje de cocina; y en el mismo *char à bancs* que había ido a A Cortegaça iban ahora la Sanjoaneira y la Ruça, que también llevaba en el regazo una canastilla con el gato.

El canónigo había partido el día anterior, sólo Amaro había asistido a la marcha de la Sanjoaneira. Y cuando la Ruça cerró por fin la puerta de casa con llave, luego de un completo zafarrancho, de subir y bajar cien veces las escaleras en busca de un cestito olvidado o de un paquete que no aparecía, la Sanjoaneira, ya en el estribo del *char à bancs*, se puso a llorar.

–¡Cómo, mujer, cómo! –dijo Amaro.

–¡Ay, señor párroco, dejar a la chiquilla!... No sabe lo que me cuesta... Me parece que no la vuelvo a ver. Aparezca por A Ricoça, hágame esa caridad. Mire si ella está contenta...

–Vaya tranquila, señora.

–Adiós, señor párroco. ¡Ay, la de favores que le debo!

–Tonterías, señora... Buen viaje, ¡mande noticias! Saludos al profesor. ¡Adiós, señora! Adiós, Ruça...

El *char à bancs* partió. Y por el mismo camino por el que se fue rodando, se fue Amaro andando despacio hasta la carretera de A Figueira. Eran las nueve y había salido ya la luna de una noche cálida y serena de agosto. Una tenue neblina luminosa suavizaba el paisaje silencioso. Aquí y allá sobresalía, brillando, la fachada de alguna casa, iluminada por la luna, entre las sombras de la arboleda. Junto al puente se detuvo a mirar con melancolía el río, que discurría sobre la arena con un murmullo monótono; en las zonas donde se inclinaban los árboles había oscuridades cerradas; y, más adelante, una claridad temblaba sobre el agua como un tejido de filigrana brillante. Allí se quedó, en aquel silencio que lo tranquilizaba, fumando cigarrillos y arrojando las colillas al río, sumido en una tristeza difusa. Después, cuando dieron las once, regresó a la ciudad, pasó por la Rua da Misericórdia enterneciéndose con los recuerdos: la casa, con las ventanas cerradas, sin los visillos, parecía abandonada para siempre; las plantas de romero habían quedado olvidadas en una esquina de la ventana... ¡Cuántas veces Amélia y él se habían asomado a aquel balcón! Había entonces allí un clavel fresco y, charlando, ella le arrancaba una hoja, la mordisqueaba con los dientecitos. ¡Ahora todo había acabado! Y en la iglesia de la Misericórdia, al lado, el ulular de las lechuzas en medio del silencio le producía una sensación de ruina, de soledad y de final eterno.

Fue andando hacia su casa, despacio, con los ojos nublados por las lágrimas.

La criada apareció en la escalera diciéndole que el tío Esguelhas, muy apenado, había ido a buscarlo dos veces, alrededor de las nueve. La Totó estaba muriéndose y sólo quería recibir los sacramentos de manos del señor párroco.

Amaro, a pesar de la repugnancia supersticiosa que sentía por tener que volver así, aquella noche, por un motivo tan triste, al lugar de los felices recuerdos de su amor, fue, para complacer al tío Esguelhas; pero lo impresionaba aquella muerte, que coincidía con la marcha de Amélia y que era como si completase la súbita dispersión de todo cuanto hasta aquel momento le había interesado o se había incorporado a su vida.

La puerta de la casa del campanero estaba entreabierta, y en la oscuridad de la entrada se encontró con dos mujeres que salían suspirando. Después fue directamente a la alcoba de la paralítica; dos grandes velas de cera, traídas de la iglesia, ardían sobre una mesa; una sábana blanca cubría el cuerpo de la Totó; y el padre Silvério, sin duda avisado por estar de semana, leía el breviario, con el pañuelo sobre las rodillas y sus grandes anteojos en la punta de la nariz. Se levantó apenas vio a Amaro.

—Ah, colega —dijo en voz muy baja—, han estado buscándolo por todas partes... La pobre de Cristo lo quería a usted... Yo, cuando han ido a buscarme, salía a jugar la partida a casa de Novais. La partida del sábado... ¡Qué escena! Ha muerto en la impenitencia, como en los libros. Cuando me vio a mí y supo que usted no venía, ¡qué espectáculo! Hasta tuve miedo de que me escupiese en el crucifijo...

Amaro, sin decir una palabra, levantó una punta de la sábana, pero inmediatamente la dejó caer de nuevo sobre el rostro de la muerta. Después subió a la habitación en la que el campanero, tumbado en la cama, vuelto hacia la pared, sollozaba desesperado; estaba con él otra mujer, que se mantenía en un rincón, muda e inmóvil, mirando al suelo, en el di-

fuso aburrimiento que le producía aquel pesado deber de vecina. Amaro tocó el hombro del campanero, le habló:

–Hay que tener resignación, tío Esguelhas… Son designios
del Señor… Para ella hasta es una felicidad.

El tío Esguelhas se volvió; y reconociendo al párroco entre
el velo de lágrimas que le inundaba los ojos, le cogió la mano,
quiso besársela. Amaro retrocedió.

–¿Entonces, tío Esguelhas?… Dios es misericordioso y tendrá en cuenta su dolor…

Él no lo escuchaba, sacudido por un llanto convulso, mientras la mujer, muy tranquilamente, se limpiaba ahora una esquina del ojo, ahora la otra.

Amaro bajó; y para aliviar al buen Silvério de aquel servicio extraordinario, ocupó su sitio junto a la vela, con el breviario en la mano.

Allí permaneció hasta tarde. La vecina, al salir, fue a decirle que el tío Esguelhas se había quedado dormido, y ella prometía volver con la amortajadora tan pronto amaneciese.

Toda la casa quedó entonces en aquel silencio que la vecindad del vasto edificio de la catedral hacía parecer más tétrico;
sólo de vez en cuando un búho ululaba débilmente en los contrafuertes, o el grueso bordón daba los cuartos. Y Amaro,
asaltado por un temor indefinido, pero preso allí por una
fuerza superior de la conciencia sobresaltada, apuraba sus
oraciones… A veces el libro le caía sobre las rodillas; y entonces, inmóvil, notando detrás la presencia de aquel cadáver cubierto por la sábana, recordaba, en un contraste amargo,
otras horas en que el sol bañaba el patio, las golondrinas revoloteaban, y él y Amélia subían riendo a aquella habitación
donde ahora, sobre la misma cama, el tío Esguelhas dormitaba entre sollozos apenas contenidos…

XXI

El canónigo Dias había encarecido mucho a Amaro que, al menos durante las primeras semanas, para evitar las sospechas de su hermana y de la criada, no fuese a A Ricoça. Y la vida de Amaro se volvió entonces más triste, más vacía que cuando había dejado por vez primera la casa de la Sanjoaneira para irse a la Rua das Sousas. Todos sus conocidos estaban fuera de Leiria: doña Maria da Assunção en A Vieira; las Gansosinhos cerca de Alcobaça con su tía, la famosa tía que desde hacía diez años estaba a punto de morir y de dejarles una gran herencia. Después del servicio de la catedral, las horas, durante todo el día, se arrastraban pesadas como el plomo. No estaría más alejado de toda comunicación humana si, como san Antonio, viviese en los arenales del desierto libio. Sólo el coadjutor que, cosa singular, nunca aparecía en los tiempos felices, había vuelto ahora, como el compañero fatídico de las horas tristes, a visitarlo una o dos veces a la semana, después de las comidas, más delgado, más chupado, más triste, con su eterno paraguas en la mano. Amaro lo aborrecía; a veces, para despedirlo, fingía estar muy ocupado con una lectura, o corría hacia la mesa tan pronto como oía sus pisadas lentas en los peldaños.

—Amigo coadjutor, discúlpeme, estoy aquí esbozando una cosa.

Pero el hombre se instalaba, con el odioso paraguas entre las rodillas.

—No se preocupe, señor párroco, no se preocupe.

Y Amaro, torturado por aquella figura lúgubre que no se movía de la silla, soltaba la pluma furioso, y cogiendo el sombrero:

—Hoy no estoy yo para esto, salgo a estirar las piernas.

Y en la primera esquina se separaba bruscamente del coadjutor.

A veces, harto de soledad, iba a visitar a Silvério. Pero la indolente felicidad de aquel ser obeso, ocupado en coleccionar recetas de medicina casera y en observar las fantásticas perturbaciones de su digestión; sus constantes elogios del doctor Godinho, de sus hijos y de su mujer; los chistes rancios que repetía desde hacía cuarenta años y la inocente hilaridad que le causaban, impacientaban a Amaro. Salía, con los nervios de punta, pensando en la fatalidad enemiga que lo había hecho tan distinto de Silvério. Aquello, en definitiva, era la felicidad: ¿por qué no podía ser también él un buen cura chapado a la antigua, con alguna minúscula afición que lo tiranizase, parásito satisfecho de una familia respetable, con una de esas sangres tranquilas que circulan bajo montones de grasa sin peligro de desbordarse ni de causar desgracias, como un riachuelo que corre por debajo de una montaña?

Otras veces visitaba al colega Natário, cuya fractura, mal tratada al principio, lo retenía todavía en cama, con un aparato en la pierna. Pero allí lo asqueaba el aspecto de la habitación, impregnado de un olor a árnica y sudor, con una profusión de trapos empapados en cuencos de vidrio y escuadrones de frascos sobre la cómoda, entre hileras de santos. Natário, apenas lo veía aparecer, estallaba en quejas: ¡Los burros de los médicos! ¡Su mala suerte habitual! ¡Las torturas a que lo sometían! ¡El atraso en que se encontraba la medicina en este maldito país!… E iba salpicando el suelo negro de esputos y de colillas. Desde que estaba enfermo, la salud de los demás, sobre todo la de los amigos, lo indignaba como una ofensa personal.

–Y usted siempre tan fuerte, ¿eh?… ¡Quién pudiera! –murmuraba con rencor.

¡Y pensar que a aquella bestia del Brito nunca le había dolido la cabeza! ¡Y que el salvaje del abad se jactaba de no haber estado nunca en cama después de las siete de la mañana! ¡Animales!

Amaro entonces le daba las novedades; alguna carta que había recibido del canónigo desde A Vieira, la mejoría de doña Josefa…

Pero Natário no se interesaba por las personas a las que estaba unido apenas por la convivencia y la amistad; le interesaban sólo sus enemigos, con quienes mantenía vínculos de odio. Quería saber del escribiente, si ya se había muerto de hambre…

—¡Por lo menos a ése le pude dar bien, antes de caer en esta maldita cama!

Entonces aparecían las sobrinas, dos criaturitas pecosas, de ojos muy caídos. Su gran disgusto era que el tiíto no llamase a la componedora para que le sanase la pierna; era quien había curado al señorito de A Barrosa y a Pimentel el de Ourém…

Natário, en presencia de *las dos rosas de su jardín*, se calmaba.

—Pobrecitas, no es por falta de sus cuidados por lo que aún no estoy de pie… ¡Pero, caramba, cómo he sufrido!

Y *las dos rosas*, con idéntico y simultáneo movimiento, se giraban hacia un lado llevándose el pañuelo a los ojos.

Amaro salía de allí más hastiado.

Para cansarse intentaba dar grandes paseos por la carretera de Lisboa. Pero apenas se alejaba del movimiento de la ciudad, su tristeza se hacía más intensa, simpatizando con aquel paisaje de colinas tristes y árboles canijos; y su vida se le figuraba como aquella misma carretera, monótona y larga, sin un incidente que la alegrase, estirándose desaladamente hasta perderse en las brumas del crepúsculo. Algunas veces, al regresar, entraba en el cementerio, paseaba entre las hileras de cipreses, percibiendo a aquella hora final de la tarde la emanación dulzona de las matas de alhelíes; leía los epitafios; se apoyaba en la reja dorada del sepulcro de la familia Gouveia, contemplando los emblemas en relieve, un sombrero armado y un espadín, y leyendo las negras letras de la gran oda que adorna la lápida:

Caminante, detente a contemplar
    estos restos mortales;
y si sientes tu pena desbordar
    detén tus ayes.
Que João Cabral da Silva Maldonado
    Mendonça de Gouveia,
joven hidalgo, bachiller titulado,
    hijo de la ilustre Cena,
ex alcalde de este ayuntamiento,
    comendador de Cristo,
fue de virtudes singular espejo.
    Caminante, cree esto.

Estaba después el rico mausoleo de Morais, donde su esposa, que ahora, rica y cuarentona, vivía en concubinato con el guapo capitán Trigueiros, había hecho grabar una piadosa cuarteta:

Entre los ángeles espera, oh esposo,
a la mitad de tu corazón
que en el mundo quedó, tan solita,
¡entregada por completo al deber de la oración!...

Algunas veces, al fondo del cementerio, junto al muro, veía a un hombre arrodillado ante una cruz negra, a la sombra de un sauce, al lado de la fosa de los pobres. Era el tío Esguelhas, con su muleta en el suelo, rezando ante la sepultura de la Totó. Iba a hablar con él e incluso, con una nivelación que aquel lugar justificaba, paseaban familiarmente, hombro con hombro, conversando. Amaro, con bondad, consolaba al viejo: ¿de qué le servía la vida a la pobre chiquilla si tenía que pasársela tumbada en una cama?

–Siempre era vivir, señor párroco... Y yo, míreme ahora, ¡solito de día y de noche!

–Todos tenemos nuestras soledades, tío Esguelhas –decía melancólicamente Amaro.

El campanero entonces suspiraba, preguntaba por doña Josefa, por la señorita Amélia…

–Está en la finca.

–Pobrecita, no tiene poco trabajo…

–Cruces de la vida, tío Esguelhas.

Y continuaban callados entre las calles de bojes, circundadas por canteros llenos de cruces ennegrecidas, y entre la blancura de las lápidas nuevas. A veces Amaro reconocía alguna sepultura que él mismo había hisopado y consagrado; ¿dónde estarían ahora aquellas almas que él había encomendado a Dios en latín, distraído, chapurreando con prisa las oraciones para ir a reunirse con Amélia? Eran sepulturas de gente de la ciudad; conocía de vista a sus familiares; los había visto entonces bañados en lágrimas, y ahora paseaban en grupo por la alameda o bromeaban en los mostradores de las tiendas…

Regresaba a casa más triste. Y comenzaba su larga, interminable noche. Intentaba leer; pero tras las diez primeras líneas bostezaba de tedio y fatiga. Algunas veces le escribía al canónigo. A las nueve tomaba el té; y después era un pasear sin fin por la habitación, fumando montones de cigarrillos, parándose en la ventana a mirar la negrura de la noche, leyendo aquí y allí alguna noticia o algún anuncio en el *Popular*, y reiniciando el paseo con bostezos tan profundos que la criada los oía en la cocina.

Para entretener estas noches melancólicas, y por un exceso de sensibilidad ociosa, había intentado hacer versos, poniendo su amor y la historia de los días felices en las fórmulas conocidas de la nostalgia lírica:

> ¿Recuerdas aquel tiempo de delicias,
> oh, ángel hechicero, Amélia amada,
> cuando todo eran risas y ventura
> y la vida discurría sosegada?

¿Recuerdas aquella noche de poesía
en que la luna brillaba en los cielos,
y nosotros uniendo nuestras almas, oh Amélia,
alzamos nuestra plegaria hacia ellos?

Pero a despecho de todos sus esfuerzos, nunca había conseguido pasar de estas dos cuartetas, pese a haberlas producido con una facilidad prometedora, como si su ser contuviese apenas estas dos gotas aisladas de poesía y, una vez liberadas, no quedase nada que no fuese la seca prosa del temperamento carnal.

Y esta existencia vacía le había relajado tan sutilmente los mecanismos de la voluntad y de la acción que cualquier trabajo que pudiese llenar el fastidioso hueco de las horas inacabables le resultaba odioso como el peso de un fardo desproporcionado. Prefería los tedios de la ociosidad a los tedios de la ocupación. Exceptuando los estrictos deberes que no podía abandonar sin escándalo ni censura, se había ido desembarazando, poco a poco, de todas las prácticas de celo interior: ni la oración mental, ni las visitas regulares al Santísimo, ni las meditaciones espirituales, ni el rosario a la Virgen, ni la lectura nocturna del breviario, ni el examen de conciencia... Todas estas obras de devoción, estos medios íntimos de santificación progresiva los sustituía por los interminables paseos por la habitación, del lavamanos a la ventana, y por montones de cigarros fumados hasta quemarse los dedos. Por la mañana, chapurreaba rápidamente la misa; realizaba el servicio parroquial con sordas rebeliones de impaciencia; se había convertido, consumadamente, en el *indignus sacerdos* de los ritualistas; y tenía, en su absoluta totalidad, los treinta y cinco defectos y los siete medios defectos que los teólogos atribuyen al *mal sacerdote*.

Sólo le quedaba, a través de su sentimentalidad, un tremendo apetito. Y como la cocinera era excelente y doña Maria da Assunção, antes de su marcha a A Vieira, le había dejado un encargo de ciento cincuenta misas a cruzado cada una, se banqueteaba, tratándose con gallina y mermelada, regándose con un estimulante vino de Bairrada elegido por el profesor. Y allí se quedaba, sentado a la mesa, olvidado del tiempo, la pierna estirada, fumando cigarros después del café y lamentando no tener a mano a su Ameliazita...

–¿Qué hará por allá, la pobre Ameliazita? –pensaba, desperezándose aburrido y lánguido.

La pobre Ameliazita, en *A Ricoça*, maldecía su vida.

Ya durante el viaje en el *char à bancs*, doña Josefa le había dado a entender tácitamente que no esperase de ella ni la antigua amistad ni el perdón del escándalo... Y así sucedió desde que se instalaron. La vieja se volvió intratable: abandonó cruelmente el tuteo para pasar a tratarla de «señorita»; la rechazaba ásperamente si intentaba arreglarle la almohada o acomodarle el chal; durante las veladas mantenía un silencio cargado de reproche si ella la acompañaba cosiendo en su habitación; y a cada momento suspiraba aludiendo al triste encargo que Dios le ordenaba en el fin de sus días...

Amélia en su interior acusaba al párroco: le había prometido que la madrina sería todo caridad, todo complicidad; ¡y finalmente la entregaba a aquella ferocidad de vieja virgen devota!

Cuando se vio en aquel caserón de A Ricoça, en una habitación gélida, pintada de color amarillo canario, lúgubremente amueblada con una cama de dosel y dos sillas de cuero, lloró toda la noche con la cabeza enterrada en la almohada, torturada por un perro que, sin duda extrañado por las luces y el movimiento en la casa, aulló hasta la madrugada debajo de su ventana.

Al día siguiente bajó a la finca a ver a los caseros. Quizá fuese buena gente con la que podría distraerse. Encontró a una mujer, alta y tétrica como un ciprés, cargada de luto: un gran pañuelo teñido de negro, tapándole gran parte de la frente, le daba aspecto de sepulturero; y su voz quejumbrosa tenía una tristeza de campanas tocando a difuntos. El marido le pareció todavía peor, semejante a un orangután, con dos orejas enormes muy despegadas del cráneo, un mentón brutalmente protuberante, las encías sin color, un cuerpo descoyuntado de tísico, con el pecho metido para dentro. Se fue rápidamente a ver la huerta: estaba muy descuidada; las callecitas estaban invadidas por una abundante hierba; y la sombra de los árboles, muy juntos en un terreno bajo rodeado por muros altos, daba sensación de tristeza.

Prefería pasar los días metida en el caserón; días inacabables en los que las horas se iban moviendo con la fastidiosa lentitud de un cortejo fúnebre.

Su habitación estaba en la fachada; y a través de las dos ventanas recibía la impresión triste del paisaje que se extendía enfrente, una ondulación monótona de tierras estériles con algún árbol raquítico aquí o allí, un aire sofocante por el que parecían errar constantemente las emanaciones de los pantanos cercanos y de depresiones húmedas y al que ni siquiera el sol de septiembre podía quitar su tono bochornoso.

Por la mañana ayudaba a levantarse a doña Josefa, la acomodaba en el canapé; después se sentaba a coser a su lado, como antes en la Rua da Misericórdia al lado de su madre; pero ahora, en vez de agradables paliques, recibía sólo el silencio intratable de la vieja y su ronquera incesante. Había pensado en mandar traer su piano de la ciudad; pero, apenas habló de ello, la vieja exclamó con acritud:

–Está loca, señorita… ¡No tengo salud para tocatas! ¡Vaya despropósito!

Tampoco Gertrudes le hacía compañía; los momentos en que no estaba con la vieja o en la cocina, desaparecía; precisamente era de aquella parroquia y pasaba el tiempo por los casales, hablando con las antiguas vecinas.

La peor hora era el anochecer. Después de rezar su rosario se quedaba junto a la ventana mirando ensimismada las graduaciones de la luz crepuscular; todos los campos se perdían poco a poco en el mismo tono pardo; un silencio parecía descender, posarse sobre la tierra; después una primera estrellita chispeaba y brillaba; y ante ella, una masa inerte de sombra muda se alargaba hasta el horizonte, donde aún permanecía durante un momento una delgada tira de color naranja pálido. Su pensamiento, sin ningún tono de luz o perfil de objeto que lo atrayesen, se remontaba muy nostálgico, lejos, hasta A Vieira; a aquella hora su madre y las amigas regresaban del paseo por la playa; ya estaban todas las redes recogidas; entre los pajares las luces empezaban a encenderse; es la hora del té, de las alegres partidas de lotería, cuando los mozos de la ciudad van en grupos por las casas amigas, con una viola y una flauta, improvisando *soirées*. ¡Y ella allí, sola!

Había que acostar a la anciana, rezar con ella y con la Gertrudes el tercio. Encendían después el candil de latón, poniéndole delante una pantalla vieja para que el rostro de la enferma se mantuviese en la penumbra; y en toda la velada, que transcurría en un silencio lúgubre, apenas se oía el rumor del huso de la Gertrudes, que hilaba encogida en un rincón.

Antes de acostarse atrancaban todas las puertas por el continuo miedo a los ladrones; y entonces comenzaba para Amélia la hora de los terrores supersticiosos. No podía dormir al notar junto a ella la negrura de aquellas salas deshabitadas y, alrededor, el silencio tenebroso de los campos. Oía ruidos inexplicables: era el entarimado del pasillo, que crepitaba bajo tanta pisada multiplicada; era la luz de la vela que de pronto se inclinaba como bajo un aliento invisible o lejano; por la parte de la cocina, la sorda caída de un objeto. Acumulaba entonces las oraciones, encogida bajo las sábanas; pero, si se adormecía, las visiones de pesadilla la mantenían en los terrores de la vigilia. Una vez se había despertado de repente oyendo una voz que le decía, gimiendo tras la alta cabecera de la cama: «Amélia, prepárate, ¡ha llegado tu fin!». Despavorida, en camisa, atravesó la casa corriendo y fue a refugiarse en la cama de la Gertrudes.

Pero la noche siguiente la voz sepulcral volvió cuando se estaba quedando dormida: «¡Amélia, acuérdate de tus pecados! ¡Prepárate, Amélia!». Dio un grito, se desmayó. Afortunadamente, la Gertrudes, que aún no se había acostado, corrió hacia aquel ¡ay! agudo que había cortado el silencio del caserón. La encontró en la cama tumbada al través, con los cabellos por fuera de la redecilla y arrastrando por el suelo, las manos heladas y como muertas. Bajó a despertar a la mujer del casero y estuvieron atareadas hasta la madrugada haciéndola revivir. Desde ese día, Gertrudes dormía a su lado. Y la voz no volvió a amenazarla desde detrás de la cabecera.

Pero ya ni de noche ni de día la abandonó la idea de la muerte y el pavor del infierno. Por ese tiempo, un vendedor ambulante de estampas pasó por A Ricoça; y doña Josefa le compró dos litografías: la *Muerte del justo* y la *Muerte del pecador*.

–Pues es bueno que cada uno tenga ante los ojos el ejemplo vivo –dijo ella.

Al principio Amélia no dudó de que la vieja, que contaba con morir con la misma pompa de gloria con que lo hacía el «justo» de la estampa, le había querido enseñar a ella, a la «pecadora», la escena espeluznante que le esperaba. La odió por aquella bribonada. Pero su imaginación atormentada no tardó en dar otra explicación a la compra de la estampa: era Nuestra Señora quien había enviado hasta allí al vendedor de ilustraciones para enseñarle a lo vivo, en la litografía de la *Muerte del pecador*, el espectáculo de su agonía; y entonces tuvo la certeza de que todo sería de aquella manera, fragmento a fragmento: su ángel de la guardia que huía llorando; Dios Padre desviando su rostro con repugnancia; el esqueleto de la Muerte riéndose a carcajadas; y demonios de colores rutilantes, con un completo arsenal de instrumentos de tortura, apoderándose de ella, unos cogiéndola por las piernas, otros por los pelos, arrastrándola con aullidos de júbilo hacia la caverna llameante, estremecida por la tormenta de alaridos producidos por el dolor eterno... Y todavía podía ver, en lo profundo de los cielos, la gran balanza, con uno de los platos muy alto en el que sus oraciones no pesaban más que una pluma de canario, y el otro plato hundido, con las cuerdas tirantes, soportando el peso del catre de la casa del campanero y sus toneladas de pecado.

Cayó entonces en una melancolía histérica que la avejentaba; pasaba los días sucia y desarreglada, rechazando el cuidado de su cuerpo pecador; todo movimiento, todo esfuerzo le repugnaba; incluso le costaba rezar sus oraciones, como si las considerase inútiles; y había olvidado en el fondo de un arcón el ajuar que estaba cosiendo para su hijo…, porque lo odiaba, odiaba a aquel ser que ya sentía moverse en sus entrañas y que era la causa de su perdición. Lo odiaba más o menos igual que al otro, al párroco que se lo había hecho, al cura malvado que la había tentado, que la había arruinado, ¡que la había arrojado a las llamas del infierno! ¡Qué ira cuando pensaba en él! Estaba en Leiria tranquilo, comiendo bien, confesando a otras, tal vez enamorándolas… ¡y ella allí solita, con el vientre condenado y abarrotado por el pecado que él le había metido dentro, se iba hundiendo en su perdición sempiterna!

Probablemente esta excitación la habría matado si no fuese por el abad Ferrão, que había empezado a visitar regularmente a la hermana del amigo canónigo.

Amélia había oído hablar muchas veces de él en la Rua da Misericórdia: se decía allí que Ferrão tenía «ideas extravagantes»; pero no era posible negarle la virtud en la vida ni la ciencia como sacerdote. Hacía muchos años que era abad allí; en la diócesis se habían sucedido los obispos y él había quedado olvidado en aquella parroquia pobre, de congrua escasa, en una vivienda llena de goteras. El último vicario general, que nunca había movido un dedo para favorecerlo, todavía le decía con palabrería generosa:

–Usted es uno de los buenos teólogos del reino. Usted está predestinado por Dios para un obispado. Tendrá usted la mitra. ¡Quedará en la historia de la iglesia portuguesa como un gran obispo, Ferrão!

–¡Obispo, señor vicario general! ¡Eso estaría bien! ¡Pero haría falta que tuviese yo el arrojo de un Afonso de Albuquerque o de un Dom João de Castro para aceptar ante los ojos de Dios semejante responsabilidad!

Y se había quedado allí, entre gente pobre, en una aldea de pocas tierras, viviendo con dos trozos de pan y una taza de leche, con una sotana limpia convertida en un mapa de remiendos, adentrándose media legua en medio de un temporal si un parroquiano tenía dolor de muelas, pasándose una hora consolando a una vieja a la que se le había muerto una cabra... Y siempre de buen humor, siempre con un cruzado dispuesto en el fondo del bolsillo para acudir a la necesidad de un vecino, gran amigo de todos los niños, para quienes construía barquitos de corcho, y parándose sin dudarlo cuando se encontraba con una jovencita guapa, cosa rara en la parroquia, para exclamar: «Guapa moza, ¡Dios te bendiga!».

Y además, en su juventud, la pureza de sus costumbres era tan célebre que le llamaban «la doncella».

Por lo demás era un cura perfecto en sus deberes con la Iglesia; pasaba horas rezando arrodillado ante el Santísimo; cumplía con ferviente felicidad las menores prácticas de la vida devota; se purificaba para las tareas del día con una concienzuda oración mental, un ejercicio de fe del que su alma salía más ágil, como si lo hiciese de un baño fortalecedor; se preparaba para el sueño con uno de esos largos y piadosos exámenes de conciencia, tan útiles, que practicaban san Agustín y san Bernardo de igual modo que Plutarco y Séneca y que suponen la corrección laboriosa y sutil de los pequeños defectos, el perfeccionamiento meticuloso de la virtud activa, emprendido con el fervor de un poeta que revisa un poema amado... Y todo el tiempo que tenía libre se sumergía en un caos de libros.

Tenía un solo defecto el abad Ferrão: ¡le gustaba cazar! Se reprimía porque la caza requería mucho tiempo y porque era sanguinario matar a un pobre pájaro que anda atareado por los campos en sus cuitas domésticas. Pero en las claras mañanas de invierno, cuando aún había rocío sobre las retamas, si veía pasar a un hombre, escopeta al hombro, el paso vivo, seguido por su perdiguero... sus ojos se iban con él. No obstante, algunas veces la tentación vencía: cogía furtivamente la escopeta, silbaba a Janota y con las faldas del chaquetón al viento, allá iba el teólogo ilustre, el espejo de piedad, a través de campos y valles… Y al poco tiempo… ¡pum… pum! ¡Una codorniz, una perdiz en tierra! Y el santo varón regresaba con la escopeta bajo el brazo, las dos aves en la alforja, pegándose a los muros, rezando su rosario a la Virgen y respondiendo a los buenos días de la gente que se encontraba en el camino, con los ojos bajos y el aire de un criminal.

El abad Ferrão, a pesar de su aspecto desaliñado y de su gran nariz, agradó a Amélia desde su primera visita a A Ricoça; y su simpatía aumentó cuando vio que doña Josefa lo recibía con escaso alborozo, a pesar del respeto que su hermano el canónigo tenía por la ciencia del abad.

La vieja, en efecto, después de haber charlado con él durante horas, lo había condenado con una única palabra y con su autoridad de vieja devota experta:

—¡Es un relajado!

Ciertamente, no se habían entendido. El buen Ferrão, que había vivido tantos años en aquella parroquia de quinientas almas, todas las cuales, de madres a hijas, se acomodaban al molde de la devoción sencilla a Nuestro Señor, Nuestra Señora y san Vicente, patrono de la parroquia, con poca experiencia de la confesión, se encontraba de repente ante un alma complicada de devota de ciudad, de un beaterío bobo y atormentado; y al escuchar aquella extraordinaria lista de pecados mortales, murmuraba asombrado:

—Es extraño, es extraño…

Desde el principio se había dado cuenta de que estaba ante una de esas degeneraciones mórbidas del sentimiento religioso que la teología llama enfermedad de los escrúpulos y que afecta hoy a la generalidad de las almas católicas; pero después, ante ciertas revelaciones de la anciana, temió estar realmente en presencia de una maníaca peligrosa; e instintivamente, con el peculiar horror que los sacerdotes sienten hacia los locos, retrocedió en su silla.

¡Pobre doña Josefa! Ya la primera noche en A Ricoça, le contaba ella, al empezar el rosario a Nuestra Señora se acordó de repente de que había olvidado el refajo de franela roja que era tan eficaz para los dolores de piernas... Treinta y ocho veces seguidas había reiniciado el rosario ¡y siempre el refajo rojo se interponía entre ella y Nuestra Señora!... Entonces había desistido, exhausta, fatigada. E inmediatamente empezaron a dolerle vivamente las piernas y había oído algo, como una voz en su interior, diciéndole que Nuestra Señora, en venganza, estaba clavándole alfileres en las piernas...

El abad dio un respingo:

—¡Pero, señora!

—¡Ay, y eso no es todo, señor abad!

Había otro pecado que la torturaba: a veces, cuando rezaba, notaba que le venía una expectoración; y teniendo aún el nombre de Dios o de la Virgen en la boca, tenía que esgarrar; últimamente engullía la flema, pero había estado pensando que el nombre de Dios o de la Virgen le bajaba en el mismo embrollo hasta el estómago ¡y allí se mezclaba con sus heces! ¿Qué podía hacer?

El abad, con los ojos muy abiertos, se limpiaba el sudor de la frente.

Pero esto no era lo peor: lo más grave era que la noche anterior, estando ella muy tranquila, llena de virtud, rezándole a san Francisco Javier..., de repente, ni ella sabía cómo, ¡se había puesto a pensar en cómo sería san Francisco Javier desnudo!

El abad Ferrão no se movió, perplejo. Finalmente, viendo su mirada ansiosa en espera de sus palabras y de sus consejos, le dijo:

—¿Y hace mucho que siente esos terrores, esas dudas...?

—¡Desde siempre, señor abad, desde siempre!

—¿Y ha convivido con personas que, como usted, están sometidas a esas inquietudes?

—Todas las personas que conozco, docenas de amigas, todo el mundo... El enemigo no me escogió sólo a mí... Se lanza a todos...

–¿Y qué remedio le daba a esas angustias del alma?

–Ay, señor abad, aquellos santos de la ciudad, el señor párroco, el señor Silvério, el señor Guedes, todos, todos nos sacaban de apuros continuamente... Y con una habilidad, con una virtud...

El abad Ferrão permaneció callado por un momento; se sentía triste pensando que por todo el reino tantos centenares de sacerdotes guiaban así al rebaño, por propia voluntad, en aquellas tinieblas del alma, manteniendo el mundo de los fieles en un terror abyecto del cielo, representándoles a Dios y a sus santos como una corte que no es mejor ni menos corrompida que la de Calígula y sus libertos.

Quiso entonces llevar a aquel nocturno cerebro de devota, poblado de fantasmagorías, una luz más elevada y más amplia. Le dijo que todas sus inquietudes provenían de su imaginación torturada por el miedo a ofender a Dios... Que el Señor no era un amo feroz y enfurecido, sino un padre indulgente y amigo... Que hay que servirle por amor, no por miedo... Que todos esos remordimientos, Nuestra Señora clavándole alfileres, el nombre de Dios cayéndole en el estómago, eran perturbaciones de la razón enferma. Le recomendó confianza en Dios, buen régimen para ganar fuerzas. Que no se fatigase con oraciones exageradas...

–Y cuando yo vuelva –dijo finalmente levantándose y despidiéndose– seguiremos hablando sobre esto y conseguiremos serenar esa alma.

–Gracias, señor abad –respondió la vieja secamente.

Y cuando poco después entró Gertrudes trayéndole la botija para los pies, doña Josefa exclamó toda indignada, casi lloriqueando:

–¡Ay, no aprovecha nada, no aprovecha nada!... No me entiende... Es un tonto... ¡Es un masón, Gertrudes! Qué vergüenza en un sacerdote del Señor...

Desde ese día no volvió a revelarle al abad los pavorosos pecados que seguía cometiendo; y cuando él, por deber, quiso recomenzar la educación de su alma, la vieja le declaró sin rodeos que, como se confesaba con el señor padre Gusmão, no sabía si sería correcto recibir de otro la dirección moral...

El abad se puso colorado, contestó:

–Tiene razón, señora, tiene razón, hay que tener mucha delicadeza con estas cosas.

Se fue. Y de allí en adelante, después de entrar en su habitación para preguntarle por la salud, hablar del tiempo, de la estación, de las enfermedades que había, de alguna celebración eclesial, se despedía con prisa y se iba a la terraza a conversar con Amélia.

Al verla siempre tan tristona se había interesado por ella; para Amélia las visitas del abad eran una distracción en aquella soledad de A Ricoça; de este modo se iban familiarizando, hasta el punto de que los días que él acostumbraba visitarlas, Amélia se ponía una manteleta e iba por el camino de Os Poiais a esperarlo junto a la casa del herrador. Las charlas del abad, conversador incansable, la entretenían, tan diferentes de los melindres de la Rua da Misericórdia, como si fuesen el espectáculo de un extenso valle con árboles, plantaciones, aguas, huertas y rumores de labranza; recreaba sus ojos habituados a cuatro paredes iluminadas por una claraboya de ciudad. Ferrão, en efecto, tenía una de esas conversaciones que aparecen en las revistas semanales de recreo, el *Tesouro das Famílias* o las *Leituras para Serões*, en las que hay de todo: doctrina moral, narraciones de viajes, anécdotas de grandes hombres, disertaciones sobre el cultivo de la tierra, una buena historia cómica, fragmentos sublimes de la vida de un santo, un verso aquí y otro allí e incluso recetas, como una muy útil que le dio a Amélia para lavar las prendas de franela sin que encogiesen. Sólo era aburrido cuando hablaba de sus parroquianos, de las bodas, bautizos, enfermedades, pleitos, o cuando empezaba con sus historias de caza.

–Una vez, mi querida señora, iba yo por la cañada de As Tristes cuando una bandada de perdices...

Amélia sabía que, por lo menos durante una hora, no habría más que hazañas de Janota, punterías fabulosas contadas con mímica, con imitaciones de sonidos de pájaros y, pum, pum, de fusilería. O si no, describía cacerías salvajes que había leído con gula: la caza del tigre de Nepal, del león de Argelia y del elefante, historias feroces que llevaban lejos la imaginación de la muchacha, hacia los países exóticos donde la hierba es alta como los pinos, el sol quema como un hierro candente y en cada matorral brillan los ojos de una fiera... Y después, a propósito de tigres y de malayos, se acordaba de una historia curiosa de san Francisco Javier y ya estaba el terrible hablador lanzado a la descripción de los hechos de Asia, de las escuadras de la India y de las estocadas extraordinarias del cerco de Diu.

Uno de aquellos días en la huerta, el abad, que había empezado por enumerar las ventajas que el canónigo obtendría de transformar la huerta en tierra de labranza, había acabado por hablarle de los peligros y del valor de los misioneros de la India y del Japón... Y Amélia entonces, en el momento más intenso de sus terrores nocturnos, le habló de los ruidos que oía en la casa y de los sobresaltos que le producían.

–¡Oh, qué vergüenza! –dijo el abad, riendo–, que una mujer de su edad le tenga miedo al coco...

Entonces ella, atraída por aquella bondad del señor abad, le habló de las voces que escuchaba de noche detrás de la cabecera de la cama.

El abad se puso serio.

–Señora, ésas son imaginaciones que debe dominar a toda costa... Es cierto que ha habido milagros en el mundo, pero Dios no se pone así como así a hablarle a cualquiera desde detrás de la cabecera de la cama, ni permite que el demonio lo haga... Esas voces, si las escucha y si sus pecados son grandes, no vienen de detrás de la cama, vienen de usted misma, de su conciencia... Y ya puede hacer que duerma a su lado la Gertrudes y un centenar de Gertrudes y todo un batallón de infantería, que continuará oyéndolas... Las oiría incluso si fuese sorda... Lo que tiene que hacer es calmar su conciencia, que reclama penitencia y purificación.

Habían subido a la terraza hablando de esta manera, y Amélia se había sentado fatigada en uno de los bancos de piedra que allí había y se había quedado mirando la finca en la lejanía, los techos de las cuadras, la amplia calle de laureles, la era y los campos lejanos que se sucedían llanos y avivados por la humedad que les había dado la lluvia ligera de la mañana; ahora la tarde tenía una placidez clara, sin viento, con grandes nubes pardas que el sol poniente pintaba de animados colores rosados y tiernos... Pensaba en aquellas palabras tan sensatas del abad, en el descanso que disfrutaría si cada uno de los pecados que le pesaba en el alma como una piedra se volviese ligero y se disipase bajo la acción de la penitencia. Y le entraban deseos de paz, de un reposo igual a la quietud de los campos que se extendían ante ella.

Cantó un pájaro y después calló; y al poco tiempo volvió a cantar con un trino tan vibrante, tan alegre, que Amélia sonrió, escuchándolo.

–Es un ruiseñor.

–Los ruiseñores no cantan a esta hora –dijo el abad–. Es un mirlo... Ahí tiene usted uno que no tiene miedo de fantasmas, ni oye voces... ¡Mire qué entusiasmo, el muy pícaro!

Era, en efecto, un gorjear triunfante, un delirio de mirlo feliz que había transmitido, de pronto, una sonoridad festiva a toda la huerta.

Y Amélia ante aquel piar glorioso de un pájaro contento, súbitamente, sin razón, por una de esas sacudidas nerviosas que sobrevienen a las mujeres histéricas, se puso a llorar.

–Pero ¿qué es eso, qué es eso? –dijo el abad muy sorprendido.

Le cogió la mano, con familiaridad de anciano y de amigo, consolándola.

–¡Qué desgraciada soy! –murmuró ella entre sollozos.

Entonces él, muy paternal:

–No tiene motivo para serlo... Sean cuales sean sus congojas, sus inquietudes, un alma cristiana siempre tiene a mano el consuelo... No hay pecado que Dios no perdone, ni dolor que no calme, acuérdese de eso... Lo que no debe hacer es guardar su pena para usted... Eso es lo que la angustia, lo que la hace llorar... Si yo puedo ayudarla, tranquilizarla, no tiene más que buscarme...

–¿Cuándo? –dijo ella, ya completamente deseosa de refugiarse en la protección de aquel hombre santo.

–Cuando quiera –dijo él riendo–. No tengo horario para consolar... La iglesia está siempre abierta, Dios está siempre presente...

Al día siguiente, temprano, antes de la hora de levantarse de la vieja, Amélia se dirigió a casa del abad; y durante dos horas estuvo postrada ante el pequeño confesionario de madera de pino que el buen abad había pintado de azul oscuro con sus propias manos, con extraordinarias cabecitas de ángeles que en lugar de orejas tenían agarraderas, una obra de arte de la que hablaba con una íntima vanidad.

XXII

El padre Amaro había acabado de comer y fumaba mirando al techo para no ver la carita chupada del coadjutor, que
llevaba allí media hora, inmóvil y espectral, haciendo cada
diez minutos una pregunta que caía en el silencio de la sala
como los cuartos melancólicos que da en la noche un reloj de
catedral.

–¿Ya no es usted suscriptor de *A Nação*?

–No, señor, leo el *Popular*.

El coadjutor volvió a su silencio, mientras escogía laboriosamente las palabras para una nueva pregunta. La soltó, por
fin, con lentitud:

–¿No se ha vuelto a saber de aquel infame que escribió el
«Comunicado»?

–No, señor, se fue al Brasil.

En ese momento entró la criada diciendo «que estaba allí
una persona que quería hablar con el señor párroco». Era su
manera de anunciar la presencia de la Dionísia en la cocina.

Hacía semanas que no la veía y Amaro, curioso, salió de
la sala, cerrando la puerta tras él, y llamó a la comadre al rellano.

–¡Gran novedad, señor párroco! He venido corriendo, que
la cosa es seria. ¡Está aquí João Eduardo!

–¡Ahora ésa! –exclamó el párroco–. ¡Y yo precisamente hablando de él! Es extraordinario. Mira tú qué coinci-
dencia…

–Es verdad, lo he visto hoy. Quedé pasmada… Y ya estoy
informada de todo. Está de profesor de los hijos del señorito.

–¿Qué señorito?

–El señorito de Os Poiais… Si vive allí, o si va por la mañana o si viene por la noche, eso no lo sé. Lo que sé es que ha

vuelto... Y elegante, de traje nuevo... He pensado que debía avisarlo, porque puede estar seguro de que, un día u otro, da con la Ameliazinha allá en A Ricoça... Está en el camino de la casa del señorito... ¿Qué le parece?

–¡Burro! –rezongó Amaro con rencor–. Aparece cuando no sirve. Entonces ¿no se fue al Brasil?

–Por lo que parece, no... Que lo que yo he visto no era su sombra, era él mismo en carne y hueso... Para más señas, al salir de la tienda de Fernandes, y hecho un figurín... Sería bueno avisar a la chica, señor párroco, no vaya a ser que la vea un día asomada a la ventana.

Amaro le dio las dos monedas que ella esperaba y, al cuarto de hora, tras haberse desembarazado del coadjutor, estaba en el camino de A Ricoça.

Le latía con fuerza el corazón cuando avistó el caserón amarillo recién pintado, la amplia terraza lateral alineada junto al muro de la huerta, adornado a intervalos en su pretil con jarrones nobles de piedra.

¡Por fin, después de aquellas semanas tan largas, iba a ver a su Ameliazinha!

Y ya estaba excitado pensando en las exclamaciones apasionadas con que ella caería en sus brazos.

A ras del suelo estaban las caballerizas, construidas en tiempos de la familia hidalga que viviera allí otrora, abandonadas ahora a las ratas y al moho, que recibían la luz a través de estrechas ventanas enrejadas que casi desaparecían bajo las espesas telarañas; se entraba por un inmenso zaguán oscuro, donde se encastillaba en un rincón, desde hacía muchos años, una montaña de cubas vacías; y a la derecha estaba el tramo de escalinata noble que llevaba a las habitaciones, flanqueado por dos leoncitos de piedra benignos y somnolientos.

Amaro subió hasta un salón de techo de roble artesonado, sin muebles, con la mitad del suelo cubierto de judías secas.

Y, molesto, dio unas palmadas.

Se abrió una puerta. Amélia apareció durante un momento, despeinada y en enaguas; dio un gritito, cerró la puerta y el párroco la oyó huir hacia el interior del caserón. Se quedó muy triste en medio del salón, con su quitasol bajo el brazo, pensando en la confianza con que entraba en la Rua da Misericórdia, donde hasta parecía que las puertas se abrían solas y el papel de las paredes clareaba de alegría.

Iba a dar palmas otra vez, ya irritado, cuando apareció Gertrudes.

–¡Oh, señor párroco! ¡Entre, señor párroco! ¡Por fin! ¡Señora, es el señor párroco! –gritaba alegre por ver de una vez una visita querida, un amigo de la ciudad, en aquel destierro de A Ricoça.

Lo llevó inmediatamente a la habitación de doña Josefa, al fondo de la casa, una habitación enorme donde la vieja, en un pequeño canapé perdido en un rincón, pasaba los días encogida en su chal, con los pies envueltos en una manta.

–¡Hola, doña Josefa! ¿Cómo está? ¿Cómo está?

Ella no pudo responder, presa de un acceso de tos producido por la conmoción de la visita.

–Ya ve, señor párroco –murmuró, muy débil–. Aquí estoy, arrastrando esta vejez. ¿Y Su Señoría? ¿Por qué no ha aparecido?

Amaro se disculpó vagamente con los quehaceres de la catedral. Y entendía ahora, al ver aquella cara amarilla y consumida, con una amedrentadora toca de encaje negro, qué tristes debían de transcurrir allí las horas para Amélia. Preguntó por ella; la había visto de lejos, pero a ella le había dado por escapar…

–Es que no estaba decente para que la viese –dijo la vieja–. Hoy ha sido día de limpieza.

Amaro quiso saber en qué se entretenían, cómo pasaban los días en aquella soledad…

–Yo estoy aquí. La pequeña anda por ahí.

Tras cada palabra parecía abatida por la fatiga y su ronquera aumentaba.

—Entonces ¿no está contenta con el cambio, señora?

Ella dijo que no con un movimiento de cabeza.

—No haga caso, señor párroco –intervino la Gertrudes, que se había quedado de pie, al lado del canapé, disfrutando de la presencia del señor párroco–. No haga caso... Es que la señora también exagera... Se levanta todos los días, da su paseíto hasta la sala, come su alita de pollo... Aquí la tenemos, sanando... Es lo que dice el señor abad Ferrão, la salud huye a toda prisa y vuelve paso a paso.

Se abrió la puerta. Apareció Amélia, muy colorada, con su vieja *robe de chambre* de merino rojo, el cabello arreglado con prisa.

—Disculpe, señor párroco –balbució–, pero hoy ha sido día de mucho ajetreo.

Él le estrechó la mano gravemente; y permanecieron en silencio, como si estuviesen separados por la distancia de un desierto. Ella no sacaba los ojos del suelo, enrollando con la mano temblorosa una punta de la manteleta de lana que llevaba sobre los hombros. Amaro la encontraba cambiada, un poco regordeta de mejillas, con una arruga en las comisuras de los labios que la avejentaba. Para romper aquel silencio extraño, le preguntó también si se iba adaptando.

—Voy tirando... Es un poco triste esto. Es lo que dice el señor abad Ferrão, es muy grande para que la gente pueda sentirse en familia.

—Nadie ha venido aquí a divertirse –dijo la vieja sin abrir los párpados, con una voz seca de la que había desaparecido toda la fatiga.

Amélia bajó la cabeza, poniéndose pálida.

Entonces Amaro, comprendiendo de pronto que la vieja atormentaba a Amélia, dijo con mucha severidad:

—Es verdad, no han venido a divertirse... Pero tampoco han venido para entristecerse a propósito... Que una persona se ponga de mal humor y le haga la vida imposible a los demás es una horrible falta de caridad; no hay peor pecado a los ojos de Dios... Es indigna de la gracia de Dios la persona que hace eso...

La vieja empezó a lloriquear, muy alterada:

—Ay, lo que Dios me ha reservado para mis últimos años…

Gertrudes la animó. Pero señora, si hasta se ponía peor afligiéndose así… ¡Vaya disparate! Todo se arreglaría con la ayuda de Dios. Salud no iba a faltarle, ni alegría…

Amélia se había acercado a la ventana, sin duda para esconder las lágrimas que caían de sus ojos. Y el párroco, consternado por la escena, empezó a decir que doña Josefa no estaba soportando con verdadera resignación cristiana aquellos días de enfermedad…

Nada escandalizaba más a Nuestro Señor que ver a sus criaturas rebelarse contra los sufrimientos y las misiones que Él les enviaba… Era como insultar la justicia de sus designios.

—Tiene razón, señor párroco, tiene razón —murmuró la vieja, muy apenada—. A veces no sé ni lo que digo… Son cosas de la enfermedad.

—Bueno, bueno, señora, hay que resignarse y tratar de verlo todo de color de rosa. Es el sentimiento que más aprecia Dios. Yo comprendo que es duro, estar aquí enterrada…

—Es lo que dice el señor abad Ferrão —intervino Amélia, volviendo de la ventana—. La madrina extraña… Cambiar así las costumbres de tantos años…

Cuando notó la cita reiterada de las palabras del abad Ferrão, Amaro preguntó si solía ir a verlas.

—Ay, nos ha hecho mucha compañía —dijo Amélia—. Viene casi todos los días.

—¡Es un santo! —exclamó Gertrudes.

—Cierto, cierto —murmuró Amaro, descontento de aquel entusiasmo tan vivo—. Una persona muy virtuosa…

—Muy virtuosa —suspiró la anciana—. Pero… —Calló, sin atreverse a expresar sus reservas de devota. Y exclamó en tono de súplica—: Ay, señor párroco, es usted quien tenía que venir por aquí para ayudarme a llevar esta cruz de la enfermedad.

–Vendré, señora, vendré. Es bueno para distraerla, para traerle noticias... Y a propósito, ayer recibí carta de nuestro canónigo.

Rebuscó en el bolsillo, leyó algunos fragmentos de la carta. El profesor había tomado ya quince baños. La playa estaba llena de gente. Doña Maria había estado enferma, con un furúnculo. El tiempo, excelente. Todas las tardes paseaban para ver la recogida de las redes. La Sanjoaneira, bien, pero hablando siempre de la hija...

–Pobre mamá –lloriqueó Amélia.

Pero la vieja, gimiendo su rencor, no se interesaba por las novedades. Fue Amélia quien preguntó por los amigos de Leiria, por el señor padre Natário, por el señor padre Silvério...

Estaba oscureciendo; la Gertrudes había ido a preparar el candil. Amaro se levantó:

–Pues, señora, hasta otro día. Tenga la seguridad de que apareceré de vez en cuando. Y nada de quejas. Abrigadita, buena dieta, y la misericordia de Dios no ha de abandonarla...

–¡No deje de venir, señor párroco, no deje de venir!

Amélia le había extendido allí la mano, para despedirse en la habitación; pero Amaro, bromeando:

–Si no le causa molestia, señorita Amélia, sería bueno que me enseñase el camino, que yo me pierdo en este caserón.

Salieron. Y al llegar al salón, al que tres amplios ventanales daban todavía alguna claridad:

–La vieja te hace la vida negra, querida –dijo Amaro parándose.

–¿Qué otra cosa merezco? –respondió ella bajando los ojos.

–¡Desvergonzada, le voy a cantar las cuarenta!... Mi Ameliazinha, si supieses lo que me ha costado...

Y mientras hablaba, intentaba abrazar su cuello.

Pero ella retrocedió, muy turbada.

–¿Qué es eso? –dijo Amaro sorprendido.

–¿Qué?

–¡Esos modales! ¿No quieres darme un beso, Amélia? ¿Te has vuelto loca?

Ella alzó las manos hacia él, en una súplica angustiada, hablando en un temblor:

–¡No, señor párroco, déjeme! Aquello acabó. Ya es suficiente con lo que pecamos… Quiero morir en gracia de Dios… ¡Que nunca más se hable de eso!… Fue una desgracia… Se acabó… Lo que quiero ahora es la tranquilidad de mi alma.

–¿Estás loca? ¿Quién te ha metido eso en la cabeza? Escucha…

Se acercó a ella nuevamente, con los brazos abiertos.

–No me toque, por el amor de Dios. –Y retrocedió hasta la puerta, vivamente.

Él la miró un momento, con una ira muda.

–Bien, como usted quiera –dijo finalmente–. En todo caso quiero avisarla de que João Eduardo ha vuelto, que pasa por aquí todos los días y que no es conveniente que se ponga en la ventana.

–¿Qué me importan a mí João Eduardo y los otros y todo lo que pasó?

Él interrumpió, rebosando un amargo sarcasmo:

–Está claro, ¡ahora el gran hombre es el señor abad Ferrão!

–Le debo mucho, es lo que sé…

En ese momento entraba Gertrudes con el candil encendido. Y Amaro, sin despedirse de Amélia, salió, el quitasol en ristre, con los dientes rechinando de rabia.

Pero la larga caminata hasta la ciudad lo tranquilizó. ¡Aquello no era más que un arrebato de virtud y de remordimientos! Se había visto sola en aquel caserón, amargada por la vieja, impresionada por las grandes palabras del moralista Ferrão, lejos de él, y le había sobrevenido aquella reacción de devota con sus terrores del otro mundo y sus deseos de inocencia… ¡Pamplinas! Si él empezase a ir a A Ricoça, en una semana recobraba todo su poder… ¡Ah, la conocía bien! Bastaba con tocarla, guiñarle un ojo… y ya estaba rendida.

Sin embargo, pasó una noche inquieta, deseándola más que nunca. Y al día siguiente, a la una, salió para A Ricoça llevándole un ramo de rosas.

La anciana se puso muy contenta al verlo. ¡Es que le daba salud la presencia del señor párroco! Y si no fuese por la distancia, le pediría la caridad de que fuese a verla todas las mañanas. Después de aquella visitita, hasta rezaba con más fervor...

Amaro sonreía, distraído, con los ojos clavados en la puerta.

—¿Y la señorita Amélia? —preguntó, por fin.

—Ha salido... Sí, ahora todas las mañanas hace el paseíllo —dijo la vieja con acidez—. Va a la rectoral, está totalmente entregada al abad.

—¡Ah! —dijo Amaro con una sonrisa descolorida—. Nueva devoción, ¿eh?... Es persona de mucho mérito el abad.

—¡Ay, no aprovecha, no aprovecha! —exclamó doña Josefa—. No me entiende. Tiene ideas muy raras. No da virtud...

—Un hombre de libros... —dijo Amaro.

Pero la vieja se había incorporado sobre el codo, y bajando la voz, con la flaca carita encendida por el odio:

—Y aquí entre nosotros, ¡Amélia se ha portado muy mal! No se lo perdonaré nunca... Se ha confesado con el señor abad... Es una descortesía, siendo confesada suya, no habiendo recibido de Su Señoría más que favores... ¡Es una ingrata y una traidora!

Amaro se había puesto pálido.

—¿Qué me dice usted?

—¡La verdad! Y ella no lo niega. ¡Hasta se enorgullece! Es una perdida, ¡es una perdida! Después del favor que le estamos haciendo...

Amaro disimuló la indignación que lo sacudía. Incluso rió. No había que exagerar... No había ingratitud. Era una cuestión de fe. Si la chica pensaba que el abad podía dirigirla mejor, tenía razón en abrirse con él... Lo que todos querían era que ella salvase su alma... Que fuese bajo la dirección de fulano o mengano, eso no tenía importancia... Y en manos del abad estaba bien.

Y acercando de pronto su silla al lecho de la vieja:

—Entonces ¿ahora va todas las mañanas a la rectoral?

–Casi todas… No ha de tardar, va después del desayuno, vuelve siempre a esta hora… ¡Ay, cómo me ha disgustado con esto!

Amaro dio un paseíto nervioso por la habitación, y extendiendo su mano a la vieja:

–Bueno, señora, no puedo demorarme, he venido a escape… Hasta pronto.

Y sin escuchar a la anciana, que le pedía ansiosamente que se quedase a comer, bajó los peldaños de la escalera como una piedra que cae y tomó encolerizado el camino de la rectoral, todavía con su ramo en la mano.

Esperaba encontrar a Amélia en la carretera; y no tardó en avistarla casi al lado de la casa del herrero, inclinada junto al muro, recogiendo sentimentalmente florecillas silvestres.

–¿Qué haces tú aquí? –exclamó acercándose a ella.

Amélia se incorporó, con un gritito.

–¿Qué haces tú aquí? –repitió.

Ante aquel «tú» y aquella voz colérica, ella se llevó rápidamente un dedo a la boca, asustada. El señor abad estaba en la casa con el herrero.

–Escucha –dijo Amaro con los ojos en fuego, cogiéndola por el brazo–, ¿te has confesado con el abad?

–¿Para qué quiere saberlo? Me he confesado, sí… No es ninguna vergüenza…

–Pero ¿has confesado *todo*, *todo*? –preguntó él, apretando los dientes con rabia.

Ella se puso nerviosa, tuteándolo otra vez:

–Fuiste tú quien me lo dijo muchas veces… ¡Que el mayor pecado del mundo era ocultarle algo al confesor!

–¡Descarada! –rugió Amaro.

Sus ojos la devoraban. Y a través de la niebla de ira que le llenaba el cerebro y le hacía palpitar las venas en las sienes, la encontraba más hermosa, ardía por abrazar aquellas redondeces de todo su cuerpo, quería morder hasta hacerlos sangrar aquellos labios rojos avivados por el generoso aire del campo.

—Escucha —le dijo, cediendo a una brutal invasión del deseo—. Escucha… Se acabó, no me importa. Confiésate con el diablo, si te gusta… ¡Pero conmigo tienes que seguir siendo la misma!

—No, no —dijo ella con firmeza, desprendiéndose, dispuesta a huir a casa del herrero.

—¡Me las pagarás, maldita! —murmuró entre dientes el cura, volviéndole la espalda, desandando el camino con pasos desesperados.

Y no aminoró el paso hasta que llegó a la ciudad, llevado por un impulso de indignación que, bajo la dulce paz de aquel ambiente otoñal, le sugería planes de feroces venganzas. Llegó a su casa exhausto, todavía con el ramo en la mano. Pero allí, en la soledad de su habitación, lo envolvió poco a poco el sentimiento de su impotencia. ¿Qué podía hacer, en definitiva? ¿Ir por la ciudad diciendo que estaba preñada? Sería denunciarse a sí mismo. ¿Difundir que estaba amigada con el abad Ferrão? Era absurdo: un viejo de casi setenta años, de una fealdad de caricatura, ¡con todo un pasado de virtuosa santidad!… Pero perderla, no volver a tener en sus brazos aquel cuerpo de nieve, no oír más aquellas ternuras entrecortadas que le transportaban el alma a algún lugar mejor que el cielo… ¡Eso no!

¿Y era posible que ella, en seis o siete semanas, lo hubiese olvidado todo? ¿No le vendría, en aquellas largas noches de A Ricoça, sola en la cama, algún recuerdo de las mañanas pasadas en la habitación del tío Esguelhas?… Sin duda; él lo sabía por la experiencia de tantas confesadas que le habían hablado, apenadas, de la tentación muda y obstinada que no abandona la carne que una vez pecó…

No; debía perseguirla y avivar en ella, por todos los medios, aquel deseo que ahora ardía en él más fuerte y más ruidoso.

Pasó la noche escribiéndole una carta de seis páginas, absurda, llena de imploraciones apasionadas, de argucias místicas, de signos de exclamación y de amenazas de suicidio…

Se la envió por la Dionísia al día siguiente, temprano. De noche llegó la respuesta por un muchachito de la finca. ¡Con qué avidez rasgó el sobre! Eran sólo estas palabras: «Le ruego que me deje en paz con mis pecados».

No desistió; al día siguiente se fue a A Ricoça a visitar a la vieja. Amélia estaba en la habitación de doña Josefa cuando él entró. Se puso muy pálida; pero sus ojos no dejaron la labor durante la media hora que él permaneció allí, ora en un silencio sombrío y hundido en el fondo de la poltrona, ora respondiendo distraídamente al palique de la vieja, muy habladora aquella mañana.

Y la semana siguiente fue igual: si lo oía entrar se encerraba inmediatamente en su habitación; sólo iba si la vieja enviaba a Gertrudes a decirle «que estaba allí el señor párroco, que quería verla». Entonces iba, le daba la mano, que él hallaba siempre ardiente, y cogiendo su eterna costura, junto a la ventana, pespunteaba con una taciturnidad que exasperaba al cura.

Le había escrito otra carta. Ella no había contestado.

Entonces juraba no volver a A Ricoça, despreciarla..., pero después de haber pasado la noche dando vueltas en la cama, sin poder dormir, con la visión de su desnudez clavada intolerablemente en el cerebro, partía al amanecer, ruborizándose cuando el asentador de las obras de la carretera, que lo veía pasar todos los días, lo saludaba quitándose su visera de hule.

Una tarde que lloviznaba, al entrar en el caserón, se encontró con el abad Ferrão, que estaba en la puerta abriendo su paraguas.

–Hola, ¿y usted por aquí, señor abad? –le dijo.

El abad respondió con naturalidad:

–Lo que no es raro es verlo a usted, que viene por aquí todos los días...

Amaro no se contuvo, y temblando de cólera:

–¿Y a usted qué le importa si vengo o no? ¿Es suya la casa?

Aquella grosería tan injustificable ofendió al abad.

—Pues sería mejor para todos que no viniese…

—¿Y por qué, señor abad? ¿Y por qué? —gritó Amaro, fuera de control.

Entonces el buen sacerdote se estremeció. Acababa de cometer allí mismo el pecado más grave del sacerdote católico: lo que sabía de Amaro, de sus amores, lo sabía bajo secreto de confesión; y era traicionar el misterio del sacramento demostrar que desaprobaba aquella insistencia en el pecado. Se quitó su sombrero y dijo humildemente:

—Tiene razón Su Señoría. Pido perdón por lo que le he dicho, sin pensar. Muy buenas tardes, señor párroco.

—Muy buenas tardes, señor abad.

Amaro no entró en A Ricoça. Volvió a la ciudad, bajo la lluvia que ahora caía con fuerza. Y, tan pronto llegó a su casa, le escribió a Amélia una larga carta en la que le contaba la escena con el abad, atiborrándolo de acusaciones, sobre todo la de haber traicionado indirectamente el secreto de confesión. Igual que las otras, esta carta no obtuvo respuesta de A Ricoça.

Entonces Amaro empezó a creer que tanta resistencia no podía provenir solamente del arrepentimiento y del miedo al infierno… «Allí hay hombre», pensó. Y consumido por unos celos negros empezó a rondar de noche por A Ricoça; pero no vio nada; el caserón permanecía adormecido y apagado. Una vez, sin embargo, al aproximarse al muro de la huerta, percibió en el camino que baja desde Os Poiais una voz que canturreaba sentimentalmente el *Vals de los dos mundos* y una punta brillante de cigarrillo encendido que avanzaba en la oscuridad. Asustado, se refugió en una casucha en ruinas en el otro margen de la carretera. La voz calló; y Amaro, al acecho, vio entonces un bulto quieto que parecía envuelto en un chalmanta claro, contemplando las ventanas de A Ricoça. Un furor celoso se apoderó de Amaro e iba a saltar sobre el hombre cuando éste siguió tranquilamente a lo largo de la carretera, con el cigarro en alto, tarareando:

Ouves ao longe retumbar na serra
o som do bronze que nos causa horror...

Por la voz, por la manta de camino, por la manera de andar había reconocido a João Eduardo. Pero estuvo seguro de que si había un hombre que hablaba de noche con Amélia o que entraba en la quinta, ese hombre no era el escribiente. Temeroso de ser descubierto, no volvió a rondar el caserón.

En efecto, era João Eduardo, que siempre que pasaba ante A Ricoça, de día o de noche, se detenía un momento a mirar melancólicamente las paredes que *ella* habitaba. Porque, a pesar de tantas desilusiones, Amélia había continuado siendo para el pobre muchacho *ella*, la bienamada, la cosa más preciosa de la tierra. Ni en Ourém, ni en Alcobaça, ni en los hospedajes por los que había errado, ni en Lisboa, adonde había llegado como llega a la playa la quilla de un barco naufragado, había dejado un solo momento de tenerla presente en su alma y de enternecerse con su recuerdo. Durante aquellos dios tan amargos de Lisboa, los peores de su vida, trabajando como mozo de los recados de una oscura oficina, perdido en aquella ciudad que le parecía tan vasta como una Roma o una Babilonia y en la que sentía el duro egoísmo de las multitudes atareadas, se esforzaba incluso por acrecentar aquel amor que le proporcionaba algo parecido a la dulzura de una compañía. Se sentía menos aislado llevando siempre en su espíritu aquella imagen con la que trababa diálogos imaginarios en sus inacabables paseos a lo largo del Cais do Sodré, culpándola de las tristezas que lo consumían.

Y esta pasión, que era para él como una vaga justificación de sus desgracias, lo hacía interesante a sus propios ojos. Era «un mártir del amor»; esto lo consolaba, como lo había consolado en sus primeros tropiezos considerarse «una víctima de las persecuciones religiosas». No era un pobre diablo banal a quien el azar, la pereza, la falta de amigos, la suerte y los remiendos de la chaqueta mantienen fatalmente en las privaciones de la dependencia: era un hombre de gran corazón a quien una catástrofe, en parte amorosa y en parte política, un drama doméstico y social, había obligado, tras luchas heroicas, a viajar de una oficina a otra con una bolsa de alpaca llena de expedientes. El destino lo había hecho igual a tantos héroes sobre los que había leído en las novelas sentimentales... Y su gabán raído, sus comidas de cuatro vintems, los días que no tenía dinero para tabaco, todo se lo atribuía al amor fatal de Amélia y a la persecución de una clase poderosa, otorgando así, por una tendencia muy humana, un origen grandioso a sus miserias triviales... Cuando veía pasar a los que él llamaba «felices» –individuos montados en palanquín, jóvenes que paseaban del brazo con una bella mujer, gente bien abrigada dirigiéndose a los teatros– se sentía menos desgraciado pensando que también él poseía un gran lujo interior que era aquel amor desdichado. Y cuando finalmente, por una casualidad, tuvo la seguridad de un empleo en el Brasil y el dinero del pasaje, idealizaba su banal aventura de emigrante, repitiéndose durante todo el día que iba a cruzar los mares, exiliado de su país ¡por una conspiración tiránica entre curas y autoridades y por haber amado a una mujer!

¡Quién le iba a decir entonces, cuando metía su traje en el baúl de hojalata, que a las pocas semanas estaría otra vez a media legua de esos curas y de esas autoridades, contemplando con ojos tiernos la ventana de Amélia! Había sido aquel singular señorito de Os Poiais, que no era ni señorito ni de Os Poiais, sino un ricachón excéntrico de las cercanías de Alcobaça que había comprado aquella vieja propiedad de los hidalgos de Os Poiais y que, con la posesión de la tierra, recibía de las gentes de la parroquia el honor del título. Había sido este santo varón quien lo había liberado de los mareos en el paquebote y de los azares de la emigración. Lo había encontrado de casualidad en la oficina donde todavía trabajaba pocos días antes de su partida. El señorito, cliente del viejo Nunes, conocía su historia, la hazaña del «Comunicado», el escándalo del Largo de la Catedral; y hacía mucho tiempo que sentía por él una vehemente simpatía.

En efecto, el señorito profesaba un odio obsesivo a los curas, hasta el punto de no leer en el periódico la noticia de un crimen sin afirmar −incluso cuando el culpable estaba ya sentenciado− que «en el fondo debía de haber en la historia una sotana». Se decía que este rencor provenía de los disgustos que le había dado su primera mujer, célebre devota de Alcobaça. Apenas vio a João Eduardo en Lisboa y supo de su próxima marcha, se le ocurrió la idea de llevárselo a Leiria, instalarlo en Os Poiais y confiarle la enseñanza de las primeras letras a sus dos hijos, como si se tratase de un estridente insulto hecho a todo el clero diocesano. De hecho, imaginaba que João Eduardo era un impío; y esto convenía a su plan filosófico de educar a sus hijitos en «un ateísmo descarado». João Eduardo aceptó con lágrimas en los ojos; era un salario magnífico, una posición, una familia, una rehabilitación estruendosa…

−Oh, señorito, ¡nunca olvidaré lo que hace por mí!

−¡Es por mi propio placer!… ¡Es para fastidiar a la canalla! ¡Y nos vamos mañana!

En Chao de Maças, tan pronto bajó del vagón, le dijo al jefe de estación, que no conocía ni a João Eduardo ni su historia:

−Aquí lo traigo, ¡aquí lo traigo en triunfo! Viene a romperle la cara a toda la curería… ¡Y si hay costas que pagar, las pago yo!

Al jefe de estación no le pareció extraño, porque el señorito pasaba por loco en el distrito.

Fue allí, en Os Poiais, al día siguiente de su llegada, donde João Eduardo supo que Amélia y doña Josefa estaban en A Ricoça. Lo supo por el buen abad Ferrão, el único sacerdote con quien hablaba el señorito y al que recibía en su casa, no como cura, sino como caballero.

−Como caballero lo aprecio, señor Ferrão −solía decirle−, ¡pero como cura lo aborrezco!

Y el buen Ferrão sonreía, sabedor de que, bajo aquella ferocidad de impío obcecado, había un corazón santo, un padre de los pobres de la parroquia...

El señorito era también gran aficionado a los libros viejos, polemista incansable; a veces sostenían peleas tremendas sobre historia, botánica, sistemas de caza... Cuando el abad, en el fuego de la controversia, esgrimía alguna opinión contraria:

—¿Me dice usted eso como cura o como caballero? —exclamaba, envarándose, el señorito.

—Como caballero, señorito.

—Entonces acepto la objeción. Es sensata. Pero si la hubiese hecho como cura, le rompía los huesos.

Algunas veces, queriendo irritar al abad, le mostraba a João Eduardo, dando palmadas en el hombro del muchacho, como un aficionado a su caballo favorito:

—¡Mire quién está aquí! Ya estuvo a punto de terminar con uno. Y aún ha de matar a dos o tres... Y si lo detienen, ¡yo lo salvaré de la horca!

—Eso no es difícil, señorito —decía el abad tomando tranquilamente su pulgarada—. Ya no hay horcas en Portugal.

Entonces el señorito se indignaba. ¿No había horcas? ¿Y por qué no? ¡Porque teníamos un gobierno libre y un rey constitucional! Que si se hiciese caso de la voluntad de los curas, ¡habría una horca en cada plaza y una hoguera en cada esquina!

—Dígame una cosa, señor Ferrão, ¿va usted a defender, aquí en mi casa, la Inquisición?

—Pero, señorito, yo ni siquiera he hablado de la Inquisición...

—¡No lo ha hecho por miedo! ¡Porque sabe perfectamente que le hundo una faca en el estómago!

Y todo esto a gritos y a saltos por la sala, levantando un vendaval con los faldones enormes de su *robe de chambre* amarilla.

—En el fondo es un ángel —le decía el abad a João Eduardo—. Capaz de regalarle su camisa incluso a un cura, si sabe que la necesita… Usted está bien aquí, João Eduardo… Es cosa de no fijarse en sus manías.

El abad Ferrão le había cogido cariño a João Eduardo; y conocedor por Amélia de la famosa leyenda del «Comunicado» había intentado, según una querida expresión suya, «hojear al hombre aquí y allí». Había pasado tardes enteras conversando con él en el paseo de laureles de la finca, en la rectoral a la que João Eduardo iba a abastecerse de libros; y en aquel «exterminador de curas», como lo llamaba el señorito, había encontrado un pobre muchacho sensible, con una religión sentimental, ambiciones de paz doméstica y muy amante del trabajo. Entonces tuvo una idea que, sobre todo por habérsele ocurrido un día que salía de sus oraciones al Santísimo, le pareció venida desde lo alto, desde la voluntad de Dios: casarlo con Amélia. No sería difícil conseguir que aquel corazón débil y cariñoso perdonase su error; y la pobre chiquilla, después de tantas crisis, una vez extinta aquella pasión que le había entrado en el alma como un soplo del demonio, empujando hacia el abismo su voluntad, su paz y su pudor, encontraría en la compañía de João Eduardo toda una vida calma y satisfecha, un acogedor rincón interior, un refugio dulce y purificador del pasado. No habló ni con uno ni con otro de esta idea que lo enternecía. No era el momento, ahora que ella llevaba en las entrañas el hijo del *otro*. Pero iba preparando con cariño aquel final, sobre todo cuando estaba con Amélia y le contaba sus charlas con João Eduardo, alguna cosa muy juiciosa dicha por él, los buenos oficios de preceptor que estaba desplegando en la educación de los hijos del señorito.

–Es un buen chico –decía–. Hombre familiar… De esos a quien una mujer puede verdaderamente confiar su vida y su felicidad. Si yo perteneciese al mundo, si tuviese una hija, se la daba…

Amélia, ruborizándose, no respondía.

Ya no podía oponer ante aquellos persuasivos elogios la antigua, la gran objeción: ¡el «Comunicado», la impiedad! El abad Ferrão se la había destruido un día con una palabra:

–Yo leí el artículo, señorita. El chico no escribió contra los sacerdotes, ¡escribió contra los fariseos! –Y para atenuar este juicio severo, el menos caritativo que había expuesto en muchos años, añadió–: En fin, fue una falta grave… Pero está muy arrepentido. Lo ha pagado con lágrimas, y con hambre.

Y esto enternecía a Amélia.

También por aquel tiempo el doctor Gouveia había empezado a ir por A Ricoça, porque doña Josefa había empeorado con la llegada de los días más fríos del otoño. Al principio Amélia, a la hora de la visita, se encerraba en su habitación, temblando ante la posibilidad de que su estado fuese descubierto por el viejo doctor Gouveia, el médico de la casa, aquel hombre de severidad legendaria. Pero había tenido que comparecer en la habitación de la vieja para recibir sus instrucciones de enfermera sobre las dietas y las horas de los remedios. Y un día que había acompañado al doctor hasta la puerta se quedó helada al ver que se detenía, se volvía hacia ella acariciándose su gran barba blanca que le caía sobre el chaquetón de terciopelo, y que le decía sonriendo:

–¡Yo ya le había dicho a tu madre que te casara!

Dos lágrimas saltaron de sus ojos.

–Bueno, bueno, pequeña, no te quiero mal por esto. Estás en la verdad. La naturaleza manda concebir, no manda casarse. El matrimonio es una fórmula administrativa…

Amélia lo miraba, sin comprenderlo, con dos lágrimas muy redonditas rodándole despacio por las mejillas. Él le acarició el mentón, muy paternal.

–Quiero decir que, como naturalista, me alegro. Pienso que te has vuelto útil para el orden general de las cosas. Vamos a lo que importa… –Le dio entonces consejos sobre las normas de higiene que debía observar–. Y cuando llegue el momento, si tienes algún problema, mándame llamar.

Iba a irse; Amélia lo detuvo y con una súplica asustada:

–Señor doctor, no diga nada en la ciudad…

El doctor Gouveia se detuvo.

–Pero ¿tú eres tonta?... Está bien, también te lo perdono. Encaja con la lógica de tu temperamento. No, no diré nada, chiquilla. Pero ¿por qué diablos no te casaste entonces con ese pobre João Eduardo? Te haría tan feliz como el otro y no tendrías que llevarlo en secreto... En fin, eso para mí es un detalle secundario... Lo esencial es lo que te he dicho... Mándame llamar... No te fíes demasiado de tus santos... Entiendo yo más de esto que santa Brígida o quien sea. Eres fuerte y darás un buen mocetón al Estado.

Todas estas palabras, que sólo entendía en parte pero en las que percibía una difusa justificación y una bondad de abuelo indulgente, sobre todo aquella ciencia que le prometía la salud y a la que las barbas grises del doctor, unas barbas de Padre Eterno, proporcionaban un aire de infalibilidad, la reconfortaron, aumentaron la serenidad de la que gozaba desde hacía semanas, desde su confesión desesperada en la capilla de Os Poiais.

Ah, había sido sin duda la Virgen, finalmente compadecida de sus tormentos, quien le había enviado desde el cielo la inspiración de entregarse toda dolorida a los cuidados del abad Ferrão. Le parecía que había dejado allí, en su confesionario azul celeste, todas las amarguras, los terrores, el negro harapo de remordimiento que le asfixiaba el alma. Con cada uno de sus consuelos, tan persuasivos, había visto disiparse la tiniebla que le ocultaba el cielo; ahora lo veía todo azul; y cuando rezaba, ya Nuestra Señora no apartaba su rostro indignado. ¡Es que era tan diferente aquella manera de confesar del abad! Sus modos no eran los del representante rígido de un Dios enfadado; había en él algo de femenino y maternal que atravesaba el alma como una caricia; en lugar de poner ante sus ojos el escenario siniestro de las llamas del infierno, le había mostrado un vasto cielo misericordioso con las puertas abiertas de par en par, y los muchos caminos que allí conducen tan fáciles y tan dulces de andar que sólo la obstinación de los rebeldes rechaza recorrerlos. Dios aparecía, en aquella suave interpretación de la otra vida, como un bisabuelo bueno y risueño; la Virgen era una hermana de la caridad; ¡los santos, camaradas hospitalarios! Era una religión amable, enteramente bañada en gracia, en la que una lágrima pura basta para redimir una existencia de pecado. ¡Qué diferente de la sombría doctrina que desde pequeña la tenía aterrorizada y estremecida! Tan diferente como lo era aquella pequeña capilla de aldea de la vasta masa de cantería de la catedral. Allá, en la vieja catedral, murallas con metros de espesura alejaban de la vida humana y natural: todo era oscuridad, melancolía, penitencia, imágenes de rostros severos; nada de lo que da alegría al mundo entraba allí, ni el azul del cielo, ni los pájaros, ni el aire libre de los prados, ni las risas de los labios animados; si había alguna flor era artificial; el azotaperros se apostaba en la puerta para no dejar pasar a los niños; hasta el sol estaba exiliado y toda la luz que había venía de los candelabros fúnebres. Y allí, en la capillita de Os Poiais, ¡qué familiaridad de la naturaleza con el buen Dios! Por las puertas abiertas penetraba el aroma perfumado de las madreselvas; los pequeñuelos que jugaban hacían sonar las paredes blanqueadas; el altar era como un jardincito y una huerta; gorriones atrevidos se acercaban a cantar hasta los pedestales de las cruces; algunas veces un buey muy serio metía su hocico por la puerta con la antigua familiaridad del portal de Belén, o una oveja perdida venía a alegrarse de encontrar a uno de su raza, el cordero pascual, durmiendo tranquilamente al fondo del altar con la santa cruz entre las patas.

Además de eso, el buen abad, como le había dicho, «no quería imposibles». Sabía perfectamente que ella no podía arrancar de golpe aquel amor culpable que había echado raíces en las profundidades de su ser. Sólo quería que cuando la asaltase la idea de Amaro se refugiase inmediatamente en la idea de Jesús. Una pobre chiquilla no puede luchar mano a mano contra la fuerza colosal de Satanás, que tiene el poder de un Hércules; sólo puede refugiarse en la oración cuando lo percibe y dejar que se canse de rugir y espumear alrededor de ese fuerte impenetrable. Él mismo, día a día, la iba ayudando en aquella repurificación de su alma con una solicitud de enfermero: él era quien le había indicado, como un regidor en un teatro, la actitud que debía adoptar en la primera visita de Amaro a A Ricoça; él era quien llegaba con alguna palabra sencilla, reconfortante como un tónico, si la veía vacilar en aquella lenta reconquista de la virtud; si la noche había sido agitada por los recuerdos cálidos de los placeres pasados, había durante toda la mañana una buena charla, sin tono pedagógico, en la que le demostraba con sencillez que el cielo le daría alegrías mayores que la habitación sucia del campanero. Había llegado, con sutilezas de teólogo, a demostrarle que en el amor del párroco no había otra cosa que brutalidad y furia animal; que, dulce como era el amor humano, el amor del cura sólo podía ser una explosión momentánea del deseo reprimido; cuando habían empezado a llegar las cartas del párroco, se las había analizado frase a frase, revelándole lo que contenían de hipocresía, de egoísmo, de retórica y de vulgar deseo.

Así, poco a poco, iba alejándola del párroco. Pero no la alejaba del amor legitimo, purificado por el sacramento; bien sabía que ella estaba hecha de carne y de deseos y que arrojarla violentamente al misticismo sería apenas desviar durante un momento su instinto natural sin crearle una paz duradera. No intentaba arrancarla bruscamente de la realidad humana; él no quería hacerla monja; sólo deseaba que aquella fuerza amorosa que sentía en ella se pusiese al servicio de la alegría de un esposo y de la útil armonía de una familia y que no se malgastase en concubinatos casuales... En el fondo, el buen Ferrão preferiría sin duda en su alma de sacerdote que la muchacha se separase totalmente de todos los intereses egoístas del amor individual y se entregase, como hermana de la caridad, como enfermera de un asilo, al más amplio amor hacia toda la humanidad. Pero la pobre Ameliazita tenía la carne muy hermosa y muy débil; no sería prudente asustarla con tan altos sacrificios; era mujer, y mujer debía ser; limitarle la acción era estropear su utilidad. No le bastaba

Cristo con sus miembros ideales clavados en la cruz; necesitaba un hombre corriente, con bigote y chistera. ¡Paciencia! Que tuviese por lo menos un esposo legitimado por el sacramento...

Así la iba curando de aquella pasión mórbida, con una dirección diaria, con una de esas perseverancias de misionero que sólo produce la fe sincera, poniendo la sutileza de un casuista al servicio de la moralidad de un filósofo paternal y hábil: una maravillosa cura de la que el abad, en privado, no dejaba de envanecerse un poco.

Y fue grande su alegría cuando le pareció que, por fin, la pasión de Amélia ya no era en su alma un sentimiento vivo, sino que estaba muerto, embalsamado, archivado en el fondo de su memoria como en una tumba, oculto bajo la delicada floración de una virtud nueva. Así lo creía por lo menos el buen Ferrão al verla ahora aludir al pasado con la mirada tranquila, sin aquellos rubores que antes, con sólo oír el nombre de Amaro, le escaldaban el rostro.

En efecto, ella ya no pensaba en el señor párroco con la emoción de antaño: el terror al pecado, la influencia penetrante del abad, aquella brusca separación del ambiente devoto en el que su amor se había desarrollado, el gozo que sentía en medio de una serenidad mayor, sin sustos nocturnos y sin la enemistad de Nuestra Señora, todo había concurrido para que el ruidoso fuego de aquel sentimiento fuese reduciéndose a alguna brasa que todavía brillaba sordamente. Al principio el párroco había estado en su alma con el prestigio de un ídolo cubierto de oro; pero desde su gravidez había sacudido tantas veces a aquel ídolo, en las horas del terror religioso o del arrepentimiento histérico, que todo el dorado se le había quedado en las manos, y la forma trivial y oscura que había aparecido debajo ya no la deslumbraba; por eso pudo el abad derribarlo por completo, sin llantos y sin lucha. Si todavía pensaba en Amaro era porque no podía dejar de pensar en la casa del campanero; pero lo que la tentaba era el placer, no el párroco.

Y, con su naturaleza de buena chica, sentía una gratitud sincera hacia el abad. Como le había dicho a Amaro aquella tarde, «se lo debía todo». Lo mismo sentía hacia el doctor Gouveia, que iba a verla regularmente cada dos días. Eran sus buenos amigos, como dos padres que el cielo le enviaba: uno le prometía la salud y el otro la gracia.

Refugiada en aquellas dos protecciones, gozó de una paz adorable durante las últimas semanas de octubre. Los días eran muy serenos y muy templados. Se estaba bien en la terraza por la tarde, en aquella quietud otoñal de los campos. A veces el doctor Gouveia se encontraba con el abad Ferrão; se estimaban; después de la visita a la vieja, iban a la terraza y empezaban con sus eternos debates sobre religión y sobre moral.

Amélia, con la costura caída sobre las rodillas, sintiendo al lado a sus dos amigos, aquellos dos colosos de la ciencia y de la santidad, se abandonaba al encanto de la hora suave, observando la quinta en la que ya amarilleaban los árboles. Pensaba en el futuro; se le presentaba ahora fácil y seguro; era fuerte, y el parto, con la asistencia del doctor, sería poco más que una hora de dolores; después, libre de aquella complicación, volvería a la ciudad junto a su madre... Y entonces otra esperanza nacida de las conversaciones constantes del abad sobre João Eduardo, venía a bailarle en la imaginación. ¿Por qué no?... Si el pobre muchacho la quisiese todavía, ¡si la perdonase!... Nunca le había repugnado como hombre y sería una boda espléndida ahora que gozaba de la amistad del señorito. Se decía que João Eduardo iba a ser el administrador de la casa... Y ya se veía viviendo en Os Poiais, paseando en la calesa del señorito, reclamada para la comida por una campanilla, servida por un escudero de librea... Se quedaba inmóvil mucho tiempo, inmersa en la dulzura de esta perspectiva, mientras el abad y el doctor disputaban al fondo de la terraza sobre la doctrina de la gracia y de la conciencia, y el agua del riego susurraba monótonamente en la huerta.

Fue por este tiempo cuando doña Josefa, inquieta por no ver aparecer al párroco, había enviado al casero a Leiria, expresamente para pedirle a Su Señoría la caridad de una visita. El hombre había regresado con la asombrosa noticia de que el señor párroco se había ido para A Vieira y no volvería hasta dentro de dos semanas. La anciana sollozó con el disgusto. Y aquella noche, en su habitación, Amélia no pudo dormirse por la irritación que le causaba aquella idea del señor párroco divirtiéndose en A Vieira, sin pensar en ella, bromeando con las señoras en la playa y yendo de velada en velada...

Con la primera semana de noviembre llegaron las lluvias. A Ricoça parecía más lúgubre durante aquellos días cortos, llenos de agua, bajo un cielo de tempestad. El abad Ferrão, impedido por el reuma, ya no aparecía por la quinta. El doctor Gouveia, después de la media hora de visita, partía en su viejo cabriolé. La única distracción de Amélia era mirar por la ventana: tres veces había visto pasar a João Eduardo por la carretera; pero él, al verla, bajaba los ojos o se refugiaba más bajo el paraguas.

La Dionísia iba también con frecuencia: iba a ser la partera, pese a que el doctor Gouveia hubiese recomendado a Micaela, matrona con una experiencia de treinta años. Pero Amélia *no quería más gente en el secreto*, y además la Dionísia le llevaba las noticias de Amaro, de las que se enteraba por la cocinera. El señor párroco se encontraba tan bien en A Vieira que iba a quedarse allí hasta diciembre. Aquel *proceder infame* la indignaba: no dudaba de que el párroco quería estar lejos cuando llegase el trance, los peligros del parto. Además estaba decidido desde hacía mucho tiempo que el niño sería entregado a una ama de la parte de Ourém que lo criaría en la aldea y ahora se aproximaba el momento y no se había hablado con el ama ¡y el señor párroco recogía conchitas a la orilla del mar!

–Es indecente, Dionísia –exclamaba Amélia, furiosa.

–¡Ah! No me parece bien, no. Yo podría hablar con el ama... Pero ya ve, son cosas muy serias... El señor párroco es quien se encargó de todo...

–¡Es infame!

Ella, además, no se había preocupado del ajuar. Y allí estaba, en vísperas de tener el niño, sin un trapo con que taparlo, sin dinero para comprárselo. Incluso la Dionísia le había ofrecido algunas prendas del ajuar que le había dejado empeñadas una mujer que ella había tenido en su casa. Pero Amélia había rechazado que su hijo usase pañales ajenos que tal vez le contagiasen alguna enfermedad o un destino desdichado.

Y por orgullo no quería escribir a Amaro.

Para colmo, las impertinencias de la anciana se le volvían odiosas. La pobre doña Josefa, privada de los auxilios devotos de un cura, de un verdadero cura –no de un abad Ferrão–, sentía su vieja alma indefensa expuesta a todas las audacias de Satanás: la singular visión que había tenido de san Francisco Javier desnudo se repetía ahora con una insistencia pavorosa y con todos los santos, era toda la corte celestial arrojando túnicas y hábitos y bailándole en la imaginación zarabandas en pelota, y la vieja se estaba muriendo perseguida por estos espectáculos organizados por el demonio. Había reclamado al padre Silvério, pero parecía que un reumatismo general impedía a todo el clero diocesano; desde el principio del invierno, Silvério estaba también en cama. El abad de Cortegaça, llamado urgentemente, fue. Pero para comunicarle la nueva receta que había descubierto para hacer bacalao a la vizcaína... Esta ausencia de un sacerdote virtuoso la ponía de un humor feroz que recaía sobre Amélia como una lluvia de impertinencias.

Y la buena señora estaba pensando seriamente en enviar a que buscasen en Amor al padre Brito... cuando una tarde, al terminar de comer, inesperadamente, ¡apareció el señor párroco!

Venía magnífico, moreno del sol y el agua del mar, con chaqueta nueva y botines de charol. Y charlando demoradamente sobre A Vieira, de los conocidos que estaban por allí, de lo que había pescado, de las soberbias partidas de lotería, hacía pasar por aquel triste cuarto de la vieja enferma todo un soplo vivificante de vida divertida a la orilla del mar. Doña Josefa tenía dos lágrimas en los párpados por el placer de ver al señor párroco, de oírlo.

–Y la mamá lo pasa bien –le dijo a Amélia–. Ya ha tomado sus buenos treinta baños. El otro día ganó quince tostones haciendo trampas… ¿Y por aquí qué tal?

Entonces la anciana estalló en amargas quejas: ¡qué soledad!, ¡qué tiempo de lluvia!, ¡qué falta de amistades! ¡Ay! Estaba perdiendo su alma en aquella quinta fatídica…

–Pues yo –dijo el padre Amaro cruzando la pierna– me lo he pasado tan bien que estoy con la idea de volver la semana que viene.

Amélia, sin contenerse, exclamó:

–¡Ésas tenemos! ¡Otra vez!

–Sí –dijo él–. Si el señor chantre me da un permiso de un mes, me lo voy a pasar allí… Me ponen una cama en el comedor del profesor y tomo un par de baños… Estaba harto de Leiria y de aquel aburrimiento.

La vieja parecía desolada. ¡Cómo, volver! ¡Dejarlas allí desmayadas de tristeza!

Él bromeó:

–Ustedes aquí no me necesitan. Están bien acompañadas…

–No sé –dijo la vieja con acidez– si *los demás* –y acentuó con rencor la palabra–, si *los demás* no necesitan del señor párroco… Lo que es yo no estoy bien *acompañada*, estoy aquí perdiendo mi alma… Que las compañías que vienen por aquí no dan honra ni provecho.

Pero Amélia intervino para llevarle la contraria a la vieja:

–Y para colmo de desdichas el señor abad Ferrão ha estado enfermo… Está con reuma. Sin él la casa parece una prisión.

Doña Josefa soltó una risita de escarnio. Y el padre Amaro, levantándose para salir, compadeció al buen abad:

–¡Pobre! Un santo varón… Iré a verlo cuando tenga tiempo. Mañana vengo por aquí, doña Josefa, y ponemos en paz esa alma… No se moleste, señorita Amélia, ya sé el camino.

Pero ella insistió en acompañarlo. Cruzaron el salón sin decir una palabra. Amaro se ponía sus guantes nuevos de piel negra. Y en lo alto de la escalera, con mucha ceremonia, quitándose el sombrero:

—Señora…

Y Amélia se quedó petrificada viéndolo bajar muy tranquilo, como si ella le fuese más indiferente que los dos leones de piedra que dormían abajo con el hocico entre las patas.

Se fue a su habitación y se echó de bruces sobre la cama, llorando de rabia y de humillación. ¡El muy infame! ¡Ni una mirada de interés hacia aquel cuerpo deformado por la preñez que él le había causado! ¡Ni una queja irritada por todos los desprecios que ella le había manifestado!… ¡Nada! Se ponía los guantes, con el sombrero ladeado. ¡Qué indigno!

Al día siguiente el cura volvió más temprano. Estuvo mucho tiempo encerrado con la vieja en la habitación.

Amélia, impaciente, rondaba por el salón con los ojos como carbones. Por fin apareció él, como la víspera, poniéndose los guantes con aire de prosperidad.

—¿Ya está? —dijo ella con voz temblorosa.

—Ya, sí señora. He tenido una charlita con doña Josefa.

Se sacó el sombrero, cumplimentando con mucha amplitud:

—Señora…

—¡Infame! —murmuró Amélia, lívida.

Él la miró como sorprendido.

—Señora… —repitió.

E, igual que el día anterior, bajó parsimoniosamente la larga escalera de piedra.

El primer pensamiento de Amélia fue denunciarlo al vicario general. Después pasó la noche escribiéndole una carta, tres páginas de acusaciones y quejas. Pero por toda respuesta Amaro envió al día siguiente, por Joãozito el de la finca, recado de que «tal vez apareciese por allí el viernes».

Tuvo otra noche de lágrimas, mientras en la Rua das Sousas el padre Amaro se frotaba las manos, regocijado por su *excelente estratagema*. Y eso que no la había concebido él; se la habían sugerido en A Vieira, adonde había ido para desahogarse con el profesor y para disolver su pena en las brisas de la playa; allí había aprendido la *excelente estratagema*, en una *soirée*, escuchando disertar sobre el amor al brillante Pinheiro, licenciado en derecho y gloria de Alcobaça.

−Yo en esto, señoras mías −decía Pinheiro, pasándose la mano por la cabellera de poeta, al semicírculo de damas pendientes de su pico de oro−, yo en esto soy de la opinión de Lamartine. −Era alternativamente de la opinión de Lamartine o de Pelletan−. Digo como Lamartine: «La mujer es como la sombra; si corréis *tras ella*, huye; si huís *de ella*, corre detrás de vosotros».

Hubo un «muy bien», exclamado con convicción; pero una señora de grandes proporciones, madre de cuatro deliciosos ángeles, todos Marías, como decía Pinheiro, pidió explicaciones, porque nunca había visto huir a una sombra.

Pinheiro se las dio, científicamente:

−Es muy fácil de observar, doña Catarina. Colóquese Su Excelencia en la playa cuando el sol comienza a declinar, de espaldas al astro. Si Su Excelencia camina de frente, persiguiendo a su sombra, ella va por delante, huyendo...

−Física recreativa, ¡muy interesante! −murmuró el notario al oído de Amaro.

Pero el párroco no lo escuchaba; ya le bailaba en la imaginación la *excelente estratagema*. ¡Ah! Tan pronto volviese a Leiria, trataría a Amélia como a una sombra y le huiría para ser seguido... Y el resultado delicioso allí estaba: tres páginas de pasión con manchas de lágrimas sobre el papel.

El viernes, en efecto, apareció. Amélia lo esperaba en la terraza, donde había estado desde la mañana vigilando la carretera con un binóculo de teatro. Corrió a abrirle el portoncito verde en el muro de la huerta.

−¡Usted por aquí! −le dijo el párroco subiendo a la terraza detrás de ella.

−Sí, como estoy sola...

−¿Sola?

–La madrina está durmiendo y la Gertrudes fue a la ciudad... Llevo aquí toda la mañana, tomando el sol.

Amaro iba adentrándose en la casa, sin responder; se detuvo ante una puerta abierta en la que vio un gran lecho con dosel y alrededor sillas de coro de convento.

–¿Es ésta su habitación?

–Sí.

Entró confianzudamente, con el sombrero puesto.

–Mucho mejor que la de la Rua da Misericórdia. Y buenas vistas... Son las tierras del señorito, aquellas...

Amélia había cerrado la puerta, y yendo derecha hacia él, con los ojos llameantes:

–¿Por qué no has contestado a mi carta?

Él rió:

–¡Qué gracia! ¿Y por qué no has contestado tú a las mías? ¿Quién empezó? Fuiste tú. Dices que no quieres pecar más. Tampoco yo quiero pecar más. Se acabó...

–¡No es eso! –exclamó ella, pálida de indignación–. Es que hay que pensar en el niño, en el ama, en el ajuar... ¡No es dejarme aquí abandonada!

Él se puso serio, y en tono resentido:

–Pido perdón... Me precio de ser un caballero. Todo eso quedará arreglado antes de que vuelva para A Vieira...

–¡Tú no vuelves a A Vieira!

–¿Quién lo dice?

–¡Yo, que no quiero que vayas!

Lo había cogido con fuerza por los hombros, reteniéndolo, apoderándose de él; y allí mismo, sin reparar en la puerta apenas cerrada, se le abandonó como antaño.

Dos días más tarde, el abad Ferrão apareció ya restablecido de su ataque de reumatismo. Le habló a Amélia de la bondad del señorito, que había llegado a mandarle todas las tardes, en un recipiente de lata con agua caliente, una gallina cocida con arroz. Pero sobre todo era a João Eduardo a quien debía la mayor caridad; todas sus horas libres las pasaba al pie de la cama leyéndole en voz alta, ayudándolo a sanar, quedándose con él hasta la una de la noche, con celo de enfermero. ¡Qué chico! ¡Qué chico!

Y de pronto, tomando las dos manos de Amélia, exclamó:

—Dígame, ¿me da permiso para que se lo cuente todo, para explicarle?... Para conseguir que él perdone y olvide... Y que se haga esta boda, que se haga esta felicidad...

Ella balbució sorprendida, muy colorada:

—Así de repente... No sé... Tengo que pensarlo...

—Piénselo. ¡Y que Dios la ilumine! —dijo el viejo con fervor.

Aquella era la noche en que Amaro debía entrar por el portoncito de la huerta cuya llave le había dado Amélia. Desgraciadamente se habían olvidado de los perros del casero. Y apenas Amaro puso el pie en la huerta, estalló en el silencio de la noche oscura un ladrar de perros tan desabrido que el señor párroco huyó carretera adelante, con los dientes castañeteándole de terror.

XXIII

Aquella mañana Amaro mandó llamar a la Dionísia a toda
prisa, tan pronto recibió el correo. Pero la matrona, que estaba en el mercado, llegó tarde, cuando él, de regreso de misa,
acababa de desayunar.

Amaro quería saber *con seguridad e inmediatamente* para
cuándo era *la cosa*...

–¿El buen suceso de la pequeña?... Entre quince y veinte
días... ¿Por qué? ¿Hay novedades?

Las había; y entonces el párroco le leyó confidencialmente una carta que tenía al lado.

Era del canónigo, que escribía desde A Vieira diciendo que
«la Sanjoaneira había tomado ya treinta baños y quería regresar. Yo –añadía– pierdo casi todas las semanas tres o cuatro baños a propósito para espaciarlos en el tiempo, porque
mi mujer ya sabe que yo sin cincuenta no vuelvo. Ahora ya
llevo cuarenta, tome usted nota. Además por aquí empieza a
hacer frío de veras. Ya se ha marchado mucha gente. Así
pues, dígame a vuelta de correo en qué situación están las cosas». Y en una posdata decía: «¿Ha pensado usted qué destino ha de dársele al *fruto*?».

–Veinte días, más o menos –repitió la Dionísia.

Y allí mismo Amaro escribió la respuesta al canónigo que
la Dionísia debía llevar al correo: «La cosa puede estar lista
de aquí a veinte días. Aplace de la manera que sea el regreso de la madre. No debe regresar todavía de ningún modo.
Dígale que la pequeña no escribe ni va por ahí porque su excelentísima hermana está continuamente achacosa».

Y cruzando las piernas:

–Y ahora, Dionísia, como dice nuestro canónigo, ¿qué destino va a dársele al *fruto*?

La matrona abrió los ojos con sorpresa.

–Yo creí que el señor párroco lo tenía todo arreglado... Que se iba a dar al niño a criar fuera de la comarca...

–Está claro, está claro –la interrumpió el párroco con impaciencia–. Si la criatura nace viva es evidente que se dará a criar y que será fuera de la comarca... Pero ¿quién va a ser el ama? Eso es lo que quiero que usted me arregle. Ya va siendo tiempo...

La Dionísia parecía muy confusa. Nunca le había gustado recomendar amas. Conocía una buena, mujer fuerte y con mucha leche, persona de confianza; pero desgraciadamente estaba en el hospital, enferma... También sabía de otra, hasta había tenido negocios con ella. Era una tal Joana Carreira. Pero no convenía, porque vivía justamente en Os Poiais, al lado de A Ricoça.

–¡Cómo que no conviene! –exclamó el párroco–. ¿Qué importa que viva en A Ricoça?... Cuando la muchacha esté convaleciente, las señoras se vienen para la ciudad y no se vuelve a hablar de A Ricoça.

Pero la Dionísia seguía pensando, rascándose el mentón despacio. También conocía a otra. Ésta vivía por la parte de A Barrosa, a una buena distancia... Criaba en casa, era su oficio... ¡Pero ésa ni hablar!

–¿Es débil, enferma?

La Dionísia se acercó al párroco, y bajando la voz:

–Ay, hijo, a mí no me gusta acusar a nadie. Pero, está demostrado, ¡es una tejedora de ángeles!

–¿Una qué?

–¡*Una tejedora de ángeles!*

–¿Qué es eso? ¿Qué significa eso? –preguntó el párroco.

La Dionísia tartamudeó una explicación. Eran mujeres que recibían niños para criar en casa. Y los niños morían sin excepción... Como había habido una muy conocida que era tejedora y las criaturitas se iban al cielo... De ahí venía el nombre.

–Entonces, ¿los niños se mueren siempre?

—Sin fallar uno.

El párroco paseaba despacio por la habitación, liando su cigarrillo.

—Dígalo todo, Dionísia. ¿Esas mujeres los matan?

Entonces la excelente matrona declaró que no quería acusar a nadie. Ella no había ido a espiar. No sabía qué pasaba en las casas ajenas. Pero todos los niños morían...

—Pero entonces, ¿quién va a entregarle un hijo a una mujer de ésas?

La Dionísia sonrió, apiadada de aquella inocencia masculina.

—Se los entregan, sí señor, ¡a docenas!

Hubo un silencio. El párroco continuaba su paseo desde el lavamanos hasta la ventana, con la cabeza baja.

—Pero ¿qué provecho saca la mujer si las criaturas mueren? —preguntó de pronto—. Pierde los sueldos...

—Es que se le paga un año de crianza por adelantado, señor párroco. A diez tostones al mes o un cuarto, según las posibilidades...

Ahora el párroco, arrimado a la ventana, tamborileaba despacio en los cristales.

—Pero ¿qué hacen las autoridades, Dionísia?

La buena Dionísia se encogió silenciosamente de hombros.

El párroco se sentó, bostezó y estirando las piernas dijo:

—Bien, Dionísia, me parece que lo único que se puede hacer es hablar con la tal ama, la que vive al lado de A Ricoça, la Joana Carreira. Yo arreglaré eso...

La Dionísia le habló aún de las prendas del ajuar que ya había comprado por cuenta del párroco, de una cuna muy barata de segunda mano que había visto en la de Zé el carpintero. E iba a salir con la carta para el correo, cuando el párroco, levantándose y riéndose:

—Oiga Dionísia, eso de la *tejedora de ángeles* es un cuento, ¿verdad?

Entonces la Dionísia se escandalizó. El señor párroco sabía que ella no era mujer de cuentos. Conocía a la tejedora desde hacía más de ocho años, de hablarle y de verla en la ciudad casi todas las semanas. Todavía el sábado pasado la había visto salir de la taberna del Grego... ¿Había ido el señor párroco alguna vez a A Barrosa?

Aguardó la respuesta del párroco y continuó:

–Pues bien, ¿sabe dónde empieza la parroquia? Hay un muro caído. Después un sendero que baja. Al fondo de ese senderito se encuentra un pozo aterrado. Delante, sola, hay una casita que tiene un cobertizo. Ahí vive ella... Se llama Carlota... ¡Para que vea que sé, amiguito!

El párroco se quedó toda la mañana en casa, paseando por su habitación, cubriendo el suelo de colillas. Allí estaba ahora, ante aquel episodio fatal que hasta aquel momento apenas había sido una preocupación lejana: ¡disponer de su hijo!

Era muy serio entregárselo de aquel modo a un ama desconocida, en la aldea. La madre, naturalmente, querría ir a verlo a cada momento, el ama podría decirle algo a los vecinos. El rapaz, en la parroquia, acabaría siendo «el hijo del párroco»... Algún envidioso que codiciase su parroquia podría denunciarlo al señor vicario general. Escándalo, sermón, proceso; y, de no ser suspendido, podría ser enviado lejos, como el pobre de Brito, a la sierra, otra vez con los pastores... ¡Ah! ¡Si el *fruto* naciese muerto! ¡Qué solución natural y eterna! ¡Y para la criatura, qué felicidad! ¿Qué destino podía aguardarle en este duro mundo? Sería *el hospiciano*, sería *el hijo del cura*. Él era pobre, la madre era pobre... El muchacho crecería en la miseria, holgazaneando, recogiendo el estiércol de los animales, legañoso y tosco... De necesidad en necesidad iría conociendo todas las formas del infierno humano: los días sin pan, las noches heladas, la brutalidad de la taberna, finalmente la cárcel. Un camastro en la vida, la fosa común en la muerte... Y si muriese... sería un angelito que Dios acogía en el paraíso.

Y seguía paseando tristemente por su habitación. Realmente el nombre estaba bien puesto, *tejedora de ángeles*... Con razón. Quien prepara una criatura para la vida con la le-

che de su pecho, la prepara para los trabajos y las lágrimas...
¡Más vale retorcerle el pescuezo y enviarla derecha a la Eternidad bienaventurada! ¡Él mismo! ¡Qué vida la suya en aquellos treinta años! Una infancia melancólica con aquella urraca de la marquesa de Alegros; después la casa en A Estrela, con el salvaje de su tío el tocinero; y de allí a las clausuras del seminario, la nieve constante de Feirão, y allí en Leiria tantos trances, tanta amargura... Si le hubiesen aplastado el cráneo al nacer, estaría ahora con dos alas blancas cantando en los coros eternos.

Pero en fin, no había que filosofar; había que ir a Os Poiais a hablar con el ama, con la señora Joana Carreira.

Salió, dirigiéndose hacia la carretera, sin prisa. En el puente, sin embargo, le vino de repente la idea, la curiosidad de ir a A Barrosa para ver a la *tejedora*... No hablaría con ella, simplemente examinaría la casa, la figura de la mujer, el aire siniestro del lugar... Además, como párroco, como autoridad eclesiástica, debía observar aquel pecado organizado en un rincón de la carretera, impune y rentable. Incluso podía denunciarlo al señor vicario general o al secretario del Gobierno Civil...

Aún tenía tiempo, apenas eran las cuatro. Le haría bien un paseo a caballo en aquella tarde suave y lustrosa. No dudó más; fue a alquilar una yegua a la posada del Cruz; y al poco tiempo, con la espuela en el pie izquierdo, galopaba derecho por el camino de A Barrosa.

Al llegar al sendero del que le había hablado la Dionísia, se apeó y continuó andando con la yegua sujeta por las riendas. La tarde estaba admirable; muy alto en el azul, un gran pájaro trazaba suaves semicírculos.

Encontró por fin el pozo ciego junto a dos castaños en los que todavía gorjeaban los pájaros; delante, en un terreno llano, muy aislada, estaba la casa con su cobertizo; el sol poniente daba en la única ventana del costado, encendiéndola en un resplandor de oro y brasa; y, muy fino, salía de la chimenea un humo claro en el aire sereno.

Una gran paz se extendía alrededor; en el monte, oscurecido por las ramas de los pinos bajos, la capillita de A Barrosa ponía la blancura alegre de sus muros muy encalados.

Amaro iba imaginándose la figura de la tejedora; sin saber por qué, la suponía muy alta, con una carota morena en la que fulguraban dos ojos de bruja.

Ató la yegua a la cancela que había frente a la casa y miró a través de la puerta abierta: había una cocina terrera con un gran hogar, con salida al patio alfombrado de broza donde hozaban dos lechoncitos. Sobre la repisa de la chimenea relucía la loza blanca. De sus flancos colgaban dos grandes cacerolas de cobre, con un lustre de casa rica. En un viejo armario semi-abierto blanqueaban rimeros de ropa, y había tanto orden que del aseo y la disposición de las cosas parecía surgir una luz.

Amaro dio unas sonoras palmadas. Una tórtola saltó asustada en su jaula de mimbre colgada de la pared. Después llamó en voz alta:

–¡Señora Carlota!

Inmediatamente apareció una mujer por la parte del patio con una criba en la mano. Y Amaro, sorprendido, vio a una agradable persona de casi cuarenta años, de fuertes pechos, ancha de hombros, de cuello muy blanco, con dos hermosos pendientes y unos ojos negros que le recordaron a los de Amélia o, más bien, el brillo más reposado de los de la Sanjoaneira.

Asombrado, balbució:

–Creo que me he equivocado... ¿Es aquí donde vive la señora Carlota?

No se había equivocado, era ella; pero pensando que la figura temible «que tejía los ángeles» debía de estar en alguna parte, oculta en algún tenebroso agujero de la casa, todavía preguntó:

–¿Vive usted aquí sola?

La mujer lo miró con desconfianza.

–No, señor –dijo por fin–, vivo con mi marido...

Precisamente el marido salía del patio: éste sí que daba miedo, casi enano, con la cabeza envuelta en un paño y muy

445

hundida entre los hombros, la cara de un amarillo cerúleo, aceitosa y brillante; en el mentón se le rizaban los pocos pelos de una barba negra; y bajo los hundidos arcos ciliares, sin cejas, aparecían dos ojos enrojecidos, sanguinolentos, ojos de insomnio y borrachera.

—Para servirlo, ¿desea alguna cosa Su Señoría? —dijo, muy pegado a las faldas de su mujer.

Amaro fue metiéndose en la cocina y tartamudeando una historia que iba forjando laboriosamente. Era por una pariente que iba a dar a luz. El marido no había podido ir a hablar con ellos porque estaba enfermo… Quería una ama para que les fuese a casa, y le habían dicho…

—No, fuera de casa no. Aquí en casa —dijo el enano, que no se separaba de las faldas de su mujer, observando al párroco de reojo con su terrible ojo inyectado.

Ah, entonces lo habían informado mal… Lo sentía; pero lo que su pariente quería era un ama que le fuese a casa.

Fue caminando despacio hacia su yegua; se detuvo, y abotonándose la chaqueta:

—Pero ¿en su casa recogen criaturas para criarlas?

—Llegando a un acuerdo —dijo el enano, que lo seguía.

Amaro se colocó la espuela en el pie, dio un tirón al estribo, demorándose, rondando alrededor de su montura.

—Hay que traérsela aquí, claro.

El enano se dio la vuelta, cambió una mirada con su mujer que se había quedado en la puerta de la cocina.

—También se la vamos a buscar —dijo.

Amaro palmeaba el pescuezo de la yegua.

—Pero siendo la cosa de noche, ahora con este frío, es matar a la criatura…

Entonces los dos, hablando al mismo tiempo, aseguraron que aquello no le hacía daño. Ya se sabe, habiendo cariño y calor…

Amaro montó rápidamente la yegua, dio las buenas tardes y trotó por el sendero.

Amélia empezaba a estar asustada. De día y de noche sólo pensaba en aquellas horas que se avecinaban, en las que debía de notar que llegaban los dolores. Sufría más que durante los primeros meses; tenía antojos, perversiones del gusto que el doctor Gouveia observaba, descontento, arrugando la frente. Pasaba malas noches, perturbada por las pesadillas. Ya no eran alucinaciones religiosas: éstas habían cesado en un repentino aplacamiento de cualquier terror devoto; no tendría menos temor de Dios si fuese una santa canonizada. Eran otros miedos, sueños en los que el parto se le representaba de manera monstruosa: ahora era un ser repulsivo que le saltaba de las entrañas, mitad mujer y mitad cabra; ahora era una cobra infinita que le salía de dentro durante horas, como una cinta de muchas leguas, que se enrollaba en la habitación en sucesivas roscas que llegaban al techo; y despertaba entre temblores nerviosos que la dejaban postrada.

Pero ansiaba tener el niño. Se estremecía con la idea de ver un día a su madre aparecer inesperadamente por A Ricoça. Le había escrito, quejándose de que el señor canónigo la retenía en A Vieira, del mal tiempo que reinaba, de la soledad de la playa. Además, doña Maria da Assunção había regresado; por fortuna, durante el viaje, una noche providencialmente helada había cogido una inflamación de los bronquios y tenía cama para dos semanas, según decía el doctor Gouveia. El Libaninho también había ido a A Ricoça; y se había marchado lamentándose de no haber visto a Amelinha, «que ese día tenía jaqueca».

–Si esto tarda quince días más va a descubrirse todo –le decía lloriqueando a Amaro.

–Paciencia, hija. No se puede forzar a la naturaleza…

–¡Cuánto me has hecho sufrir! –suspiraba ella–. ¡Cuánto me has hecho sufrir!

Él callaba, resignado, muy bueno, muy cariñoso ahora con ella. Iba a verla casi todas las mañanas, porque no quería encontrarse por las tardes con el abad Ferrão.

La había tranquilizado sobre el ama, diciéndole que había hablado con la mujer de A Ricoça recomendada por la Dionísia. ¡Era una elección magnífica la señora Joana Carreira! Una mujer fuerte como un roble, con toneladas de leche y dientes de marfil.

–Me queda tan lejos para venir después a ver al niño... –suspiraba ella.

Por primera vez le sobrevenían ahora entusiasmos de madre. Se desesperaba por no poder coser ella misma el resto del ajuar. Quería que el niño –¡porque tenía que ser un niño!– se llamase Carlos. Lo imaginaba ya hombre y oficial de caballería. Se enternecía con la ilusión de verlo gatear...

–Ay, cómo me gustaría criarlo, ¡si no fuese por la vergüenza!

–Va muy bien para donde va –decía Amaro.

Pero lo que la atormentaba, lo que la hacía llorar todos los días ¡era pensar que iba a ser un expósito!

Un día fue junto al abad con un plan extraordinario «que le había inspirado la Virgen»: se casaría ya con João Eduardo, ¡pero el muchacho debería aceptar a Carlinhos por escrito! Que para que el angelito no fuese un expósito ¡se casaba hasta con un peón caminero! Y apretaba las manos del abad en medio de una súplica locuaz. ¡Que convenciese a João Eduardo, que le diese un padre a Carlinhos! Quería arrodillarse a los pies del señor abad, que era su padre y su protector.

–Oh, señora, tranquilícese, tranquilícese. Ése es también mi deseo, como ya le he dicho. Y se arreglará, pero más adelante –le dijo el buen viejo, aturdido por aquella excitación.

Después, a los pocos días, volvió a exaltarse: de pronto, una mañana, había descubierto que no debía traicionar a Amaro, «porque era el papá de su Carlinhos». Y se lo dijo al abad; consiguió sacar los colores a los sesenta años del buen viejo hablándole con mucha convicción de sus deberes de esposa para con el párroco.

El abad, que ignoraba que el párroco la visitaba todas las mañanas, se sorprendió:

–Señora, ¿qué está diciendo, qué está diciendo? Vuelva en sí... ¡Qué vergüenza!... Creía que se le habían pasado esas locuras.

–Pero es el padre de mi hijo, señor abad –dijo ella mirándolo muy seria.

Entonces cansó a Amaro durante una semana entera con una ternura pueril. Cada media hora le recordaba que era «el papá de su Carlinhos».

–Ya lo sé, querida, ya lo sé –decía él impaciente–. Gracias. No presumo del honor...

Entonces ella lloraba, acurrucada en el sofá. Era necesaria toda una batería de caricias para calmarla. Lo obligaba a sentarse en un banquito a su lado; lo tenía allí como un muñeco, contemplándolo, acariciándole despacito la tonsura; quería que se le hiciese una fotografía a Carlinhos para llevarla los dos en una medalla colgada del cuello; y si ella muriese, él tenía que llevar a Carlinhos a su sepultura, arrodillarlo, ponerle las manitas juntas, hacerlo rezar por su mamá. Entonces se arrojaba sobre la almohada, tapándose el rostro con las manos.

–¡Ay, pobre de mí, mi hijo querido, pobre de mí!

–¡Cállate, que viene gente! –le decía Amaro furioso.

¡Ah, aquellas mañanas en A Ricoça! Eran para él como un castigo injusto. Al entrar tenía que ir junto a la vieja a escuchar sus gimoteos. Después, aquella hora con Amélia, que lo torturaba con las cursilerías de un sentimentalismo histérico, tumbada en el sofá, gorda como un tonel, con la cara entumecida, con los ojos hinchados...

Una de aquellas mañanas, Amélia, que se quejaba de calambres, quiso dar un paseo por la habitación apoyada en Amaro; y estaba arrastrándose, enorme en su vieja *robe de chambre*, cuando se oyeron abajo en el camino cascos de caballos. Se acercaron a la ventana, pero Amaro retrocedió rápidamente abandonando a Amélia que se había quedado embobada con la cara pegada al cristal. Por la carretera, gallardamente montado en una yegua baya, pasaba João Eduardo, de paletó blanco y chistera; a su lado trotaban los dos mayorazguitos, uno en un poni, el otro sujeto con una correa en un burro; y detrás, a distancia, a paso de respeto y de escolta, un criado de uniforme, con botas de caña y espuelas enormes, con una librea muy larga que le hacía arrugas grotescas en los costados, y en el sombrero una escarapela escarlata. Ella se había quedado asombrada, siguiéndolos con la vista hasta que las espaldas del lacayo desaparecieron tras el ángulo de la casa. Sin decir una palabra fue a sentarse al sofá. Amaro, que seguía paseando por la habitación, se rió sarcásticamente:

–El muy idiota, ¡de lacayo a la retaguardia!

Ella no respondió, muy colorada. Y Amaro, fastidiado, salió dando un portazo y se fue a la habitación de doña Josefa, a contarle la cabalgata y a vituperar al señorito.

–¡Un excomulgado con criado de uniforme! –exclamaba la buena señora, con las manos en la cabeza–. ¡Qué vergüenza, señor párroco, qué vergüenza para la nobleza de estos reinos!

Desde ese día Amélia no volvió a lloriquear si el señor párroco no aparecía por la mañana. A quien esperaba ahora con impaciencia era al señor abad Ferrão por la tarde. Se apoderaba de él, lo quería en una silla junto al canapé; y después de demorados rodeos de ave que tantea la presa, caía sobre él con la pregunta fatal: ¿había visto al señor João Eduardo?

Quería saber lo que él le había dicho, si le había hablado de ella, si la había visto en la ventana. Lo torturaba con preguntas sobre la casa del señorito, el mobiliario de la sala, el número de lacayos y de caballos, si el criado de uniforme servía la mesa...

Y el buen abad respondía pacientemente, contento al verla olvidada del párroco, ocupada en João Eduardo; tenía ahora la seguridad de que se haría aquella boda. De hecho, ella evitaba pronunciar el nombre de Amaro e incluso, una vez que el abad le preguntó si el señor párroco había vuelto por A Ricoça, le respondió:

–Ah, viene por la mañana a visitar a la madrina... Pero yo no lo veo, que ni presentable estoy...

Todo el tiempo que podía estar de pie lo pasaba ahora junto a la ventana, muy arreglada de cintura para arriba, que era lo que se podía ver desde la carretera, y desaseada desde las faldas hacia abajo. Esperaba a João Eduardo, a los mayorazguitos y al lacayo; y de vez en cuando tenía el placer de verlos pasar, con aquel paso tan elegante de caballos caros, sobre todo el de la yegua baya de João Eduardo, a la que él hacia ladearse siempre cuando pasaba frente a A Ricoça, con la fusta cruzada y la pierna a la Marialva, como le había enseñado el señorito. Pero sobre todo era el lacayo lo que la fascinaba; y con la nariz pegada al cristal lo seguía con una mirada golosa, hasta que veía desaparecer en la curva de la carretera al pobre viejo, de espaldas encorvadas, con la gola del uniforme hasta la nuca y las piernas bamboleantes.

¡Y qué delicia para João Eduardo aquellos paseos con los mayorazguitos en la yegua baya! Nunca dejaba de ir a la ciudad; el sonido de los cascos contra el empedrado le hacía latir con fuerza el corazón. Pasaba por delante de Amparo la de la botica, por delante de la notaría de Nunes, que tenía su mesa junto a la ventana, por delante de la arcada, por delante del señor alcalde que continuaba en su balcón con el binóculo dirigido hacia la mujer de Teles... y su disgusto era no poder entrar con la yegua, los mayorazguitos y el lacayo en el escritorio del doctor Godinho, que estaba en el interior de la casa.

Un día, después de uno de esos paseos triunfales, volviendo a las dos de A Barrosa, al llegar al Poço das Bentas y al subir hacia el camino de carros, vio de repente al señor padre Amaro que bajaba montado en un potro. Inmediatamente João Eduardo hizo caracolear a su yegua. El camino era tan estrecho que, pese a pegarse a los setos, casi se rozaron las rodillas. Y entonces João Eduardo, desde lo alto de su yegua de cincuenta monedas, agitando amenazadoramente la fusta, pudo aplastar con una mirada al padre Amaro, que se encogió muy pálido, sin afeitar, la cara biliosa, espoleando con fuerza al potro perezoso. Aún se detuvo João Eduardo en lo alto del camino, se volvió sobre la silla y vio al párroco apearse a la puerta de la casa solitaria donde hacía poco, al pasar, los mayorazguitos se habían reído del enano.

–¿Quién vive ahí? –le preguntó João Eduardo al lacayo.

–Una tal Carlota… ¡Mala gente, señor Joãozinho!

Al pasar por A Ricoça, João Eduardo, como siempre, puso al paso a la yegua baya. Pero no vio tras los vidrios la habitual cara pálida bajo el pañuelo rojo. Las contras de la ventana estaban medio cerradas; y en el portón, desenganchado, con los varales en tierra, estaba el cabriolé del doctor Gouveia.

¡Por fin era el día! Aquella mañana había llegado de A Ricoça un rapaz de la finca con un billete de Amélia casi ininteligible: «Dionísia rápido, ¡la cosa ha llegado!». Llevaba orden también de ir a llamar al doctor Gouveia. El propio Amaro fue a avisar a la Dionísia, a la que días antes le había dicho que doña Josefa, la propia doña Josefa, le había recomendado un ama, una mujer grande, derecha como un castaño, con la que ya había llegado a un acuerdo. Y ahora habían resuelto rápidamente que esa noche Amaro se apostaría con el ama en la puertecita del huerto y Dionísia iría a entregarles la criatura bien abrigada.

–A las nueve, Dionísia. ¡Y no nos haga esperar! –le dijo todavía Amaro viéndola salir con aspavientos.

Después volvió a casa y se encerró en su habitación, cara a cara con aquella dificultad que sentía como una cosa viva que lo miraba y lo interrogaba: ¿qué iba a hacer con la criatura? Aún tenía tiempo de ir a Os Poiais a buscar a la otra ama, la buena ama que conocía la Dionísia; o podía montar a caballo e ir a A Barrosa a hablar con Carlota… Y allí estaba, ante aquella encrucijada, dudando, en una agonía. Quería serenarse, discutir aquel caso como si fuese un asunto de teología, sopesando los pros y los contras; pero tenía peligrosamente ante sí no dos argumentos, sino dos visiones: la criatura creciendo y viviendo en Os Poiais, o la criatura estrangulada por la Carlota en un recoveco de la carretera de A Barrosa… Y paseando por la habitación sudaba de angustia cuando en el rellano la voz inesperada del Libaninho gritó:

–¡Abre parroquito, que sé que estás en casa!

Tuvo que abrirle al Libaninho, estrecharle la mano, ofrecerle una silla. Pero el Libaninho, afortunadamente, no podía demorarse. Pasaba por la calle y había subido a saber si el amigo párroco tenía noticias de aquellas santitas de A Ricoça.

–Están bien, están bien –dijo Amaro forzando a su rostro a sonreír, a parecer contento.

–Yo no he podido ir por allí, ¡he estado tan ocupado!... Estoy de servicio en el cuartel... No te rías, parroquito, que estoy haciendo allí mucha virtud... Me meto con los soldaditos, les hablo de las llagas de Cristo...

–Estás convirtiendo al regimiento –dijo Amaro, que revolvía en los papeles de la mesa, paseaba, con una inquietud de animal enjaulado.

–No tengo fuerzas para eso, párroco, ¡que si yo pudiese!... Mira, ahora voy a llevarle a un sargento unos escapularios... Están benditos por el Saldanhinha, están llenos de virtud. Ayer le di otros iguales a un cabo primero, un muchacho perfecto, un cielo de muchacho... Se los puse yo mismo por debajo de la camisa... ¡Un muchacho perfecto!

–Debías de dejar al coronel esas preocupaciones por el regimiento –dijo Amaro abriendo la ventana, ahogándose de impaciencia.

–¡Anda, menudo impío! Si lo dejasen desbautizaba al regimiento. Bueno, adiós, parroquito. Estás palidito, hijo... Necesitas una purga, yo sé lo que es eso. –Iba a salir, pero parándose en la puerta–: Ay, dime, parroquito, dime, ¿no has oído nada por ahí?

–¿De qué?

–Me lo ha dicho el padre Saldanha. Dice que nuestro chantre ha dicho, palabras del Saldanhinha, que le constaba que había en la ciudad un escándalo con un señor eclesiástico..., pero no dijo *quién* ni *qué*... El Saldanha intentó sondearlo, pero el chantre dice que había recibido sólo una denuncia vaga, anónima... He estado pensando, ¿quién será?

–Tonterías del Saldanha...

–Ay, hijo, Dios lo quiera. Que los que se alegran son los impíos... Cuando vayas por A Ricoça dale recuerdos a aquellas dos santitas...

Y se fue saltando las escaleras para ir a llevar la *virtud* al batallón.

Amaro se quedó aterrorizado. ¡Era él sin duda, eran sus amores con Amélia que ya iban llegando hasta el vicario general en forma de denuncias tortuosas! ¡Y allí llegaba ahora aquel hijo, criado a media legua de la ciudad, para quedar como una prueba viva!... Le parecía extraordinario, casi sobrenatural que el Libaninho, que en dos años no le había ido a casa dos veces, que el Libaninho hubiese entrado con aquella noticia terrible en el momento en que su conciencia estaba librando una batalla. Era como si la providencia, bajo la forma grotesca del Libaninho, hubiese ido a llevarle su aviso, a susurrarle: «¡No dejes vivir a quien te pueda traer el escándalo! ¡Mira que ya se sospecha de ti!».

Sin duda era Dios, compadecido, que no quería que hubiese en la tierra un expósito más, un miserable más... ¡y que *reclamaba su ángel*!

No vaciló; se fue a la posada del Cruz y desde allí, a caballo, a casa de la Carlota.

Estuvo allí hasta las cuatro.

De regreso a casa arrojó el sombrero encima de la cama y sintió por fin un alivio de todo su ser. ¡Ya estaba! Había hablado con la Carlota y con el enano; les había pagado un año por adelantado; ¡ahora había que esperar a la noche!...

Pero en la soledad de su habitación toda clase de imaginaciones mórbidas lo asaltaban: veía a la Carlota estrangulando a un recién nacido rubio; veía a agentes de la policía desenterrando más tarde el cadáver, a Domingos el del ayuntamiento redactando sobre una rodilla el auto del cuerpo del delito, y se veía a sí mismo, de sotana, arrastrado a la cárcel de São Francisco, esposado, ¡al lado del enano! Casi deseaba montar un caballo y volver a A Barrosa a deshacer el acuerdo. Pero una inercia lo retenía. Además, nada lo obligaba a entregarle el niño a la Carlota durante la noche... También podía llevárselo, bien tapado, a la Joana Carreira, el ama de Os Poiais.

Para distraerse de aquellas ideas, que le organizaban bajo el cráneo el ruido de una tormenta, salió, fue a ver a Natário, que ya se había levantado y que tan pronto lo vio le gritó desde el fondo de su poltrona:

—Pero ¿ha visto usted, Amaro? ¡El idiota, escoltado por un lacayo!

João Eduardo había pasado por su calle, en la yegua baya, con los dos mayorazguitos; y desde aquel momento Natário rugía de impaciencia por estar amarrado a aquel sillón y no poder recomenzar una campaña para expulsarlo, con una buena intriga, de la casa del señorito, para arrancarle la yegua y el lacayo.

—Pero, dándome Dios piernas, no se libra de ellas...

—No le haga caso, Natário —le dijo Amaro.

¡No hacerle caso! Cuando tenía una idea prodigiosa, ¡que consistía en probarle al señorito, con documentos, que João Eduardo era un beato! ¿Qué le parecía al amigo Amaro?

Tenía gracia, en efecto. El individuo no dejaba de merecerlo, sólo por el modo en que miraba a la gente de bien, desde lo alto de la yegua... Y Amaro enrojecía, todavía indignado por el encuentro de la mañana en el camino de carros de A Barrosa.

—¡Está claro! —exclamó Natário—. ¿Para qué somos nosotros sacerdotes de Cristo? Para ensalzar a los humildes y humillar a los soberbios.

Desde allí Amaro fue a ver a doña Maria da Assunção —que también estaba ya de pie—, quien le contó la historia de su bronquitis y le hizo la enumeración de sus últimos pecados: el peor era que, para distraerse un poco en la convalecencia, se levantaba a mirar por la ventana y un carpintero que vivía enfrente se quedaba embobado observándola; y por influencia del maligno, no tenía fuerzas para meterse dentro y le venían malos pensamientos...

–Pero no me está usted atendiendo, señor párroco.

–¡Cómo, señora!

Y se apresuró a calmarle los remordimientos, porque la salvación de aquella vieja alma idiota era para él un empleo mejor que la propia parroquia.

Ya oscurecía cuando entró en su casa. Escolástica se quejó de que por culpa de su tardanza la comida se había tostado demasiado. Pero Amaro tomó apenas un vaso de vino y un poco de arroz, que engulló de pie, observando con terror por la ventana la noche que llegaba impasible.

Entraba en la habitación a ver si ya se habían encendido los faroles de la calle cuando apareció el coadjutor. Venía a hablarle sobre el bautizo del hijo de Guedes, que estaba señalado para el día siguiente a las nueve.

–¿Le llevo luz? –dijo desde dentro la criada cerciorándose de la visita.

–¡No! –gritó Amaro.

Temía que el coadjutor percibiese la alteración que notaba en sus mejillas, o que se instalase para toda la noche.

–Dicen que en *A Nação* de anteayer viene un artículo muy bueno –observó, serio, el coadjutor.

–¡Ah! –dijo Amaro.

Paseaba con su rumbo acostumbrado, del lavamanos a la ventana; a veces se detenía a tamborilear en el ventanal; ya se habían encendido los faroles.

Entonces el coadjutor, escamado por aquellas tinieblas de la habitación y por aquellos paseos de fiera enjaulada, se levantó y con dignidad:

–Tal vez estoy molestando...

–¡No!

Y el coadjutor, satisfecho, se sentó, con su paraguas entre las rodillas.

–Ahora se hace de noche más temprano –dijo.

–Sí...

Finalmente Amaro, desesperado, le dijo que tenía una jaqueca odiosa, que se iba a acostar; y el hombre se fue, no sin recordarle antes el bautismo del niño de su amigo Guedes.

Amaro partió para A Ricoça. Afortunadamente la noche estaba tenebrosa y caliente, presagiando lluvia. Abrigaba ahora una esperanza que le hacía latir con fuerza el corazón: ¡que la criatura naciese muerta! Y era bastante posible. A la Sanjoaneira, de joven, le habían nacido dos hijos muertos; la ansiedad en la que había vivido Amélia debía de haber perturbado la gestación. ¿Y si también muriese ella? Ante esta idea, que nunca se le había ocurrido, lo invadió súbitamente una piedad, un cariño por aquella buena muchacha que tanto lo quería y que ahora, por obra suya, gritaba transida de dolor. Y además, si muriesen las dos, ella y la criatura, eran su pecado y su error los que caían para siempre en los oscuros abismos de la Eternidad... Él se quedaría como antes de su llegada a Leiria, un hombre tranquilo ocupado de su iglesia, de vida limpia y lavada como una página en blanco.

Paró junto al casetón en ruinas al borde de la carretera en el que debía de estar la persona que venía de A Barrosa a buscar al niño: no estaba decidido si sería la Carlota o el marido, y Amaro temía encontrarse con el enano, llevándose a su hijo con aquellos ojos surcados por una sangre mala. Habló hacia el interior, hacia las tinieblas del casetón:

–¡Hola!

Fue un alivio cuando oyó la clara voz de la Carlota en la oscuridad:

–¡Aquí estoy!

–Bien, hay que esperar, señora Carlota.

Estaba contento; le parecía que no tenía nada que temer si su hijo desaparecía anidado contra aquel robusto seno de cuarentona fecunda, tan fresca y tan limpia.

Entonces fue a rondar la casa. Estaba apagada y muda, como si fuese una sombra más densa en aquella lúgubre noche de diciembre. Ni un hilo de luz salía de las ventanas de la habitación de Amélia. No se movía ni una hoja en el aire muy pesado. Y la Dionísia no aparecía.

Aquella tardanza lo torturaba. Podía pasar gente y verlo rondando por la carretera. Pero le repugnaba la idea de ir a esconderse al casetón en ruinas al lado de la Carlota. Caminó a lo largo del muro de la huerta, regresó y entonces vio que en la puerta acristalada de la terraza surgía la claridad de una luz.

Corrió hacia la puertecita verde del huerto, que se abrió casi de inmediato; y la Dionísia, sin decir palabra, le puso en los brazos un fardo.

–¿Muerto? –preguntó él.

–¡Cómo! ¡Vivo! ¡Un mocetón!

Y cerró la puerta despacito cuando los perros, al percibir susurros, empezaron a ladrar.

Entonces, el contacto de su hijo contra su pecho borró como un vendaval todas las ideas de Amaro. ¡Qué! ¿Dárselo a aquella mujer, a la tejedora de ángeles, que lo arrojaría contra algún muro o lo tiraría a una letrina? ¡Ah, no! ¡Era su hijo!

Pero ¿qué hacer, entonces? No tenía tiempo para correr a Os Poiais y arreglarse con la otra ama… La Dionísia no tenía leche… No podía llevarlo a la ciudad… ¡Oh! ¡Qué deseo furioso de llamar a aquella puerta de la quinta, entrar corriendo en el cuarto de Amélia, meterle al pequeñuelo en la cama, muy abrigado, y quedarse allí los tres como en un rincón del cielo! Pero ¿cómo? ¡Era cura! ¡Maldita fuese la religión que lo oprimía de aquel modo!

Del interior del fardo salió un gemido. Corrió entonces hacia el casetón, casi tropezó con la Carlota, que enseguida se apoderó del recién nacido.

–Ahí lo tiene –dijo él–. Pero escúcheme bien. Ahora esto es en serio. Ahora es otra cosa. Fíjese que no lo quiero muerto… Es para que lo cuide. Lo que hablamos no vale… ¡Es para que lo críe! Es para que viva. Usted ya tiene su paga… ¡Cuide de él!

–Todo entendido, todo entendido –decía con prisa la mujer.

–Escuche. El niño no va bien abrigado. Póngale mi abrigo.

–Va bien, señor, va bien.

–¡No va bien, por mil diablos! ¡Es mi hijo! ¡Tiene que llevar el abrigo! ¡No quiero que se muera de frío!

Se lo arrojó con fuerza sobre los hombros, cruzándoselo sobre el pecho, tapando al niño; y la mujer, ya irritada, enfiló rápidamente por la carretera.

Amaro se quedó plantado en medio del camino, viendo cómo su figura se perdía en la oscuridad. Entonces todos sus nervios, después de aquel impacto, se relajaron con la debilidad de una mujer sensible y rompió a llorar.

Rondó la casa durante mucho tiempo. Pero permanecía en la misma oscuridad, en aquel silencio que lo aterrorizaba. Después, triste y cansado, cuando en la catedral daban las diez, emprendió el regreso a la ciudad.

A aquella hora, en el comedor de A Ricoça, el doctor Gouveia cenaba tranquilamente el pollo asado que le había preparado la Gertrudes para que se repusiese de los trabajos del día. El abad Ferrão, sentado junto a la mesa, lo acompañaba; había ido provisto de los sacramentos por si había peligro.

Pero el médico estaba satisfecho; durante las ocho horas de dolores la chica se había mostrado animosa; el parto, por lo demás, había sido feliz ¡y había salido un mocetón que honraba a su padre!

El buen abad Ferrão, en su pudor de sacerdote, bajaba castamente los ojos ante aquellos pormenores.

–Y ahora –decía el doctor trinchando la pechuga del pollo–, ahora que he introducido al niño en el mundo, los señores (y cuando digo los señores, quiero decir la Iglesia) se apoderan de él y ya no lo dejan hasta la muerte. Por otro lado, aunque con menos avidez, el Estado tampoco lo pierde de vista... Y así comienza el desgraciado su viaje de la cuna a la sepultura, ¡entre un cura y un número de la policía!

El abad se inclinó y sorbió una estruendosa pulgarada preparándose para la controversia.

—La Iglesia —continuaba el doctor con serenidad— empieza, cuando la pobre criatura aún no tiene siquiera conciencia de la vida, por imponerle una religión...

El abad lo interrumpió, medio en serio, medio en broma:

—Oiga doctor, aunque no sea más que por caridad hacia su alma, debo advertirle que el sagrado Concilio de Trento, canon decimotercero impone la pena de excomunión contra todo el que diga que el bautismo es nulo por ser impuesto sin la aceptación de la razón.

—Tomo nota, abad. Estoy acostumbrado a esas deferencias del Concilio de Trento hacia mí y otros colegas...

—¡Era una asamblea respetable! —dijo el abad, escandalizado.

—Sublime, abad. Una asamblea sublime. El Concilio de Trento y la Convención fueron las dos asambleas humanas más prodigiosas que la tierra ha presenciado.

El abad hizo una mueca de repugnancia ante aquella comparación irreverente entre los santos autores de la doctrina y los asesinos de Luis XVI.

Pero el doctor prosiguió:

—Después, la Iglesia deja al niño en paz durante algún tiempo, mientras le salen los dientes y tiene su ataque de lombrices...

—¡Venga, venga, doctor! —murmuraba el abad, escuchándolo pacientemente, con los ojos cerrados, como queriendo decirle: «¡Anda, anda, entierra bien esa alma en el abismo de fuego y alquitrán!».

—Pero cuando se manifiestan en el pequeño los primeros síntomas de razón —continuaba el doctor—, cuando se hace necesario que tenga, para distinguirse de los animales, una noción de sí mismo y del universo, entonces la Iglesia entra en su casa ¡y se lo explica todo! ¡Todo! Tan completamente que un picaruelo de seis años que aún no sabe el *b-a ba* ¡tiene una ciencia más vasta, más segura, que las reales academias de Londres, Berlín y París juntas! El mocoso no duda ni un instante para decir cómo se hicieron el universo y sus sistemas planetarios; cómo apareció la vida en la tierra; cómo evolucionaron las razas; cómo ocurrieron las revoluciones geológicas del globo terrestre; cómo se formaron las lenguas; cómo se inventó la escritura... Lo sabe todo: posee de forma completa e inmutable la regla para dirigir todas sus acciones y formar todos sus juicios; tiene incluso la solución de todos los misterios; aunque sea miope como un topo, ve lo que pasa en las profundidades de los cielos y en el interior del globo; sabe, como si no hubiese hecho otra cosa que asistir a ese espectáculo, lo que le sucederá después de morir... No hay enigma que no resuelva... Y cuando la Iglesia ha hecho de este retaco semejante maravilla del saber, entonces le manda aprender a leer... Lo que yo me pregunto es: ¿para qué?

El abad estaba demudado de indignación.

–Dígame, abad, ¿para qué les mandan que aprendan a leer? Toda la ciencia universal, el *res scibilis*, está en el catecismo: sólo hay que metérselo en la memoria y el chico poseerá inmediatamente la ciencia y la conciencia de todo... Sabrá tanto como Dios... De hecho, es Dios mismo.

El abad saltó:

–Eso no es discutir –exclamó–, ¡eso no es discutir!... ¡Ésos son sarcasmos a lo Voltaire! Esas cosas deben tratarse de manera más elevada.

–¿Cómo que sarcasmos, abad? Mire un ejemplo: la formación de las lenguas. ¿Cómo se formaron? Fue Dios, que descontento con la Torre de Babel...

Pero la puerta de la sala se abrió y apareció la Dionísia. Hacía poco que el doctor le había echado un rapapolvo en el cuarto de Amélia; y ahora la matrona le hablaba siempre encogida por el miedo.

–Señor doctor –dijo ella en el silencio que se hizo–, la señorita ha despertado y dice que quiere al niño.

–¿Y entonces? El niño se lo llevaron, ¿no?

–Sí, se lo llevaron... –dijo la Dionísia.

–Bueno, pues se acabó.

Dionísia iba a cerrar la puerta, pero el doctor la llamó.

—Oiga, dígale que el niño vendrá mañana... Que mañana sin falta se lo traen. Mienta. Mienta como un perro; el señor abad le da permiso... Que duerma, que se sosiegue.

La Dionísia se retiró. Pero no reiniciaron la controversia: ante aquella madre que despertaba después de la fatiga del parto y reclamaba a su hijo, el hijo que se le habían llevado lejos y para siempre, los dos ancianos olvidaron la Torre de Babel y la formación de las lenguas. El abad, sobre todo, parecía emocionado. Pero el médico, sin piedad, no tardó en recordarle que aquéllas eran las consecuencias de la posición de los curas en la sociedad...

El abad bajó los ojos, ocupado en su pulgarada, sin responder, como ignorando que hubiese un cura en aquella historia desgraciada.

Entonces el doctor, siguiendo con su idea, discurseó contra la formación y la educación eclesiástica.

—Ahí tiene usted una educación enteramente dominada por el absurdo: resistencia a los más justos requerimientos de la naturaleza y resistencia a los más elevados movimientos de la razón. Formar un cura es crear un monstruo que pasará su desgraciada existencia en una batalla desesperada contra los dos hechos irresistibles del universo: ¡la fuerza de la materia y la fuerza de la razón!

—¿Qué dice usted? —exclamó asombrado el abad.

—Estoy diciendo la verdad. ¿En qué consiste la educación de un sacerdote? *Primo*: en prepararlo para el celibato y para la virginidad; esto es, para la supresión violenta de los sentimientos más naturales. *Secundo*: en evitar cualquier conocimiento y cualquier idea que sea capaz de poner en duda la fe católica; esto es, la supresión forzada del espíritu de indagación y de examen, por lo tanto de toda la ciencia verdadera y humana...

El abad se había puesto en pie, herido por una indignación piadosa:

—¿Así que le niega usted la ciencia a la Iglesia?

—Jesús, mi querido abad —continuó tranquilamente el médico—, Jesús, sus primeros discípulos, el ilustre san Pablo explicaron en parábolas, en epístolas, con un prodigioso flujo verbal, que las producciones del espíritu humano eran inútiles, pueriles y, sobre todo, perniciosas...

El abad paseaba por la sala, tropezando contra un mueble y contra otro como un buey picoteado, llevándose las manos a la cabeza, desolado por aquellas blasfemias; no se contuvo, gritó:

—¡Usted no sabe lo que dice!... Perdón, doctor, le pido humildemente perdón... Me hace usted caer en pecado mortal... Pero eso no es discutir... Eso es hablar con la ligereza de un periodista. —Se lanzó entonces con vehemencia a una disertación sobre la sabiduría de la Iglesia, sus elevados estudios griegos y latinos, toda la filosofía creada por los santos padres...—. ¡Lea a san Basilio! —exclamó—. Allí verá lo que él dice del estudio de los autores profanos, ¡que son la mejor preparación para los estudios sagrados! ¡Lea la *Historia de los monasterios en la Edad Media*! Era ahí donde estaba la ciencia, la filosofía...

—¡Pero qué filosofía, señor, pero qué ciencia! Por filosofía media docena de conceptos de un espíritu mitológico en los que el misticismo ocupa el lugar de los instintos sociales... ¡Y qué ciencia! Una ciencia de comentadores, de gramáticos... Pero vinieron otros tiempos, nacieron ciencias nuevas que los antiguos habían ignorado, a las que la enseñanza eclesiástica no ofrecía ni base ni método, se estableció entonces el antagonismo entre ellas y la doctrina católica... Al principio, la Iglesia incluso intentó eliminarlas ¡por la persecución, la mazmorra, el fuego! No tiene por qué darse la vuelta, abad... El fuego, sí, el fuego y la mazmorra. Pero ahora no lo puede hacer y se limita a vituperarlas en mal latín... Y mientras tanto continúa impartiendo en sus seminarios y en sus escuelas la enseñanza del pasado, la enseñanza anterior a esas ciencias, ignorándolas y despreciándolas, refugiándose en la escolástica... No tiene por qué llevarse las manos a la cabeza... Extraña al espíritu moderno, hostil en sus principios y en sus métodos al desarrollo espontáneo de los conocimientos humanos... ¡No es usted capaz de negar esto! Mire el *Syllabus* en su canon tercero excomulgando a la razón... En su canon decimotercero...

La puerta se abrió tímidamente; era otra vez la Dionísia:

–La pequeña está llorando, dice que quiere al niño.

–¡Malo, malo! –dijo el doctor. Y después de un momento–: ¿Qué tal está de aspecto? ¿Está colorada? ¿Está inquieta?

–No, señor, está bien. Sólo solloza, habla del pequeño... Dice que lo quiere hoy como sea...

–Hable con ella, distráigala... Mire a ver si se duerme.

La Dionísia se retiró; y el abad, con cuidado:

–Oiga doctor, ¿cree que le puede hacer daño apenarse?

–Puede hacerle daño, abad, sí –dijo el doctor que rebuscaba en su farmacia portátil–. Pero voy a hacer que duerma... Pues es verdad, ¡la Iglesia hoy es una intrusa, abad!

El abad volvió a llevarse las manos a la cabeza.

–Sin ir más lejos, abad. Fíjese en la Iglesia en Portugal. Es agradable observar su estado de decadencia...

Se lo dibujó a grandes rasgos, de pie, con su frasco en la mano. La Iglesia había sido la nación; hoy era una minoría tolerada y protegida por el Estado. Había dominado en los tribunales, en los consejos del reino, en la hacienda, en la armada, hacía la guerra y la paz; hoy un diputado de la mayoría tenía más poder que todo el clero del reino. Había sido la ciencia en el país; hoy todo lo que sabía era algún latín macarrónico. Había sido rica, había poseído en el campo distritos enteros y calles enteras en las ciudades; hoy dependía para su triste pan diario del ministro de Justicia y pedía limosna a la puerta de las capillas. Se había abastecido de la nobleza, entre los mejores del reino; y hoy, para reunir algún personal, se veía apurada y tenía que ir a buscar a los expósitos de la beneficencia. Había sido la depositaría de la tradición nacional, del ideal colectivo de la patria; y hoy, sin comunicación con el pensamiento nacional, si es que lo había, era una extranjera, una ciudadana de Roma que recibía de allí su ley y su espíritu...

–¡Pues si está postrada de ese modo, es una razón más para amarla! –dijo el abad, levantándose muy colorado.

Pero la Dionísia había aparecido de nuevo en la puerta.

—¿Qué pasa ahora?

—La señorita se está quejando de un peso en la cabeza. Dice que ve chispas delante de los ojos…

Entonces el doctor, inmediatamente, sin una palabra, siguió a la Dionísia. El abad, solo, paseaba por la sala, pensando toda una argumentación erizada de textos, de formidables nombres de teólogos, que iba a hacer caer sobre el doctor Gouveia. Pero pasó media hora, la luz del candil moría y el doctor no había vuelto.

Aquel silencio de la casa, donde sólo el sonido de sus pisadas sobre el entarimado de la sala ponía una nota viva, empezó a asustar al anciano. Abrió la puerta despacito, escuchó; pero la habitación de Amélia estaba muy alejada, al fondo de la casa, junto a la terraza; no venía de allí ni ruido ni luz. Reinició su paseo solitario por la sala, con una tristeza indefinida que lo invadía poco a poco. También desearía ir a ver a la enferma; pero su carácter, su pudor sacerdotal no le permitían ni siquiera aproximarse a una mujer en cama, con los trabajos del parto, a no ser que el peligro reclamase los sacramentos. Pasó otra hora más larga, más fúnebre. Entonces, de puntillas, poniéndose colorado en la oscuridad por aquel atrevimiento, fue hasta el medio del pasillo. Ahora, aterrado, percibía en la habitación de Amélia un ruido confuso y sordo de pies que se movían vivamente sobre el suelo, como en una lucha. Pero ni un ¡ay!, ni un grito. Volvió a la sala y abriendo su breviario comenzó a rezar. Oyó las zapatillas de Gertrudes pasando rápidamente, como en una carrera. Oyó una puerta que batía a lo lejos. Después el arrastrarse por el suelo de una bacía de latón. Y finalmente apareció el doctor.

Su figura hizo palidecer al abad: venía sin corbata, con el cuello de la camisa roto; los botones del chaleco habían desaparecido; y los puños de la camisa, doblados hacia atrás, estaban manchados de sangre.

—¿Ocurre algo, doctor?

El doctor no respondió, buscando con rapidez por la sala su estuche, con el rostro animado por el calor de una batalla. Iba ya a salir con su estuche, pero recordando la pregunta ansiosa del abad:

—Tiene convulsiones —dijo.

Entonces el abad lo detuvo en la puerta, y muy grave, muy digno:

—Doctor, si hay peligro, le pido que se acuerde... Es un alma cristiana en agonía, y yo estoy aquí.

—Por supuesto, por supuesto...

El abad volvió a quedarse solo, esperando. Todo dormía en A Ricoça, doña Josefa, los caseros, la quinta, los campos de alrededor. En la sala, un reloj de pared enorme y siniestro que tenía en la esfera la cara del sol y arriba, sobre el marco, la figura tallada en madera de una lechuza pensativa, un mueble de castillo antiguo, dio la medianoche, después la una. El abad iba a cada momento hasta el medio del pasillo: era el mismo rumor de pies luchando; otras veces un silencio tenebroso. Volvía a su breviario. Meditaba sobre aquella pobre chiquilla que, allí en la habitación, estaba tal vez en el instante en que iba a decidir sobre su eternidad; no tenía a su lado ni a la madre ni a las amigas; por su memoria aterrorizada debía de pasarle la visión del pecado; ante los ojos turbios se le aparecería el rostro triste del Señor ofendido; los dolores contraían su cuerpo miserable; y en la oscuridad en la que iba penetrando, sentía ya el hálito ardiente de la proximidad de Satanás. ¡Temible fin del tiempo y de la carne! Entonces rezaba fervorosamente por ella.

Pero después pensaba en el otro, que era una mitad de su pecado y que ahora, en la ciudad, tumbado en su cama, roncaba tranquilamente. Y también rezaba por él.

Tenía sobre el breviario un pequeño crucifijo. Y lo contemplaba con amor, se concentraba enternecido en la seguridad de su poder, contra el que muy poca era la ciencia del doctor y todas las vanidades de la razón. Filosofías, ideas, glorias profanas, generaciones e imperios pasan; son como los suspiros efímeros del esfuerzo humano; sólo ella permanece y permanecerá: la cruz, esperanza de los hombres, fe de los desesperados, amparo de los débiles, refugio de los vencidos, fuerza mayor de la humanidad: *crux triumphas adversus demonios, crux oppugnatorum murus...*

Entonces entró el doctor, muy encendido, vibrante por aquella batalla que allí dentro libraba contra la muerte; venía a buscar otro frasco; pero abrió la ventana, sin una palabra, para respirar un momento una bocanada de aire fresco.

–¿Cómo va? –preguntó el abad.

–Mal –dijo el doctor, saliendo.

El abad se arrodilló, balbució la oración de san Fulgencio:

–Señor, dale primero la paciencia, dale después la misericordia...

Y allí se quedó, con el rostro en las manos, apoyado en el borde de la mesa.

Al oír un rumor de pasos en la sala levantó la cabeza. Era la Dionísia, que suspiraba mientras recogía todas las servilletas que encontraba en los cajones del aparador.

–¿Entonces, señora, entonces? –le preguntó el abad.

–Ay, señor abad, está perdida. Después de las convulsiones, que fueron tremendas, ha caído en ese sueño, que es el sueño de la muerte. –Y mirando hacia todos los rincones, como para asegurarse de que estaban solos, dijo muy excitada–: No he querido decir nada... ¡porque el señor doctor tiene un genio!... Pero sangrar a la chiquilla en aquel estado es querer matarla... Es cierto que había perdido poca sangre... Pero nunca se sangra a nadie en semejante momento. ¡Nunca, nunca!

–El señor doctor es hombre de mucha ciencia...

–Puede tener la ciencia que quiera... Yo tampoco soy ninguna loca... Tengo veinte años de experiencia... Nunca se me ha muerto ninguna entre las manos, señor abad... ¿Sangrar con convulsiones? ¡Hasta da miedo!

Estaba indignada. El señor doctor había torturado a la chiquilla. Hasta le había querido administrar cloroformo...

Pero la voz del doctor Gouveia la llamó con un grito desde el fondo del pasillo. Y la matrona salió con su montón de servilletas.

El tétrico reloj, con su lechuza pensativa, dio las dos, después las tres...

Ahora el abad iba cediendo a un cansancio de viejo, cerrando los párpados a cada momento. Pero resistía; iba a respirar el aire pesado de la noche, miraba aquella tiniebla que envolvía toda la aldea; y volvía a sentarse, a musitar, con la cabeza baja y las manos sobre el breviario:

—Señor, vuelve tus ojos misericordiosos hacia ese lecho de agonía...

Fue entonces Gertrudes quien apareció conmovida. El señor doctor la había mandado abajo a despertar al mozo para que enganchase la yegua al cabriolé.

—¡Ay, señor abad, pobre niñita! Iba tan bien y de repente esto... Es porque le han quitado el hijo... Yo no sé quién es el padre, ¡pero lo que sé es que en todo esto hay un pecado y un crimen!

El abad no respondió, rezando en voz baja por el padre Amaro.

El doctor entró con su estuche en la mano:

—Puede ir si quiere, abad —dijo.

Pero el abad no se daba prisa, miraba al doctor con una pregunta bailándole en los labios entreabiertos y reteniéndola por timidez; por fin, no se contuvo y en un tono temeroso:

—¿Ya se ha hecho todo, no hay remedio, doctor?

—No.

—Es que nosotros, doctor, no debemos aproximarnos a una mujer en parto ilegítimo si no es en un caso extremo...

—Está en un caso extremo, señor abad —le dijo el doctor, que se ponía ya su gran chaquetón.

El abad recogió el breviario y la cruz. Pero antes de salir, creyendo que era su deber de sacerdote poner ante el médico racionalista la certeza de la eternidad mística que se desprende del momento de la muerte, todavía murmuró:

–Es en este instante cuando se siente el terror de Dios, lo vano del orgullo humano…

El doctor no respondió, ocupado en abrochar su estuche.

El abad salió, pero, cuando estaba en medio del pasillo, dio otra vez la vuelta, y hablando con inquietud:

–Discúlpeme, doctor… Pero se han visto algunas veces moribundos que, después de recibir los socorros de la religión, se han recuperado de repente, por una gracia especial… La presencia del médico, en esos casos, puede ser útil…

–Todavía no me voy, todavía no me voy –dijo el doctor, sonriendo involuntariamente al ver reclamada la presencia de la medicina como auxiliar de la eficacia de la gracia.

Bajó, a ver si estaba listo el cabriolé.

Cuando volvió a la habitación de Amélia, la Dionísia y la Gertrudes, arrodilladas al lado de la cama, rezaban. El lecho, el cuarto entero, estaban revueltos como un campo de batalla. Las dos velas, consumidas, se extinguían. Amélia estaba inmóvil, con los brazos tiesos, las manos crispadas, de un color púrpura oscuro. Y el mismo color, más amoratado, le cubría el rostro rígido.

Y de bruces sobre ella, con el crucifijo en la mano, el abad dijo con voz angustiada:

–*Jesu, Jesu, Jesu!* ¡Acuérdate de la gracia de Dios! ¡Ten fe en la misericordia divina! ¡Arrepiéntete en el seno del Señor! *Jesu, Jesu, Jesu!*

Finalmente, notando que estaba muerta, se arrodilló murmurando el *Miserere*. El doctor, que se había quedado en la puerta, se retiró despacio, atravesó el pasillo en puntillas y bajó a la calle, donde el mozo aseguraba la yegua ya enganchada.

–Vamos a tener lluvia, señor doctor –dijo el rapaz bostezando de sueño.

El doctor Gouveia alzó el cuello del chaquetón, colocó su estuche en el asiento y poco después el cabriolé rodaba sordamente por la carretera, bajo el primer golpe de lluvia, cortando la oscuridad de la noche con el brillo rojo de sus dos linternas.

XXIV

El día siguiente, desde las siete de la mañana, el padre Amaro esperaba en casa a la Dionísia, apostado en la ventana, con los ojos fijos en la esquina de la calle, sin reparar en la lluvia menuda que fustigaba su rostro. Pero la Dionísia no aparecía, y tuvo que irse a la catedral, amargado y triste, a bautizar al hijo de Guedes.

Fue para él una pesada tortura ver a aquella gente alegre que ponía en la gravedad de la catedral, aún más sombría aquel oscuro día de diciembre, un rumor mal reprimido de regocijo doméstico y de fiesta paterna; el papá Guedes, resplandeciente, de chaqueta y corbata blancas; el padrino circunspecto con una gran camelia en el pecho; las señoras de gala y, sobre todo, la partera rechoncha paseando con pompa un montón de encajes replanchados y de lazotes azules entre los cuales apenas se percibían dos mofletitos trigueños. Al fondo de la iglesia, con el pensamiento muy lejos, en A Ricoça y en A Barrosa, el padre Amaro fue cumplimentando deprisa las ceremonias: soplando en cruz sobre la cara del pequeñuelo para expulsar al demonio que ya habitaba aquellas carnecitas tiernas; imponiéndole sal sobre la boca para que le disgustase para siempre el sabor amargo del pecado y para que le tomase gusto a nutrirse sólo de la verdad divina; tocándole con saliva en las orejas y en las narices para que no escuchase jamás las solicitaciones de la carne y jamás respirase los perfumes de la tierra. Y alrededor, con velas en la mano, los padrinos, los invitados, con la fatiga que daban tantos latines farfullados deprisa, sólo se preocupaban del pequeño, recelosos de que respondiese con algún desacato impúdico a las tremendas exhortaciones que le hacía la Iglesia, su Madre.

Entonces Amaro, poniendo levemente el dedo sobre la toquilla blanca, exigió del recién nacido que allí mismo, en plena catedral, renunciase para siempre a Satanás, a sus pompas y a sus obras. El sacristán Matías, que daba en latín las respuestas rituales, renunció por él, mientras el pobre pequeñuelo abría la boquita buscando el pico de su mamá. Finalmente el párroco se dirigió a la pila bautismal seguido de toda la familia, de las viejas devotas que se les habían unido, de mocosos que esperaban que les repartiesen calderilla. Pero hubo un gran aturullo para hacer las unciones: la partera, emocionada, no acertaba a desanudar los lazotes de la chambra para desnudar los hombritos y el pecho del pequeño; la madrina quiso ayudarla; pero dejó resbalar la vela, llenó de cera derretida el vestido de una señora, una vecina de los Guedes que quedó muy enfurruñada.

–*Franciscus, credis?* –preguntaba Amaro.

Matías se apresuró a afirmar, en nombre de Francisco:

–*Credo.*

–*Franciscus, vis baptisari?*

Y Matías:

–*Volo.*

Entonces el agua lustral cayó sobre la cabecita, redonda como un melón tierno: la criatura ahora pataleaba enfadada.

–*Ego te baptiso, Franciscus, in nomine Patris… et Filiis… et Spiritus Sancti…*

¡Por fin había terminado! Amaro corrió a la sacristía a desvestirse, mientras la partera, seria, el papá Guedes, las señoras enternecidas, las viejas devotas y los mocosos salían con las campanas repicando; y tapados con los paraguas, chapoteando en el barro, se alejaban llevando en triunfo a Francisco, el nuevo cristiano.

Amaro subió de dos en dos los peldaños de su casa con el presentimiento de que se iba a encontrar a la Dionísia.

Allí estaba, en efecto, sentada en la habitación, esperándolo, magullada, sucia por la lucha de la noche y el lodo de la carretera; y apenas lo vio empezó a lloriquear.

–¿Qué pasa, Dionísia?

Ella rompió a llorar, sin responder.

–¡Muerta! –exclamó Amaro.

–¡Ay, se hizo todo lo que se pudo, hijo, se hizo todo! –gritó por fin la matrona.

Amaro cayó a los pies de la cama, como muerto él también.

La Dionísia gritó por la criada. Le inundaron la cara con agua, con vinagre. Se recuperó un poco, muy pálido; las apartó con la mano, sin hablar, y se echó de bruces sobre la almohada con un llanto desesperado, mientras las dos mujeres, consternadas, se retiraban a la cocina.

–Parece que tenía mucha amistad con la señorita –dijo la Escolástica, hablando bajito, como en la casa de un moribundo.

–La costumbre de ir por allí. Estuvo hospedado tanto tiempo... Ay, eran como hermanos... –dijo la Dionísia, todavía llorosa.

Hablaron entonces de enfermedades del corazón, porque la Dionísia le había contado a la Escolástica que la pobre señorita había muerto de un aneurisma reventado. La Escolástica también padecía del corazón; pero lo de ella eran flatos de los malos tratos que le había dado el marido... ¡Ah, también había sido muy desgraciada!

–¿Toma usted una tacita de café, señora Dionísia?

–Mire, señora Escolástica, a decir verdad tomaba una gotita de mosto...

La Escolástica corrió a la taberna del fondo de la calle, trajo el mosto en un vaso de un cuarto debajo del delantal, y las dos a la mesa, una mojando pan en el café, la otra chupando el vaso hasta el final, coincidían entre suspiros en que en este mundo todo eran disgustos y lágrimas.

Habían dado las once, y la Escolástica estaba pensando en llevarle un caldo al señor párroco cuando él la llamó desde dentro. Tenía puesta la chistera, la chaqueta abotonada, los ojos rojos como rescoldos.

–Escolástica, vaya corriendo al Cruz y que me mande un caballo... Pero deprisa.

Llamó entonces a la Dionísia; y sentado a su lado, casi chocando con las rodillas de la mujer, el rostro rígido y descolorido como un mármol, escuchó en silencio la historia de la noche: las convulsiones repentinas, tan fuertes que ella, la Gertrudes y el señor doctor casi no podían inmovilizarla. ¡La sangre, las postraciones en las que caía! Después la angustia de la asfixia que la ponía tan roja como la túnica de una imagen...

Pero el mozo del Cruz había llegado con el caballo. Amaro sacó de un cajón de ropa interior un pequeño crucifijo y se lo dio a la Dionísia, que iba a volver a A Ricoça para ayudar a amortajar a la señorita.

—Que le pongan este crucifijo en el pecho, me lo había dado ella...

Salió, montó, y tan pronto estuvo en la carretera de A Barrosa partió al galope. Ya no llovía, y entre las nubes pardas algún delgado rayo de sol de diciembre hacía brillar la hierba, las piedras mojadas.

Cuando llegó al pozo ciego desde el que se veía la casa de Carlota, tuvo que detenerse para dejar pasar a un nutrido rebaño de ovejas que tomaba por aquel camino; y el pastor, con una piel de cabra al hombro y la bota de vino en bandolera, le hizo acordarse de pronto de Feirão, de toda su vida anterior, que le llegaba en fragmentos repentinos: aquellos paisajes ahogados en las nieblas grisáceas de la sierra; la Joana riendo tontamente colgada de la cuerda de la campana; sus cenas de cabrito asado en A Gralheira, con el abad, frente a la chimenea en la que chisporroteaba la leña verde; los largos días en que se desesperaba de tristeza en la rectoral, viendo fuera la nieve que caía sin parar... Y le sobrevino un deseo angustioso de aquellas soledades de la montaña, de aquella existencia de lobo, lejos de los hombres y de las ciudades, sepultado allí con su pasión.

La puerta de la Carlota estaba cerrada. Llamó a la puerta, dio la vuelta a la casa llamando, gritando por encima del tejado de las cuadras, hacia el patio donde oía cacarear a los gallos. Nadie respondió. Continuó entonces por el camino de la aldea, llevando a la yegua por las riendas; paró en una taberna a cuya puerta calcetaba una mujer obesa. Dentro, en la oscuridad de la tasca, dos hombres con sus cuartillos de vino al lado, lanzaban las cartas de una disputada brisca; y un muchachote de palidez enfermiza, con un pañuelo atado a la cabeza, los miraba jugar tristemente.

La mujer había visto pasar a la señora Carlota, que había parado a comprar un cuartillo de aceite. Debía de estar en casa de la Micaela, en el atrio. Llamó hacia el interior. Una niñita bizca surgió entre las sombras de los barriles.

–Corre, vete a casa de la Micaela, dile a la señora Carlota que está aquí un señor de la ciudad.

Amaro volvió a la puerta de la Carlota, esperó sentado sobre una piedra, con su caballo cogido por las riendas. Pero aquella casa cerrada y muda le daba miedo. Puso la oreja en la cerradura, con la esperanza de oír algún lloro, una rabieta de recién nacido. Dentro pesaba un silencio de caverna abandonada. Pero lo tranquilizaba la idea de que la Carlota habría llevado al niño con ella a casa de la Micaela. Debería haberle preguntado a la mujer de la taberna si la Carlota llevaba un niño en brazos... Y veía la casa bien encalada, con su ventana encima con una cortina de muselina, un lujo muy raro en aquellas parroquias pobres; recordaba el buen orden, el brillo de la loza de la cocina... Sin duda, el pequeñuelo tendría también una cuna limpia...

Ah, verdaderamente estaba loco el día anterior cuando había puesto allí, sobre la mesa de la cocina, cuatro libras en oro, precio adelantado de un año de crianza, y cuando le había dicho cruelmente al enano: «Cuento con usted. ¡Pobre niñito!»... Pero la Carlota había entendido bien, de noche en A Ricoça, que él ahora quería vivo a su hijo, ¡y criado con mimo!... No iba a dejarlo allí, no, bajo la mirada surcada de sangre del enano... Esa misma noche se lo llevaría a la Joana Carreira de Os Poiais.

Pero las siniestras historias de la Dionísia, la tejedora de ángeles, eran una leyenda insensata. El niño estaría ahora encantado en casa de la Micaela chupando aquel buen pecho de cuarentona sana… Y le venía otra vez el deseo de dejar Leiria, ir a enterrarse a Feirão, llevar con él a la Escolástica, educar allí a la criatura como sobrino, reviviendo en él, ampliamente, todas las emociones de aquellos dos años de romance; y allí pasaría el tiempo en medio de una paz triste, con la nostalgia de Amélia, hasta ir, como su antecesor el abad Gustavo, que también había criado un sobrino en Feirão, a reposar para siempre al pequeño cementerio, bajo las flores silvestres en verano, bajo la nieve blanca en invierno.

Pero apareció Carlota; y se quedó atónita al reconocer a Amaro, sin cruzar la cancela, con la frente arrugada, muy seria su hermosa cara.

–¿Y el niño? –preguntó Amaro.

Tras un silencio, ella respondió sin alterarse:

–No me hable, que me ha dado un disgusto… Ayer mismo, a las dos horas de llegar… El pobre angelito empieza a ponerse rojo y allí se me murió delante de mis ojos…

–¡Miente! –gritó Amaro–. Quiero verlo.

–Entre, señor, si quiere verlo.

–Pero ¿qué le dije yo ayer, mujer?

–¿Qué quiere, señor? Ha muerto. Vea…

Había abierto la puerta, con mucha naturalidad, sin cólera ni temor. Amaro divisó en un rincón, junto a la chimenea, una cuna cubierta por un abrigo rojo.

Sin una palabra se volvió de espaldas y montó en el caballo. Pero la mujer, súbitamente muy locuaz, empezó a decirle que precisamente había ido a la aldea para encargar una cajita decente… Como había visto que era hijo de persona de bien no había querido enterrarlo envuelto en un trapo. Pero, en fin, ya que el señor estaba allí le parecía razonable que le diese algún dinero para los gastos… Aunque sólo fuesen unos dos mil reales.

Amaro la miró un momento con un deseo brutal de estrangularla; por fin, le metió el dinero en la mano. Y trotaba ya por el sendero cuando notó que corría detrás de él, llamándolo «¡Pst, pst!». La Carlota quería devolverle el abrigo que le había prestado la víspera: le había hecho muy buen servicio, el niño había llegado caliente como un chicharrón... Desgraciadamente...

Amaro ya no la escuchaba y espoleaba furiosamente el ijar de su montura.

En la ciudad, después de apearse a la puerta del Cruz, no fue a casa. Fue derecho al palacio episcopal. Ahora tenía una única idea: dejar aquella ciudad maldita, no volver a ver las caras de las devotas ni la fachada odiosa de la catedral.

Fue sólo al subir la larga escalera de piedra del palacio cuando se acordó con inquietud de lo que había dicho el día anterior el Libaninho sobre la indignación del señor vicario general, de la denuncia anónima... Pero la afabilidad del padre Saldanha, el confidente palaciego, que lo hizo pasar rápidamente a la biblioteca de Su Excelencia, lo tranquilizó. El señor vicario general fue muy amable. Se extrañó del aspecto pálido y nervioso del señor párroco...

—Es que tengo un gran disgusto, señor vicario general. Mi hermana está muriéndose en Lisboa. Y vengo a pedirle a Su Excelencia permiso para ir allí unos días.

El señor vicario general se apenó bondadosamente.

—Por supuesto, puede ir... ¡Ah! Todos somos obligados pasajeros de la barca de Caronte.

Ipse ratem conto subigit, velisque ministrat
et ferruginea subvectat corpora cymba.

»Nadie escapa... Lo siento, lo siento... No me olvidaré de tenerlo presente en mis oraciones...

Y, muy metódico, Su Excelencia tomó una nota a lápiz.

Al salir del palacio, Amaro fue directamente a la catedral. Se encerró en la sacristía a aquella hora desierta; y después de pensar durante mucho tiempo con la cabeza entre los puños, le escribió al canónigo Dias:

Mi querido profesor:

Me tiembla la mano al escribir estas líneas. La infeliz ha muerto. Yo no puedo, ya ve, y me marcho, porque si me quedase aquí se me rompería el corazón. Su excelentísima hermana estará allí arreglando el entierro… Yo, como comprenderá, no puedo. Le agradezco mucho todo… Hasta un día en que, si Dios quiere, nos volvamos a ver. Por mi parte, deseo irme lejos, a alguna parroquia de pastores, acabar mis días en medio de lágrimas, meditación y penitencia. Consuele como pueda la desgracia de la madre. Nunca olvidaré lo que le debo mientras me quede un soplo de vida. Y adiós, que ni sé dónde tengo la cabeza. Su amigo del corazón.

Amaro Vieira

P. S. La criatura también ha muerto. Ya está enterrada.

Cerró la carta con una oblea negra; y después de arreglar sus papeles fue a abrir el gran portalón chapado en hierro, a contemplar un momento el patio, el barracón, la casa del campanero… Las nieblas, las primeras lluvias daban ya a aquel rincón de la catedral su aspecto lúgubre de invierno. Avanzó despacio, bajo el silencio triste de los altos contrafuertes, miró por la ventana de la cocina del tío Esguelhas: allí estaba, sentado junto a la chimenea, con la cachimba en la boca, escupiendo tristemente sobre las cenizas. Amaro golpeó suavemente los cristales. Y cuando el campanero abrió la puerta, aquel interior conocido, rápidamente entrevisto, la cortina de la alcoba de la Totó, la escalera que subía a la habitación, sacudieron al párroco con recuerdos y nostalgias tan brutales que estuvo un momento sin poder hablar, con la garganta atada por un sollozo.

–Vengo a decirle adiós, tío Esguelhas –murmuró–. Me voy a Lisboa, una hermana mía se está muriendo… –Y añadió con los labios temblando por un llanto a punto de romper–: Todas las desgracias vienen juntas. Sabe, la pobre Ameliazinha ha muerto de repente…

El campanero enmudeció, asombrado.

–Adiós, tío Esguelhas. Déme la mano, tío Esguelhas. Adiós…

–¡Adiós, señor párroco, adiós! –dijo el campanero con los ojos llenos de lágrimas.

Amaro huyó a su casa, conteniéndose para no llorar a voz en grito por las calles. Le dijo a la Escolástica que esa noche partía para Lisboa. El tío Cruz tenía que enviarle un caballo para ir a coger el tren a Chão de Maçãs.

–Sólo tengo el dinero necesario para el viaje. Pero lo que me queda ahí de sábanas y manteles es para usted.

La Escolástica, llorando por perder al señor párroco, quiso besarle la mano por tanta generosidad; se ofreció para hacerle la maleta…

–Yo mismo la arreglo, Escolástica, no se moleste.

Se encerró en la habitación. La Escolástica, todavía llorando, fue entonces a recoger y examinar la poca ropa que había por los armarios. Pero Amaro la llamó al poco tiempo: frente a la ventana un arpa y un laúd desafinados tocaban el *Vals de los dos mundos*.

–Déles un tostón a esos hombres –dijo el cura, enfadado–. Y dígales que se vayan a tocar al infierno… ¡Que aquí hay gente enferma!

Y hasta las cinco la Escolástica no volvió a oír ruido en la habitación.

Cuando el mozo del Cruz llegó con el caballo, pensando que el señor párroco se había quedado dormido, fue a llamar despacito a la puerta de la habitación, gimoteando ya por la inminente despedida. Él abrió. Tenía el abrigo sobre los hombros; en medio de la habitación, preparada y amarrada, la maleta de lona que debía de ir en la grupa de la yegua. Le dio un fajo de cartas para que se las entregase aquella noche a doña Maria da Assunção, al padre Silvério y a Natário; e iba a salir, entre los llantos de la mujer, cuando oyó en la escalera el ruido conocido de una muleta, y el tío Esguelhas apareció conmovido.

–Entre, tío Esguelhas, entre.

El campanero cerró la puerta, y tras un momento de duda:

–Disculpe Su Señoría, pero… Me había olvidado completamente con los disgustos que he tenido. Ya hace tiempo que encontré en la habitación esto y pensé que…

Y metió en la mano de Amaro un pendiente de oro. Él lo reconoció de inmediato: era de Amélia. Durante mucho tiempo ella lo había buscado en vano; sin duda se le había caído alguna mañana de amor sobre la cama del campanero. Entonces Amaro, sofocado, abrazó al tío Esguelhas.

–¡Adiós! Adiós, Escolástica. Acuérdense de mí. Déle recuerdos al Matías, tío Esguelhas…

El mozo amarró la maleta al sillín y Amaro se fue, dejando a la Escolástica y al tío Esguelhas llorando en la puerta.

Pero después de haber pasado las acequias, tuvo que apearse en un recodo de la carretera para componer el estribo: e iba a montar cuando aparecieron dando la vuelta al muro el doctor Godinho, el secretario general y el señor alcalde del ayuntamiento, muy amigos ahora, de regreso a la ciudad después del paseo. Se detuvieron a hablar con el señor párroco, sorprendiéndose de verlo allí, con una maleta a la grupa, con aspecto de ir de viaje…

–Es cierto –dijo–, ¡me voy a Lisboa!

El antiguo Bibi y el alcalde suspiraron envidiándole la felicidad. Pero cuando el párroco habló de la hermana moribunda se apenaron cortésmente; y el señor alcalde dijo:

–Debe de estar muy afligido, comprendo… Y además esa otra desgracia en casa de esas señoras amigas suyas… La pobre Ameliazinha, muerta así, de repente…

El antiguo Bibi exclamó:

–¿Cómo? ¿Ameliazinha, aquella guapita que vivía en la Rua da Misericórdia? ¿Ha muerto?

El doctor Godinho también lo ignoraba y pareció consternado.

El señor alcalde lo había sabido por su criada, que se lo había oído a la Dionísia. Se decía que había sido un aneurisma.

–Pues, señor párroco –exclamó Bibi–, disculpe si hiero sus

respetables creencias, que por otra parte son las mías... Pero Dios ha cometido un auténtico crimen... ¡Llevarnos a la muchacha más hermosa de la ciudad! ¡Qué ojos, señores! Y además con aquel picantito de la virtud...

Entonces, en un tono de pésame, todos lamentaron aquel golpe que tanto debía de haber afectado al señor párroco.

Él dijo muy serio:

–Lo he sentido de verdad... La conocía bien... Y con sus buenas cualidades hubiera sido, sin duda, una esposa modelo... ¡Lo he sentido mucho!

Estrechó silenciosamente sus manos y, mientras los caballeros volvían a la ciudad, el padre Amaro se fue trotando por la carretera, sobre la que ya oscurecía, hacia la estación de Chao de Maçãs.

Al día siguiente, a las once, el entierro de Amélia salió de A Ricoça. Era una mañana áspera; el cielo y los campos estaban ahogados por una niebla parduzca; y caía, muy menuda, una lluvia muy fría. La capilla de Os Poiais estaba lejos de la quinta. El monaguillo que iba delante, con la cruz en ristre, se daba prisa, chapoteando en el lodo con grandes zancadas; el abad Ferrão, de estola negra, se abrigaba, murmurando el *Exultabunt Domino* bajo el paraguas que sostenía a su lado el sacristán que llevaba el hisopo; cuatro trabajadores de la quinta, bajando la cabeza ante la lluvia oblicua, llevaban en unas parihuelas la caja que albergaba en su interior el féretro de plomo; y bajo el vasto paraguas del casero, la Gertrudes, con manto alrededor de la cabeza, desgranaba las cuentas de su rosario. A la vera del camino el valle triste de Os Poiais se sumía, completamente gris por la neblina, en un gran silencio; y la voz enorme del vicario mugiendo el *Miserere* rodaba por la quebrada húmeda en la que susurraban los riachuelos muy llenos.

Pero al llegar a las primeras casas de la aldea, los mozos que llevaban la caja pararon, exhaustos; y entonces un hombre que esperaba debajo de un árbol, cubierto con su paraguas, se unió silenciosamente al entierro. Era João Eduardo, de guantes negros, cargado de luto, con las ojeras cavadas en dos surcos negros y gruesas lágrimas resbalando por su rostro. E inmediatamente se colocaron a su espalda dos criados de uniforme, con los pantalones muy remangados y cirios en las manos, dos lacayos que había enviado el señorito para honrar el entierro de una de aquellas señoras de A Ricoça amigas del abad.

Al ver aquellas dos libreas que ennoblecían la comitiva, el monaguillo se animó y elevó más la cruz; los cuatro hombres, ya sin cansancio, enderezaron las varas de la parihuela; el sacristán bramó un *Requiem* tremendo. Y por los lodos del impracticable camino de la aldea fue subiendo el entierro, mientras las mujeres se santiguaban a las puertas de las casas, contemplando las sobrepellices blancas y la caja con galones de oro que se alejaban seguidos por el grupo de paraguas abiertos bajo la lluvia triste.

La capilla estaba en la cima, en medio de un atrio con robles; la campana doblaba, y el entierro se sumió en el interior de la iglesia oscura al canto del *Subvenite, sancti* que el sacristán entonó con timbre grave. Pero los dos criados de uniforme no entraron porque así se lo había ordenado el señorito.

Se quedaron en la puerta, bajo el paraguas, escuchando, golpeando el suelo con los pies helados. Dentro seguía el gregoriano; después hubo un bisbiseo de oraciones que se iban apagando; y, de pronto, latines fúnebres exhalados por la gruesa voz del vicario.

Entonces los dos hombres, hartos, se fueron del atrio, entraron por un momento en la taberna del tío Serafim. Dos gañanes de la quinta del señorito que bebían en silencio su cuartillo, se pusieron en pie al ver aparecer a los dos criados uniformados.

—Tranquilos, muchachos, sentaos y bebed —dijo el viejo bajito que acompañaba a João Eduardo a caballo—. Nosotros estamos allí, en la lata del entierro... Buenas tardes, señor Serafim.

Estrecharon la mano de Serafim, que les puso dos aguardientes y les preguntó si la difunta era la novia del señor Joãozinho. Le habían dicho que había muerto de una vena reventada.

El bajito rió:

—¡Qué vena reventada! No le reventó nada. Lo que le reventó fue un niño en el vientre...

—¿Obra del señor Joãozinho? —preguntó el Serafim, poniendo el ojo pícaro.

—No me parece —dijo el otro con importancia—. El señor Joãozinho estaba en Lisboa... Obra de algún caballero de la ciudad... ¿Sabe usted de quién desconfío, señor Serafim?

Pero la Gertrudes, jadeante, irrumpió en la taberna gritando que el cortejo estaba ya en el cementerio ¡y que sólo faltaban «aquellos señores»! Los lacayos salieron y alcanzaron el entierro cuando cruzaba la pequeña verja del cementerio, en el último versículo del *Miserere*. João Eduardo llevaba una vela en la mano, iba detrás del féretro de Amélia, casi tocándolo, con los ojos nublados por las lágrimas clavados en el terciopelo negro que lo cubría. La campana de la capilla doblaba sin cesar, desoladamente. La lluvia caía más fina. Y, todos callados, en el silencio hosco del cementerio, con pasos ahogados por la tierra blanda, se dirigían hacia el rincón junto al muro donde se encontraba recién cavada la tumba de Amélia, negra y profunda entre la hierba húmeda. El monaguillo clavó en el suelo la cruz plateada y el abad Ferrão, adelantándose hasta el borde del agujero oscuro, murmuró el *Deus cujus miseratione*... Entonces João Eduardo, muy pálido, se tambaleó y el paraguas le cayó de las manos; uno de los criados de uniforme corrió, lo sostuvo por la cintura; se lo querían llevar, arrancarlo de las cercanías de la tumba; pero él resistió y allí se quedó, con los dientes apretados, agarrándose desesperadamente a la manga del criado, viendo al sepulturero y a los dos mozos amarrar las cuerdas al ataúd, hacerlo resbalar despacio con un crujido de tablas mal acopladas entre la tierra que se deshacía y caía dentro.

—*Requiem aeternam dona ei, Domine!*

—*Et lux perpetua luceat ei* —mugió el sacristán.

El féretro golpeó el fondo con un ruido sordo: el abad esparció encima un poco de tierra en forma de cruz; y, balanceando lentamente el hisopo sobre el terciopelo, la tierra, la hierba alrededor:

—*Requiescat in pace.*

—*Amen* —respondieron la voz cavernosa del sacristán y la voz aguda del monaguillo.

—*Amen* —dijeron todos con un murmullo que se perdió entre los cipreses, las hierbas, los túmulos y las nieblas frías de aquel triste día de diciembre.

XXV

A finales de mayo de 1871 había un gran tumulto en la Casa Havanesa, en el Chiado de Lisboa. Llegaban gentes sin aliento, se abrían paso entre los grupos que bloqueaban la puerta y, poniéndose de puntillas, estiraban el cuello entre la masa de sombreros hacia la reja del mostrador, donde se colgaban en una tablilla los telegramas de la Agencia Havas; individuos con los rostros desencajados salían consternados, exclamando al reencontrarse con algún amigo más tranquilo que los había esperado fuera:

—¡Todo perdido! ¡Está ardiendo todo!

Dentro, entre la multitud charlatana que se apiñaba contra el mostrador, se discutía con vehemencia. Y por el paseo, en el Largo do Loreto, enfrente del estanco, desde el Chiado hasta el Magalhães, se extendía aquel día ya caluroso de principios de verano una gran confusión de voces conmocionadas entre las que las palabras *¡Comunistas! ¡Versalles! ¡Petroleros! ¡Thiers! ¡Crimen! ¡Internacional!* regresaban a cada momento, lanzadas con furia, en medio del ruido de los carruajes y los gritos de los mozalbetes que pregonaban *suplementos*.

En efecto, cada hora llegaban telegramas anunciando los sucesivos episodios de la insurrección que batallaba en las calles de París; telegramas emitidos desde Versalles en medio del terror, contando los palacios que ardían, las calles que se venían abajo; fusilamientos masivos en los patios de los cuarteles y entre los mausoleos de los cementerios; la venganza que buscaba saciarse hasta en la oscuridad de las cloacas; la fatal demencia que hacía delirar a uniformes y blusas; la resistencia, que tenía la rabia de una agonía y los procederes de una ciencia, ¡y que hacía saltar una sociedad caduca mediante el petróleo, la dinamita y la nitroglicerina! Una convulsión, un fin del mundo mostrados súbitamente por veinte o treinta palabras en una mirada rápida, en un resplandor de hoguera.

El Chiado lamentaba indignado aquella ruina de París. Se recordaban con exclamaciones los edificios quemados, el ayuntamiento, «tan bonito», la Rue Royale, «aquella riqueza». Había individuos tan furiosos por el incendio de las Tullerías que parecía que les hubiesen quemado una propiedad particular; los que habían estado uno o dos meses en París se extendían en sus invectivas, arrogándose una participación de parisienses en la magnificencia de la ciudad, escandalizados porque la insurrección no hubiese respetado los monumentos en los que ellos habían puesto los ojos.

–¡Fíjense ustedes! –exclamaba un sujeto gordo–. ¡El palacio de la Legión de Honor destruido! Aún no hace un mes que estuve allí con mi mujer… ¡Qué infamia! ¡Qué canallada!

Pero se había difundido que el Ministerio había recibido otro telegrama más desolador; todo el eje desde el bulevar de la Bastilla hasta la Magdalena ardía, y también la plaza de la Concordia, y las avenidas de los Campos Elíseos hasta el Arco de Triunfo. Y de este modo la revolución había arrasado, en un ataque de locura, todo aquel sistema de restaurantes, cafés-concierto, bailes públicos, casas de juego y nidos de prostitutas. Entonces un estremecimiento de ira recorrió todo el Largo do Loreto hasta el Magalhães. ¡Así pues, las llamas habían aniquilado aquella concentración tan cómoda de la francachela! ¡Oh, qué infamia! ¡Se acababa el mundo! ¿Dónde se iba a comer mejor que en París? ¿Dónde se encontrarían mujeres más expertas? ¿Dónde se volvería a ver aquel desfile prodigioso al regreso del Bois, los días ásperos y secos del invierno, cuando las victorias de las *cocottes* resplandecían junto a los faetones de los agentes de Bolsa? ¡Qué abominación! Se olvidaban de las bibliotecas y de los museos; pero la nostalgia era sincera por la destrucción de los cafés y la desaparición de los lupanares. ¡Era el fin de París, era el fin de Francia!

En un grupo junto a la Casa Havanesa los discutidores politiqueaban; se pronunciaba el nombre de Proudhon, que por aquella época empezaba a citarse vagamente en Lisboa como si se tratase de un monstruo sanguinolento; y prorrumpían en invectivas contra Proudhon. La mayoría creía que él era el incendiario. Pero el apreciado poeta autor de las *Flores e Ais* intervino diciendo que «aparte de las burradas que decía Proudhon, aun así era un estilista bastante ameno». Entonces el jugador França gritó:

−¡Qué estilo ni qué nada! ¡Si lo pillo aquí en el Chiado, le rompo los huesos!

Y se los habría roto. Después del coñac, el França era una fiera.

Sin embargo, algunos jóvenes, cuyo instinto romántico se veía removido por el elemento dramático de la insurrección, aplaudían la heroicidad de la Comuna: Vermorel abriendo los brazos como el Crucificado y gritando bajo las balas que lo traspasaban: «¡Viva la humanidad!». El viejo Delecluze, con un fanatismo de santo, ordenando desde su lecho de muerte las violencias de la resistencia…

−¡Son grandes hombres! −exclamaba un muchacho exaltado.

Alrededor, las personas serias rugían. Otras se alejaban, lívidas, viendo ya sus casas de la Baixa empapadas de petróleo ¡y la propia Casa Havanesa pasto de las llamas socialistas! Entonces recorría todos los grupos un deseo furioso de autoridad y represión: era necesario que la sociedad, atacada por la Internacional, se refugiase en la fuerza de sus principios conservadores y religiosos, ¡bien protegidos por las bayonetas! Burgueses propietarios de tiendas de quincalla hablaban de «la turba» con el desdén imponente de un La Trémoille o de un Osuna. Individuos que se hurgaban con un palillo en los dientes decretaban la venganza. Había desocupados que parecían furiosos «contra el obrero que quiere vivir como un príncipe». Se hablaba con devoción ¡de la propiedad, del capital!

Del otro lado había jóvenes verbosos, periodistas excitados que declamaban contra el viejo mundo, el viejo pensamiento, amenazándolos, proponiéndose derribarlos con artículos tremendos.

Y así una burguesía embrutecida esperaba detener con unos cuantos policías la evolución social; y una juventud borracha de literatura decidía destruir con un folletín una sociedad de dieciocho siglos. Pero nadie se mostraba más exaltado que un contable de hotel, que desde lo alto del escalón de entrada de la Casa Havanesa blandía su bastón, aconsejándole a Francia la restauración de los Borbones.

Un hombre vestido de negro que había salido del estanco y cruzaba entre los grupos, se detuvo al oír una voz sorprendida que exclamaba a su lado:

–¡Eh, padre Amaro! ¡Eh, bribón!

Se volvió: era el canónigo Dias. Se abrazaron calurosamente y para conversar con más tranquilidad se fueron andando hasta el Largo de Camões, y allí se pararon, junto a la estatua.

–Entonces ¿cuándo ha llegado, profesor?

Había llegado el día anterior. Andaba con una demanda contra los Pimentas de A Pojeira, por causa de una servidumbre en la quinta; había apelado a la Audiencia y venía a la capital para seguir de cerca el asunto.

–¿Y usted, Amaro? En su última carta me decía que quería irse de Santo Tirso.

Era cierto. La parroquia tenía ventajas; pero había quedado vacante Vila Franca y, para estar más cerca de la capital, había ido a hablar con el señor conde de Ribamar, su conde, que estaba consiguiéndole el traslado. Se lo debía todo, ¡sobre todo a la señora condesa!

–¿Y Leiria? ¿Está mejor la Sanjoaneira?

–No, pobre… Ya sabe, al principio tuvimos un miedo de mil demonios… Pensábamos que iba a pasarle lo mismo que a Amélia… Pero no, era hidropesía… Lo que ella tiene es una hidropesía general…

–¡Pobre mujer, qué santa! ¿Y Natário?

–¡Envejecido! Ha tenido sus disgustos. Mucha lengua.

–Y dígame, profesor, ¿el Libaninho?

–Ya le he escrito a ese respecto –dijo el canónigo riéndose.

El padre Amaro también rió, y durante un momento los dos sacerdotes dejaron de hablar, doblados de risa.

–Pues es cierto –dijo por fin el canónigo–. La cosa fue verdaderamente escandalosa... Porque, en fin, dése cuenta de que lo pillaron con el sargento, así que no había duda... ¡Y en la alameda, a las diez de la noche! Ya es imprudencia... Pero al final la cosa se olvidó y cuando se murió el Matías le dimos el puesto de sacristán, que es una colocación muy buena... Mucho mejor que la que tenía en la oficina... ¡Y tiene que cumplir!

–Tiene que cumplir –coincidió muy serio el padre Amaro–. Y a propósito, ¿doña Maria da Assunção?

–Hombre, se murmuran cosas... Criado nuevo... Un carpintero que vivía enfrente... El chico anda hecho un figurín.

–¿De verdad?

–Un figurín. ¡Puro, reloj, guantes! Tiene gracia, ¿eh?

–¡Es divino!

–Las Gansoso siguen igual –continuó el canónigo–. Ahora tienen de criada a la Escolástica.

–¿Y el imbécil de João Eduardo?

–Ya le mandé recado, ¿no? Allí sigue, en Os Poiais. El señorito está mal del hígado. Y dicen que João Eduardo está tísico... No sé, nunca más he vuelto a verlo... Me lo ha dicho Ferrão.

–¿Cómo anda Ferrão?

–Bien. ¿Sabe a quién vi hace unos días? A la Dionísia.

–¿Y qué tal?

El canónigo dijo una palabra en voz baja al oído del padre Amaro.

–¿De veras, profesor?

–En la Rua das Sousas, a dos pasos de su antigua casa. Fue don Luis da Barrosa quien le dio el dinero para montar el establecimiento. Pues éstas son las novedades. ¡Y usted está más fuerte, hombre! Le ha sentado bien la mudanza... –Y poniéndose delante de él, bromeando–: Oiga Amaro, y usted escribiéndome que quería retirarse a la montaña, irse a un convento, pasar la vida en penitencia…

El padre Amaro se encogió de hombros:

–¿Qué quiere usted, profesor?… En aquellos primeros momentos… ¡Créame que me costó! Pero todo pasa…

–Todo pasa –dijo el canónigo. Y despúes de una pausa–: ¡Ah! ¡Pero Leiria ya no es Leiria!

Pasearon un momento en silencio, rememorando el pasado, las divertidas partidas de lotería de la Sanjoaneira, las tertulias tomando el té, los paseos a O Morenal, el *Adeus* y el *Descrido* cantados por Artur Couceiro y acompañados por la pobre Amélia, que ahora dormía en el cementerio de Os Poiais bajo las flores silvestres…

–¿Y qué me dice de estas cosas de Francia, Amaro? –exclamó de repente el canónigo.

–Un horror, profesor… ¡El arzobispo, un montón de curas fusilados!… ¡Menuda broma!

–Una mala broma –murmuró el canónigo.

Y el padre Amaro:

–Y aquí en nuestra esquinita parece que también empiezan con esas ideas…

Así lo había oído el canónigo. Entonces se indignaron contra esa turba de masones, de republicanos, de socialistas, ¡gente que quiere la destrucción de todo lo que es respetable! El clero, la educación religiosa, la familia, el ejército y la riqueza… ¡Ah! ¡La sociedad estaba amenazada por monstruos desencadenados! Hacían falta las antiguas represiones, la mazmorra y la horca. Sobre todo, hacía mucha falta inculcar a los hombres la fe y el respeto hacía el sacerdote.

–Ahí es donde está el mal –dijo Amaro–, ¡no nos respetan! No hacen más que desacreditarnos… Destruyen en el pueblo la veneración hacia el sacerdocio…

–Nos calumnian de manera infame –dijo el canónigo con un tono profundo.

En aquel momento pasaron a su lado dos señoras, una ya con el pelo blanco, el aspecto muy noble; la otra, una criaturita delgada y pálida, con ojeras muy pronunciadas, los codos huesudos pegados a una cintura estéril, *pouff* enorme en el vestido, gran peluca, tacones de un palmo.

–¡Caramba! –dijo el canónigo en voz baja, tocando el codo del colega–. ¿Qué, padre Amaro?... Ésas son las que le gusta confesar a usted.

–Eso era antes, profesor –dijo el párroco riendo–, ¡ahora sólo confieso a mujeres casadas!

El canónigo se abandonó un momento a una gran hilaridad; pero recuperó su aspecto ponderado de cura obeso al ver a Amaro sacarse el sombrero con una profunda reverencia ante un caballero de bigote entrecano y lentes de oro que entraba en la plaza desde el Loreto, con el puro clavado entre los dientes y el quitasol bajo el brazo.

Era el señor conde de Ribamar. Avanzó con llaneza hacia los dos sacerdotes; y Amaro, descubierto y firme, le presentó «a su amigo, el señor canónigo Dias, de la catedral de Leiria». Charlaron un momento sobre el tiempo, que ya estaba caluroso. Después el padre Amaro habló de los últimos telegramas.

–¿Qué opina Su Excelencia de estas cosas de Francia, señor conde?

El estadista hizo un gesto con la mano, con una desolación que le ensombrecía el rostro.

–No me hable, señor padre Amaro, no me hable de eso... Ver a media docena de bandidos destruir París... ¡Mi París! Créanme, Señorías, me he puesto enfermo.

Los dos sacerdotes, con una expresión consternada, se unieron al dolor del estadista.

Y entonces el canónigo:

–¿Y cómo cree Su Excelencia que acabará todo?

El señor conde de Ribamar, con lentitud, con palabras pausadas, sobrecargadas por el peso de las ideas, dijo:

–¿El final?... No es difícil preverlo. Cuando se tiene alguna experiencia de la historia y de la política, el resultado de todo esto se ve claramente. Tan claramente como estoy viendo ahora a Sus Señorías.

Los dos sacerdotes estaban pendientes de los labios proféticos de aquel hombre de Estado.

–Sofocada la insurrección –continuó el señor conde mirando al infinito con el dedo en el aire, como apuntando, señalando los futuros históricos que su pupila, ayudada por los lentes de oro, penetraba–, sofocada la insurrección, dentro de tres meses tenemos otra vez el Imperio... Si Sus Señorías hubiesen visto, como yo he visto, una recepción en las Tullerías o en el ayuntamiento en los tiempos del Imperio, coincidirían conmigo en que Francia es profundamente imperialista y sólo imperialista... Tenemos, pues, a Napoleón III; o quizá abdique y la emperatriz se haga cargo de la regencia durante la minoría de edad del príncipe imperial... Yo tiendo a creer, y ya lo he hecho saber, que tal vez fuese ésta la solución más prudente. Como consecuencia inmediata tenemos al Papa en Roma, otra vez señor del poder temporal... Yo, a decir verdad, y ya lo he hecho saber, no apruebo una restauración papal. Pero yo no estoy aquí para decir lo que apruebo o repruebo. Afortunadamente no soy el dueño de Europa... Sería un encargo que me superaría, dada mi edad y mis achaques. Estoy diciendo lo que mi experiencia de la política y la historia me apunta como cierto... ¿Qué estaba diciendo?... ¡Ah! La emperatriz en el trono de Francia, Pío Nono en el trono de Roma, ahí tenemos a la democracia aplastada entre estas dos potencias sublimes, y crean Sus Señorías a un hombre que conoce a su Europa y los elementos de que se compone la sociedad moderna, crean que después de este ejemplo de la Comuna no vuelve a oírse hablar de república, ni de cuestión social, ni, de pueblo ¡en los próximos cien años!

–Dios Nuestro Señor lo oiga, señor conde –dijo con unción el canónigo.

Pero Amaro, radiante por encontrarse allí, en una plaza de Lisboa, en íntima conversación con un estadista ilustre, todavía le preguntó, poniendo en las palabras una angustia de conservador asustado:

–¿Y cree Su Excelencia que esas ideas de república, de materialismo, pueden difundirse entre nosotros?

El conde rió; y decía, caminando entre los dos curas, casi hasta llegar a la verja que circunda la estatua de Luis de Camões:

–¡No se preocupen por eso, señores, no se preocupen por eso! Es posible que haya uno o dos exaltados que se quejen, que digan tonterías sobre la decadencia de Portugal y que estamos en un marasmo y que estamos cayendo en el embrutecimiento y que esto así no puede durar diez años, etcétera, etcétera. ¡Babosadas!... –Estaba casi apoyado en las verjas de la estatua, y adoptando una actitud de confianza–: La verdad, señores míos, es que los extranjeros nos envidian... Y lo que voy a decir no es para halagar a Sus Señorías: pero mientras en este país haya sacerdotes respetables como Sus Señorías, ¡Portugal mantendrá con dignidad su lugar en Europa! ¡Porque la fe, señores míos, es la base del orden!

–Sin duda, señor conde, sin duda –dijeron con convicción los dos sacerdotes.

–Si no, ¡vean esto Sus Señorías! ¡Qué paz, qué animación, qué prosperidad!

Y con un amplio gesto les mostraba el Largo do Loreto, que a aquella hora final de una tarde serena concentraba la vida de la ciudad. Carruajes vacíos circulaban despacio; deambulaban parejas de señoras, empelucadas y de tacón alto, con los movimientos cansinos y la palidez clorótica de una raza degenerada; sobre algún rocín enflaquecido trotaba algún mozo de nombre histórico con la cara todavía verdosa por la noche de vino; en los bancos de la plaza se tumbaban gentes embrutecidas por la pereza; un carro de bueyes que oscilaba sobre sus altas ruedas era como el símbolo de una agricultura con un atraso de siglos; los fadistas se pavoneaban con un cigarro entre los dientes; algún burgués aburrido leía en los carteles anuncios de operetas rancias; los rostros escuchimizados de los obreros eran como la personificación de las industrias moribundas... Y todo este mundo decrépito se movía lentamente, bajo un cielo lustroso de clima rico, entre mozalbetes que pregonaban la lotería y las apuestas ilegales y chiquillos de voz plañidera que ofrecían el *Jornal das Pequenas Novidades*; y andaban, en un deambular holgazán, entre el Largo, en el que se alzaban dos tristes fachadas de iglesias, y la extensa hilera de edificios de la plaza, donde brillaban tres letreros de casas de empeño, negreaban cuatro entradas de taberna y desembocaban, con un aspecto de cloaca abierta, las callejuelas de un barrio entero de prostitución y crimen.

—Vean —decía el conde—: vean toda esta paz, esta prosperidad, esta alegría… Señores, ¡verdaderamente no me extraña que seamos la envidia de Europa!

Y el hombre de Estado, los dos hombres de religión, los tres en línea junto a la verja del monumento, disfrutaban con la cabeza bien alta aquella gloriosa certeza de la grandeza de su país, allí, al pie de aquel pedestal, bajo la fría mirada de bronce del viejo poeta, erguido y noble, con sus anchos hombros de caballero fuerte, la *Epopeya* sobre el corazón, la espada firme, rodeado por los cronistas y los poetas heroicos de la antigua patria, ¡patria para siempre ida, memoria casi perdida!

Octubre de 1878 - Octubre de 1879

Papel certificado por el Forest Stewardship Council®